De tanden van de tijger

Van dezelfde auteur

De jacht op de Red October
Operatie Rode Storm
Ongelijke strijd
Kardinaal van het Kremlin
De Colombia Connectie
Golf van ontzetting
De meedogenlozen
Ereschuld
Uitstel van executie
Uur van de waarheid
SSN
De beer en de draak
Het rode gevaar

Woestijnstorm
Slag om Kuweit
Special Forces

Tom Clancy's Power Plays-serie
Tom Clancy's Op-Center-serie
Tom Clancy's Netforce Explorers-serie
Tom Clancy's Net Force-serie

Tom Clancy

De tanden van de tijger

A.W. Bruna Uitgevers B.V., Utrecht

Oorspronkelijke titel
The Teeth of the Tiger

Vertaling
Hugo en Nienke Kuipers
Omslagontwerp
True Colours Nederland

Omslagbeeld
KJ Historical/Corbis/TCS

ISBN 90 229 8812 0
NUR 332

Voor Chris en Charlie
Welkom aan boord

... en natuurlijk voor lady Alex, wier licht stralender is dan ooit tevoren

‘Mensen slapen ’s nachts alleen vredig in hun bed omdat ruwe mannen klaarstaan om voor hen geweld te plegen.’
- George Orwell

‘Dit is een oorlog van de onbekende krijgers, maar laten we allen streven zonder tekort te schieten in ons geloof of onze plicht...’
- Winston Churchill

Proloog

De overkant van de rivier

David Greengold was geboren in de meest Amerikaanse gemeenschap die er was, Brooklyn, maar op zijn bar mitswa was er iets belangrijks veranderd in zijn leven. Nadat hij had uitgeroepen: 'Vandaag ben ik een man', was hij naar het feest gegaan en had daar een paar familieleden ontmoet die uit Israël waren overgekomen. Zijn oom Moses had daar veel succes als diamanthandelaar. Davids eigen vader had zeven juwelierszaken, waarvan het vlaggenschip zich in 40th Street in Manhattan bevond.

Terwijl zijn vader en zijn oom het bij een glas Californische wijn over zaken hadden, was David aan de praat geraakt met zijn neef Daniel. Daniel, tien jaar ouder dan hij, werkte sinds kort voor de Mossad, de belangrijkste inlichtingendienst van Israël, en als een echte nieuweling vond hij het prachtig om zijn neef verhalen te vertellen. Daniel had zijn dienstplicht vervuld bij de Israëlische para's; hij had elf sprongen op zijn naam staan en ook enige actie meegemaakt in de Zesdaagse Oorlog van 1967. Voor hem was het een mooie oorlog geweest. In zijn compagnie had niemand ernstig letsel opgelopen en ze hadden genoeg treffers gescoord om het op een jachtpartij te laten lijken – jagers die achter gevaarlijk, maar niet te gevaarlijk, wild aan zaten, met een afloop die heel goed paste bij de ideeën en verwachtingen die hij voor de oorlog had gekoesterd.

De verhalen hadden in sterk contrast gestaan met de sombere televisiebeelden van Vietnam waarmee in Amerika het journaal elke avond begon. Met het enthousiasme van zijn op die dag bevestigde religieuze identiteit had David onmiddellijk besloten meteen na zijn eindexamen naar zijn joodse thuisland te emigreren. Zijn vader, die in de Tweede Wereldoorlog in de Tweede Pantserdivisie van het Amerikaanse leger had gediend en over het geheel genomen weinig plezier aan dat avontuur had beleefd, had het helemaal geen prettig vooruitzicht gevonden dat zijn zoon naar een Aziatische jungle zou gaan om in een oorlog te vechten waarvoor zijn kennissen en hij geen enkel enthousiasme konden opbrengen, en dus vloog de jonge David na zijn eindexamen met El Al naar Israël om daar voorgoed te blijven. Hij spijkerde zijn Hebreeuws bij, vervulde zijn Israëlische dienstplicht en werd toen net als zijn neef door de Mossad gerekruteerd.

Hij was goed in het spionnenvak, zo goed dat hij momenteel chef van de Mossad-post in Rome was, een belangrijke functie. Intussen had zijn neef Daniel ontslag uit de dienst genomen om in het familiebedrijf te gaan werken, waar hij meer kon verdienen dan bij de overheid. David had zijn handen vol aan zijn werk in Rome. Hij had drie fulltime inlichtingenagenten onder zijn bevel, en die verzamelden een grote hoeveelheid informatie. Een deel van die informatie kwam van een agent die ze Hassan noemden. Hij was Palestijns van afkomst en had goede connecties bij de PFLP, het Volksfront voor de Bevrijding van Palestina, en de dingen die hij daar te horen kreeg, deelde hij met zijn vijanden, voor geld, genoeg geld om een comfortabele flat op een kilometer afstand van het Italiaanse parlementsgebouw te kunnen betalen. David zou vandaag weer informatie van hem ophalen.

Hij had al vaker gebruikgemaakt van deze locatie: de herentoiletten van Ristorante Giovanni bij de Spaanse Trappen. Hij nam eerst de tijd om te lunchen met kalfsvlees Francese – dat was daar voortreffelijk – en sloot de maaltijd af met witte wijn. Daarna stond hij op om zijn pakje te gaan halen. De uitwisselingsplaats bevond zich aan de onderkant van het meest linkse urinoir, een theatrale keuze, die het voordeel had dat die plaats nooit werd onderzocht of schoongemaakt. Er was daar een stalen plaatje vastgelijmd, en zelfs wanneer iemand het zag zitten zou het er vrij onschuldig uitzien, want op het plaatje was de naam van de fabrikant aangebracht, samen met een getal dat helemaal niets te betekenen had. Toen hij erheen ging, besloot hij van de gelegenheid gebruik te maken om te doen wat mannen meestal met een urinoir doen, en toen hij daarmee bezig was, hoorde hij de deur krakend opengaan. Degene die binnenkwam sloeg blijkbaar geen acht op hem, maar voor alle zekerheid liet hij zijn pakje sigaretten vallen, en toen hij zich bukte om het met zijn rechterhand op te rapen, haalde hij met zijn linkerhand vlug het magnetische pakje van zijn plaats. Dat was een staaltje van goed veldwerk. Net als een professionele goochelaar had hij met zijn ene hand de aandacht afgeleid en met zijn andere hand het eigenlijke werk gedaan.

Alleen ging het in dit geval niet goed. Hij had het pakje nog maar amper in zijn hand of iemand botste van achteren tegen hem op.

'Sorry, kerel, ik bedoel *signore*,' verbeterde de stem zichzelf in wat als Oxford-Engels klonk. Precies het soort klanken waarmee je een beschaafd mens op zijn gemak kon stellen.

Greengold antwoordde niet eens. Hij draaide zich naar rechts om zijn handen te wassen en weg te gaan. Hij kwam voor de wastafel te staan, draaide de kraan open en keek toen in de spiegel.

Meestal werkten zijn hersenen sneller dan zijn handen. Ditmaal zag hij de blauwe ogen van de man die tegen hem op gebotst was. Die ogen waren heel normaal, maar de blik erin was dat niet. Tegen de tijd dat zijn geest zijn lichaam een bevel had gegeven, was de linkerhand van de man naar voren geschoten om zijn voorhoofd vast te pakken, en tegelijk sneed er iets kouds en scherps in zijn nek, net onder de schedel. Zijn hoofd werd met een harde ruk naar achteren getrokken, waardoor het mes gemakkelijker tot zijn wervelkolom doordrong, die helemaal werd doorgesneden. David was niet meteen dood. Omdat zijn spieren geen elektrochemische bevelen meer kregen, zakte zijn lichaam in elkaar. Tegelijk daarmee verdween alle gevoel. Er was alleen nog een verdoofde gewaarwording in zijn hals, en doordat het allemaal zo snel ging, kon die niet uitgroeien tot hevige pijn. Hij probeerde adem te halen, maar hij kon niet begrijpen dat hij dat nooit meer zou doen. De man draaide hem als een etalagepop om en droeg hem naar het toilethokje. Het enige wat hij nu nog kon doen, was kijken en denken. Hij zag het gezicht, maar het zei hem niets. Het gezicht keek terug, keek naar hem alsof hij een ding was, een object, zonder hem zelfs maar een hatelijke blik waardig te keuren. Hulpeloos keek David voor zich uit. Hij werd op het toilet gezet en de man greep blijkbaar in zijn jas om zijn portefeuille te stelen. Was dat het: een gewone beroving? Een beroving van een hoge Mossad-functionaris? Dat kon niet. Toen greep de man David bij zijn haar om zijn bungelende hoofd omhoog te trekken.

'*Salaam aleikum*,' zei zijn moordenaar: vrede zij met u. Was hij dus een Arabier? Hij leek helemaal niet Arabisch. De verbazing stond blijkbaar op Davids gezicht te lezen.

'Vertrouwde je Hassan echt, jood?' vroeg de man. Maar er klonk geen voldoening in zijn stem door, alleen maar minachting. In de laatste ogenblikken van zijn leven, voordat zijn hersenen aan zuurstofgebrek bezweken, besefte David Greengold dat hij in de oudste van alle spionagetrucs was getrapt: de valse vlag. Hassan had hem informatie gegeven om achter zijn identiteit te komen, om hem uit zijn tent te lokken. Wat een stompzinnige manier om dood te gaan. Hij had tijd voor nog één gedachte: *Adonai echad*.

De moordenaar keek of zijn handen schoon waren en of hij geen vlekken op zijn kleren had. Maar bij een messteek als deze vloeide er niet veel bloed. Hij stopte de portefeuille en het pakje in zijn zak, en nadat hij zijn kleren had rechtgetrokken, verliet hij de toiletten. Bij zijn tafel bleef hij nog even staan om 23 euro voor zijn eigen maaltijd neer te leggen. Er zat maar een paar cent fooi bij, maar hij zou dan ook niet gauw terugkomen. Hij verliet het restaurant en stak het plein over. Op de heenweg had hij een Brioni gezien, en hij wilde een nieuw pak.

Het hoofdkwartier van het Amerikaanse Korps Mariniers bevindt zich niet in het Pentagon. Het grootste kantoorgebouw ter wereld heeft ruimte voor de landmacht, de marine en de luchtmacht, maar om de een of andere reden zijn de mariniers erbuiten gebleven en moeten ze zich behelpen met hun eigen kantorencomplex. Het heet het Navy Annex en het staat een halve kilometer van het Pentagon vandaan aan de Lee Highway in Arlington, Virginia. Niet dat het zo'n groot offer is. De mariniers zijn altijd een stiefkind van de Amerikaanse strijdkrachten geweest. Officieel vielen ze onder de marine, waar ze oorspronkelijk als een soort privé-leger moesten fungeren, zodat het niet nodig was om soldaten op oorlogsschepen mee te nemen, want de landmacht en de marine waren elkaar nooit erg welgezind geweest.
In de loop van de tijd kreeg het Korps Mariniers zijn eigen bestaansreden. Meer dan een eeuw was het Korps de enige Amerikaanse landstrijdmacht die zich in het buitenland vertoonde. Omdat de mariniers zich niet druk hoefden te maken om zware logistiek, of zelfs om medisch personeel – dat konden ze aan de marine overlaten – hadden ze allemaal een geweer en boden ze een afschrikwekkende, ontnuchterende aanblik voor eenieder die geen warm plekje in zijn hart had voor de Verenigde Staten van Amerika. Daarom konden hun collega's in de Amerikaanse strijdkrachten respect voor hen opbrengen, maar niet altijd liefde. Te veel show, te veel arrogantie en een te goed ontwikkeld gevoel voor public relations, vonden de meer bedaagde krijgsmachtonderdelen.
Het Korps Mariniers gedroeg zich natuurlijk alsof het een leger op zichzelf was – het had zelfs een eigen luchtmacht, klein maar met scherpe slagtanden – en daar hoorde tegenwoordig ook een hoofd inlichtingendienst bij, al keken veel geüniformeerde mariniers daar nog wat vreemd tegenaan. Het inlichtingenhoofdkwartier van het Korps was een nieuw gebouw, en het maakte deel uit van de pogingen van de Groene Machine om de achterstand ten opzichte van de rest van de krijgsmacht in te halen. Het hoofd van de inlichtingendienst werd M-2 genoemd – '2' was de gebruikelijke aanduiding voor iemand in het inlichtingenvak – en hij was generaal-majoor Terry Broughton, een kleine infanterist met een gedrongen postuur die met deze baan was opgescheept omdat ze een beetje realiteit aan het inlichtingenvak wilden geven; het Korps wilde duidelijk maken dat er aan het hoofd van de papierwinkel een man met een geweer stond die goede informatie nodig had om in leven te blijven. Het was een van de vele geheimen van het Korps dat de leden qua intelligentie voor niemand onderdeden, zelfs niet voor de computerspecialisten van de luchtmacht, die vonden dat iemand die een vliegtuig kon besturen wel slimmer móést zijn dan ieder ander. Over elf

maanden zou Broughton het bevel krijgen over de Tweede Divisie Mariniers in kamp Lejeune, North Carolina. Dat welkome nieuws was nog maar een week geleden gearriveerd en hij was nog steeds in een opperbest humeur.
Dat was ook goed nieuws voor kapitein Brian Caruso, voor wie een audiëntie bij een generaal misschien niet echt angstaanjagend, maar toch wel reden voor enige behoedzaamheid was. Hij droeg zijn olijfkleurig uniform, klasse A, compleet met koppelriem en alle linten waar hij recht op had, wat er niet zo heel veel waren, al zagen sommige er wel mooi uit, en verder zijn gouden parachutistenwings en een verzameling scherpschuttersonderscheidingen die groot genoeg was om zelfs indruk te maken op een typische geweerman als generaal Broughton.
De M-2 had een luitenant-kolonel als loopjongen en een zwarte artilleriesergeant als privé-secretaresse. Dat vond de jonge kapitein nogal vreemd, maar niemand had het Korps ooit van logica beschuldigd, zei Caruso tegen zichzelf. Zoals ze vaak zeiden: 230 jaar traditie, ongehinderd door vooruitgang.
'De generaal kan u nu ontvangen, kapitein,' zei ze, opkijkend van de telefoon op haar bureau.
'Dank je, sergeant,' zei Caruso. Hij stond op en liep naar de deur, die de sergeant voor hem openhield.
Broughton was precies wat Caruso had verwacht. Hij was net geen een meter tachtig en had het soort borst dat kogels kon laten afketsen. Zijn haar was iets langer dan stoppels. Zoals de meeste mariniers ging hij naar de kapper als zijn haar meer dan een centimeter lang was. De generaal keek van zijn papieren op. Zijn koude bruine ogen bekeken de bezoeker van top tot teen.
Caruso salueerde niet. Net als marineofficieren salueerden mariniers niet, tenzij ze onder de wapenen waren of 'bedekt' waren met een uniformpet. De visuele inspectie duurde ongeveer drie seconden, maar voelde aan alsof hij een week duurde.
'Goedemorgen, generaal.'
'Ga zitten, kapitein.' De generaal wees naar een leren stoel.
Caruso ging wel zitten, maar bleef in de houding, met gebogen benen en al.
'Weet je waarom je hier bent?' vroeg Broughton.
'Nee, generaal, dat hebben ze me niet verteld.'
'Hoe bevalt het je bij Recon?'
'Prima, generaal,' antwoordde Caruso. 'Ik denk dat ik de beste onderofficieren van het hele Korps heb, en het werk blijft interessant.'
'Je hebt goed werk geleverd in Afghanistan, staat hier.' Broughton hield

een map met rood-wit gestreepte tape op de randen omhoog. Die tape gaf aan dat het materiaal topgeheim was. Maar speciale operaties vielen vaak in die categorie, en Caruso's karwei in Afghanistan was inderdaad niet iets wat je op het televisiejournaal wilde hebben.

'Het was tamelijk opwindend, generaal.'

'Goed werk, staat hier. Je hebt al je mannen er levend uit gekregen.'

'Generaal, dat komt vooral door de SEAL-marinier die we bij ons hadden. Korporaal Ward had een lelijke schotwond opgelopen, maar sergeant Randall redde zijn leven, dat staat vast. Ik heb hem voorgedragen voor een onderscheiding. Ik hoop dat hij hem krijgt.'

'Hij krijgt hem,' verzekerde Broughton hem. 'En jij ook.'

'Generaal, ik deed alleen maar mijn werk,' protesteerde Caruso. 'Mijn mannen deden al...'

'En dat is een kenmerk van een goede jonge officier,' onderbrak de M-2 hem. 'Ik heb je verslag van de actie gelezen, en ook dat van sergeant Sullivan. Hij zegt dat je het erg goed deed voor een jonge officier in zijn eerste gevechtsactie.' Sergeant Joe Sullivan had de kruitdamp al eerder geroken, in Libanon en Koeweit en op een paar andere plaatsen die het avondjournaal nooit hadden gehaald. 'Sullivan heeft een keer voor me gewerkt,' zei Broughton tegen zijn bezoeker. 'Hij komt in aanmerking voor promotie.'

Caruso liet zijn hoofd op- en neergaan. 'Ja, generaal. Hij is er beslist aan toe om een stap vooruit te gaan.'

'Ik heb je rapport over hem gelezen.' De M-2 tikte op een andere map, zonder tape langs de randen. 'Je spreekt erg lovend over je mannen, kapitein. Waarom?'

Caruso knipperde met zijn ogen. 'Generaal, ze deden het erg goed. Ik had niet meer van hen kunnen verwachten, zeker gezien de omstandigheden. Ik zou het met dat stel mariniers tegen iedereen op de wereld willen opnemen. Zelfs de nieuwe jongens kunnen het op een dag allemaal tot sergeant brengen, vooral twee van hen. Ze werken hard en ze zijn zo intelligent dat ze al weten wat ze moeten doen voordat ik het hun heb verteld. Minstens een van hen heeft het in zich om officier te worden. Generaal, dat zijn mijn mensen, en ik ben erg blij dat ik ze heb.'

'En je hebt ze goed opgeleid,' voegde Broughton eraan toe.

'Dat is mijn werk, generaal.'

'Nu niet meer, kapitein.'

'Pardon? Ik blijf nog veertien maanden bij het bataljon, en er is nog geen beslissing genomen over wat ik hierna ga doen.' Al zou hij met het grootste plezier altijd bij Recon, de Tweede Eenheid Verkenningen, blijven. Caruso dacht dat hij binnenkort tot majoor zou worden bevorderd, en dan zou hij misschien worden overgeplaatst naar bataljon S-3, als officier operaties voor het verkenningsbataljon van de divisie.

'Die man van de CIA die met jullie de bergen in ging – hoe was het om met hem samen te werken?'

'James Hardesty. Hij zegt dat hij vroeger bij de Speciale Troepen van de landmacht zat. Een jaar of veertig, maar hij is erg fit voor een oudere man. Hij spreekt twee van de plaatselijke talen. Doet het niet in zijn broek als het tegenzit. Hij... Nou, hij heeft me vrij goed gesteund.'

M-2 had de geheime map weer in zijn handen. 'Hij zegt hier dat je in die hinderlaag zijn leven hebt gered.'

'Generaal, het is op zichzelf al niet slim om in een hinderlaag te lopen. Hardesty deed een verkenningsactie met korporaal Ward, terwijl ik met de satellietradio bezig was. De tegenstanders zaten op een strategisch plekje, maar ze verraadden zichzelf. Ze openden te vroeg het vuur op Hardesty, misten hem met hun eerste salvo, en we manoeuvreerden ons de helling op, om hen heen. De tegenstanders hadden hun positie niet goed genoeg beveiligd. Sergeant Sullivan kreeg ons doelwit in het vizier, en trof hem midden in zijn hoofd, op tien meter afstand. Eigenlijk hadden we hem levend in handen willen krijgen, maar onder de omstandigheden was dat niet mogelijk.' Caruso haalde zijn schouders op. Superieuren konden hun mannen nog zo goed opleiden, ze konden niet bepalen onder welke omstandigheden ze moesten opereren. De man was niet van plan geweest in Amerikaans krijgsgevangenschap te gaan, en het was moeilijk om zo iemand in leven te laten. De uiteindelijke score had bestaan uit één ernstig getroffen marinier en zestien dode Arabieren, plus twee krijgsgevangenen met wie de kerels van de inlichtingendienst konden babbelen. Uiteindelijk was de actie productiever geweest dan iedereen had verwacht. De Afghanen waren best moedig, maar ze waren niet krankzinnig – of om precies te zijn: ze kozen alleen op hun eigen voorwaarden voor het martelaarschap.

'Lessen geleerd?' vroeg Broughton.

'Er bestaat niet zoiets als te veel training, generaal, of te veel fitheid. De realiteit is veel rommeliger dan oefeningen. Zoals ik al zei: de Afghanen zijn best moedig, maar ze zijn niet getraind. En je weet nooit wie er blijven doorvechten en wie er bezwijken. Ze hebben ons op Quantico geleerd dat je op je instinct moet afgaan, maar ze leveren dat instinct er niet bij, en dus weet je niet altijd zeker of je naar de juiste stem luistert of niet.' Caruso haalde zijn schouders op, maar hij ging gewoon door. Hij gaf zijn mening. 'Ik denk dat het met mij en mijn mariniers goed is afgelopen, maar ik zou niet kunnen zeggen waarom.'

'Je moet niet te veel nadenken, kapitein. In een gevechtssituatie heb je geen tijd om het allemaal te overdenken. Je denkt van tevoren. Je traint je mensen en je geeft hun taken. Je bereidt je mentaal op actie voor, maar je denkt nooit dat je weet welke vorm die actie zal aannemen. Hoe dan ook, je hebt het goed gedaan. Je hebt indruk gemaakt op die Hardesty, en dat is een erg serieuze man. Daardoor doet dit zich nu voor,' zei Broughton tot slot.

'Pardon, generaal?'

'De CIA wil met je praten,' zei de M-2. 'Ze houden een talentenjacht en jouw naam is gevallen.'

'Waarvoor, generaal?'

'Dat hebben ze me niet verteld. Ze zijn op zoek naar mensen die in het veld kunnen werken. Ik geloof niet dat het spionage is. Waarschijnlijk de paramilitaire kant van hun werk. Misschien hun nieuwe antiterreurafdeling. Ik kan niet zeggen dat ik het leuk vind om een veelbelovende jonge marinier te verliezen. Maar ik heb hier niets over te zeggen. Het staat je vrij om het aanbod af te wijzen, maar je moet wel eerst met hen gaan praten.'

'Ja.' Dat hoefde hij niet echt.

'Misschien heeft iemand hen herinnerd aan een andere ex-marinier die uiteindelijk erg goed terechtgekomen is...' merkte Broughton op.

'Oom Jack, bedoelt u? Jezus, neemt u me niet kwalijk, generaal, maar ik verzwijg dat al sinds ik naar mijn eerste training ging. Ik ben gewoon een O-3-marinier, generaal. Ik vraag om niets anders.'

'Goed,' was het enige wat Broughton wilde zeggen. Hij zag een erg veelbelovende jonge officier voor zich die de handleiding voor marineofficieren helemaal had gelezen en alle belangrijke richtlijnen had onthouden. Hij was hooguit een beetje te serieus, maar zo was de generaal zelf ook geweest. 'Nou, je wordt daar over twee uur verwacht bij een zekere Pete Alexander, ook zo iemand die bij de Speciale Troepen heeft gezeten. Hij was in de jaren tachtig een van de leiders van de CIA-operaties in Afghanistan. Geen slechte kerel, heb ik gehoord, maar hij heeft geen zin om zijn eigen talent te kweken. Let op je portefeuille, kapitein,' zei hij tot slot.

'Ja, generaal,' beloofde Caruso. Hij stond op en ging in de houding staan.

De M-2 glimlachte naar zijn gast. '*Semper fi*, jongen.' Altijd trouw, het motto van het Korps Mariniers.

'Jazeker, generaal.' Caruso liep het kantoor uit, knikte naar de sergeant, zei geen woord tegen de luitenant-kolonel, die niet de moeite had genomen om op te kijken, en ging naar beneden. Hij vroeg zich af waar hij nu weer in verzeild zou raken.

Honderden kilometers van hem vandaan dacht een andere man, die ook Caruso heette, hetzelfde. Door kidnappingen op te lossen had de FBI een reputatie verworven als een van de belangrijkste politieorganisaties van Amerika. Dat was kort na het aannemen van de Lindbergh-wet in de jaren dertig begonnen. Doordat de FBI zoveel succes had, werd er bijna nooit meer iemand gekidnapt om geld, tenminste niet door intelligente criminelen. De FBI loste ál die zaken op, en beroepsmisdadigers hadden eindelijk begrepen dat die tak van de misdaad iets voor sukkels was. En zo was het jarenlang gebleven, totdat er kidnappers kwamen die het om iets anders dan geld te doen was.

En die mensen waren veel moeilijker te pakken te krijgen.

Als ik een van die types was, waar zou ik dan zijn...? Caruso ging langzamer rijden. Hij dacht: een huis met een goede toegang vanaf de weg. Dat hoefde geen grote weg te zijn, een goede secundaire weg, met een afslag naar iets met meer privacy. Gemakkelijk te bereiken. Een plaats waar de buren niet konden zien of horen wat hij deed...

Hij pakte zijn microfoon.

'Caruso voor basis Birmingham.'

'Ja, Dominic,' antwoordde de agent die achter de radiotafel zat. De FBI-radio's waren versleuteld. Iemand onder een goede descrambler kon ze niet afluisteren.

'Dat witte busje. Hoe solide is die informatie?'

'Een bejaarde vrouw zegt dat ze een klein meisje heeft gezien toen ze haar krant ging halen. Het meisje voldeed aan het signalement en praatte met een man naast een wit busje. De mogelijke verdachte is een blanke man, leeftijd onbekend, verder geen signalement. Het is niet veel, Dom, maar het is het enige wat we hebben,' meldde FBI-agent Sandy Ellis.

'Hoeveel kindermisbruikers wonen er hier in de buurt?' vroeg Caruso toen.

'Volgens de computer zijn het er in totaal negentien. We hebben mensen naar ze toe gestuurd. Daar is nog niets uit voortgekomen. Dat is het enige wat we hebben.'

'Begrepen, Sandy. Over en sluiten.'

Nog meer rijden, nog meer kijken. Hij vroeg zich af of dit leek op wat zijn broer Brian in Afghanistan had meegemaakt: in zijn eentje op zoek naar de vijand... Hij keek uit naar onverharde zijweggetjes, misschien met verse bandensporen.

Hij keek weer naar de kleine foto. Een meisje met een lief gezicht dat net begonnen was het abc te leren. Een kind voor wie de wereld altijd veilig was geweest, beschermd door papa en mama, een kind dat naar de zondagsschool ging en rupsen maakte van eierdoosjes en pijpenragers, en

dat leerde zingen van 'Ik ben zo blij, zo blij/Want Jezus houdt van mij...'
Hij keek naar links en naar rechts. Daar, zo'n honderd meter van hem vandaan, liep een onverhard weggetje het bos in. Toen hij vaart minderde, zag hij dat het pad een lichte S-bocht maakte, maar de bomen stonden niet zo dicht op elkaar, en hij zag...

... een goedkoop houten huis... en daarnaast... de hoek van een busje...? Maar dit busje was meer beige dan wit...

Nou, dat oude dametje dat het kleine meisje en het busje had gezien... Hoe groot was de afstand geweest...? Zon of schaduw...? Zoveel dingen, zoveel onzekere factoren. Hoe goed de FBI Academy ook was, ze konden je daar niet op alles voorbereiden, bij lange na niet. Dat vertelden ze je daar ook; ze vertelden je dat je op je instinct en ervaring moest afgaan... Maar Caruso had amper een jaar ervaring.

Evengoed...

Hij stopte.

'Caruso voor basis Birmingham.'

'Ja, Dominic,' antwoordde Sandy Ellis.

Caruso gaf zijn positie door. 'Ik loop dat weggetje in om te gaan kijken.'

'Begrepen, Dom. Vraag je om assistentie?'

'Nee, Sandy. Het is waarschijnlijk niets. Ik ga alleen even aankloppen en met de bewoner praten.'

'Goed. Ik wacht af.'

Caruso had geen draagbare radio – dat was iets voor de plaatselijke politie, niet voor de FBI – en kon dus alleen via zijn mobiele telefoon contact onderhouden. Zijn handvuurwapen was een Smith & Wesson 1076, die in zijn holster op zijn rechterheup zat. Hij stapte uit de auto en deed het portier dicht zonder het in het slot te laten vallen, want dat zou te veel lawaai maken. Mensen keken altijd op als ze een autoportier in het slot hoorden vallen.

Hij droeg een donker olijfgroen pak, en dat kwam goed uit, dacht Caruso, terwijl hij het weggetje in liep. Hij zou eerst bij het busje gaan kijken. Hij liep normaal, maar hij keek strak naar de ramen van het verwaarloosde huis. Eerst hoopte hij daarachter iemand te zien, maar bij nader inzien was hij blij dat hij niemand zag.

Het Ford-busje was ongeveer zes jaar oud, dacht hij. Deukjes en krassen op de carrosserie. De chauffeur had achteruit geparkeerd. Dat betekende dat de auto met de schuifdeur naar het huis toe stond, zoals een timmerman of loodgieter zou doen. Of iemand die een klein lichaam vervoerde dat zich verzette. Hij hield zijn rechterhand vrij en de knopen van zijn jasje los. Iedere politieman op de hele wereld oefende zich er voor de spiegel in om zo snel mogelijk zijn wapen te kunnen trekken, al moest

je wel gek zijn om te denken dat je in die ene vloeiende beweging ook nog kon schieten, want op die manier kon je gewoon niets raken.
Caruso nam de tijd. Het raampje aan de bestuurderskant was open. Vanbinnen was het busje bijna helemaal leeg: de kale ongeverfde metalen vloer, de reserveband, de krik... en een grote rol isolatieband...
Er lag veel van dat spul. Het uiteinde van de rol was omgevouwen, dan kon je gemakkelijk iets van de rol trekken zonder er met je nagels aan te hoeven plukken. Veel mensen deden dat. Ten slotte lag er een kleedje. Het lag – nee, het zat vastgeplakt, zag hij – op de vloer, net achter de passagiersstoel... En bungelde daar wat tape aan het metaal van die stoel? Wat kon dat betekenen?
Waarom daar, vroeg Caruso zich af, maar plotseling tintelde de huid op zijn onderarmen. Dat had hij nog nooit eerder gehad. Hij had nog nooit zelf iemand gearresteerd, was nog niet betrokken geweest bij een grote zaak, tenminste niet bij de afloop daarvan. Hij had korte tijd in Newark achter voortvluchtigen aan gezeten en had toen in totaal drie mensen opgepakt, altijd samen met een andere, ervarener agent. Hij liep nu zelf ook wat langer mee, maar echt ervaren was hij nog niet, zei hij tegen zichzelf.
Caruso keek naar het huis. Hij dacht snel na. Wat had hij nu precies? Niet veel. Hij had in een busje gekeken en daar geen echt bewijsmateriaal in aangetroffen. Het was gewoon een leeg busje met een rol isolatieband en een kleedje op de stalen vloer.
Evengoed...
De jonge agent nam de mobiele telefoon uit zijn zak en drukte op de knop van de centrale.
'Met de FBI. Kan ik u helpen?' vroeg een vrouwenstem.
'Caruso voor Ellis.' Dat bracht de dingen snel in beweging.
'Wat heb je, Dom?'
'Wit busje, Ford Ecoline. Nummerbord uit Alabama, ER 6501, geparkeerd op mijn locatie. Sandy...'
'Ja, Dominic?'
'Ik ga bij die kerel aankloppen.'
'Wil je assistentie?'
Caruso dacht even na. 'Ja, dat wil ik.'
'Er is een wagen van de county op ongeveer tien minuten afstand. Wacht af,' raadde Ellis hem aan.
'Ja, ik wacht af.'
Maar het leven van een klein meisje stond op het spel...
Hij liep door naar het huis en lette erop dat hij niet te zien was vanachter de dichtstbijzijnde ramen. Op dat moment stond de tijd stil.
Hij maakte bijna een sprongetje van schrik toen hij de gil hoorde. Het

was een afschuwelijk, schel geluid, alsof iemand de dood zelf in de ogen keek. Zijn hersenen verwerkten de informatie, en plotseling merkte hij dat hij zijn pistool in zijn hand had, vlak voor zijn borstbeen – omhooggericht, maar toch in zijn hand. Het was de gil van een vrouw geweest, besefte hij, en plotseling klikte er iets in zijn hoofd.

Zo snel als hij zich kon bewegen zonder veel geluid te maken ging hij de veranda op, onder het rommelige, slordig aangebrachte dak. De voordeur bestond voor het grootste deel uit horgaas. Hij was aan een verfbeurt toe, maar dat gold voor het hele huis. Het zou wel een huurwoning zijn, en dan ook nog een goedkope. Hij keek door het gaas en zag een gang, met links een keuken en rechts een badkamer. Hij kon in die badkamer kijken, maar vanaf de plaats waar hij stond, waren alleen een witporseleinen toilet en een wastafel te zien.

Hij vroeg zich af of hij een gerede aanleiding had om het huis binnen te gaan en kwam meteen tot de conclusie van wel. Hij trok de deur open en sloop zo zachtjes mogelijk naar binnen. In de gang lag een goedkope, vuile loper. Hij liep door, zijn pistool omhoog, al zijn zintuigen op scherp. Bij elke stap veranderde zijn gezichtsveld. De keuken was nu niet meer te zien, maar hij kon beter in de badkamer kijken...

Penny Davidson lag in het bad, naakt, haar porseleinblauwe ogen wijd open, haar keel van oor tot oor opengesneden. Al het bloed uit haar lichaam bedekte haar platte borst en de zijkanten van het bad. Haar keel was met zoveel geweld doorgesneden dat hij openlag als een tweede mond.

Vreemd genoeg reageerde Caruso niet fysiek op wat hij zag. Zijn ogen namen alles in zich op, maar voorlopig dacht hij alleen dat de man die dit had gedaan nog in leven was en zich maar een paar meter van hem vandaan bevond.

Hij besefte dat het geluid dat hij had gehoord van links voor hem was gekomen. De huiskamer. Een televisie. Daar zou de bewoner zijn. Was er misschien een tweede persoon? Hij had geen tijd om daarover na te denken en het kon hem op dat moment ook niet veel schelen.

Langzaam, voorzichtig, terwijl zijn hart bonkte, schuifelde hij naar voren en gluurde om de hoek. Daar zat hij: een blanke man van achter in de dertig met een kalend hoofd. Hij keek gefascineerd naar de televisie – het was een horrorfilm, daar zou die gil ook wel vandaan zijn gekomen – en dronk Miller Lite-bier uit een aluminium blikje. Hij keek tevreden en zeker niet opgewonden. Waarschijnlijk had hij dat al achter de rug, dacht Dominic. En recht voor hem – jezus – lag een bloederig slagersmes op de salontafel. Er zat ook bloed op zijn T-shirt, alsof het erop gesproeid was. Uit de keel van een klein meisje.

'Het probleem met die klootzakken is dat ze zich nooit verzetten,' had een instructeur op de FBI Academy tegen hen gezegd. 'O ja, als ze kleine kinderen in hun handen hebben, zijn ze nog meer macho dan John Wayne, maar ze verzetten zich niet tegen gewapende politie – nooit. En weet je, dat is verdomd jammer,' had de instructeur tot slot gezegd. Jij gaat vandaag niet de cel in. Die gedachte leek uit zichzelf in Caruso's hoofd op te komen. Zijn rechterduim trok de haan van zijn pistool terug, zodat het wapen nu schietklaar was. Zijn handen voelden aan als ijs, besefte hij.

Net op de hoek, waar je linksaf ging om in de kamer te komen, stond een gammel oud bijzettafeltje. Het was achthoekig van vorm en er stond een vaas van doorzichtig blauw glas op, een goedkope, misschien van de plaatselijke K-mart, waarschijnlijk bestemd voor bloemen, maar die stonden er nu niet in. Langzaam, voorzichtig, haalde Caruso uit met zijn been en schopte toen het tafeltje om. De glazen vaas kletterde op de houten vloer aan scherven.

De man schrok hevig, draaide zich om en zag een onverwachte bezoeker in zijn huis. Zijn reactie was eerder instinctief dan beredeneerd: hij greep naar het slagersmes dat op de salontafel lag. Caruso had niet eens tijd om te glimlachen, al wist hij dat de man de laatste fout van zijn leven had gemaakt. Het is voor de Amerikaanse politie een soort vaststaand gegeven dat iemand met een mes in zijn hand op minder dan zeven meter afstand een onmiddellijke en dodelijke bedreiging vormt. De man begon zelfs overeind te komen.

Maar hij kwam niet overeind.

Caruso's vinger drukte tegen de trekker van zijn Smith en joeg de eerste kogel dwars door het hart van de man. Binnen een seconde volgden er nog twee. Op zijn witte T-shirt verspreidde zich meteen een rode vlek. Met grote verbazing keek hij naar zijn borst en toen naar Caruso, en toen ging hij weer zitten, zonder een woord te zeggen of het uit te schreeuwen van pijn.

Caruso veranderde nu van richting en keek in de enige slaapkamer van het huis. Leeg. De keuken was ook leeg, en de achterdeur zat nog aan de binnenkant op slot. Dat was een opluchting. Niemand anders in het huis. Hij keek nog eens naar de kidnapper. Diens ogen waren nog open. Maar Dominic had raak geschoten. Eerst ontwapende hij het dode lichaam en deed hij het handboeien om, want dat was hem zo geleerd. Toen voelde hij de halsslagader, maar dat was verspilde energie. Het enige wat de man nog zag, was de voordeur van de hel. Caruso haalde zijn mobiele telefoon tevoorschijn en drukte weer op de toets voor de centrale.

'Dom?' vroeg Ellis toen hij aan de lijn kwam.
'Ja, Sandy, met mij. Ik heb hem zojuist uitgeschakeld.'
'Wat? Wat bedoel je?' vroeg Sandy Ellis meteen.
'Dat kleine meisje is hier. Ze is dood, haar keel is doorgesneden. Ik kwam binnen en de man kwam met een mes op me af. Ik heb hem uitgeschakeld. Hij is ook dood, zo dood als een pier.'
'Jezus, Dominic! De sheriff van de county is maar een paar minuten bij je vandaan. Wacht af.'
'Begrepen. Ik wacht af, Sandy.'
Even later hoorde hij een sirene. Caruso ging de veranda op. Hij stak zijn pistool in de holster en haalde toen zijn FBI-insigne uit zijn jaszak. Hij hield dat in zijn linkerhand omhoog toen de sheriff met zijn eigen Smith & Wesson in de hand naar hem toe kwam.
Turner zag eruit zoals een sheriff in het zuiden van de Verenigde Staten er in Hollywood-films uitziet: groot, zwaar gebouwd, vlezige armen, een wapenriem die diep in zijn taille sneed. Alleen was hij zwart. Verkeerde film.
'Wat is er gebeurd?' vroeg hij.
'Mag ik één minuut?' Caruso haalde diep adem en vroeg zich even af hoe hij het verhaal zou vertellen. Het was belangrijk dat Turner het goed begreep, want moord was een misdrijf dat onder zijn jurisdictie viel.
'Ja.' Turner greep in zijn borstzakje en haalde een pakje Kools tevoorschijn. Hij bood er Caruso een aan, maar die schudde zijn hoofd.
De jonge agent ging op de verveloze houten veranda zitten en probeerde het allemaal op een rijtje te zetten. Wat was er precies gebeurd? Wat had hij precies gedaan? En hoe moest hij het nu precies uitleggen? Een stemmetje in zijn hoofd fluisterde dat hij er helemaal geen spijt van had. In elk geval had hij geen medelijden met de man die hij had doodgeschoten. Voor Penelope Davidson was hij te laat gekomen. Een uur eerder? Misschien zelfs maar een halfuur? Het kleine meisje zou die avond niet naar huis gaan; ze zou nooit meer door haar moeder in bed gestopt worden of door haar vader worden opgetild. En dus voelde FBI-agent Dominic Caruso helemaal geen wroeging. Hij had er alleen spijt van dat hij te laat was gekomen.
'Kun je praten?' vroeg sheriff Turner.
'Ik zocht naar een huis als dit, en toen ik voorbijreed, zag ik het busje staan...' begon Caruso. Toen stond hij op en leidde hij de sheriff het huis in om hem de rest te vertellen.
'Nou, en toen struikelde ik over dat tafeltje. Hij zag me en greep zijn mes en draaide zich naar me om – en toen trok ik mijn pistool en schoot ik die schoft overhoop. Drie kogels, geloof ik.'

'Hmm.' Turner liep naar het lichaam. De man had niet veel gebloed. Alle drie de kogels waren dwars door het hart gegaan, waardoor dat bijna meteen niet meer had kunnen pompen.
Paul Turner was lang niet zo dom als een FBI-agent misschien zou denken. Hij keek naar het lichaam en draaide zich toen om naar de deuropening vanwaar Caruso had geschoten. Zijn ogen maten de afstand en de invalshoek.
'Dus,' zei de sheriff, 'je struikelde over dat tafeltje. De verdachte ziet je, pakt zijn mes, en omdat je voor je leven vreest, haal je je dienstpistool tevoorschijn en los je drie snelle schoten. Ja?'
'Ja, zo ging het.'
'Hmm,' zei een man die bijna elk jachtseizoen een hert te pakken kreeg. Sheriff Turner greep in zijn rechterbroekzak en haalde zijn sleutelketting tevoorschijn. Die ketting was een cadeautje van zijn vader, een Pullmankruier op het oude Illinois Central-station. Het was een ouderwetse, en er was een zilveren dollar uit 1948 op gesoldeerd, het oude model met een middellijn van meer dan drie centimeter. Hij hield hem voor de borst van de kidnapper en de oude munt dekte alle drie de kogelgaten helemaal af. Een ogenblik keek hij erg sceptisch, maar toen dwaalde zijn blik af naar de badkamer. Zijn ogen werden milder en hij sprak zijn vonnis over het incident uit.
'Dan schrijven we het zo op. Mooi schietwerk, jongen.'

1

De Campus

De stad West Odenton, Maryland, was eigenlijk nauwelijks een stad te noemen. Er waren alleen een postkantoor voor mensen die in de omgeving woonden, een paar benzinestations en een 7-Eleven, plus de gebruikelijke fastfoodrestaurants voor mensen die een vet ontbijt wilden als ze van Columbia, Maryland, op weg waren naar hun baan in Washington. En een kleine kilometer van het bescheiden postkantoor vandaan stond een redelijk groot kantoorgebouw in anonieme overheidsstijl. Het was negen verdiepingen hoog en op het royale gazon aan de voorkant stond een lage zuil van grijze baksteen met zilverkleurige letters: HENDLEY ASSOCIATES, zonder dat werd uitgelegd wat Hendley Associates precies was. Er waren niet veel aanwijzingen. Het gebouw had een plat dak, teer met grind op gewapend beton, met een klein bouwsel voor de machinerie van de liften en een ander rechthoekig gebouw waarvan niet duidelijk was waar het voor diende; het was van fiberglas, wit en radiotransparant. Het gebouw zelf was maar in één opzicht ongewoon: afgezien van een paar oude tabaksschuren die nauwelijks boven de acht meter hoogte uitkwamen, was dit het enige gebouw van meer dan twee verdiepingen dat zich in de zichtlijn bevond van zowel het kantoor van de NSA, de National Security Agency, in Fort Meade, Maryland, als het hoofdkantoor van de CIA in Langley, Virginia. Er waren ondernemers geweest die ook in die zichtlijn hadden willen bouwen, maar om allerlei redenen – stuk voor stuk gelogen – hadden ze nooit een bouwvergunning gekregen.

Achter het gebouw stond een klein woud van antennes dat wel wat leek op dat van een plaatselijk televisiestation: zes schotelantennes met een middellijn van zes meter binnen een vier meter hoog Cyclone-hek met scheermesjesprikkeldraad langs de bovenrand. De antennes waren gericht op allerlei commerciële communicatiesatellieten. Het hele complex, dat helemaal niet zo complex was, besloeg zes hectare van Howard County en werd 'de Campus' genoemd door de mensen die er werkten. Daar in de buurt stond ook het Johns Hopkins University Applied Physics Laboratory, een onderzoeksinstelling met een respectabele voorgeschiedenis en een duidelijke taakopvatting.

Hendley Associates presenteerde zich naar buiten toe als een firma die in aandelen, obligaties en valuta handelde, al deden ze vreemd genoeg weinig aan openbare projecten. Er waren geen cliënten bekend, en hoewel werd gefluisterd dat de firma in stilte deelnam aan plaatselijke liefdadigheidsinstellingen (de medische faculteit van de Johns Hopkins University zou de voornaamste begunstigde zijn), was daarover nooit iets naar de plaatselijke media uitgelekt. De firma had trouwens helemaal geen public-relationsafdeling. Er gingen ook geen geruchten dat er dingen gebeurden die het daglicht niet konden verdragen, al was wel bekend dat de topman een enigszins besmet verleden had. Als gevolg daarvan meed hij de publiciteit. Bij enkele zeldzame gelegenheden had hij de plaatselijke journalisten erg handig en beleefd met een kluitje in het riet gestuurd, en op een gegeven moment hadden ze hem met rust gelaten. De personeelsleden van Hendley woonden verspreid in de omgeving, de meeste in Columbia. Ze waren welgesteld, maar leidden een onopvallend leven.

Gerald Paul Hendley junior had een bliksemcarrière op de goederenmarkt gemaakt. Hij had daarmee een aanzienlijk privé-vermogen vergaard en was de politiek in gegaan toen hij eind dertig was. Al gauw had hij voor de staat South Carolina zitting in de Senaat, waar hij zich onafhankelijk opstelde en zich verre hield van belangengroeperingen en het campagnegeld dat ze te bieden hadden. Hij volgde strikt zijn eigen politieke weg, progressief als het om burgerrechten ging, maar duidelijk conservatief als de strijdkrachten en het buitenlands beleid in het geding waren. Hij was er nooit voor teruggedeinsd om zijn mening uit te spreken, en dat maakte hem een interessante figuur voor de pers. Uiteindelijk werd gefluisterd dat hij de ambitie had om president te worden.

Tegen het eind van zijn tweede termijn van zes jaar was hij door een grote persoonlijke tragedie getroffen. Hij verloor zijn vrouw en drie kinderen bij een ongeluk op de Interstate 185, even buiten Columbia, South Carolina. Hun stationwagen kwam onder de wielen van een Kenworth-truck terecht. Natuurlijk was dat een verpletterende slag voor hem geweest, en kort daarna, helemaal aan het begin van de verkiezingscampagne voor zijn derde ambtstermijn, kreeg hij nog een tegenslag te incasseren. Via een column in de *New York Times* raakte bekend dat zijn persoonlijke beleggingsportefeuille – hij had altijd gezegd dat hij niet bekend hoefde te maken hoeveel hij bezat, omdat hij geen geld uit zijn eigen vermogen voor zijn campagnes gebruikte – op handel met voorkennis wees. Dat vermoeden werd bevestigd toen de kranten en televisiestations nog wat dieper in de zaak doken, en ondanks Hendley's protest dat de SEC, de instantie die toezicht houdt op de beurs, nooit duidelijk had gemaakt hoe de wet precies geïnterpreteerd moest worden, hadden veel mensen duidelijk de indruk dat hij zijn kennis van toekomstige overheidsuitgaven had gebruikt om in een vastgoedproject te investeren dat hem en zijn compagnons meer dan vijftig miljoen dollar zou opleveren. Erger nog: toen hem door een republikeinse kandidaat – die zichzelf 'mister Clean' noemde – in een openbaar debat naar die investering werd gevraagd, beging hij twee fouten. Ten eerste verloor hij zijn zelfbeheersing in het bijzijn van draaiende camera's. Ten tweede zei hij tegen de kiezers van South Carolina dat, als ze aan zijn eerlijkheid twijfelden, ze op de idioot konden stemmen met wie hij op het podium stond. Hij had in zijn hele leven nog nooit een politieke fout gemaakt, maar alleen al die uitspraak kostte hem vijf procent van de kiezers. De rest van zijn matte campagne was alleen maar verder bergafwaarts gegleden, en ondanks de sympathie van veel mensen die zich de vernietiging van zijn gezin herinnerden, werden de verkiezingen een grote nederlaag voor hem en de democraten, een nederlaag die nog groter was geworden door de venijnige toespraak die hij na afloop hield. Daarna had hij de politiek voorgoed verlaten. Hij ging zelfs niet naar zijn vooroorlogse plantage ten noordwesten van Charleston terug, maar verhuisde naar Maryland en liet zijn vroegere leven helemaal achter zich. Na een felle aanval op het hele politieke systeem had hij alle schepen achter zich verbrand waarover hij nog beschikte.

Momenteel woonde hij op een boerderij uit de achttiende eeuw, waar hij Appaloosa-paarden fokte – paardrijden en middelmatig golfen waren zijn enige overgebleven hobby's – en het rustige leven van een herenboer leidde. Hij werkte ook zeven of acht uur per dag op de Campus en liet zich heen en weer rijden in een limousine met chauffeur.

Hij was nu 52, lang, slank en zilverharig, en zo langzamerhand was hij geen bekende persoonlijkheid meer, al wisten veel mensen nog wel dat hij in de politiek had gezeten.

'Daar in de bergen heb je het goed gedaan,' zei Jim Hardesty, en hij wees de jonge marinier een stoel aan.

'Dank u. U hebt het ook goed gedaan.'

'Kapitein, als je na afloop weer thuiskomt, heb je het goed gedaan. Dat heb ik geleerd van mijn instructeur. Zo'n zestien jaar geleden,' voegde Hardesty eraan toe.

Kapitein Caruso maakte een rekensom en kwam tot de conclusie dat Hardesty een beetje ouder moest zijn dan hij eruitzag. Kapitein bij de Speciale Troepen van het Amerikaanse leger, daarna CIA-agent, plus zestien jaar – dat betekende dat hij dichter bij de vijftig moest zitten dan bij de veertig. Hij moest er hard aan hebben gewerkt om in vorm te blijven.

'Nou,' vroeg de officier, 'wat kan ik voor u doen?'

'Wat heeft Terry je verteld?' vroeg de inlichtingenman.
'Hij zei dat ik een gesprek zou hebben met een zekere Pete Alexander.'
'Pete moest plotseling ergens heen,' legde Hardesty uit.
De officier accepteerde die verklaring. 'Nou, hoe dan ook, de generaal zei dat jullie van de CIA een soort talentenjacht houden, maar dat jullie geen eigen talent willen kweken,' antwoordde Caruso naar waarheid.
'Terry is een beste kerel, en een verdomd goede marinier, maar hij identificeert zich soms wel erg sterk met zijn eigen toko.'
'Misschien wel, meneer Hardesty, maar hij wordt binnenkort mijn baas, als hij de Tweede Divisie Mariniers overneemt, dus ik probeer goede maatjes met hem te blijven. En u hebt me nog steeds niet verteld waarom ik hier ben.'
'Bevalt het je bij de mariniers?' vroeg de inlichtingenman.
De jonge marinier knikte. 'Jazeker. Het salaris stelt niet veel voor, maar ik heb ook niet meer nodig, en de mensen met wie ik samenwerk, zijn de besten.'
'Nou, de mariniers met wie we de berg op gingen, zijn vrij goed. Hoe lang heb je ze al?'
'In totaal? Een maand of veertien.'
'Je hebt ze goed getraind.'
'Daar word ik voor betaald, en ik had goed materiaal om mee te beginnen.'
'Je hebt die kleine gevechtshandeling ook goed afgewerkt,' merkte Hardesty op. Het ontging hem niet dat Caruso zich gereserveerd opstelde. Kapitein Caruso was net niet bescheiden genoeg om het een 'kleine' gevechtshandeling te noemen. De kogels die in het rond hadden gevlogen, waren echt genoeg geweest, en dat had het tot een grote actie gemaakt. Maar zijn training, had hij ontdekt, was hem zo goed van pas gekomen als zijn officieren in alle opleidingen en op alle oefeningen hadden voorspeld. Dat was een belangrijke en erg bevredigende ontdekking geweest. Het Korps Mariniers leverde goed werk.
'Ja,' was het enige antwoord dat hij gaf, en hij voegde eraan toe: 'En ik dank u voor uw hulp.'
'Ik ben een beetje oud voor dat soort dingen, maar ik ben blij dat ik nog weet hoe het moet.' En het was meer dan genoeg geweest, dacht Hardesty in stilte. Gevechtshandelingen waren iets voor jongens, en hij was geen jongen meer. 'Heb je er nog ideeën over, kapitein?' vroeg hij nu.
'Eigenlijk niet. Ik heb na afloop mijn rapport ingediend.'
Hardesty had dat gelezen. 'Nachtmerries of dat soort dingen?'
Die vraag verraste Caruso. Nachtmerries? Waarom zou hij die hebben?
'Nee,' antwoordde hij met zichtbare verbazing.

'Last van je geweten?' ging Hardesty verder.
'Die mensen voerden oorlog tegen mijn land,' antwoordde Caruso. 'Wij vochten terug. Als je niet tegen je verlies kunt, moet je het spel niet spelen. Als die mannen een gezin hadden, vind ik dat jammer, maar als je rottig gaat doen tegen mensen, kun je erop rekenen dat ze iets terugdoen.'
'Het is een harde wereld?'
'Nou, je kunt een tijger beter niet tegen zijn kont schoppen als je niet weet hoe je met zijn tanden moet afrekenen.'
Geen nachtmerries en geen spijt, dacht Hardesty. Dat was de bedoeling, maar de vriendelijke, zachtmoedige Verenigde Staten van Amerika brachten niet altijd zulke mensen voort. Caruso was een krijger. Hardesty schommelde in zijn stoel achterover en keek zijn gast zorgvuldig aan voordat hij verder sprak.
'Kapitein, de reden waarom je hier bent... Je hebt er in de kranten over gelezen: de grote problemen die we met die nieuwe golf van internationaal terrorisme hebben. Er zijn veel stammenoorlogen gevoerd tussen de CIA en de FBI. Op operationeel niveau doen zich meestal geen problemen voor, en op het hoogste niveau gaat het meestal ook wel goed – de FBI-directeur, Murray, is een prima kerel, en toen hij juridisch attaché in Londen was, kon hij goed met onze mensen opschieten.'
'Maar het zijn die lastpakken in het middenkader, hè?' vroeg Caruso. Hij had dat bij de mariniers ook meegemaakt. Hogere officieren die een groot deel van hun tijd met andere hogere officieren aan het bakkeleien waren, als jongetjes die beweerden dat hun vader de vader van andere jongetjes in elkaar kon slaan. Het verschijnsel was waarschijnlijk al zo oud als de Romeinen of de Grieken. Het was toen ook al dom en contraproductief geweest.
'Bingo,' bevestigde Hardesty. 'En je weet: God zelf zou het misschien in orde kunnen maken, maar zelfs Hij zou dan een erg goede dag moeten hebben. De bureaucratieën zijn te diep geworteld. In het leger valt het nog wel mee. Mensen worden daar vaak overgeplaatst, en ze hebben het idee dat ze een "missie" hebben, en in het algemeen werkt iedereen eraan mee om die missie te volbrengen, vooral wanneer ze daardoor allemaal wat hoger op de ladder komen. Je zou kunnen zeggen: hoe verder je van de actie vandaan komt, des te groter is de kans dat je in de papierwinkel verzuipt. We zijn dus op zoek naar mensen die weten wat actie is.'
'En wat is de missie?'
'Terroristische dreigingen op het spoor komen, ontdekken en elimineren,' antwoordde de inlichtingenman.
'Elimineren?' vroeg Caruso.

'Neutraliseren – shit, goed, als het zo uitkomt, schiet je die schoften overhoop. Je verzamelt informatie over de aard en de ernst van de dreiging en je onderneemt de actie die nodig is, afhankelijk van de specifieke dreiging. Het is vooral een kwestie van inlichtingen verzamelen. De CIA moet binnen allerlei beperkingen blijven. Deze speciale groep heeft daar geen last van.'

'O nee?' Dat was een grote verrassing.

Hardesty schudde zijn hoofd. 'Nee. Je zult niet voor de CIA werken. Je mag gebruikmaken van de faciliteiten van de CIA, maar verder gaat het niet.'

'Voor wie zou ik dan werken?'

'Dat kunnen we nu nog niet bespreken.' Hardesty pakte een map op, blijkbaar Caruso's dossier. 'In termen van intelligentie zit je bij de hoogste drie procent van de marineofficieren. Je presteert uitmuntend in bijna alle opzichten. Vooral je talenkennis is indrukwekkend.'

'Mijn vader is Amerikaan – ik bedoel dat hij hier geboren is – maar zijn vader kwam met de boot uit Italië en had – heeft nog steeds – een restaurant in Seattle. Mijn vader sprak in zijn jeugd dus vooral Italiaans, en dat is voor een deel overgegaan op mij en mijn broer. Op school heb ik Spaans gedaan. Ik kan niet voor een Spanjaard doorgaan, maar ik spreek het vrij goed.'

'Technische studie?'

'Dat heb ik ook van mijn vader. Het staat daarin. Hij werkt voor Boeing – aërodynamica, vooral het ontwerpen van vleugels en stuurvlakken. U weet alles van mijn moeder – dat staat daar ook in. Ze is vooral moeder, maar ze doet ook dingen op de katholieke scholen in haar woonplaats nu Dominic en ik volwassen zijn.'

'En je broer zit bij de FBI?'

Brian knikte. 'Ja. Hij heeft rechten gestudeerd en is daarna FBI-agent geworden.'

'Hij heeft net de krant gehaald,' zei Hardesty, en hij gaf hem een gefaxte pagina van een krant uit Birmingham. Brian begon te lezen.

'Goed zo, Dom,' fluisterde kapitein Caruso toen hij bij de vierde alinea kwam. Die woorden deden zijn gastheer goed.

Het was nauwelijks twee uur vliegen van Birmingham naar de luchthaven Reagan National bij Washington. Dominic Caruso liep naar het metrostation en nam een trein naar het Hoover Building op 10th Avenue en Pennsylvania Avenue. Dankzij zijn insigne hoefde hij niet door de metaaldetector. Het was de bedoeling dat FBI-agenten met een wapen rondliepen, en zijn pistool had een kerfje in de kolf gekregen – niet letterlijk natuurlijk, maar FBI-agenten zeiden dat soms voor de grap.

Het kantoor van adjunct-directeur Augustus Ernst Werner bevond zich op de bovenste verdieping, met uitzicht op Pennsylvania Avenue. De secretaresse liet hem meteen naar binnen gaan.

Caruso had Gus Werner nooit eerder ontmoet. Werner was een lange, slanke en erg ervaren FBI-man, een ex-marinier die qua uiterlijk en manier van doen wel wat van een monnik weg had. Hij had de leiding van het gijzelingsteam van de FBI gehad, en van twee afdelingen die in het veld opereerden, en hij had op het punt gestaan om met pensioen te gaan toen zijn goede vriend, directeur Daniel E. Murray, hem had overgehaald deze nieuwe baan te nemen. De divisie Antiterrorisme was een stiefkind van de veel grotere divisies Criminaliteit en Buitenlandse Contra-inlichtingen, maar ze werd met de dag belangrijker.

'Ga zitten,' zei Werner, en hij wees een stoel aan. Hij was bijna klaar met een telefoongesprek, dat nog ongeveer een minuut duurde. Toen legde Gus de hoorn op de haak en drukte hij op de NIET STOREN-knop.

'Ben Harding heeft dit naar me gefaxt,' zei Werner, en hij hield het rapport over de schietpartij van de vorige dag omhoog. 'Hoe ging het?'

'Het staat daar allemaal in.' Hij had drie uur lang in zijn geheugen gegraven en alles in nauwgezet FBI-bureaucraats op papier gezet. Vreemd dat je zoveel tijd nodig had om een beschrijving te geven van een actie die nog geen minuut had geduurd.

'En wat heb je weggelaten, Dominic?' Die vraag ging gepaard met de meest doordringende blik die de jonge FBI-agent ooit had meegemaakt.

'Niets,' antwoordde Caruso.

'Dominic, we hebben een aantal erg goede schutters in de FBI. Ik ben er een van,' zei Gus Werner tegen zijn gast. 'Drie schoten, allemaal door het hart, op vijf meter afstand – dat is een mooi resultaat op de schietbaan. Voor iemand die net een tafeltje heeft omgestoten, is het ronduit wonderbaarlijk. Ben Harding vond het niet zo bijzonder, maar directeur Murray en ik vinden dat wel – en Dan is ook een vrij goede schutter. Hij las gisteravond dat faxbericht en vroeg me om mijn mening. Dan heeft nog nooit iemand doodgeschoten. Ik wel: drie keer, twee keer als lid van een gijzelingsteam – dat waren gezamenlijke projecten, zou je kunnen zeggen – en één keer in Des Moines, Iowa. Die ene was ook een kidnapping. Ik had gezien wat hij met twee van zijn slachtoffers – kleine jongens – had gedaan, en weet je, ik wilde gewoon niet dat een of andere psychiater tegen de jury zou zeggen dat de man een slechte jeugd had gehad, en dat het eigenlijk niet zijn schuld was, en al dat gelul dat je in de rechtszaal hoort, waar de jury alleen maar de plaatjes te zien krijgt, en misschien zelfs die niet, als de advocaat de rechter kan wijsmaken dat ze een ophitsend effect hebben. Nou, weet je wat er gebeurde? Ik werd de wet. Ik handhaafde de wet niet, schreef de wet niet, interpreteerde de wet niet. Op die ene dag, 22 jaar geleden, wás ik de wet. Gods Eigen Wrekende Zwaard. En weet je wat? Het gaf me een goed gevoel.'

'Hoe wist u...?'

'Hoe ik zeker wist dat hij de dader was? Hij bewaarde souvenirs. Hoofden. Er lagen acht van die hoofden in de caravan waar hij in woonde. Dus nee, ik twijfelde geen moment. Er lag een mes bij hem in de buurt, en ik zei tegen hem dat hij het moest oppakken, en dat deed hij, en toen pompte ik op drie meter afstand vier kogels in zijn borst, en ik heb daar nooit een seconde spijt van gehad.' Werner zweeg even. 'Er zijn niet veel mensen die dat verhaal kennen. Zelfs mijn vrouw niet. Dus ga me niet vertellen dat je over een tafeltje struikelde, je Smith trok en drie kogels in het hart van de dader pompte terwijl je op één voet stond. Begrepen?'

'Ja,' antwoordde Caruso, al was niet duidelijk op welke vraag. 'Meneer Werner...'

'Ik heet Gus,' verbeterde de adjunct-directeur hem.

'Meneer,' hield Caruso vol. Hogergeplaatsten die met hun voornaam aangesproken wilden worden, maakten hem nerveus. 'Meneer, als ik zoiets zou zeggen, zou ik in feite een moord bekennen, en nog in een officieel rapport ook. Hij pakte echt dat mes op, hij wilde echt opstaan om naar me toe te komen, hij was echt maar drie of vier meter van me vandaan, en in Quantico hebben ze ons geleerd dat we dat als een onmiddellijke, dodelijke bedreiging moeten zien. Dus ja, ik schoot, en volgens het FBI-beleid inzake de toepassing van dodelijk geweld was dat een correcte beslissing.'

Werner knikte. 'Jij hebt rechten gestudeerd, hè?'

'Ja. Ik ben toegelaten tot de balie van zowel Virginia als Washington. Ik heb het balie-examen in Alabama nog niet afgelegd.'

'Nou, hou nu dan even op met jurist te zijn,' raadde Werner hem aan. 'Je hebt terecht geschoten. Ik heb nog steeds de revolver waarmee ik die schoft heb koud gemaakt. Een Smith, model 66 met een loop van tien centimeter. Ik draag hem soms zelfs op mijn werk. Dominic, je hebt gedaan wat iedere FBI-agent één keer in zijn carrière zou willen doen. Je hebt in je eentje voor gerechtigheid gezorgd. Daar moet je je niet beroerd door voelen.'

'Dat voel ik me ook niet,' verzekerde Caruso hem. 'Dat kleine meisje, Penelope – ik kon haar niet redden, maar in elk geval zal die schoft het nooit meer doen.' Hij keek Werner recht in de ogen. 'U weet wat voor gevoel dat is.'

'Ja.' Hij keek Caruso aandachtig aan. 'En je weet zeker dat je geen spijt hebt?'

'Ik heb een uurtje geslapen in het vliegtuig hierheen, meneer.' Hij zei dat zonder een zichtbare glimlach.
Maar er kwam nu wel een glimlach op Werners gezicht. Hij knikte. 'Nou, je krijgt een officieel compliment van het bureau van de directeur. Niet van het OPR.'
Het OPR, het Office of Professional Responsibility, was de eigen interne onderzoeksafdeling van de FBI, en hoewel de gewone FBI-agenten respect voor die afdeling hadden, waren ze er geen fans van. Er was een gezegde: 'Als hij kleine diertjes martelt en in zijn bed pist, is hij óf een seriemoordenaar, óf hij werkt voor het OPR.'
Werner pakte Caruso's dossier op. 'Hier staat dat je nogal intelligent bent... en ook goed in talen... Voel je er iets voor om naar Washington te komen? Ik zoek mensen die snel kunnen denken.'
Weer een overplaatsing, beluisterde FBI-agent Dominic Caruso in die woorden.

Gerry Hendley was geen overdreven formeel ingestelde man. Hij droeg op zijn werk een jasje en een das, maar als hij in zijn kamer kwam, hing dat jasje binnen vijftien seconden aan een kapstok. Hij had een prima secretaresse, net als hijzelf afkomstig uit South Carolina. Ze heette Helen Connolly, en nadat hij zijn programma voor die dag met haar had doorgenomen, pakte hij zijn *Wall Street Journal* en keek hij naar de voorpagina. Hij had de *New York Times* en de *Washington Post* al doorgenomen om op de hoogte te blijven van de actuele politieke gebeurtenissen, en zoals altijd had hij gemopperd dat ze het nooit helemaal goed deden. De digitale klok op zijn bureau liet hem weten dat hij nog twintig minuten had voordat zijn eerste bespreking begon, en hij zette zijn computer aan om te kijken of hij iets had gemist toen hij die ochtend de belangrijkste kranten las. Niet veel, alleen stond er een interessant stuk in de *Virginia Pilot* over de jaarlijkse Fletcher Conference, een bijeenkomst die elk jaar door de marine en het Korps Mariniers op de marinebasis Norfolk werd gehouden. Ze praatten over terrorisme en deden dat nogal intelligent, vond Hendley. Dat deden mensen in uniform vaak. In tegenstelling tot gekozen functionarissen.
Toen we een eind aan de Sovjet-Unie hadden gemaakt, dacht Hendley, dachten we dat de hele wereld tot rust zou komen. Maar wat we niet zagen aankomen, waren al die gekken met overgebleven AK-47's en een beetje kennis van scheikunde, of alleen maar de bereidheid om hun leven te geven als ze daarmee hun zogenaamde vijanden konden doden. Bovendien hadden ze de inlichtingenwereld niet in staat gesteld om op die nieuwe dreiging te reageren. Zelfs een president die ervaren was in

het inlichtingenwerk, en die ook nog de beste CIA-directeur uit de Amerikaanse geschiedenis was geweest, kreeg niet veel gedaan. Ze hadden veel meer mensen aangenomen: vijfhonderd personeelsleden extra in een dienst waar al twintigduizend mensen werkten – het leek niet veel, maar het betekende wel een verdubbeling van het directoraat Operaties. Voortaan was de CIA maar half zo gruwelijk ontoereikend als voorheen, maar dat was nog lang niet goed genoeg. En in ruil daarvoor had het Congres het toezicht verscherpt en meer beperkingen opgelegd, en daarmee had het de nieuw aangenomen mensen in feite meteen weer lamgelegd. Ze leerden het ook nooit. Hijzelf had eindeloos met zijn collega's in de Senaat gepraat, maar terwijl sommigen luisterden, deden anderen dat niet en bleven bijna alle overigen aarzelen. Ze keken te veel naar de hoofdredactionele commentaren, vaak in kranten die niet eens in hun eigen staat verschenen, want die commentaren, dachten ze in hun domheid, vormden de weerslag van wat het Amerikaanse volk dacht. Misschien lag het zo simpel: iedere pasgekozen politicus werd even gemakkelijk tot het spel verleid als Gaius Julius Caesar destijds door Cleopatra. Het kwam door de stafmedewerkers, wist hij, de 'professionele' politieke helpers die hun werkgevers 'begeleidden' naar hun herverkiezing, want dat was de Heilige Graal van het politieke bestaan geworden. Amerika had geen erfelijke heersende klasse, maar het had wel veel mensen die hun werkgevers maar al te graag over het deugdzame pad van de politieke goddelijkheid wilden leiden.

En als je in het systeem werkte, kon je daar niets aan veranderen.

Om iets te bereiken moest je buiten het systeem staan.

Ver buiten het systeem.

En als het iemand opviel, ach, hij was toch al in ongenade gevallen, nietwaar?

In het eerste uur van deze werkdag besprak hij financiële aangelegenheden met een aantal medewerkers, want op die manier verdiende Hendley Associates zijn geld. Als handelaar op de goederenmarkt en als valuta-arbitrageant had hij bijna van het begin af een hoog rendement gehaald. Hij voorvoelde de tijdelijke waardeverschillen – hij noemde ze altijd 'delta's' – die door psychologische factoren werden veroorzaakt. Zijn ingevingen kwamen vaak uit.

Hij deed al zijn zaken anoniem via buitenlandse banken, die allemaal graag veel geld in kas hadden en die zich niet al te druk maakten om de herkomst van dat geld, zolang het maar niet openlijk vuil was, wat het in zijn geval beslist niet was. Dat was ook een manier van hem om buiten het systeem te blijven.

Niet dat al zijn transacties strikt legaal waren. Het feit dat hij over de berichten beschikte die door Fort Meade werden onderschept, maakte het spel veel gemakkelijker voor hem. Eigenlijk was het zo illegaal als maar kon, en helemaal niet ethisch. Toch richtte Hendley Associates weinig schade aan op het wereldtoneel. Het had ook anders kunnen zijn, maar Hendley Associates ging uit van het principe dat biggen te eten kregen en dikke varkens geslacht werden, en dus aten ze maar een klein beetje uit de internationale trog. En trouwens, er was geen overheid die zulke misdrijven, in deze orde van grootte, kon bestraffen. En ergens in een safe binnen de kluis van de onderneming lag een officiële verklaring die door de president van de Verenigde Staten was ondertekend.

Tom Davis kwam binnen. Davis, officieel hoofd van de afdeling Obligatiehandel, had in sommige opzichten dezelfde achtergronden als Hendley, en zat de hele dag achter zijn computerscherm. Hij maakte zich niet druk om computerbeveiliging. In dit gebouw hadden alle muren een metalen bekleding om elektronische signalen tegen te houden, en alle computers waren beschermd tegen alles wat er maar kon gebeuren.

'Nog nieuws?' vroeg Hendley.

'Nou,' antwoordde Davis. 'We hebben een paar potentiële nieuwe rekruten.'

'Wie dan wel?'

Davis schoof de twee mappen over Hendley's bureau. De directeur pakte ze aan en maakte ze open.

'Broers?'

'Een tweeling. Twee-eiig. Hun moeder moet die maand twee eicellen hebben geproduceerd in plaats van een. Ze hebben allebei indruk gemaakt op de juiste mensen. Intelligent, flexibel denkend, fit, en met zijn tweeën een goede mix van talenten, plus talenkennis. Vooral Spaans.'

'Deze spreekt Pashtu?' Hendley keek verrast op.

'Net genoeg om het toilet te vinden. Hij heeft zo'n acht weken in Afghanistan gezeten en heeft de tijd genomen om de taal te leren. Volgens het rapport heeft hij het daar erg goed gedaan.'

'Denk je dat ze ons soort mensen zijn?' vroeg Hendley. Zulke mensen kwamen niet door de voordeur naar binnen lopen, en daarom had Hendley een klein aantal erg discrete rekruteerders hier en daar in het overheidsapparaat.

'We moeten ze nog een beetje natrekken,' gaf Davis toe, 'maar ze hebben wel talenten die wij belangrijk vinden. Op het eerste gezicht lijken ze allebei betrouwbaar en stabiel, en intelligent genoeg om te begrijpen waarom wij bestaan. Dus ja, ik denk dat ze een serieus onderzoek waard zijn.'

'Wat staat er voor hen op het programma?'

'Dominic wordt overgeplaatst naar Washington. Gus Werner wil hem in de divisie Antiterrorisme hebben. In het begin zal hij waarschijnlijk veel achter een bureau zitten. Hij is een beetje jong voor HRT, en hij heeft nog geen blijk gegeven van analytische vaardigheden. Ik denk dat Werner eerst wil zien hoe intelligent hij is. Brian gaat naar kamp Lejeune, naar zijn compagnie. Het verbaast me dat het Korps hem geen inlichtingenwerk laat doen. Hij is een voor de hand liggende kandidaat, maar ze zijn gek op hun schutters, en hij heeft het daar in kamelenland erg goed gedaan. Dus ik denk dat ik eerst daarheen vlieg om met hem te lunchen en hem wat af te tasten. Daarna kom ik naar Washington terug. En ik doe hetzelfde met Dominic. Werner was onder de indruk van hem.'
'En Gus heeft veel mensenkennis,' merkte de vroegere senator op.
'Zeg dat wel, Gerry,' beaamde Davis. 'Nou, nog iets nieuws gebeurd?'
'Zoals gewoonlijk ligt Fort Meade begraven onder een berg.' Dat was het grootste probleem met de NSA: ze onderschepten zoveel ruw materiaal dat je een leger nodig zou hebben om het allemaal uit te zoeken. Computerprogramma's waren erg nuttig doordat ze op bijvoorbeeld sleutelwoorden inzoomden, maar in bijna alle gevallen ging het om onschuldig gebabbel. Programmeurs probeerden het vangprogramma steeds weer te verbeteren, maar het was bijna onmogelijk gebleken om een computer menselijke instincten te geven, al zouden ze het blijven proberen. Jammer genoeg werkten de echt getalenteerde programmeurs voor spelletjesbedrijven. Daar was het geld te verdienen, en talent volgde meestal de weg van het geld. Hendley kon daar niet over klagen. Per slot van rekening had hij hetzelfde gedaan toen hij in de twintig en de dertig was. Hij ging dan ook vaak op zoek naar rijke en erg succesvolle programmeurs, voor wie geld niet zozeer saai als wel overbodig was geworden. Meestal was dat tijdverspilling. Nerds waren vaak hebzuchtige rotzakken. Net als advocaten, alleen niet zo cynisch. 'Maar ik heb vandaag een stuk of vijf onderschepte berichten gezien die interessant waren...'
'Zoals?' vroeg Davis. Hij was niet alleen de hoofdrekruteerder van de firma, maar ook een bekwame analist.
'Dit.' Hendley gaf hem de map. Davis maakte hem open en keek naar het papier dat erin zat.
'Hmm,' zei hij alleen maar.
'Het kan gevaarlijk worden als er iets uit voortkomt,' zei Hendley.
'Zeker. Maar we hebben meer nodig.' Dat was niet wereldschokkend. Ze hadden altijd meer nodig.
'Wie hebben we daar op dit moment?' Hij had het moeten weten, maar Hendley leed aan de gebruikelijke bureaucratische ziekte: het kostte

hem moeite om alle informatie op een rijtje te houden in zijn hoofd.
'Op dit moment? Ed Castilanno is in Bogotá om onderzoek naar het kartel in te stellen, maar hij is diep undercover. Erg diep,' zei Davis tegen zijn baas.
'Weet je, Tom, het inlichtingenvak is soms rotwerk.'
'Kop op, Gerry. Het betaalt goed – tenminste, dat geldt voor ons ondergeschikten,' voegde hij er met een vage grijns aan toe. Zijn gebronsde huid contrasteerde met zijn ivoorwitte tanden.
'Ja, het moet verschrikkelijk zijn als je een voetveeg bent.'
'In elk geval heeft mijn baas me laten doorleren. Ik kan mijn brieven schrijven en zo. Het had veel erger kunnen zijn. Ik hoef geen katoen meer te plukken, baas Gerry.' Hendley rolde met zijn ogen. Davis had inderdaad in Dartmouth gestudeerd, waar hij veel minder last van zijn donkere huid had dan in de staat waar hij vandaan kwam. Zijn vader verbouwde maïs in Nebraska en stemde republikeins.
'Wat kost zo'n oogstmachine tegenwoordig?' vroeg de baas.
'Meen je dat nou? Meer dan tweehonderdduizend dollar. Pa heeft vorig jaar een nieuwe gekocht en hij klaagt er nog steeds over. Natuurlijk gaat dit ding mee totdat zijn kleinkinderen rijk sterven. Het snijdt door een veld met maïs als een bataljon Rangers die een partij schurken een kopje kleiner maken.' Davis had carrière gemaakt bij de CIA. Hij had zich gespecialiseerd in het volgen van geldstromen over de grenzen. Bij Hendley Associates had hij ontdekt dat zijn talenten ook erg nuttig waren op zakelijk terrein, maar natuurlijk had hij nog steeds een voorkeur voor echte actie. 'Weet je, die FBI-agent, Dominic, heeft interessant werk op het gebied van financiële criminaliteit gedaan toen hij in Newark gestationeerd was. Dat was zijn eerste standplaats. Uit een van zijn zaken is een groot onderzoek naar een internationale bank voortgekomen. Hij is een erg goede snuffelaar voor een groentje.'
'Ja, en hij kan ook nog op eigen houtje mensen doden,' beaamde Hendley.
'Daarom zie ik wel wat in hem, Gerry. Hij kan snel beslissingen nemen, als iemand die tien jaar ouder is.'
'Twee broers. Interessant,' merkte Hendley op. Hij keek weer in de mappen.
'Misschien is het een kwestie van familieachtergronden. Hun opa was rechercheur bij Moordzaken.'
'En daarvoor zat hij bij de para's, in het 101ste. Ik begrijp wat je bedoelt, Tom. Laten we ze allebei natrekken. We krijgen het binnenkort druk.'
'Denk je dat?'
'Het wordt er daar buiten niet beter op.' Hendley wees naar het raam.

Ze zaten op een terras in Wenen. De avonden werden minder koud, en de gasten van het etablissement verdroegen de kilte om buiten te kunnen eten.
'Nou, waarom ben je in ons geïnteresseerd?' vroeg Pablo.
'We hebben gemeenschappelijke belangen,' antwoordde Mohammed, en hij verduidelijkte: 'Gemeenschappelijke vijanden.'
Hij keek in de verte. De vrouwen die voorbijkwamen, droegen de formele, bijna strenge plaatselijke mode, en de verkeersgeluiden, vooral die van de trams, maakten het voor iedereen onmogelijk om hun gesprek af te luisteren. Voor een oppervlakkige, of zelfs professionele waarnemer waren het alleen maar twee mannen uit andere landen – en er waren veel van zulke mannen in deze keizerstad – die op een kalme, vriendelijke manier hun zaken bespraken. Ze deden dat in het Engels, en dat was ook niet ongewoon.
'Ja, dat is zo,' moest Pablo toegeven. 'Dat van die vijanden, bedoel ik. Maar welke belangen?'
'Jullie beschikken over middelen die wij kunnen gebruiken. Wij hebben middelen die jullie kunnen gebruiken,' legde de moslim aan hem geduldig uit.
'Aha.' Pablo deed melk in zijn koffie en roerde. Tot zijn verbazing was de koffie hier net zo goed als in zijn eigen land.
Hij zou niet gemakkelijk tot overeenstemming komen, dacht Mohammed. Zijn gast had niet zo'n hoge positie in zijn organisatie als wenselijk was. Maar hun gezamenlijke vijand behaalde veel meer successen tegen Pablo's organisatie dan tegen die van hemzelf. Dat bleef hem verbazen. Ze hadden alle reden om goede veiligheidsmaatregelen te nemen, maar zoals alle mensen die zich door geld lieten leiden, misten ze de zuivere doelbewustheid die zijn eigen mensen wel hadden. En dat betekende dat ze kwetsbaarder waren. Toch was Mohammed niet zo dom om aan te nemen dat ze inferieur waren ten opzichte van zijn eigen organisatie. Per slot van rekening maakte het feit dat hij één Israëlische spion had gedood hem nog niet tot Superman. Het was duidelijk dat ze over veel expertise beschikten. Alleen waren daar grenzen aan gesteld. Zoals er ook grenzen gesteld waren aan wat zijn eigen mensen konden. Niemand, behalve Allah zelf, had onbegrensde capaciteiten. Als je dat wist, kreeg je realistischer verwachtingen en was de teleurstelling niet zo groot wanneer er iets misging. Je emoties mochten geen belemmering vormen voor de 'zaken', zoals zijn gast zijn Heilige Doel ten onrechte zou noemen. Maar hij had met een ongelovige te maken; dat was nu eenmaal niet anders.

'Wat hebben jullie ons te bieden?' vroeg Pablo. Hij gaf daarmee blijk van zijn hebzucht, zoals Mohammed ook had verwacht.
'Jullie moeten een betrouwbaar netwerk in Europa opbouwen, nietwaar?'
'Ja.' Daar hadden ze de laatste tijd wat problemen mee gehad. De politie was in Europa veel minder terughoudend dan in Amerika.
'Wij hebben zo'n netwerk.' En het was des te beter dat niemand van moslims verwachtte dat ze in de drugshandel zaten. In Saudi-Arabië, bijvoorbeeld, werden nog vaak drugshandelaren onthoofd.
'In ruil waarvoor?'
'Jullie hebben een erg succesvol netwerk in Amerika, en jullie hebben een reden om Amerika te haten, nietwaar?'
'Dat is zo,' beaamde Pablo. Colombia begon successen te boeken tegen de onzekere ideologische bondgenoten van het kartel in de bergen van Pablo's vaderland. Vroeg of laat zou FARC onder de druk bezwijken en dan zouden ze ongetwijfeld hun 'vrienden' – eigenlijk was 'zakenrelaties' een beter woord – aan de autoriteiten verraden in ruil voor hun toelating tot het democratisch proces. In dat geval zou het kartel in groot gevaar verkeren. Politieke instabiliteit was hun beste vriend in Zuid-Amerika, maar misschien zou er ooit een eind aan komen. Zijn gastheer had hetzelfde probleem, dacht Pablo, en ook dat zou hen tot bondgenoten kunnen maken. 'Welke diensten zou je precies van ons verlangen?'
Mohammed vertelde het hem. Hij zei er niet bij dat er geen geld zou worden betaald voor de diensten van het kartel. Mohammeds mensen zouden de eerste zending begeleiden naar... Griekenland? Ja, dat zou waarschijnlijk het gemakkelijkst zijn. En het zou genoeg zijn om het akkoord te bezegelen, nietwaar?
'Dat is alles?'
'Mijn vriend, wij handelen vooral in ideeën, niet in fysieke voorwerpen. De weinige materiële goederen die wij nodig hebben, zijn tamelijk klein en plaatselijk te verkrijgen. En ik twijfel er niet aan dat jullie ons aan reisdocumenten kunnen helpen.'
Pablo verslikte zich bijna in zijn koffie. 'Ja, dat zou geen probleem zijn.'
'Nou, is er enige reden waarom we dit bondgenootschap niet kunnen aangaan?'
'Ik moet dit met mijn superieuren bespreken,' waarschuwde Pablo, 'maar op het eerste gezicht zie ik geen reden waarom onze belangen tegenstrijdig zouden zijn.'
'Uitstekend. Hoe zullen we voortaan communiceren?'
'Mijn baas geeft er de voorkeur aan om degenen met wie hij zaken doet persoonlijk te ontmoeten.'

Mohammed dacht daarover na. Zijn mensen en hij hielden niet van reizen, maar het was soms niet te vermijden. En hij had genoeg paspoorten om alle landen van de wereld binnen te komen. En bovendien kende hij zijn talen. Zijn opleiding in Cambridge kwam hem goed van pas. Daar kon hij zijn ouders voor bedanken. En hij zegende zijn Engelse moeder, die hem een lichte huidskleur en blauwe ogen had gegeven. Hij kon voor een inwoner van elk land buiten China en Afrika doorgaan. En het restant van een Cambridge-accent kon ook geen kwaad.
'Je hoeft me alleen de tijd en de plaats te vertellen,' antwoordde Mohammed. Hij gaf zijn kaartje. Daar stond zijn e-mailadres op, het nuttigste hulpmiddel voor geheime communicatie dat ooit was uitgevonden. En dankzij de moderne luchtvaart kon hij binnen 48 uur overal op de aardbol zijn.

2

Eerste contacten

Hij kwam om kwart voor vijf binnen. Iemand die hem op straat tegenkwam, zou hem geen tweede blik waardig hebben gekeurd, al zouden er misschien vrouwen zijn die naar hem omkeken. Met zijn een meter 83 en ongeveer tachtig kilo – hij werkte regelmatig aan zijn conditie – zwart haar en blauwe ogen was hij niet echt filmstermateriaal, maar hij was ook niet het soort man dat door een aantrekkelijke, jonge, goed opgeleide vrouw meteen uit haar bed zou worden geschopt.

Hij kleedde zich ook goed, zag Gerry Hendley. Blauw pak met een rood streepje – het zag er Engels uit – een vest, een rood-met-geel gestreepte das, een mooie gouden dasspeld. Een modieus overhemd. Een fatsoenlijk kapsel. De zelfverzekerde blik die je kreeg als je geld had en goed opgeleid was, en bovendien goed gebruikmaakte van je jeugd. Zijn auto stond op het bezoekersterrein voor het gebouw geparkeerd. Een gele Hummer 2 SUV, het soort voertuig waar mensen van hielden die vee hadden in Wyoming, of geld in New York. En waarschijnlijk was dat ook de reden waarom...

'Nou, wat voert je hierheen?' vroeg Gerry, en hij wees zijn gast een comfortabele stoel aan de andere kant van zijn mahoniehouten bureau.

'Ik heb nog niet besloten wat ik ga doen. Ik ben nog aan het zoeken naar een plaats waar ik thuishoor.'

Hendley glimlachte. 'Ja, zo oud ben ik nog niet. Ik weet nog hoe verwarrend het is als je net bent afgestudeerd. Waar heb je gestudeerd?'

'Georgetown. Familietraditie.' De jongen glimlachte mild. Dat was iets goeds aan hem waar Hendley waardering voor had: hij gebruikte zijn naam en familieachtergronden niet om indruk op iedereen te maken. Hij had er misschien zelfs een beetje moeite mee, want hij wilde zijn eigen weg banen en zelf naam maken, zoals veel jonge mannen wilden. Tenminste, de intelligente jonge mannen. Het was jammer dat er geen plaats voor hem was op de Campus.

'Je vader is gek op jezuïetenscholen.'

'Zelfs ma is bekeerd. Sally is niet naar Bennington gegaan. Ze ging eerst naar Fordham in New York en studeert nu natuurlijk aan de medische faculteit van Johns Hopkins. Ze wil arts worden, net als ma. Nou ja, het is een eerzaam beroep.'

'In tegenstelling tot dat van jurist?' vroeg Gerry.
'U weet hoe pa daarover denkt,' merkte de jongen grijnzend op. 'Wat waren eigenlijk uw vakken?' vroeg hij aan Hendley, al wist hij het antwoord natuurlijk al.
'Economie en wiskunde.' Daar had hij veel aan gehad toen hij patronen probeerde te onderkennen op de goederenmarkt. 'Nou, hoe gaat het met je familie?'
'O, goed. Pa is weer aan het schrijven – zijn memoires. Hij klaagt vooral dat hij niet oud genoeg is om zo'n soort boek te schrijven, maar hij werkt er hard aan. Hij moet niet zoveel van de nieuwe president hebben.'
'Ja, Kealty stuitert altijd weer terug. Als ze die kerel eindelijk begraven, moeten ze maar een vrachtwagen op zijn grafplaat zetten.' Die grap had zelfs de *Washington Post* gehaald.
'Die heb ik al gehoord. Pa zegt dat één idioot genoeg is om het werk van tien genieën ongedaan te maken.' Dat gezegde had de *Washington Post* níét gehaald. Maar het was wel de reden waarom de vader van de jongeman de Campus had opgezet, al wist de jongeman dat zelf niet.
'Dat is wat overdreven. Die man is gewoon bij toeval president geworden.'
'Ja, nou, als het tijd wordt om die achterlijke klungel in Mississippi te executeren, hoe groot denkt u dan dat de kans is dat hij het vonnis in levenslang omzet?'
'Het verzet tegen de doodstraf is voor hem een principekwestie,' merkte Hendley op. 'Tenminste, dat zegt hij. Sommige mensen denken er zo over, en het is een eerzaam standpunt.'
'Principe? Hij kent dat woord niet eens.'
'Als je een politieke discussie wilt voeren, is er een leuke bar een eindje verderop aan Route 29,' zei Gerry.
'Nee, dat wil ik niet. Sorry dat ik ben afgedwaald.'
Die jongen laat zich niet in de kaart kijken, dacht Hendley. 'Ach, zo'n slecht onderwerp is het niet. Nou, wat kan ik voor je doen?'
'Ik ben nieuwsgierig.'
'Waarnaar?' vroeg de voormalige senator.
'Wat jullie hier doen,' zei zijn bezoeker.
'Vooral valuta-arbitrage.' Hendley rekte zich uit om te laten zien dat hij zich graag mocht ontspannen na een lange werkdag.
'Hmm,' zei de jongen een beetje sceptisch.
'Daar is veel geld mee te verdienen, als je over goede informatie beschikt en het lef hebt om daarnaar te handelen.'
'Weet u, pa mag u erg graag. Hij vindt het jammer dat u en hij elkaar nooit meer ontmoeten.'

Hendley knikte. 'Ja, en dat is mijn schuld, niet de zijne.'
'Hij zei ook dat u te intelligent was om op die manier in de fout te gaan.' Normaal gesproken zou het een gigantische blunder zijn om zoiets tegen Hendley te zeggen, maar hij kon aan de ogen van de jongen zien dat die het niet als een belediging maar als een vraag bedoelde – of niet, vroeg Hendley zich plotseling af.
'Het was een moeilijke tijd voor mij,' zei Gerry. 'En een mens kan een fout maken. Zelfs je vader heeft er een paar gemaakt.'
'Dat is waar. Maar pa had het geluk dat hij Arnie had. Die kon de plooien gladstrijken.' Daarmee gaf hij zijn gastheer de gelegenheid een vraag te stellen.
'Hoe gaat het met Arnie?' vroeg Hendley. Hij vroeg zich nog steeds af waarvoor de jongen kwam en begon zich daar zelfs een beetje zorgen over te maken, al wist hij niet waarom.
'Goed. Hij wordt de nieuwe rector magnificus van de universiteit van Ohio. Daar is hij vast wel goed in, en hij heeft een rustige baan nodig, vindt pa. Ik denk dat hij gelijk heeft. Het is ma en mij een raadsel hoe het die kerel gelukt is om geen hartaanval te krijgen. Misschien gedijen sommige mensen echt op actie.' Al die tijd was hij Hendley blijven aankijken. 'Ik heb veel van Arnie geleerd.'
'En van je vader?'
'O, ook wel een paar dingen. Maar ik leerde vooral dingen van de rest van het stel.'
'Wie bedoel je?'
'Mike Brennan, bijvoorbeeld. Vooral van hem,' zei Jack junior. 'Aan Holy Cross gestudeerd, carrière in de Secret Service. Een verdomd goede schutter. Hij is degene die me heeft leren schieten.'
'O ja?'
'De Service heeft een schietbaan in het Old Post Office Building, een paar straten van het Witte Huis vandaan. Mike is tegenwoordig docent op de Secret Service Academy in Beltsville. Een erg goede kerel, intelligent en relaxed. Weet u, hij was een soort oppas voor mij, en ik stelde hem altijd allerlei vragen, bijvoorbeeld wat de mensen van de Secret Service deden, hoe ze trainden, hoe ze dachten, de dingen waar ze naar uitkeken als ze pa en ma beschermden. Ik heb veel van hem geleerd. En van alle andere mensen.'
'Van wie bijvoorbeeld?'
'Van de FBI-mensen, Dan Murray, Pat O'Day – Pat doet de grote zaken voor Murray. Hij gaat binnenkort met pensioen. Je zult het niet geloven, maar hij gaat vee fokken in Maine. Een rare plaats om veeboer te worden. Hij is ook een schutter, een soort Wild Bill Hickock, en je zou ge-

makkelijk vergeten dat hij aan Princeton heeft gestudeerd. Een erg pientere jongen, die Pat. Hij heeft me veel geleerd over de manier waarop de FBI een onderzoek instelt. En zijn vrouw Andrea kan goed gedachten lezen. Dat moet ook wel, want ze heeft pa's lijfwacht geleid in een erg gevaarlijke tijd. Ze heeft trouwens psychologie gestudeerd aan de universiteit van Virginia. Ik heb een heleboel van haar geleerd. En natuurlijk de mensen van de CIA, Ed en Mary Pat Foley – godallemachtig, wat een stel is dat. Maar weet u wie het interessantst van allemaal was?'
Hij wist het. 'John Clark?'
'Ja. Je moest hem alleen wel aan het praten zien te krijgen. Ik zweer het: vergeleken met hem zijn de Foley's doodgewone mensen. Maar als hij je eenmaal vertrouwt, komt hij een beetje los. Ik heb hem aangesproken toen hij zijn Medal of Honor kreeg – het was nog even op de tv, ex-marineonderofficier wordt onderscheiden voor zijn verrichtingen in Vietnam. Ongeveer zestig seconden beeld op een dag dat er verder niet veel nieuws was. Weet u, niet één journalist vroeg wat hij na de marine had gedaan. Niet één. Jezus, wat zijn ze toch dom. Bob Holtzman wist er wel iets van, denk ik. Hij was er ook bij; hij stond in de hoek van de kamer. Hij is niet dom voor een journalist. Pa mag hem graag, alleen vertrouwt hij hem voor geen cent. Hoe dan ook, John Clark is een serieuze kerel. Hij heeft het allemaal meegemaakt, en hij weet er alles van. Waarom werkt hij niet hier?'
'Jack, jongen, jij weet hoe je ter zake moet komen,' zei Hendley met enige bewondering in zijn stem.
'Toen u zijn naam bleek te kennen, wist ik dat het raak was.' Hij had even een triomfantelijke blik in zijn ogen. 'Ik heb de afgelopen paar weken onderzoek naar deze organisatie gedaan.'
'O ja?' Hendley voelde dat zijn maag zich samentrok.
'Het was niet moeilijk. Het is allemaal in openbare bronnen te vinden, en verder is het een kwestie van combineren en deduceren. Zoals die plaatjes waarop je lijntjes tussen de stippen moet zetten. Weet u, het verbaast me dat deze organisatie nooit in het nieuws is...'
'Jongeman, als dat een dreiging is...'
'Hè?' Jack junior verbaasde zich over die onderbreking. 'U bedoelt dat ik u zou willen chanteren? Nee, senator, ik wilde daar alleen maar mee zeggen dat er een heleboel ruwe informatie over deze organisatie te vinden is. Het is een wonder dat de journalisten nog niets hebben ontdekt. Ik bedoel, zelfs een blinde eekhoorn vindt nog wel eens een eikel, hè?' Hij zweeg even, en toen straalden zijn ogen. 'O, ik begrijp het. U hebt hun gegeven wat ze verwachtten te vinden, en dat hebben ze geaccepteerd.'

'Dat is niet zo moeilijk, maar het is gevaarlijk om ze te onderschatten,' waarschuwde Hendley.
'Je moet gewoon niet met ze praten. Dat heeft mijn vader me al lang geleden verteld: "Een dichte mond krijgt geen voeten." Hij liet het lekken altijd aan Arnie over. Niemand anders zei iets tegen de pers zonder dat Arnie erbij was. Ik zweer het: de media waren doodsbang voor die kerel. Het is hem ook gelukt een verslaggever van de *Times* zijn Witte Huispasje af te pakken.'
'Dat weet ik nog,' zei Hendley. Dat was een hele toestand geweest, maar algauw besefte zelfs de *New York Times* dat het erg lastig was om geen verslaggever in het Witte Huis te hebben. Ze hadden een les geleerd die zo'n zes maanden standhield. Arnie van Damm had een langer en haatdragender geheugen dan de media, en dat was op zichzelf al heel bijzonder. Arnie van Damm was een serieuze five-card-draw-pokerspeler.
'Waar wil je heen, Jack? Waarvoor ben je hier?'
'Senator, ik wil in de top spelen. En volgens mij is dit de top.'
'Leg dat eens uit,' verzocht Hendley. Hoeveel had die jongen precies ontdekt?
John Patrick Ryan junior maakte zijn aktetas open. 'Om te beginnen is dit het enige gebouw op de zichtlijn tussen NSA Fort Meade en CIA Langley dat hoger is dan een woonhuis. Je kunt satellietfoto's downloaden van internet. Ik heb ze allemaal afgedrukt. Hier.' Hij reikte hem een kleine map aan. 'Ik heb contact opgenomen met de instanties die over bestemmingsplannen gaan, en het bleek dat er drie andere kantoorgebouwen voor deze omgeving gepland waren, en dat in al die gevallen een bouwvergunning is geweigerd. De reden van die weigering bleek niet uit de papieren, maar er was niemand die protesteerde. Het ziekenhuis hier in de buurt kon zijn nieuwe plannen uitvoeren met een erg gunstige lening van Citibank. De meeste mensen die hier werken, hebben vroeger voor een inlichtingendienst gewerkt. De beveiligingsmensen zijn allemaal afkomstig van de militaire politie, rang E-7 of hoger. Het elektronisch beveiligingssysteem hier is beter dan wat ze in Fort Meade hebben. Hoe hebt u dat trouwens klaargespeeld?'
'Particuliere burgers hebben veel meer vrijheid als ze met aannemers onderhandelen. Ga verder,' zei de vroegere senator.
'U hebt nooit iets illegaals gedaan. Die beschuldiging van tegenstrijdige belangen waardoor er een eind aan uw carrière als senator is gekomen, was pure onzin. Als er een aanklacht was ingediend, had iedere ook maar enigszins capabele advocaat daar de vloer mee aangeveegd. Toch gaf u zich meteen gewonnen. Ik weet nog dat mijn vader altijd zo op u gesteld was omdat u zo slim was, en hij zei ook altijd dat u eerlijk

was. Dat zei hij niet van veel mensen in het Capitool. De top van de CIA kon goed met u samenwerken, en u hebt geholpen met de financiering van een project waar andere senatoren grote bezwaren tegen hadden. Ik weet niet hoe het komt, maar veel mensen hebben de pest aan de inlichtingendiensten. Dat maakte pa vroeger razend. Elke keer moest hij met senatoren en afgevaardigden om de tafel zitten om die dingen te bespreken, en dan moest hij ze omkopen met lievelingsprojecten voor hun kiesdistricten en dat soort dingen. Jezus, pa vond dat verschrikkelijk. Wanneer hij dat deed, liep hij een week van tevoren en een week na afloop te mopperen. U deed vroeger erg goed werk in de Senaat. Maar toen u uw politieke probleem kreeg, bezweek u meteen. Ik heb dat nooit kunnen geloven. Maar wat ik helemaal zo vreemd vond, was dat pa er nooit over praatte. Hij heeft er nooit een woord over gezegd. Als ik hem ernaar vroeg, veranderde hij van onderwerp. Zelfs Arnie praatte er nooit over – en Arnie gaf antwoord op elke vraag die ik hem ooit heb gesteld. Dus de honden blaften niet.' Jack leunde achterover, al hield hij zijn blik de hele tijd op zijn gastheer gericht. 'Ik heb er ook nooit iets over gezegd, maar in mijn laatste jaar op Georgetown ben ik wat gaan snuffelen. Ik bleef met mensen praten, en die mensen leerden me de dingen discreet te onderzoeken. Nogmaals: het is niet zo moeilijk.'
'En tot welke conclusie ben je gekomen?'
'U zou een goede president zijn geweest, senator, maar het verlies van uw vrouw en kinderen was een zware slag. We waren er allemaal kapot van. Ma was heel erg op uw vrouw gesteld. Neemt u me niet kwalijk dat ik dit ter sprake breng. Daarom bent u uit de politiek gestapt, maar ik denk dat een patriot als u zijn land nooit zal vergeten, en ik denk dat Hendley Associates uw manier is om uw land te dienen – maar dan achter de coulissen, zou je kunnen zeggen. Ik weet nog dat pa en Clark het er op een avond bij een drankje over hadden – dat was in mijn laatste jaar op de middelbare school. Ik kon het niet helemaal volgen. Ze wilden me er niet bij hebben en ik ging verder met kijken naar History Channel. Toevallig hadden ze die avond net een programma over de SOE, de Britse Special Operations Executive uit de Tweede Wereldoorlog. Dat waren vooral bankiers. "Wild Bill" Donovan rekruteerde juristen om de OSS op te zetten, maar de Britten gebruikten bankiers om de mensen in de maling te nemen. Ik vroeg me af waarom, en pa zei dat bankiers slimmer waren. Ze weten hoe je geld moet verdienen in de echte wereld, terwijl juristen net iets minder slim zijn – tenminste, dat zei pa. Hij zal wel hebben gedacht dat hij ook zoiets deed. Met zijn achtergronden in de effectenhandel, bedoel ik. Maar u bent een ander soort piraat, senator. Ik denk dat u een inlichtingenman bent, en ik denk dat Hendley

Associates een particulier gefinancierde inlichtingendienst is die achter de coulissen werkt – volledig buiten het federale budget om. U hoeft zich dus niet druk te maken om senatoren en afgevaardigden die alles willen weten en dingen laten uitlekken omdat ze denken dat u slechte dingen doet. Ik heb met Google gezocht en vond maar zes vermeldingen van uw firma op internet. Weet u, het kapsel van mijn moeder krijgt meer hits. *Women's Wear Daily* gaf haar er altijd flink van langs. Kwaad dat mijn vader was!'

'Dat weet ik nog.' Jack Ryan senior was daarover eens tekeergegaan in het bijzijn van journalisten, en het kwebbelende volkje had hem toen uitgelachen. 'Hij zei tegen mij dat Hendrik VIII die lachende journalisten zou hebben gestraft door ze een heel bijzonder kapsel te geven.'

'Ja, met een bijl in de Tower. Sally moest er ook een beetje om lachen. Zij plaagde ma ook met haar haar. Dat is een van de voordelen als je een man bent, nietwaar?'

'Ja, en met schoenen is het ook makkelijker. Mijn vrouw hield niet van Manolo Blahniks. Ze hield van praktische schoenen waar ze geen zere voeten in kreeg,' zei Hendley. Zodra hij aan zijn vrouw dacht, liep hij tegen een betonnen muur op. Het deed hem nog steeds verdriet om over haar te praten. Dat zou waarschijnlijk altijd zo blijven, maar in elk geval bewees dat verdriet dat hij nog van haar hield, en dat was ook iets waard. Hoeveel hij ook van haar nagedachtenis hield, hij kon niet in het openbaar om haar glimlachen. Als hij in de politiek was gebleven, had hij dat moeten doen, had hij de schijn moeten wekken dat hij eroverheen was, dat zijn liefde bleef bestaan maar hem geen verdriet meer deed. Kom nou! Dat was ook een prijs die je moest betalen als je in de politiek ging: je moest niet alleen je mannelijkheid, maar ook je menselijkheid opgeven. En dat was het niet waard. Zelfs niet als je president van de Verenigde Staten kon worden. Dat was een van de redenen geweest waarom Jack Ryan senior en hij altijd zo goed met elkaar overweg hadden gekund: ze dachten over veel dingen hetzelfde.

'Je denkt echt dat dit een inlichtingendienst is?' vroeg hij zijn gast zo nonchalant als de situatie toestond.

'Jazeker. Als de NSA bijvoorbeeld volgt wat de grote centrale banken doen, zit u hier op de ideale locatie om te profiteren van de berichten die ze door de ether binnenkrijgen en om die berichten te vergelijken met berichten van de CIA. Op die manier krijgen uw valutahandelaren de beste inside-information die er is, en als u het voorzichtig speelt – dus niet te hebzuchtig wordt – kunt u op de lange termijn enorm veel geld verdienen zonder dat iemand iets merkt. U doet dat niet door beleggers aan te trekken. Die zouden te veel praten. En dus financiert u met die activiteiten de dingen die u hier doet. Ik heb niet kunnen ontdekken wat u hier precies doet.'

'O nee?'

'Nee.'

'Je hebt hier niet met je vader over gepraat?'

'Nee.' Jack junior schudde zijn hoofd. 'Hij zou me uitlachen. Pa heeft me veel verteld als ik ernaar vroeg, maar nooit zulke dingen.'

'Wat heeft hij je wel verteld?'

'Dingen over mensen. U weet wel: de omgang met politici, welke buitenlandse president van kleine meisjes of kleine jongens houdt. Jezus, er gebeuren veel van dat soort dingen, vooral in het buitenland. Wat voor soort mensen dat waren, hoe ze dachten, wat hun individuele prioriteiten en eigenaardigheden waren. Welke landen goed voor hun strijdkrachten zorgden. Welke landen goede inlichtingendiensten hadden, en welke niet. Veel dingen over de mensen in het Capitool. Het soort dingen dat je in boeken of kranten leest, alleen was het echt waar wat pa me vertelde. Ik wist dat ik die dingen aan niemand moest doorvertellen,' verzekerde de jonge Ryan zijn gastheer.

'Zelfs niet op school?'

'Alleen als ik het ook in de *Washington Post* had zien staan. De kranten zijn er goed in om dingen uit te zoeken, maar ze trekken te snel van leer tegen mensen die hen niet aanstaan, en ze houden vaak dingen achter als het om mensen gaat die ze juist wel graag mogen. Ik denk dat het met die journalisten ongeveer zo is als met vrouwen die roddelverhalen uitwisselen door de telefoon of aan de salontafel: het gaat hen niet om de harde feiten, maar ze willen graag uithalen naar mensen die ze niet mogen.'

'Die journalisten zijn net zo menselijk als ieder ander.'

'Ja, dat zijn ze. Maar als mijn moeder iemand aan zijn ogen opereert, maakt het voor haar niet uit of ze die persoon graag mag of niet. Ze heeft gezworen dat ze zich aan de regels van haar spel zal houden. Met pa is het ook zo. En zo hebben ze mij opgevoed,' zei John Patrick Ryan junior. 'Hetzelfde wat alle vaders tegen hun zoons zeggen: als je iets doet, doe het dan goed, of doe het niet.'

'Niet iedereen denkt er tegenwoordig nog zo over,' merkte Hendley op, hoewel hij precies hetzelfde tegen zijn twee zoons, George en Foster, had gezegd.

'Misschien niet, senator, maar dat kan ik niet helpen.'

'Wat weet je van de effecten- en valutahandel?' vroeg Hendley.

'Ik heb de elementaire kennis. Ik ken de termen, maar ik weet er nog niet genoeg van om echt te kunnen meedraaien.'

'En wat heb je in Georgetown gestudeerd?'
'Geschiedenis, met economie als bijvak, ongeveer net als pa. Soms vraag ik hem naar zijn hobby – hij mag nog steeds graag op de markt opereren, en hij heeft vrienden in het vak, zoals George Winston, zijn minister van Financiën. Ze praten veel met elkaar. George heeft geprobeerd pa over te halen om voor zijn bedrijf te komen werken, maar pa wil daar niets meer doen dan een beetje praten. Toch zijn ze nog vrienden. Ze slaan zelfs nog wel een golfballetje. Pa is een belabberde golfer.'
Hendley glimlachte. 'Dat weet ik. Heb je het zelf ooit geprobeerd?'
Jack junior schudde zijn hoofd. 'Ik weet al hoe ik moet vloeken. Oom Robby was er vrij goed in. Jezus, pa mist hem echt. Tante Sissy komt nog veel bij ons thuis. Ma en zij spelen samen piano.'
'Dat was heel erg.'
'Die racistische klootzak van een *redneck*,' zei Jack junior. 'Neemt u me niet kwalijk. Robby was de eerste die ik kende die vermoord werd.'
Het vreemde daaraan was dat zijn moordenaar levend gevangen was genomen. De politie van Mississippi zat achter hem aan, op een halve seconde gevolgd door een team van de Secret Service, maar een of andere burger had de schoft getackeld voordat iemand een schot kon lossen, en dus was hij levend naar de gevangenis gegaan. In elk geval had dat alle complottheorieën onmogelijk gemaakt. Het was een lid van de Ku Klux Klan geweest, 67 jaar oud. Hij had de gedachte niet kunnen verdragen dat door Ryans terugtreden zijn zwarte vice-president hem opvolgde als president van de Verenigde Staten. Zijn proces en veroordeling waren verrassend snel verlopen – de moord had van begin tot eind op videoband gestaan, om nog maar te zwijgen van het feit dat er zes getuigen nog geen twee meter van de moordenaars vandaan hadden gestaan. Zelfs de Amerikaanse vlag op het State House in Jackson had halfstok gehangen voor Robby Jackson, tot walging en afschuw van sommigen. '*Sic volvere Parcas*,' merkte Jack op.
'Wat betekent dat?'
'De schikgodinnnen, senator. De eerste spint de draad. De tweede meet de draad af. En de derde snijdt de draad door. "Zo spinnen de schikgodinnen," luidt het Romeinse gezegde. Ik heb nooit meegemaakt dat pa ergens zo diep door werd getroffen. Eigenlijk kon ma er beter tegen. Ik denk dat artsen het wel gewend zijn dat mensen doodgaan. Pa... Nou, het liefst zou hij die kerel persoonlijk koud maken. Het waren moeilijke dagen.' De nieuwscamera's hadden de president zien huilen op de uitvaartceremonie in de Naval Academy Chapel. *Sic volvere Parcas*. 'Nou, senator, hoe is het met mijn lot gesteld?'
Daar schrok Hendley niet van. Hij had die vraag allang zien aankomen.

Toch was het geen makkelijke vraag. 'Hoe zou je vader erover denken?'
'Wie zegt dat hij het moet weten? U hebt zes dochterbedrijven, die u waarschijnlijk gebruikt om uw handelsactiviteiten te verbergen.' Het was niet zo gemakkelijk geweest om daarachter te komen, maar Jack kon goed zoeken.
'Niet "verbergen",' verbeterde Hendley hem. '"Verhullen" misschien, maar niet "verbergen".'
'Neemt u me niet kwalijk. Zoals ik al zei, ging ik vroeger veel met mensen van inlichtingendiensten om.'
'Je hebt veel geleerd.'
'Ik had goede leraren.'
Ed en Mary Pat Foley, John Clark, Dan Murray en zijn eigen vader. Nou en of, hij had goede leraren, dacht Hendley.
'Wat denk je dat je hier precies zou doen?'
'Ik ben vrij slim, maar niet zo slim. Ik zal veel moeten leren. Dat weet ik. Dat weet u ook. Wat ik wil doen? Ik wil mijn land dienen,' zei Jack rustig. 'Ik wil helpen dingen te doen die gedaan moeten worden. Ik heb geen geld nodig. Er zijn trustfondsen voor me opgezet door mijn vader en mijn opa – Joe Muller, ma's vader, bedoel ik. Ach, als ik wilde, kon ik de politiek in gaan en een soort Ed Kealty worden, langzaam maar zeker op weg naar het Witte Huis, maar mijn vader is geen koning en ik ben geen prins. Ik wil mijn eigen weg gaan en kijken wat ervan komt.'
'Je vader weet hier vast niet van, tenminste niet lang.'
'Nou en? Hij heeft ook veel dingen voor mij geheimgehouden.' Jack vond dat nogal grappig. 'Wie kaatst, kan de bal verwachten, nietwaar?'
'Ik zal erover nadenken. Je hebt een e-mailadres?'
'Ja.' Jack gaf hem een kaartje.
'Geef me een paar dagen de tijd.'
'Goed. Ik stel het op prijs dat u me wilde ontvangen.' Hij stond op, schudde de oudere man de hand en verliet de kamer.
De jongen was snel opgegroeid, dacht Hendley. Misschien hielp het dat hij altijd agenten van de Secret Service om zich heen had gehad – of misschien had dat hem juist geschaad, dat hing er maar van af wat voor iemand je was. Maar deze jongen kwam uit een goede familie, zowel van zijn moeders- als van zijn vaderskant. En hij was duidelijk intelligent. Hij was erg nieuwsgierig, en dat was meestal een teken van intelligentie.
En intelligentie was het enige waarvan er op de wereld nooit genoeg was.

'Nou?' vroeg Ernesto.
'Het was interessant,' antwoordde Pablo, en hij stak een Dominicaanse sigaar op.
'Wat willen ze van ons?' vroeg zijn baas.
'Mohammed had het eerst over onze gemeenschappelijke belangen en onze gemeenschappelijke vijanden.'
'Als we daar zaken probeerden te doen, zou dat ons de kop kosten,' merkte Ernesto op. Bij hem ging het altijd om zaken.
'Daar heb ik hem op gewezen. Hij antwoordde dat hun markt zo klein is dat wij onze tijd er niet aan moeten verspillen. Ze exporteren alleen maar grondstoffen. En dat is waar. Maar hij kan ons helpen, zei hij, met de nieuwe Europese markt. Zijn organisatie heeft een goede operatiebasis in Griekenland, en nu de grenzen in Europa wegvallen, zou dat de meest logische plaats zijn om onze zendingen te laten binnenkomen. Ze zullen ons niets voor hun technische hulp in rekening brengen. Ze zeggen dat ze alleen maar goodwill willen opbouwen.'
'Ze moeten onze hulp wel erg dringend nodig hebben,' zei Emesto.
'Ze beschikken zelf over aanzienlijke middelen, zoals ze hebben aangetoond, *jefe*. Maar ze schijnen expertise nodig te hebben om niet alleen mensen, maar ook wapens te smokkelen. Hoe dan ook, ze vragen weinig en ze bieden ons veel.'
'En wat ze aanbieden komt onze zaken ten goede?' vroeg Ernesto zich af.
'In elk geval zal het betekenen dat de *Yanquis* hun middelen voor andere dingen moeten inzetten.'
'Het zou veel ravage in de Verenigde Staten veroorzaken, maar de politieke gevolgen zouden groot kunnen zijn...'
'*Jefe*, de druk die ze nu op ons uitoefenen, zou bijna niet groter kunnen zijn, hè?'
'Die nieuwe *norteamericano* president is een stomkop, maar daardoor is hij des te gevaarlijker.'
'En dus kunnen onze nieuwe vrienden hem afleiden, *jefe*,' merkte Pablo op. 'We hoeven daarvoor niet eens onze middelen te gebruiken. We lopen weinig risico, en de mogelijke beloning is groot, nietwaar?'
'Dat zie ik wel in, Pablo, maar als ze het tot ons kunnen herleiden, moeten we misschien een hoge prijs betalen.'
'Dat is waar, maar nogmaals: hoeveel extra druk kunnen ze op ons uitoefenen?' vroeg Pablo. 'Via de regering in Bogotá vallen ze onze politieke bondgenoten aan, en als hun plannen slagen, lopen we veel schade op. Dan worden jij en de andere leden van de raad misschien vluchtelingen in ons eigen land,' waarschuwde de inlichtingenchef van het kartel. Hij hoefde er niet aan toe te voegen dat de leden van de raad dan lang

niet meer zoveel plezier aan hun immense rijkdom zouden beleven. Geld heeft weinig nut als je geen comfortabele plaats hebt om het uit te geven. 'Ze hebben in dat deel van de wereld een gezegde: "De vijand van mijn vijand is mijn vriend." *Jefe*, als er een groot nadeel aan dit voorstel is verbonden, zie ik het niet.'
'Dus je vindt dat ik met die man moet gaan praten?'
'Sí, Ernesto. Dat zou geen kwaad kunnen. De *gringos* zoeken nog meer naar hem dan naar ons. Als wij bang zijn voor verraad, moet hij daar nog banger voor zijn. En trouwens, we zullen alle voorzorgsmaatregelen nemen.'
'Goed, Pablo. Ik zal het met de raad bespreken en ik zal voorstellen met hem te gaan praten,' gaf Ernesto toe. 'Hoe moeilijk zou het zijn om zo'n ontmoeting te organiseren?'
'Ik denk dat hij via Buenos Aires vliegt. Hij zal zelf wel weten hoe hij veilig moet vliegen. Waarschijnlijk heeft hij meer valse paspoorten dan wij, en hij ziet er ook niet opvallend Arabisch uit.'
'Zijn talenkennis?'
'Voldoende,' antwoordde Pablo. 'Hij spreekt Engels als een Engelsman, en dat is een paspoort op zich.'
'Via Griekenland, hè? Ons product?'
'Zijn organisatie gebruikt Griekenland al jaren als uitvalsbasis. *Jefe*, het is gemakkelijker om ons product het land in te smokkelen dan een groep mannen, dus op het eerste gezicht lijken hun methoden en middelen me heel geschikt voor onze doeleinden. Onze eigen mensen zullen ze natuurlijk moeten onderzoeken.'
'Enig idee wat zijn plannen met Noord-Amerika zouden kunnen zijn?'
'Daar heb ik niet naar gevraagd, *jefe*. Dat gaat ons eigenlijk niet aan.'
'Wel als het tot een strengere beveiliging van de grenzen leidt. Dat zou een probleem kunnen zijn...' Ernesto stak zijn hand op. 'Ik weet het, Pablo, geen groot probleem.'
'Zolang ze ons helpen, kan het me niet schelen wat ze met de Verenigde Staten willen doen.'

3

Grijze dossiers

Het was een van de voordelen van Hendley dat het merendeel van zijn mensen ergens anders werkte. Ze hoefden niet te worden betaald, gehuisvest of gevoed. De belastingbetalers voldeden alle kosten zonder dat ze het wisten en trouwens, hij wist zelf niet precies hoeveel die kosten bedroegen. Door de recente ontwikkelingen in de wereld van het internationale terrorisme moesten de twee voornaamste Amerikaanse inlichtingendiensten, de CIA en de NSA, nog nauwer met elkaar samenwerken dan ze in het verleden al hadden gedaan, en omdat ze een uur rijden van elkaar vandaan zaten – een rit over het noordelijk deel van de D.C. Beltway is soms net zoiets als een ritje met een winkelwagentje door een supermarkt in de week voor Kerstmis – verliep hun communicatie grotendeels via beveiligde microgolfverbindingen, tussen de top van het NSA-hoofdkantoor en de top van het CIA-hoofdkantoor. Het was onopgemerkt gebleven dat het dak van Hendley Associates zich precies op die lijn bevond. En dat had ook geen betekenis moeten hebben, want de microgolfverbinding was voorzien van encryptie. Dat moest wel, want om allerlei technische redenen kwamen er onderweg microgolfsignalen buiten de zendlijn terecht. De natuurwetten konden worden benut, maar ze konden niet worden veranderd wanneer dat beter uitkwam.

Vanwege de compressiealgoritmen, die weinig anders waren dan de algoritmen die voor pc-netwerken werden gebruikt, was de bandbreedte van het microgolfkanaal enorm. De complete tekst van de bijbel kon binnen enkele seconden van het ene naar het andere gebouw worden overgeseind. Die verbindingen waren altijd actief. Het grootste deel van de tijd werden er onzinnige teksten en willekeurige tekens uitgewisseld om iemand die zou proberen de encryptie te breken op een dwaalspoor te brengen – maar omdat dit systeem een TAPDANCE-encryptie had, was het volkomen veilig. Tenminste, dat beweerden de knappe koppen van de NSA. Het systeem was afhankelijk van cd-rom's met volslagen willekeurige transposities. Tenzij je een sleutel tot de atmosferische ruis kon vinden, kon je niets beginnen. Elke week reed een van de beveiligingsmensen van Hendley, vergezeld door twee van zijn collega's – alle drie willekeurig gekozen uit de beveiligingsafdeling – naar

Fort Meade om de encryptieschijfjes voor de komende week op te halen. Die schijfjes werden in de jukebox van de codeermachine gestoken, en als ze na gebruik werden uitgeworpen, werden ze met de hand naar een magnetron gebracht, waar ze werden vernietigd onder toezicht van drie beveiligingsmensen, die alle drie in de loop der jaren hadden geleerd geen vragen te stellen.

Deze enigszins moeizame procedure gaf Hendley toegang tot alle activiteiten van de twee diensten, want het waren overheidsdiensten en ze schreven alles op, variërend van de 'oogst' van agenten die diep undercover waren tot de kosten van de bal gehakt die in de kantine werd geserveerd.

Veel – zelfs het merendeel – van die informatie was niet van belang voor Hendley's mensen, maar bijna alles werd op high-density-media opgeslagen en verwerkt door een Sun-microsystems-mainframe dat krachtig genoeg was om zo nodig het hele land te administreren. Dat stelde Hendley's mensen in staat om naar het materiaal te kijken dat de inlichtingendiensten hadden verzameld, en ook naar de uitmuntende analyses van experts op alle mogelijke terreinen, analyses die aan anderen werden voorgelegd opdat die met commentaar en nadere analyses konden komen. De NSA was zo langzamerhand beter in dat soort dingen dan de CIA, vond de hoogste analist van Hendley, maar als je veel mensen op één probleem zette, leverde dat vaak een goed resultaat op – tenzij de analyse zo ingewikkeld werd dat niemand meer tot actie kon komen, een probleem dat zich in de inlichtingenwereld nogal eens voordeed. Nu het nieuwe ministerie van Binnenlandse Veiligheid – Hendley dacht dat hij tegen de totstandkoming daarvan zou hebben gestemd – ook meedeed, ontvingen de CIA en de NSA ook analyses van de FBI. Dat betekende vaak alleen maar dat er nog meer bureaucratische complexiteit werd toegevoegd, maar het moest gezegd worden dat de FBI-agenten iets anders tegen ruw inlichtingenmateriaal aankeken. Ze gingen ervan uit dat je bewijzen moest verzamelen die je aan een jury kon voorleggen, en eigenlijk was dat helemaal geen slecht idee.

Elke dienst had zijn eigen manier van denken. De FBI bestond uit politiemensen die een bepaalde kijk op de dingen hadden. De CIA had een andere kijk op de dingen en had bovendien de bevoegdheid om actie te ondernemen, al werd daar niet zo vaak gebruik van gemaakt. De NSA, ten slotte, deed niets anders dan informatie ontvangen, analyseren en aan anderen doorgeven – zonder na te gaan of die anderen er iets mee deden.

Hendley's chef Analyse/Inlichtingen was Jerome Rounds. Jerry, zoals zijn vrienden hem noemden, had psychologie gestudeerd aan de universiteit van Pennsylvania. Hij had op het bureau Inlichtingen en Research – I&R van het ministerie van Buitenlandse Zaken gewerkt, voordat hij naar Kidder, Peabody ging, waar hij als een ander soort analist voor een ander soort loonzakje werkte, totdat de toenmalige senator Hendley hem persoonlijk had opgemerkt tijdens een lunch in New York. Rounds had in het handelshuis naam gemaakt als gedachtelezer, maar hoewel hij veel geld had verdiend, had hij gemerkt dat geld niet zo belangrijk meer was zodra je de studie van je kinderen veilig had gesteld en je zeilboot had afbetaald. Hij had zich geërgerd aan Wall Street, en hij was steeds meer gaan voelen voor het aanbod dat Hendley hem vier jaar eerder had gedaan. Het was een van zijn taken dat hij de gedachten van andere internationale handelaren las, iets wat hij in New York had geleerd. Hij werkte erg nauw samen met Sam Granger, die in de Campus zowel hoofd Valutahandel als chef Operaties was.

Het liep tegen sluitingstijd toen Jerry Rounds de kamer van Sam binnenkwam. Jerry en zijn dertig ondergeschikten hadden de taak om alle downloads van de NSA en de CIA door te nemen. Ze moesten allemaal erg snel kunnen lezen en een erg fijne neus hebben. Rounds was het plaatselijke equivalent van een bloedhond.

'Moet je kijken,' zei hij. Hij liet een vel papier op Grangers bureau vallen en ging zitten.

'De Mossad heeft een... chef van een buitenlandse post verloren? Hmm. Hoe is dat gebeurd?'

'De politie van Rome denkt dat het roof was. Hij is gedood met een mes, zijn portefeuille is weg, en er zijn geen tekenen van een langdurige worsteling. Blijkbaar had hij geen wapen bij zich.'

'Waarom zou je ook, in zo'n beschaafde stad als Rome?' merkte Granger op. Maar nu zouden ze daar wel met wapens gaan rondlopen, in elk geval voorlopig. 'Hoe zijn we erachter gekomen?'

'In de Italiaanse kranten stond dat er een functionaris van de Israëlische ambassade was neergestoken terwijl hij stond te pissen. De CIA-chef in Rome wist dat het een spion was. Sommige mensen op het CIA-hoofdkantoor vragen zich nu af wat het in godsnaam te betekenen heeft, maar waarschijnlijk willen ze niet naar onnodige complicaties zoeken en accepteren ze de versie van de politie. Dode man. Geen portefeuille. Een roofoverval, en de boef ging een beetje te ver.'

'Denk je dat de Israëli's dat ook accepteren?' vroeg Granger.

'Ze zouden nog eerder karbonade opdienen op een ambassadediner. Het mes is tussen de eerste en tweede wervel gestoken. Een straatrover zou eerder de keel doorsnijden, maar een professional weet dat daar veel lawaai en geklieder van komt. De carabinieri werken aan de zaak – maar het lijkt erop dat ze geen enkel spoor hebben, tenzij iemand in het restaurant een erg goed geheugen heeft. Daar zou ik maar niet op rekenen.'

'Wat betekent dit alles?'

Rounds liet zich weer in de stoel zakken. 'Wanneer is er voor het laatst een postchef van een inlichtingendienst gedood?'

'Dat is een tijd geleden. De CIA verloor er een in Griekenland. Dat was het werk van die plaatselijke terroristengroep. Een of andere klootzak had die chef aangewezen – een van hun eigen mensen, een overloper; hij sprong over de muur en zit nu ergens eenzaam achter een fles wodka, denk ik. De Britten hebben een paar jaar geleden iemand verloren in Jemen...' Hij zweeg even. 'Je hebt gelijk. Je schiet er niet veel mee op als je de chef van een inlichtingenpost vermoordt. Als je weet wie hij is, hou je hem in de gaten en dan kom je er misschien achter wie zijn contactpersonen en ondergeschikten zijn. Als je hem om zeep brengt, is dat meer in je nadeel dan in je voordeel. Dus je denkt dat het een terrorist was, bijvoorbeeld iemand die een signaal naar Israël wil uitzenden?'

'Of misschien hebben ze hem geëlimineerd omdat hij een bedreiging vormde. En ach, die arme kerel was toch een Israëli? Iemand van de ambassade. Misschien was dat genoeg, maar als een spion – vooral een hoge spion – wordt omgebracht, moet je er niet van uitgaan dat het een ongeluk was, hè?'

'Is er nog kans op dat de Mossad ons om hulp vraagt?' Maar Granger wist wel beter. De Mossad was net een kind in de zandbak dat nooit, nooit, speelgoed met anderen deelde. Ze zouden alleen om hulp vragen als ze a, wanhopig waren, en b, ervan overtuigd waren dat iemand anders hun iets kon geven wat ze op eigen kracht nooit te pakken zouden kunnen krijgen. Dan zouden ze zich gedragen als de verloren zoon die naar huis terugkwam.

'Ze willen niet bevestigen dat die man – hij heette Greengold – van de Mossad was. Dat zou nuttige informatie voor de Italiaanse politie zijn, en die zou dan misschien hun contraspionagedienst kunnen inschakelen, maar voorzover de CIA weet, hebben de Israëli's de Italianen niet gewaarschuwd.'

Maar de CIA zou niet in zulke termen denken, wist Granger. En Jerry wist dat ook, dat zag hij aan zijn ogen. De CIA dacht niet in die termen, omdat de inlichtingenwereld erg beschaafd was geworden. Je doodde de mensen van de andere kant niet, want dat was slecht voor de zaken. Dan doodde de andere kant misschien ook iemand van jou, en als je een guerrillaoorlog ging uitvechten in de straten van een buitenlandse stad, kwam je niet aan je eigenlijke taak toe. Je moest informatie verzamelen voor je overheid, niet kerfjes zetten in de kolf van je pistool. De carabi-

nieri zouden denken dat het een beroving was, want de persoon van een diplomaat was onschendbaar. Diplomaten werden beschermd door internationale verdragen en door een traditie die helemaal terugging tot het Perzische rijk onder Xerxes.
'Nou, Jerry, jij bent hier de man met de getrainde neus,' zei Sam. 'Wat denk je?'
'Ik denk dat er misschien een kwade geest rondwaart. Die Mossad-man gaat naar een duur restaurant in Rome. Hij luncht daar en drinkt een glas goede wijn. Misschien is hij daarheen gegaan om iets op te pikken – ik heb op de kaart gekeken, het restaurant is nogal een eind lopen van het ambassadegebouw, een beetje te ver om er regelmatig te gaan lunchen, tenzij die Greengold een joggingtype was, maar daar was het de verkeerde tijd van de dag voor. Dus tenzij hij een grote fan van de kok van Giovanni's was, zit het er dik in dat hij het restaurant als uitwisselings- of ontmoetingsplaats gebruikte. In dat geval is hij in de val gelokt – niet om te worden geïdentificeerd door de tegenpartij, wie dat ook mag zijn, maar om koud te worden gemaakt. De politie van Rome mag dan denken dat het roof was, ik denk dat het moord was, en nog erg vakkundig gedaan ook. Het slachtoffer kon onmiddellijk niets meer beginnen. Hij kreeg niet de kans om zich te verzetten. Op die manier zou je een spion uitschakelen – je weet nooit hoe goed hij in zelfverdediging is, maar als ik een Arabier was, zou ik bij zo'n Mossad-man op alles rekenen. Ik zou geen risico's nemen. Hij gebruikte geen pistool, want hij wilde niets achterlaten, geen kogel, geen patroonhuls. Hij neemt de portefeuille mee om het op roof te laten lijken, maar hij doodde een Mossad-*rezident*, en hij liet daarmee waarschijnlijk een boodschap achter. Niet dat hij een hekel heeft aan de Mossad, maar hij wil laten zien dat hij hun mensen net zo makkelijk kan doden als dat hij de rits van zijn broek dichttrekt.'
'Ben je van plan daar een boek over te schrijven, Jerry?' vroeg Sam luchtig. De hoofdanalist nam een klein stukje harde informatie en maakte er een compleet verhaal van.
Rounds tikte alleen maar tegen zijn neus en glimlachte. 'Sinds wanneer geloof jij in het toeval? Hier zit een luchtje aan.'
'Wat denken ze op Langley?'
'Nog niets. Ze hebben het aan de Europa-desk toegewezen. We krijgen over een week of zo vast wel iets te zien, maar dat zal dan niet veel voorstellen. Ik weet wie de leiding van die desk heeft.'
'Een stomkop?'
Rounds schudde zijn hoofd. 'Nee, dat is niet fair. Hij is best pienter, maar hij steekt zijn nek niet uit. En hij is ook niet erg creatief. Ik wed dat dit niet eens tot de zesde verdieping doordringt.'

Er was een nieuwe CIA-directeur in de plaats gekomen van Ed Foley, die nu met pensioen was en samen met zijn vrouw Mary Pat zijn memoires scheen te schrijven. In hun tijd waren ze vrij goed geweest, maar de nieuwe CIA-directeur was een politiek aantrekkelijke rechter, een gunsteling van president Kealty. Hij deed niets zonder toestemming van de president, en dat betekende dat alles werd voorgelegd aan de minibureaucratie van het National Security Council-team in het Witte Huis, en die was ongeveer net zo lek als indertijd de *Titanic*, en dus erg geliefd bij de pers. Het directoraat Operaties groeide nog steeds en leidde nog steeds nieuwe agenten op in de Farm in Tidewater, Virginia, en de nieuwe directeur Operaties was helemaal geen slechte man – het Congres had absoluut iemand willen hebben die wist hoe je in het veld moest opereren, en hoewel Kealty daar moeite mee had, wist hij hoe je het spel met het Congres moest spelen. Het directoraat Operaties mocht dan weer in redelijke conditie verkeren, het zou nooit iets openlijk slechts doen zolang de huidige regering er was. Niets wat het Congres ongelukkig zou maken. Niets wat voor de haters van de inlichtingenwereld aanleiding was om zich druk te maken om iets anders dan hun gebruikelijke klachten over oudewijvenverhalen en complottheorieën, en dat de CIA de schuld had van Pearl Harbor en de aardbeving van San Francisco.

'Dus je denkt dat er niets uit voortkomt?' vroeg Granger. Hij wist het antwoord al.

'De Mossad zal wat rondneuzen, tegen zijn mensen zeggen dat ze goed uit hun ogen moeten kijken, en dat gaat een maand of twee goed, en dan vervallen de meesten weer in hun oude gewoonten. Dat geldt ook voor andere diensten. De Israëli's zullen vooral willen weten hoe hun man geïdentificeerd is. Daar valt niet veel over te zeggen, met de weinige informatie die we hebben. Het zal wel iets simpels zijn. Dat is het meestal. Misschien rekruteerde hij de verkeerde en is dat hem opgebroken; misschien is hun code gekraakt – bijvoorbeeld doordat een codeerder op de ambassade is omgekocht; misschien heeft iemand op de verkeerde cocktailparty met de verkeerde persoon gepraat. Het zou van alles kunnen zijn, Sam. Een kleine verspreking is soms al genoeg om iemands dood te veroorzaken, en zelfs de besten maken dat soort fouten.'

'Dat zou in het handboek moeten staan: wat je op straat moet doen en niet moet doen.' Hij had natuurlijk zijn eigen werk op straat gedaan, maar vooral in bibliotheken en banken, op zoek naar informatie die zo droog was dat stof er vochtig bij leek, en soms had hij de spreekwoordelijke speld in de hooiberg gevonden. Hij had altijd een dekmantel ge-

had, en uiteindelijk was die net zo echt voor hem geworden als zijn verjaardag.
'Tenzij een andere spion ergens op straat zijn mond voorbijpraat,' merkte Rounds op. 'Dan weten we of er echt een geest rondwaart.'

De Avianca-vlucht van Mexico landde vijf minuten te vroeg in Cartagena. Hij was met Austria Air naar Londen gevlogen en had vandaar een British Airways-vlucht naar Mexico City genomen, om ten slotte met de nationale luchtvaartmaatschappij van Colombia naar dat Zuid-Amerikaanse land te gaan. Het was een oude Amerikaanse Boeing, maar hij maakte zich nooit veel zorgen over de veiligheid van vliegreizen. Er waren veel grotere gevaren in de wereld. In het hotel maakte hij zijn tas open en pakte zijn agenda, en daarna ging hij naar buiten om een wandelingetje te maken. Hij zag een openbare telefooncel waar hij kon bellen.
'Zeg tegen Pablo dat Miguel er is... *Grazias.*' En na die woorden liep hij naar een *cantina* om iets te drinken. Het plaatselijke bier was helemaal niet slecht, vond Mohammed. Hoewel het in strijd met zijn religieuze overtuiging was, moest hij zich aan zijn omgeving aanpassen, en hier dronk iedereen alcohol. Nadat hij daar een kwartier had gezeten, liep hij naar zijn hotel terug. Onderweg ging hij twee keer na of hij gevolgd werd, maar hij zag niemand. Dus als hij werd geschaduwd, gebeurde dat door experts, en daar kon je weinig tegen doen, niet in een buitenlandse stad waar iedereen Spaans sprak en niemand wist waar Mekka lag. Hij reisde op een Brits paspoort, waarin stond dat hij Nigel Hawkins uit Londen was. Er was inderdaad een flat op het genoemde adres. Die zou hem zelfs tegen een routinematige politiecontrole beschermen, maar geen enkele dekmantel hield eeuwig stand, en als het misging... dan ging het mis. Je kon niet je hele leven bang zijn voor het onbekende. Je maakte je plannen, nam de noodzakelijke voorzorgsmaatregelen, en dan speelde je het spel.
Het was interessant. De Spanjaarden waren de eeuwenoude vijanden van de islam, en de bevolking van dit land bestond voor het merendeel uit de kinderen van Spanje. Toch waren er mensen in dit land die bijna net zo'n grote hekel aan Amerika hadden als hij – *bijna*, want Amerika was als afnemer van cocaïne een bron van enorme inkomsten voor hen, zoals Amerika als afnemer van olie ook een bron van enorme inkomsten voor zijn eigen land was. Zijn persoonlijk vermogen liep in de honderden miljoenen Amerikaanse dollars, veilig opgeborgen op verschillende banken op de hele wereld, Zwitserland, Liechtenstein en sinds kort ook de Bahama's. Hij kon zich natuurlijk een privé-vliegtuig

permitteren, maar dat zou te herkenbaar zijn, en ook gemakkelijk boven water neer te schieten. Mohammed minachtte Amerika, maar hij was niet blind voor zijn macht. Te veel goede mannen waren onverwachts naar het paradijs gegaan omdat ze vergaten hoe groot die macht was. Het was niet bepaald een slechte bestemming, maar hij moest zijn werk onder de levenden doen, niet onder de doden.

'Hé, kapitein.'
Brian Caruso draaide zich om en zag James Hardesty staan. Het was nog geen zeven uur in de morgen. Hij had zijn kleine compagnie mariniers net hun ochtendoefeningen laten doen, inclusief vijf kilometer hardlopen, en zoals al zijn mannen zweette hij flink. Hij had zijn mensen naar de douches gestuurd en was zelf op weg naar zijn appartement toen hij Hardesty tegenkwam. Maar voordat hij iets kon zeggen, hoorde hij een bekendere stem.
'Schipper?' De kapitein draaide zich om en zag sergeant Sullivan, zijn hoogste onderofficier.
'Ja, sergeant. De mannen waren vanmorgen erg fit.'
'Ja, kapitein. U hebt ons niet te hard laten werken. Dank u, kapitein,' zei de E-7.
'Hoe deed korporaal Ward het?' Dat was de reden waarom Brian hen niet te hard had laten werken: Ward had gezegd dat hij zo langzamerhand weer kon meedraaien, maar hij was nog niet helemaal hersteld van zijn ernstige verwondingen.
'Hij hijgt nog wat, maar hij kon het volhouden. Hospik Randall houdt hem voor ons in de gaten. Weet u, voor een marineman is hij niet slecht,' gaf de sergeant toe. Mariniers maken zich meestal zorgen om marinemensen, vooral om degenen die hard genoeg zijn om bij Recon te komen.
'Er komt een dag dat de SEAL's hem vragen of hij naar Coronado wil komen.'
'Dat denk ik ook, schipper, en dan moeten we een nieuw team inwerken.'
'Wat heb je nodig, sergeant?' vroeg Caruso.
'Kapitein... O, hij is er al. Meneer Hardesty, ik hoorde net dat u met de baas ging praten. Neemt u me niet kwalijk, kapitein.'
'Geen probleem. Ik zie je over een uur, sergeant.'
'Jazeker, kapitein.' Sullivan salueerde en ging naar de kazerne terug.
'Hij is een goede sergeant,' dacht Hardesty hardop.
'Zeg dat wel,' beaamde Caruso. 'Kerels als hij runnen het Korps. Mensen als ik worden alleen maar getolereerd.'

'Zullen we ontbijten, kapitein?'
'Goed, maar ik moet eerst douchen.'
'Wat staat er op de agenda?'
'Vandaag doen we communicatie. We moeten er zeker van zijn dat we allemaal om ondersteuning vanuit de lucht of van artillerie kunnen vragen.'
'Kunnen ze dat dan nog niet?' vroeg Hardesty verbaasd.
'U weet dat een honkbalteam voor elke wedstrijd slagoefeningen doet met de slagcoach? Ze kunnen allemaal slaan, nietwaar?'
'Ik begrijp het.' Die dingen werden elementair genoemd omdat ze echt elementair waren. En deze mannen zouden net zomin als die honkballers bezwaar maken tegen de les van vandaag. Ze waren nu één keer de jungle in geweest, en ze wisten allemaal hoe belangrijk die elementaire vaardigheden waren.
Het was niet ver lopen naar Caruso's kamers. Hardesty nam wat koffie en pakte een krant, terwijl de jonge officier ging douchen. De koffie was niet slecht gezet voor een vrijgezelle man. Zoals gewoonlijk vertelde de krant hem niet veel wat hij nog niet wist, behalve de nieuwste sportuitslagen, maar de strips waren altijd grappig.
'Klaar voor het ontbijt?' vroeg de jongeman, die helemaal opgefrist was.
'Hoe is het eten hier?' Hardesty stond op.
'Nou, een ontbijt kun je niet gauw verknoeien, hè?'
'Zeker. Ga voor, kapitein.' Ze reden samen in Caruso's Mercedes C-klasse de anderhalve kilometer naar de mess. Uit die keuze van auto bleek dat Caruso inderdaad vrijgezel was.
'Ik had u nog niet verwacht,' zei Caruso vanachter het stuur.
'Of helemaal niet verwacht?' merkte de vroegere officier van de Speciale Troepen luchtig op.
'Dat ook.'
'Je bent geslaagd voor het examen.'
Caruso keek hem even aan. 'Welk examen?'
'Ik geloof niet dat je het hebt gemerkt,' zei Hardesty grinnikend.
'Nou, het is u in elk geval gelukt me vanmorgen te verrassen.' En dat was precies volgens plan, dacht kapitein Caruso.
'Er bestaat een oud gezegde: "Als je niet verrast bent, ben je verkeerd ingelicht."'
'Dat klinkt een beetje onheilspellend,' zei kapitein Caruso, en hij reed het parkeerterrein op.
'Misschien.' Hardesty stapte uit en volgde de officier naar het gebouw. Het was een groot gebouw zonder bovenverdieping, en het zat vol hongerige mariniers. In de kantine waren de gebruikelijke Amerikaanse ont-

bijtgerechten te vinden, van cornflakes tot eieren met spek. En zelfs wat...

'U kunt de bagels proberen, maar ze zijn niet erg goed,' waarschuwde Caruso, terwijl hij twee Engelse muffins met echte boter pakte. Hij was duidelijk te jong om zich druk te maken om cholesterol en de andere problemen die met de jaren kwamen. Hardesty nam een doos Cheerios, want tot zijn niet-geringe ergernis was híj wel zo oud, en hij nam ook magere melk en zoetjes. De koffiemokken waren groot, en de zaalindeling bood verrassend veel privacy, al zat je daar met vierhonderd mensen, die trouwens allerlei rangen hadden, van korporaal tot kolonel. Zijn gastheer leidde hem door een menigte jonge sergeants naar een tafel.

'Nou, meneer Hardesty, wat kan ik voor u doen?'

'Ten eerste: ik weet dat je een betrouwbaarheidsverklaring tot topgeheim hebt.'

'Ja. Dat gaat om wat vertrouwelijk materiaal, maar daar hoeft u zich niet druk om te maken.'

'Waarschijnlijk niet,' gaf Hardesty toe. 'Nou, wat we nu gaan bespreken, gaat nog een beetje verder. Je mag dit aan niemand doorvertellen. Is dat duidelijk?'

'Ja. Dit is codewoordmateriaal. Ik begrijp het.' Eigenlijk begreep hij het helemaal niet, dacht Hardesty. Dit ging nog verder dan codewoordmateriaal, maar dat zou hij hem een andere keer wel uitleggen. 'Gaat u verder,' zei Caruso.

'Een paar belangrijke mensen beschouwen jou als een geschikte kandidaat voor een nogal... een nogal bijzondere organisatie die niet bestaat. Je komt dat soort dingen in films of boeken tegen. Maar dit is echt, jongen. Ik kom je een plaats in die organisatie aanbieden.'

'Meneer Hardesty, ik ben officier bij de mariniers, en dat bevalt me goed.'

'Ik wil niets afdoen aan je carrière bij de mariniers. Je komt zelfs al in aanmerking voor promotie tot majoor. Die brief krijg je volgende week. Je zult dus toch worden overgeplaatst. Als je bij de mariniers blijft, sturen ze je volgende maand naar het hoofdkwartier, waar je op de afdeling voor inlichtingen en speciale operaties komt te werken. Je krijgt ook een Silver Star voor je actie in Afghanistan.'

'En mijn mensen? Ik heb hen ook voor decoraties voorgedragen.' Typisch iets voor deze jongen om zich daar druk om te maken, dacht Hardesty.

'Iedereen krijgt een onderscheiding. Nou, je zult naar het Korps Mariniers kunnen terugkeren wanneer je maar wilt. Je carrière bij de mariniers zal hier niet onder lijden.'

'Hoe hebt u dat klaargespeeld?'

'We hebben hooggeplaatste vrienden,' legde zijn gast uit. 'Jij trouwens ook. Je salaris blijft via het Korps Mariniers lopen. Misschien moet je iets met je bank regelen, maar dat zijn routinezaken.'
'Wat houdt die nieuwe baan in?' vroeg Caruso.
'Het betekent dat je je land dient. Je gaat dingen doen die noodzakelijk zijn voor onze nationale veiligheid, maar je houdt je niet altijd aan de voorschriften.'
'Wat zou ik precies gaan doen?'
'Niet hier, niet nu.'
'Kunt u nog geheimzinniger doen, meneer Hardesty? Straks ga ik nog begrijpen waar u het over hebt, en dan is de verrassing weg.'
'Ik heb de regels niet opgesteld,' antwoordde hij.
'De CIA, hè?'
'Dat niet precies, maar daar kom je te zijner tijd wel achter. Ik wil nu alleen ja of nee horen. Je kunt die organisatie weer verlaten wanneer je maar wilt,' beloofde hij. 'Maar dit is niet de plaats om het je allemaal precies uit te leggen.'
'Wanneer moet ik beslissen?'
'Voordat je je eieren met spek op hebt.'
Zodra kapitein Caruso dat antwoord hoorde, legde hij zijn muffin neer. 'Dit is toch geen grap, hè?' Hij was al genoeg geplaagd met zijn familieconnecties.
'Nee, kapitein, dit is geen grap.'
Het was de bedoeling geweest dat Hardesty's benadering in het geheel niet bedreigend overkwam. Hoe moedig mensen als Caruso ook waren, ze stonden altijd een beetje beschroomd tegenover het onbekende, of beter gezegd: het onbegrepen onbekende. Zijn beroep was al gevaarlijk genoeg, en de intelligenten onder ons stormen niet enthousiast op het gevaar af. Meestal wegen ze eerst de risico's af, en natuurlijk hebben ze er ook voor gezorgd dat ze goed zijn opgeleid en voldoende ervaring hebben. En dus had Hardesty er de nadruk op gelegd dat het Korps Mariniers hem altijd terug zou nemen. Het was bijna waar, en dat was voor hem genoeg, zij het misschien niet voor de jonge officier.
'Hoe staat het met je liefdesleven, kapitein?'
Die vraag verraste hem, maar hij antwoordde naar waarheid: 'Ik ben ongebonden. Ik ga met een paar meisjes om, maar dat is nog niet erg serieus. Speelt dat mee?' Hoe gevaarlijk zou dit precies kunnen zijn, vroeg hij zich af.
'Het is alleen een kwestie van beveiliging. De meeste mannen kunnen niets geheimhouden voor hun vrouw.' Maar vriendinnetjes waren iets heel anders.

'Nou, hoe gevaarlijk is die baan?'
'Niet erg gevaarlijk.' Hardesty loog en deed dat niet handig genoeg om helemaal geloofwaardig over te komen.
'Weet u, ik was van plan om minstens zo lang in het Korps te blijven tot ik luitenant-kolonel was.'
'Je beoordelaar bij het hoofdkwartier van het Korps Mariniers denkt dat je goed genoeg bent om op een dag kolonel te worden, tenzij je een blunder begaat. Dat lijkt niemand waarschijnlijk, maar het is veel goede mannen overkomen.' Hardesty was klaar met zijn Cheerios en begon aan zijn koffie.
'Prettig te weten dat ik ergens daarboven een beschermengel heb,' merkte Caruso droogjes op.
'Zoals ik al zei: je bent opgemerkt. Het Korps Mariniers is er goed in om talent te signaleren en vooruit te helpen.'
'En andere mensen hebben dat ook gedaan – mij gesignaleerd, bedoel ik.'
'Dat klopt, kapitein. Maar ik bied je alleen maar een kans aan. Je zult jezelf moeten bewijzen.' Hij stelde hem met opzet voor die uitdaging. Jonge, capabele mannen deinsden niet graag voor een uitdaging terug. Hardesty wist dat hij hem had.

Het was een lange rit geweest van Birmingham naar Washington. Dominic Caruso deed het in één lange dag, want hij hield niet van goedkope motels, maar zelfs als je om vijf uur 's morgens begon, was het een heel eind. Hij reed in een witte Mercedes C-klasse, ongeveer zoals die van zijn broer, met veel bagage achterin. Hij was twee keer aangehouden, maar beide keren had de staatspolitie gunstig op zijn FBI-papieren gereageerd en hadden ze hem meteen vriendelijk laten doorrijden. Onder de verschillende politiediensten heerste een kameraadschappelijkheid die zich in elk geval tot het negeren van snelheidsovertredingen uitstrekte. Hij kwam net voorbij tien uur die avond in Arlington, Virginia aan, waar hij een piccolo zijn bagage liet ophalen en de lift nam naar zijn kamer op de tweede verdieping. In het barretje stond een halfje redelijk goede witte wijn, en hij dronk dat op nadat hij de dringend nodige douche had genomen. De wijn en de saaie tv hielpen hem in slaap. Hij had gevraagd hem om zeven uur te wekken, en even later was hij in diepe slaap verzonken.

'Goedemorgen,' zei Gerry Hendley om kwart voor negen de volgende morgen. 'Koffie?'
'Dank u.' Jack nam een kopje en ging zitten. 'Ik ben blij dat u contact met me hebt opgenomen.'

'Nou, we hebben naar je studieresultaten gekeken. Je hebt het in Georgetown erg goed gedaan.'
'De kosten zijn daar zo hoog dat je maar beter goed kunt opletten – en trouwens, het was niet zo moeilijk.' John Patrick Ryan junior nam een slokje van zijn koffie en vroeg zich af wat er nu zou komen.
'We zijn bereid een baan op instapniveau met je te bespreken,' zei de ex-senator zonder omhaal. Hij draaide er nooit omheen. Dat was een van de redenen waarom de vader van zijn bezoeker en hij zo goed met elkaar hadden kunnen opschieten.
'Wat zou ik precies gaan doen?' vroeg Jack nieuwsgierig.
'Wat weet je van Hendley Associates?'
'Alleen wat ik u al heb verteld.'
'Goed, niets van wat ik je nu ga vertellen mag je aan iemand anders doorvertellen. Aan niemand. Is dat duidelijk?'
'Ja.' En op dat moment was het allemaal volkomen duidelijk. Hij had het goed geraden, zei Jack tegen zichzelf. Verdraaid nog aan toe.
'Je vader was een van mijn beste vrienden. Ik zeg "was" omdat we geen contact meer met elkaar kunnen hebben. We spreken elkaar nog maar zelden. Meestal omdat hij me belt. Mensen als je vader gaan nooit met pensioen – tenminste, nooit helemaal. Je vader was een van de beste inlichtingenmensen die er ooit zijn geweest. Hij heeft dingen gedaan die nooit zijn opgeschreven – in elk geval niet op overheidspapier – en die waarschijnlijk ook nooit opgeschreven zullen worden. In dit geval betekent "nooit" binnen de komende vijftig jaar. Je vader schrijft zijn memoires. Hij maakt twee versies, een voor publicatie over een paar jaar en een die pas over een paar generaties het licht zal zien. Die zal pas na zijn dood worden gepubliceerd. Dat heeft hij bevolen.'
Het trof Jack als een schok dat zijn vader plannen maakte voor na zijn dood. Zijn vader – dood? Dat kon hij zich alleen vaag, theoretisch voorstellen. 'Goed,' kon hij uitbrengen. 'Weet mijn moeder van die dingen?'
'Waarschijnlijk... Nee, bijna zeker niet. Sommige dingen zijn misschien niet eens bekend op het CIA-hoofdkantoor. De overheid doet soms dingen die niet op papier worden gezet. Je vader had de neiging om steeds weer in dat soort situaties terecht te komen.'
'En u?' vroeg Jack junior.
Hendley leunde achterover en ging op een filosofische toon verder. 'Weet je wat het probleem is? Wat je ook doet, er is altijd iemand die er bezwaar tegen heeft. Het is net als een grap. Hoe komisch een grap ook is, er is altijd wel iemand die zich gekwetst voelt. Maar als op een hoog niveau iemand zich gekwetst voelt, zegt hij je dat niet in je gezicht, maar klaagt hij tegen een journalist, en dan komt het in de openbaar-

heid, meestal op een erg negatieve manier. Vaak steekt de carrièrezucht dan zijn lelijke kop op: je komt vooruit door iemand die hoger is dan jij een dolkstoot in de rug toe te dienen. Maar het gebeurt ook wel dat mensen op hogere posities hun eigen versie van goed en kwaad willen hanteren. Dat heet ego. Er is dan wel het probleem dat iedereen zijn eigen versie van goed en kwaad heeft – soms een krankzinnige versie. Neem bijvoorbeeld de president die we nu hebben. In de garderobe van de Senaat heeft Ed eens tegen me gezegd dat hij zo tegen de doodstraf gekant is dat hij zelfs tegen de executie van Adolf Hitler zou zijn geweest. Dat was na een paar drankjes – hij wordt meestal wat spraakzamer als hij wat te drinken heeft gehad, en jammer genoeg gebeurt dat laatste nogal vaak. Toen hij dat tegen me zei, maakte ik er een grapje over. Ik zei tegen hem dat hij dat niet in een toespraak moest zeggen – er zijn nogal veel joodse kiezers en die zouden het niet als een diepgeworteld principe maar als een grove belediging zien. Veel mensen zijn in theorie tegen de doodstraf. Goed, dat kan ik respecteren, al ben ik het er niet mee eens. Maar je zit dan wel met het probleem dat je niet beslissend kunt optreden tegen mensen die anderen kwaad doen – soms erg veel kwaad – zonder dat je in strijd met je eigen principes handelt, en sommige mensen laten zich strikt door hun geweten of politieke correctheid leiden. Al is het nu eenmaal een triest feit dat het recht niet altijd goed werkt, zeker niet buiten onze grenzen, en soms ook daarbinnen.

Goed, maar welke gevolgen heeft dat voor Amerika? De CIA doodt geen mensen – nooit. In elk geval niet sinds de jaren vijftig. Eisenhower maakte erg handig gebruik van de CIA. Hij oefende zijn macht zo briljant uit dat de mensen nooit wisten dat er iets gebeurde. Ze vonden hem saai, omdat hij geen krijgshaftige taal uitsloeg voor de camera's. En wat nog belangrijker is: het was toen een andere wereld. De Tweede Wereldoorlog was nog maar net achter de rug, en vooral door de bomaanvallen waren we eraan gewend geraakt dat er soms een heleboel mensen omkwamen, zelfs onschuldige burgers,' zei Hendley. 'Dat was nu eenmaal de prijs die je moest betalen.'

'En Castro?'

'Dat was de tijd van president Kennedy en zijn broer Robert. Die wilden Castro erg graag te pakken krijgen. De meeste mensen denken dat ze zich schaamden voor het Varkensbaai-fiasco. Ik persoonlijk denk dat ze gewoon te veel James Bond-romannetjes hadden gelezen. In die tijd was het nog stoer om mensen te vermoorden. Tegenwoordig noemen we het psychopathisch gedrag,' merkte Hendley zuur op. 'Je hebt wel het probleem dat het ten eerste veel leuker is om erover te lezen dan om het te doen, en ten tweede dat het niet gemakkelijk is om het zonder uiterst goed getrainde en uiterst gemotiveerde mensen te doen. Nou, ik denk dat ze daar inmiddels wel achter zijn gekomen. Toen het in de openbaarheid kwam, werd de betrokkenheid van de familie Kennedy op de een of andere manier onder het tapijt geveegd en moest de CIA boeten omdat die dienst had gedaan – slechts had gedaan – wat de zittende president had bevolen. President Ford vaardigde een maatregel uit om daar een eind aan te maken. Sindsdien mag de CIA niet meer opzettelijk mensen doden.'

'En John Clark dan?' vroeg Jack, die zich de blik in de ogen van die man herinnerde.

'Hij is een soort uitzondering. Ja, hij heeft meer dan eens mensen gedood, maar hij lette er altijd wel op dat hij het alleen deed als het op dat moment tactisch noodzakelijk was. Ik heb Clark maar een paar keer ontmoet. Ik ken vooral zijn reputatie. Maar hij is een uitzondering. Nu hij met pensioen is, gaat hij misschien een boek schrijven. Maar zelfs als hij dat doet, zal hij nooit het hele verhaal vertellen. Clark houdt zich aan de regels, net als je vader. Soms zet hij die regels een beetje naar zijn hand, maar voorzover ik weet, heeft hij ze nooit overtreden – nou ja, tenminste niet als overheidsdienaar,' verbeterde Hendley zichzelf. Jack Ryan senior en hij hadden eens een lang gesprek over John Clark gehad, en ze waren de enige twee mensen op de hele wereld die het hele verhaal kenden.

'Ik heb een keer tegen pa gezegd dat ik Clark niet graag als vijand zou hebben.'

Hendley glimlachte. 'Zeker, maar je zou John Clark ook het leven van je kinderen kunnen toevertrouwen. Toen we elkaar de vorige keer spraken, stelde je me een vraag over Clark. Daar kan ik nu antwoord op geven. Als hij jonger was, zou hij hier werken,' onthulde Hendley.

'U hebt me zojuist iets verteld,' zei Jack meteen.

'Dat weet ik. Kun je daarmee leven?'

'Dat ik mensen zou doden?'

'Dat heb ik niet precies gezegd, hè?'

Jack junior zette zijn koffie neer. 'Nu weet ik waarom pa zegt dat u intelligent bent.'

'Kun je leven met het feit dat je vader in zijn tijd een paar mensen heeft gedood?'

'Daar weet ik van. Het gebeurde in de nacht dat ik werd geboren. Dat is een soort familieverhaal. De journalisten maakten er veel werk van toen pa president was. Ze brachten het steeds weer ter sprake, alsof het melaatsheid was of zoiets. Alleen is er een geneesmiddel tegen melaatsheid.'

Dat weet ik. In een film ziet het er prachtig uit, maar in het echte leven hebben mensen er grote moeite mee. Het probleem met de echte wereld is dat het soms – niet vaak, maar soms – nodig is om dat soort dingen te doen, zoals je vader meer dan eens heeft ontdekt, Jack. Hij aarzelde nooit. Misschien heeft hij er wel nachtmerries van gehad, maar als hij het moest doen, deed hij het. Daarom ben jij in leven. Daarom zijn een heleboel andere mensen in leven.'

'Ik weet dat van die onderzeeër. Dat is min of meer bekend, maar...'

'Het is meer dan dat alleen. Je vader ging nooit op zoek naar moeilijkheden, maar als ze hem opzochten... Zoals ik al zei: hij deed wat nodig was.'

'Ik kan me zo ongeveer herinneren dat de mensen die ma en pa aanvielen – op de avond dat ik werd geboren, bedoel ik – later geëxecuteerd zijn. Ik heb ma daarnaar gevraagd. Ze is er niet zo'n voorstander van om mensen te executeren, weet u. In dit geval vond ze het niet zo erg. Ze vond het niet zo'n prettig idee, maar ik denk dat ze de logica van de situatie wel inzag. Pa – u weet dat hij het ook niet erg prettig vond, maar hij heeft er geen traan om gelaten.'

'Je vader hield een pistool tegen het hoofd van die kerel – de leider, bedoel ik, maar hij haalde de trekker niet over. Dat was niet nodig, en dus deed hij het niet. Als ik in zijn positie had verkeerd... Nou, ik weet het niet. Het was een moeilijke situatie, maar je vader maakte de juiste keuze toen hij alle reden had om dat niet te doen.'

'Dat zei Clark ook. Ik heb hem er een keer naar gevraagd. Hij zei dat de politie erbij was, dus waarom zou mijn vader het doen? Maar ik kon hem nooit helemaal geloven. Het is een verdomd moeilijke situatie. Ik heb Mike Brennan er ook naar gevraagd. Hij zei dat het indrukwekkend was dat een burger zich inhield. Maar hij zou die kerel niet hebben gedood. Dat komt door zijn training, denk ik.'

'Ik weet het nog zo net niet van Clark. Hij is niet echt een moordenaar. Hij doodt geen mensen voor de lol of voor geld. Misschien zou hij het leven van die kerel hebben gespaard. Maar nee, een getrainde politieman wordt niet geacht zoiets te doen. Wat denk je dat jij zou hebben gedaan?'

'Dat weet je pas als je het meemaakt,' antwoordde Jack. 'Ik heb er een paar keer over nagedacht en ik kwam tot de conclusie dat pa het goed heeft aangepakt.'

Hendley knikte. 'Je hebt gelijk. En dat andere heeft hij ook goed aangepakt. Die kerel in die boot die hij door zijn hoofd schoot. Dat moest hij wel doen om in leven te blijven, en als je die keuze moet maken, kun je maar één kant op.'

'Nou, wat doet Hendley Associates precies?'
'We verzamelen inlichtingen en handelen daarnaar.'
'Maar u maakt geen deel uit van de overheid,' wierp Jack tegen.
'Officieel niet, nee. We doen dingen die gedaan moeten worden, wanneer de overheidsdiensten niet in staat zijn ze te doen.'
'Hoe vaak gebeurt dat?'
'Niet erg vaak,' antwoordde Hendley nonchalant. 'Maar dat kan veranderen – of misschien ook niet. Dat is moeilijk te zeggen.'
'Hoe vaak...'
'Dat hoef je niet te weten,' antwoordde Hendley met opgetrokken wenkbrauwen.
'Goed. Wat weet pa hiervan?'
'Hij heeft me overgehaald dit op te zetten.'
'O...' En opeens was het helemaal duidelijk. Hendley had zijn politieke carrière vaarwel gezegd om zijn land te dienen op een manier waarvoor hij nooit erkenning zou krijgen en nooit zou worden beloond. Allemachtig. Had zijn vader het lef om zoiets uit te halen? 'En als u op de een of andere manier in moeilijkheden komt...?'
'In een kluis op het kantoor van mijn advocaat liggen honderd presidentiële kwijtscheldingen. Die zijn te gebruiken voor alle illegale handelingen die zijn gepleegd op de data die mijn secretaresse noteert wanneer ze de lege vakjes invult, en ze zijn ondertekend door je vader, in de laatste week van zijn presidentschap.'
'Is dat legaal?'
'Het is legaal genoeg,' antwoordde Hendley. 'De minister van Justitie van je vader, Pat Martin, zei dat het ermee door kon, al zou het puur dynamiet zijn als het ooit in de openbaarheid kwam.'
'Dynamiet? Het zou als een atoombom inslaan op het Capitool,' dacht Jack hardop. En dat was nog zacht uitgedrukt.
'Daarom zijn we hier voorzichtig. Ik kan mijn mensen niet aanmoedigen dingen te doen waardoor ze in de gevangenis terecht kunnen komen.'
'Ze zouden voorgoed hun kredietwaardigheid kwijt zijn.'
'Ik merk dat je het gevoel voor humor van je vader hebt.'
'Nou, hij ís mijn vader, nietwaar? Dat heb ik tegelijk met de blauwe ogen en het zwarte haar meegekregen.'
Volgens de universitaire gegevens had hij de hersens. Hendley kon zien dat hij dezelfde onderzoekende aard had, hetzelfde talent om het kaf van het koren te scheiden. Had hij ook het lef van zijn vader...? Het was maar beter dat ze daar nooit achter kwamen. Maar zelfs zijn beste mensen konden de toekomst niet voorspellen, behalve in termen van valutafluc-

tuaties – en daarmee speelden ze vals. Dat was het enige illegale waarvoor hij vervolgd kon worden – maar nee, dat zou toch nooit gebeuren?
'Goed, tijd dat je Rick Bell ontmoet. Jerry Rounds en hij doen hier de analyse.'
'Heb ik ze al eerder ontmoet?'
'Nee. En je vader ook niet. Dat is een van de problemen met de inlichtingenwereld: die is gewoon te groot geworden. Te veel mensen – de organisaties struikelen over elkaar. Als je de beste honderd mensen uit het proffootball in hetzelfde team hebt, gaat dat team ten onder aan interne onenigheid. Ieder mens is geboren met een ego, als de spreekwoordelijke kat met de lange staart in een kamer vol schommelstoelen. Niemand maakt daar al te veel bezwaar tegen, want het is niet de bedoeling dat de overheid te efficiënt functioneert. Als dat wel gebeurde, zou het mensen afschrikken. Daarom zijn wij hier. Kom. Jerry's kamer is hier vlakbij.'

'Charlottesville?' vroeg Dominic. 'Ik dacht...'
'Sinds de tijd van directeur Hoover heeft de FBI daar een veilige opslagplaats. Officieel is dat gebouw niet van de FBI. Daar bewaren we de grijze dossiers.'
'O.' Hij had daarvan gehoord van een docent op de Academy. De 'grijze dossiers' – buitenstaanders kenden die term niet eens – waren Hoovers dossiers over politieke figuren, allerlei persoonlijke afwijkingen, die politici verzamelden zoals anderen postzegels of munten verzamelen. Officieel waren ze vernietigd na Hoovers dood in 1972, maar in werkelijkheid waren ze opgeborgen in Charlottesville, Virginia, in een groot huis op een heuvel. Het kijkt uit op de universiteit van Virginia en aan de andere kant van het dal staat Monticello, het huis dat vroeger van Thomas Jefferson was. Het oude plantagehuis was voorzien van een ruime wijnkelder, en daar lagen al meer dan vijftig jaar lang heel wat kostbaarder zaken. Het waren de duisterste geheimen van de FBI, alleen bekend aan een handjevol mensen, waartoe niet eens altijd de zittende FBI-directeur behoorde. De papieren werden beheerd door alleen de betrouwbaarste beroepsagenten. De dossiers werden nooit geopend, in elk geval niet de politieke. Die senator uit de Truman-tijd bijvoorbeeld, had er geen behoefte aan dat zijn voorkeur voor minderjarige meisjes in de openbaarheid kwam. Hij was trouwens allang dood, net als de aborteur. Maar de angst voor die gegevens, waarvan algemeen werd aangenomen dat ze nog bestonden, verklaarde waarom de politici zich zelden tegen de begrotingsvoorstellen voor de FBI verzetten. Een erg goede archivaris met een gecomputeriseerd geheugen had het bestaan van die geheime

dossiers misschien kunnen afleiden uit subtiele lacunes in de gigantische hoeveelheid dossiers van de FBI, maar dat zou een herculesarbeid zijn geweest. Trouwens, er waren veel sappiger geheimen te vinden in de 'witte dossiers' die in een vroegere kolenmijn in West Virginia waren ondergebracht – tenminste, dat zou een historicus denken.

'We gaan je buiten de FBI detacheren,' zei Werner nu.

'Wat?' vroeg Dominic Caruso. Van schrik sprong hij bijna overeind.

'Dominic, er is een speciale organisatie die met je wil praten. Je zult daar voortaan gaan werken. Ze zullen je alles vertellen. Vergeet niet: ik heb het over detacheren. Je blijft officieel voor de FBI werken en je salaris gaat gewoon door. Officieel werk je mee aan een speciale missie om onderzoek naar terrorisme te doen. Je valt rechtstreeks onder mij. Je krijgt de normale promoties en salarisverhogingen. Deze informatie is geheim, agent Caruso,' ging Werner verder. 'Je mag dit met niemand anders bespreken dan met mij. Is dat duidelijk?'

'Ja, maar ik kan niet zeggen dat ik het begrijp.'

'Dat komt nog wel. Je blijft onderzoek doen naar criminele activiteiten, en waarschijnlijk zul je daar ook tegen optreden. Als je nieuwe taak je niet aanstaat, kun je dat tegen me zeggen, en dan sturen we je naar een andere regiodivisie, waar je meer conventionele dingen te doen krijgt. Maar ik herhaal: je mag met niemand anders dan met mij over je nieuwe functie praten. Als iemand ernaar vraagt, ben je nog steeds FBI-agent, maar je mag met niemand over je werk praten. Je zult weinig tegenwerking ondervinden, zolang je je werk maar goed doet. Je zult merken dat het toezicht minder streng is dan je gewend bent. Maar je zult altijd verantwoording moeten afleggen.'

'Het is me nog steeds niet erg duidelijk,' merkte Caruso op.

'Je zult werk doen van het hoogste nationale belang, vooral tegen terrorisme. Er zal gevaar aan verbonden zijn. De terroristenwereld is niet erg beschaafd.'

'Het is dus undercoverwerk?'

Werner knikte. 'Ja.'

'En het gebeurt vanuit dit kantoor?'

'Min of meer,' zei Werner ontwijkend.

'En ik mag eruit stappen wanneer ik maar wil?'

'Ja.'

'Nou, dan zal ik het eens bekijken. Wat moet ik nu doen?'

Werner schreef iets op een blocnotevelletje en gaf het aan hem. 'Ga naar dat adres. Zeg tegen ze dat je Gerry wilt spreken.'

'Nu meteen?'

'Tenzij je iets anders te doen hebt.'

'Goed.' Caruso stond op, schudde zijn baas de hand en ging weg. In elk geval werd het een mooie rit naar het paardenland van Virginia.

4

Trainingskamp

Dominic reed naar de andere kant van de rivier om zijn bagage op te halen – en de piccolo twintig dollar fooi te geven – en gaf daarna zijn bestemming door aan de navigatiecomputer van zijn Mercedes. Algauw reed hij in zuidelijke richting over de Interstate 95 en liet hij Washington achter zich. Hij had de fraaie skyline van de hoofdstad in zijn spiegeltje. De auto reed goed, zoals je ook van een Mercedes zou verwachten; de plaatselijke talkradio was aangenaam conservatief – daar hielden FBI-agenten wel van – en het verkeer viel mee, al had hij medelijden met die arme stumpers die elke dag naar Washington moesten rijden om in het Hoover Building en alle andere kolossale overheidsgebouwen rond de Mall achter een bureau te zitten. In elk geval had het FBI-hoofdkantoor zijn eigen schietbaan om de stress weg te werken. Waarschijnlijk werd daar veel gebruik van gemaakt, dacht Dominic.

Kort voor Richmond vertelde de vrouwenstem van zijn boordcomputer hem dat hij rechtsaf moest gaan, de Richmond Beltway op, en even later reed hij over de Interstate 64 naar de glooiende, beboste heuvels. Het landschap was aangenaam en groen. Waarschijnlijk waren hier veel golfbanen en paardenboerderijen. Hij had gehoord dat de CIA hier al geheime huizen had sinds de tijd dat ze sovjetoverlopers moesten debriefen. Hij vroeg zich af waar die huizen nu voor werden gebruikt. Misschien voor Chinezen? Misschien wel voor Fransen. Ze waren vast niet verkocht. De overheid liet dingen niet los, behalve misschien wanneer er militaire bases werden gesloten. Die malloten uit het noordoosten en verre westen mochten dat graag doen. Die moesten ook niet veel van de FBI hebben, al waren ze er waarschijnlijk bang voor. Hij wist niet waarom sommige politici zo'n hekel aan leger en politie hadden, maar hij maakte zich er niet druk om. Hij had zijn werk en zij hadden het hunne.

Na nog eens een uur en een kwartier keek hij uit naar zijn afslag, maar de computer had hem niet nodig.

'Straks rechtsaf slaan, bij de volgende afslag,' zei de stem een tijdje van tevoren.

'Goed, schat,' antwoordde agent Caruso, maar ze zei niets terug. Een minuut later nam hij de voorgestelde afslag – zonder zelfs maar een 'goed zo' van de computer, en vervolgens nam hij een paar gewone straten door het leuke stadje. Hij reed de glooiende heuvels ten noorden van het dal in en hoorde toen eindelijk: 'de eerste weg linksaf en u hebt uw bestemming bereikt...'

'Dat is mooi, schat, dank je,' zei hij.

'Uw bestemming' was het eind van een onopvallende landweg, misschien een oprit, want het was een weg zonder strepen. Na een paar honderd meter zag hij twee bakstenen zuilen en een wit schuifhek, dat openstond. Nog eens driehonderd meter verder stond een huis met zes witte zuilen die het voorste deel van het dak ondersteunden. Dat dak was zo te zien van leiplaten – nogal oude leiplaten ook – en de muren waren van verweerde bakstenen die in meer dan honderd jaar niet rood waren geweest. Het huis moest meer dan een eeuw oud zijn, misschien wel twee eeuwen. De oprit was bedekt met kortgeleden aangeharkte kleine kiezelsteentjes. Het gras – er was hier véél gras – was weelderig golfbaangroen. Iemand kwam uit een zijdeur en gaf hem een teken dat hij naar links moest gaan. Hij draaide aan het stuur om achter het huis te komen, en daar stond hem een verrassing te wachten. Het landhuis – hoe noemde je een huis dat zo groot was? – was groter dan het op het eerste gezicht leek, en er was een vrij groot parkeerterrein. Daar stonden op dit moment een Chevrolet Suburban, een Buick SUV en nog een Mercedes C-klasse, precies als de zijne, met een nummerbord uit North Carolina. Het zou toeval kunnen zijn, maar die kans leek hem zo klein dat hij...

'Enzo!'

Dominic keek meteen om. 'Aldo!'

Ze kregen vaak te horen dat ze op elkaar leken, al zag je wel verschil als ze bij elkaar waren. Ze hadden allebei donker haar en een lichte huid. Brian was 24 millimeter langer. Dominic was een kilo of vijf zwaarder. De verschillen in manier van doen die ze als jongens hadden gehad, waren blijven bestaan toen ze samen volwassen werden. Omdat ze allebei voor een deel van Italiaanse afkomst waren, omhelsden ze elkaar hartelijk, maar ze kusten elkaar niet. Zó Italiaans waren ze nu ook weer niet.

'Wat doe jij hier?' Dominic was de eerste die het vroeg.

'Ik? En jij dan?' vroeg Brian meteen, en hij hielp zijn broer met zijn bagage. 'Ik heb over je schietpartij in Alabama gelezen. Wat is het verhaal?'

'Een pedofiel,' antwoordde Dominic, en hij pakte zijn kledinghoes uit de auto. 'Hij had een klein meisje verkracht en vermoord. Ik kwam daar ongeveer een halfuur te laat aan.'

'Hé, niemand is volmaakt, Enzo. Volgens de kranten heb je een eind aan zijn carrière gemaakt.'

Dominic keek Brian recht in de ogen. 'Ja, dat is me gelukt.'
'Hoe precies?'
'Drie in zijn borst.'
'Werkt altijd,' merkte kapitein Brian Caruso op. 'En geen advocaten die om zijn lichaam huilen.'
'Nee, deze keer niet.' Zijn woorden klonken helemaal niet vrolijk, maar zijn broer hoorde de kille voldoening.
'Hiermee, hè?' De marinier pakte het pistool van zijn broer uit zijn holster. 'Ziet er goed uit,' zei hij.
'Schiet ook goed. Het is geladen, broertje, dus pas op.'
Brian liet het magazijn uitschieten en maakte de kamer leeg. 'Tien millimeter?'
'Ja. Een FBI-wapen. Maakt mooie gaatjes. De FBI koos weer voor dit wapen na die schietpartij van inspecteur O'Day met die schurken – je weet wel, oom Jacks kleine meisje.'
Brian kon zich dat verhaal nog goed herinneren: de aanval op Kate Ryan op haar school, kort nadat haar vader president was geworden, de schietpartij, de doden.
'Die kerel wist wat hij deed,' zei hij. 'En weet je, hij is niet eens een ex-marinier. Voordat hij bij de politie ging, zat hij bij de marine. Tenminste, dat zeiden ze in Quantico.'
'Ze hebben er een opleidingsvideo van gemaakt. Ik heb hem een keer ontmoet. Toen schudde ik hem de hand met twintig andere mensen. Die kerel kan schieten. Hij zei dat je je kans moest afwachten en het eerste schot moest laten tellen. Hij joeg hun allebei twee kogels door het hoofd.'
'Hoe kon hij zo kalm blijven?' De redding van Katie Ryan had diepe indruk op de twee Caruso-jongens gemaakt. Per slot van rekening was ze hun nichtje, en ook een leuk meisje, het evenbeeld van haar moeder.
'Hé, jij hebt ook je vuurdoop gehad. Hoe ben jij zo kalm gebleven?'
'Training. Ik was verantwoordelijk voor een stel mariniers, broertje.'
Samen sjouwden ze Dominics bagage naar binnen. Brian ging voor hem uit naar boven. Ze hadden ieder hun eigen slaapkamer, naast elkaar. Toen gingen ze naar de keuken terug. Ze namen koffie en gingen aan de tafel zitten.
'Nou, hoe staat het leven bij de mariniers, Aldo?'
'Ik word binnenkort majoor, Enzo. Ik heb een Silver Star gekregen voor wat ik daar heb gedaan – eigenlijk stelde het niet zoveel voor; ik deed alleen maar wat ik op de training had geleerd. Een van mijn mannen is geraakt, maar het gaat weer goed met hem. De kerel waar we achteraan zaten, hebben we niet gevangen kunnen nemen – hij had geen zin om

zich over te geven en dus stuurde sergeant Sullivan hem naar Allah – maar we kregen wel twee anderen levend in handen, en die hebben wat gepraat. Ze hebben goede informatie gegeven, hoorden we van de inlichtingenjongens.'

'Waar heb je dat mooie lintje voor gekregen?' vroeg Dominic nadrukkelijk.

'Vooral voor het feit dat ik in leven ben gebleven. Ik heb zelf drie tegenstanders neergeschoten. Dat was niet eens moeilijk. Ik schoot ze gewoon overhoop. Later vroegen ze me of ik er nog nachtmerries van had. Er lopen gewoon te veel dokters rond in het Korps Mariniers – en die zijn allemaal van de marine.'

'Bij de FBI is het net zo, maar ik wilde er niets mee te maken hebben. Ik heb geen nachtmerries van die schoft. Dat arme kleine meisje. Ik had zijn pik moeten afschieten.'

'Waarom heb je dat niet gedaan?'

'Omdat dat niet dodelijk is, Aldo. Maar drie kogels in het hart zijn dat wel.'

'Je schoot niet in een opwelling, hè?'

'Niet precies, maar...'

'En daarom ben je hier, agent Caruso,' zei een man die de keuken binnenkwam. Hij was meer dan een meter tachtig lang, een erg fitte vijftiger, dachten de twee anderen.

'Wie bent u?' vroeg Brian.

'Pete Alexander,' antwoordde de man.

'Ik zou u de vorige keer ontmoeten...'

'Nee, dat was niet zo, maar dat hadden we tegen de generaal gezegd.' Alexander ging met zijn eigen kop koffie aan de tafel zitten.

'Wie bent u dan?' vroeg Dominic.

'Ik ben jullie trainingsofficier.'

'Alleen u?' vroeg Brian.

'Training waarvoor?' vroeg Dominic op hetzelfde moment.

'Nee, niet alleen ik, maar ik zal hier de hele tijd zijn. En uit de training zal blijken waar jullie voor trainen,' antwoordde hij. 'Oké, jullie willen weten wat voor iemand ik ben. Ik heb dertig jaar geleden politicologie gestudeerd aan Yale. Ik was zelfs lid van de Skulls & Bones. Je weet wel, die jongensclub waar mensen met complottheorieën zo graag over mogen praten. Jezus, alsof mensen van nog geen twintig echt iets anders kunnen bereiken dan dat ze een nummertje maken, áls ze een keer geluk hebben.' Maar zijn bruine ogen en de blik daarin kwamen niet van een universiteit, zelfs niet van zo'n vooraanstaande als Yale. 'In die tijd rekruteerde de CIA bij voorkeur mensen van Yale en Harvard en Dartmouth. Maar die afgestudeerden hebben daar tegenwoordig geen zin meer in. Ze willen tegenwoordig allemaal bankier worden en geld verdienen. Ik heb 25 jaar voor de CIA gewerkt, en toen werd ik gerekruteerd door de Campus. En daar ben ik altijd gebleven.'

'De Campus? Wat is dat?' vroeg de marinier. Het viel Alexander op dat Dominic Caruso het niet vroeg. Die zat erg aandachtig te luisteren en te kijken. Brian zou altijd een marinier blijven, en Dominic zou altijd een FBI-agent blijven. Dat was altijd zo. In beide gevallen was het zowel gunstig als ongunstig.

'Dát is een particulier gefinancierde inlichtingendienst.'

'Particulier gefinancierd?' vroeg Brian. 'Hoe...'

'Je zult later wel zien hoe het werkt, en dan zal het je verbazen hoe gemakkelijk dat gaat. Het gaat er nu even om wát ze doen.'

'Ze doden mensen,' zei Dominic meteen. Het leek wel of de woorden er vanzelf uit kwamen.

'Waarom denk je dat?' vroeg Alexander in alle onschuld.

'Het is een kleine organisatie. Wij zijn hier de enige mensen, als ik mag afgaan op de auto's die buiten staan. Ik ben niet ervaren genoeg om een expert te zijn. Het enige wat ik heb gedaan, was iemand overhoopschieten die dat verdiende, en de volgende dag zit ik op het hoofdkantoor met een adjunct-directeur te praten, en een paar dagen later rij ik naar Washington en word ik hierheen gestuurd. Dit is een erg, erg bijzondere organisatie, erg klein, en er wordt gewerkt met toestemming van het allerhoogste niveau. U verkoopt hier geen obligaties, neem ik aan?'

'Ze zeggen dat je goed kunt analyseren,' zei Alexander. 'Kun je ook leren je mond te houden?'

'Dat is hier niet nodig, zou ik denken. Maar ja, ik kan dat, als het nodig is,' zei Dominic.

'Goed, dan komt nu de eerste toespraak. Jullie weten wat "zwart" betekent, nietwaar? Het betekent dat een programma of project niet door de overheid wordt erkend. Iedereen doet alsof het niet bestaat. De Campus gaat nog een stap verder. Wij bestaan echt niet. Geen enkele overheidsfunctionaris heeft een papier in bezit waarin wij worden genoemd. Vanaf dit moment bestaan jullie niet. O, zeker, jij, kapitein – of is het al majoor? – Caruso krijgt een salaris dat direct op een bankrekening wordt gestort die je deze week opent, maar je bent geen marinier meer. Je bent gedetacheerd op een onbekende plaats. En jij, FBI-agent Dominic Caruso...'

'Ik weet het. Gus Werner heeft het me verteld. Ze groeven een kuil en gooiden hem achter zich dicht.'

Alexander knikte. 'Voordat jullie hier weggaan, laten jullie hier jullie legitimatiebewijzen en andere officiële papieren achter. Jullie mogen jullie naam misschien houden, maar een naam is maar een paar woorden, en in dit vak gelooft toch niemand dat een naam echt is. Dat had ik ook in de tijd dat ik voor de CIA in het veld opereerde. Als ik eenmaal op een missie was, veranderde ik van naam zonder erbij na te denken. Achteraf is het eigenlijk gênant. Ik was net een acteur. Plotseling was ik Macbeth, terwijl ik even tevoren nog Hamlet was. Maar het is allemaal goed afgelopen. Ik ben niet bezweken aan het eind van het stuk.'

'Wat gaan we precies doen?' Dat was Brian.

'Jullie gaan vooral onderzoekswerk doen. Geldstromen naspeuren. De Campus is daar erg goed in. Jullie horen later nog wel hoe en waarom. Waarschijnlijk worden jullie samen ingezet. Jij, Dominic, zult het meeste onderzoekswerk doen. Jij, Brian, zult meer je spieren gebruiken, en tegelijk zul je leren wat... Hoe noemde je hem daarstraks ook weer?'

'O, u bedoelt Enzo? Ik noem hem zo omdat hij nogal op het gaspedaal drukte toen hij net zijn rijbewijs had. U weet wel, naar Enzo Ferrari.' Dominic wees naar zijn broer en lachte. 'Hij is Aldo omdat hij zich altijd zo conventioneel kleedt. Dat televisiespotje voor wijn, met Aldo Cella: "Hij is geen modeslaaf." Het is een familiegrapje.'

'Oké, dan ga je naar Brooks Brothers om je beter te kleden,' zei Pete Alexander tegen Brian. 'Jullie zullen meestal voor zakenlieden of toeristen doorgaan. Je zult je dus goed moeten kleden, maar niet zo goed als de prins van Wales. Jullie laten allebei jullie haar groeien, vooral jij, Aldo.' Brian wreef over de stoppels op zijn hoofd. Daaraan kon iedereen in de beschaafde wereld zien dat hij een Amerikaanse marinier was. Het had erger kunnen zijn. De Army Rangers waren in dat opzicht nog radicaler. Over een maand of zo zou Brian er tamelijk normaal uitzien. 'Goh, dan moet ik een kam kopen.'

'Wat zijn de plannen?'

'Vandaag installeren jullie je hier en doen jullie rustig aan. Morgen staan we vroeg op en kijken we of jullie in goede fysieke conditie verkeren. En dan is er wapentraining – en theorie. Jullie kunnen allebei met een computer werken, neem ik aan.'

'Waarom vraagt u dat?' Dat was Brian.

'De Campus functioneert in feite als een virtueel kantoor. Jullie krijgen computers met ingebouwde modems, en die gebruiken jullie om met het kantoor te communiceren.'

'En de beveiliging?' vroeg Dominic.

'Die apparaten zijn erg goed beveiligd. Het is niemand gelukt ze te kraken.'

'Dat is een prettig idee,' merkte Enzo aarzelend op. 'Hebben ze bij de mariniers ook computers, Aldo?'
'Ja, wij zijn van alle moderne gemakken voorzien, zelfs van wc-papier.'

'En je heet Mohammed?' vroeg Ernesto.
'Ja, maar noem me voorlopig maar Miguel.' In tegenstelling tot Nigel was dat een naam die hij zou kunnen onthouden. Hij was deze bespreking niet begonnen met Allah om zijn zegen te vragen. Deze ongelovigen zouden dat niet hebben begrepen.
'Je Engels is... Nou, je klinkt Engels.'
'Ik ben daar opgeleid,' legde Mohammed uit. 'Mijn moeder was een Engelse. Mijn vader was een Saudi.'
'Was?'
'Ze zijn allebei dood.'
'Mijn medeleven,' zei Ernesto met dubieuze oprechtheid. 'Nou, wat kunnen we voor elkaar doen?'
'Ik heb Pablo hier over het idee verteld. Hij heeft je ingelicht?'
'*Sí*, dat heeft hij, maar ik wil het van jou zelf horen. Je moet weten dat ik zes anderen vertegenwoordig die dezelfde belangen hebben als ik.'
'O. Ben je gemachtigd om namens hen te onderhandelen?'
'Niet helemaal, maar ik zal wat je zegt aan hen voorleggen – je hoeft ze niet allemaal te ontmoeten – en ze hebben mijn voorstellen nog nooit afgewezen. Als we hier tot overeenstemming komen, kan de zaak aan het eind van de week definitief rond zijn.'
'Goed. Je weet welke belangen ik vertegenwoordig. Ik ben gemachtigd om een akkoord te sluiten. Net als jij hebben wij een grote vijand in het noorden. Ze oefenen steeds meer druk op mijn vrienden uit. We willen terugslaan en ervoor zorgen dat ze die druk niet meer op ons, maar op anderen uitoefenen.'
'Wij willen ongeveer hetzelfde,' merkte Ernesto op.
'Daarom is het in ons beider belang dat we onrust en chaos in Amerika veroorzaken. De nieuwe Amerikaanse president is een zwakke man. Maar juist daarom kan hij gevaarlijk zijn. De zwakken gebruiken vaak eerder geweld dan de sterken. Hoewel ze het niet goed gebruiken, kan het lastig zijn.'
'Wij maken ons zorgen over hun inlichtingendiensten. Jullie ook?'
'We hebben geleerd voorzichtig te zijn,' antwoordde Mohammed. 'Het ontbreekt ons aan een goede infrastructuur in Amerika. Daar hebben we hulp bij nodig.'
'O ja? Dat verbaast me. Hun media staan vol met berichten over de FBI en andere diensten die jullie mensen binnen hun grenzen weten op te sporen.'

'Voorlopig jagen ze nog op schimmen – en daarmee zaaien ze tweedracht in hun eigen land. Het maakt het des te moeilijker voor ons om een goed netwerk op te bouwen dat we voor offensieve operaties kunnen gebruiken.'
'De aard van die operaties gaat ons niet aan?' vroeg Pablo.
'Zo is het. Het is natuurlijk niets wat jullie zelf niet ook hebben gedaan.'
Maar niet in Amerika, dacht hij. Hier in Colombia deden ze waar ze zin in hadden, maar in Amerika, waar hun 'cliënten' woonden, hielden ze zich in. Des te beter. Het zou helemaal niet passen bij alles wat ze hadden gedaan. Beide kanten wisten hoe belangrijk operationele beveiliging was.
'Ik begrijp het,' zei de kartelbaas. Hij was niet achterlijk. Dat kon Mohammed in zijn ogen zien. De Arabier zou de capaciteiten van deze mensen niet onderschatten...
En hij zou hen ook niet voor vrienden aanzien. Hij wist dat ze net zo meedogenloos konden zijn als zijn eigen mannen. Degenen die het bestaan van God ontkenden, konden net zo gevaarlijk zijn als degenen die in Zijn naam werkten.
'Nou, wat hebben jullie ons te bieden?'
'We zijn al een hele tijd actief in Europa,' zei Mohammed. 'Jullie willen jullie commerciële activiteiten daar uitbreiden. Wij hebben daar al meer dan twintig jaar een goed beveiligd netwerk. De ontwikkelingen in de Europese handel – het wegvallen van grenzen enzovoort – werken in jullie voordeel, zoals ze ook in ons voordeel werken. We hebben een cel in de Griekse havenstad Piraeus die gemakkelijk aan jullie behoeften kan voldoen, en we hebben contacten binnen de internationale transportbedrijven. Als ze wapens en mensen voor ons kunnen vervoeren, kunnen ze jullie producten ook gemakkelijk transporteren.'
'We zullen een lijst van namen willen hebben, de mensen met wie we de technische aspecten van die operaties kunnen bespreken,' zei Ernesto tegen zijn gast.
'Die heb ik bij me.' Mohammed hield zijn laptop omhoog. 'Ze zijn gewend om dingen te doen in ruil voor een geldelijke beloning.' Hij zag zijn gastheren knikken zonder dat ze naar de hoogte van die beloning vroegen. Blijkbaar was dat voor hen niet zo belangrijk.
Ernesto en Pablo dachten na. Er waren meer dan driehonderd miljoen mensen in Europa, en velen van hen zouden vast en zeker erg van de Colombiaanse cocaïne genieten. Sommige Europese landen hadden het gebruik van drugs op discrete, gecontroleerde – en fiscaal belaste – plaatsen zelfs toegestaan. Daar was niet genoeg winst mee te maken, maar het schiep wel de juiste sfeer. En niets, zelfs niet heroïne van me-

dicinale kwaliteit, was zo goed als coca uit de Andes. Daar zouden ze hun euro's voor neertellen, en deze keer zou het genoeg zijn om de onderneming winstgevend te maken. Het gevaar zat natuurlijk aan de distributiekant. Zonder enige twijfel zouden er onvoorzichtige straatdealers worden opgepakt, en sommigen van hen zouden praten. De groothandel en detailhandel moesten dus goed van elkaar gescheiden zijn, maar ze wisten precies hoe dat moest – en hoe goed de Europese politiemensen ook waren, ze zouden niet zoveel anders zijn dan de Amerikanen. Sommigen van hen zouden zelfs graag de euro's van het kartel aanpakken en hen een handje helpen. Zaken waren zaken. En als deze Arabier daarbij kon helpen – en nog gratis ook – dan was dat des te beter. Ernesto en Pablo vertoonden geen enkele reactie op het aanbod dat was gedaan. Een buitenstaander zou hebben gedacht dat ze zich alleen maar verveelden. Natuurlijk was dat zeker niet het geval. Dit aanbod kwam uit de hemel vallen. Er zou een heel nieuwe markt voor hen opengaan, en met de nieuwe inkomstenstroom zouden ze hun eigen land misschien helemaal kunnen kopen. Ze zouden nieuwe manieren moeten leren om zaken te doen, maar ze zouden het geld hebben om te experimenteren en ze hadden een uitstekend aanpassingsvermogen. In feite waren ze vissen die in een zee van boeren en kapitalisten zwommen.

'Hoe nemen we contact op met die mensen?' vroeg Pablo.

'Mijn mensen zullen alle noodzakelijke contacten tot stand brengen.'

Dit wordt steeds beter, dacht Ernesto.

'En welke diensten verlangen jullie in ruil?' vroeg hij ten slotte.

'We zullen jullie hulp nodig hebben bij het vervoeren van mensen naar Amerika. Hoe zouden we dat moeten aanpakken?'

'Als je bedoelt, mensen van jullie deel van de wereld naar Amerika brengen, kunnen ze het best eerst naar Colombia vliegen – hierheen, naar Cartagena. Dan kunnen wij ervoor zorgen dat ze naar andere Spaanssprekende landen in het noorden vliegen. Bijvoorbeeld Costa Rica. Vandaar kunnen ze, als ze goede reisdocumenten hebben, rechtstreeks met een Amerikaanse luchtvaartmaatschappij naar de Verenigde Staten vliegen, of via Mexico. Als ze een latino-uiterlijk hebben en Spaans spreken, kunnen ze over de Mexicaans-Amerikaanse grens worden gesmokkeld – dat is nogal inspannend, en sommigen zullen worden opgepakt, maar in dat geval worden ze gewoon naar Mexico teruggestuurd en kunnen ze het nog een keer proberen. Of als ze goede papieren hebben, kunnen ze ook gewoon over de grens lopen naar San Diego in California. Eenmaal in Amerika, moeten ze zorgen dat ze niet opvallen. Als geld geen probleem is...'

'Dat is het niet,' verzekerde Mohammed hem.
'Dan kunnen ze een advocaat in de arm nemen – die hebben in de regel weinig scrupules – en dan koopt die een geschikt huis voor hen van waaruit ze kunnen opereren. Neem me niet kwalijk: ik weet dat hun activiteiten ons niet aangaan, maar als je me ongeveer vertelt wat de bedoeling is, zou ik je kunnen adviseren.'
Mohammed dacht even na en legde het toen uit.
'Aha. Jullie mensen moeten wel erg gemotiveerd zijn, als ze zulke dingen willen doen,' merkte Ernesto op.
'Dat zijn ze.' Hoe kon deze man daaraan twijfelen, vroeg Mohammed zich af.
'En als ze het goed voorbereiden en goed uitvoeren, kunnen ze misschien zelfs in leven blijven. Maar je moet de Amerikaanse politiediensten nooit onderschatten. In ons vak kunnen we financiële regelingen treffen met sommige politiefunctionarissen, maar in jullie geval is dat erg onwaarschijnlijk.'
'Dat begrijpen we. Het liefst zouden we zien dat onze mensen in leven blijven, maar jammer genoeg weten we dat sommigen zullen omkomen. Ze weten welk risico ze lopen.' Hij sprak niet over het paradijs. Deze mensen zouden dat niet begrijpen. De God die zij aanbaden, zat opgevouwen in hun portefeuille.
Wat voor fanaat laat zijn mensen zomaar verloren gaan? vroeg Pablo zich af. Zijn mannen namen ook risico's, maar ze keken hoeveel geld daartegenover stond, en ze beslisten zelf of ze het deden of niet. Maar die mensen niet. Nou ja, je kon je zakenpartners niet altijd uitkiezen.
'Goed. We hebben een aantal blanco Amerikaanse paspoorten. Jullie moeten ervoor zorgen dat de mensen die jullie ons sturen goed Engels of Spaans spreken en zich goed kunnen presenteren. Ik neem aan dat niemand van hen vlieglessen gaat nemen?' Ernesto bedoelde dat als grap.
Mohammed vatte het niet zo op.
'Dat is verleden tijd. Op mijn terrein lukt iets bijna nooit twee keer.'
'Gelukkig hebben wij een ander terrein,' zei Ernesto. En dat was waar. Hij kon steeds weer schepen en vrachtwagens gebruiken om kisten met zijn handelswaar door heel Amerika te vervoeren. Als er een zending verloren ging en de bestemming werd ontdekt, bood Amerika zijn lagere personeelsleden veel juridische bescherming. Alleen stomkoppen gingen de gevangenis in. In de loop van de jaren hadden ze geleerd snuffelhonden en alle andere opsporingsmethoden te slim af te zijn. Het was vooral belangrijk dat ze mensen gebruikten die bereid waren risico's te nemen, en de meesten van hen bleven in leven en leidden

na hun pensionering een tamelijk luxe bestaan in Colombia. Hun welvaart was dan het gevolg van iets in het verre, vage verleden, iets waarover nooit meer werd gesproken.
'Nou,' zei Mohammed, 'wanneer kunnen we met de operaties beginnen?'
Deze man is ongeduldig, besefte Ernesto. Maar hij zou hem ter wille zijn. Wat het ook was dat die man in de Verenigde Staten zou bereiken, het zou in elk geval mankracht onttrekken aan de Amerikaanse politiediensten die tegen smokkelaars optraden, en dat was een goede zaak. De relatief geringe verliezen die hij aan de grens leed en die hij had leren verdragen, zouden dan nog minder voorstellen. De straatprijs van cocaïne zou dalen, maar de vraag zou enigszins toenemen, en dus zouden de inkomsten even hoog blijven. Dat zou het tactische voordeel zijn. Maar wat nog belangrijker was: de Verenigde Staten zouden zich minder voor Colombia gaan interesseren en de aandacht van hun inlichtingendiensten naar andere problemen verleggen. Dat zou het strategisch voordeel zijn dat deze onderneming hem opleverde...
... en hij kon altijd nog informatie aan de CIA doorspelen. Er waren opeens terroristen in zijn achtertuin verschenen, zou hij kunnen zeggen, en wat zij deden, ging zelfs het kartel te ver. Niet dat Amerika hem dan opeens geweldig zou vinden, maar het zou hem ook geen kwaad doen. En als mensen uit het kartel hulp hadden verleend aan de terroristen, kon er intern met hen worden afgerekend. De Amerikanen zouden daar zelfs respect voor hebben.
Er was dus een reëel voordeel, terwijl de risico's beheersbaar waren. Over het geheel genomen had dit alles in zich om een waardevolle, profijtelijke operatie te worden.
'Miguel, ik zal dit bondgenootschap aan mijn collega's voorleggen, en ik zal hun aanbevelen het te accepteren. Je kunt eind deze week een definitieve beslissing verwachten. Blijf je in Cartagena of ga je hiervandaan?'
'Ik blijf liever niet te lang op één plaats. Ik vertrek morgen. Pablo kan jullie beslissing via internet aan me doorgeven. Voorlopig dank ik jullie voor deze hartelijke bespreking.'
Ernesto stond op en pakte de hand van zijn gast vast. Op dat moment besloot hij Miguel als een zakenman met een soortgelijke, maar niet concurrerende onderneming te beschouwen. Zeker geen vriend, maar een nuttige bondgenoot.

'Hoe heb je dat nou weer klaargespeeld?' vroeg Jack.
'Ooit van een bedrijf gehoord dat INFOSEC heet?' vroeg Rick Bell op zijn beurt.

'Encryptie, nietwaar?'
'Ja. Information Systems Security Company. Het zit in de buurt van Seattle. Ze hebben het beste programma om informatie te beveiligen dat er bestaat. De directeur is vroeger hoofd van de divisie Z in Fort Meade geweest. Hij en drie collega's hebben dat bedrijf zo'n negen jaar geleden opgezet. Ik weet niet of de NSA de code kan breken, tenzij ze het met bruut geweld proberen, met hun nieuwe Sun-workstations. Zo ongeveer elke bank op de wereld maakt er gebruik van, vooral die in Liechtenstein en de rest van Europa. Maar er zit een valluik in het programma.'
'En niemand heeft dat ontdekt?' Kopers van computerprogramma's hadden in de loop der jaren geleerd externe deskundigen zulke programma's regel voor regel te laten nagaan. Op die manier beschermden ze zich tegen speelse softwareontwerpers, waar er veel te veel van waren.
'Die NSA-jongens zijn er goed in,' zei Bell. 'Ik heb geen idee wat er in die code zit, maar die kerels hebben hun oude NSA-das nog in de kast hangen, begrijp je?'
'En de NSA luistert mee, en wij krijgen alles wat ze ontdekken wanneer ze het naar de CIA in Langley sturen,' zei Jack. 'Is er bij de CIA iemand goed in het naspeuren van geldstromen?'
'Niet zo goed als onze mensen.'
'Met dieven vang je dieven, hè?'
'Het helpt als je weet hoe de tegenstander denkt,' ging Bell verder. 'We hebben hier niet met een grote gemeenschap te maken. Ach, we kennen de meesten – we zitten in hetzelfde vak, nietwaar?'
'En dat maakt mij tot een aanwinst?' vroeg Jack. Hij was volgens de Amerikaanse wet geen prins, maar Europeanen dachten nog steeds in die termen. Ze kropen door het stof om zijn hand te kunnen schudden, zagen hem als een veelbelovende jongeman, al zou hij nog zo dom zijn geweest, en ze probeerden bij hem in de gunst te komen, al was het alleen maar omdat hij iets in het juiste oor kon fluisteren. Dat heette natuurlijk corruptie; in elk geval kwam het daarbij in de buurt.
'Wat heb je in het Witte Huis geleerd?' vroeg Bell.
'Wel iets, denk ik,' antwoordde Jack. Hij had vooral dingen geleerd van Mike Brennan, die niets van al dat diplomatieke gedoe had willen weten, om nog maar te zwijgen van de politiek die daar elke dag werd bedreven. Brennan had daar vaak genoeg over gepraat met zijn buitenlandse collega's, die dezelfde dingen in hun eigen hoofdstad meemaakten en die er ongeveer hetzelfde over dachten, al bleven ze altijd met een volstrekt onbewogen gezicht op hun post staan. Dat was waarschijnlijk een betere manier om al die dingen te leren dan die van

zijn vader, dacht Jack. Hij had zich niet gedwongen gezien te leren zwemmen terwijl hij zijn best deed om niet te verdrinken. Dat was iets waarover zijn vader nooit had gesproken, behalve wanneer hij zich kwaad maakte op dingen die niet deugden.

'Wees voorzichtig als je daar met Gerry over praat,' zei Bell. 'Hij mag graag zeggen hoe eerlijk en zuiver de handel in vergelijking met de politiek is.'

'Pa mag hem erg graag. Misschien omdat ze een beetje op elkaar lijken.'

'Nee,' verbeterde Bell hem. 'Ze lijken véél op elkaar.'

'Hendley is vanwege dat ongeluk uit de politiek gestapt, nietwaar?'

Bell knikte. 'Ja. Wacht maar tot je zelf vrouw en kinderen hebt. Zoiets is ongeveer het ergste wat je kan overkomen. Nog erger dan je misschien denkt. Hij moest de lichamen identificeren. Sommige mensen zouden daarna een kogel door hun hoofd jagen. Maar dat deed hij niet. Hij had er zelfs over nagedacht om een gooi naar het Witte Huis te doen. Hij had gedacht dat Wendy misschien een goede presidentsvrouw zou zijn. Misschien was dat ook zo geweest, maar zijn belangstelling voor die functie stierf tegelijk met zijn vrouw en kinderen.' Hij ging niet verder. De hoogste mensen op de Campus beschermden de baas, in elk geval zijn reputatie. Ze vonden dat hij hun loyaliteit verdiende. Er was geen duidelijke opvolger op de Campus. Niemand had zo ver vooruitgedacht, en het onderwerp kwam nooit in directiebesprekingen ter sprake. Daar ging het trouwens vooral over niet-financiële aangelegenheden. Hij vroeg zich af of John Patrick Ryan junior die ene witte vlek in de structuur van de Campus zou opmerken. 'Nou,' ging Bell verder, 'wat denk je tot nu toe?'

'Ik heb de transcripties gelezen van wat de directeuren van de centrale banken over en weer tegen elkaar zeggen. Het is verrassend hoe corrupt sommige van die dingen zijn.' Jack zweeg even. 'Nou ja, zo verrassend is het eigenlijk niet, hè?'

'Als je mensen zoveel geld of macht in handen geeft, krijg je altijd een beetje corruptie. Wat mij zo verbaast, is dat hun vriendschap over de landsgrenzen heen gaat. Veel van die kerels maken persoonlijk winst als hun eigen munteenheid schade oploopt, al brengt dat hun medeburgers een beetje in de problemen. Vroeger ging de adel vaak liever om met buitenlandse adel dan met de mensen op hun landgoederen, die onderdanen van dezelfde koning waren. Dat is nog niet helemaal verdwenen – tenminste niet Europa. Hier in Amerika werken de grote industriëlen samen om bij het Congres te lobbyen, maar ze geven niet vaak cadeautjes aan de politici, en er worden ook geen geheimen uitgewisseld. Corruptie op dat niveau is niet onmogelijk, maar het is moeilijk om zoiets langere tijd verborgen te houden. Er zijn te veel mensen bij betrokken, en die hebben allemaal een mond. In Europa gaat het zo langzamerhand ook zo. De media zijn gek op een schandaal, hier en in Europa, en ze maken liever gehakt van een rijke schurk dan van een minister. Per slot van rekening is die laatste vaak een goede bron. Die eerste is alleen maar een schurk.'

'Nou, hoe zorg je dat je mensen eerlijk blijven?'

Dat was een goede vraag, vond Bell, en ook een vraag waarover ze zich voortdurend zorgen maakten, al werd er niet veel over gesproken.

'We betalen onze mensen goed, en iedereen hier neemt deel aan een beleggingsplan, waardoor ze zich geen zorgen over de toekomst hoeven te maken. De laatste jaren is het rendement ongeveer negentien procent.'

'Dat is niet slecht,' zei Jack junior. Dat was nog zacht uitgedrukt. 'Allemaal binnen de wet?'

'Dat hangt ervan af met welke jurist je praat, maar er is geen officier van justitie die er werk van gaat maken en we pakken het erg discreet aan. We houden hier niet van hebzucht. We zouden hier het grootste beleggingssucces sinds Ponzi van kunnen maken, maar dan zou het opvallen. We lopen dus nergens mee te koop. We verdienen genoeg om onze operaties te financieren en goed voor onze troepen te zorgen.' Ze hielden ook de financiën van de werknemers bij en letten op hun beleggingsactiviteiten. De meesten waren niet actief op de beurs, al hadden sommigen een rekening lopen via het kantoor, en ook dan maakten ze wel winst maar werden ze niet te hebzuchtig. 'Je geeft ons de rekeningnummers en codes van al je persoonlijke financiën, en de computers zullen het volgen.'

'Ik heb een trustrekening via pa, maar die wordt door een accountantskantoor in New York beheerd. Ik krijg een mooie toelage, maar ik kan niet bij de hoofdsom. Wat ikzelf verdien, is van mij alleen, tenzij ik het naar de accountants stuur. Als ik dat doe, beleggen ze het voor me en sturen ze me elk kwartaal een overzicht. Als ik dertig ben, mag ik er zelf mee spelen.' Maar die dertigste verjaardag lag voor de jonge Jack nog zo ver in het verschiet dat hij zich daar niet druk om maakte.

'Dat weten we,' verzekerde Bell hem. 'Het is niet alleen een kwestie van gebrek aan vertrouwen. We willen er ook voor zorgen dat niemand gokverslaafd raakt.'

De beste wiskundigen aller tijden waren waarschijnlijk degenen die de regels voor gokspellen hadden opgesteld, dacht Bell. Ze wekten de illusie dat je een kans maakte, en die illusie was net groot genoeg om je erin te laten lopen. In de menselijke geest zat vanaf de geboorte de gevaarlijkste drug die er was. Die drug heette 'ego'.

'Dus ik begin aan de "witte" kant van het huis? Ik ga valutastromen volgen en zo?' zei Jack.
Bell knikte. 'Ja. Je moet eerst de taal leren spreken.'
'Goed.' Zijn vader was veel lager begonnen als junior accounting manager bij Merrill Lynch, waar hij telefonisch klanten had moeten werven. Je plicht doen – dat was waarschijnlijk slecht voor het ego, maar goed voor de ziel. Zijn vader had vaak tegen hem gepreekt over de deugd van het geduld. Hij had gezegd dat geduld verdomd lastig aan te leren is en dat het zelfs nog niet meeviel als je het al aangeleerd had. Maar het spel had regels, zelfs hier. Vooral hier, besefte Jack. Hij vroeg zich af wat er gebeurde met mensen van de Campus die over de schreef gingen. Waarschijnlijk niets goeds.

'*Buon vino*,' merkte Dominic op. 'Voor een overheidsinstelling hebben jullie geen slechte wijnkelder.' Op de fles stond het jaartal 1962. Dat was lang voordat hij en zijn broer geboren waren... zelfs zo lang geleden dat hun moeder toen nog maar net over de Mercy High School nadacht, een paar straten van het huis van hun grootouders aan Loch Raven Boulevard in Baltimore vandaan... zeg maar, tegen het eind van de laatste ijstijd. Want Baltimore was verdomd ver van het Seattle waar ze waren opgegroeid. 'Hoe oud is dit hier?' vroeg hij aan Alexander.
'Dit landgoed? Dat is nog van voor de Burgeroorlog. Er stond hier al een huis in zeventien-zoveel. Dat is afgebrand en herbouwd in 1882. Kort voordat Nixon president werd, kreeg de overheid het in bezit. De eigenaar was een oude OSS-man, J. Donald Hamilton. Hij werkte met Donovan en zijn mensen samen. Hij kreeg er een goede prijs voor, en hij verhuisde naar New Mexico en overleed daar in 1986, geloof ik; hij was toen 94. Ze zeggen dat hij in zijn tijd veel invloed had, dat hij het goed had gedaan in de Eerste Wereldoorlog en dat hij Wild Bill tegen de nazi's had geholpen. Er hangt een schilderij van hem in de bibliotheek. Hij ziet eruit als iemand voor wie je een stapje opzij gaat... En ja, hij had verstand van wijn. Deze komt uit Toscane.'
'Smaakt goed bij kalfsvlees,' zei Brian. Hij had gekookt.
'Dit kalfsvlees smaakt goed bij alles. Dat heb je niet bij de mariniers geleerd,' merkte Alexander op.
'Van pa. Hij kookt beter dan ma,' vertelde Dominic. 'Weet je, het is iets uit de Oude Wereld. En opa, die rotzak, die kan het ook nog steeds. Hoe oud is hij nu, Aldo. 82?'
'Vorige maand,' bevestigde Brian. 'Rare oude kerel. Hij reisde over de hele wereld om in Seattle te komen, en toen ging hij zestig jaar lang de stad niet meer uit.'

‘Hij woont al veertig jaar in hetzelfde huis,’ voegde Dominic daaraan toe. ‘Een straat van het restaurant vandaan.’
‘Dit is zijn recept voor kalfsvlees?’
‘Reken maar, Pete. De familie komt uit Florence. Ik ben daar twee jaar geleden geweest, toen mijn schip de haven van Napels aandeed. Opa’s neef heeft een restaurant in de buurt van de Ponte Vecchio. Toen ze hoorden wie ik was, sjouwden ze het ene gerecht na het andere aan. Weet je, Italianen zijn gek op mariniers.’
‘Dat komt zeker door het groene pak, Aldo,’ zei Dominic.
‘Misschien kom ik alleen maar erg mannelijk over, Enzo. Heb je daar ooit bij stilgestaan?’ vroeg kapitein Caruso.
‘Jazeker,’ antwoordde FBI-agent Caruso, en hij nam weer een hap van het kalfsvlees Francese. ‘Tegenover ons zit de nieuwe Rocky.’
‘Zijn jullie altijd zo?’ vroeg Alexander.
‘Alleen als we drinken,’ antwoordde Dominic, en zijn broer lachte.
‘Enzo kan niet tegen drank. Wij mariniers daarentegen kunnen alles.’
‘En dat moet ik geloven uit de mond van iemand die denkt dat Miller Lite echt bier is?’ vroeg FBI-agent Caruso aan niemand in het bijzonder.
‘Weet je,’ zei Alexander, ‘ze zeggen altijd dat tweelingbroers gelijk zijn.’
‘Alleen identieke tweelingen. Ma produceerde die maand twee eitjes. Pa en ma dachten dat we hetzelfde waren, tot we een maand of twaalf oud waren. We zijn helemaal niet gelijk, Pete.’ Dominic zei dat met een glimlach, en zijn broer glimlachte mee.
Maar Alexander wist wel beter. Ze droegen alleen verschillende kleren – en daar zou gauw verandering in komen.

5

Bondgenootschappen

Mohammed nam de eerste Avianca-vlucht naar Mexico City en wachtte daar op de British Airways-vlucht 242 naar Londen. Op vliegvelden voelde hij zich veilig, want daar was alles anoniem. Hij moest op het eten letten, want Mexico was een land van ongelovigen, maar de eersteklaslounge beschermde hem tegen hun cultuurbarbarisme, en de vele gewapende politieagenten zorgden ervoor dat bepaalde mensen – in feite ongeveer zulke mensen als hijzelf – de rust niet kwamen verstoren. Hij koos een plaats in de hoek, van de ramen vandaan, las een boek dat hij in een van de winkels had gekocht en slaagde erin zich niet dood te vervelen. Op zo'n plaats las hij natuurlijk nooit de koran of iets over het Midden-Oosten, want dan zou iemand hem een vraag kunnen stellen. Nee, hij moest zich net zo goed aan zijn dekmantel houden als een professionele inlichtingenman, want anders liep het met hem misschien net zo af als met die jood Greengold in Rome. Mohammed was zelfs erg voorzichtig als hij naar de toiletten ging, want het was altijd mogelijk dat iemand met hem hetzelfde probeerde uit te halen.
Hij maakte niet eens gebruik van zijn laptop, al was daar ruimschoots gelegenheid voor. Je kon beter stilzitten en nietsdoen, vond hij. Over 24 uur zou hij op het Europese vasteland terug zijn. Hij bedacht dat hij meer in de lucht leefde dan ergens anders. Hij had geen huis, alleen een aantal veilige adressen, en het was maar de vraag of die zo veilig waren. Saudi-Arabië was voor hem gesloten; dat was al vijf jaar zo. Afghanistan was ook verboden terrein. Eigenlijk vreemd dat de enige landen waar hij zich enigszins veilig kon voelen, de christelijke landen in Europa waren, de landen die de moslims nooit hadden kunnen veroveren, al hadden ze dat meer dan eens geprobeerd. Die landen lieten vreemdelingen zo gemakkelijk toe dat het bijna op zelfmoord leek, en het was een koud kunstje om in de uitgestrektheid van dat continent te verdwijnen, zeker als je geld had. Die mensen waren roekeloos gastvrij, bang dat ze mensen zouden beledigen die het liefst zouden zien dat zij en hun kinderen dood waren en hun hele cultuur was vernietigd. Dat was een mooie droom, vond Mohammed, maar hij leefde niet in dromen. In plaats daarvan werkte hij naar die dromen toe. Deze strijd zou langer duren dan hij leefde. Dat was misschien jammer, maar het was waar. Maar

het was beter om naar een ideaal toe te werken dan je eigen belang te dienen. Er was al genoeg eigenbelang op de wereld.
Hij vroeg zich af wat die zogenaamde bondgenoten in Colombia zeiden en dachten. Het waren beslist geen echte bondgenoten. O ja, ze hadden gezamenlijke vijanden, maar dat maakte hen nog niet tot bondgenoten. Ze zouden de zaken misschien vergemakkelijken, maar dat was alles. Hun mannen zouden zijn mannen niet bij een echte actie assisteren. De hele geschiedenis door waren huurlingen nooit erg goede soldaten geweest. Om goed te kunnen vechten moest je *geloven*. Alleen een gelovige zou zijn leven op het spel zetten, want alleen een gelovige had niets te vrezen. Niet met Allah zelf aan zijn zijde. Wat was er dan nog te vrezen? Eén ding, gaf hij zichzelf toe: een mislukking. Een mislukking was ondenkbaar. De obstakels tussen hem en het succes waren dingen die elk op hun eigen manier moesten worden geëlimineerd. Dingen. Geen mensen. Geen zielen. Mohammed viste een sigaret uit zijn zak en stak hem aan. Wat dat betrof was Mexico tenminste een beschaafd land, al wilde hij er liever niet aan denken wat de Profeet over tabak zou hebben gezegd.

'Met de auto is het makkelijker, hè?' plaagde Brian zijn broer toen ze de finishlijn naderden. De vijf kilometer hardlopen was voor de marinier geen probleem, maar voor Dominic, die kortgeleden zijn conditietest voor de FBI had afgelegd, was het een heel eind.
'Hoor eens, jochie,' hijgde Dominic. 'Ik hoef alleen maar harder te lopen dan de boeven die ik vang.'
'In Afghanistan zou je het moeilijk hebben gehad.' Brian hield nu in om beter naar zijn moeizaam rennende broer te kunnen kijken.
'Waarschijnlijk wel,' gaf Dominic toe. 'Maar Afghanen beroven geen banken in Alabama en New Jersey.' Dominic had qua hardheid nooit voor zijn broer ondergedaan, maar blijkbaar hadden de mariniers Brian in een betere conditie gehouden dan de FBI bij Dominic was gelukt. Maar hoe goed was Brian met een pistool? Eindelijk was het voorbij en liepen ze naar het plantagehuis terug.
'Zijn we geslaagd?' vroeg Brian aan Alexander toen ze naar binnen gingen.
'Allebei met gemak. Dit is niet de Ranger School, jongens. We verwachten niet van jullie dat jullie op olympisch niveau presteren, maar in het veld is het altijd handig als je hard kunt lopen.'
'Dat zei sergeant Honey in Quantico ook altijd,' zei Brian.
'Wie?' vroeg Dominic.
'Nicholas Honey, sergeant in het Korps Mariniers en ja, hij is waar-

schijnlijk veel gepest met zijn naam – maar waarschijnlijk niet twee keer door dezelfde persoon. Hij was een van de instructeurs op de basistraining. Ze noemden hem ook ''Nick de Prick'',' zei Brian, die een handdoek pakte en die naar zijn broer toe gooide. 'Hij is een echte rotzak. Maar hij zei dat hard weglopen het enige is wat een infanterist moet kunnen.'

'En heb je dat gedaan?' vroeg Dominic.

'Ik ben maar één keer in een gevechtssituatie geweest, en dat duurde maar een paar maanden. Meestal keken we naar berggeiten die een hartaanval kregen omdat ze tegen die verrekte heuvels op moesten klimmen.'

'Zo erg was het, hè?'

'Nog erger,' mengde Alexander zich in het gesprek. 'Maar het uitvechten van oorlogen is iets voor jonge mensen, niet voor verstandige volwassenen. Weet je, Dominic, in de wildernis loop je ook nog met 35 kilo op je rug.'

'Dat lijkt me leuk,' zei Dominic tegen zijn broer, maar er klonk respect in zijn stem door.

'Hartstikke leuk. Nou, Pete, wat voor pretjes staan er vandaag nog meer op het programma?'

'Gaan jullie je eerst maar opknappen,' zei Alexander. Nu hij er zeker van was dat ze allebei in een goede fysieke conditie verkeerden – al had hij daar nauwelijks aan getwijfeld; en trouwens, zo belangrijk was het nu ook weer niet, al had hij gezegd van wel – konden ze aan de moeilijke dingen beginnen. De belangrijke dingen.

'De dollar zal een opdoffer krijgen,' zei Jack tegen zijn nieuwe baas.

'Hoe erg?'

'Een beetje maar. De Duitsers gaan short met de dollar tegen de euro, voor zo'n vijfhonderd miljoen.'

'Is dat veel?' vroeg Sam Granger.

'Vraag je dat aan mij?' antwoordde Jack.

'Ja. Je moet een mening hebben. Het hoeft geen juiste inschatting te zijn, maar hij moet wel enigszins logisch zijn.'

Jack Ryan junior gaf hem de onderschepte berichten. 'Die Dieter praat met zijn Franse collega. Als je hem zo hoort, is het een routinetransactie, maar de vertaler zegt dat er venijn in die stem zat. Ik spreek een beetje Duits, maar niet goed genoeg voor dat soort nuances,' zei de jonge Ryan tegen zijn baas. 'Ik kan niet zeggen dat ik begrijp waarom de Duitsers en de Fransen een soort complot tegen ons smeden.'

'Op dit moment is het in het belang van de Duitsers om bij de Fransen in het gevlij te komen. Maar ik zie geen bilateraal bondgenootschap op de lange termijn. In wezen zijn de Fransen bang voor de Duitsers, en de Duitsers kijken op de Fransen neer. Maar de Fransen willen graag een wereldmacht zijn – dat is altijd al zo geweest. Kijk maar naar hun betrekkingen met Amerika. Zoiets als een broer en zus van een jaar of twaalf. Ze houden van elkaar, maar ze kunnen niet erg goed met elkaar opschieten. De verhouding tussen Duitsland en Frankrijk is ook ongeveer zo, maar zit ingewikkelder in elkaar. De Fransen mogen hen graag op hun kop geven, maar dan vechten de Duitsers terug en geven ze de Fransen op hun kop. En beide landen hebben een geheugen dat ver teruggaat. Dat is de vloek van Europa. Ze hebben daar een geschiedenis vol strijd, en die kunnen ze maar moeilijk vergeten.'

'Wat hebben wij daarmee te maken?' vroeg de jonge Ryan.

'Direct niets, maar indirect misschien wel iets. Misschien wil die Duitse bankier met die kerel aanpappen om hem in de toekomst iets te flikken. Misschien laat de Fransman hem denken dat hij iets bereikt, want dan kan de Franse centrale bank punten scoren tegen Berlijn. Dit is een vreemd spel. Je kunt je tegenstander niet te hard slaan, want dan wil hij niet meer met je spelen; en trouwens, je wilt ook geen vijanden maken. Al met al is het net een partijtje poker onder buren. Als je het te goed doet, maak je vijanden en dan is het niet zo leuk meer om daar te wonen, want er wil niemand bij je komen pokeren. Als je de domste aan de tafel bent, zullen de anderen heel aardig voor je zijn, maar ze zullen je wel bestelen – niet genoeg om je diep te treffen, maar wel genoeg om tegen zichzelf te kunnen zeggen dat ze erg slim zijn. Wat krijg je dan? Iedereen speelt een beetje minder goed dan hij kan, en de sfeer blijft goed. Er hoeft in één van die Europese landen maar een algemene staking uit te breken en ze zitten met een grote liquiditeitscrisis, en als dat gebeurt, heb je vrienden nodig. Dat vergat ik je nog te vertellen: die centrale bankiers beschouwen alle andere inwoners van Europa als boeren, zelfs de regeringsleiders.'

'En ons?'

'Amerikanen? O ja. Slecht opgevoede, slecht opgeleide – maar heel erg fortuinlijke – boeren.'

'Met grote geweren?' vroeg Jack junior.

'Ja, aristocraten zijn altijd een beetje bang voor boeren met geweren,' beaamde Granger, en hij smoorde een lachje. 'Ze hebben daar nog steeds dat klassenbewustzijn. Ze kunnen niet begrijpen hoeveel problemen ze daarmee op de wereldmarkt krijgen, want aristocraten komen bijna nooit met een echt nieuw idee. Maar dat is niet ons probleem.'

Oderint dum metuant, dacht Jack. Een van de weinige dingen die hij zich van

Latijn herinnerde. Het zou het persoonlijke motto van keizer Gaius Caligula zijn geweest: Laat ze me maar haten, zolang ze me maar vrezen. Was de beschaving in de afgelopen tweeduizend jaar dan niet verder gekomen?

'Wat is ons probleem dan wel?' vroeg hij.

Granger schudde zijn hoofd. 'Zo bedoelde ik het niet. Ze mogen ons niet graag – ze hebben ons eigenlijk nooit graag gemogen – maar tegelijk kunnen ze niet zonder ons. Sommige Europeanen beginnen te denken dat ze dat wel kunnen, na de dood van de Sovjet-Unie, maar als ze het ooit proberen, geeft de realiteit hun zo'n harde dreun dat het bloed eruit spat. De aristocratie denkt heel anders dan het volk. Dat is het probleem in Europa. Ze geloven echt dat de mensen zich door hen laten leiden, maar dat is niet zo. De mensen volgen hun eigen portemonnee, en de gewone mensen denken zelf wel over de dingen na, als ze daar de tijd voor hebben.'

'Dus de Campus verdient alleen maar geld aan hun fantasiewereld?'

'Zo is het. Zeg, ik heb een hekel aan soapseries. Weet je waarom?' Hij zag Jack neutraal kijken. 'Omdat ze de realiteit zo goed weergeven. Het echte leven, zelfs op dat niveau, zit vol onzin en egotripperij. Het draait in de wereld niet om liefde. Zelfs niet om geld. Het draait om onzin.'

'Hé, ik heb al heel wat cynisme gehoord in mijn leven, maar...'

Granger stak zijn hand op om hem te onderbreken. 'Geen cynisme. De menselijke natuur. Het enige wat in tienduizend jaar geschiedenis niet is veranderd. Ik vraag me af of er ooit verandering in komt. Zeker, de menselijke natuur heeft ook zijn goede kanten: edelmoedigheid, barmhartigheid, opofferingsgezindheid, in sommige gevallen zelfs moed – en liefde. Liefde is belangrijk, erg belangrijk. Maar tegelijk daarmee krijg je jaloezie, begeerte, hebzucht, alle zeven doodzonden. Misschien wist Jezus waar Hij het over had, hè?'

'Is dit filosofie of theologie?' Ik dacht dat dit een inlichtingendienst was, dacht de jonge Ryan.

'Ik word volgende week vijftig. Te vroeg oud en te laat verstandig. Een of andere cowboy heeft dat zo'n honderd jaar geleden gezegd.' Granger glimlachte. 'Het probleem is: je bent te oud als je beseft dat je er iets aan kunt doen.'

'Wat zou je dan willen doen: een nieuwe godsdienst beginnen?'

Granger moest daarom lachen. Hij draaide zich om en schonk zich nog eens koffie in uit zijn persoonlijke Gevalia-apparaat. 'Nee, daar heb ik geen behoefte aan. Het probleem met diepe gedachten is dat je evengoed het gras nog moet maaien en eten op tafel moet krijgen. En in ons geval moeten we ook nog het land beschermen.'

'Dus wat doen we aan wat we uit Duitsland hebben gehoord?'
Granger wierp nog een blik op het onderschepte bericht en dacht even na. 'Op dit moment niets, maar we onthouden dat Dieter een paar punten heeft gescoord tegen Claude, en daar zal hij over een halfjaar of zo gebruik van maken. De euro is nog zo nieuw dat we moeilijk kunnen voorspellen wat hieruit voortkomt. De Fransen denken dat de financiële leiding van Europa hun kant zal kiezen. De Duitsers denken het tegenovergestelde. In werkelijkheid gaat die steun naar het land met de sterkste economie, de efficiëntste beroepsbevolking. Dat is niet Frankrijk. Daar hebben ze goede ingenieurs, maar de Fransen zijn gewoon niet zo goed georganiseerd als de Duitsers. Als ik moest gokken, zou ik op Berlijn gokken.'
'Dat zullen de Fransen niet leuk vinden.'
'Zo is het, Jack. Zo is het,' herhaalde Granger. 'Maar wat geeft het? De Fransen hebben de atoombom, en de Duitsers niet – tenminste, op dit moment niet.'
'Serieus?' vroeg de jonge Ryan.
Een glimlach. 'Nee.'

'Ze hebben ons daar iets van geleerd in Quantico,' zei Dominic. Ze zaten in een middelgroot winkelcentrum, waar veel studenten van de nabijgelegen universiteit kwamen.
'Wat zeiden ze?' vroeg Brian.
'Blijf niet op dezelfde plaats ten opzichte van de verdachte. Probeer je uiterlijk te veranderen – een zonnebril en zo. Pruiken, als je die bij de hand hebt. Omkeerbare jasjes. Staar niet naar hem, maar wend je ook niet af als hij in je richting kijkt. Het is veel beter om met meer dan één te zijn als je iemand volgt. Eén man kan een getrainde tegenstander niet lang schaduwen zonder op te vallen. Een getrainde tegenstander is altijd al moeilijk te schaduwen. Daarom hebben de grote FBI-kantoren SSG's, Speciale Surveillance Groepen. Dat zijn FBI-medewerkers, maar ze zijn niet beëdigd en ze dragen geen wapens. Sommigen noemen ze de ongeregelde troepen van Baker Street – je weet wel, Sherlock Holmes en zo. Ze lijken niet op politie, maar op straatmensen, zwervers, mensen in een overall. Soms zijn ze vuil. Soms poseren ze als bedelaars. Ik heb er een keer een paar op het kantoor in New York ontmoet. Die werkten aan georganiseerde misdaad en buitenlandse contraspionage. Het zijn professionals, maar het zijn wel de onwaarschijnlijkste professionals die je ooit hebt ontmoet.'
'Hardwerkende mensen?' vroeg Brian zijn broer. 'Ik bedoel die volgers.'
'Ik heb het zelf nooit geprobeerd, maar het schijnt dat er veel mankracht

voor nodig is, wel zo'n vijftien tot twintig mensen om één verdachte te volgen, plus auto's, plus vliegtuigen – en dan nog kan een erg goede schurk ons te slim af zijn. Vooral de Russen. Die kerels zijn erg goed getraind.'

'En wat moeten we daaraan doen?' vroeg kapitein Caruso.

'De elementaire dingen leren,' zei Alexander tegen hen. 'Zie je die vrouw daar met die rode trui?'

'Lang donker haar?' vroeg Brian.

'Ja, die,' bevestigde Pete. 'Probeer vast te stellen wat ze koopt, in wat voor auto ze rijdt en waar ze woont.'

'Alleen wij tweeën?' vroeg Dominic. 'Je verlangt niet veel, hè?'

'Heb ik gezegd dat het makkelijk werk was?' vroeg Alexander in alle onschuld. Hij gaf hun twee radio's. 'De oordopjes gaan in jullie oren en de microfoons klemmen jullie aan jullie kraag vast. Het bereik is ongeveer drie kilometer. Jullie hebben allebei jullie autosleutels.' En daarna liep hij weg. Hij ging naar een Eddie Bauer-winkel om een paar onderbroeken te kopen.

'Welkom in de shit, Enzo,' zei Brian.

'In elk geval heeft hij ons een duidelijke opdracht gegeven.'

'Ja, duidelijk is het wel.'

De vrouw was een Ann Taylor-winkel binnengegaan. Ze gingen allebei die kant op en namen een grote beker koffie bij een Starbucks, een klungelige vorm van camouflage.

'Gooi die beker straks niet weg,' zei Dominic tegen zijn broer.

'Waarom niet?' vroeg Brian.

'Voor het geval je moet pissen. In zulke situaties heeft de natuur de neiging je zorgvuldigste plannen te doorkruisen. Dat is een praktische les die ik op de Academy heb geleerd.'

Brian zei daar niets op, maar het leek hem erg verstandig. Een voor een controleerden ze of hun radio's goed werkten.

'Aldo voor Enzo, over,' zei Brian op kanaal 6.

'Hier Enzo, broertje. Laten we geen radiocontact onderhouden bij visuele surveillance, maar we blijven wel in elkaars zicht, goed?'

'Lijkt me verstandig. Goed. Ik ga naar die winkel.'

'Akkoord, broertje.' Dominic draaide zich om en zag zijn broer weglopen. Toen ging hij verder met koffiedrinken. Hij keek niet recht naar de verdachte, maar zo'n twintig graden opzij.

'Wat doet ze?' vroeg Aldo over de radio.

'Ze kiest een blouse, denk ik.' De vrouw was een jaar of dertig, met bruin haar dat tot haar schouders kwam, niet onknap, met een trouwring zonder diamant en een goedkope goudkleurige ketting die ze waarschijnlijk in de Wal-Mart aan de overkant van de weg had gekocht. Perzikkleurige blouse. Geen rok maar een broek, zwart van kleur, en zwarte 'praktische' schoenen met lage hakken. Een vrij grote handtas. Ze maakte niet de indruk dat ze erg goed op haar omgeving lette, en dat was gunstig. Zo te zien was ze alleen. Ze koos uiteindelijk voor een blouse, waarschijnlijk van witte zijde. Ze betaalde ervoor met een creditcard en liep toen de Ann Taylor uit.

'Verdachte is de winkel uit, Aldo.'

Zeventig meter van hem vandaan keek Brian in de richting van zijn broer. 'Praat tegen me, Enzo.'

Dominic bracht zijn koffiebeker omhoog alsof hij ging drinken. 'Ze gaat linksaf, komt jouw kant op. Je kunt het over een minuut of zo overnemen.'

'Begrepen, Enzo.'

Ze hadden hun auto's aan weerskanten van het winkelcentrum geparkeerd. Dat bleek verstandig te zijn, want hun verdachte ging rechtsaf in de richting van het parkeerterrein.

'Aldo, ga zo dichtbij dat je kunt nummeren,' beval Dominic.

'Wat?'

'Lees haar autonummer aan me voor, en beschrijf de auto. Ik ga naar mijn eigen auto.'

'Goed. Begrepen, broertje.'

Dominic rende niet naar zijn auto, maar liep zo vlug dat het nog net niet opviel. Hij stapte in, startte de motor en liet al zijn raampjes zakken.

'Enzo voor Aldo, over.'

'Ja. Ze rijdt in een donkergroene Volvo stationwagen. Nummer uit Virginia. Whisky Kilo Romeo Zes Eén Negen. Alleen in de auto. Ze start en rijdt naar het noorden. Ik ga naar mijn auto.'

'Begrepen. Enzo volgt.' Hij reed zo snel als het verkeer toestond om het Sears-warenhuis aan de oostkant van het winkelcentrum heen en greep in zijn jaszak naar zijn mobiele telefoon. Hij belde het informatienummer om het nummer van het FBI-kantoor in Charlottesville te krijgen, dat het telefoonbedrijf voor hem draaide; dat kostte vijftig cent. 'Met agent Dominic Caruso. Mijn codenummer is één zes vijf acht twee één. Ik wil een autonummer nagetrokken hebben, nu meteen, Whisky Kilo Romeo Zes Eén Negen.'

Degene die aan de andere kant van de telefoon zat, typte zijn codenummer in en verifieerde Dominics identiteit.

'Wat doet u zo ver van Birmingham vandaan, meneer Caruso?'

'Daar heb ik geen tijd voor. Dat nummer.'

'Goed, begrepen. Het is een Volvo, groen, een jaar oud, op naam van

Edward en Michelle Peters, adres Riding Hood Court 6, Charlottesville. Dat is nog net in de bebouwde kom, aan de westkant van de stad. Verder nog iets? Hebt u assistentie nodig?'
'Nee. Dank u, ik red het verder wel. Caruso sluiten.' Hij zette zijn mobiele telefoon af en gaf het adres via de radio aan zijn broer door. Toen deden ze allebei hetzelfde. Ze stopten het adres in hun navigatiecomputer.
'Dit is vals spelen,' zei Brian, maar hij glimlachte erbij.
'Iemand die goed is, speelt niet vals, Aldo. Die bereikt gewoon resultaten. Nou, ik kan de verdachte zien. Ze rijdt in westelijke richting over Shady Branch Road. Waar ben jij?'
'Zo'n vijfhonderd meter achter je. Shit! Ik heb rood licht.'
'Wacht maar op groen. Het ziet ernaar uit dat ze naar huis rijdt, en we weten waar dat is.' Dominic naderde de auto van de vrouw tot op honderd meter en zorgde dat er een pick-uptruck tussen hem en de andere auto bleef rijden. Hij had dit soort dingen bijna nooit gedaan, en het verbaasde hem dat hij zo gespannen was.
'Over tweehonderd meter rechts afslaan,' zei de computer tegen hem.
'Dank je, schat,' bromde Dominic.
Maar toen ging de Volvo de hoek om die de computer had genoemd. Dus dat ding deed het toch niet zo slecht. Dominic haalde diep adem en kwam enigszins tot rust.
'Goed, Brian, het ziet ernaar uit dat ze regelrecht naar huis gaat. Kom maar achter me aan,' zei hij over de radio.
'Begrepen, ik volg je. Enig idee wie die meid is?'
'Michelle Peters, zegt de dienst Motorvoertuigen.' De Volvo ging linksaf, en toen rechtsaf, een doodlopende straat in, om daar op het pad van een dubbele garage te stoppen, bij een middelgroot huis met een gevelbeplating van wit aluminium. Hij stopte honderd meter verder en nam een slokje van zijn koffie. Brian verscheen dertig seconden later en reed hetzelfde eind door.
'Zie je de auto?' vroeg Dominic over de radio.
'Ja, Enzo.' De marinier zweeg even. 'Wat doen we nu?'
'Jullie komen binnen voor een kop koffie,' zei een vrouwenstem. 'Ik ben die meid in de Volvo,' verduidelijkte ze.
'O, shit,' fluisterde Dominic, afgewend van de microfoon. Hij stapte uit zijn Mercedes en ze liepen het garagepad op.
'Doorgestoken kaart,' zei Dominic zachtjes. 'Dat hadden we van het begin af moeten weten.'
'Ja. Wat zijn we toch dom,' vond Brian.
'Dat valt wel mee,' zei mevrouw Peters vanuit de deuropening. 'Maar

het was wel vals spelen toen jullie mijn adres bij Motorvoertuigen opvroegen.'
'Niemand heeft ons iets over regels verteld, mevrouw,' zei Dominic tegen haar.
'Die zijn er ook niet – tenminste, niet vaak, niet in dit vak.'
'Dus je hebt de hele tijd naar ons radioverkeer meegeluisterd?' vroeg Brian.
Ze knikte en ging hun voor naar de keuken. 'Ja. De radio's hebben encryptie. Niemand anders wist waar jullie over spraken. Hoe willen jullie je koffie?'
'Dus je had ons de hele tijd door?' Dat was Dominic.
'Dat niet. Ik gebruikte de radio's niet om vals te spelen – nou ja, niet zo erg.' Ze lachte innemend, en dat verzachtte de klap die ze het ego van haar bezoekers had toegebracht. 'Jij bent Enzo, nietwaar?'
'Ja.'
'Je was een beetje dichtbij, maar alleen een erg scherpzinnig doelwit zou dat in die korte tijd in de gaten hebben gehad. Het merk van je auto hielp ook. Er rijden hier veel van die kleine Mercedessen rond. Toch zou je het best in een pick-up kunnen rijden – een vuile. Veel van die boerenkinkels wassen ze nóóit, en sommige docenten op de universiteit doen het ook niet – om erbij te horen, denk ik. Op de Interstate 64 – nou, daar kun je beter een vliegtuig hebben, en een Porta-Potti. Discreet volgen is soms het moeilijkste van het vak. Maar dat weten jullie nu.'
Toen ging de deur open en kwam Pete Alexander binnen. 'Hoe deden ze het?' vroeg hij Michelle.
'Ik heb ze een zeven gegeven.'
En opeens vond Dominic dat nog royaal.
'En vergeet wat ik daarstraks zei – het was slim van je om de FBI te bellen.'
'Dat was niet vals spelen?' vroeg Brian.
Alexander gaf daar antwoord op. 'Er is maar één regel: je moet de opdracht uitvoeren zonder in de problemen te komen. We geven op de Campus geen punten voor stijl.'
'We tellen alleen de lijken,' bevestigde mevrouw Peters tot Alexanders zichtbare ergernis.
Dat was genoeg om Brians maag een beetje te laten samentrekken. 'Eh... jongens, ik weet dat ik dit al eerder heb gevraagd, maar waar trainen we precies voor?' Dominic keek nu ook nieuwsgierig.
'Geduld, jongens,' waarschuwde Pete.
'Goed.' Dominic knikte gehoorzaam. 'Dat zal ik deze keer hebben.' Maar niet veel langer meer, hoefde hij er niet aan toe te voegen.

'Dus jullie gaan hier geen gebruik van maken?' vroeg Jack aan het eind van de werkdag.

'We zouden het kunnen doen, maar eigenlijk is het de moeite niet waard. We zouden er op zijn best een paar honderdduizend aan verdienen, waarschijnlijk nog minder. Maar het was goed dat je het hebt gesignaleerd,' gaf Granger toe.

'Hoeveel van dit soort berichten komen er per week binnen?'

'Een of twee, vier in een erg drukke week.'

'En hoeveel berichten gebruiken jullie?' vroeg Jack junior.

'Eén op de vijf. We doen het voorzichtig, maar evengoed lopen we altijd het risico dat iemand ons doorheeft. Als de Europeanen zien dat we te vaak weten wat ze in hun schild voeren, gaan ze onderzoeken hoe we dat klaarspelen – waarschijnlijk gaan ze dan hun eigen mensen na, op zoek naar iemand die iets laat uitlekken. Zo denken ze daar. Het is een kweekbodem voor complottheorieën, weet je, vanwege de manier waarop ze daar werken. Maar het spel dat ze regelmatig spelen, druist daar min of meer tegen in.'

'Waar kijken jullie nog meer naar?'

'Met ingang van volgende week heb je toegang tot de geheime rekeningen – ze noemen het nummerrekeningen omdat ze alleen te identificeren zouden zijn met codenummers. Tegenwoordig zijn het vooral codewoorden, vanwege de computertechnologie. Dat hebben ze waarschijnlijk uit de inlichtingenwereld overgenomen. Ze nemen vaak spionnen in dienst voor hun beveiliging – maar niet de goede. De goeden willen niets met de geldwereld te maken hebben, vooral uit snobisme. Een belangrijke spion vindt zulke dingen niet belangrijk genoeg,' legde Granger uit.

'Die "geheime" rekeningen – zijn de eigenaren daarvan bekend?' vroeg Jack.

'Niet altijd. Soms gaat het allemaal via een codewoord, al hebben de banken soms wel interne gegevens waar we bij kunnen. Maar dat is niet altijd zo, en de banken communiceren nooit intern over hun cliënten – in elk geval niet schriftelijk. Ze zullen er onder de lunch wel eens over praten, maar weet je, in feite kan het ze niet zoveel schelen waar het geld vandaan komt. Joden die in Auschwitz zijn vermoord, een maffiabaas in Brooklyn – voor hen is het allemaal geld.'

'Maar als je dit aan de FBI overdroeg...'

'Dat kunnen we niet doen, want het is illegaal, en we doen het ook niet omdat we dan een manier zouden kwijtraken om de schurken en hun geld in de gaten te houden. We hebben trouwens met meer dan één jurisdictie te maken, en sommige van die Europese landen... Tja, met bankieren wordt veel geld verdiend, en er is geen regering die graag

belastinginkomsten prijsgeeft. De hond bijt niemand in hun eigen tuin. Wat hij om de hoek doet, is niet hun probleem.'
'Ik vraag me af wat mijn vader daarover denkt.'
'Niet veel, wed ik,' meende Granger.
'Nee,' beaamde Jack. 'Nou, houden jullie die geheime rekeningen in de gaten om de schurken en hun geld te volgen?'
'Daar komt het op neer. Het is veel moeilijker dan je zou denken, maar als je scoort, scoor je ook in het groot.'
'En ik word een speurhond?'
'Ja. Als je goed genoeg bent,' voegde Granger eraan toe.

Mohammed was op dat moment bijna recht boven hen. De vliegroute van Mexico City naar Londen ging zo dicht langs Washington dat hij de Amerikaanse hoofdstad 11.000 meter onder hem als een papieren kaart uitgespreid zag liggen. Als hij tot het ministerie van Martelaarschap had behoord, had hij nu misschien de wenteltrap naar de bovenverdieping van het vliegtuig genomen en met een pistool de bemanning overhoopgeschoten, en dan had hij het vliegtuig een duikvlucht laten maken... Maar dat was allemaal al eerder gedaan, en nu waren de cockpitdeuren beveiligd en zat er misschien een gewapende politieman in de business class om het spel te bederven. Of erger nog: een gewapende soldaat in burgerkleding. Maar hij behoorde niet tot het ministerie van Martelaarschap, hoeveel bewondering hij ook voor die Heilige Strijders had. Omdat hij zo goed was in het verzamelen van informatie, was hij te waardevol om met zo'n nobel gebaar te worden opgeofferd. Dat was gunstig en tegelijk ongunstig, maar in elk geval was het een feit, en hij leefde in een wereld van feiten. Hij zou Allah ontmoeten en het paradijs binnengaan op het moment dat met Gods eigen hand in Gods eigen boek geschreven stond. Voorlopig zat hij nog zesenhalf uur op deze vliegtuigstoel.
'Nog meer wijn, meneer?' vroeg de stewardess met het roze gezicht.
'Ja, graag,' antwoordde hij in zijn beste Cambridge-Engels. Het was in strijd met de islam, maar als hij niet dronk, zou hij verdacht overkomen, dacht hij opnieuw, en zijn missie was te belangrijk om risico's te nemen. Tenminste, dat zei hij vaak tegen zichzelf, gaf Mohammed zichzelf een beetje schuldbewust toe. Hij had zijn glas algauw leeg en liet toen zijn rugleuning achteroverzakken. Wijn mocht dan in strijd zijn met de wetten van de islam, je kon er wel makkelijker door in slaap komen.

'Michelle zegt dat de tweelingbroers het niet slecht deden voor beginners,' zei Rick Bell tegen zijn baas.

'De volgoefening?' vroeg Hendley.
'Ja.' Hij hoefde niet te zeggen dat voor een echte oefening acht tot tien auto's, twee vliegtuigen en in totaal twintig agenten nodig waren, maar de Campus beschikte bij lange na niet over die middelen. In plaats daarvan stonden hun andere middelen ter beschikking, en dat had voordelen en nadelen. 'Alexander schijnt ze wel sympathiek te vinden. Hij zegt dat ze intelligent zijn en snel kunnen improviseren.'
'Goed om te weten. Verder nog iets gebeurd?'
'Rick Pasternak heeft iets nieuws,' zegt hij.
'Wat dan?' vroeg Gerry.
'Het is een variant op succinylcholine, een synthetische versie van curare. Het stelt de skeletspieren bijna meteen buiten werking. Je zakt in elkaar en kunt niet meer ademhalen. Hij zegt dat het een ellendige dood zou zijn, alsof je een bajonet in je borst krijgt.'
'Traceerbaar?' vroeg Hendley.
'Dat is het goede nieuws. Esterasen in het lichaam breken het middel snel af tot acetylcholine, en het is waarschijnlijk dus niet te traceren, of het doelwit moet al in elkaar zakken op de stoep van een eersteklas ziekenhuis met een patholoog die meteen op zoek gaat naar iets bijzonders. De Russen hebben het onderzocht – ongelooflijk genoeg al in de jaren zeventig. Ze dachten aan toepassing op het slagveld, maar het bleek onpraktisch te zijn. Het is vreemd dat de KGB er geen gebruik van heeft gemaakt. Het lijkt op een zwaar hartinfarct, zelfs wanneer er een uur later al sectie wordt verricht.'
'Hoe is hij erachter gekomen?'
'Hij kreeg op de Columbia bezoek van een Russische collega. De man bleek joods te zijn en Rick kreeg hem aan het praten. Hij praatte zoveel dat Rick een toedieningssysteem kon ontwikkelen in zijn lab. Hij is het nu aan het perfectioneren.'
'Weet je, het is vreemd dat de maffia er nooit achter is gekomen. Als je iemand wilt vermoorden, moet je een arts inhuren.'
'Voor de meesten van hen is het in strijd met wat ze op de universiteit hebben geleerd.' Maar de meesten van hen hadden geen broer bij het effectenbedrijf Cantor Fitzgerald die op een dinsdagmorgen van de zesennegentigste verdieping naar beneden was gevallen.
'Is deze variant beter dan wat we al hebben?'
'Beter dan wat iedereen heeft, Gerry. Hij zegt dat het voor bijna honderd procent betrouwbaar is, als het goed wordt gebruikt.'
'Duur?'
Bell schudde zijn hoofd. 'Helemaal niet.'
'Het is getest en het werkt echt?'

'Rick zegt dat er zes honden mee zijn gedood – en nog grote ook.'
'Goed. Goedgekeurd.'
'Begrepen, baas. We moeten ze over twee weken hebben.'
'Wat gebeurt er daar buiten?'
'Dat weten we niet,' gaf Bell met neergeslagen ogen toe. 'Een van die kerels in Langley zegt in zijn memo's dat we ze misschien hard genoeg hebben aangepakt om ze te vertragen, of zelfs voorgoed te stoppen, maar ik voel me nooit op mijn gemak als ik zulke dingen lees. Het is net zoiets als het "Deze markt heeft geen plafond" dat je te horen krijgt vlak voordat de bodem onder de markt wegvalt. *Hubris ante nemesis*. Hoogmoed komt voor de val. Fort Meade kan ze niet op internet vinden, maar misschien wil dat alleen maar zeggen dat ze een beetje slimmer zijn geworden. Er zijn veel goede encryptieprogramma's op de markt, en daar zijn er twee bij die nog niet door de NSA zijn gekraakt – tenminste, niet goed. Ze werken daar elke dag een paar uur met hun grote mainframes aan. Zoals jij altijd zegt, Gerry: de slimste programmeurs werken niet meer voor de overheid, maar...'
'... ontwerpen videospelletjes,' maakte Hendley de zin voor hem af. De overheid had mensen nooit goed genoeg betaald om de beste aan te trekken – en dat zou wel altijd zo blijven. 'Het zit je dus niet lekker?'
Rick schudde zijn hoofd. 'Totdat ze dood zijn, in de grond, met een houten staak door hun hart, blijf ik me zorgen maken.'
'Je kunt ze nooit allemaal te pakken krijgen, Rick.'
'Jammer genoeg niet.' Zelfs hun persoonlijke dokter Dood op de universiteit van Columbia kon dat niet voor elkaar krijgen.

6

Tegenstanders

De 747-400 maakte om vijf voor één 's middags, vijf minuten te vroeg, een zachte landing op het vliegveld Heathrow bij Londen. Net als de meeste passagiers wilde Mohammed de grote Boeing erg graag verlaten. Hij kwam beleefd glimlachend door de paspoortcontrole, maakte gebruik van de toiletgelegenheid en voelde zich weer enigszins menselijk toen hij naar de vertreklounge van Air France liep voor zijn vlucht naar Nice. Dat vliegtuig vertrok anderhalf uur later en deed er anderhalf uur over om op zijn bestemming te komen. In de taxi sprak hij het soort Frans dat je op een Britse universiteit zou leren. De taxichauffeur corrigeerde hem maar twee keer, en toen hij zich in het hotel inschreef, gaf hij zijn Britse paspoort af – met tegenzin, maar het paspoort was een veilig document, dat hij al vele malen had gebruikt. De streepjescode die bij nieuwe paspoorten aan de binnenkant van het omslag zat, baarde hem zorgen. Zijn paspoortmodel had die streepjescode nog niet, maar als het over twee jaar verliep, zou een computer hem overal kunnen volgen. Nou ja, hij had drie degelijke en veilige Britse identiteiten, en hij hoefde alleen maar paspoorten aan te vragen voor alle drie. Hij zou zich zo onopvallend gedragen dat de Britse politie zich nooit in die identiteiten zou verdiepen. Geen enkele dekmantel was ooit tegen zelfs maar een oppervlakkig onderzoek bestand, laat staan een diepgaand onderzoek, en die streepjescode zou er op een dag toe leiden dat een immigratieambtenaar een knipperlichtje op zijn paneel kreeg, waarna er meteen een paar politieagenten op het toneel zouden verschijnen. De ongelovigen maakten het de gelovigen moeilijk, maar daar waren het ongelovigen voor. Het hotel had geen airconditioning, maar de ramen konden open, en de zeebries voelde prettig aan. Mohammed koppelde zijn computer aan de telefoon op het bureau. Toen lokte het bed hem, en hij liet zich lokken. Hoeveel hij ook reisde, hij had nog nooit een remedie tegen jetlag gevonden. De volgende twee dagen zou hij op sigaretten en koffie leven, totdat zijn lichaamsklok weer wist waar hij was. Hij keek op zijn horloge. De man die hem zou ontmoeten, zou er pas over vier uur zijn, en dat was heel fatsoenlijk van hem, vond Mohammed. Hij zou aan zijn avondeten zitten terwijl zijn lichaam een ontbijt verwachtte. Sigaretten en koffie.

In Colombia was het tijd voor het ontbijt. Pablo en Ernesto gaven allebei de voorkeur aan de Anglo-Amerikaanse versie, met spek of ham en eieren, en de uitstekende Colombiaanse koffie.
'Nu, gaan we samenwerken met die kamelenneuker?' vroeg Ernesto.
'Waarom niet?' antwoordde Pablo, terwijl hij melk door zijn koffie roerde. 'We kunnen veel geld verdienen, en de kans om chaos in het huis van de *norteamericanos* te veroorzaken is ook nooit weg. Hun grenswachters zullen uitkijken naar mensen in plaats van kisten, en dat is gunstig voor ons, direct en indirect.'
'En als een van die moslims levend gevangen wordt genomen en ze hem aan het praten krijgen?'
'Waarover zou hij kunnen praten? Wie zullen ze ontmoeten, behalve een paar Mexicaanse coyotes?' zei Pablo.
'*Sí*, dat is zo,' beaamde Ernesto. 'Je zult me wel een bang oud wijf vinden.'
'*Jefe*, de laatste man die dat van jou dacht, is allang dood.' Dat leverde Pablo een bromgeluid en een scheve grijns op.
'Ja, dat is waar, maar alleen een dwaas is niet voorzichtig als de politiediensten van *twee* landen achter hem aan zitten.'
'En dus, *jefe*, geven we hun anderen waar ze achteraan kunnen zitten, nietwaar?'
Hij zou zich met een gevaarlijk spel inlaten, dacht Ernesto. Ja, hij zou alleen uit praktische overwegingen in zee gaan met deze bondgenoten, maar hij zou niet zozeer met hen samenwerken als wel gebruik van hen maken. Hij zou stromannen creëren die de Amerikanen konden opsporen en doden. Maar die fanaten vonden het helemaal niet erg om gedood te worden. Ze verlangden juist naar de dood. En door gebruik van hen te maken bewees hij hun in feite een dienst, nietwaar? Hij kon hen zelfs – erg voorzichtig – aan de *norteamericanos* verraden zonder zich hun woede op de hals te halen. En trouwens, hoe zouden die mannen hem ooit kwaad kunnen doen? Op zijn eigen terrein? Hier in Colombia? Dat was onwaarschijnlijk. Niet dat hij van plan was hen te verraden, maar als hij dat deed, hoe zouden ze er dan achter komen? Als hun inlichtingendiensten zo goed waren, zouden ze zijn hulp helemaal niet nodig hebben gehad. En als de regeringen van de *Yangui* en van zijn eigen land hem hier in Colombia niet te pakken hadden kunnen krijgen, hoe zou dat deze mensen dan wel lukken?
'Pablo, hoe communiceer je precies met die kerel?'
'Via de computer. Hij heeft een aantal e-mailadressen, allemaal bij Europese providers.'
'Goed. Zeg tegen hem dat de raad akkoord is gegaan.' Niet te veel mensen wisten dat Ernesto de raad wás.

'*Muy bien, jefe.*' En Pablo ging naar zijn laptop. Zijn boodschap was binnen een minuut verzonden. Pablo had verstand van computers. De meeste internationale criminelen en terroristen hadden dat.

Het stond in de derde regel van het e-mailbericht: 'En, Juan, Maria is zwanger. Ze krijgt een tweeling.' Zowel Mohammed als Pablo had het beste encryptieprogramma dat commercieel verkrijgbaar was – programma's die volgens de verkopers door niemand gekraakt konden worden. Maar Mohammed geloofde daar net zomin in als in de kerstman. Al die ondernemingen zaten in het Westen en waren in de eerste plaats loyaliteit verschuldigd aan hun eigen land. En als je zulke programma's gebruikte, kwamen je e-mails automatisch onder de aandacht van de volgprogramma's die gebruikt werden door de NSA, de Britse GCHQ en het Franse DGSE, allemaal diensten die werden gebruikt om het berichtenverkeer te volgen. Om nog maar te zwijgen van andere, hem onbekende diensten die, legaal of niet, internationale communicatie volgden en die geen van alle veel op hadden met hem en zijn collega's. De Israëlische Mossad zou er vast en zeker veel voor over hebben om zijn hoofd op een staak te krijgen, al konden ze niet weten welke rol hij bij de eliminatie van David Greengold had gespeeld.
Pablo en hij hadden een code afgesproken, onschuldige frasen die van alles konden betekenen en die over de wereld werden gestuurd naar tussenpersonen, die ze afleverden. Hun elektronische abonnementen werden betaald met anonieme creditcards, en de abonnementen zelf waren afgesloten bij grote en volstrekt respectabele internetproviders in Europa. Op zijn eigen manier was internet even effectief als de wetten die het Zwitserse bankgeheim garandeerden. En er gingen dagelijks zoveel e-mailberichten door de ether dat niemand ze allemaal kon screenen, zelfs niet met behulp van een computerprogramma. Zolang hij maar geen voorspelbare trefwoorden gebruikte, zouden zijn berichten veilig zijn, dacht Mohammed.
Zo, dus de Colombianen wilden samenwerken – Maria was zwanger. En ze kreeg een tweeling – de operatie kon onmiddellijk beginnen. Hij zou het die avond onder het diner aan zijn gast vertellen, en dan zou het proces meteen in gang worden gezet. Dit nieuws was zelfs een paar glazen wijn waard, in afwachting van de genadige vergeving van Allah.

Het probleem met het hardlopen elke ochtend was dat het nog saaier was dan de societyrubriek van een krant in Arkansas – maar het moest toch gebeuren, en ieder van de broers gebruikte de tijd om na te denken, vooral over de saaiheid van het hardlopen. Het duurde maar een halfuur. Dominic dacht erover om een walkman te kopen, maar dat had hij nooit gedaan. Hij vergat zulke dingen altijd als hij in een winkelcentrum was. En zijn broer hield waarschijnlijk wel van dit gedoe. Die mariniers hadden een slechte invloed op je.

Toen kwam het ontbijt.

'Zo jongen, zijn we allemaal wakker?' zei Pete Alexander.

'Waarom ga jij 's morgens niet trainen?' vroeg Brian. Bij de mariniers deden allerlei verhalen de ronde over de Speciale Troepen, en die waren nooit complimenteus en vaak ook niet juist.

'Er zijn voordelen aan verbonden om oud te worden,' antwoordde de trainingsofficier. 'Een daarvan is dat je het wat rustiger aan kunt doen.'

'Goed. Wat is het lesprogramma van vandaag?' Luie donder, dacht de kapitein er in stilte bij. 'Wanneer krijgen we die computers?'

'Binnenkort.'

'Je zei dat de encryptiebeveiliging vrij goed is,' zei Dominic. 'Hoe goed is "vrij goed"?'

'De NSA kan de codes kraken, als ze hun mainframes er een week of zo aan laten werken en het met brute computerkracht doen. Ze kunnen alles kraken, als ze maar genoeg tijd krijgen. De meeste commerciële systemen kunnen ze al ontcijferen. Ze hebben een regeling met de meeste programmeurs,' legde hij uit. 'En die werken mee... in ruil voor wat NSA-algoritmen. Andere landen zouden dat ook kunnen, maar er is veel expertise voor nodig om cryptologie volledig te begrijpen, en er zijn maar weinig mensen met de middelen of de tijd om die expertise te verwerven. Dus een commercieel programma kan het je moeilijk maken, maar ook weer niet te moeilijk, als je de broncode hebt. Daarom proberen onze tegenstanders boodschappen via persoonlijke ontmoetingen door te geven of gebruiken ze afgesproken codes in plaats van encryptie, maar omdat daar zoveel tijd in gaat zitten, komen ze daar geleidelijk op terug. Als ze dringend materiaal willen verzenden, kunnen we het vaak wel kraken.'

'Hoeveel berichten gaan er over internet?' vroeg Dominic.

Alexander liet zijn adem ontsnappen. 'Dat is het probleem. Het zijn er miljarden, en de programma's die we hebben om ze te doorzoeken zijn nog niet goed genoeg. Dat zullen ze waarschijnlijk ook nooit worden. Je moet het doeladres identificeren en in de gaten houden. Dat kost tijd, maar de meeste schurken zijn nogal lui bij het inloggen – en het is moeilijk om een heleboel verschillende identiteiten bij te houden. Die kerels zijn geen supermannen, en ze hebben geen microchips in hun hoofd zitten. Dus als we een computer van een schurk in handen krijgen, drukken we eerst zijn adresboek af. Dat kan een ware goudmijn zijn. Al zenden ze soms wartaal uit waar Fort Meade uren of zelfs dagen aan moet besteden – dus aan pogingen om iets te kraken wat helemaal geen betekenis heeft. De professionals deden dat vroeger door namen uit het telefoonboek van Riga te versturen. Dat is wartaal in elke taal, behalve het Lets. Nee, het grootste probleem was het gebrek aan talenkenners. We hebben niet genoeg Arabischsprekenden. In Monterey werken ze daaraan, en ook op een paar universiteiten. Er staan op dit moment veel Arabische studenten op de loonlijst. Maar niet bij de Campus. Het goede nieuws voor óns is dat we de vertalingen van de NSA krijgen. Wij hebben niet veel talenkenners nodig.'

'Dus we zijn hier niet om inlichtingen te verzamelen?' vroeg Brian. Dominic had dat al begrepen.

'Nee. Als je iets ontdekt, is dat prima en dan vinden we wel een manier om er gebruik van te maken, maar het is onze taak om op grond van inlichtingen te handelen, niet om ze te verzamelen.'

'Goed, dan komen we op de oorspronkelijke vraag terug,' merkte Dominic op. 'Wat is de missie?'

'Wat denk je?' vroeg Alexander.

'Ik denk dat het iets is waar J. Edgar Hoover niet erg blij mee zou zijn geweest.'

'Klopt. Hij was een rotzak, maar hij hield zich altijd strikt aan de burgerrechten. Wij van de Campus niet.'

'Ga door,' stelde Brian voor.

'Het is onze taak om op grond van inlichtingen te handelen. Om beslissende actie te ondernemen.'

'Is de term daarvoor niet "executieve actie"?'

'Alleen in films,' antwoordde Alexander.

'Waarom wij?' vroeg Dominic.

'Nou, de CIA is een overheidsdienst. Een heleboel opperhoofden en niet genoeg indianen. Hoeveel overheidsdiensten moedigen mensen aan om hun hoofd in de strop te steken?' vroeg hij. 'Zelfs als je er succes mee hebt, zitten de juristen en boekhouders net zolang op je huid tot je geen kant meer op kunt. Als iemand zich uit al die belemmeringen wil bevrijden, moet de goedkeuring van hogerop komen, van hoog in de hiërarchie. Geleidelijk – nou ja, niet zo geleidelijk – is de situatie ontstaan dat de president al die beslissingen nam. En er zijn niet veel presidenten die zulke papieren in hun persoonlijk archief willen hebben, waar een historicus ze kan vinden en in de openbaarheid kan brengen. En dus zijn we van dat soort dingen afgestapt.'

'En er zijn niet veel problemen die je kunt oplossen met een enkele kogel op het juiste moment en op de juiste plaats,' zei Brian als een echte marinier.

Pete knikte weer. 'Zo is het.'
'Dus we hebben het over politieke moordaanslagen? Dat zou gevaarlijk kunnen worden,' merkte Dominic op.
'Nee, dat zou te veel politieke consequenties hebben. Zulke dingen zijn in geen eeuwen gebeurd, en in de tijd daarvoor ook niet vaak. Toch zijn er mensen die nogal dringend naar hun Schepper toe moeten. En soms moeten wij die ontmoeting bespoedigen.'
'Verdomme.' Dat was Dominic.
'Wacht even. Wie heeft hier toestemming voor gegeven?' vroeg Brian Caruso.
'Wij.'
'Niet de president?'
Pete schudde zijn hoofd. 'Nee. Zoals ik al zei, zijn er niet veel presidenten met het lef om ja te zeggen tegen zoiets. Ze maken zich veel te druk om de kranten.'
'Maar Justitie dan?'
'Justitie... Nou, zoals ik een van jullie eens heb horen zeggen: als je een tijger voor zijn kont wilt schoppen, moet je een plan hebben om met zijn tanden af te rekenen. Jullie zullen de tanden van de tijger zijn.'
'Alleen wij?' vroeg Brian zich af.
'Nee, niet alleen jullie, maar jullie hoeven niet te weten welke anderen er zijn of niet zijn.'
'Shit...' Brian leunde achterover in zijn stoel.
'Wie heeft dit hier – de Campus – opgezet?'
'Een belangrijk persoon. De Campus neemt een dubieuze positie in. We hebben helemaal geen banden met de overheid. Geen,' benadrukte Alexander.
'Dus we gaan min of meer op eigen houtje mensen doodschieten?'
'Niet zozeer schieten. We hebben andere methoden. Jullie zullen waarschijnlijk niet veel vuurwapens gebruiken. Die zijn te lastig te verplaatsen. Denk maar aan vliegvelden en zo.'
'Naakt het veld in?' vroeg Dominic. 'Helemaal geen dekking?'
'Jullie krijgen goede dekmantels, maar geen enkele diplomatieke bescherming. Jullie zullen jezelf moeten redden. Geen enkele buitenlandse inlichtingendienst zal jullie ooit kunnen vinden. De Campus bestaat niet. Deze organisatie komt niet in de federale begroting voor, zelfs niet in het geheime gedeelte. Dus niemand kan ooit geld tot ons herleiden. Want zo doe je dat natuurlijk. Het is een van onze eigen manieren om mensen te volgen. Jullie poseren als internationale zakenlieden, bankiers en zo. Jullie leren de terminologie, zodat jullie bijvoorbeeld een gesprek in een vliegtuig op gang kunnen houden. Zulke mensen praten

niet veel over wat ze doen, want ze willen hun zakelijke geheimen niet verraden. Dus als jullie niet al te spraakzaam zijn, valt er niemand iets op.'

'Geheim agent...' zei Brian zachtjes.

'We kiezen mensen die snel kunnen denken, die zelf initiatieven nemen en die niet flauwvallen als ze bloed zien. Jullie hebben allebei mensen gedood in de echte wereld. In beide gevallen werden jullie met onverwachte situaties geconfronteerd, en daar hebben jullie krachtdadig op gereageerd. Jullie hadden er geen van beiden spijt van. Dat wordt jullie baan.'

'En welke bescherming krijgen we?' vroeg de FBI-agent.

'Er is een ''Verlaat de gevangenis''-kaart voor jullie beiden.'

'Mijn reet,' zei Dominic. 'Zoiets bestaat niet.'

'Een getekende presidentiële gratie,' verduidelijkte Alexander.

Verdomme, dacht Brian een ogenblik. 'Het was oom Jack, nietwaar?'

'Daar kan ik geen antwoord geven, maar als jullie willen, mogen jullie de graties zien voordat jullie het veld in gaan.' Alexander zette zijn koffiekopje neer. 'Goed, heren. Jullie krijgen een paar dagen de tijd om hierover na te denken, maar jullie zullen een beslissing moeten nemen. Wat ik van jullie vraag, is geen geringe zaak. Het wordt geen leuke baan, en het zal ook niet gemakkelijk of prettig zijn, maar het is wel iets waarmee jullie de belangen van jullie land kunnen dienen. We leven in een gevaarlijke wereld. Met sommige mensen moet rechtstreeks worden afgerekend.'

'En als we de verkeerde koud maken?'

'Dominic, die mogelijkheid bestaat, maar wie het ook is, ik kan jullie verzekeren dat we jullie nooit zullen vragen het kleine broertje van Moeder Teresa te doden. We gaan niet over één nacht ijs. Voordat we jullie ergens heen sturen, krijgen jullie te horen wie het is en hoe en waarom we met hem of haar willen afrekenen.'

'Vrouwen doden?' vroeg Brian. Dat paste niet in de ethiek van de mariniers.

'Voorzover ik weet, is het nog nooit gebeurd, maar het is een theoretische mogelijkheid. Nou, dat lijkt me wel genoeg voor het ontbijt. Denken jullie hier eerst maar eens over na.'

'Jezus,' zei Brian nadat Alexander de kamer had verlaten. 'Wat kunnen we van de lunch verwachten?'

'Verrast?'

'Niet helemaal, Enzo, maar zoals hij het vertelde...'

'Hé, broertje, hoe vaak heb je je afgevraagd waarom we niet gewoon zelf de zaken konden afhandelen?'

'Jij bent de politieman, Enzo. Jij bent degene die zou moeten zeggen: o, shit.'

'Ja, maar wat ik in Alabama heb gedaan... Nou, ik ben toen een beetje over de schreef gegaan, weet je. Toen ik dat hele eind naar Washington reed, vroeg ik me af hoe ik het aan Gus Werner moest uitleggen. Maar hij knipperde niet eens met zijn ogen.'

'Dus wat denk je?'

'Aldo, ik ben bereid om nog wat meer aan te horen. In Texas hebben ze een gezegde: "Er zijn meer mannen die gedood dan paarden die gestolen moeten worden."'

Die omkering van rollen was nogal een verrassing voor Brian. Per slot van rekening was hij de vechtlustige marinier. Enzo was de man die had geleerd mensen op hun rechten te wijzen voordat hij hun de handboeien omdeed.

De broers wisten dat ze allebei iemand van het leven konden beroven zonder daar later nachtmerries van te krijgen, maar dit ging nog wel een beetje verder. Dit was moord met voorbedachten rade. Brian ging meestal het veld in met een erg goede scherpschutter in zijn eenheid, en hij wist ook dat wat ze deden iets heel anders was dan moord. Dan had hij een uniform aan, en dat maakte het anders. Dan rustte er in zekere zin een zegen op. Het doel was een vijand, en op het slagveld had iedereen de taak om zijn eigen leven te beschermen, en als dat iemand niet lukte – nou, dan was dat zijn eigen tekortkoming, niet die van de man die hem doodde. Maar dit zou veel verder gaan. Ze zouden op individuele mensen jagen met de duidelijke bedoeling hen te doden, en zo waren ze niet opgevoed en opgeleid. Hij zou burgerkleren dragen – en als hij onder die omstandigheden mensen doodde, zou hij een spion zijn, geen officier van het Korps Mariniers. In het laatste was eer te vinden, maar in het eerste verdomd weinig – tenminste, zo was het hem altijd geleerd. De wereld had geen veld van eer meer, en het echte leven was geen duel waarbij mannen dezelfde wapens hadden, en een open veld om ze te gebruiken. Nee, hij was getraind om zijn operaties op een zodanige manier te plannen dat zijn vijand helemaal geen kans maakte, want hij had mannen onder zijn bevel wier levens hij had gezworen te beschermen. In een oorlog golden regels. Harde regels, dat wel, maar toch regels. Nu werd van hem verlangd die regels opzij te zetten en – ja, wat moest hij worden? Een huurmoordenaar? De tanden van een berucht wild beest? De gemaskerde wreker uit een oude film? Dit paste niet bij het overzichtelijke beeld dat hij van de echte wereld had. Toen hij naar Afghanistan was gestuurd, had hij niet – had hij wát niet? Hij had niet vermomd als vishandelaar door de stad gelopen. Er waren trouwens helemaal geen steden in die vervloekte bergen. Het was meer een jacht op groot wild geweest, en het wild kon terugschieten. En er was eer te vinden in zo'n jacht, en met wat hij daar had gedaan had hij de waardering van zijn land verworven: een onderscheiding voor moed die hij misschien, en misschien ook niet, zou dragen.

Al met al had hij heel wat om bij zijn tweede kop koffie over na te denken.

'Jezus, Enzo,' verzuchtte hij.

'Brian, weet je wat de droom van iedere politieman is?' vroeg Dominic.

'De wet te overtreden zonder gestraft te worden?'

Dominic schudde zijn hoofd. 'Ik had het daarover met Gus Werner. Nee, niet om de wet te overtreden, maar om de wet te *zijn*, om Gods eigen wrekende zwaard te zijn, zoals hij het stelde – om de schuldigen te straffen zonder dat er advocaten en andere onzinnigheden in de weg staan, om helemaal in je eentje voor gerechtigheid te zorgen. Het gebeurt niet erg vaak, maar weet je, ik kon dat doen in Alabama, en het gaf me een goed gevoel. Je moet er gewoon zeker van zijn dat je de juiste rotschoft naar de andere wereld helpt.'

'Hoe kun je daar zeker van zijn?' vroeg Aldo.

'Als je er niet zeker van bent, trek je je uit de missie terug. Ze kunnen je niet ophangen omdat je iemand níét hebt vermoord, broertje.'

'Dus het is moord?'

'Niet als die rotschoft het verdient.' Dat was een ethisch onderscheid, maar het was wel belangrijk voor iemand die al onder dekking van de wet een moord had gepleegd en daar geen nachtmerries aan had overgehouden.

'Onmiddellijk?'

'Ja. Hoeveel mannen hebben we al?' vroeg Mohammed.

'Zestien.'

'Ah.' Mohammed nam een slokje van een goede Franse wijn uit het Loire-dal. Zijn gast dronk Perrier met citroen. 'Hun talenkennis?'

'Voldoende, denken we.'

'Uitstekend. Zeg tegen ze dat ze zich op de reis moeten voorbereiden. We laten ze naar Mexico vliegen. Daar ontmoeten ze onze nieuwe vrienden, en dan reizen ze naar Amerika. Als ze daar eenmaal zijn, kunnen ze hun werk doen.'

'*Insh'Allah*,' zei hij. Met Gods wil.

'Ja, met Gods wil,' zei Mohammed in het Engels om zijn gast eraan te herinneren welke taal hij moest gebruiken.

Ze zaten te eten op een terras met uitzicht op de rivier, aan de zijkant, met niemand anders in de buurt. Beide mannen spraken normaal, twee goedgeklede mannen die rustig zaten te dineren, dus niet als samenzweerders die een verhit gesprek voerden. Dat vergde enige concentratie, want als je deed wat zij deden, kreeg je automatisch een samenzweerderige houding. Maar ze hadden allebei al veel van zulke besprekingen achter de rug.

'Nou, hoe was het om die jood in Rome te doden?'

'Het gaf me veel voldoening, Ibrahim, om te voelen hoe zijn lichaam slap werd toen ik zijn wervelkolom doorsneed, en daarna zijn verraste gezicht te zien.'

Ibrahim grijnsde. Het gebeurde niet elke dag dat ze een Mossad-agent konden doden, laat staan de chef van een buitenlandse post. De Israëli's zouden altijd hun meest gehate vijanden zijn, zo niet de gevaarlijkste. 'God was die dag goed voor ons.'

De Greengold-missie was een recreatieve activiteit van Mohammed geweest. Het was niet eens strikt noodzakelijk geweest. Het was... amusant geweest om het contact te leggen en de Israëli's sappige informatie te voeren. En het was ook niet zo vreselijk moeilijk. Al zou het niet gauw worden herhaald. Ze waren geen dwazen, en ze leerden echt van hun fouten. Toch gaf het veel voldoening om een tijger te doden. Jammer dat hij geen vacht had. Maar waar zou hij die ook moeten hangen? Hij had geen huis meer, alleen een verzameling geheime adressen die misschien, of misschien niet, helemaal veilig waren. Maar je kon je niet overal druk om maken. Dan kreeg je nooit iets gedaan. Mohammed en zijn collega's waren niet bang om te sterven, alleen om te falen. En ze waren niet van plan om te falen.

'Ik heb de lijst van contacten nodig. Enzovoort. Ik kan de reizen organiseren. Er worden wapens verstrekt door onze nieuwe vrienden?'

Een hoofdknikje. 'Ja.'

'En hoe komen onze strijders Amerika binnen?'

'Dat laten we aan onze vrienden over. Maar om er zeker van te zijn dat de regelingen volkomen veilig zijn, stuur je eerst een groep van drie.'

'Natuurlijk.' Ze wisten alles van operationele veiligheid. Ze hadden veel lessen geleerd, vaker met vallen dan met opstaan. In gevangenissen op de hele wereld zaten leden van zijn organisatie, degenen die de pech hadden gehad dat ze de dood konden vermijden. Dat was een probleem waaraan zijn organisatie nooit iets had kunnen doen. Het was nobel en moedig om in de strijd te sterven. Het was schandelijk en vernederend om als een ordinaire misdadiger door de politie te worden opgepakt, maar op de een of andere manier gaven zijn mannen er de voorkeur aan te sterven zonder een missie te volbrengen. En de westerse gevange-

nissen waren voor veel van zijn collega's niet zo afschrikwekkend. Zeker, je mocht er niet uit, maar je kreeg tenminste regelmatig te eten en de westerse landen hielden rekening met hun religieuze voedingsvoorschriften.
Die landen stelden zich ontzettend zwak en dwaas tegen hun vijanden op. Ze toonden genade aan mensen die hun geen enkele genade gunden. Maar dat was niet Mohammeds schuld.

'Verdraaid,' zei Jack. Het was zijn eerste dag aan de 'zwarte' kant van het huis. Dankzij alles wat hij in zijn jeugd had geleerd was zijn opleiding op financieel gebied erg snel verlopen. Zijn opa Muller had hem veel geleerd als hij zijn onregelmatige bezoeken bracht. Opa en Jacks vader waren beleefd tegen elkaar, maar opa Joe vond dat echte mannen in de effectenhandel werkten en niet in de vuile wereld van de politiek – al moest hij natuurlijk toegeven dat zijn schoonzoon het in Washington vrij ver had geschopt. Maar het geld dat hij op Wall Street had kunnen verdienen – waarom zou iemand dat laten liggen? Muller had dat natuurlijk nooit tegen Jack junior gezegd, maar zijn mening was duidelijk genoeg geweest. Op zijn minst had hij Jack aan een goede startpositie bij een van de grote handelshuizen kunnen helpen, waarna hij waarschijnlijk snel zou zijn opgeklommen. Maar wat hij op dit moment belangrijk vond, was dat hij de financiële kant van de Campus had afgewerkt en nu op de afdeling Operaties was – zo heette het hier niet echt, maar zo noemden de mensen die er werkten het. 'Zijn ze zo goed?'
'Wat bedoel je, Jack?'
'Dit onderschepte NSA-bericht.' Hij gaf hem het papier. Tony Wills las het. In het onderschepte bericht werd iemand geïdentificeerd die in contact stond met terroristen – het was nog niet bekend welke functie hij precies vervulde, maar op grond van stemanalyse was hij duidelijk geïdentificeerd.
'Het zijn die digitale telefoons. Die geven een erg zuiver signaal, zodat de computer de stemmen gemakkelijk kan identificeren. Ik zie dat ze niet weten wie die andere kerel is.' Wills gaf het papier terug.
Het gesprek was op zichzelf zo onschuldig dat je je afvroeg waarom het eigenlijk was gevoerd. Maar sommige mensen vonden het gewoon prettig om door de telefoon te praten. En misschien praatten ze in code en hadden ze het over biologische oorlogvoering of bomaanslagen in Jeruzalem. Misschien. Maar het was waarschijnlijk dat ze alleen maar de tijd verdreven. Dat deden ze veel in Saudi-Arabië. Wat Jack zo indrukwekkend vond, was dat het gesprek er meteen uit was gepikt, dus toen het nog aan de gang was.

'Nou, je weet toch hoe digitale telefoons werken? Ze zenden voortdurend een HIER BEN IK-signaal naar de plaatselijke cel, en elke telefoon heeft zijn eigen adresseercode. Zodra we die code weten, hoeven we alleen nog maar mee te luisteren als de telefoon gaat of als de telefoonbezitter iemand belt. Op dezelfde manier kunnen we het nummer en de telefoon van de beller identificeren. Het is altijd het moeilijkst om eerst achter de identiteit te komen. Tegenwoordig hebben ze een andere telefoonidentificatie die de computer kan volgen.'

'Hoeveel telefoons volgen ze?' vroeg Jack.

'Iets meer dan honderdduizend, en dan hebben we het alleen over Zuidwest-Azië. Ze leveren bijna geen van alle iets op, hooguit één op de tienduizend, maar soms behalen ze belangrijke resultaten,' zei Wills.

'Dus om een belangrijk gesprek te ontdekken, luistert een computer mee en wacht hij op "trefwoorden"?'

'Bepaalde woorden en bepaalde namen. Jammer genoeg zijn er daar veel mensen die Mohammed heten – het is de meest voorkomende voornaam op de wereld. Ze gebruiken vaak patroniemen of bijnamen. Verder is er het probleem dat er ontzaglijk veel gekloonde telefoons in omloop zijn – ze klonen ze in Europa, vooral Londen, waar de meeste telefoons de internationale software hebben. Of iemand heeft zes of zeven telefoons en gooit elk apparaat weg als hij het één keer heeft gebruikt. Ze zijn niet dom. Maar soms worden ze overmoedig. Sommigen vertellen op het eind een heleboel dingen, en een enkele keer is dat nuttige informatie. Het gaat allemaal in het grote boek van de NSA en de CIA, en dat kunnen wij op onze terminals krijgen.'

'Goed, wie is die kerel?'

'Hij heet Uda bin Sali. Rijke familie, goede vrienden van de koning. Zijn vader is een erg belangrijke Saudische bankier. Die heeft elf zoons en negen dochters. Vier vrouwen, een man met een prijzenswaardige energie. Geen slechte kerel, schijnt het, maar hij verwent zijn kinderen en beetje te veel. Geeft hun geld in plaats van aandacht, net als die filmsterren in Hollywood. Onze Uda ontdekte Allah al een hele tijd geleden, toen hij nog een tiener was, en hij bevindt zich aan de extreem rechtse kant van de wahabi-tak van de soenni-islam. Hij moet niet veel van ons hebben. We volgen die jongen. Hij leidt ons misschien naar hun bankrekeningen. In zijn CIA-dossier zit een foto. Hij is ongeveer 27, een meter zeventig, slank, verzorgde baard. Hij vliegt vaak naar Londen. Net als de dames mag hij graag de winkels leegkopen. Hij is nog niet getrouwd. Dat is ongewoon, maar hij is geen homo, of hij moet het wel heel goed verbergen. De Britten hebben wat meisjes in zijn bed gestopt. Ze zeggen dat hij energiek genoeg is, ongeveer wat

je van iemand van zijn leeftijd zou verwachten, en tamelijk inventief.'
'Het is nogal wat om dat van een inlichtingenagent te vragen,' merkte Jack op.
'Veel diensten maken gebruik van hoeren,' legde Wills uit. 'Ze vinden het niet erg om te praten, en voor het juiste pakje bankbiljetten doen ze zo ongeveer alles. Uda hier houdt van kip-in-een-mandje. Ik heb dat zelf nooit geprobeerd. Aziatische specialiteit. Weet je hoe je zijn dossier moet oproepen?'
'Dat heeft niemand me verteld,' antwoordde Jack.
'Oké.' Wills rolde zijn draaistoel erheen en liet het zien. 'Dit is de algemene index. Jouw toegangswachtwoord is SOUTHWEST 91.'
Jack junior typte het wachtwoord in en het dossier verscheen als een Acrobat-bestand.
De eerste foto kwam waarschijnlijk uit zijn paspoort en werd gevolgd door zes andere, die minder formeel waren. Het lukte Jack junior om geen kleur te krijgen. Hij had in zijn jeugd zijn portie *Playboy*'s gezien, zelfs op katholieke scholen. Wills ging verder met de les van die dag.
'Je kunt veel afleiden uit de manier waarop een man het met vrouwen doet. Op Langley hebben ze een psycholoog die dat tot in details analyseert. Dat staat waarschijnlijk in een van de aanhangsels van het dossier. Op Langley noemen ze deze informatie "sletformatie". Die psycholoog heet Stefan Pizniak. Hoogleraar in Harvard. Als ik het me goed herinner, zegt hij dat deze jongen zich in bed normaal gedraagt, gezien zijn leeftijd, financiën en maatschappelijke achtergrond. Zoals je zult zien, gaat hij veel met bankiers in Londen om, als een nieuwe jongen die het vak leert. Ze zeggen dat hij intelligent, welbespraakt en aantrekkelijk is. Als het om geld gaat, is hij voorzichtig en conservatief. Hij drinkt niet. Hij is dus enigszins religieus. Hij loopt daar niet mee te koop en preekt niet tegen anderen, maar hij houdt zich aan de hoofdregels van zijn godsdienst.'
'Wat maakt hem een schurk?' vroeg Jack.
'Hij praat met veel mensen die we kennen. We weten niet met wie hij in Saudi-Arabië omgaat. We hebben hem nooit in zijn eigen land laten volgen. Zelfs de Britten hebben dat niet gedaan, en die hebben daar veel meer mensen. De CIA heeft er daar niet veel, en hij is niet belangrijk genoeg voor nog meer aandacht, denken ze. Dat is jammer. Zijn vader schijnt een beste kerel te zijn. Het zou zijn hart breken als hij hoorde dat zijn zoon thuis met de verkeerde types omging.' Na het verstrekken van die wijsheid ging Wills naar zijn eigen computer terug.
Junior keek naar het gezicht op het computerscherm. Zijn moeder kon vaak veel van iemands gezicht aflezen, maar dat talent had hij niet van

haar geërfd. Jack had er best veel moeite mee om vrouwen te begrijpen – net als de meeste mannen op de wereld, troostte hij zichzelf. Hij bleef naar het gezicht kijken en probeerde iemand te doorgronden die tienduizend kilometer van hem vandaan was, iemand die een andere taal sprak en een ander geloof aanhing. Welke gedachten zaten er achter die ogen? Zijn vader, wist hij, was erg op de Saudi's gesteld. Hij had vooral een goede band met prins Ali bin Sultan, een hoge functionaris in de Saudische regering. Jack junior had hem ontmoet, zij het vluchtig. Het enige wat hij zich kon herinneren was dat de man een baard en gevoel voor humor had. Jack senior was ervan overtuigd dat alle mensen in wezen hetzelfde waren, en die overtuiging had hij op zijn zoon overgedragen. Maar dat betekende ook dat er, zoals er slechte mensen in Amerika waren, slechte mensen op de hele wereld waren, zoals zijn land kortgeleden op een verschrikkelijke manier had ondervonden. Jammer genoeg wist de zittende president nog niet wat hij daaraan moest doen.

Jack junior las in het dossier. Dus zo begon het hier op de Campus. Hij werkte aan een zaak – nou ja, aan een soort zaak, verbeterde hij zichzelf. Uda bin Sali werkte eraan om internationaal bankier te worden. En inderdaad schoof hij met geld. Zijn vaders geld, vroeg Jack zich af. In dat geval was zijn vader schatrijk. Hij werkte met alle grote Londense banken – Londen was nog steeds de bankiershoofdstad van de wereld. Jack zou nooit hebben gedacht dat de NSA dit soort dingen kon kraken.

Honderd miljoen hier, honderd miljoen daar, dan had je het algauw over een heleboel geld. Sali deed aan kapitaalbeheer. Dat betekende dat hij niet zozeer naar een hoog rendement zocht als wel naar veilige plaatsen om geld onder te brengen. Er waren 71 bankrekeningen, en in 63 gevallen waren de bank, het nummer en het wachtwoord bekend. Meisjes? Politiek? Sport? Geld? Auto's? De oliebusiness? Waar praatten de rijke Saudi's over? Dat was een grote witte vlek in de dossiers. Waarom luisterden de Britten niet mee? De ondervragingen van die hoeren hadden niet erg veel opgeleverd, behalve dat hij grote fooien gaf aan de meisjes die hem een erg goede tijd bezorgden in zijn huis aan Berkeley Square – een duur deel van de stad, wist Jack. Hij verplaatste zich vooral per taxi. Hij bezat wel een auto – nog wel een zwarte Aston Martin convertible – maar hij reed er niet veel mee, zo bleek uit de Britse informatie. Hij had geen chauffeur. Ging veel naar de ambassade. Al met al was het veel informatie die weinig over de man vertelde. Hij zei dat tegen Tony Wills.

'Ja, dat weet ik, maar als hij iets verdachts doet, zul je achteraf zien dat er in dat dossier een paar dingen staan die je meteen hadden moeten opvallen. Dat is altijd het probleem. En vergeet niet: wat wij te zien krijgen, is

verwerkte informatie. Een of andere stumper heeft de ruwe gegevens teruggebracht tot dit. Welke belangrijke feiten zijn daarbij verloren gegaan? Dat kun je nooit weten, jongen. Dat weet je nooit.'
Dat deed mijn vader ook altijd, zei Jack junior tegen zichzelf. Diamanten zoeken in een emmer met stront. Op de een of andere manier had hij verwacht dat het gemakkelijker zou zijn. Goed, dus nu moest hij de geldstromen vinden die niet gemakkelijk te verklaren waren. Het was het ergste soort rotklus, en hij kon niet eens zijn vader om raad vragen. Zijn vader zou waarschijnlijk uit zijn vel springen als hij hoorde dat Jack hier werkte. Ma zou er ook niet erg blij mee zijn.
Waarom trok hij zich dat aan? Was hij nu geen man? Kon hij niet zelf met zijn leven doen wat hij wilde? Niet echt. Ouders hadden een macht over je die nooit helemaal verdween. Hij zou altijd naar hun goedkeuring streven, hij zou hun altijd laten zien dat ze hem goed hadden opgevoed, dat hij de goede dingen deed. Of zoiets. Zijn vader had geluk gehad. Zíjn ouders hadden nooit iets geweten van alle dingen die hij had moeten doen. Zouden ze daar blij mee zijn geweest?
Nee. Ze zouden kwaad – woedend – zijn geweest omdat hij zoveel risico met zijn leven had genomen. En daar wist zijn zoon nou juist alles van. Er zaten veel witte vlekken in zijn geheugen, keren dat zijn vader niet thuis was geweest zonder dat ma had uitgelegd waarom... En nu zat hij hier en deed hij misschien niet precies hetzelfde, maar wel iets wat er dicht bij in de buurt kwam.... Nou, zijn vader had altijd gezegd dat de wereld een gekkenhuis was, en nu kon hij dat zelf ontdekken.

7

Transit

Het begon in Libanon, met een vlucht naar Cyprus. Vervolgens gingen ze met een KLM-vlucht naar Schiphol in Nederland, en vandaar gingen ze naar Parijs. In Frankrijk overnachtten de zestien mannen in acht afzonderlijke hotels en namen ze de tijd om door de straten te lopen, hun Engels te oefenen – per slot van rekening had het weinig zin gehad om hun Frans te laten leren – en in de slag te gaan met een plaatselijke bevolking, die niet al te behulpzaam was. Er was ook goed nieuws, zoals zij het zagen: bepaalde vrouwelijke Franse staatsburgers deden hun uiterste best om fatsoenlijk Engels te spreken en waren ook verder erg behulpzaam. Voor een bepaalde prijs.

Ze zagen er in de meeste opzichten onopvallend uit: allemaal achter in de twintig, gladgeschoren, normaal postuur, normaal uiterlijk, maar ze waren wel beter gekleed dan de meeste mensen. Ze konden hun onrust goed verbergen, al wierpen ze soms een schichtige blik op de politiemannen die ze zagen – ze wisten allemaal dat ze niet de aandacht van iemand in een politie-uniform mochten trekken. De Franse politie had de reputatie erg grondig te zijn, en daar waren de nieuwe bezoekers helemaal niet blij mee. Ze reisden op paspoorten uit Qatar, en die waren tamelijk veilig, maar zelfs een paspoort dat zogenaamd door de Franse minister van Buitenlandse Zaken was uitgegeven zou een gericht onderzoek niet overleven. En dus hielden ze zich gedeisd. Ze hadden opdracht gekregen niet te veel om zich heen te kijken, beleefd te zijn en te proberen naar iedereen te glimlachen die ze tegenkwamen. Gelukkig voor hen was het in Frankrijk het toeristenseizoen en wemelde het in Parijs van mensen als zij, van wie velen weinig Frans spraken – tot geamuseerde minachting van de Parijzenaren, die wel hun geld aanpakten.

Het ontbijt van de volgende dag had geen nieuwe explosieve onthullingen met zich meegebracht, en de lunch ook niet. De twee gebroeders Caruso luisterden naar de lessen van Pete Alexander en deden hun best om niet in slaap te vallen, want die lessen waren nogal droog.

'Vinden jullie het saai?' vroeg Pete onder de lunch.

'Nou, het is niet bepaald wereldschokkend,' antwoordde Brian na een korte stilte.

'Jullie zullen merken dat het anders is wanneer je in een buitenlandse stad bent, ergens in een straat of op een markt, en in een menigte van een paar duizend mensen naar iemand zoekt. Het is vooral belangrijk dat jullie onzichtbaar zijn. Daar gaan we vanmiddag aan werken. Heb je daar ervaring mee, Dominic?'
'Niet echt. Alleen de elementaire dingen. Je moet de verdachte niet recht aankijken. Je moet kleren dragen die je kunt omkeren. Verschillende dassen, als je ergens bent waar je een das kunt dragen. En je moet ervoor zorgen dat anderen geen contact zoeken op het verkeerde moment. Maar we krijgen niet dezelfde ondersteuning die we bij de FBI hadden als we iemand volgden, nietwaar?'
'Bij lange na niet. Dus je blijft op een afstand tot het tijd wordt om in te grijpen. Op dat moment ga je zo snel te werk als de omstandigheden toestaan...'
'En we maken hem koud?' vroeg Brian.
'Dat zit je nog steeds niet lekker?'
'Ik ben nog niet weggelopen, Pete. Laten we zeggen dat ik er wat moeite mee heb.'
Alexander knikte. 'Dat kan ik me voorstellen. We hebben graag mensen die kunnen nadenken, en we weten dat bepaalde gedachten hun tol eisen.'
'Ik denk dat je het zo moet bekijken. En als die kerel die we moeten doden nu eens in orde blijkt te zijn?' vroeg de marinier.
'Dan trek je je terug en meld je dat. Het is in theorie mogelijk dat een opdracht op een vergissing is gebaseerd, maar voorzover ik weet, is dat nog nooit gebeurd.'
'Nooit?'
'Nee, niet één keer,' verzekerde Alexander hem.
'Zo'n score van honderd procent zit me nooit lekker.'
'We proberen voorzichtig te zijn.'
'Wat zijn de regels? Goed, misschien hoef ik niet te weten – op dit moment – wie ons erop uitstuurt om iemand te doden, maar het zou prettig zijn om te weten wat de criteria zijn die worden gehanteerd om iemands doodvonnis te tekenen.'
'Het zal iemand zijn die direct of indirect de dood van Amerikaanse burgers heeft veroorzaakt of rechtstreeks betrokken is bij plannen om dat in de toekomst te doen. We zitten niet achter mensen aan die te hard zingen in de kerk of hun bibliotheekboeken niet op tijd terugbrengen.'
'Je hebt het over terroristen, nietwaar?'
'Ja,' antwoordde Pete kortweg.
'Waarom arresteren jullie ze niet gewoon?' vroeg Brian.

'Zoals jij in Afghanistan deed?'
'Dat was anders,' protesteerde de marinier.
'Hoezo?' vroeg Pete.
'Nou, ten eerste waren we geüniformeerde militairen in het veld en stonden we onder wettelijk gezag.'
'Je nam toch wat initiatieven?'
'Het is de bedoeling dat officieren hun hersens gebruiken. Maar mijn algemene missieorders kwamen van hoog uit de hiërarchie.'
'En je trok ze niet in twijfel?'
'Nee. Tenzij ze krankzinnig zijn, mag je ze niet in twijfel trekken.'
'En de situatie waarin het krankzinnig is om iets níét te doen?' vroeg Pete. 'Als je nu eens de kans hebt om in actie te komen tegen mensen die van plan zijn iets erg destructiefs te doen?'
'Daar zijn de CIA en de FBI voor.'
'Maar als die het om de een of andere reden niet voor elkaar krijgen, wat dan? Laat je de schurken dan gewoon verdergaan met hun plannen en grijp je ze achteraf? Dat kan veel slachtoffers kosten,' zei Alexander. 'Het is onze taak om de dingen te doen die noodzakelijk zijn wanneer de missie niet met conventionele middelen te volbrengen is.'
'Hoe vaak?' Dat was Dominic, die zijn broer wilde beschermen.
'Steeds vaker.'
'Hoeveel keer hebben jullie het al gedaan?' vroeg Brian.
'Dat hoef je niet te weten.'
'O, wat hoor ik dat toch graag,' zei Dominic met een glimlach.
'Geduld, jongens. Jullie zijn nog geen lid van de club,' zei Pete. Hij hoopte dat ze verstandig genoeg waren om daar niet tegen in te gaan.
'Goed, Pete,' zei Brian, nadat hij even had nagedacht. 'We hebben allebei beloofd dat we niemand iets vertellen van wat we hier te horen krijgen. Goed. Alleen, mensen in koelen bloede vermoorden is niet bepaald iets waarvoor ik ben opgeleid.'
'Het is ook niet de bedoeling dat je er een prettig gevoel bij krijgt. Heb je in Afghanistan ooit iemand neergeschoten die de andere kant op keek?'
'Twee keer,' gaf Brian toe. 'Hé, het slagveld is iets anders dan de Olympische Spelen,' protesteerde hij.
'Dat geldt ook voor de rest van de wereld, Aldo.' Hij zag het antwoord op het gezicht van de marinier: daar heb ik niet van terug. 'We leven in een onvolmaakte wereld, jongens. Als jullie de wereld volmaakt willen maken, dan gaan jullie je gang maar, maar jullie zijn niet de eersten die het proberen. Zelf zou ik ook wel een veiliger, meer voorspelbare wereld willen. Stel je voor dat iemand in 1934 of zo met Hitler had afgerekend, of in 1915 in Zwitserland met Lenin. Dan zou de wereld beter zijn

geweest, nietwaar? Of misschien slecht op een andere manier. Maar dat is niet onze afdeling. We houden ons niet bezig met politieke moordaanslagen. We zitten achter de kleine haaien aan die onschuldige mensen doden en die dat op een zodanige manier doen dat ze met de conventionele procedures niet aan te pakken zijn. Het is niet het beste systeem. Dat weet ik. Dat weten we allemaal. Maar het is iets, en we gaan kijken of het werkt. Het kan niet veel slechter worden dan wat we al hebben, hè?'

Dominic bleef al die tijd naar Pete kijken. Pete had hun zojuist iets verteld dat hij hun misschien niet had willen vertellen. De Campus had nog geen moordenaars. Zij zouden de eersten zijn. Er was veel hoop op hen gevestigd. Ze droegen een grote verantwoordelijkheid. Maar het was allemaal wel te begrijpen. Het was duidelijk dat Alexander zich bij zijn lessen niet op zijn persoonlijke ervaringen baseerde. Een trainingsofficier werd geacht iemand te zijn die het zelf ook had gedaan. Daarom waren de meeste docenten op de FBI Academy ervaren FBI-agenten. Ze konden vertellen hoe het aanvoelde. Pete kon hun alleen maar vertellen wat er gedaan moest worden. Maar waarom hadden ze Aldo en hem dan gekozen?

'Ik begrijp wat je bedoelt, Pete,' zei Dominic. 'Ik ga nog niet weg.'

'Ik ook niet,' zei Brian tegen zijn trainingsofficier. 'Ik wil alleen weten wat de regels zijn.'

Pete vertelde hun niet dat ze de regels zelf moesten bedenken als ze bezig waren. Daar zouden ze gauw genoeg zelf achter komen.

Vliegvelden zijn op de hele wereld hetzelfde. Ze hadden opdracht om zich netjes te gedragen, en ze haalden allemaal hun bagage op, wachtten in de juiste lounges, rookten hun sigaretten op de plaatsen die daarvoor bestemd waren, en lazen boeken die ze in een kiosk op het vliegveld hadden gekocht. Of deden alsof. Ze hadden niet allemaal de talenkennis die ze zouden willen hebben. Toen ze weer in de lucht waren, aten ze hun vliegtuigmaaltijden en deden de meesten een vliegtuigdutje. Ze zaten bijna allemaal op de achterste rijen, en als ze om zich heen keken, vroegen ze zich af wie van degenen die bij hen in de buurt zaten ze over een paar dagen of weken terug zouden zien, al naar gelang de tijd die nodig was om alle voorbereidingen te treffen. Ieder van hen hoopte spoedig naar Allah te gaan en van de beloning te genieten die ze zouden krijgen omdat ze voor hun Heilige Zaak hadden gestreden. Enkelen van hen waren wat meer intellectueel ingesteld en beseften dat zelfs Mohammed – gezegend zij hij en vrede zij met hem – beperkt was in zijn mogelijkheden om het paradijs te beschrijven. Hij had het moeten uitleggen aan mensen die niets van vliegtuigen, auto's en computers wisten. Wat was nu het paradijs? Het moest zo geweldig zijn dat het elke beschrijving tartte, maar evengoed was het een mysterie dat ze nog moesten ontdekken. En ze zouden het ontdekken. Die gedachte was in zekere mate opwindend, het soort spanning dat te subliem was om er met je collega's over te praten. Een mysterie, maar wel een eindeloos wenselijk mysterie. En als anderen als gevolg daarvan ook naar Allah zouden gaan, nou, dat stond ook geschreven in het Grote Boek van het Lot. Op dit moment deden ze allemaal een dutje en sliepen ze de slaap der rechtvaardigen, de slaap van toekomstige Heilige Martelaren. Melk, honing en maagden.

Sali had iets mysterieus, constateerde Jack. Het CIA-dossier over de man was zo lang als zijn penis in de afdeling Sletformatie. De Britse hoeren zeiden dat die penis ongeveer gemiddeld van grootte was, maar dat hij er wel erg veel mee kon doen – hij gaf ook goede fooien, en ze waren commercieel genoeg ingesteld om dat bijzonder te waarderen. Maar in tegenstelling tot de meeste mannen praatte hij niet veel over zichzelf. Hij praatte vooral over de regen en kilte van Londen, en hij zei complimenteuze dingen over zijn metgezellin van dat moment, en dat streelde dan altijd haar ijdelheid. Soms gaf hij een fraaie handtas cadeau – in de meeste gevallen een Louis Vuitton – en dat viel ook erg goed bij zijn 'vaste meisjes', van wie er twee verslag uitbrachten aan Thames House, het nieuwe kantoor van zowel de Britse geheime dienst als de Security Service. Jack vroeg zich af of ze voor hun bewezen diensten zowel door Sali als door de Britse overheid werden betaald. Waarschijnlijk deden de meisjes goede zaken, al zou Thames House waarschijnlijk niet zomaar schoenen of een handtas cadeau geven.

'Tony?'

'Ja, Jack?' Wills keek op van zijn computer.

'Hoe weten we of die Sali een schurk is?'

'Dat weten we niet zeker. We weten het pas als hij iets doet, of als we een gesprek onderscheppen tussen hem en iemand die we niet aardig vinden.'

'Dus ik trek hem alleen maar na.'

'Ja. Dat zul je vaak doen. Heb je al een bepaald gevoel bij die kerel?'

'Hij is een geilaard.'

'Misschien is het je nooit opgevallen, Junior, maar het valt niet mee om rijk en vrijgezel te zijn.'

Jack knipperde met zijn ogen. Misschien had hij dat kunnen verwachten. 'Goed, maar ik verdom het om ervoor te betalen, en hij betaalt veel.'

'Wat nog meer?' vroeg Wills.
'Hij praat niet veel.'
'Wat leid je daaruit af?'
Ryan leunde in zijn draaistoel naar achteren om erover na te denken. Hijzelf zei ook niet veel tegen zijn vriendinnen, in elk geval niet over zijn nieuwe baan. Zodra je het over 'financieel management' had, begonnen de meeste vrouwen te gapen. Betekende dat iets? Misschien was Sali gewoon geen prater. Misschien voelde hij zich erg zeker van zichzelf en vond hij het niet nodig zijn vriendinnen te imponeren met iets anders dan zijn bankbiljetten – hij betaalde altijd met bankbiljetten, nooit met creditcards. Waarom? Om te voorkomen dat zijn familie het te weten kwam? Nou, Jack praatte ook niet met zijn ouders over zijn liefdesleven. Hij nam trouwens ook bijna nooit een vriendin mee naar huis. Zijn moeder schrikte de meisjes vaak af. Zijn vader vreemd genoeg niet. Dokter Ryan kwam als een sterke vrouw op andere vrouwen over, en hoewel de meeste jonge vrouwen dat bewonderenswaardig vonden, voelden velen van hen zich ook geïntimideerd. Zijn vader zette al zijn macht aan de kant en kwam op gasten over als een slanke, gedistingeerde, grijsharige teddybeer. Hij deed niets liever dan een honkbal overgooien met zijn zoon op het gras met uitzicht op de Chesapeake Bay; misschien deed dat hem denken aan minder gecompliceerde tijden. Daar had hij Kyle voor. De kleinste Ryan zat nog op de lagere school en was nu zo oud dat hij stilletjes vroeg of de kerstman wel bestond, maar alleen wanneer mama en papa er niet bij waren. Er zat waarschijnlijk een jongen in de klas die iedereen wilde laten weten wat hij wist – die zijn er altijd – en Katie wist inmiddels ook hoe het zat. Ze speelde nog graag met Barbies, maar ze wist dat haar ouders ze in de Toys R Us in Glen Burnie kochten en hun aankopen op kerstavond onder de boom legden, iets waar zijn vader erg van genoot, hoezeer hij er ook over mopperde. Als je niet meer in de kerstman geloofde, begon de hele wereld een beetje af te glijden...
'We kunnen eruit afleiden dat hij geen prater is. Niet veel meer dan dat,' zei Jack, nadat hij even had nagedacht. 'Het is toch niet de bedoeling dat we van alles gaan veronderstellen?'
'Nee. Veel mensen denken daar anders over, maar wij hier niet. Bijna alle mislukkingen komen voort uit verkeerde veronderstellingen. Die psycholoog in Langley specialiseert zich in dat soort redeneringen. Hij is goed, maar je moet onderscheid leren maken tussen feiten en vermoedens. Nou, vertel me wat meer over Sali,' beval Wills.
'Hij is geil, en hij praat niet veel. Hij beheert het geld van de familie erg conservatief.'

'Iets waardoor hij een schurk lijkt?'
'Nee, maar we moeten hem wel in de gaten blijven houden vanwege zijn religieus... Nou, "extremisme" is niet het goede woord. Er kloppen een paar dingen niet. Hij is niet luidruchtig, niet opzichtig, zoals rijke mensen van zijn leeftijd meestal zijn. Wie is met dat dossier over hem begonnen?' vroeg Jack.
'De Britten. Hij had iets wat de belangstelling van een van hun belangrijkste analisten wekte. Toen keek de CIA er even naar en openden ze een eigen dossier. Op een gegeven moment hoorden ze hem praten met iemand die ook een CIA-dossier heeft – dat telefoongesprek ging niet over iets belangrijks, maar toch,' legde Wills uit. 'En weet je, het is veel gemakkelijker om een dossier te openen dan om er een te sluiten. Zijn mobiele telefoon is ingevoerd in de NSA-computers, en dus geven die een seintje zodra hij iemand belt. Ik heb het dossier ook doorgenomen. We moeten hem in de gaten blijven houden, denk ik – maar ik weet niet zeker waarom. Je leert in dit vak op je instinct afgaan, Jack. Daarom benoem ik jou tot onze expert wat deze jongen betreft.'
'En ik ga uitzoeken hoe hij met zijn geld omgaat...?'
'Ja. Weet je, er is niet veel voor nodig om een stel terroristen te financieren – in elk geval niet veel voor zijn doen. Een miljoen dollar per jaar is veel geld voor die mensen. Ze leven van de hand in de tand en hun kosten van levensonderhoud zijn niet hoog. Daarom moet je in de marge kijken. Als hij terrorisme financiert, doet hij dat waarschijnlijk in de schaduw van zijn grote transacties.'
'Ik ben geen accountant,' merkte Jack op. Zijn vader had lang geleden wel een accountantsdiploma gehaald, maar hij had er nooit gebruik van gemaakt, zelfs niet om zijn eigen belastingformulier in te vullen. Daar had hij een advocatenkantoor voor.
'Kun je rekenen?'
'Eh... ja.'
'Nou, zorg dat je ook een fijne neus krijgt.'
Geweldig, dacht John Patrick Ryan junior. Toen herinnerde hij zichzelf eraan dat het eigenlijke inlichtingenwerk niet een kwestie was van schurken overhoopschieten en mooie meiden uitkleden. Dat gebeurde alleen in films. Dit was de echte wereld.

'Onze vriend heeft zoveel haast?' vroeg Ernesto met veel verbazing.
'Daar lijkt het op. De *norteamericanos* hebben het hen de laatste tijd niet gemakkelijk gemaakt. Ik denk dat ze hun vijanden willen laten weten dat ze nog slagtanden hebben. Misschien is het voor hen een erekwestie,' speculeerde Pablo. Zijn vriend zou dat gemakkelijk genoeg begrijpen.

'Nou, wat doen we nu?'
'Als ze in Mexico City zijn, regelen we vervoer naar Amerika, en ik neem aan dat we ook voor wapens zorgen.'
'Complicaties?'
'Als de *norteamericanos* in onze organisaties zijn geïnfiltreerd, hebben ze misschien iets gehoord. Maar daar hebben we al over nagedacht.'
Ja, ze hadden daar kort over nagedacht, dacht Ernesto, maar dat was nog op veilige afstand geweest. Nu werd er op de deur geklopt en was het tijd voor nadere bezinning. Maar hij kon er niet meer onderuit. Ook dat was een kwestie van zowel eer als zakenbelang. Ze troffen voorbereidingen voor een eerste cocaïnezending naar de Europese Unie. Dat beloofde een erg grote markt te worden.
'Hoeveel mensen komen er?'
'Veertien, zegt hij. Ze hebben helemaal geen wapens.'
'Wat denk je dat ze nodig hebben?'
'Lichte automatische wapens, denk ik, en natuurlijk pistolen,' zei Pablo. 'We hebben een leverancier in Mexico die dat voor minder dan tienduizend dollar kan regelen. Voor nog eens tienduizend worden de wapens bij de eindgebruikers in Amerika afgeleverd. Dat bespaart ons complicaties bij de grens.'
'*Bueno*, regel dat maar. Vlieg je zelf naar Mexico?'
Pablo knikte. 'Morgenvroeg praat ik voor het eerst met hen en de coyotes.'
'Wees voorzichtig,' zei Ernesto. Zijn adviezen hadden de kracht van een bom. Pablo nam risico's, maar zijn diensten waren erg belangrijk voor het kartel. Hij zou moeilijk te vervangen zijn.
'Natuurlijk, *jefe*. Als die mensen ons in Europa gaan assisteren, moet ik weten hoe betrouwbaar ze zijn.'
'Ja, dat is zo,' zei Ernesto behoedzaam. Zoals bij de meeste transacties begon je te twijfelen als het tijd werd om in actie te komen. Maar hij was geen oud wijf. Hij was altijd in staat geweest om krachtdadig op te treden.

De Airbus stopte bij de gate. De eersteklaspassagiers mochten als eerste uitstappen, en ze volgden de gekleurde pijlen op de vloer naar de immigratiedienst en de douane, waar ze de geüniformeerde bureaucraten verzekerden dat ze niets aan te geven hadden. De vereiste stempels werden in hun paspoorten gezet en ze liepen door om hun bagage op te halen.
De leider van de groep heette Mustafa. Hij was een Saudi en hij was gladgeschoren, wat hij niet prettig vond, al schenen de vrouwen wel

van zo'n gladde huid te houden. Hij en een collega, Abdullah, gingen samen hun bagage ophalen en liepen toen door naar de plaats waar auto's voor hen klaar zouden staan. Ze zouden nu voor het eerst merken of hun nieuwe vrienden op het westelijk halfrond deden wat ze beloofden. En inderdaad stond er iemand met een stuk karton waarop MIGUEL geschreven stond. Dat was Mustafa's codenaam voor deze missie, en hij liep naar de man toe en schudde zijn hand. De afhaler zei niets, maar gaf hun een teken dat ze hem moesten volgen. Buiten stond een bruin Plymouth-busje te wachten. De bagage werd achterin gezet en de passagiers gingen op de middenbank zitten. Het was warm in Mexico City, en de lucht was smeriger dan alles wat ze ooit hadden meegemaakt. Wat een zonnige dag had moeten zijn, werd bedorven door een grijze deken die over de stad hing – luchtvervuiling, dacht Mustafa.

De chauffeur bleef zwijgen toen hij hen naar hun hotel bracht. Dat maakte indruk op hen. Als er niets te zeggen was, moest je je mond houden.

Het was een goed hotel, zoals ze hadden verwacht. Mustafa schreef zich in met behulp van de valse Visa-card waarvan de gegevens vooruit waren gefaxt, en binnen vijf minuten bevonden zijn vriend en hij zich in hun ruime kamer op de vierde verdieping. Voordat ze iets zeiden, keken ze of ze ergens microfoontjes zagen.

'Ik dacht dat er nooit een eind aan die verrekte vliegreis zou komen,' mopperde Abdullah, terwijl hij in de minibar keek of daar mineraalwater in stond. Er was hun gezegd dat ze beter geen kraanwater konden drinken.

'Ja. Hoe heb je geslapen?'

'Niet goed. Dat zou nou het enige voordeel van alcohol zijn, dacht ik: dat die je bewusteloos maakt.'

'Sommigen. Niet iedereen,' zei Mustafa tegen zijn vriend. 'Daar zijn andere middelen voor.'

'Die zijn een gruwel voor God,' merkte Abdullah op. 'Tenzij een arts ze toedient.'

'We hebben nu vrienden die daar anders over denken.'

'Ongelovigen.' Abdullah spuwde het woord bijna uit.

'De vijand van je vijand is je vriend.'

Abdullah draaide de dop van een fles Evian. 'Nee. Een echte vriend kun je vertrouwen. Kunnen we deze mannen vertrouwen?'

'Alleen voorzover het moet,' gaf Mustafa toe. Mohammed was voorzichtig geweest toen hij hun zijn briefing gaf. Deze nieuwe bondgenoten zouden hen alleen helpen omdat dat hun goed uitkwam, want zij wilden de Grote Satan ook kwaad doen. Dat was voorlopig goed genoeg.

Op een dag zouden deze bondgenoten vijanden worden, en dan zouden ze met hen moeten afrekenen. Maar die dag was nog niet aangebroken. Hij smoorde een geeuw. Tijd om wat rust te nemen. Morgen werd het een drukke dag.

Jack woonde in een flat in Baltimore, een paar straten van het Orioles Park-stadion in Camden Yards vandaan. Hij had een seizoenkaart, maar het was daar vanavond donker, want de Orioles waren in Toronto. Hij was geen goede kok, en zoals gewoonlijk ging hij uit eten, deze keer alleen, want hij had op dat moment geen vriendin, hetgeen niet zo ongewoon was als hij graag zou willen. Na het eten liep hij naar zijn flat terug, zette de televisie aan, maar zag daar toen van af en ging naar zijn computer om naar zijn e-mail te kijken en op het net te surfen. Er schoot hem iets te binnen: Sali woonde ook alleen, en hoewel hij vaak hoeren bij zich had, was dat niet elke avond zo. Wat deed hij op de andere avonden? Op internet inloggen? Veel mensen deden dat. Hadden de Britten zijn telefoonlijnen afgetapt? Vast wel. Maar in het dossier over Sali stonden geen e-mails... Waarom niet? Dat zou hij moeten nagaan.

'Wat denk je, Aldo?' vroeg Dominic aan zijn broer. Op ESPN was een honkbalwedstrijd aan de gang; de Mariners speelden tegen de Yankees, tot schade en schande van de eersten.
'Ik weet niet of ik het wel zo'n prettig idee vind om een of andere stumper op straat overhoop te schieten, broertje.'
'En als je weet dat het een schurk is?'
'En als ik nu eens de verkeerde koud maak, alleen omdat hij in hetzelfde soort auto rijdt en net zo'n snor heeft? En als hij nu eens vrouw en kinderen achterlaat? Dan ben ik een moordenaar – en nog een huurmoordenaar ook. Dat soort dingen hebben ze ons niet geleerd, weet je.'
'Maar als je wéét dat hij een schurk is, wat dan?' vroeg de FBI-agent.
'Hé, Enzo, ze hebben jou dat ook niet geleerd.'
'Dat weet ik, maar dit is een andere situatie. Als ik weet dat die kerel een terrorist is, en als ik ook weet dat we hem niet kunnen arresteren, en dat hij nog meer plannen heeft, dan denk ik dat ik het wel kan doen.'
'Weet je, in Afghanistan, in de heuvels, beschikten we niet altijd over betrouwbare informatie. Zeker, ik heb geleerd mijn eigen hachje op het spel te zetten, maar niet dat van een andere arme drommel.'
'De mensen achter wie je daar aan zat, wie hadden ze gedood?'
'Hé, ze maakten deel uit van een organisatie die oorlog voerde tegen de Verenigde Staten van Amerika. Waarschijnlijk waren het geen padvinders. Maar ik heb nooit een duidelijk bewijs gezien.'

'En als je dat wel had gezien?' vroeg Dominic.
'Maar dat heb ik niet.'
'Je hebt geluk,' zei Enzo. Hij dacht weer aan het kleine meisje wier keel van oor tot oor was doorgesneden. Juristen zeiden dat gruwelijke zaken slecht recht opleverden, maar de handboeken konden niet alles voorzien wat mensen deden. Zwarte inkt op wit papier was soms een beetje te droog voor de echte wereld. Maar hij was van hen tweeën altijd het meest warmgelopen voor dingen. Brian was altijd wat rustiger geweest, als Fonzie in *Happy Days*. Zeker, ze waren tweelingbroers, maar ze waren niet hetzelfde. Dominic was meer als hun vader: Italiaans en hartstochtelijk. Brian was meer als hun moeder: koeler, afkomstig uit een noordelijker klimaat. Een buitenstaander zou die verschillen misschien nauwelijks hebben opgemerkt, maar de broers zelf maakten er vaak grappen over. 'Als je het ziet, Brian, als je het met je eigen ogen ziet, maakt dat iets in je los, man. Dan laait er een vuur op in je binnenste.'
'Hé man, ik heb het zelf ook allemaal meegemaakt, weet je? Ik heb in mijn eentje vijf man overhoopgeschoten. Maar dat was mijn werk; dat was niet persoonlijk. Ze probeerden ons vanuit een hinderlaag te overvallen, maar ze hadden het handboek niet goed gelezen en ik gebruikte vuur en manoeuvres om ze tevoorschijn te lokken en uit te schakelen, precies zoals ik had geleerd. Het is niet mijn schuld dat ze onbekwaam waren. Ze hadden zich kunnen overgeven, maar ze lieten het liever op een schietpartij aankomen. Dat was een verkeerde beslissing van hen, maar je moet altijd doen wat je denkt dat het best is.' Zijn favoriete film was *Hondo* met John Wayne.
'Hé, Aldo, ik zeg niet dat je een watje bent.'
'Dat weet ik wel, maar ik wil niet tot hun niveau afdalen, begrijp je?'
'Dat is hier niet de missie, broertje. Ik heb ook mijn twijfels, maar ik blijf nog een tijdje om te zien wat het wordt. We kunnen altijd vertrekken wanneer we maar willen.'
'Misschien.'
Op dat moment kwam op de televisie Derek Jeter in actie. Werpers dachten waarschijnlijk dat híj een terrorist was, nietwaar?

Aan de andere kant van het gebouw sprak Pete Alexander door een beveiligde telefoon met Columbia in Maryland.
'Nou, hoe doen ze het?' hoorde hij Sam Granger vragen.
Pete nam een slokje van zijn glas sherry. 'Het zijn goede jongens. Ze hebben allebei hun twijfels. De marinier praat daar openlijk over, en de FBI-agent houdt zijn mond, maar de raderen draaien evengoed.'
'Hoe serieus is dat?'

'Moeilijk te zeggen. Hé, Sam, we hebben altijd geweten dat de training het moeilijkst zou zijn. Er zijn maar weinig Amerikanen die professionele moordenaars willen worden – tenminste niet het soort dat wij willen hebben.'
'Er was iemand bij de CIA die geschikt leek...'
'Maar die is veel te oud, dat weet jij net zo goed als ik,' wierp Alexander meteen tegen. 'Trouwens, hij heeft zijn eindfunctie aan de overkant van de plas in Wales, en hij schijnt zich daar helemaal op zijn gemak te voelen.'
'Als nou maar...'
'Als je tante ballen had, zou ze je oom zijn,' merkte Pete op. 'Het selecteren van kandidaten is jouw taak. Het trainen van die kandidaten is mijn taak. Die twee hebben de hersens en ze hebben de vaardigheden. Het probleem is hun temperament. Ik werk daaraan. Je moet geduld hebben.'
'In films is het veel gemakkelijker.'
'In films is iedereen psychopaat. Willen we zulke mensen op onze loonlijst?'
'Nee, dat niet.' Er waren genoeg psychopaten te vinden. Elk groot politiekorps kende er wel een stel. En die hadden mensen gedood voor een beetje geld, of voor een kleine hoeveelheid drugs. Het probleem met zulke mensen was dat ze niet goed bevelen konden uitvoeren en niet erg intelligent waren. Behalve in films. Waar was dat meisje Nikita als je haar echt nodig had?
'We moeten goede, betrouwbare mensen met hersens hebben. Zulke mensen denken na, en dat doen ze niet altijd op een voorspelbare manier. Het is altijd prettig als iemand een geweten heeft, maar nu en dan gaat hij zich afvragen of het wel goed is wat hij doet. Waarom moest je me twee katholieken sturen? Joden zijn al erg genoeg. Die zijn geboren met een schuldgevoel – maar katholieken leren het allemaal op school.'
'Dank je, Uwe Heiligheid,' zei Granger met een neutrale stem.
'Sam, toen we hieraan begonnen, wisten we dat het niet gemakkelijk zou zijn. Jezus, je stuurt me een marinier en een FBI-agent. Waarom niet een paar padvinders?'
'Goed, Pete. Het is jouw baan. Enig idee van het tijdschema? Er ligt nogal wat werk op ons te wachten,' zei Granger.
'Misschien weet ik over een maand of ze het doen of niet. Ze zullen het "waarom" willen weten, niet alleen het "wie", maar dat heb ik je al verteld,' zei Alexander tegen zijn baas.
'Zeker,' gaf Granger toe. In films was het inderdaad veel gemakkelijker.

Je sloeg gewoon de Gouden Gids open en keek bij de H van Huurmoordenaars. Ze hadden er eerst over gedacht voormalige KGB-agenten in te huren. Die hadden allemaal een erg goede training gehad, en ze wilden allemaal geld – het huidige tarief was nog geen vijfentwintigduizend dollar per moord, een schijntje – maar zulke mensen zouden waarschijnlijk verslag uitbrengen aan Moskou, in de hoop opnieuw in dienst genomen te worden, en dan zou de wereldwijde 'zwarte' wereld weten dat de Campus bestond. Dat konden ze niet hebben.
'En het nieuwe speelgoed?' vroeg Pete. Vroeg of laat moest hij de tweelingbroers met het nieuwste gereedschap laten oefenen.
'Over twee weken, zeggen ze.'
'Zo lang? Verdorie, Sam, ik heb het negen maanden geleden aan hen voorgelegd.'
'Het is niet iets wat je even in de winkel kunt halen. Die dingen moeten van het begin af worden geproduceerd. Je weet wel, erg bekwame technici in afgelegen plaatsen, mensen die geen vragen stellen.'
'Ik heb je gezegd: neem de kerels die dit soort dingen voor de luchtmacht doen. Die maken altijd van die handige kleine dingetjes.' Bijvoorbeeld bandrecorders die in aanstekers pasten. Dat was waarschijnlijk geïnspireerd door films. Voor de werkelijk goede dingen had de overheid bijna nooit de juiste mensen in huis, en daarom namen ze bedrijven in de arm die het geld aanpakten, het werk deden en hun mond hielden, want ze wilden nog meer van zulke contracten.
'Er wordt aan gewerkt, Pete. Twee weken,' zei hij nadrukkelijk.
'Goed. Tot dan toe heb ik alle oefenpistolen die ik nodig heb. Ze zijn allebei goed in schaduwen. Het helpt dat ze er zo gewoon uitzien.'
'Dus in feite gaat het allemaal goed?' vroeg Granger.
'Ja, afgezien van hun gewetensproblemen wel.'
'Goed, hou me op de hoogte.'
'Doe ik.'
'Tot kijk.'
Alexander legde de telefoon neer. Die verrekte gewetens, dacht hij. Het zou mooi zijn als ze robots hadden, maar dan zou iemand Robby over straat zien lopen. En dat konden ze niet hebben. Of misschien de Onzichtbare Man, maar in dat verhaal van H.G. Wells maakte het middel dat hem doorzichtig maakte hem ook gek, en deze hele operatie was al krankzinnig genoeg, nietwaar? Hij dronk het laatste beetje sherry uit zijn glas en besloot toen nog eens in te schenken.

8

Veroordeling

Mustafa en Abdullah stonden bij het krieken van de dag op, zeiden hun ochtendgebeden en ontbeten. Vervolgens koppelden ze hun computers aan de telefoon en bekeken hun e-mail. Mustafa had een e-mail ontvangen van Mohammed, die een bericht doorstuurde van iemand anders, een zekere Diego, met instructies voor een ontmoeting om halfelf 's morgens, plaatselijke tijd. Hij nam de rest van zijn elektronische post door. Die bestond voor het merendeel uit spam. Hij had geleerd dat 'spam' ingeblikt varkensvlees was en vond die term dus volkomen passend. Kort na negen uur liepen ze allebei – maar afzonderlijk – naar buiten, vooral om de bloedsomloop op gang te brengen en de omgeving te verkennen. Ze letten aandachtig, maar onopvallend op eventuele volgers en constateerden dat ze niet gevolgd werden. Om vijf voor halfelf kwamen ze op het afgesproken ontmoetingspunt.

Diego was er al. Hij las een krant en droeg een wit overhemd met blauwe strepen.

'Diego?' vroeg Mustafa vriendelijk.

'Jij moet Miguel zijn,' antwoordde de contactpersoon met een glimlach, en hij stond op om hem de hand te schudden. 'Ga zitten.' Pablo keek om zich heen. Ja, daar was 'Miguels' ondersteuning. De tweede man zat in zijn eentje en bestelde koffie. Hij hield de zaak als een professional in de gaten. 'Nou, hoe bevalt het je in Mexico City?' vroeg Pablo.

'Ik wist niet dat het zo groot en zo druk was.' Mustafa maakte een gebaar om zich heen. Op de trottoirs krioelde het van de mensen die in alle richtingen liepen. 'En de lucht is zo smerig.'

'Dat is hier een probleem. De bergen houden de vervuiling hier. Het moet hier hard waaien wil de lucht zuiver worden. Koffie?'

Mustafa knikte. Pablo wenkte naar de ober en hield de koffiepot omhoog. Het terras was Europees van karakter, maar niet al te druk. Ongeveer de helft van de tafels was bezet. Er zaten groepjes mensen die voor zaken of voor de gezelligheid bij elkaar waren. Ze praatten en bemoeiden zich niet met anderen. De nieuwe koffiepot kwam. Mustafa schonk in en wachtte tot de ander begon te spreken.

'Nou, wat kan ik voor je doen?'

'We zijn hier allemaal, zoals ons is verzocht. Hoe gauw kunnen we vertrekken?'
'Hoe gauw willen jullie weg?' vroeg Pablo.
'Vanmiddag zou ons goed uitkomen, maar dat is misschien een beetje te vroeg voor jullie regelingen.'
'Ja. Maar wat zou je zeggen van morgen, bijvoorbeeld om ongeveer één uur in de middag?'
'Dat zou uitstekend zijn,' antwoordde Mustafa, aangenaam verrast. 'Hoe gaat de oversteek in zijn werk?'
'Ik zal er niet rechtstreeks bij betrokken zijn, maar jullie worden naar de grens gebracht en daar overgedragen aan iemand die zich heeft gespecialiseerd in het overbrengen van mensen en bepaalde goederen naar de Verenigde Staten. Jullie zullen ongeveer zes kilometer moeten lopen. Het zal warm zijn, maar niet verschrikkelijk heet. Eenmaal in de Verenigde Staten, worden jullie naar een geheim adres bij Santa Fe in de staat New Mexico gebracht. Vandaar kunnen jullie naar jullie uiteindelijke bestemming vliegen of auto's huren.'
'Wapens?'
'Wat willen jullie precies hebben?'
'Het liefst zouden we AK-47's hebben.'
Pablo schudde meteen met zijn hoofd. 'Die kunnen we niet leveren, maar wel uzi's en Ingram-machinepistolen. Negen millimeter Parabellums met, laten we zeggen, zes magazijnen van dertig patronen per stuk, volledig geladen voor jullie doeleinden.'
'Meer munitie,' zei Mustafa meteen. 'Twaalf magazijnen, plus drie extra dozen munitie voor elk wapen.'
Pablo knikte. 'Dat is geen probleem.' De extra kosten zouden maar een paar duizend dollar zijn. De wapens zouden op de open markt worden gekocht, samen met de munitie. Ze zouden eventueel tot hun oorsprong en/of koper te herleiden zijn, maar dat was alleen een theoretisch en geen praktisch probleem. De wapens zouden voor het merendeel Ingrams zijn, niet de betere, accuratere Israëlische uzi's, maar dat zou deze mensen niet kunnen schelen. Wie weet, misschien hadden ze zelfs wel religieuze en morele bezwaren tegen wapens van joodse makelij. 'Vertel me eens: hebben jullie geld voor onderweg?'
'We hebben ieder vijfduizend dollar bij ons.'
'Dat kunnen jullie gebruiken voor kleine onkosten, zoals eten en benzine, maar voor andere dingen hebben jullie een creditcard nodig. Amerikanen accepteren geen contant geld voor het huren van een auto, en helemaal niet voor het kopen van een vliegticket.'
'We hebben ze,' antwoordde Mustafa. Hij en ieder lid van het team had-

den een Visa-card die hun in Bahrein was verstrekt. Ze hadden zelfs opeenvolgende nummers. Het geld daarvoor was afkomstig van een rekening op een Zwitserse bank, waar iets meer dan vijfhonderdduizend dollar op stond. Voldoende voor hun doeleinden.

De naam op de kaart, zag Pablo, was John Peter Smith. Goed. Degene die dit had opgezet, had niet de fout gemaakt Arabische namen te gebruiken. Zolang de kaart maar niet in handen viel van een politieman die meneer Smith vroeg waar hij precies vandaan kwam. Hij hoopte dat hun was verteld hoe de Amerikaanse politie werkte.

'Andere papieren?' vroeg Pablo.

'We hebben paspoorten uit Qatar. We hebben internationale rijbewijzen. We spreken allemaal redelijk goed Engels en kunnen kaartlezen. We kennen de Amerikaanse wetten. We houden ons aan de maximumsnelheid en we rijden voorzichtig. De spijker die naar boven steekt wordt naar beneden gehamerd. En dus steken we niet naar boven.'

'Goed,' zei Pablo. Dus ze waren op de hoogte gesteld. Sommigen zouden zich misschien zelfs herinneren wat ze hadden gehoord. 'Vergeet niet: één fout kan de hele missie voor jullie allemaal bederven. En het is gemakkelijk om fouten te maken. Amerika is een gemakkelijk land om te leven en te reizen, maar de politie is hier erg efficiënt. Als je niet opvalt, heb je niets van ze te vrezen. Daarom moeten jullie voorkomen dat jullie opvallen. Als jullie daarin falen, kan het misgaan met jullie allemaal.'

'Diego, wij zullen niet falen,' beloofde Mustafa.

Waarmee falen, vroeg Pablo zich af, maar hij sprak die vraag niet uit. Hoeveel vrouwen en kinderen gaan jullie vermoorden? Maar eigenlijk deed dat er voor hem niet toe. Het was een laffe manier om mensen te doden, maar de erecode in de cultuur van zijn 'vriend' was heel anders dan die in zijn eigen cultuur. Dit waren zaken, en meer hoefde hij niet te weten.

Vijf kilometer hardlopen, push-ups en een kop koffie – dat was het leven in het zuiden van Virginia.

'Brian, liep je vroeger met een vuurwapen rond?'

'Meestal een M-16 en vijf of zes extra magazijnen. Ook een paar fragmentatiegranaten – ja, die had ik altijd bij me, Pete.'

'Ik had het eigenlijk over handvuurwapens.'

'Ik ben de M-9 Beretta gewend.'

'Kun je er goed mee schieten?'

'Het zit in mijn pakket, Pete. Ik heb het in Quantico tot expert gebracht, maar dat geldt voor de meesten van mijn jaar. Het stelde niet veel voor.'

'Je bent gewend ermee rond te lopen?'
'In burger, bedoel je? Nee.'
'Goed, wen er dan aan.'
'Is het legaal?' vroeg Brian.
'De staat Virginia doet daar niet moeilijk over. Als je een blanco strafblad hebt, krijg je een vergunning om een verborgen wapen te dragen. En jij, Dominic?'
'Ik ben nog bij de FBI, Pete. Ik zou me naakt voelen als ik zonder vriend op straat liep.'
'Wat heb je bij je?'
'Een Smith & Wesson 1076. Met de tien millimeter patroon, met dubbele beweging. De FBI is de laatste tijd op de Glock overgestapt, maar ik heb liever de Smith.' En nee, ik heb geen kerfje in de kolf gemaakt, voegde hij er niet aan toe. Al had hij er wel over gedacht.
'Nou, ik wil dat je altijd een wapen bij je hebt als je buiten dit huis bent; dan kun je eraan wennen, Brian.'
Hij haalde zijn schouders op. 'Goed.' Het was heel wat beter dan een rugzak van dertig kilo.

Het ging natuurlijk om meer dan alleen Sali. Jack werkte aan elf verschillende mensen, op één na allemaal afkomstig uit het Midden-Oosten en allemaal werkzaam in het geld. De enige Europeaan woonde in Riad. Het was een Duitser, maar hij was bekeerd tot de islam, en dat had iemand zo vreemd gevonden dat tot elektronische surveillance was besloten. Het Duits dat Jack op de universiteit had geleerd, was goed genoeg om de e-mailberichten van de man te kunnen lezen, maar die leverden hem niet veel informatie op. Blijkbaar had de man de gewoonten van zijn nieuwe land overgenomen; hij dronk niet eens bier. Hij was duidelijk populair bij zijn Saudische vrienden – dat was wel zo met de islam: als je je aan de regels hield en op de juiste manier je gebeden zei, maakte het hun niet zoveel uit hoe je eruitzag. Dat zou bewonderenswaardig zijn geweest, als de meeste terroristen op de wereld hun gebeden niet naar Mekka richtten. Maar dat was niet de schuld van de islam, zei Jack tegen zichzelf. Op de avond waarop hijzelf was geboren, hadden mensen geprobeerd hem te doden toen hij nog in de schoot van zijn moeder zat – en ze hadden zich bekendgemaakt als katholieken. Fanaten waren fanaten, overal ter wereld. Bij de gedachte dat mensen hadden geprobeerd zijn moeder te doden, kreeg hij zin om zijn Beretta .40 te pakken. Zijn vader – ach, zijn vader kon op zichzelf passen, maar wie een aanval op vrouwen deed, ging ver over de streep, en dat was een streep die je maar één keer overstak, in één richting. Je ging niet terug.

Hij kon zich daar natuurlijk niets van herinneren. De ULA-terroristen waren allemaal op weg gegaan naar God – met de complimenten van de staat Maryland – voordat hij in de eerste klas zat, en zijn ouders hadden er nooit over gepraat. Maar zijn zus Sally wel. Ze droomde er nog steeds van. Hij vroeg zich af of ma en pa er ook nog van droomden. Gingen zulke gebeurtenissen uiteindelijk weg? Hij had op History Channel gezien dat veteranen uit de Tweede Wereldoorlog 's nachts nog steeds het slagveld voor zich zagen, en dat was al meer dan zestig jaar geleden. Zulke herinneringen moesten een vloek zijn.

'Tony?'

'Ja, Junior?'

'Die Otto Weber, wat is daar zo bijzonder aan? Hij is ongeveer even opwindend als een vanille-ijsje.'

'Dacht je dat schurken met een neonbord op hun rug liepen, of zouden ze zich gedeisd houden?'

Jack junior begreep het. 'Ik weet het: we zoeken naar kleine dingen.'

'Dat zei ik al. Je kunt al rekenen op het niveau van de vierde klas. Voeg daar ook een fijne neus aan toe. En ja, je bent op zoek naar dingen die geacht worden bijna onzichtbaar te zijn. Daarom is dit werk zo leuk. En onschuldige kleine dingen zijn meestal onschuldige kleine dingen. Als hij kinderporno van internet downloadt, dan doet hij dat niet omdat hij een terrorist is; dan doet hij dat omdat hij een viezerik is. Dat is in de meeste landen geen halsmisdrijf.'

'In Saudi-Arabië vast wel.'

'Waarschijnlijk, maar ze zitten er niet achteraan.'

'Ik dacht dat het daar allemaal puriteinen waren.'

'Je houdt daar je libido voor je. Maar als je iets doet met een echt kind, kom je in grote moeilijkheden. Saudi-Arabië is zo'n land waar je je maar beter aan de wet kunt houden. Je kunt je Mercedes parkeren en de sleutel in het contact laten, en als je terugkomt, staat hij er nog. Dat kun je nog niet eens in Salt Lake City doen.'

'Ben jij er geweest?' vroeg Jack.

'Vier keer. De mensen zijn vriendelijk zolang je hen goed behandelt, en als je daar echte vriendschap sluit, heb je een vriend voor het leven. Maar hun regels zijn anders, en als je ze overtreedt, betaal je daar soms een hoge prijs voor.'

'Dus Otto Weber houdt zich aan de regels?' Wills knikte. 'Ja. Hij heeft zich helemaal aangepast aan het systeem, met religie en al. Dat waarderen ze in hem. De godsdienst staat centraal in hun cultuur. Als iemand zich bekeert en zich aan islamitische regels houdt, is dat een bevestiging van hun wereld, en dat zien ze graag, zoals iedereen dat graag zou zien.

Maar ik denk niet dat Otto een speler is. De mensen die wij zoeken, zijn psychopaten. Die kunnen overal zitten. Andere culturen krijgen ze vroeg te pakken en veranderen ze – of doden ze. Sommige culturen doen dat niet. Wij zijn er niet zo goed in als we zouden moeten zijn, en waarschijnlijk ook niet zo goed als de Saudi's zijn. Maar als ze heel goed zijn, redden ze het in elke cultuur, en sommigen gebruiken religie als dekmantel. De islam is geen geloofsstelsel voor psychopaten, maar zulke mensen kunnen die godsdienst naar hun hand zetten, zoals dat ook met het christendom kan. Ooit iets aan psychologie gedaan?'

'Nee, was het maar waar,' gaf Ryan toe.

'Nou, koop dan wat boeken. Lees ze. Ga op zoek naar mensen die er verstand van hebben en stel vragen. Luister naar de antwoorden.' Wills keek weer naar zijn computerscherm.

Shit, dacht Junior. Deze baan werd steeds erger. Hoe lang zou het duren, vroeg hij zich af, voordat ze van hem verwachtten dat hij iets nuttigs vond? Een maand? Een jaar? Waar moest je aan voldoen op de Campus...

... en wat zou er precies gebeuren als hij iets nuttigs vond?

Terug naar Otto Weber...

Ze konden niet de hele dag in hun kamer blijven zonder dat mensen zich gingen afvragen waarom ze dat deden. Na een lichte lunch in de koffieshop gingen Mustafa en Abdullah een eindje wandelen. Drie straten verderop vonden ze een museum. De toegang was gratis, maar toen ze binnen waren, ontdekten ze waarom. Het was een museum met moderne kunst, en de schilderijen en sculpturen gingen hun begrip verre te boven. Ze liepen er zo'n twee uur doorheen en kwamen toen beiden tot de conclusie dat de verf in Mexico vast niet duur was. Maar terwijl ze deden alsof ze van de troep hielden die aan de muren hing en op de vloeren stond, konden ze tenminste nagaan of ze gevolgd werden.

Vervolgens slenterden ze naar hun hotel terug. Het enige goede was het weer. Voor mensen van Europese afkomst was het warm, maar voor de bezoekende Arabieren was het aangenaam, ondanks het grauwe waas van de luchtvervuiling. De volgende dag zouden ze weer in een woestijn zijn. Misschien voor de laatste keer.

Het was zelfs voor een goedgefinancierde overheidsdienst onmogelijk om alle berichten te doorzoeken die door cyberspace vlogen, en daarom zochten de computerprogramma's van de NSA naar trefwoorden. In de loop der jaren hadden ze de elektronische adressen van sommige bekende of vermoedelijke terroristen of hun sympathisanten gevonden, en die werden allemaal gevolgd, evenals de servercomputers van internetproviders. Al met al was daar enorm veel opslagcapaciteit mee gemoeid, en als gevolg daarvan brachten vrachtwagens regelmatig nieuwe opslagapparaten naar Fort Meade, Maryland, waar ze aan de mainframecomputers werden gekoppeld, zodat de e-mails van een geïdentificeerde verdachte nog maanden of zelfs jaren bekeken konden worden. Als er ooit een spel van kat en muis was, was het dit. De schurken wisten natuurlijk dat de screeningsprogramma's naar specifieke woorden of frasen zochten en gebruikten dus hun eigen codewoorden – dat was op zichzelf ook een valkuil, want codes gaven een vals gevoel van veiligheid, en daar kon gemakkelijk gebruik van worden gemaakt door een dienst die al zeventig jaar bezig was de gedachten van Amerika's vijanden te lezen.

Het proces had zijn grenzen. Als je te veel gebruikmaakte van informatie die op deze manier was verkregen, verraadde je jezelf, en dan veranderde de tegenpartij van encryptiemethode, zodat je bron in gevaar kwam. Als je er daarentegen te weinig gebruik van maakte, had je er net zo goed niet aan kunnen beginnen. Jammer genoeg neigden de inlichtingendiensten meer naar het laatste dan naar het eerste. Met de oprichting van een nieuw ministerie van Binnenlandse Veiligheid was er in theorie een centraal verzamelpunt gekomen voor alle informatie die op een bedreiging kon wijzen, maar dat ministerie was van het begin af aan te log geweest en was daardoor nooit goed op gang gekomen. De informatie was allemaal aanwezig, maar het was gewoon te veel om het allemaal te verwerken, en er werd door zoveel verschillende mensen aan gewerkt dat er uit het hele proces geen bruikbaar product voortkwam.

Maar oude gewoonten waren hardnekkig. De inlichtingendiensten bleven intact, of er nu een superministerie boven was gesteld of niet, en ze praatten met elkaar. Zoals altijd genoten ze ervan om dingen te weten die anderen niet wisten... en wilden ze dat graag zo houden.

Het belangrijkste wat de NSA tegen de CIA zei, was in feite: dit is interessant, wat vinden jullie ervan? Dat zeiden ze omdat de twee diensten elk een andere ethiek hadden. Ze praatten verschillend. Ze dachten verschillend. En voorzover ze al in actie kwamen, deden ze dat ook verschillend. Maar in elk geval dachten ze in parallelle en niet in uiteenlopende richtingen. Over het geheel genomen had de CIA de beste analisten en was de NSA beter in het verzamelen van informatie. Er waren uitzonderingen op die twee regels, en in beide gevallen kenden de echt getalenteerde personen elkaar en spraken ze onder elkaar meestal dezelfde taal.

Dat werd de volgende morgen duidelijk in het kabelverkeer tussen de twee diensten. Een senior analist in Fort Meade stuurde het naar zijn tegenhanger in Langley. Dat betekende dat het op de Campus meteen opviel. Jerry Rounds zag het boven op zijn stapel e-mail van die ochtend liggen en hij nam het mee naar de bespreking van die ochtend.

'"We geven ze deze keer een flinke dreun," zegt die kerel. Wat zou dat kunnen betekenen?' vroeg Jerry Rounds zich hardop af. Tom Davis had in New York overnacht. Hij had een ontbijtbespreking met de obligatiemensen van Morgan Stanley. Het was irritant wanneer financiële beslommeringen de zaken waaraan ze werkten in de weg stonden.

'Hoe goed is de vertaling?' vroeg Gerry Hendley.

'Volgens de voetnoot is er op dat punt helemaal geen probleem. Het bericht is duidelijk en vrij van ruis. Het is een eenvoudige zin in beschaafd Arabisch, zonder bijzondere nuances,' zei Rounds.

'Herkomst en ontvanger?' vroeg Gerry Hendley.

'De herkomst is een zekere Fa'ad, achternaam onbekend. We kennen hem wel. We denken dat hij een van hun operationele middenkadermensen is – meer een planner dan iemand in het veld. Hij zit ergens in Bahrein. Hij praat alleen in zijn mobiele telefoon als hij in een rijdende auto zit of op een openbare plaats is, een markt of zoiets. Tot nu toe had niemand iets van hem opgevangen. Degene tegen wie hij praat,' ging Bell verder, 'is blijkbaar een nieuweling – waarschijnlijk een oudere man met een pasgekloonde telefoon. Het is een oude analoge telefoon, en dus konden ze geen stemafdruk maken.'

'Dus waarschijnlijk werken ze aan een operatie...' merkte Hendley op.

'Daar ziet het naar uit,' beaamde Rounds. 'Aard en locatie onbekend.'

'Dus we weten niks.' Hendley pakte zijn koffiekop en er kwamen zulke diepe rimpels in zijn voorhoofd dat ze een uitslag op de schaal van Richter zouden geven. 'Wat gaan we eraan doen?'

Daar gaf Granger antwoord op: 'Niets nuttigs, Gerry. Ze kunnen geen kant op. Als ze iets doen, bijvoorbeeld een bepaalde alarmfase aankondigen, werkt dat contraproductief, want ze hebben het al zo vaak gedaan zonder dat er iets gebeurde. Tenzij ze de tekst en de bron bekendmaken, neemt niemand het serieus. Als ze iets bekendmaken, gaat de bron verloren.'

'En als ze geen alarm slaan, geeft het Congres hun de schuld als er uiteindelijk iets gebeurt.' Politici vormden liever het probleem dan de oplossing. Er was politiek garen te spinnen bij non-productief geschreeuw. En dus zouden de CIA en de andere diensten blijven proberen de mensen met die verre mobiele telefoons te identificeren. Daar zat geen glamour in, dat was moeizaam politiewerk, en het voltrok zich met een snelheid die de absurd ongeduldige politici niet konden dicteren. Als je geld naar het probleem gooide, werd het er niet beter op, en dat was dubbel frustrerend voor mensen die niets anders konden dan met geld smijten.

'Dus ze dekken zich aan beide kanten in en doen iets waarvan ze weten dat het niet werkt...'

'... en hopen op een wonder,' stemde Granger met zijn baas in.

Natuurlijk zouden politiekorpsen in heel Amerika gewaarschuwd worden – maar niemand wist waarvoor. En politieagenten keken toch al uit naar Arabisch uitziende personen die ze konden aanhouden en ondervragen. Dat ging zover dat veel agenten er eigenlijk al genoeg van hadden, want het leverde bijna nooit iets op en er werd al van alle kanten tegen geprotesteerd. Er liepen zes zaken van Arabische automobilisten bij federale rechtbanken. In vier van die gevallen ging het om artsen en in twee gevallen om blijkbaar onschuldige studenten die een beetje te hard door de politie waren aangepakt. De jurisprudentie die uit die incidenten voortkwam, zou veel meer kwaad dan goed doen. Het was precies zoals Sam Granger zei: de inlichtingendiensten konden geen kant op.

De rimpels in Hendleys voorhoofd werden nog een beetje dieper. Zijn gevoelens, wist hij, werden gedeeld door minstens vijf overheidsdiensten die ondanks al hun financiering en personeel ongeveer zo nuttig waren als tieten op een mannetjesvarken. 'Kunnen wij iets doen?' vroeg hij.

'Alert blijven en de politie bellen als we iets ongewoons zien,' antwoordde Granger. 'Tenzij je een geweer bij de hand hebt.'

'Om een onschuldige sukkel neer te schieten die een inburgeringscursus volgt,' voegde Bell eraan toe. 'Niet de moeite waard.'

Ik had in de Senaat moeten blijven, dacht Hendley. Als je zelf deel uitmaakte van het probleem, gaf dat je tenminste een voldaan gevoel. Het deed je goed om nu en dan je hart te luchten. Als je hier ging schreeuwen, was dat contraproductief, en ook nog slecht voor het moreel van zijn mensen.

'Goed, dan doen we alsof we gewone burgers zijn,' zei de baas ten slotte. Zijn naaste medewerkers knikten instemmend en gingen verder met de routinezaken van die dag. Tegen het eind vroeg Hendley aan Rounds hoe de nieuwe jongen het deed.

'Hij is slim genoeg om veel vragen te stellen. Ik laat hem naar onduidelijke geldtransacties van bekende of mogelijke terroristen zoeken.'

'God zegene hem als hij dat uithoudt,' merkte Bell op. 'Dat kan iemand gek maken.'

'Geduld is een schone zaak,' zei Gerry. 'Het is alleen zo verdomd lastig te verwerven.'

'We waarschuwen al onze mensen voor dit bericht?'
'Misschien wel goed,' antwoordde Bell.
'Goed,' zei Granger tegen hen allen.

'Shit,' zei Jack een kwartier later. 'Wat betekent dit?'
'Dat weten we morgen misschien, of volgende week – of nooit,' antwoordde Will.
'Fa'ad... Ik ken die naam...' Jack keek weer naar zijn computerscherm en riep een paar bestanden op. 'Ja! Dat is die kerel in Bahrein. Waarom is de plaatselijke politie nooit met hem gaan praten?'
'Ze weten nog niet van hem af. Tot nu toe is hij een NSA-project, maar misschien kan de CIA proberen wat meer over hem aan de weet te komen.'
'Zijn ze zo goed in politiewerk als de FBI?'
'Nee, eigenlijk niet. Ze krijgen een andere training, maar ze kunnen niet zoveel meer dan wat een normaal iemand kan...'
Ryan junior onderbrak hem. 'Onzin. Bij de politie zijn ze er goed in om mensen te doorgronden. Het is iets wat je aanleert, en je moet ook leren hoe je vragen moet stellen.'
'Wie zegt dat?' wilde Wills weten.
'Mike Brennan. Hij was mijn lijfwacht. Hij heeft me veel geleerd.'
'Nou, een goede spion moet ook mensen kunnen doorgronden. Daar hangt zijn leven soms van af.'
'Misschien, maar als je iets aan je ogen wilt laten doen, moet je met mijn moeder praten. Voor je oren moet je naar iemand anders.'
'Goed, misschien wel. Verdiep je nu eerst maar in onze vriend Fa'ad.'
Jack ging weer recht voor zijn computer zitten. Hij scrollde terug naar het eerste interessante gesprek dat ze hadden onderschept. Toen veranderde hij van gedachten en ging hij terug naar het allereerste begin, de eerste keer dat Fa'ad de aandacht had getrokken. 'Waarom verandert hij niet van telefoon?'
'Misschien is hij lui. Die jongens zijn intelligent, maar ze hebben ook blinde vlekken. Ze vervallen in gewoonten. Ze zijn slim, maar ze hebben geen formele opleiding, zoals een getrainde spion of een KGB-agent wel heeft.'
De NSA had een grote maar geheime luisterpost in Bahrein, ergens in de Amerikaanse ambassade. Die luisterpost werd ondersteund door Amerikaanse marineschepen die Bahrein regelmatig aandeden, maar werd in die omgeving niet als een elektronische bedreiging gezien. De NSA-teams die daar achter de apparatuur zaten, onderschepten zelfs telefoongesprekken van mensen die met hun mobiele telefoon langs de waterkant liepen.

'Die vent deugt niet,' zei hij even later. 'Het is een schurk. Zeker weten.'
'Hij is ook een goede barometer. Hij zegt een hoop dingen die wij interessant vinden.'
'Nou, dan moet iemand hem oppakken.'
'Daar denken ze over in Langley.'
'Hoe groot is de CIA-post in Bahrein?'
'Zes mensen. De chef, twee agenten en nog drie medewerkers, voor de communicatie en zo.'
'Dat is alles? Daar? Een handjevol?'
'Ja,' bevestigde Wills.
'Verdomme. Ik heb pa daar zo vaak naar gevraagd. Meestal haalde hij zijn schouders op en bromde maar wat.'
'Hij heeft erg zijn best gedaan om de CIA aan meer financiering en meer mensen te helpen. Het Congres werkte niet altijd mee.'
'Hebben wij ooit iemand opgepakt en – je weet wel: met hem "gepraat"?'
'De laatste tijd niet.'
'Waarom niet?'
'Gebrek aan mankracht,' antwoordde Wills. 'Dat is het gekke van werknemers: ze verlangen betaling. Wij zijn niet zo groot.'
'Waarom vraagt de CIA dan niet aan de plaatselijke politie of ze hem willen oppakken? Bahrein is een bevriend land.'
'Bevriend, maar geen vazalstaat. Ze hebben ook hun ideeën over burgerrechten, al zijn dat niet precies dezelfde als de onze. Bovendien kun je iemand niet oppakken voor wat hij weet en wat hij denkt. Alleen voor wat hij heeft gedaan. Zoals je kunt zien, weten we niet of hij al iets heeft gedaan.'
'Nou, laat hem dan schaduwen.'
'En hoe kan de CIA dat doen met maar twee agenten?' vroeg Wills.
'Jezus!'
'Welkom in de echte wereld, Junior.' De dienst had mensen moeten rekruteren, misschien politieagenten in Bahrein, om dat soort taken te verrichten, maar dat was nog niet gebeurd. De chef van de CIA-post had natuurlijk ook om meer mensen kunnen vragen, maar mensen die Arabisch spraken en er Arabisch uitzagen waren dun gezaaid in Langley, en degenen die ze hadden, gingen naar posten waar meer aan de hand was dan in Bahrein.

De ontmoeting vond plaats volgens plan. Er waren drie voertuigen, elk met een chauffeur die nauwelijks een woord sprak, en dat dan nog in het Spaans. De rit was aangenaam en deed vagelijk aan thuis denken. De chauffeur was voorzichtig; hij reed niet te hard en deed ook niets an-

ders dat de aandacht kon trekken, maar ze kwamen toch goed vooruit. Bijna alle Arabieren rookten sigaretten, uitsluitend Amerikaanse merken, zoals Marlboro. Mustafa deed dat ook en vroeg zich af – zoals Mohammed ook had gedaan – wat de Profeet van sigaretten zou hebben gezegd. Waarschijnlijk niets goeds, maar hij hád toch niets gezegd? En dus kon Mustafa zoveel roken als hij wilde. Per slot van rekening hoefde hij zich nu niet druk te maken om zijn gezondheid. Hij verwachtte nog vier of vijf dagen te leven, in elk geval niet veel langer, wanneer alles volgens plan verliep.
Hij had verwacht dat zijn mensen opgewonden zouden praten, maar dat deden ze niet. Bijna niemand sprak een woord. Ze staarden maar wat naar het snel voorbijtrekkende landschap, naar een cultuur waar ze weinig van wisten en waarover ze ook niet meer te weten zouden komen.

'Oké, Brian, hier heb je je wapenvergunning,' zei Pete Alexander.
Het was in feite een tweede rijbewijs, en het ging in zijn portefeuille.
'Dus ik mag nu over straat?'
'In de praktijk zal geen politieagent ooit moeilijk doen als een mariniersofficier met een pistool rondloopt, of dat nu zichtbaar is of niet, maar we kunnen ons beter aan de regels houden. Ga je de Beretta dragen?'
'Daar ben ik aan gewend, en die vijftien patronen geven extra veiligheid. Waar moet ik het in dragen?'
'Gebruik een van deze, Aldo,' zei Dominic, en hij hield een heuptasje omhoog. Het leek op een geldriem, of zo'n zakje dat vooral door vrouwen onder op hun rug werd gedragen. Je trok aan een koordje om het open te krijgen en bij het pistool en twee extra magazijnen te komen. 'Veel agenten gebruikten zo'n ding. Het zit prettiger dan een heupholster. Die gaan op een lange autorit vaak tegen je nieren drukken.'
Voorlopig stak Brian zijn wapen achter zijn riem. 'Waar gaan we vandaag naartoe, Pete?'
'Naar het winkelcentrum terug. Meer volgoefeningen.'
'Geweldig,' zei Brian. 'Waarom heb je geen onzichtbaarheidspillen?'
'Die heeft H.G. Wells mee het graf in genomen.'

9

Ga met God

Jacks rit naar de Campus nam ongeveer 35 minuten in beslag, en hij luisterde het hele eind naar Morning Edition van NPR, want net als zijn vader hield hij niet van moderne muziek. De overeenkomsten met zijn vader hadden John Patrick Ryan junior zijn hele leven al dwarsgezeten en gefascineerd. In zijn tienerjaren had hij ertegen gevochten en had hij geprobeerd zijn eigen identiteit op te bouwen, in contrast met zijn conservatieve vader, maar in zijn studententijd was hij op de een of andere manier teruggezakt, bijna zonder het zelf te merken. Hij had het bijvoorbeeld verstandig gevonden om met meisjes uit te gaan die eventueel een goede echtgenote zouden zijn, al had hij de ideale vrouw nooit gevonden. Onbewust zocht hij naar een vrouw als zijn moeder. Hij had zich geërgerd aan docenten in Georgetown die zeiden dat hij naar zijn vader aardde. In het begin had hij zich beledigd gevoeld, maar later had hij tegen zichzelf gezegd dat zijn vader eigenlijk wel meeviel. Hij had het slechter kunnen treffen. Zelfs op een conservatieve universiteit als die van Georgetown, met zijn jezuïetentradities en rigoureuze eruditie, had hij veel opstandigheid gezien. Sommige van zijn medestudenten hadden zelfs te koop gelopen met hun afkeer van hun ouders, maar welke klootzak zou zoiets willen doen? Hoe bezadigd en ouderwets zijn vader ook was, hij was een goede vader geweest, voorzover vaders dat konden zijn. Hij was nooit overdreven autoritair geweest en had hem zijn eigen weg laten gaan – in het vertrouwen dat het toch wel goed met hem zou komen, vroeg Jack zich af. Maar nee. Als zijn vader zo samenzweerderig te werk was gegaan, zou Jack het vast en zeker hebben gemerkt.

Hij dacht aan samenzweringen. Daar had veel over te lezen gestaan in kranten en pulpboeken. Zijn vader had meer dan eens voor de grap gezegd dat hij het Korps Mariniers zijn 'persoonlijke' helikopter zwart had laten verven. Dat zou een giller zijn geweest, dacht Jack. In plaats daarvan was zijn surrogaatvader Mike Brennan geweest, die hij vaak had gebombardeerd met vragen, vaak over complotten. Hij was erg teleurgesteld geweest toen hij hoorde dat de geheime dienst er voor honderd procent zeker van was dat Lee Harvey Oswald president Kennedy had vermoord, helemaal in zijn eentje. Op hun opleidingsinstituut in Beltsville, net buiten Washington, had Jack zelfs een keer mogen schieten met een kopie van het 6.5-mm Mannlichter-Carcano-geweer waarmee de president van het leven was beroofd, en hij was ook volledig ingelicht over de zaak – tot zijn volle tevredenheid, al dacht de complotindustrie daar anders over, want die bleef vurig, en commercieel, in het tegendeel geloven. Ze hadden zelfs beweerd dat zijn vader, als voormalig CIA-functionaris, uiteindelijk had geprofiteerd van een complot dat al minstens vijftig jaar aan de gang was en dat tot doel had gehad de CIA aan de macht te krijgen. Ja, dat zou wel. Net als de Trilaterale Commissie, en de Wereldorde van Vrijmetselaars, of wat de schrijvers van al die verzinsels nog meer konden bedenken. Van zowel zijn vader als Mike Brennan had hij veel CIA-verhalen gehoord, en daarin werd bijna nooit opgeschept over de competentie van die federale dienst. De CIA was vrij goed, maar lang niet zo goed als Hollywood deed voorkomen. Maar Hollywood geloofde waarschijnlijk ook dat Roger Rabbit echt was – want met zijn film verdienden ze toch geld? Nee, de CIA had een paar grote tekortkomingen...

... en was de Campus een middel om ze te corrigeren? Dat was een goede vraag. Verrek, dacht Junior, terwijl hij Route 29 nam. Misschien hebben die aanhangers van complottheorieën toch gelijk...? Hij beantwoordde die vraag met een grimas.

Nee, de Campus was helemaal niet zoiets. Het was een heel andere organisatie dan SPECTRE uit de oude James Bond-films, of THRUSH uit *The Man from U.N.C.L.E.* Complottheorieën waren erop gebaseerd dat grote aantallen mensen hun mond hielden, en zoals Mike hem al vaak had verteld, konden schurken hun mond niet houden. Er zaten geen doofstomme mensen in de gevangenissen, had Mike hem vele malen verteld, maar de criminelen hadden dat nooit in de gaten, de idioten.

Zelfs de mensen die hij bestudeerde hadden dat probleem, en die waren intelligent en erg gemotiveerd, Tenminste, dat dachten ze. Maar nee, zelfs zij waren niet de schurken uit de film. Ze konden het praten niet laten,, en dat praten zou hun ondergang worden. Hij vroeg zich af hoe het zat: hadden mensen die slechte dingen deden er behoefte aan om op te scheppen, of hadden ze er behoefte aan dat anderen tegen hen zeiden dat ze het goed deden – op een vreemde manier waar ze het allemaal over eens waren? De mannen die hij bestudeerde waren moslims, maar er waren ook andere moslims. Zijn vader en hij kenden prins Ali van Saudi-Arabië, en dat was een beste kerel, de man die zijn vader het zwaard had gegeven waaraan zijn codenaam bij de geheime dienst was ontleend, en hij kwam nog steeds minstens één keer per jaar op bezoek, want de Saudi's waren, als je eenmaal vriendschap met hen had gesloten, de trouwste mensen die er bestonden. Natuurlijk hielp het als je een ex-president was. Of, in zijn geval, de zoon van een vroegere president en op weg om zelf zijn weg in de 'zwarte wereld' te vinden. Verdraaid, hoe zal pa hierop reageren, vroeg Jack zich af. Die springt uit zijn vel. En ma? Die gaat door het lint. Daar moest hij om lachen, terwijl hij links afsloeg. Maar ma hoefde er niet achter te komen. Zij zou het dekmantelverhaal geloven – en opa ook – maar pa niet. Pa had geholpen deze organisatie op te zetten. Misschien had hij toch nog een van die zwarte helikopters nodig. Hij stopte op zijn eigen parkeerplek, nummer 127. De Campus kon toch niet zo groot en machtig zijn? Niet met minder dan 150 personeelsleden. Hij deed zijn auto op slot en ging naar binnen. Het zat hem niet lekker dat hij elke morgen naar kantoor moest. Maar iedereen moest ergens beginnen.

Hij ging door de achteringang naar binnen, zoals de meeste anderen. Er was een receptie annex bewakingsdesk. De man die daar stond was Ernie Chambers, een voormalige sergeant eerste klasse in de 1ste divisie infanterie. Op zijn blauwe uniformjas zat een miniatuur van de Combat Infantryman's Badge, voor het geval de schouders en de harde zwarte ogen je nog niet waren opgevallen. Na de eerste Golfoorlog was hij van de gewone infanterie naar de militaire politie overgegaan. Waarschijnlijk was het hem goed gelukt de wet te handhaven en het verkeer te leiden, dacht Jack, terwijl hij naar hem zwaaide.

'Hé, meneer Ryan.'

'Goedemorgen, Ernie.'

'U ook goedemorgen, meneer.' Voor een ex-soldaat was iedereen 'meneer'.

In de buurt van Ciudad Juárez was het twee uur eerder. Het busje reed het terrein van een benzinestation op en stopte bij vier andere auto's. Achter hen reden de andere busjes, die hen helemaal tot aan de Amerikaanse grens waren gevolgd. De mannen werden wakker en strompelden door de kille ochtendlucht en rekten zich uit.

'Hier laat ik jullie achter, *señor*,' zei de chauffeur tegen Mustafa. 'Jullie gaan mee met de man die daar bij die geelbruine Ford Explorer staat. *Vaya con Dios, amigos*,' zei hij bij wijze van afscheid. Ga met God.

Mustafa liep in die richting en trof een tamelijk lange man met een cowboyhoed aan. De man zag er niet erg fris uit en zijn snor moest nodig bijgeknipt worden. '*Buenos dias*, ik ben Pedro. Ik breng jullie de rest van de weg. Jullie komen met zijn vieren bij mij in de auto, ja?'

Mustafa knikte. 'Dat klopt.'

'Er liggen waterflessen achterin. Misschien willen jullie iets te eten hebben. Jullie kunnen alles kopen in de winkel van het benzinestation.' Hij wees naar het gebouw. Mustafa volgde zijn raad op, en zijn collega's deden dat ook, en na zo'n tien minuten stapten ze in de auto's en reden ze weg.

Ze gingen naar het westen, vooral langs Route 2. Onmiddellijk gingen de auto's van elkaar vandaan; ze reden niet meer in formatie, zou je kunnen zeggen. Ze waren met zijn vieren, grote SUV-wagens van Amerikaans fabrikaat, allemaal bedekt met een dikke laag vuil en gruis om er niet nieuw uit te zien. De zon was achter hen boven de horizon gekomen en wierp schaduwen over de kakikleurige grond.

Pedro bleek al zijn woorden op het parkeerterrein te hebben verbruikt. Hij liet nu niets meer van zich horen, op een enkele boer na, en rookte de ene sigaret na de andere. Hij had de radio op een middengolfstation staan en neuriede mee met de Spaanse muziek. De Arabieren zaten zwijgend bij hem in de auto.

'Hé, Tony,' groette Jack. Zijn collega zat al achter de computer.

'*Howdy*,' antwoordde Wills.

'Nog nieuws vanmorgen?'

'Niet sinds gisteren, maar de CIA heeft het erover om onze vriend Fa'ad te gaan volgen – opnieuw.'

'Gaan ze dat echt doen?'

'Wie zal het zeggen? De CIA-chef in Bahrein zegt dat hij meer personeel nodig heeft om het te kunnen doen, en de personeelsklojo's in Langley zijn waarschijnlijk nog druk bezig dat balletje heen en weer te gooien.'

'Mijn vader zei altijd dat de regering in werkelijkheid door boekhouders en juristen wordt geleid.'

'Daar zit hij dan niet ver naast, jongen. Maar god mag weten welke rol Ed Kealty dan speelt. Wat vindt je vader van hem?'

'Hij kan die kerel niet uitstaan. Hij praat niet in het openbaar over de nieuwe regering, omdat dat volgens hem verkeerd is, maar als je onder het eten iets over die man zegt, krijg je de volle laag. Het is gek. Pa heeft een hekel aan politiek, en hij doet zijn best om zich te beheersen, maar die man staat echt niet op zijn kerstkaartenlijst. Maar hij houdt het stil, wil er niet met journalisten over praten. Mike Brennan zegt dat de geheime dienst ook niets van de nieuwe president moet hebben. En zij móéten hem aardig vinden.'

'Als professional heb je het niet altijd gemakkelijk,' beaamde Wills.

Toen zette Junior zijn computer aan en keek hij naar de communicatie tussen Langley en Fort Meade in de afgelopen nacht. De kwantiteit daarvan was veel indrukwekkender dan de kwaliteit. Blijkbaar had zijn nieuwe vriend Uda...

'Onze vriend Sali heeft gisteren met iemand geluncht,' zei Jack.
'Met wie?' vroeg Wills.
'Dat weten de Britten niet. Zo te zien iemand uit het Midden-Oosten, ongeveer 28 jaar, zo'n dun – nou, smal – baardje, en een snor, maar ze weten niet wie hij is. Ze spraken Arabisch en niemand kon dicht genoeg in de buurt komen om hen af te luisteren.'
'Waar aten ze?'
'Een pub op Tower Hill. Die heet Hung, Drawn and Quartered. Dat is aan de rand van de financiële wijk. Uda dronk Perrier. Zijn kameraad had een biertje. En ze gebruikten een eenvoudige lunch, brood met kaas. Ze zaten in een hoek, waardoor het voor degene die hen volgde moeilijk was om dichtbij te komen.'
'Dus ze wilden privacy. Dat hoeft nog niet te betekenen dat het schurken zijn. Hebben de Britten hem geschaduwd?'
'Nee. Dat betekent waarschijnlijk dat Uda door één iemand wordt gevolgd?'
'Waarschijnlijk,' beaamde Wills.
'Hier staat dat ze een foto van die nieuwe man hebben. Maar die zit niet bij het bericht.'
'Waarschijnlijk was de volger iemand van de Security Service, MI5. En waarschijnlijk een lagere agent. Uda wordt niet erg belangrijk gevonden, niet genoeg om hem uitgebreid te schaduwen. Het ontbreekt al die diensten aan de benodigde mankracht. Verder nog iets?'
'Wat geldtransacties in de middag. Lijkt me routine,' zei Jack, terwijl hij de transacties over zijn scherm liet gaan. Ik ben op zoek naar iets kleins en onschuldigs, zei hij tegen zichzelf. Maar kleine, onschuldige dingen wáren voor het merendeel klein en onschuldig. Uda was elke dag met geld bezig, met grote en kleine bedragen. Omdat hij aan conservatief vermogensbeheer deed, speculeerde hij bijna nooit en belegde hij vooral in onroerend goed. Londen – Groot-Brittannië in het algemeen – was een goede plaats om geld te beheren. De onroerendgoedprijzen waren tamelijk hoog, maar erg stabiel. Als je iets kocht, ging het misschien niet sterk in waarde omhoog, maar de waarde zou ook niet kelderen. Daarom vond Uda's vader het goed dat de jongen zijn benen strekte, maar hij mocht nog geen drukke straten oversteken. Hoeveel persoonlijk vermogen bezat Uda? Aangezien hij zijn hoeren met baar geld en dure handtassen betaalde, moest hij zijn eigen geldvoorraad hebben. Misschien was die bescheiden, maar wat voor Saudische begrippen 'bescheiden' was, zou dat in de ogen van veel andere mensen niet zijn. Per slot van rekening reed de jongen in een Aston Martin, en hij woonde niet bepaald in een krot... En dus...

'Hoe kan ik aan Sali's transacties zien of het om zijn eigen geld of geld van zijn familie gaat?'
'Dat kun je niet zien. We denken dat hij die twee dingen dicht bij elkaar houdt, altijd geheim en altijd met elkaar verweven. Je zou kunnen kijken naar de kwartaaloverzichten die hij naar zijn familie stuurt.'
Jack kreunde. 'O, geweldig, dat kost me een paar dagen om alle transacties bij elkaar te zoeken en ze dan te analyseren.'
'Nu weet je waarom je geen accountant bent geworden, Jack,' zei Wills grinnikend.
Jack trok bijna een kwaad gezicht, maar er was maar één manier om deze taak te volbrengen, en het wás zijn baan, nietwaar? Eerst moest hij proberen na te gaan of zijn programma het proces kon versnellen. Nee. Wiskunde op het niveau van de vierde klas, in combinatie met een fijne neus. Fantastisch. Maar als hij klaar was, zou hij tenminste beter zijn in nummers invoeren met de numerieke toetsen aan de rechterkant van het toetsenbord. Daar kon hij zich op verheugen. Waarom nam de Campus niet een paar forensisch accountants in dienst?

Ze verlieten Route 2 en reden over een onverharde weg die met veel bochten naar het noorden ging. Het landschap was enigszins bergachtig. De echte toppen van de Rocky Mountains lagen in het westen, zo ver weg dat hij ze niet kon zien, maar de lucht was hier ijler dan hij gewend was en het zou warm zijn als ze moesten lopen. Hij vroeg zich af hoe ver dat zou zijn, en hoe dicht ze bij de Amerikaanse grens waren. Hij had gehoord dat de Amerikaans-Mexicaanse grens wel werd bewaakt, maar niet goed. De Amerikanen konden op sommige terreinen dodelijk competent zijn, maar op andere terreinen volslagen infantiel. Mustafa en de anderen hoopten het eerste te vermijden en gebruik te maken van het tweede. Om ongeveer elf uur in de ochtend zag hij in de verte een grote vrachtwagen staan. Hun SUV reed daarheen. De vrachtwagen, zag hij toen ze dichterbij kwamen, was leeg en de grote rode deuren stonden wijd open. De Ford Explorer naderde hem tot op honderd meter en stopte toen. Pedro zette de motor af en stapte uit.
'We zijn er, mijn vrienden,' zei hij. 'Ik hoop dat jullie kunnen lopen.'
Ze stapten alle vier uit, strekten net als de vorige keer hun benen en keken om zich heen. Een nieuwe man kwam in hun richting lopen. Intussen kwamen de andere drie SUV's aanrijden en stapten hun passagiers uit.
'Hallo, Pedro,' begroette de nieuwe Mexicaan de voorste chauffeur, die blijkbaar een oude vriend van hem was.
'*Buenos dias*, Ricardo. Dit zijn de mensen die naar Amerika willen gaan.'

'Hallo.' Hij schudde de eerste vier de hand. 'Ik ben Ricardo, en ik ben jullie *coyote*.'
'Wat?' vroeg Mustafa.
'Dat is maar een woord. Ik breng mensen over de grens, voor een bepaald bedrag. In jullie geval ben ik natuurlijk al betaald.'
'Hoe ver?'
'Tien kilometer. Een korte wandeling,' zei hij geruststellend. 'Het landschap is ongeveer zoals dit. Als je een slang ziet, loop je gewoon weg. Hij zal niet achter je aan komen. Maar als je binnen een meter afstand komt, kan hij je aanvallen en doden. Afgezien daarvan heb je niets te vrezen. Als je een helikopter ziet, moet je je plat op de grond laten vallen en niet bewegen. De Amerikanen bewaken hun grens niet goed, en vreemd genoeg doen ze het overdag minder goed dan 's nachts. We hebben ook voorzorgsmaatregelen genomen.'
'Welke?'
'Er zitten dertig mensen in die wagen.' Hij wees naar de grote vrachtwagen. 'Die lopen voor ons uit en ten westen van ons. Als er iemand wordt gepakt, zijn zij het.'
'Hoe lang duurt het?'
'Drie uur. Korter als jullie fit zijn. Hebben jullie water?'
'Wij kennen de woestijn,' verzekerde Mustafa hem.
'Zoals je zegt. Laten we dan vertrekken. Volg mij, *amigo*.' En na die woorden liep Ricardo naar het noorden. Zijn kleren waren allemaal kaki en hij droeg een riem waaraan drie veldflessen hingen. Verder had hij een militaire verrekijker en een slappe hoed in legerstijl. Zijn laarzen waren goed ingelopen. Hij liep met doelbewuste, efficiënte passen, niet overdreven snel, maar in een stevig tempo. Ze liepen achter hem aan en vormden één enkele rij, dan konden eventuele achtervolgers niet aan de sporen zien met hoeveel ze waren. Mustafa ging voorop, ongeveer vijf meter achter hun *coyote*.

Er was een schietbaan op ongeveer driehonderd meter afstand van het plantagehuis. Die baan was in de openlucht en had stalen doelen, ongeveer zoals die op de FBI Academy werden gebruikt, met hoofdplaten die rond en ongeveer zo groot als een menselijk hoofd waren. Die lieten een aangenaam *kleng*-geluid horen als ze werden geraakt en vielen dan neer, zoals een menselijk doel zou doen wanneer het daar werd geraakt. Enzo bleek er het best in te zijn. Aldo legde uit dat in het Korps Mariniers niet zoveel nadruk op pistoolschieten werd gelegd, terwijl de FBI daar juist veel aandacht aan schonk, in de veronderstelling dat iedereen goed met een geweer kon schieten. De FBI-broer ging met gespreide benen staan en schoot met twee handen, terwijl de marinier rechtop stond en met één hand schoot, zoals dat in het leger werd geleerd.

'Hé, Aldo, zo ben je alleen maar een beter doelwit,' waarschuwde Dominic hem.

'O ja?' Brian loste drie schoten en kreeg alle drie de keren een bevredigend *kleng*-geluid te horen. 'Het is moeilijk schieten als je net een kogel tussen je koplampen hebt gehad, broertje.'

'En wat is dat nou voor onzin van met één schot doden? Als iets de moeite van het schieten waard is, mag je het best twee keer raken.'

'Hoeveel kogels heb je aan die schoft in Alabama besteed?' vroeg Brian.

'Drie. Ik wilde geen risico's nemen,' legde Dominic uit.

'Jij zegt het, broertje. Hé, laat me die Smith van jou eens proberen.'

Dominic maakte zijn wapen leeg voordat hij het overgaf. Hij gaf zijn broer het magazijn apart. Om aan het gevoel van het wapen te wennen oefende Brian een paar keer zonder echt te schieten, en toen laadde hij de Smith. Zijn eerste schot ging – *kleng* – tegen een hoofdplaat. Zijn tweede schot ook. Het derde miste, maar nummer vier niet, een derde van een seconde later. Brian gaf het wapen terug. 'Hij voelt anders aan,' legde hij uit.

'Je went er wel aan,' beloofde Dominic hem.

'Dank je, maar ik hou van die zes extra patronen in het magazijn.'

'Nou, het is maar wat je het liefst hebt.'

'Waarom schieten we trouwens steeds op het hoofd?' vroeg Brian zich af. 'Oké, als je met een scherpschuttersgeweer schiet, is dat de beste manier om iemand uit te schakelen, maar niet met een pistool.'

'Als je iemand vanaf vijftien meter in zijn hoofd kunt raken,' antwoordde Pete Alexander, 'is dat gewoon erg handig. Ik ken geen betere manier om een woordenwisseling te beslechten.'

'Waar kom je vandaan?' vroeg Dominic.

'Je keek niet rond, agent Caruso. Vergeet niet: zelfs Adolf Hitler had vrienden. Hebben ze je dat in Quantico niet geleerd?'

'Eh... ja,' gaf Dominic een beetje beteuterd toe.

'Als je eerste doel is neergehaald, kijk je even rond om te zien of hij misschien nog vrienden had. Of je maakt dat je wegkomt. Of allebei.'

'Je bedoelt weglopen?' vroeg Brian.

'Alleen als je iemand volgt. Je gaat dan zo onopvallend mogelijk weg. Dat kan betekenen dat je een boekwinkel binnenloopt en iets koopt, of dat je ergens een kop koffie gaat drinken, of wat dan ook. Je handelt naar bevind van zaken, maar je houdt je doel in gedachten. Het is altijd je doel om zo snel weg te komen als de omstandigheden toelaten. Doe je dat te snel, dan valt het mensen op. Doe je het te langzaam, dan kunnen

ze zich later herinneren dat ze jou en het doel dicht bij elkaar hebben gezien. Ze zullen nooit melding maken van iemand die ze niet hebben opgemerkt. Dus dat is het streven. De kleren die je draagt als je een karwei doet, de manier waarop je je gedraagt, de manier waarop je loopt, de manier waarop je denkt – dat alles moet erop zijn afgestemd dat je onzichtbaar bent,' vertelde Alexander.
'Met andere woorden, Pete, als we die mensen gaan doden waarvoor we trainen,' merkte Brian rustig op, 'moeten we dat doen en weglopen zonder dat iemand iets in de gaten heeft.'
'Zou je liever worden opgepakt?' vroeg Alexander.
'Nee, maar als je iemand wilt doden, kun je dat het best met een goed geweer op een paar honderd meter afstand doen. Dat lukt altijd.'
'Maar als we hem nu eens op een zodanige manier dood willen hebben dat niemand er een moord in ziet?' vroeg hun instructeur.
'Hoe doe je dat?' Dat was Dominic.
'Geduld, jongens. Eén ding tegelijk.'

Ze kwamen bij de resten van een soort hek. Ricardo liep er gewoon doorheen. Hij gebruikte een gat dat eruitzag alsof het er al lange tijd was. De hekpalen waren donkergroen, maar de verf was grotendeels weggeroest. Het hek zelf was er nog slechter aan toe. Het kostte hun geen moeite om vooruit te komen. De *coyote* ging een meter of vijftig verder, koos een grote rots uit, ging zitten, stak een sigaret op en nam een slok uit zijn veldfles. Het was zijn eerste rustpauze. Het terrein was redelijk goed begaanbaar geweest, en blijkbaar had hij dit al vaak gedaan. Mustafa en zijn vrienden wisten niet dat hij al enkele honderden groepen via deze zelfde route over de grens had gebracht en maar één keer was gearresteerd – en dat had erg weinig gevolgen gehad, behalve dat hij zich in zijn trots gekwetst had gevoeld. Hij had toen ook afstand gedaan van zijn loon, want hij was een eerzame *coyote*. Mustafa ging naar hem toe.
'Gaat het goed met je vrienden?' vroeg Ricardo.
'Het was niet zo inspannend,' antwoordde Mustafa, 'en ik heb geen slangen gezien.'
'Er zijn er hier niet veel. Mensen schieten ze vaak dood, of gooien ze dood met stenen. Niemand houdt van slangen.'
'Zijn ze gevaarlijk – echt gevaarlijk, bedoel ik?'
'Alleen als je erg dom bent, en zelfs dan zul je waarschijnlijk niet sterven. Je bent een paar dagen ziek. Dat is alles, maar lopen doet veel pijn. We wachten hier een paar minuten. We liggen voor op schema. O ja, welkom in Amerika, *amigo*.'

'Dat hek is alles?' vroeg Mustafa verbaasd.
'De *norteamericano* is rijk, ja, en slim, ja, maar hij is ook lui. Mijn mensen zouden daar niet heen gaan als er geen werk was waarvoor de *gringo* te lui is.'
'Hoeveel mensen smokkel je dan naar Amerika?'
'Ikzelf, bedoel je? Duizenden. Vele duizenden. Daar word ik goed voor betaald. Ik heb een mooi huis en er werken zes andere *coyotes* voor me. De *gringo's* maken zich drukker om mensen die drugs over de grens smokkelen, en dat doe ik niet. Het is de moeite niet waard. Ik laat twee van mijn mannen dat voor me doen. Daar is erg veel mee te verdienen, weet je.'
'Wat voor drugs?' vroeg Mustafa.
'Het soort waarvoor ik word betaald.' Hij grijnsde en nam weer een slok uit zijn veldfles.
Mustafa draaide zich om, want Abdullah kwam eraan.
'Ik dacht dat het een zware tocht zou zijn,' zei Mustafa's rechterhand.
'Alleen zwaar voor stedelingen,' antwoordde Ricardo. 'Dit is mijn land. Ik ben in de woestijn geboren.'
'Ik ook,' merkte Abdullah op. 'Het is een mooie dag.' Dat dit beter was dan achter in een vrachtwagen zitten, hoefde hij er niet bij te zeggen.
Ricardo stak weer een Newport op. Hij hield van mentholsigaretten, want die waren zachter voor de keel. 'Het duurt nog een maand voordat het warm wordt, misschien twee maanden. Maar dan kan het ook erg heet zijn, en als je verstandig bent, neem je dan veel water mee. In de augustushitte zijn hier mensen gestorven omdat ze niet genoeg water hadden. Maar nooit mensen van mij. Ik zorg dat iedereen water heeft. Moeder Natuur kent geen liefde en geen genade,' merkte de *coyote* op. Aan het eind van de voettocht wist hij een adres waar hij een paar *cervezas* kon drinken voordat hij naar El Paso reed. Vandaar ging hij naar zijn comfortabele huis in Ascensión terug, ver genoeg van de grens vandaan om geen last te hebben van emigranten in spe, die de slechte gewoonte hadden dingen te stelen die ze voor de overtocht nodig hadden. Hij vroeg zich af hoeveel ze aan de *gringo*-kant van de grens stalen, maar dat was niet zijn probleem. Hij had zijn sigaret op en kwam overeind. 'Nog drie kilometer, vrienden.'
Mustafa en zijn vrienden gingen verder met hun voettocht naar het noorden. Nog maar drie kilometer? Thuis moesten ze verder lopen om bij een bushalte te komen.

Cijfers intoetsen op een computer was ongeveer even leuk als naakt door een cactustuin rennen. Jack was iemand die behoefte had aan intellectuele stimulansen, en in tegenstelling tot veel andere mensen kon hij die stimulansen niet in financieel speurwerk vinden.

'Saai, hè?' vroeg Tony Wills.

'Zeg dat wel,' bevestigde Jack.

'Tja, zo is het nou eenmaal als je informatie verzamelt en verwerkt. Zelfs als het opwindend is, is het tamelijk saai – tenzij je echt op het spoor van een bijna onvindbare vos bent. Dan kan het wel leuk zijn, al is het altijd minder opwindend dan wanneer je iemand in het veld volgt. Dat heb ik nooit gedaan.'

'Mijn vader ook niet,' merkte Jack op.

'Dat hangt ervan af welke verhalen je leest. Je vader heeft ook wel eens in de vuurlinie gestaan. Ik denk niet dat hij dat prettig vond. Heeft hij er ooit over gepraat?'

'Nooit. Niet één keer. Ik denk dat zelfs mijn moeder daar niet veel van weet. Nou ja, behalve dat in die onderzeeër, maar het meeste wat ik weet heb ik uit boeken en zo. Ik heb pa er een keer naar gevraagd, maar toen zei hij alleen: "Geloof jij alles wat er in de kranten staat?" Zelfs toen die Rus, die Gerasimov, op de televisie kwam, bromde pa alleen maar iets.'

'In Langley zeggen ze dat hij een eersteklas inlichtingenman was. Dat hij alle geheimen bewaarde zoals de bedoeling is. Maar hij werkte meestal op de zesde verdieping. Ik ben zelf nooit zo hoog gekomen.'

'Misschien kun je me iets vertellen.'

'Wat dan?'

'Gerasimov, Nikolai Borissovitsj Gerasimov. Stond hij echt aan het hoofd van de KGB? Heeft mijn vader hem echt uit Moskou gesleept?'

Wills aarzelde even, maar er viel niet aan te ontkomen. 'Ja. Hij was de voorzitter van de KGB, en ja: je vader heeft geregeld dat hij kon overlopen.'

'Echt waar? Hoe heeft pa dat voor elkaar gekregen?'

'Dat is een erg lang verhaal, en het is niet voor jou oren bestemd.'

'Waarom heeft hij pa dan verraden?'

'Omdat hij een onvrijwillige overloper was. Je vader dwong hem ertussenuit te knijpen. Hij wilde dat je vader betaald zetten toen die president was geworden. Maar weet je, Nikolai Borissovitsj zong – misschien niet als een kanarie, maar hij zong wel. Hij leeft nu ergens onder een andere identiteit. Ze halen hem nog wel eens op om hem nog wat te laten zingen. De mensen die je te pakken krijgt, vertellen je nooit alles in één keer, en dus ga je van tijd tot tijd naar hen terug. Daardoor voelen ze zich belangrijk, en dan zingen ze meestal nog wat meer. Hij is nog steeds niet gelukkig. Hij kan niet naar huis. Ze zouden hem overhoopschieten. De Russen zijn nooit erg vergevingsgezind geweest als het op hoogverraad aankwam. Nou ja, wij ook niet. En dus leeft hij hier in Amerika onder een identiteit die onze overheid voor hem geregeld heeft. Het laatste wat ik heb gehoord, is dat hij de golfsport heeft ontdekt. Zijn dochter is getrouwd met een rijke aristocratische klootzak in Virginia. Ze is nu een echte Amerikaanse, maar haar vader zal sterven als een ongelukkig mens. Hij wilde de Sovjet-Unie overnemen, en daarmee bedoel ik dat hij die baan écht graag wilde, maar je vader heeft dat voorgoed onmogelijk gemaakt, en Nick koestert nog steeds wrok.'

'Wel allemachtig.'

'Nog nieuws over Sali?' vroeg Wills, om het gesprek weer op de realiteit te brengen.

'Er zijn een paar kleine dingen. Je weet wel, vijftigduizend hier, tachtigduizend daar – ponden, geen dollars. Op rekeningen waar ik niet veel van weet. Hij geeft twee- tot achtduizend pond per week uit en vindt dat waarschijnlijk een schijntje.'

'Waar komt dat geld vandaan?' vroeg Wills.

'Dat is niet helemaal duidelijk, Tony. Ik denk dat hij iets van zijn familierekening afroomt, misschien twee procent, die hij als onkosten kan declareren. Op die manier merkt zijn vader niet dat hij van zijn ouders steelt. Hoe zouden ze daarop reageren?' speculeerde Jack.

'Ze zouden zijn hand niet afhakken, maar ze zouden iets ergers kunnen doen: de geldkraan dichtdraaien. Kun jij je voorstellen dat die jongen moet werken voor de kost?'

'Je bedoelt echt werken?' Jack moest even lachen. 'Op de een of andere manier zie ik dat niet gebeuren. Hij heeft altijd een lui leventje geleid. Ik ben vaak in Londen geweest. Ik kan me niet voorstellen hoe een werkende nietsnut zich daar in leven houdt.'

Wills neuriede: 'Hoe hou je ze op de boerderij als ze Parijs hebben gezien?'

Jack kreeg een kleur. 'Hoor eens, Tony – ja, ik weet dat ik in rijkdom ben opgegroeid, maar pa zorgde er altijd voor dat ik een zomerbaantje had. Ik heb zelfs twee maanden in de bouw gewerkt. Dat maakte het leven van Mike Brennan en zijn collega's er niet makkelijker op. Maar pa wilde dat ik wist wat het was om echt werk te doen. Ik had er in het begin de pest over in, maar achteraf was het wel goed. Meneer Sali hier heeft dat nooit gedaan. Ik bedoel, als het moest, zou ik me wel kunnen handhaven in een baantje onder aan de ladder. Hij zou daar veel meer moeite mee hebben.'

'Nou, hoeveel onverwacht geld in totaal?'

'Misschien tweehonderdduizend pond – zeg maar driehonderdduizend

dollar. Maar ik weet het nog niet precies, en het is niet zo heel veel geld.'
'Hoeveel tijd heb je nodig om het precies te weten?'
'Als het zo doorgaat? Misschien een week, als ik geluk heb. Dit is net zoiets als wanneer je een auto volgt door het spitsuur van New York, weet je.'
'Ga ermee door. Het is ook niet de bedoeling dat het makkelijk is, of leuk.'
'*Aye, aye, sir.*' Dat had hij opgepikt van de mariniers in het Witte Huis. Ze hadden het zelfs wel eens tegen hém gezegd, totdat zijn vader het had gemerkt en er meteen een eind aan had gemaakt. Jack keek weer op zijn computerscherm. Hij maakte aantekeningen op een schrijfblok met wit gelinieerd papier, gewoon omdat hij dat gemakkelijker vond, en bracht die notities elke middag op een apart computerbestand over. Terwijl hij schreef, zag hij dat Tony hun kamertje verliet om naar boven te gaan.

'Die jongen heeft er kijk op,' zei Wills op de bovenste verdieping tegen Rick Bell.
'O?' Het was nog een beetje vroeg om een oordeel te vellen over de nieuwkomer, ongeacht wie zijn vader was, vond Bell.
'Ik heb hem op een jonge Saudi gezet die in Londen woont, een zekere Uda bin Sali – hij beheert geld van zijn familie. De Britten houden hem min of meer in de gaten omdat hij iemand belde die ze ooit interessant vonden.'
'En?'
'En Junior heeft een paar honderdduizend pond gevonden die niet te verklaren zijn.'
'Hoe hard is die informatie?' vroeg Bell.
'We zullen er een vaste medewerker op moeten zetten, maar weet je... die jongen heeft een fijne neus.'
'Dave Cunningham misschien?' Dave, een forensisch accountant, was vanuit het ministerie van Justitie voor de Campus komen werken. Hij liep tegen de zestig en had een legendarisch oog voor cijfers. De handelsafdeling van de Campus gebruikte hem vooral voor 'conventionele' taken. Hij had het erg goed kunnen doen op Wall Street, maar hij vond het gewoon prachtig om de kost te verdienen met boeven vangen. Op de Campus kon hij dat veel langer doen dan de pensioenvoorschriften van de overheid toestonden.
'Ik zou voor Dave kiezen,' beaamde Tony.
'Goed, laten we Jacks computerbestanden naar Dave sturen en kijken wat hij kan ontdekken.'

'Prima, Rick. Heb je het rapport over de NSA-onderscheppingen van gisteren gezien?'
'Ja. Het heeft mijn aandacht.' Bell keek op. Drie dagen geleden was het aantal berichten van bronnen die de inlichtingendiensten interessant vonden met zeventien procent gedaald en waren twee buitengewoon interessante bronnen bijna helemaal stil komen te liggen. Als dat met radioverkeer in een militaire eenheid gebeurde, betekende het vaak dat er grote operaties op komst waren. Zulke dingen maakten inlichtingenmensen erg nerveus. Het grootste deel van de tijd betekende het helemaal niets, gewoon een toevallige teruggang, maar er was al zo vaak echt iets gebeurd dat de mensen die berichten afluisterden zo'n verschijnsel erg serieus namen.
'Ideeën?' vroeg Wills.
Bell schudde zijn hoofd. 'Ik ben zo'n tien jaar geleden gestopt met bijgelovig zijn.'
Tony Wills blijkbaar niet. 'Rick, het zit eraan te komen. Het zit er al een hele tijd aan te komen.'
'Ik weet wat je bedoelt, maar we kunnen niet op dat soort dingen afgaan.'
'Rick, het is net of we naar een wedstrijd zitten te kijken – misschien zitten we zelfs in de dug-out, maar toch kunnen we niet het veld op wanneer we willen.'
'Om wat te doen – de scheidsrechter te doden?' vroeg Bell.
'Nee, maar wel de kerel die van plan is een loden bal te gooien.'
'Geduld, Tony, geduld.'
'Dat is verdomd lastig te verwerven, hè?' Wills had het nooit geleerd, ondanks al zijn ervaring.
'Denk je dat jij het moeilijk hebt? Hoe zit het dan met Gerry?'
'Ja, Rick, ik weet het.' Hij stond op. 'Tot later, man.'

Ze hadden geen mens gezien, geen auto, geen helikopter. Het was duidelijk dat hier niets van waarde was. Geen olie, geen goud, zelfs geen koper. Niets wat bewaakt of beschermd moest worden. Ze hadden net genoeg gelopen om het een gezonde wandeling te kunnen noemen. Wat dorre struiken, zelfs een paar onvolgroeide bomen. Een paar bandensporen, maar geen van alle nieuw. Dit deel van Amerika zou net zo goed het Lege Kwartier van Saudi-Arabië kunnen zijn, het el-Roeb el-Chali, waar zelfs een geharde woestijnkameel het moeilijk kreeg.
Maar blijkbaar was er nu een einde aan de tocht gekomen. Toen ze over een heuvel heen kwamen, zagen ze vijf auto's die in hun eentje stonden te wachten. Er stonden mannen bij die met elkaar praatten.

'Ah,' zei Ricardo. 'Zij zijn ook vroeg. Uitstekend.' Nu kon hij die norse buitenlanders dumpen en verdergaan met zijn werk. Hij bleef staan wachten tot zijn cliënten bij hem waren aangekomen.
'Dit is onze bestemming?' vroeg Mustafa met hoop in zijn stem. Het was een gemakkelijke wandeling geweest, veel gemakkelijker dan hij had verwacht.
'Mijn vrienden daar zullen jullie naar Las Cruces brengen. Daar kunnen jullie zien hoe jullie verder reizen.'
'En jij?' vroeg Mustafa.
'Ik ga naar huis, naar mijn gezin,' antwoordde Ricardo. Dat was toch duidelijk? Maar misschien had die kerel geen gezin.
De rest van de wandeling nam maar tien minuten in beslag. Ricardo stapte in de voorste SUV, nadat hij eerst zijn gezelschap de hand had geschud. Deze mannen leken best vriendelijk, al waren ze wat terughoudend. Misschien was het moeilijker geweest om hen hier te krijgen, maar er kwamen veel meer illegale immigranten de grens over in Arizona en California, en daar had de Amerikaanse grenswacht het meeste personeel. De *gringo's* hadden de neiging het piepende wiel te smeren – net als ieder ander op de wereld misschien, maar toch was het nogal kortzichtig van hen. Vroeg of laat zouden ze beseffen dat er hier ook illegaal grensverkeer was. Alleen niet op zo'n dramatische manier. En dan zou hij iets anders moeten vinden om de kost mee te verdienen. Maar hij had de afgelopen zeven jaar erg goed geboerd – genoeg om een klein bedrijf op te zetten en te zorgen dat zijn kinderen geen illegaal werk hoefden te doen.
Hij zag zijn gezelschap in de wagens stappen en wegrijden. Hij ging ook in de richting van Las Cruces, maar toen hij bij de Interstate 10 kwam, ging hij naar El Paso in het zuiden. Hij vroeg zich allang niet meer af wat deze cliënten in Amerika wilden gaan doen. Waarschijnlijk niet als tuinman of bouwvakker werken, dacht hij, maar hij had tienduizend Amerikaanse dollars gekregen. Ze waren dus belangrijk voor iemand... maar niet voor hem.

10

Bestemmingen

Voor Mustafa en zijn vrienden was de rit naar Las Cruces een welkome adempauze, en hoewel ze niets lieten blijken, waren ze nu opgewonden. Ze waren in Amerika. Hier waren de mensen die ze zouden doden. De missie was op de een of andere manier dichter bij haar voltooiing gekomen – niet met een paar kilometer, maar doordat ze een magische, onzichtbare lijn waren overgestoken. Ze waren in het huis van de Grote Satan. Hier waren de mensen die de dood hadden laten regenen op hun thuisland, en op de gelovigen in de hele moslimwereld. Hier waren de mensen die Israël zo enthousiast steunden.

In Deming namen ze de Interstate 10 richting Las Cruces. Het was 62 mijl – honderd kilometer – naar hun volgende tijdelijke bestemming. Borden langs de weg maakten reclame voor hotels en plaatsen waar je kon eten, toeristenattracties, zowel alledaagse als ondenkbare. Het landschap was glooiend, en de horizon bleef ver weg, al vrat de auto de afstand met een gestage snelheid van 110 kilometer per uur weg.

De chauffeur van hun auto was weer een Mexicaan, en hij zei niets. Waarschijnlijk ook ingehuurd. Niemand zei iets: de chauffeur niet omdat hij dat niet wilde, zijn passagiers niet omdat ze Engels met een accent spraken en de chauffeur dat zou kunnen merken. Op deze manier zou hij zich alleen herinneren dat hij op een onverharde weg in het zuiden van New Mexico wat mensen had opgepikt en hen ergens anders heen had gebracht.

Het was voor de anderen in zijn gezelschap waarschijnlijk moeilijker, dacht Mustafa. Ze moesten erop vertrouwen dat hij wist wat hij deed. Hij was de missiecommandant, de leider van een bende krijgers die zich straks zou opsplitsen in vier eenheden die nooit meer bij elkaar zouden komen. De missie was uiterst zorgvuldig gepland. Voortaan zouden ze alleen via de computer communiceren, en dat dan ook nog zo min mogelijk. Ze zouden onafhankelijk van elkaar functioneren, maar ze zouden zich wel aan een eenvoudig tijdschema houden en naar één strategisch doel toe werken. Het plan zou Amerika op zijn grondvesten laten schudden zoals geen enkel ander plan dat ooit had gedaan, zei Mustafa tegen zichzelf, terwijl hij in een stationwagen keek die hen passeerde. Twee ouders van wat zo te zien twee kleintjes waren, een jonge-

tje van een jaar of vier en een kleiner kind van zo'n anderhalf jaar. Ongelovigen, allemaal. Doelwitten.
Zijn operationele plan was natuurlijk helemaal op schrift gesteld, in 14-punts Geneva op vellen wit papier. Vier exemplaren. Een voor iedere teamleider. De andere gegevens zaten in bestanden op de computers die alle mannen in hun kleine tassen hadden, samen met extra overhemden en schoon ondergoed en weinig anders. Ze zouden niet veel nodig hebben, en het was de bedoeling dat ze erg weinig zouden achterlaten, want dan was het raadsel voor de Amerikanen des te groter.
Mustafa glimlachte vagelijk naar het landschap dat aan hen voorbijtrok. Hij stak een sigaret op – hij had er nog maar drie over – en inhaleerde de tabaksrook, terwijl de airconditioning koude lucht in zijn gezicht blies. Achter hen daalde de zon aan de hemel. Ze zouden hun volgende – en laatste – halteplaats in het donker bereiken, en dat was goede tactische planning, vond hij. Hij wist dat het alleen maar toeval was, maar in dat geval betekende het dat Allah zelf Zijn zegen aan hun plan gaf. En natuurlijk zou Hij dat doen. Ze deden allemaal Zijn werk.

Weer een saaie dagtaak verricht, zei Jack tegen zichzelf toen hij naar zijn auto liep. Dat was wel een nadeel van de Campus: hij kon er met niemand over praten. Letterlijk niemand mocht hier iets van weten, al was hem nog niet duidelijk waarom. Hij zou dit kunnen bespreken met zijn vader – de president mocht per definitie alles weten, en ex-presidenten hadden dezelfde toegang tot informatie, zo niet bij de wet dan wel uit praktische overwegingen. Maar nee, dat kon hij niet doen. Pa zou niet blij zijn met zijn nieuwe baan. Pa zou de telefoon pakken en alles bederven, en Jack had inmiddels genoeg van dit nieuwe werk geproefd om nog minstens een paar maanden hongerig te blijven. Evengoed zou het geweldig zijn geweest als hij een paar dingen kon bespreken met iemand die wist wat er aan de hand was. Gewoon iemand die zou zeggen: ja, dit is echt belangrijk, en: ja, je levert echt een bijdrage aan waarheid, gerechtigheid en de Amerikaanse cultuur.
Kon hij echt werk van betekenis doen? De wereld draaide zoals hij draaide, en daar kon hij niet veel aan veranderen. Zelfs zijn vader had dat niet gekund, ondanks alle macht die hem was toegevallen. Hoeveel minder zou hij, een prins van de laagste rang, tot stand kunnen brengen? Maar als de scherven van de wereld ooit aan elkaar geplakt zouden worden, dan zou dat worden gedaan door iemand die het niet kon schelen of het onmogelijk was of niet. Waarschijnlijk iemand die te jong en te dom was om te weten dat onmogelijke dingen... onmogelijk waren. Maar noch zijn moeder noch zijn vader geloofde in dat woord, en zo

hadden ze hem ook opgevoed. Sally was binnenkort klaar met haar medicijnenstudie en zou zich dan in oncologie specialiseren – het enige waarvan haar moeder spijt had dat ze het niet in haar eigen medische carrière had gedaan – en ze zei tegen iedereen die ernaar vroeg dat ze erbij wilde zijn als de kankerdraak eindelijk voorgoed verslagen werd. Het behoorde tot het Ryan-credo dat niets onmogelijk was. Hij wist alleen nog niet hoe, maar de wereld zat vol dingen die je kon leren, nietwaar? En hij was intelligent en goed opgeleid, en omdat hij ook nog rijk was, kon hij dingen doen zonder bang te zijn dat hij van honger zou omkomen als hij de verkeerde zou kwetsen. Dat was de belangrijkste vrijheid die zijn vader hem had gegeven, en John Patrick junior was intelligent genoeg om te weten hoe belangrijk die vrijheid was – en misschien ook om de verantwoordelijkheid op zich te nemen die zo'n vrijheid met zich meebracht.

In plaats van zelf te koken besloten ze die avond naar een plaatselijk steakhouse te gaan. Dat zat vol studenten van de universiteit van Virginia. Dat kon je zien: ze zagen er allemaal intelligent uit, maar niet zo intelligent als ze dachten dat ze waren, en ze waren allemaal een beetje te luidruchtig, een beetje te zeker van zichzelf. Dat was een van de voordelen van het kind zijn – hoezeer ze zich ook aan dat woord zouden storen. Het waren kinderen die nog door hun liefhebbende ouders werden verzorgd, zij het op een prettige afstand. Voor de twee Caruso-jongens was het grappig om te kijken naar wat zijzelf nog maar een paar jaar geleden waren geweest, voordat ze door harde training en ervaringen in de echte wereld in iets anders waren veranderd. Ze wisten nog niet in wat precies. Wat op de universiteit zo simpel had geleken, was daarna ongelooflijk ingewikkeld geworden. Per slot van rekening was de wereld niet digitaal – de wereld was een analoge realiteit, altijd slordig, altijd met losse eindjes die je nooit zo netjes als schoenveters aan elkaar kon knopen, zodat je bij elke onvoorzichtige stap kon struikelen en vallen. En voorzichtig werd je pas als je ervaring opdeed – met een paar keer pijnlijk vallen en opstaan, want alleen dan bleef een les je bij. De broers hadden die lessen al vroeg gekregen. Niet zo vroeg als andere generaties, maar wel zo vroeg dat ze heel goed beseften dat ze in een wereld leefden die nooit iets vergat en dat fouten erg grote gevolgen konden hebben.
'Geen slechte tent,' vond Brian, halverwege zijn filet mignon.
'Het is moeilijk een goed stuk vlees te verknoeien, hoe dom de kok ook is.' Dit restaurant had duidelijk geen topkok in dienst, maar de frites waren niet slecht voor bijna rauwe koolhydraten, en de broccoli kwam vers uit de diepvrieszak, dacht Dominic.

'Ik zou echt beter moeten eten dan dit,' zei de majoor bij de mariniers.
'Geniet ervan zolang het nog kan. We zijn toch nog geen dertig?'
Daar moesten ze even om lachen. 'Vroeger leek dat stokoud, hè?'
'Waar de oude dag begint? Ja. Nou, jij bent vrij jong voor een majoor, toch?'
Aldo haalde zijn schouders op. 'Ja. Mijn baas mocht me graag, en er werkten goede mensen voor me. Maar ik heb nooit veel van survivalvoedsel moeten hebben. Het houdt je op de been, dat is het enige positieve wat ik ervan kan zeggen. Mijn sergeant was gek op die dingen. Hij zei dat ze beter waren dan in de tijd dat hij nog jong was.'
'Bij de FBI leef je vaak op Dunkin' Donuts en – nou, ze zetten zo ongeveer de beste industriële koffie van Amerika. Met zulk eten is het moeilijk om speling in je riem te houden.'
'Je bent in goede conditie voor een kantoormannetje, Enzo,' merkte Brian nogal genereus op. Op het eind van de ochtendloop had zijn broer er soms uitgezien alsof hij elk moment op de grond kon vallen. Voor een marinier daarentegen was vijf kilometer hardlopen zoiets als ochtendkoffie: iets om je ogen open te krijgen. 'Ik zou nog steeds willen dat ik precies wist waar we voor trainen,' zei Aldo na weer een hap.
'Broertje, we trainen om mensen te doden. Meer hoeven we niet te weten. We besluipen hen zonder dat we worden gezien, en dan knijpen we ertussenuit zonder dat iemand ons heeft opgemerkt.'
'Met pistolen?' Brian keek sceptisch. 'Nogal luidruchtig, en niet zo trefzeker als een geweer. Ik had een scherpschutter in mijn team in Afghanistan. Hij schakelde een stel tegenstanders uit op meer dan anderhalve kilometer afstand. Daarvoor gebruikte hij een Barrett .50 geweer, een groot ding, zoiets als een oude BAR maar dan op steroïden. Hij schiet die .50 patroon af vanuit een Ma Deuce-machinegeweer. Zo accuraat als het maar kan, en het is altijd een beslissende treffer, weet je. Je loopt niet zomaar weg met een gat van een halve inch in je pens.' Zeker niet omdat zijn scherpschutter, korporaal Alan Roberts, een zwarte jongen uit Detroit, een voorkeur had gehad voor hoofdschoten, en een .50 liet weinig heel van een hoofd.
'Nou, misschien met dempers. Je kunt een pistool vrij goed dempen.'
'Die heb ik gezien. We hebben ermee getraind op de Recon School, maar die dingen vormen zo'n bult onder een colbertje, en je moet ze nog steeds tevoorschijn halen en ze vanuit stilstand op het hoofd van het doelwit richten. Tenzij ze ons naar de James Bond-school sturen om ons te leren toveren, denk ik niet dat we veel mensen met pistolen gaan doden, Enzo.'
'Nou, misschien gebruiken we dan iets anders.'

'Dus jij weet het ook niet?'
'Hé, man, mijn salaris komt nog van de FBI. Het enige wat ik weet is dat Gus Werner me hierheen heeft gestuurd, en dat maakt het wel zo ongeveer koosjer... Denk ik,' voegde hij eraan toe.
'Je had het al eerder over hem. Wie is hij precies?'
'Adjunct-directeur, hoofd van de nieuwe divisie Antiterrorisme. Gus is iemand om respect voor te hebben. Hij heeft de leiding gehad van het gijzelaarsreddingsteam, en verder heeft hij ook zo ongeveer van alles gedaan. Een slimme vent, en keihard. Niet iemand die flauwvalt als hij bloed ziet. Maar hij heeft ook een echt hoofd op zijn schouders staan. Bij de FBI draait alles de laatste tijd om terrorisme, en Dan Murray heeft hem niet voor die baan uitgekozen omdat hij met een pistool kan schieten. Murray en hij zijn erg goede vrienden; ze kennen elkaar al meer dan twintig jaar. Murray is ook niet achterlijk. Hoe dan ook, als hij me hierheen heeft gestuurd, moet iemand het wel goed vinden. En dus doe ik mee totdat ze tegen me zeggen dat ik de wet moet overtreden.'
'Ik ook, maar toch zit het me niet lekker.'

Las Cruces had een regionaal vliegveld voor korte afstanden. Je kon daar ook auto's huren. Ze gingen erheen, en nu was het Mustafa's beurt om nerveus te zijn. Een van zijn collega's en hij zouden hier auto's huren. Twee anderen zouden gebruikmaken van een verhuurbedrijf in het stadje zelf.
'Het is allemaal al voor jullie geregeld,' zei hun chauffeur tegen hen. Hij gaf hun ieder een papier. 'Dit zijn de reserveringsnummers. Jullie rijden in vierdeurs Ford Crown Victoria's. Ik weet dat jullie eigenlijk stationwagens wilden hebben, maar die konden we niet krijgen zonder naar El Paso te gaan, en dat was niet wenselijk. Gebruik daarbinnen je Visacard. Je heet Tomas Salazar. Je vriend is Hector Santos. Laat hun de reserveringsnummers zien en doe gewoon wat ze zeggen dat je moet doen. Het is erg gemakkelijk.' Geen van beide mannen kwam als een latino op de chauffeur over, maar de mensen bij dit verhuurkantoor waren onwetende noordelijke types die niet veel meer Spaans spraken dan *taco* en *cerveza*.
Mustafa stapte uit de auto, gaf zijn vriend een teken dat hij hem moest volgen en ging naar binnen.
Onmiddellijk wist hij dat het gemakkelijk zou zijn. De eigenaar van dit bedrijf had niet de moeite genomen intelligente mensen in dienst te nemen. De jongen die achter de balie stond, leunde eroverheen en was helemaal in een stripboekje verdiept.
'Hallo,' zei Mustafa met gespeelde zelfverzekerdheid. 'Ik heb een reser-

vering.' Hij schreef het nummer op een blocnote en gaf het aan de jongen.
'Goed.' De jongen liet niet blijken dat hij zich ergerde omdat hij van het nieuwste Batman-avontuur was afgeleid. Hij kon goed met de kantoorcomputer overweg en even later spuwde die een verhuurformulier uit waarop de meeste gegevens al waren ingevuld.
Mustafa gaf hem zijn internationaal rijbewijs, en de jongen kopieerde het, waarna hij de fotokopie aan zijn exemplaar van het verhuurformulier niette. Hij was blij dat de heer Salazar alle verzekeringen nam – hij kreeg extra geld als hij mensen zover kreeg om dat te doen.
'Uw auto is de witte Ford op plaats nummer vier. Die deur uit en dan rechtsaf. De sleutels zitten in het contact, meneer.'
'Dank u,' zei Mustafa in Engels met een accent. Was het echt zo gemakkelijk?
Blijkbaar wel. Hij had net de stoel van zijn Ford afgesteld, toen Saeed naar plaats nummer vijf kwam om in een andere Ford te stappen, precies hetzelfde model maar dan lichtgroen. Ze hadden allebei een kaart van de staat New Mexico, maar die hadden ze eigenlijk niet nodig. Beide mannen startten hun auto, verlieten de parkeerplek en reden de straat op, waar de SUV's stonden te wachten. Het was heel simpel om ze te volgen. Er was wel verkeer in het stadje Las Cruces, maar rond etenstijd niet zoveel.
Acht straten ten noorden van wat blijkbaar de hoofdstraat van Las Cruces was, bevond zich nog een autoverhuurbedrijf. Dat heette Hertz, en Mustafa vond dat die naam een beetje joods klonk. Zijn twee kameraden liepen naar binnen en kwamen twintig minuten later weer naar buiten om in hun huurauto's te stappen. Ook dit waren Fords van hetzelfde model als dat van hem en Saeed. Toen dat was gebeurd – misschien wel de gevaarlijkste missie die ze moesten volbrengen – was het tijd om de SUV's zo'n twintig kilometer naar het noorden te volgen, waarna ze weer een onverharde weg insloegen. Daar schenen er hier veel van te zijn – net als thuis. Na nog een kilometer kwamen ze bij een huis dat erg afgelegen stond. Alleen aan een vrachtwagen die daar stond, was te zien dat er iemand woonde. Alle auto's parkeerden daar en de inzittenden stapten uit. Dit was de laatste keer dat ze bij elkaar waren, besefte Mustafa.
'We hebben hier wapens,' zei Juan tegen hen. Hij wees naar Mustafa. 'Kom maar met me mee.'
Het eenvoudige huis bleek een waar arsenaal te zijn. Er stonden zestien kartonnen dozen met zestien MAC-10-machinepistolen. De MAC, geen elegant vuurwapen, is gemaakt van gestampt machinestaal, dat nog

slecht is afgewerkt ook. Bij elk wapen zaten twaalf magazijnen, blijkbaar allemaal geladen en met zwart isolatieband aan elkaar geplakt.
'De wapens zijn maagden. Er is nog niet mee geschoten,' vertelde Juan hun. 'We hebben ook dempers voor alle zestien. Het zijn geen efficiënte dempers, maar ze verbeteren de balans en de nauwkeurigheid. Dit wapen is niet zo gemakkelijk te gebruiken als de uzi, maar die zijn hier veel moeilijker te krijgen. Het effectieve bereik van dit wapen is ongeveer tien meter. Het is gemakkelijk te laden en te ontladen. Je schiet natuurlijk met open grendel, en de vuursnelheid is vrij hoog.' Je kon een magazijn van dertig patronen leegschieten in minder dan drie seconden, en dat was een beetje te snel om het wapen verstandig te gebruiken, maar Juan had de indruk dat deze mensen niet al te kieskeurig waren.
Dat waren ze inderdaad niet. Alle zestien Arabieren pakten een wapen op en wogen het in hun hand alsof ze een nieuwe vriend gedag zeiden. Toen pakte een van hen een stel magazijnen op...
'Stop! *Halto!*' snauwde Juan meteen. 'Je moet deze wapens niet binnen laden. Als jullie willen proefschieten, hebben we buiten oefendoelen.'
'Maakt dat niet te veel lawaai?' vroeg Mustafa.
'Het dichtstbijzijnde huis staat hier vier kilometer vandaan,' antwoordde Juan. De kogels konden niet zo ver komen, en het geluid kon dat ook niet, nam hij aan. Daar vergiste hij zich in.
Maar zijn gasten namen aan dat hij de omgeving goed kende, en ze waren altijd bereid om met geweren te schieten, vooral met dit soort volautomatische wapens. Twintig meter van het huis vandaan bevond zich een zandberm waar wat kisten en kartonnen dozen op stonden. Ze staken de magazijnen een voor een in hun machinepistolen en trokken de grendels naar achteren. Er kwam geen officieel bevel om te schieten. In plaats daarvan volgden ze het voorbeeld van Mustafa, die de riem die aan de loop hing vastpakte en zijn trekker overhaalde.
De onmiddellijke resultaten waren erg bevredigend. De MAC-10 maakte het juiste geluid en sprong omhoog en naar rechts, zoals al zulke wapens deden, maar omdat dit zijn eerste keer was en dit alleen maar oefenschoten waren, zag hij kans zijn patronen in een kartonnen doos op ongeveer zes meter afstand te schieten. Binnen de kortste keren was de kamer leeg: het wapen had dertig Remington 9-mm pistoolkogels afgeschoten en de hulzen uitgeworpen. Hij dacht erover om het magazijn eruit te trekken en om te keren en van nog eens twee of drie seconden van bulderende gelukzaligheid te genieten, maar hij kon zich beheersen. In de niet al te verre toekomst zou er genoeg gelegenheid zijn om te schieten.
'De dempers?' vroeg hij aan Juan.

'Die liggen binnen. Je schroeft ze op de loop, en het is beter om dat te doen – dan heb je het sproeien van de kogels beter onder controle.' Juan sprak met enig gezag. In de loop van de jaren had hij de MAC-10 gebruikt om zakelijke concurrenten en andere onsympathieke mensen in Dallas en Santa Fe te elimineren. Desondanks had hij moeite met zijn gasten. Ze grijnsden te veel. Ze waren niet zoals hij, zei Juan Sandoval tegen zichzelf, en hoe eerder ze hun weg vervolgden, hoe beter het was. Dat zou niet zo zijn voor de mensen die zich op hun bestemming bevonden, maar dat was niet zijn probleem. Zijn orders kwamen van hoog. Erg hoog, had zijn onmiddellijke superieur hem de week daarvoor duidelijk gemaakt. En de beloning was dienovereenkomstig geweest. Juan had geen klachten, maar als mensenkenner zag hij een rood licht tussen zijn ogen flikkeren.

Mustafa volgde hem weer naar binnen en pakte de demper op. Die was zo'n tien centimeter in doorsnee en ongeveer een halve meter lang. Zoals was beloofd, kon je hem op de loop van het machinepistool schroeven, en over het geheel genomen bracht hij verbetering in de balans van het wapen. Mustafa woog het even in zijn hand en besloot het op deze manier te gebruiken. De loop ging niet meer zo ver omhoog en je kon zuiverder schieten. De demping van het geluid had voor hen weinig betekenis, maar de extra nauwkeurigheid wel. Aan de andere kant maakte zo'n demper een onhandelbaar gevaarte van een wapen dat anders zo gemakkelijk te verbergen was. Daarom schroefde hij de demper er voorlopig weer af en deed hij hem in zijn tas. Toen ging hij naar buiten om zijn mensen te verzamelen. Juan ging met hem mee.

'Een paar dingen die jullie moeten weten,' zei hij tegen de teamleiders. Juan ging met een langzame, afgemeten stem verder: 'De Amerikaanse politie is bekwaam, maar niet almachtig. Als je in een auto rijdt en een agent zet je aan de kant, hoef je alleen maar beleefd te antwoorden. Als hij je vraagt uit de auto te stappen, moet je doen wat hij zegt. De Amerikaanse wet staat hem toe om te kijken of je een wapen bij je draagt – om je met zijn handen te fouilleren – maar als hij je vraagt of hij je auto mag doorzoeken, zeg je gewoon: nee, ik wil niet dat u dat doet – en volgens hun wet mag hij je auto dan niét doorzoeken. Ik zal het nog een keer zeggen: als een Amerikaanse politieman vraagt of hij je auto mag doorzoeken, hoef je alleen maar nee te zeggen, en dan mag hij het niet doen. Rij dan weg. Als je rijdt, doe dat dan niet sneller dan het getal op de borden langs de weg aangeeft. Als je je daaraan houdt, word je waarschijnlijk niet lastiggevallen. Wanneer je harder rijdt dan de maximumsnelheid, geef je de politie alleen maar een reden om je aan te houden. Dus doe dat niet. Blijf altijd geduldig. Vragen?'

'Als een politieman te agressief wordt, kunnen we dan...'
Juan had geweten dat die vraag zou komen. 'Hem doden? Ja, dat is mogelijk, maar dan krijg je nog veel meer politie achter je aan. Wanneer een politieman je aan de kant zet, neemt hij eerst radiocontact met zijn bureau op en geeft hij zijn locatie, het nummer van je auto en een beschrijving door. Dus zelfs als je hem doodt, komen zijn kameraden binnen enkele minuten op je af – en in grote aantallen. Het geeft je een goed gevoel om een politieman te doden, maar dat is het niet waard. Je haalt je alleen maar meer moeilijkheden op de hals. De Amerikaanse politiekorpsen hebben veel auto's en zelfs vliegtuigen. Als ze eenmaal naar je op zoek gaan, zullen ze je vinden. Het enige wat je daaraan kunt doen, is zorgen dat je niet opvalt. Ga niet harder dan de maximumsnelheid. Hou je aan hun verkeersregels. Als je dat doet, kan je niets overkomen. Als je hun wetten overtreedt, word je gepakt, of je nu gewapend bent of niet. Begrijpen jullie dat?'
'We begrijpen het,' verzekerde Mustafa hem. 'Bedankt voor je hulp.'
'We hebben wegenkaarten voor jullie allemaal. Het zijn goede kaarten van de American Automobile Association. Jullie hebben allemaal een dekmantel, nietwaar?' vroeg Juan, die dit zo gauw mogelijk achter de rug wilde hebben.
Mustafa keek of zijn vrienden nog vragen hadden, maar ze wilden te graag verder met hun missie om zich nu nog te laten vertragen. Tevreden keek hij Juan aan. 'Bedankt voor je hulp, mijn vriend.'
Vriend – mijn reet, dacht Juan, maar hij pakte de hand van de man vast en ging hun voor naar de voorkant van het gebouw. Hun bagage werd vlug van de SUV's in de Fords overgeladen, en toen zag hij hen wegrijden, terug naar State Route 185. Het was maar een paar kilometer naar Radium Springs, en de toegang tot de Interstate 25. De buitenlanders verzamelden zich een laatste keer om elkaar de hand te schudden – en zelfs een paar kussen te wisselen, zag Juan tot zijn verbazing. Toen splitsten ze zich op in vier teams van vier man en stapten ze in hun huurauto's.
Mustafa installeerde zich in zijn auto. Hij legde zijn pakje sigaretten op de plaats naast hem, zorgde ervoor dat de spiegels goed stonden en maakte zijn gordel vast – hij had gehoord dat iemand zonder gordel net zoveel kans liep om te worden aangehouden als iemand die te hard reed. En het laatste wat hij wilde, was aangehouden worden door een politieman. Ondanks de instructies die hij van Juan had gekregen, wilde hij dat risico niet nemen. In het voorbijgaan zou een politieman misschien niet zien wat voor mannen ze waren, maar misschien wel als hij persoonlijk contact met hen had, en hij maakte zich geen illusies over het beeld dat Amerikanen van Arabieren hadden. Daarom waren

alle exemplaren van de Heilige Koran in de kofferbak opgeborgen.
Na lange tijd zou Abdullah hem achter het stuur aflossen, maar hij reed zelf het eerste eind. Ze zouden in noordelijke richting over de Interstate 25 naar Albuquerque rijden, en dan over de Interstate 40 in oostelijke richting, bijna helemaal tot aan hun doel. Meer dan drieduizend kilometer. Hij moest nu in mijlen gaan denken, zei Mustafa tegen zichzelf. 1,6 kilometer was een mijl. Hij zou elk getal met die constante moeten vermenigvuldigen of bij het autorijden helemaal niet meer aan het metrieke stelsel moeten denken. Hoe dan ook, hij reed in noordelijke richting over Route 185, tot hij het groene bord en de pijl voor de Interstate 25 zag. Hij leunde op zijn stoel achterover, lette op het verkeer toen hij invoegde en voerde de snelheid op tot 65 per uur, waarna hij de *cruise control* van de Ford op die snelheid instelde. Daarna was het alleen maar een kwestie van sturen en naar al dat anonieme verkeer kijken dat net als hij en zijn vrienden op weg was naar een plaats ten noorden van Albuquerque...

Jack wist niet waarom het zo moeilijk was om te gaan slapen. Het was elf uur 's avonds geweest, hij had zijn avondportie televisie gezien, en hij had twee of drie – vanavond waren het er drie geweest – glazen gedronken. Hij had slaap moeten hebben. Hij hád ook slaap, maar toch wilde de slaap niet komen. En hij wist niet waarom. Je doet gewoon je ogen dicht en denkt aan leuke dingen, had zijn moeder tegen hem gezegd toen hij een kleine jongen was. Maar nu hij geen kind meer was, kostte het hem steeds meer moeite om aan leuke dingen te denken. Hij was in een nieuwe wereld terechtgekomen waar die dingen schaars waren. Het was zijn taak om de bekende en vermoede feiten te onderzoeken over mensen die hij waarschijnlijk nooit zou ontmoeten en om die informatie dan door te geven aan andere mensen die er misschien, of misschien ook niet, iets mee zouden doen. Hij wist niet wat ze precies zouden proberen te doen, al had hij zijn vermoedens... en dat waren niet zulke fraaie vermoedens. Op je andere zij gaan liggen, het kussen opkloppen, proberen een koel plekje op het kussensloop te vinden, hoofd weer laten zakken, slapen... Het gebeurde niet. Uiteindelijk wel. Uiteindelijk viel je altijd in slaap, en voor je gevoel was dat dan een halve seconde voordat de wekker ging.
Verdomme, tierde hij tegen het plafond.
Hij joeg op terroristen. De meesten van hen dachten iets goeds – ja, zelfs iets heroïsch – van zichzelf als ze hun misdaden begingen. Voor hen waren het helemaal geen misdaden. Moslimterroristen hadden de illusie dat ze Gods werk deden. Alleen stond het niet echt zo in de koran. De koran keurde het doden van onschuldige mensen, van burgers, af. Hoe

zat dat nou eigenlijk? Begroette Allah die zelfmoordterroristen met een glimlach of met iets anders? In het katholicisme ging het persoonlijk geweten boven alles. Als je echt geloofde dat je het goede deed, kon God je daar niet voor straffen. Had de islam dezelfde regels? Trouwens, omdat er maar één God was, waren de regels misschien inderdaad hetzelfde voor iedereen. Het probleem was: welke religieuze regels kwamen het dichtst bij wat God werkelijk dacht? En hoe wist je in godsnaam welke dat waren? De kruisvaarders hadden verschrikkelijke dingen gedaan, maar dat was een duidelijk geval geweest van een religieuze titel geven aan een oorlog die in werkelijkheid om economie en doodgewone ambitie ging. Een edelman wilde niet dat mensen dachten dat hij voor geld vocht – en met God aan je zijde mocht je alles doen. Je zwaaide met je zwaard en welke nek je ook doorhakte, het was altijd goed. De bisschop had het zelf gezegd.

Ja. Nu was er het probleem dat religie en politieke macht een ellendige combinatie vormden, zij het wel een die gemakkelijk door jonge, enthousiaste mensen werd geaccepteerd, want voor hen was het avontuur iets wat je zomaar even uit je mouw schudde. Zijn vader had daar onder het eten in het Witte Huis vaak over gesproken. Dat was een van de dingen die je jonge soldaten en mariniers moest vertellen, had hij gezegd: zelfs in de oorlog golden regels, en als je ze schond, stonden daar zware straffen op. Amerikaanse soldaten leerden dat snel, had Jack senior tegen zijn zoon gezegd, want ze kwamen uit een samenleving waarin ongedisciplineerd geweld streng gestraft werd, en dat was beter dan abstracte principes voor het leren van goed en kwaad. Na een paar tikken had je de boodschap wel door.

Hij zuchtte en draaide zich nog eens om. Hij was eigenlijk te jong om over zulke grote levensvragen na te denken, al zou je op grond van zijn diploma uit Georgetown iets anders denken. De meeste universiteiten vertelden je niet dat negentig procent van je opleiding pas tot je kwam nadat je je diploma aan de muur had gehangen. Mensen zouden een deel van hun geld terug moeten vragen.

Het was na sluitingstijd op de Campus. Gerry Hendley zat in zijn kantoor op de bovenste verdieping en nam gegevens door waar hij tijdens zijn normale werkdag niet aan toe was gekomen. Tom Davis deed hetzelfde; hij had rapporten van Pete Alexander gekregen.

'Moeilijkheden?' vroeg Hendley.

'De tweelingbroers denken nog steeds een beetje te veel, Gerry. Dat hadden we kunnen verwachten. Ze zijn allebei intelligent, en het zijn mensen die zich meestal aan de regels willen houden, dus nu ze merken dat

ze worden getraind om die regels te overtreden, hebben ze daar grote moeite mee. Het gekke is, zegt Pete, dat de marinier degene is die zich de meeste zorgen maakt. De FBI-agent speelt het spel veel beter mee.'
'Ik zou het omgekeerde hebben verwacht.'
'Ik ook. En Pete ook.' Davis pakte zijn glas ijswater. Hij dronk zo laat op de avond nooit koffie. 'Hoe dan ook, Pete zegt dat hij niet weet hoe het verdergaat, maar er zit niets anders voor hem op dan door te gaan met de training. Gerry, ik had je hiervoor moeten waarschuwen. Ik dacht wel dat we dit probleem zouden krijgen. Het is onze eerste keer. Het soort mensen dat we willen – dat zijn geen psychopaten, zoals ik al zei. Natuurlijk stellen ze vragen. Natuurlijk willen ze weten waarom. Natuurlijk hebben ze twijfels. We kunnen toch geen robots rekruteren?'
'Zoals toen we Castro probeerden koud te maken,' merkte Hendley op. Hij had de geheime dossiers over dat krankzinnige, mislukte avontuur gelezen. Bobby Kennedy had operatie Mongoose erdoor gejaagd. Waarschijnlijk hadden ze bij een drankje, of misschien na een partijtje *football*, besloten dat spel te spelen. Per slot van rekening had Eisenhower de CIA voor soortgelijke doeleinden gebruikt toen hij president was, dus waarom zouden zij dat niet doen? Alleen voelden een voormalige luitenant-ter-zee van de marine die zijn boot verloor doordat hij geramd werd en een jurist die nooit de rechtspraktijk had beoefend niet instinctief alle dingen aan die een beroepsmilitair die het tot vijfsterrengeneraal had gebracht van het begin af aan volledig had begrepen. En trouwens, ze hadden de macht gehad. De grondwet zelf had John F. Kennedy tot opperbevelhebber van alle troepen gemaakt, en als iemand dat soort macht had, wilde hij er ook altijd gebruik van maken om de wereld te veranderen in iets wat meer aan zijn persoonlijke visie voldeed. En dus had de CIA opdracht gekregen Castro uit de weg te ruimen. Maar de CIA was nooit een moordenaarsclub geweest en had nooit mensen getraind om zulke missies uit te voeren. En dus had de CIA zich tot de maffia gewend, waarvan de leden weinig reden hadden om Fidel Castro te bewonderen – hij had een eind gemaakt aan iets wat bijna hun meest winstgevende onderneming aller tijden was geworden. Het had zo'n geheid succes geleken dat sommige hoge maffiabazen hun eigen geld in de casino's van Havana hadden gestoken, om vervolgens te zien hoe de communistische dictator ze allemaal dichtgooide.
En wisten ze bij de maffia niet hoe ze mensen moesten doden?
Nou, eigenlijk niet, ze waren er nooit zo handig in geweest – zeker niet in het doden van mensen die terug konden vechten. Dit in tegenstelling tot wat in Hollywood-films werd vertoond. Evengoed had de regering van de Verenigde Staten van Amerika geprobeerd hen in te huren voor

de moord op een buitenlands staatshoofd – omdat de CIA niet wist hoe ze zoiets voor elkaar konden krijgen. Het was achteraf nogal belachelijk. Nogal, vroeg Gerry Hendley zich af. Het had niet veel gescheeld of het schandaal was uitgebreid in de openbaarheid gekomen. Het was al erg genoeg geweest om president Gerry Ford ertoe te brengen zulke acties voorgoed te verbieden, en dat bevel had standgehouden totdat president Ryan had besloten de religieuze dictator van Iran met twee doelzoekende bommen te doden. Vreemd genoeg hadden de tijd en de omstandigheden het voor de media onmogelijk gemaakt commentaar op de moord te leveren. Per slot van rekening was het gedaan door de Amerikaanse luchtmacht met officiële – zij het voor radar onzichtbare – bommenwerpers, en dat in een tijd waarin een niet-verklaarde maar heel reële oorlog woedde waarin massavernietigingswapens waren gebruikt tegen Amerikaanse staatsburgers. Die factoren samen hadden de hele operatie niet alleen legitiem, maar ook prijzenswaardig gemaakt, en het Amerikaanse volk had bij de volgende verkiezingen verklaard dat het ermee instemde. Alleen George Washington had een grotere meerderheid behaald, iets wat Jack Ryan senior nog steeds enigszins nerveus maakte. Maar Jack had geweten hoe belangrijk het was dat ze Mahmoud Haji Daryaei zouden doden, en dus had hij, voordat hij zijn ambt neerlegde, Gerry overgehaald de Campus op te richten.

Maar Jack heeft me niet verteld hoe moeilijk dit zou zijn, zei Hendley tegen zichzelf. Zo had Jack Ryan altijd geopereerd: kies goede mensen, geef hun een missie en de middelen om die missie te volbrengen, en laat hen het doen met minimale begeleiding van bovenaf. Dat had hem een goede baas en een erg goede president gemaakt, dacht Gerry. Maar het maakte het leven niet gemakkelijker voor zijn ondergeschikten. Waarom had hij deze opdracht ook aangenomen, vroeg Hendley zich af. Maar toen glimlachte hij. Hoe zou Jack reageren als hij hoorde dat zijn eigen zoon deel uitmaakte van de Campus? Zou hij de humor daarvan inzien? Waarschijnlijk niet.

'Dus Pete zegt dat we gewoon moeten doorgaan?'

'Wat kan hij anders zeggen?' was Davis' wedervraag.

'Tom, heb je ooit gewild dat je gewoon op de boerderij van je vader in Nebraska was gebleven?'

'Het is verschrikkelijk hard werken, en het is daar ook nogal saai.' En je had Davis echt niet op de boerderij kunnen houden toen hij eenmaal CIA-agent was. Hij mocht nu dan in zijn 'witte' leven een goede obligatiehandelaar zijn, als het op zijn ware roeping aankwam, was Davis net zomin wit als de kleur van zijn huid. Daarvoor hield hij te veel van de actie in de 'zwarte' wereld.

'Wat vind je van dat materiaal van Fort Meade?'
'Ik heb het gevoel dat er iets op komst is. We hebben ze te grazen genomen. Ze willen iets terugdoen.'
'Je denkt dat ze zich kunnen herstellen? Hebben onze troepen in Afghanistan ze niet diep getroffen?'
'Gerry, sommige mensen zijn te dom, of te toegewijd, om te merken dat ze getroffen zijn. Religie is een krachtige motivatie. En zelfs als hun schutters te dom zijn om te begrijpen wat ze doen...'
'... zijn ze niet te dom om missies uit te voeren,' beaamde Hendley.
'En is dat niet de reden waarom wij hier zijn?' vroeg Davis.

11

De rivier over

De zon kwam op. Mustafa schrok wakker van de combinatie van fel licht en een hobbel in de weg. Hij schudde zijn hoofd om daar wat helderheid in te krijgen, draaide zich om en zag Abdullah glimlachend achter het stuur zitten.
'Waar zijn we?' vroeg de teamleider aan zijn rechterhand.
'We zijn een halfuur voorbij Amarillo. De afgelopen vijfhonderd kilometer zijn goed verlopen, maar ik heb straks benzine nodig.'
'Waarom heb je me niet uren geleden wakker gemaakt?'
'Waarom? Je sliep zo vredig, en er was de hele nacht bijna geen verkeer op de weg, afgezien van die verrekte grote vrachtwagens. Die Amerikanen slapen zeker allemaal 's nachts. Ik geloof dat ik de afgelopen uren niet meer dan dertig echte auto's heb gezien.'
Mustafa keek naar de snelheidsmeter. De auto reed maar 100 kilometer per uur. Dus Abdullah hield zich in. Ze waren niet door de politie aangehouden. Er was niets waarover hij zich druk zou moeten maken – behalve het feit dat Abdullah zijn orders niet zo stipt had opgevolgd als Mustafa zou hebben gewild.
'Daar.' De chauffeur wees naar een blauw bord van een benzinemaatschappij. 'We kunnen tanken en wat eten kopen. Ik was toch al van plan je hier wakker te maken, Mustafa. Rustig maar, vriend.' De brandstofmeter stond bijna op het nulpunt, zag Mustafa. Het was dom van Abdullah geweest om het zover te laten komen, maar het had geen zin om hem daar nu de les over te lezen.
Ze reden een vrij groot parkeerterrein op. De benzinepompen waren van Chevron en ze waren geautomatiseerd. Mustafa haalde zijn portefeuille tevoorschijn en stak zijn Visa-card in de gleuf, en daarna vulde hij de tank van de Ford met 75 liter benzine.
Inmiddels waren de drie anderen naar de herentoiletten geweest en keken ze wat er aan eten te koop was. Zo te zien zouden het weer donuts worden. Tien minuten nadat ze de snelweg af waren gereden, waren ze er weer op. Ze reden in oostelijke richting naar Oklahoma en na nog eens twintig minuten waren ze in die staat.
Rafi en Zuhayr waren achter in de auto wakker geworden en praatten, en Mustafa, die nu reed, luisterde mee zonder zich in het gesprek te mengen.

Het landschap was vlak en leek wat dat betreft wel wat op thuis, al was het hier veel groener. De horizon was verrassend ver weg, zo ver dat het op het eerste gezicht onmogelijk leek de afstand te schatten. De zon stond boven de horizon en brandde in zijn ogen, totdat hij zich de zonnebril in zijn borstzakje herinnerde. Die hielp enigszins.
Mustafa dacht na over de gemoedstoestand waarin hij verkeerde. Hij vond het prettig om te rijden, het landschap deed vriendelijk aan, en het werk dat hem te doen stond was gemakkelijk. Ongeveer elke anderhalve uur zag hij een politiewagen. Meestal haalde die zijn Ford in een hoog tempo in, zo snel dat de politieman die erin zat zijn vrienden en hem niet goed kon zien. Het was een goede raad geweest om de maximumsnelheid niet te boven te gaan. Ze kwamen goed vooruit, maar werden regelmatig ingehaald, zelfs door die grote vrachtwagens. Doordat ze de wet niet eens een beetje overtraden, waren ze onzichtbaar voor de politie, die vooral achter degenen aanzat die te veel haast hadden. Hij was er zeker van dat hun missie volkomen veilig was. Als dat niet het geval was geweest, zouden ze zijn gevolgd, of zouden ze op een verlaten stuk snelweg aan de kant zijn gezet om in een val met geweren en veel, veel vijanden te lopen. Maar dat was niet gebeurd. En dit langzame rijden had nog een ander voordeel: iemand die hen volgde, zou meteen opvallen. Hij hoefde alleen maar in zijn spiegeltje te kijken. Niemand bleef daar langer dan een paar minuten hangen. Als ze door de politie werden gevolgd, zou het een man zijn – het moest een man zijn – van in de twintig of dertig. Misschien twee: een om te rijden en een om te kijken. De mannen zouden er fit uitzien en een behoudend kapsel hebben. Ze zouden hen enkele minuten volgen en dan het contact verbreken om het estafettestokje aan andere volgers over te geven. Ze zouden natuurlijk slim zijn, maar de aard van de missie maakte hun procedures voorspelbaar. Sommige auto's zouden verdwijnen en weer opduiken. Maar Mustafa lette goed op en er was niet één auto die meer dan eens achter hem had gereden. Natuurlijk was het ook mogelijk dat ze vanuit de lucht werden gevolgd, maar helikopters vielen snel op. Het enige gevaar was een klein vliegtuigje, maar hij kon zich niet overal druk om maken. Als het geschreven stond, stond het geschreven, en dan was er niets tegen te doen. Voorlopig was de weg vrij en de koffie uitstekend. Het zou een mooie dag worden. OKLAHOMA CITY 36 MIJL, stond er op een groen bord.

Het televisiestation NPR maakte bekend dat het Barbra Streisands verjaardag was, een essentieel stukje informatie om de dag mee te beginnen, zei John Patrick Ryan junior tegen zichzelf toen hij uit zijn bed kwam en naar de badkamer ging. Een paar minuten later zag hij dat de tijdschakelaar van zijn koffiezetapparaat goed had gefunctioneerd en koffie voor twee koppen in de kan had laten vallen. Hij besloot die ochtend op weg naar zijn werk naar McDonald's te gaan en een Egg McMuffin met gebakken aardappeltjes te nemen. Dat was niet bepaald een gezond ontbijt, maar het vulde goed, en omdat hij nog maar 23 was, maakte hij zich niet te veel zorgen om cholesterol en vet, zoals zijn vader omwille van zijn moeder wel deed. Ma zou al aangekleed zijn en klaarstaan om (door haar agent van de geheime dienst) naar het Hopkins gebracht te worden en aan haar werk te gaan. Als ze vandaag een operatie had, zou ze geen koffie drinken, omdat ze bang was dat ze van de cafeïne een lichte tremor in haar hand zou krijgen, en dan zou ze haar mesje in de hersenen van een of andere arme stumper steken, nadat ze eerst zijn oogbal had vastgeprikt als een olijf in een martini (dat was een grapje van zijn vader, en meestal gaf ma hem dan een speelse tik). Pa zou aan zijn memoires gaan werken, geholpen door een ghostwriter (dat vond hij maar niks, maar de uitgever had erop gestaan). Sally verkeerde in de fase van haar medische studie dat ze deed alsof ze arts was; hij wist niet wat ze op dit moment deed. Katie en Kyle zouden zijn aangekleed om naar school te gaan. Maar Jack junior moest naar kantoor. Het was hem kortgeleden te binnen geschoten dat zijn studietijd zijn laatste echte vakantie was geweest. Zeker, kleine jongens en meisjes wilden niets liever dan volwassen worden en hun leven in eigen handen nemen, maar opeens had je dat bereikt en dan was het te laat om terug te gaan. Het viel niet mee om elke dag weer naar je werk te gaan. Goed, je werd ervoor betaald, maar hij was al rijk; hij was een telg uit een vooraanstaande familie. Het geld was er in zijn geval al, en hij was er niet het type voor om het te verspillen en dan weer opnieuw te moeten beginnen. Hij zette zijn lege kopje in de vaatwasmachine en ging naar de badkamer om zich te scheren.

Dat was ook zo'n rotklus. Als tiener was je blij als het eerste donshaar donker en stevig werd, en dan moest je je één of twee keer per week scheren, meestal wanneer je een afspraakje had. Maar elke morgen weer, wat kon je je daaraan ergeren! Hij herinnerde zich dat hij had toegekeken terwijl zijn vader zich schoor, zoals jonge jongens vaak doen, en toen had gedacht hoe geweldig het moest zijn om een volwassen man te zijn. Nou, mooi niet. De volwassenheid was al dat gedoe gewoon niet waard. Het was beter om ouders te hebben die alles voor je regelden. En toch...

En toch deed hij nu belangrijk werk, en dat gaf hem een zekere voldoening. Als je eenmaal al het huishoudelijk werk had gedaan waarmee het

gepaard ging. Nou. Schoon overhemd. Een das en dasspeld kiezen. Het jasje aantrekken. De deur uit. In elk geval had hij een leuke auto om in te rijden. Misschien nam hij er nog een bij. Misschien een convertible. Het werd zomer, en het zou lekker zijn om de wind in zijn haren te voelen. Totdat een of andere rotzak met een mes het canvas dak kapotsneed en je de verzekeringsmaatschappij moest bellen en de auto voor drie dagen in de werkplaats verdween. In feite was volwassen worden net zoiets als naar het winkelcentrum gaan om ondergoed te kopen: iedereen had het nodig, maar je kon er niet veel meer mee doen dan het uittrekken.
De rit naar zijn werk was elke dag hetzelfde, net als indertijd zijn rit naar de universiteit, alleen hoefde hij zich nu geen zorgen meer te maken over tentamens. Wel zou hij als hij een grote fout maakte zijn baan verliezen, en die schandvlek zou hem dan veel langer achtervolgen dan een slecht cijfer voor sociologie. En dus wilde hij geen grote fout maken. Deze baan had wel het probleem dat je alle dagen bezig was met leren en niet met het toepassen van kennis. Het was de grote leugen van de universiteit dat ze je daar alles leerden wat je in je leven nodig had. Kom nou! Dat had waarschijnlijk ook voor zijn vader gegolden – en wat zijn moeder betrof: ach, die blééf haar medische vakbladen lezen om over nieuwe dingen te horen. En niet alleen Amerikaanse vakbladen, maar ook Engelse en Franse, want ze sprak vrij goed Frans en ze zei dat Franse artsen goed waren. Beter dan hun politici – maar ja, iemand die Amerika op zijn politieke leiders beoordeelde dacht waarschijnlijk ook dat Amerika een land van klungels was. In elk geval sinds zijn vader het Witte Huis had verlaten.
Hij luisterde weer naar NPR. Dat was zijn favoriete nieuwsstation, en hij luisterde daar liever naar dan naar moderne popmuziek. Hij had als kind zijn moeder op de piano horen spelen, vooral Bach en zijn tijdgenoten – misschien een beetje John Williams om ook eens iets moderns te doen, al had hij meer voor het koperwerk dan voor de ivoren toetsen geschreven.
Weer een zelfmoordaanslag in Israël. Verdomme, zijn vader had vreselijk zijn best gedaan om die toestand daar tot een oplossing te brengen, maar ondanks serieuze pogingen, zelfs van de kant van de Israëli's, was het allemaal op niets uitgelopen. De joden en moslims konden blijkbaar gewoon niet met elkaar leven. Zijn vader en prins Ali bin Sultan hadden daar vaak over gepraat wanneer ze elkaar ontmoetten, en het was pijnlijk geweest om de frustratie op hun gezichten te zien. De prins kwam niet in aanmerking voor het koningschap van zijn land – en dat was misschien een geluk, dacht Jack, want het moest nog erger zijn om koning te zijn dan president – maar hij bleef wel een belangrijke figuur die het

oor van de koning had – en daardoor dacht hij aan...
Uda bin Sali. Er zou die ochtend meer nieuws over hem zijn. De informatie die de vorige dag van de Britse SIS was gekomen, met de complimenten van de CIA-griezels in Langley. CIA-griezels, vroeg Jack aan zichzelf. Zijn eigen vader had daar gewerkt, had zich daar onderscheiden voordat hij verder kwam in de wereld, en hij had vaak tegen zijn kinderen gezegd dat ze niet alles moesten geloven wat ze in films over de inlichtingenwereld te zien kregen. Jack junior had hem vragen gesteld en had vaak onbevredigende antwoorden gekregen, en nu kwam hij erachter hoe het vak in werkelijkheid was: vooral saai. Het leek te veel op boekhouding, op muizenjacht in Jurassic Park, al had je tenminste het voordeel dat de roofdieren je niet konden zien. Niemand wist dat de Campus bestond, en zolang dat zo bleef, was iedereen daar veilig. Dat was een geruststellend gevoel, maar ook dat was saai. Junior was nog jong genoeg om te denken dat opwinding leuk was.
Hij verliet Route 29 en reed naar de Campus. De gebruikelijke parkeerplek. Glimlachen en zwaaien naar de bewaker en dan naar zijn kamer. Op dat moment besefte Junior dat hij McDonald's voorbij was gereden, en dus pakte hij twee koffiebroodjes van een dienblad en nam hij een kop koffie mee naar zijn werkplek. Hij startte de computer en ging aan het werk.
'Goedemorgen, Uda,' zei Jack junior tegen het computerscherm. 'Wat heb je nu weer uitgespookt?' De klok op de computer zei dat het vijf voor halfnegen was. Dat betekende dat het al middag was in de Londense financiële wijk. Bin Sali had een kantoor in het gebouw van Lloyd's verzekeringen, en Junior herinnerde zich van vorige bezoeken aan Engeland dat het eruitzag als een olieraffinaderij met glazen wanden. Dure buurt en erg rijke buren. In het rapport stond niet op welke verdieping Uda zat, maar Jack was toch nooit in het gebouw geweest. Verzekeringen – dat moest wel de allersaaiste baan van de wereld zijn: wachten tot een huis afbrandde. Nou, Uda had de vorige dag een aantal telefoongesprekken gevoerd, een daarvan met... Aha! 'Ik ken die naam ergens van,' zei de jonge Ryan tegen het scherm. Het was de naam van een erg rijke man uit het Midden-Oosten die ook al eens op het verkeerde speelveld had geopereerd en dus ook gevolgd werd door de Britse geheime dienst. Nou, waar hadden ze over gepraat?
Er was zelfs een uitgetypte tekst. Het gesprek was in het Arabisch gevoerd en de vertaling... Het had net zo goed de instructie van iemands echtgenote kunnen zijn om op weg naar huis een liter melk mee te nemen. Het was ongeveer even opwindend en onthullend – alleen had Uda een volslagen onschuldige mededeling beantwoord met: 'Weet je

dat zeker?' Niet iets wat je tegen je vrouw zou zeggen als ze zei dat je nog even naar de melkboer moest.
'De toon van de stem wijst op een verborgen betekenis,' had de Britse analist onder in het rapport geschreven.
En later op de dag had Uda zijn kantoor vroeg verlaten en was hij naar een andere pub gegaan, waar hij de man had ontmoet met wie hij door de telefoon had gesproken. Was dat telefoongesprek dus toch niet zo onschuldig geweest? Maar hoewel ze het gesprek in de pub niet hadden kunnen afluisteren, was in het telefoongesprek geen sprake van een ontmoeting of een ontmoetingsplaats geweest... en Uda kwam niet veel in die specifieke pub.
'Morgen, Jack,' groette Wills toen hij binnenkwam en zijn jasje ophing. 'Nog nieuws?'
'Onze vriend Uda kronkelt als een levende vis.' Jack gaf de computer een printopdracht en gaf de uitdraai aan zijn collega voordat die zelfs maar de kans had gehad om te gaan zitten.
'Daar lijkt het wel op te wijzen, hè?'
'Tony, dit is een speler,' zei Jack met enige overtuiging in zijn stem.
'Wat deed hij na dat telefoongesprek? Nog ongewone transacties?'
'Dat ben ik nog niet nagegaan, maar als dat zo is, had hij daartoe opdracht gekregen van een vriend en kwamen ze later bij elkaar om het bij een glas John Smith's Bitter te bespreken.'
'Nu laat je je leiden door je fantasie. Dat proberen we hier te vermijden,' waarschuwde Wills.
'Dat weet ik,' bromde Junior. Het werd tijd dat hij naar de financiële transacties van de vorige dag keek.
'O, je ontmoet vandaag iemand die je nog niet kent.'
'Wie dan?'
'Dave Cunningham. Forensisch accountant, werkte vroeger voor justitie – onderzoek naar georganiseerde misdaad. Hij is er goed in financiële onregelmatigheden te signaleren.'
'Denkt hij dat ik iets interessants heb gevonden?' vroeg Jack met hoop in zijn stem.
'Dat zullen we zien als hij er is – na de lunch. Waarschijnlijk neemt hij op dit moment jouw materiaal door.'
'Goed,' zei Jack. Misschien was hij iets op het spoor gekomen. Misschien zat er toch een element van opwinding in deze baan. Misschien zouden ze hem een medaille geven voor zijn boekhoudwerk. Ja hoor!

De dagen waren routine geworden. 's Morgens een rondje hardlopen en pistooloefeningen, en dan ontbijten en een les. In wezen was het niet

anders dan wat Dominic op de FBI Academy had gedaan, of Brian op de mariniersopleiding. Die overeenkomst zat de marinier een beetje dwars. De training bij het Korps Mariniers was gericht op het doden van mensen en het breken van dingen. Dat was hier ook zo.
Dominic was iets beter in surveillance, want op de FBI Academy leerde je dat uit een boek dat de mariniers niet hadden. En Enzo was vrij goed met zijn pistool, al gaf Aldo de voorkeur aan zijn Beretta boven de Smith & Wesson van zijn broer. Zijn broer had een schurk uitgeschakeld met zijn Smith, terwijl Brian zijn werk had gedaan met een M-16A2-geweer dat hij op vrij grote afstand had gebruikt: vijftig meter – nog wel zo dichtbij dat je hun gezicht kon zien als de kogels doel troffen, en toch zo ver weg dat je je niet veel zorgen hoefde te maken over geweervuur van de andere kant. Zijn sergeant had hem de les gelezen omdat hij niet in het stof was gedoken toen de AK's in zijn richting schoten, maar Brian had tijdens zijn enige kennismaking met het slagveld iets belangrijks geleerd. Hij had ontdekt dat op dat moment zijn geest in een hogere versnelling overging. De wereld om hem heen leek te vertragen en hij had buitengewoon helder kunnen denken. Achteraf had het hem verrast dat hij geen kogels had zien vliegen, zo snel had zijn geest gewerkt – nou ja, de laatste vijf patronen in een AK-47-magazijn waren meestal lichtkogels, en die had hij wel zien vliegen, zij het nooit recht op hem af. In gedachten ging hij vaak terug naar die enerverende vijf of zes minuten, en dan bekritiseerde hij zichzelf om dingen die hij beter had kunnen doen en nam hij zich voor dat hij die denk- en commandofouten niet opnieuw zou maken, al had sergeant Sullivan met veel respect over zijn kapitein gesproken toen de actie later op de mariniersbasis werd beoordeeld.
'Lekker hardgelopen, jongens?' vroeg Pete Alexander.
'Geweldig,' antwoordde Dominic. 'Misschien moeten we het eens met rugzakken van twintig kilo proberen.'
'Dat is te regelen,' antwoordde Alexander.
'Hé, Pete, dat deden we ook bij de mariniers. Het is niet leuk,' protesteerde Brian meteen. 'Hou je je een beetje in met die grappen, broertje,' voegde hij er tegen Dominic aan toe.
'Nou, het is goed dat jullie nog in vorm zijn,' merkte Pete op. Per slot van rekening hoefde hijzelf niet elke morgen vijf kilometer te hardlopen. 'Nog nieuws?'
'Ik wilde nog steeds dat ik meer wist van wat we hier gaan doen.' Brian keek op van zijn koffie.
'Jij bent niet de geduldigste mens op aarde, hè?' zei de trainingsofficier.
'Hoor eens, bij de mariniers trainen we elke dag, maar ook als niet helemaal duidelijk is waar we voor trainen, weten we wel dat we mariniers

zijn en dat we geen koekjes gaan verkopen op een liefdadigheidmarkt.'
'Waar denk je zelf dat jullie hier voor trainen?'
'Om mensen te doden zonder waarschuwing, zonder voorschriften, voorzover ik kan nagaan. Het lijkt sterk op moord.' Goed, dacht Brian, nu had hij het hardop uitgesproken. Wat kon er nu gebeuren? Waarschijnlijk een rit terug naar kamp Lejeune en voortzetting van zijn carrière bij de mariniers. Nou ja, er waren ergere dingen.
'Nou ja, het werd ook wel tijd, denk ik,' gaf Alexander toe. 'Als je nu eens bevel kreeg iemands leven te beëindigen?'
'Als het een legitiem bevel is, zal ik het uitvoeren, maar de wet – het systeem – stelt me in staat om zelf over die legitimiteit na te denken.'
'Goed, een hypothetisch geval. Laten we zeggen dat je opdracht krijgt het leven van een terrorist te beëindigen. Hoe zou je dan reageren?' vroeg Pete.
'Dat is gemakkelijk. Je maakt hem koud,' antwoordde Brian meteen.
'Waarom?'
'Terroristen zijn misdadigers, maar je kunt ze niet altijd arresteren. Die mensen voeren oorlog tegen mijn land, en als ik bevel krijg om terug te vechten, dan doe ik dat. Daarvoor ben ik in dienst gegaan, Pete.'
'Het systeem stelt ons niet altijd in staat om dat te doen,' merkte Dominic op.
'Maar het systeem stelt ons wel in staat om misdadigers ter plekke te doden, *in flagrante delicto*. Jij hebt dat zelf gedaan en ik heb niet van je gehoord dat je er spijt van hebt, broertje.'
'En dat zul jij ook niet hebben. Voor jou geldt hetzelfde. Als de president zegt dat je iemand moet doden, en je bent in uniform, dan is hij de opperbevelhebber, Aldo. Je hebt het recht – zelfs de plicht – om te doden als hij dat zegt.'
'Hebben sommige Duitsers dat argument niet ook gebruikt in 1946?' vroeg Brian.
'Daar zou ik me maar niet te druk om maken. Dat zou pas een probleem zijn als we een oorlog verloren, en dat zie ik niet zo gauw gebeuren.'
'Enzo, als het waar is wat je daarstraks zei, had niemand zich iets van die zes miljoen dode joden hoeven aan te trekken wanneer Duitsland de Tweede Wereldoorlog had gewonnen. Bedoel je dat?'
'Mensen,' onderbrak Alexander hen, 'dit is geen lesje rechtsfilosofie.'
'Enzo is hier de jurist,' merkte Brian op.
Dominic hapte in het aas: 'Als de president de wet overtreedt, zet het Huis van Afgevaardigden hem uit zijn ambt en veroordeelt de Senaat hem, en dan staat hij op straat, en dán kan er een strafklacht tegen hem worden ingediend.'

'Goed. Maar hoe zit het met de kerels die zijn bevelen uitvoeren?' wilde Brian weten.
'Dat hangt ervan af,' antwoordde Pete. 'Als de vertrekkende president hun een presidentiële gratie geeft, zijn ze niet aansprakelijk.'
Dominic keek hem plotseling scherp aan. 'Nee, waarschijnlijk niet. De grondwet verleent de president de soevereine macht om gratie te verlenen, zoals een koning dat vroeger mocht doen. In theorie kan een president zichzelf gratie verlenen, maar dan steekt hij zijn neus in een juridisch wespennest. De grondwet is de hoogste wet van het land. In zekere zin is de grondwet God, en je kunt er niet tegen in beroep gaan. Weet je, er is nooit veel onderzoek naar gedaan, behalve toen Nixon gratie kreeg van president Ford. Maar de grondwet is opgesteld om op een redelijke manier te worden toegepast door redelijke mensen. Dat is misschien het enige zwakke punt. Juristen bepleiten iets, en dat betekent dat ze niet altijd redelijk zijn.'
'Dus in theorie kun je niet worden gestraft als je iemand doodt en de president je gratie verleent?'
'Zo is het.' Dominic trok zijn gezicht enigszins samen. 'Wat vertel je me nu?'
'Het is maar hypothetisch,' antwoordde Alexander, die zich duidelijk terugtrok. In elk geval kwam daarmee een einde aan het lesje rechtsfilosofie, en Alexander feliciteerde zichzelf omdat hij hun tegelijk verschrikkelijk veel en helemaal niets had verteld.

De namen van de plaatsen deden erg vreemd aan, dacht Mustafa. Shawnee. Okemah. Weleetka. Pharaoh. Die laatste naam was nog het vreemdst. Per slot van rekening waren ze niet in Egypte. Dat was een moslimnatie, al waren ze enigszins op een dwaalspoor geraakt, met een politiek die het belang van het ware geloof niet erkende. Maar dat zou vroeg of laat veranderen. Mustafa rekte zich op zijn stoel uit en nam een sigaret. Nog een halve tank vol benzine. Deze Ford had een royale brandstoftank, bestemd voor moslimolie. Wat waren het toch ondankbare honden, die Amerikanen. De islamitische landen verkochten olie aan hen, en wat gaf Amerika in ruil? Wapens aan de Israëli's om Arabieren te doden, en verder verdomd weinig. Vunzige bladen, alcohol en andere corruptie waar zelfs de gelovigen mee besmet werden. Maar wat was erger: te corrumperen, of gecorrumpeerd te worden, slachtoffer van ongelovigen te zijn? Op een dag zou alles worden rechtgezet. Dan zou de Wet van Allah de wereld omspannen. Die dag zou komen, en hij en zijn medestrijders lieten zich op dit moment meevoeren op de voorste golf van Allahs wil. Ze zouden een martelaarsdood sterven, en dat was iets om trots op te zijn. Na verloop van tijd zouden hun families te horen krijgen wat hun lot was geweest – daarvoor konden ze waarschijnlijk wel op Amerikanen rekenen – en om hun dood rouwen, maar ze zouden ook trots zijn op hun vroomheid. De Amerikaanse politiediensten mochten graag hun bekwaamheid tonen als de strijd al verloren was. Dat was genoeg om hem te laten glimlachen.

Dave Cunningham leek even oud als hij was. Hij liep tegen de zestig, dacht Jack. Uitgedund grijs haar. Slechte huid. Hij was gestopt met roken, maar niet vroeg genoeg. Maar zijn grijze ogen fonkelden van de nieuwsgierigheid van een wezel in de Dakota's op zoek naar prairiehonden om te eten.

'Jij bent Jack junior?' vroeg hij toen hij binnenkwam.

'Schuldig,' bekende Jack. 'Waren mijn cijfers bruikbaar?'

'Niet slecht voor een amateur,' gaf Cunningham toe. 'Die persoon schijnt geld te beheren en wit te wassen – voor hemzelf en voor iemand anders.'

'Wie is die ander?' vroeg Wills.

'Dat weet ik niet zeker, maar hij komt uit het Midden-Oosten en hij is rijk, en hij is ook op de penning. Het is grappig. Iedereen denkt dat ze met geld smijten als dronken matrozen. En sommigen doen dat ook,' zei de accountant. 'Maar er zitten ook vrekken tussen. Als die een stuiver uitgeven, schreeuwt de buffel.' Daaraan kon je merken dat hij oud was. Er stonden al zo lang geen buffels meer op de stuiver dat Jack het grapje niet eens begreep. Toen legde Cunningham wat papier op het bureau tussen Ryan en Wills. Drie transacties waren met rood omcirkeld.

'Hij is een beetje slordig. Al die dubieuze geldoverboekingen gaan in partijen van tienduizend pond. Daardoor zijn ze gemakkelijk te signaleren. Hij vermomt ze als persoonlijke uitgaven – het gaat waarschijnlijk naar die rekening om het voor zijn ouders verborgen te houden. Saudische accountants zijn vaak slordig. Ik denk dat er wel een miljoen of zo in het ongerede moet raken voordat ze van streek raken. Ze denken waarschijnlijk dat zo'n jongen wel tienduizend pond van de rekening mag halen voor een leuk avondje met de dames, of in een casino. Rijke jongelui mogen graag gokken, al zijn ze er niet erg goed in. Als ze dichter bij Las Vegas of Atlantic City zouden wonen, zou dat wonderen doen voor onze handelsbalans.'

'Misschien houden ze meer van Europese hoeren dan van de onze?' vroeg Jack zich hardop af.

'Jongen, in Las Vegas kun je een blonde Cambodjaanse ezel met blauwe ogen bestellen en dan staat die binnen een halfuur voor je deur.' Maffiabazen hadden ook hun favoriete activiteiten, had Cunningham in de loop der jaren geleerd. De methodistische grootvader had zich daar eerst beledigd door gevoeld, maar toen hij besefte dat het gewoon een manier was om misdadigers te pakken te krijgen, was hij met dergelijke uitgaven akkoord gegaan. Corrupte mensen deden corrupte dingen. Cunningham had ook meegewerkt aan operatie Elegante Slangen, waardoor zes afgevaardigden naar de luxe federale gevangenis op de luchtmachtbasis Eglin in Florida waren gestuurd. In het kader van die operatie had hij ook zulke methoden gebruikt. Hij dacht dat de jonge gevechtsvliegers op die basis nu caddies van hoog niveau hadden als ze gingen golfen, en waarschijnlijk deed de lichaamsbeweging die voormalige volksvertegenwoordigers ook wel goed.

'Dave, is onze vriend Uda een speler?' vroeg Jack.

Cunningham keek van zijn papieren op. 'Hij gedraagt zich daar wel naar, jongen.'

Jack leunde met grote voldoening in zijn stoel achterover. Hij had zojuist iets bereikt – misschien iets belangrijks?

Het land werd een beetje heuvelachtig toen ze in Arkansas kwamen. Mustafa merkte dat na zevenhonderd kilometer rijden zijn reacties wat trager werden, en dus ging hij naar een benzinestation en liet hij na het tanken Abdullah achter het stuur zitten. Het deed hem goed om zich te kunnen uitrekken. Toen gingen ze de snelweg weer op. Abdullah reed voorzichtig. Ze haalden alleen oudere mensen in en bleven op de rechterrijstrook om te voorkomen dat ze door het inhalend vrachtwagenverkeer werden verpletterd. Ze wilden de aandacht van de politie niet trekken, en eigenlijk hadden ze ook geen haast. Ze hadden nog twee dagen om op hun bestemming aan te komen en hun missie te volbrengen. En dat was genoeg. Hij vroeg zich af wat de drie andere teams deden. Ze hadden allemaal een kortere afstand af te leggen. Een van hen was waarschijnlijk al op zijn bestemming aangekomen. Ze hadden opdracht een goed maar niet luxueus hotel te zoeken, minder dan een uur rijden van het doel vandaan, het doel te verkennen en daarna via e-mail te bevestigen dat ze er klaar voor waren. Ten slotte zouden ze rustig afwachten, totdat Mustafa hun opdracht gaf hun missie uit te voeren. Hoe eenvoudiger de orders waren, des te beter het was natuurlijk, want dan was er minder kans op fouten en vergissingen. Het waren goede mannen, die volledig op de hoogte waren gesteld. Hij kende hen allemaal. Saeed en Mehdi kwamen net als hij uit Saudi-Arabië, en net als hijzelf kwamen ze uit rijke families en hadden ze minachting voor hun ouders gekregen omdat die de hielen likten van Amerikanen en hun handlangers. Sabawi kwam uit Irak. Hij kwam niet uit een rijke familie, maar hij was een ware gelovige geworden. Net als de rest was hij een soenniet en wilde hij zelfs bij de sjiitische meerderheid van zijn land in de herinnering voortleven als een trouwe volgeling van de Profeet. De sjiieten in Irak, die zo kortgeleden – door ongelovigen! – van de soennitische overheersing waren bevrijd, paradeerden door hun land alsof zij alleen de gelovigen waren. Sabawi wilde laten zien wat de fout van dat verkeerde geloof was. Mustafa hield zich bijna nooit met zulke bijzaken bezig. Voor hem was de islam een grote tent, met ruimte voor bijna iedereen...

'Mijn reet is moe,' zei Rafi op de achterbank.

'Daar is niets aan te doen, broeder,' antwoordde Abdullah achter het stuur. Omdat hij reed, vond hij dat hij tijdelijk de leiding had.

'Dat weet ik, maar toch is mijn reet moe,' zei Rafi.

'We hadden paarden kunnen nemen, maar die zouden te langzaam zijn, en daar kun je ook pijn in je reet van krijgen, mijn vriend,' merkte Mustafa op. Die uitspraak werd met gelach begroet en Rafi boog zich weer over zijn *Playboy*.

Volgens de kaart was de route geen probleem tot ze bij de stad Small Stone kwamen. Daar zouden ze goed moeten uitkijken, maar voorlopig slingerde de weg zich tussen glooiende heuvels met groene bomen door. Dit was iets heel anders dan het noorden van Mexico, dat zo sterk op de zandheuvels uit hun eigen land leek... waarnaar ze nooit terug zouden keren...

Voor Abdullah was het een genot om te rijden. De auto was niet zo goed als de Mercedes van zijn vader, maar voorlopig was hij er tevreden mee, en het stuur voelde geweldig goed aan. Hij leunde achterover en rookte zijn Winston met een tevreden glimlach op zijn lippen. In Amerika waren er mensen die met dit soort auto's races hielden op een grote ovale baan – wat moest dat schitterend zijn! Zo hard rijden als je kon, in een wedstrijd met anderen – en hen dan verslaan! Dat moest nog beter zijn dan wanneer je een vrouw had... Nou, bijna... Of gewoon anders, verbeterde hij zichzelf. Een vrouw hebben nádat je een race had gewonnen, dát zou pas fantastisch zijn. Hij vroeg zich af of er auto's in het paradijs waren. Goede, snelle auto's, zoals de Formule 1-auto's waar ze in Europa zo van hielden, auto's die strak de bocht omgingen en dan vol vaart het rechte eind namen, zo snel als de auto en de weg toestonden. Hij zou dat hier kunnen proberen. Deze auto was waarschijnlijk goed voor tweehonderd kilometer per uur – maar nee, de missie was belangrijker. Hij gooide zijn sigarettenpeuk uit het raam. Net op dat moment vloog er een witte politiewagen voorbij, met blauwe strepen op de zijkant. De politie van de staat Arkansas. Dát leek nog eens een snelle auto, en de

man die erin zat, had een prachtige cowboyhoed, dacht Abdullah. Zoals ieder mens op aarde had hij zijn portie Amerikaanse films gezien, inclusief de westerns, mannen te paard die vee hoedden of gewoon met hun revolvers aan het knallen waren in saloons om erekwesties te regelen. De beelden spraken hem aan – maar dat was ook de bedoeling, zei hij tegen zichzelf. Een van de vele pogingen van de ongelovigen om de gelovigen in verleiding te brengen. Nu moest wel gezegd worden dat Amerikaanse films vooral voor het Amerikaanse publiek werden gemaakt. Hoeveel Arabische films had hij niet gezien waarin de troepen van Salah ad-Din – uitgerekend een Koerd – de binnenvallende christelijke kruisvaarders verpletterend versloegen? Die films waren gemaakt om de mensen geschiedenis te leren en Arabische mannen tot mannelijkheid te inspireren, opdat ze de Israëli's konden verpletteren, wat helaas nog niet gebeurd was. Zo was het waarschijnlijk ook met Amerikaanse westerns. De Amerikaanse ideeën over mannelijkheid waren niet zoveel anders dan de Arabische, alleen gebruikten ze revolvers in plaats van het veel mannelijker zwaard. Het pistool had natuurlijk een veel groter bereik; daarom waren de Amerikanen praktisch ingestelde strijders, en ze waren er nog erg handig mee ook. Niet moediger dan Arabieren natuurlijk, alleen handiger.
Hij moest op zijn hoede zijn voor Amerikanen en hun handvuurwapens, zei Abdullah tegen zichzelf. Als sommigen net zo goed schoten als die cowboys uit films, zou er een voortijdig eind aan hun missie komen, en dat mocht absoluut niet gebeuren.
Hij vroeg zich af wat de politieman in de voorbijrijdende witte auto aan zijn riem had hangen – en kon hij goed schieten? Ze konden daar natuurlijk wel achter komen, maar dat kon maar op één manier en die zou hun missie in gevaar brengen. Daarom keek Abdullah de politiewagen na tot die uit het zicht verdwenen was en keek hij toen weer naar de trucks die voorbijdenderden terwijl hij in een gestaag tempo van 100 kilometer en drie sigaretten per uur naar het oosten reed. Zijn maag knorde. Small Stone 30 mijl.

'Ze beginnen zich in Langley weer op te winden,' zei Davis tegen Hendley.
'Wat heb je gehoord?' vroeg Gerry.
'Een agent in het veld heeft iets vreemds te horen gekregen van een informant in Saudi-Arabië. Een aantal vermoedelijke spelers is met onbekende bestemming vertrokken, hij denkt naar het westelijk halfrond. Een stuk of tien.'
'Hoe hard is die informatie?' vroeg Hendley.

'Een 3 in termen van betrouwbaarheid, al wordt de bron meestal erg serieus genomen. Iemand op het hoofdkantoor vond het om duistere redenen nodig de informatie lager te klasseren.' Dat was een van de problemen op de Campus: voor hun analyses waren ze grotendeels afhankelijk van anderen. Hoewel ze over bijzonder goede mensen op hun eigen analyseafdelingen beschikten, werd het echte werk aan de overkant van de Potomac gedaan, en de CIA had zijn portie fouten gemaakt in de afgelopen jaren – zeg maar decennia, zei Gerry tegen zichzelf. Niemand scoorde honderd procent, en veel CIA-bureaucraten waren zelfs met hun schamele overheidssalarissen nog overbetaald. Maar zolang ze hun dossiers netjes opsloegen, kon het niemand iets schelen en viel het zelfs niet op. Het ging er nu om dat de Saudi's een manier hadden om hun eigen potentiële onruststokers het land uit te krijgen door ze ergens anders heen te laten gaan, waar ze dan hun misdrijven konden plegen. Als ze daarvoor moesten boeten, zou de Saudische regering alle medewerking verlenen en op die manier volledig buiten schot blijven.

'Wat denk je?' vroeg hij aan Tom Davis.

'Ach, Gerry, ik ben niet helderziend. Ik heb geen kristallen bol en ik ben geen orakel.' Davis slaakte een zucht van frustratie. 'Het ministerie van Binnenlandse Veiligheid is ingelicht, en dat betekent dat de FBI en de rest van hun analytische team het ook weten, maar dit is "zachte" informatie, weet je. Niets concreets. Drie namen, maar geen foto's, en iedere gek kan een identiteitsbewijs met een nieuwe naam krijgen.' Zelfs in populaire romans werd mensen uitgelegd hoe je dat deed. Je had niet eens veel geduld nodig, want geen enkele staat van de Verenigde Staten legde geboorte- en overlijdensakten naast elkaar, iets wat op zichzelf niet moeilijk was, zelfs niet voor overheidsbureaucraten.

'Wat gebeurt er nu?'

Davis haalde zijn schouders op. 'Wat er altijd gebeurt: de beveiligingsmensen op vliegvelden krijgen opdracht goed uit hun doppen te kijken, en dus zullen ze meer onschuldige mensen lastigvallen om er zeker van te zijn dat niemand een vliegtuig probeert te kapen. De politie zal overal uitkijken naar verdachte auto's, maar dat komt er vooral op neer dat mensen die vreemd rijgedrag vertonen aan de kant worden gezet. Er is al te vaak alarm geslagen. Zelfs de politie heeft er moeite mee om het serieus te nemen, Gerry, en wie kan ze dat kwalijk nemen?'

'Dus al onze middelen zijn uitgeschakeld – door onszelf?'

'In feite wel. Zolang de CIA niet veel meer agenten in het veld heeft om ze te identificeren voordat ze op hun bestemming zijn, is het voor ons meer een kwestie van afwachten dan van actief optreden. Maar ach...' Hij trok een grimas. 'Met mijn obligatiehandel gaat het de afgelopen

twee weken geweldig goed.' Tom Davis had gemerkt dat die handel hem wel aanstond – of in elk geval gemakkelijk onder de knie te krijgen was. Zou het een fout zijn geweest dat hij zo van de universiteit naar de CIA was gegaan, vroeg hij zich zo nu en dan af.
'Nog reacties op het CIA-rapport?'
'Nou, iemand daar heeft voorgesteld nog eens met de persoon in kwestie te gaan praten, maar de zesde verdieping heeft nog geen toestemming gegeven.'
'Jezus!' vloekte Hendley.
'Hé, Jerry, waarom ben je daar zo verbaasd over? Jij hebt daar nooit gewerkt, zoals ik, maar op het Capitool moet je dat soort dingen ook hebben meegemaakt.'
'Waarom moest Kealty ook zo nodig Foley als directeur vervangen?'
'Hij is bevriend met een jurist die hij liever op die post heeft. En Foley was een professionele inlichtingenman en daardoor onbetrouwbaar. Laten we de feiten onder ogen zien: Ed Foley heeft goed werk gedaan, maar om het echt voor elkaar te krijgen zou je tien jaar nodig hebben. Dat is een van de redenen waarom wij hier zijn, nietwaar?' voegde Davis er met een glimlach aan toe. 'Hoe doen onze twee trainees het in Charlottesville?'
'De marinier heeft nog last van zijn geweten.'
'Chesty Puller moet zich wel omdraaien in zijn graf,' geloofde Davis.
'Nou, we kunnen geen dolle honden inhuren. Het is beter dat ze nu vragen stellen dan wanneer ze in het veld met een opdracht bezig zijn.'
'Misschien wel. En de wapens?'
'Volgende week.'
'Dat heeft lang genoeg geduurd. Testfase?'
'In Iowa. Varkens. Die hebben ongeveer hetzelfde hart- en vaatstelsel, zegt onze vriend.'
Net wat je zou verwachten, dacht Davis.

Small Stone bleek geen groot navigatieprobleem te vormen, en nadat ze even met de Interstate 40 naar het zuidwesten waren gedoken, reden ze nu weer naar het noordoosten. Mustafa zat weer achter het stuur, en de twee mannen op de achterbank waren ingedommeld, vol broodjes rosbief en Coca-Cola.
Het was nu vooral erg saai. Niets kan langer dan twintig uur boeiend blijven, en zelfs door van hun missie te dromen, die nu anderhalve dag in de toekomst lag, konden ze hun ogen niet openhouden. Daarom sliepen Rafi en Zuhayr als uitgeputte kinderen. Hij reed met de zon achter zijn linkerschouder naar het noordoosten en begon borden te zien

waarop de afstand naar Memphis, Tennessee, stond aangegeven. Hij dacht even na – het was moeilijk om helder na te denken als je zo lang in een auto had gezeten – en besefte dat hij nog maar twee staten hoefde te doorkruisen. Ze kwamen langzaam maar zeker vooruit. Als ze een vliegtuig hadden genomen, zou het vlugger zijn gegaan, maar het zou waarschijnlijk moeilijk zijn geweest om met hun machinepistolen door de luchthavens te komen, dacht hij glimlachend. En als missiecommandant had hij meer dan één team om zich zorgen over te maken. Daarom had hij het moeilijkste en verste doelwit voor zichzelf uitgekozen, om de anderen een voorbeeld te stellen. Soms was leiderschap alleen maar lastig, zei Mustafa tegen zichzelf, en hij ging weer eens verzitten op zijn stoel.

Het volgende halfuur ging snel voorbij. Toen kwam er een lange en hoge brug, en hij zag een bord dat de rivier de Mississippi aankondigde, gevolgd door een bord dat hen verwelkomde in TENNESSEE, DE STAAT VAN DE VRIJWILLIGERS. Door al dat rijden dwaalden zijn gedachten steeds af en hij vroeg zich nu af wat dat van die vrijwilligers betekende, maar even later dacht hij alweer aan iets anders. Wat het ook betekende, hij moest Tennessee doorkruisen om in Virginia te komen. Het zou nog minstens vijftien uur duren voor ze konden uitrusten. Hij zou tot op ongeveer honderd kilometer ten oosten van Memphis rijden en het stuur dan aan Abdullah overgeven.

Hij was zojuist een grote rivier overgestoken. Zijn hele land had geen permanente rivieren, alleen wadi's die soms even stroomden als het hard had geregend en algauw weer droog waren. Amerika was zo'n rijk land. Dat was waarschijnlijk de bron van hun arrogantie, maar de missie van zijn vier teams zou een bres in die arrogantie slaan. En dat zouden ze, *Insh'Allah*, binnen twee dagen doen.

Over twee dagen naar het paradijs, was de gedachte die in zijn hoofd bleef hangen.

12

Aankomst

Tennessee ging snel voorbij voor degenen die achterin zaten, want terwijl Mustafa en Abdullah elkaar gedurende de 350 kilometer van Memphis naar Nashville achter het stuur aflosten, lagen Rafi en Zuhayr het grootste deel van de tijd te slapen. Een en driekwart kilometer per minuut, rekende Mustafa uit. Dat betekende nog eens... Hoe lang? Nog twintig uur of zo. Hij dacht erover om harder te gaan rijden om eerder op hun bestemming te zijn – maar nee, dat zou dom zijn. Het was altijd dom om onnodige risico's te nemen. Hadden ze dat niet van de Israëli's geleerd? De vijand wachtte altijd, als een slapende tijger. Het zou erg dom zijn om een vijand wakker te maken zonder dat het nodig was. Je maakte de tijger pas wakker als je geweer al op hem gericht was en hij niets meer kon beginnen, en dan nog alleen om de tijger te laten weten dat je hem te slim af was. Je wilde dat hij net lang genoeg wakker was om zijn eigen domheid in te zien, net lang genoeg om bang te zijn. Amerika zou bang zijn. Ondanks al hun wapens en hun slimheid zouden al die arrogante mensen beven.

Hij glimlachte onwillekeurig in de duisternis. De zon was weer ondergegaan en de koplampen van zijn auto boorden witte kegels in de duisternis. Het licht viel op de witte strepen van de snelweg, die de een na de ander langs hem heen gleden terwijl hij in een gestaag tempo van 100 kilometer per uur naar het oosten reed.

De tweelingbroers stonden nu om zes uur op en deden hun dagelijkse twaalf oefeningen zonder Pete Alexanders toezicht, want dat hadden ze echt niet nodig, vonden ze. Het hardlopen ging hun beiden gemakkelijker af, en de rest van de oefeningen was ook routine geworden. Om kwart over zeven waren ze klaar en gingen ze naar binnen voor hun ontbijt en hun eerste overleg met hun trainingsofficier.

'Je moet iets aan die schoenen doen, broertje,' zei Dominic.

'Ja,' beaamde Brian, en hij wierp een trieste blik op zijn oude Nikes. 'Ze hebben me een paar jaar goed gediend, maar het wordt tijd dat ze naar de schoenenhemel gaan.'

'De Foot Locker in het winkelcentrum.' Hij bedoelde het winkelcentrum Fashion Square in Charlottesville.

‘Hmm, morgen misschien lunchen met een Philly cheesesteak?’
‘Mij best, broertje,’ zei Dominic. ‘Er gaat niks boven vet en cholesterol als lunch, vooral met die kaasfrites erbij. Vooropgesteld dat je schoenen het nog een dag uithouden.’
‘Hé, Enzo, ik hou van die geur. Deze schoenen en ik zijn al heel wat keren het blok rond geweest.’
‘Net als die vuile T-shirts. Verdomme, Aldo, kun jij je nou nooit netjes kleden?’
‘Trek me maar gewoon mijn uniform weer aan, jochie. Ik ben graag marinier. Dan weet je altijd waar je staat.’
‘Ja, midden in de stront,’ merkte Dominic op.
‘Misschien wel, maar je werkt daar met betere jongens samen.’ En, voegde hij er in stilte aan toe, ze stonden allemaal aan jouw kant, en ze hadden allemaal een pistool op zak. Dat gaf je een gevoel van veiligheid dat je in het burgerleven maar zelden had.
‘Jullie gaan uit lunchen?’ zei Alexander.
‘Morgen misschien,’ antwoordde Dominic. ‘En dan moeten we een gepaste uitvaart voor Aldo’s hardloopschoenen regelen. Hebben we hier een blik lysol, Pete?’
Alexander lachte. ‘Ik dacht dat je het nooit zou vragen.’
‘Weet je, Dominic,’ zei Brian, opkijkend van de eieren, ‘als je mijn broer niet was, zou ik dit niet van je pikken.’
‘O nee?’ FBI-agent Caruso wierp hem een Engelse muffin toe. ‘Jullie mariniers zijn alleen maar praatjesmakers. Ik ranselde hem altijd af toen we nog kinderen waren,’ voegde hij er voor Pete aan toe.
Brians ogen sprongen bijna uit zijn hoofd: ‘Nou ja, zeg!’
En zo begon er weer een trainingsdag.

Een uur later zat Jack weer achter zijn computer. Uda bin Sali had weer een sportieve nacht gehad, opnieuw met Rosalie Parker. Hij mocht haar blijkbaar erg graag. Ryan vroeg zich af hoe de Saudi zou reageren als hij wist dat ze na elke sessie uitvoerig verslag uitbracht aan de Britse geheime dienst. Maar zaken waren zaken voor haar, en dat zou menig mannelijk ego in de Britse hoofdstad ineen hebben doen krimpen. Sali had natuurlijk ook zo’n ego, dacht Junior. Om kwart voor negen kwam Wills met een zak Dunkin’ donuts binnen.
‘Hé, Anthony. Nog nieuws?’
‘Vertel jij mij dat maar,’ zei Wills meteen. ‘Een donut?’
‘Graag. Nou, Uda heeft vannacht weer wat lichaamsbeweging gehad.’
‘Ach, de jeugd – een schone zaak, maar verspild aan hen die jong zijn.’
‘Dat is van George Bernard Shaw, nietwaar?’

'Ik wist wel dat je belezen was. Sali heeft een paar jaar geleden een nieuw speelgoedje ontdekt, en ik denk dat hij ermee blijft spelen tot het breekt, of afvalt. Dat moet een rotklus zijn voor degenen die hem schaduwen. Die staan in de koude regen en weten dat hij boven zijn wezel aan het invetten is.' Dat was een citaat uit de televisieserie *The Sopranos*, waar Wills veel van hield.
'Denk je dat zij degenen zijn die haar ondervragen?'
'Nee, dat is een klus voor de jongens in Thames House. Dat gaat na een tijdje vast vervelen. Toch jammer dat ze ons niet alle uitgetypte teksten sturen,' voegde hij er grinnikend aan toe. 'Het zou de bloedsomloop 's morgens op gang kunnen brengen.'
'Dank je, maar als ik er op een avond zin in heb, kan ik altijd naar de kiosk gaan om een *Hustler* te kopen.'
'De dingen waar we ons mee bezighouden, zijn vaak onverkwikkelijk, Jack. Het soort mensen waar wij naar kijken is niet het soort dat je voor een etentje zou uitnodigen.'
'Hé, het Witte Huis, weet je nog wel? De helft van de mensen die we op officiële staatsbanketten uitnodigden – pa kon ze amper de hand schudden. Maar minister Adler zei tegen hem dat het erbij hoorde, en dus moest pa aardig zijn tegen die schoften. De politiek trekt soms ook uitschot aan, weet je?'
'Amen. Nou, nog nieuws over Sali?'
'Ik heb de geldtransacties van gisteren nog niet doorgenomen. Hé, als Cunningham op iets belangrijks stuit, wat gebeurt er dan?'
'Daarover beslissen Gerry en zijn naaste medewerkers.' Hij voegde er niet aan toe: jij verkeert nog lang niet in de positie dat je daar iets van mag weten, maar de jonge Ryan begreep het evengoed.

'Nou, Dave?' vroeg Gerry Hendley boven.
'Hij is geld aan het investeren en stuurt ook wat naar onbekende personen. Een bank in Liechtenstein. Als ik moest raden, dan zou ik zeggen dat het dekking van creditcardrekeningen is. Je kunt via die bank een Visa- of MasterCard krijgen, en je kunt die bank dus ook gebruiken om dekking te geven voor creditcardrekeningen van onbekenden. Het kan een maîtresse of een goede vriend zijn, of iemand voor wie wij directe belangstelling hebben.'
'Hoe komen we daarachter?' vroeg Tom Davis.
'Ze gebruiken hetzelfde boekhoudprogramma als de meeste banken,' antwoordde Cunningham. Hij bedoelde dat met een beetje geduld de Campus zich toegang tot die gegevens kon verschaffen. Er zaten natuurlijk firewalls in de weg. Ze konden dat karwei beter aan de NSA overlaten,

en dus moesten ze de NSA zover zien te krijgen dat die dienst een van zijn computerfreaks aan het hacken zette. Dat zou betekenen dat ze zogenaamd een verzoek van de CIA moesten indienen, en dat was een beetje moeilijker dan alleen maar een briefje uittypen op een computerterminal, dacht de accountant. Hij vermoedde ook dat de Campus iemand binnen beide inlichtingendiensten had die zulke berichten kon versturen zonder dat er een papieren spoor achterbleef.
'Is dat strikt noodzakelijk?'
'Misschien kan ik over een week of zo wat meer gegevens vinden. Die Sali is misschien alleen maar een rijkeluiszoontje dat wat aan het spelen is, maar... mijn neus vertelt me dat hij een soort speler is,' gaf Cunningham toe. Hij had in de loop der jaren een goed instinct ontwikkeld, en als gevolg daarvan zaten twee vroegere maffiabazen nu in een solitaire cel in Marion, Illinois. Toch had hij zelf niet zoveel vertrouwen in zijn instinct als zijn vroegere en huidige superieuren. Hij was een accountant met de neus van een jachthond, maar hij beriep zich daar nooit op.
'Een week, denk je?'
Dave knikte. 'Ongeveer.'
'En de jonge Ryan?'
'Hij heeft een goed instinct. Hij heeft iets ontdekt wat de meeste mensen zou ontgaan. Misschien werkt zijn jeugd in zijn voordeel. Jonge prooi, jonge bloedhond. Meestal werkt het niet. Maar deze keer... Deze keer misschien wel. Weet je, toen zijn vader Pat Martin tot minister van Justitie benoemde, hoorde ik wat dingen over Jack junior. Pat mocht hem erg graag, en ik heb genoeg met Pat samengewerkt om veel respect voor hem te hebben. Die jongen zal het misschien nog ver brengen. Natuurlijk weten we dat pas zeker over een jaar of tien.'
'Het is niet de bedoeling dat we hier in dat soort erfelijkheid geloven, Dave,' merkte Tom Davis op.
'Cijfers zijn cijfers. Sommige mensen hebben een goede neus, en andere niet. Hij heeft de neus nog niet – niet echt, maar hij gaat wel in de goede richting.' Cunningham had de speciale financiële eenheid van het ministerie van Justitie helpen opzetten die zich in het naspeuren van terroristengeld specialiseerde. Iedereen had geld nodig om te kunnen opereren, en geld liet altijd ergens een spoor achter, maar dat was achteraf vaak gemakkelijker te vinden dan van tevoren. Je behaalde dan wel goede onderzoeksresultaten, maar je had geen actieve bescherming geboden.
'Dank je, Dave,' zei Hendley. 'Hou ons op de hoogte.'
'Jazeker.' Cunningham pakte zijn papieren bij elkaar en verliet de kamer.

'Weet je, hij zou wat beter functioneren als hij een persoonlijkheid had,' zei Davis vijftien seconden nadat de deur was dichtgegaan.
'Niemand is volmaakt, Tom. Hij is de beste die ze bij Justitie ooit voor dit soort dingen hebben gehad. Als hij gaat vissen, zwemt er vast niets meer in het meer wanneer hij weggaat.'
'Dat zal ik niet tegenspreken, Gerry.'
'Nou, zou die Sali als bankier voor de schurken kunnen functioneren?'
'Het zou kunnen. Langley en Fort Meade weten nog niet goed wat ze ermee aan moeten,' ging Hendley verder.
'Ik heb de papieren gezien. Veel papier en weinig harde gegevens.' In de wereld van de inlichtingenanalyse belandde je veel te gauw in de fase van het speculeren. Er kwam een moment waarop zelfs ervaren analisten hun angst op bestaande gegevens lieten inwerken, en god mocht weten wat er dan uit kwam. Ze probeerden de gedachten te lezen van mensen die niet veel spraken, ook niet met elkaar. Zouden er mensen rondlopen met antrax of pokken in kleine flesjes tussen hun scheerspullen? Hoe kon je dat ooit weten? Dat was een keer met Amerika uitgehaald, maar welbeschouwd was zo ongeveer alles wel eens met Amerika uitgehaald, en dat had de Amerikanen ook tot het inzicht gebracht dat er inderdaad slechte dingen konden gebeuren en dat degenen die daarvoor verantwoordelijk waren niet altijd aan te wijzen waren. De nieuwe president wekte niet de indruk dat we zulke mensen zouden kunnen tegenhouden of bestraffen. Dat was op zichzelf al een groot probleem.
'Weet je, we zijn het slachtoffer van ons eigen succes,' zei de ex-senator rustig. 'Het is ons gelukt om af te rekenen met elke natie die ons ooit dwars heeft gezeten, maar die onzichtbare schoften die voor hun God werken, zijn veel moeilijker te vinden. God is alomtegenwoordig. Zijn misleide helpers zijn dat ook.'
'Gerry, jongen, als het gemakkelijk was, zouden wij hier niet zijn.'
'Tom, gelukkig kan ik altijd op morele steun van jou rekenen.'
'We leven in een onvolmaakte wereld, weet je. Er is niet altijd genoeg regen om de maïs te laten groeien, en als die regen er is, stromen soms de rivieren over. Dat heb ik van mijn vader geleerd.'
'Dat wilde ik je altijd nog vragen: hoe is jouw familie ooit in dat vervloekte Nebraska terechtgekomen?'
'Mijn overgrootvader was soldaat – cavalerist, Negende Cavalerie, zwart regiment. Toen zijn dienst erop zat, had hij geen zin om naar Georgia terug te gaan. Hij zat een tijdje in Fort Crook bij Omaha, en toen bleek dat hij goed tegen de winter kon. En dus kocht hij wat land bij Seneca en ging daar maïs verbouwen. Zo is de geschiedenis voor ons Davisen begonnen.'

'Was er geen Ku Klux Klan in Nebraska?'
'Nee, die bleven in Indiana. De boerderijen zijn daar toch al kleiner. Mijn overgrootvader had in het begin nog wat buffels geschoten. We hebben thuis een kolossale buffelkop boven de haard hangen. Dat verrekte ding stinkt nog steeds. Pa en mijn broer jagen tegenwoordig vooral op *javelina's* – "snelgeiten" noemen ze dat bij ons thuis. Ik heb de smaak nooit te pakken gekregen.'
'Wat zegt je intuïtie over deze nieuwe info, Tom?' vroeg Hendley.
'Ik ga voorlopig niet naar New York.'

Ten oosten van Knoxville splitste de weg zich. De Interstate 40 ging naar het oosten, de Interstate 81 naar het noorden, en de gehuurde Ford nam de laatste weg. Ze reden door de bergen die door Daniel Boone waren verkend in de tijd dat de westgrens van Amerika zich nauwelijks tot buiten het zicht van de Atlantische Oceaan uitstrekte. Langs de weg stond een bord dat naar het huis verwees van iemand die Davy Crockett heette. Wie dat ook geweest mag zijn, dacht Abdullah, terwijl hij omlaagreed door een mooie bergpas. Ten slotte kwamen ze bij de plaats Bristol in de staat Virginia. Dit was hun laatste staatsgrens. Nog ongeveer zes uur, dacht hij. Het landschap hier lag weelderig groen in het zonlicht, met paardenfokkerijen en melkveehouderijen aan weerskanten van de weg. Zelfs kerken, voor het merendeel witgeschilderde houten gebouwen met kruisen op de torenspitsen. Christenen. Het was duidelijk dat dit land door hen werd beheerst.
Ongelovigen.
Vijanden.
Doelwitten.
Ze hadden hun wapens in de kofferbak om met die vijanden af te rekenen. Eerst de Interstate 81 naar de Interstate 64. Ze hadden de route al lang geleden uit hun hoofd geleerd. De drie andere teams zouden inmiddels wel op hun bestemmingen zijn aangekomen. Des Moines, Colorado Springs en Sacramento. Steden die groot genoeg waren om minstens één groot winkelcentrum te hebben. Twee ervan waren hoofdstad van hun staat. Maar het waren geen grote steden. Ze behoorden alle drie tot wat 'Middle America' werd genoemd, waar de 'brave' mensen woonden, waar de 'gewone', 'hardwerkende' Amerikanen hun huis hadden, waar ze zich veilig voelden, ver van de grote machtscentra en ver van het verderf. Er woonden weinig of geen joden in die steden. Of misschien wel een paar. Joden hadden vaak juwelierszaken. Misschien zelfs in de winkelcentra. Dat zou een extra voordeel zijn, maar alleen wanneer de gelegenheid zich bij toeval voordeed. Hun echte doel

was het doden van gewone Amerikanen, degenen die zich veilig voelden in de moederschoot van het gewone Amerika. Binnenkort zouden ze ontdekken dat veiligheid in deze wereld een illusie was. Ze zouden ontdekken dat de bliksemschicht van Allah hen overal kon treffen.

'Dus dit is het?' vroeg Tom Davis.

'Ja,' antwoordde dokter Pasternak. 'Wees voorzichtig. Het is geladen. Het rode label, zie je. Die met het blauwe is niet geladen.'

'Wat komt eruit?'

'Succinylcholine, een spierontspanner, in feite een synthetische en veel krachtiger vorm van curare. Alle spieren verslappen volkomen, inclusief die in de borst. Je kunt niet ademhalen, niet spreken, niet bewegen. Je bent volledig bij bewustzijn. Het wordt een ellendige dood,' voegde de arts er met een kille stem aan toe.

'Waarom?' vroeg Hendley.

'Omdat je niet kunt ademhalen. Je hart krijgt snel last van anoxie. In feite wordt er een hartaanval opgewekt. Dat is helemaal geen goed gevoel.'

'En wat dan?'

'Nou, het duurt ongeveer zestig seconden voor de symptomen komen opzetten. In de dertig seconden daarna dienen de volledige effecten van het middel zich aan. Zo'n negentig seconden na de injectie zakt het slachtoffer in elkaar. Ongeveer tegelijkertijd stopt de ademhaling volledig. Het hart bezwijkt aan zuurstofgebrek. Het zal proberen te kloppen, maar het levert geen zuurstof meer aan het lichaam en aan zichzelf. Het hartweefsel sterft in ongeveer twee of drie minuten af – en dat zal uiterst pijnlijk zijn. Ongeveer drie minuten na de injectie treedt bewusteloosheid in, tenzij het slachtoffer kort daarvoor aan intensieve lichaamsbeweging heeft gedaan, want in dat geval zit er nog veel zuurstof in de hersenen. Normaal gesproken hebben de hersenen een zuurstofvoorraad voor ongeveer drie minuten, maar na die tijd – drie minuten na het opkomen van de symptomen, dus vierenhalve minuut na de injectie – zal het slachtoffer het bewustzijn verliezen. Na nog eens zo'n drie minuten zal het slachtoffer volledig hersendood zijn. Daarna zal de succinylcholine in het lichaam metaboliseren, zelfs na de dood. Niet helemaal, maar wel in zoverre dat alleen een erg scherpzinnige patholoog het op een toxicologische scan kan signaleren, en dan nog alleen als hij ernaar zoekt. Het is wel zaak dat je het slachtoffer in zijn billen prikt.'

'Waarom daar?' vroeg Davis.

'Het middel werkt alleen goed met een intramusculaire injectie. En als er sectie wordt gepleegd, ligt het lijk altijd op zijn rug, zodat je de organen kunt zien en verwijderen. Ze keren het lichaam bijna nooit om. Deze injectie laat een spoor achter, maar dat is altijd al moeilijk te zien, en dan nog alleen als je op de juiste plaats kijkt. Zelfs drugsverslaafden – dat zal een van de dingen zijn waar ze naar kijken – injecteren zich niet in de romp. Het zal op een volslagen onverwachte hartaanval lijken. Dat gebeurt elke dag. Het komt niet zoveel voor, maar helemaal onbekend is het niet. Hartkloppingen, bijvoorbeeld, kunnen het laten gebeuren. De injectiepen is een aangepaste insulinepen zoals diabetici type 1 gebruiken. Jullie technici hebben voor een geweldige camouflage gezorgd. Je kunt er zelfs mee schrijven, maar als je eraan draait, maakt de pen plaats voor de insulinespuit. Een gaslading achter in de loop injecteert het middel. Het slachtoffer zal het waarschijnlijk wel merken, het voelt aan als een bijensteek, al is het minder pijnlijk, maar binnen anderhalve minuut kan hij er niemand meer over vertellen. Zijn waarschijnlijkste reactie zal een zacht "au" zijn, en dan wrijft hij over de plek – als hij dat al doet. Als een muggensteek in je nek. Je slaat er misschien even naar, maar je gaat niet de politie bellen.'

Davis hield de veilige 'blauwe' pen in zijn hand. Die was een beetje dik, zoals derdeklassers gebruiken als ze voor het eerst officieel met een balpen mogen schrijven, nadat ze eerst een paar jaar dikke potloden hebben gebruikt. Dus als je je doelwit benaderde, haalde je hem uit je jaszak. Je maakte de steekbeweging en liep gewoon door. Je helper zag het slachtoffer op het trottoir vallen, bleef misschien zelfs staan om assistentie te verlenen en zag de schoft vervolgens sterven. Daarna stond hij op en ging hij verder – nou, misschien belde hij een ambulance, opdat het lichaam naar het ziekenhuis kon worden gebracht om daar onder medische supervisie te worden ontmanteld.

'Tom?'

'Het bevalt me wel, Gerry,' antwoordde Davis. 'Dokter, hoe zeker ben je ervan dat het spul verdwijnt nadat het slachtoffer het loodje heeft gelegd?'

'Volkomen zeker,' antwoordde dokter Pasternak, en zijn beide gastheren herinnerden zich dat hij hoogleraar in de anesthesiologie was aan het Columbia University College of Physicians and Surgeons. Waarschijnlijk wist hij waar hij het over had. Bovendien hadden ze voldoende vertrouwen in hem gesteld om hem de geheimen van de Campus toe te vertrouwen. Het was een beetje laat om hem nu opeens niet meer te vertrouwen. 'Het is elementaire biochemie. Succinylcholine bestaat uit twee acetylcholinemoleculen. Esterasen in het lichaam breken de stof snel af tot acetylcholine, en er zal hoogstwaarschijnlijk dus niets van terug te vinden zijn, zelfs niet bij het Columbia-Presbyterian. Het is alleen moeilijk om het in het geheim te doen. Als je hem bijvoorbeeld in een artsenpraktijk kon krijgen, zou je alleen maar via een infuus wat kaliumchloride hoeven toe te dienen. Dat zou het hart laten fibrilleren. Als er cellen afsterven, komt er toch al kalium vrij, zodat de relatieve toename niet zou worden opgemerkt. Maar het infuus zou sporen achterlaten. Er zijn veel manieren om dit te doen. Ik hoefde alleen maar een methode te kiezen die zonder al te veel kennis en vaardigheden toe te passen is. In de praktijk zal een erg goede patholoog-anatoom de exacte doodsoorzaak niet kunnen vaststellen – en hij zou weten dat hij het niet wist, en dat zou hem dwarszitten – maar dan heb ik het over een erg getalenteerde man. Daar zijn er niet veel van. Ik bedoel, de beste patholoog-anatoom op Columbia is Rich Richards. Hij heeft er een bloedhekel aan als hij iets niet weet. Hij is een echte intellectueel, een probleemoplosser, niet alleen een voortreffelijke arts maar ook een geniale biochemicus. Ik vroeg hem ernaar, en hij zei dat het uiterst moeilijk te constateren zou zijn, zelfs wanneer hij wist waarnaar hij moest zoeken. Normaal gesproken spelen er allerlei andere factoren mee: de specifieke biochemie in het lichaam van het slachtoffer, wat hij te eten of te drinken heeft gehad, en vooral ook de omgevingstemperatuur. Als het buiten is, op een koude winterdag, kunnen de esterasen de succinylcholine misschien niet goed afbreken, omdat de chemische processen dan worden vertraagd.'

'Dus we moeten het niet in januari in Moskou doen?' vroeg Hendley. Hij kon het niet allemaal volgen, maar Pasternak wist waar hij het over had.

De professor glimlachte. Wreed. 'Nee. En ook niet in Minneapolis.'

'Een ellendige dood?' vroeg Davis.

Hij knikte. 'Bijzonder ellendig.'

'Omkeerbaar?'

Pasternak schudde zijn hoofd. 'Als de succinylcholine eenmaal in de bloedsomloop is gekomen, kun je er niets meer aan doen. Nou, in theorie zou je de man aan de beademing kunnen leggen totdat het middel metaboliseert – ik heb dat met pavulon in een operatiekamer zien doen – maar dat zou erg vergezocht zijn. In theorie is het mogelijk om het te overleven, maar het is erg, erg onwaarschijnlijk. Mensen hebben ook wel eens een schot tussen de ogen overleefd, heren, maar dat komt niet veel voor.'

'Hoe hard moet je je doelwit treffen?' vroeg Davis.

'Niet erg hard. Een flinke prik is genoeg. Hard genoeg om door zijn kleren heen te dringen. Een dikke jas zou een probleem kunnen zijn, omdat de naald dan misschien niet lang genoeg is. Maar bij normale kleren is het geen probleem.'

'Zijn sommige mensen immuun voor het middel?' vroeg Hendley.
'Nee, niet voor dit middel. Dat zou één op een miljard zijn.'
'Is er kans dat hij geluid zou maken?'
'Zoals ik al zei, voelt het hooguit aan als een bijensteek – meer nog als een muggensteek, niet genoeg om iemand het te laten uitschreeuwen van pijn. Misschien dat het slachtoffer even schrikt en zich omdraait om te zien wat het was, maar je agent zal normaal weglopen, niet rennen. Het slachtoffer heeft dus niemand om naar te schreeuwen en de pijn is bijna meteen weer over. Onder die omstandigheden zal hij waarschijnlijk alleen maar even over de plek wrijven en doorlopen... een meter of tien.'
'Dus het werkt snel, het is dodelijk en het is niet te traceren?'
'Dat kan ik driemaal bevestigen,' zei Pasternak.
'Hoe herlaad je het apparaatje?' vroeg Davis. Verdomme, waarom heeft de CIA nooit zoiets goeds ontwikkeld, vroeg hij zich af. Of de KGB?
'Je schroeft de cilinder eraf, kijk zo...' Hij liet het zien. 'En je haalt hem uit elkaar. Je gebruikt een normale injectiespuit om een nieuwe hoeveelheid van het middel te injecteren, en dan vervang je de gaslading. Die kleine gascapsules zijn nog het moeilijkst te maken. Je gooit de gebruikte capsule in een vuilnisbak of de goot – ze zijn maar vier millimeter lang en twee millimeter breed – en stopt de nieuwe erin. Als je de vervanging vastschroeft, wordt hij doorboord door een kleine punt in de achterkant van de cilinder en is het systeem weer paraat. Er zit kleverig spul op de gascapsules, dan laat je ze niet zo gauw vallen.' En in een ommezien was de blauwe capsule 'actief', alleen zat er natuurlijk geen succinylcholine in de pen. 'Je moet natuurlijk wel voorzichtig zijn met de injectiespuit, maar het zou ook wel erg stom zijn als je jezelf ermee prikte. Als je doet alsof je man diabetes heeft, is te verklaren waarom hij met injectiespuiten rondloopt. Er bestaat een identiteitskaart om insuline te krijgen, en die kaart is zo ongeveer op de hele wereld geldig. Bovendien heeft insuline geen uitwendige symptomen.'
'Verdraaid, dokter,' merkte Tom Davis op. 'Zou je nog iets anders op deze manier kunnen toedienen?'
'Botulismetoxine is ongeveer even dodelijk. Het is een neurotoxine, het tast het zenuwstelsel aan, en het veroorzaakt dood door verstikking, ook nog vrij snel, maar als er sectie wordt verricht, is het gemakkelijk terug te vinden in het bloed en dan is er geen plausibele verklaring voor. Het is wel gemakkelijk op de hele wereld verkrijgbaar, maar dan in microgramdoses. Het wordt gebruikt in de cosmetische chirurgie.'
'Artsen injecteren vrouwen daarmee in hun gezicht, nietwaar?'
'Alleen domme vrouwen,' antwoordde Pasternak. 'Zeker, het haalt rim-

pels weg, maar omdat het de zenuwen in het gezicht doodt, kun je ook niet veel meer glimlachen. Dat is niet precies mijn terrein. Er zijn veel toxische en dodelijke chemicaliën. We zitten met het probleem dat het snel moet gebeuren en moeilijk te traceren moet zijn. Je zou ook een klein mes in de achterkant van de schedel kunnen steken, op het punt waar de wervelkolom in de onderkant van de hersenen binnengaat. Dan moet je recht achter je slachtoffer staan en met je mes een klein doel zien te raken, zonder dat het mes klem komt te zitten tussen de wervels – en als je toch zo dichtbij bent, waarom gebruik je dan geen .22 pistool met geluiddemper? Dat is snel genoeg, maar het laat wel iets achter. Deze methode, dus met dit gif, kan voor een hartaanval worden aangezien. Het is zo ongeveer de perfecte moord,' zei de arts met zo'n koude stem dat het was of er sneeuw neerdwarrelde op de vloerbedekking.

'Richard,' zei Hendley, 'je hebt hiervoor je honorarium verdiend.'

De hoogleraar in de anesthesiologie stond op en keek op zijn horloge. 'Ik hoef geen honorarium, senator. Dit doe ik voor mijn broer. Laat u het me weten als u nog iets anders nodig hebt. Ik moet een trein halen om in New York terug te komen.'

'Jezus,' zei Tom Davis toen hij weg was. 'Ik heb altijd al geweten dat dokters gruwelijke gedachten hadden.'

Hendley nam een pakje van zijn bureau. Er zaten in totaal tien 'pennen' in, met een uitgeprinte gebruiksaanwijzing, een plastic zakje vol gascapsules en twintig buisjes met succinylcholine, plus een stuk of wat wegwerpspuiten. 'Zijn broer en hij moeten wel een nauwe band met elkaar hebben gehad.'

'Heb je hem gekend?' vroeg Davis.

'Ja. Een beste kerel. Vrouw en drie kinderen. Hij heette Bernard en hij had aan de Harvard Business School gestudeerd. Een slimme jongen, een erg goede handelaar. Werkte op de zesennegentigste verdieping van Toren Een. Liet veel geld na – zijn gezin is goed verzorgd achtergebleven. Dat is tenminste iets.'

'Het is prettig dat Rich aan onze kant staat,' dacht Davis hardop, en hij onderdrukte de huivering die bij die gedachte kwam opzetten.

'Zeg dat wel,' beaamde Gerry.

De rit had aangenaam moeten verlopen. Het was mooi helder weer, het was helemaal niet druk op de weg en ze reden het grootste deel van de tijd recht naar het noordoosten. Maar het was niet aangenaam. Mustafa hoorde steeds: 'Hoe ver nog?', en: 'Zijn we er al?' van Rafi en Zuhayr op de achterbank, zo vaak dat hij er op een gegeven moment over dacht de auto aan de kant te zetten en hen te wurgen. Misschien was het vermoeiend om op de achterbank te zitten, dacht hij, maar hij moest die verrekte auto besturen! Spanningen. Hij voelde ze, en zij voelden ze waarschijnlijk ook, en dus haalde hij diep adem en beval hij zichzelf om kalm te blijven. Over amper vier uur zouden ze het eindpunt van hun reis hebben bereikt, en wat was dat in vergelijking met de reis die ze al dwars door het Amerikaanse continent hadden gemaakt? In elk geval was het verder dan de afstand die de Profeet ooit aflegde als hij lopend of rijdend van Mekka naar Medina en terug ging – maar hij onderbrak die gedachte meteen. Hij kon zichzelf toch niet met Mohammed vergelijken? Nee, dat deed je niet. Eén ding wist hij zeker: als hij op zijn bestemming aankwam, zou hij een bad nemen en zo lang slapen als hij kon. Nog vier uur, en dan rusten, zei hij steeds weer tegen zichzelf, terwijl Abdullah rechts van hem zat te slapen.

De Campus had zijn eigen kantine. Het voedsel kwam van allerlei externe leveranciers. Vandaag kwam het van een cateraar in Baltimore, Atman, waarvan de cornedbeef vrij goed was, zij het niet zo goed als je in New York zou verwachten – als je dat zei, kon je ruzie krijgen, dacht hij, terwijl hij een broodje cornedbeef oppakte. Wat zou hij drinken? Als hij nu in New York ging lunchen, zou hij een cream soda nemen, en natuurlijk Utz, de plaatselijke chips, omdat ze die zelfs in het Witte Huis hadden gehad – op aandringen van zijn vader. Waarschijnlijk hadden ze daar nu iets uit Boston. Dat was niet bepaald een stad met een grote culinaire reputatie, maar elke stad had minstens één goed restaurant, zelfs Washington.

Tony Wills, met wie hij anders altijd ging lunchen, was nergens te bekennen. En dus keek hij om zich heen en zag Dave Cunningham, die in zijn eentje zat te eten, wat niet zo verrassend was. Jack ging die kant op.

'Hé, Dave, mag ik erbij komen zitten?' vroeg hij.

'Ga je gang,' zei Cunningham vrij hartelijk.

'Hoe staat het met de cijfertjes?'

'Het is opwindend,' was het ongeloofwaardige antwoord. Toen legde hij het uit: 'Weet je, we hebben toegang tot ongelooflijk veel gegevens van Europese banken. Als het ministerie van Justitie dat soort toegang had, zou ze grote schoonmaak kunnen houden – alleen kun je bij een rechtbank niet met zulke bewijzen aankomen.'

'Ja, Dave, de grondwet is soms erg lastig. En al die verrekte burgerrechten.'

Cunningham stikte bijna in zijn eiersalade met brood. 'Zeg jij maar niks. De FBI doet ook veel dingen die op het randje zijn – meestal omdat een informant iets heeft verteld, misschien omdat iemand ernaar vroeg, of

misschien niet, en daar gaan ze dan op door – al blijven ze wel binnen de regels van strafrechtelijke procedures. Meestal gebeurt het wanneer een verdachte informatie verstrekt in ruil voor strafvermindering. Er zijn niet genoeg corrupte advocaten om in al hun behoeften te voorzien. De maffiajongens, bedoel ik.'
'Ik ken Pat Martin. Pa heeft een hoge dunk van hem.'
'Hij is eerlijk en erg, erg intelligent. Hij zou eigenlijk rechter moeten zijn. Daar horen eerlijke juristen thuis.'
'Dat betaalt niet erg goed.' Jacks officiële salaris bij de Campus lag ver boven dat van welke ambtenaar ook. Niet slecht voor een startpositie.
'Dat is zeker een probleem, maar...'
'Maar er is niets bewonderenswaardigs aan armoede, zegt mijn vader. Hij speelde met het idee om de salarissen van gekozen functionarissen af te schaffen, opdat ze zouden weten wat echt werk was, maar uiteindelijk dacht hij dat ze zich dan veel eerder zouden laten omkopen.'
De accountant ging daarop in. 'Weet je, Jack, je staat er versteld van hoe weinig je nodig hebt om een afgevaardigde om te kopen. Daardoor is dat omkoopgeld moeilijk te vinden,' mopperde hij. 'Alsof je in een jungle naar een vliegtuig zoekt.'
'En onze terroristische vrienden?'
'Sommigen van hen leiden een comfortabel leven. Ze krijgen veel van hun rijke familie, en ze houden van luxe.'
'Zoals Sali.'
Dave knikte. 'Hij heeft een dure smaak. Zijn auto kost een fortuin. Erg onpraktisch. De kosten per kilometer moeten gruwelijk zijn, zeker in een stad als Londen. De benzineprijzen zijn daar erg hoog.'
'Maar hij neemt meestal een taxi.'
'Dat kan hij zich permitteren. En waarschijnlijk is het ook verstandig. Het zal ook wel erg duur zijn om je auto in de financiële wijk te parkeren, en de taxi's in Londen zijn goed.' Hij keek op. 'Dat weet je. Je bent vaak in Londen geweest.'
'Een paar keer,' beaamde Jack. 'Mooie stad, aardige mensen.' Hij voegde er niet aan toe dat het geen kwaad kon als je beschermd werd door de Amerikaanse geheime dienst en de plaatselijke politie. 'Heb je nog meer gedachten over onze vriend Sali?'
'Dan zou ik de cijfers nog aandachtiger moeten bestuderen, maar zoals ik al zei: hij gedraagt zich als een speler. Als hij bij de maffia in New York zat, zou ik hem inschatten als een leerling-*consiglieri*.'
Jack verslikte zich bijna in zijn cream soda. 'Zo hoog?'
'Een vuistregel, Jack: hij die het geld heeft, heeft het voor het zeggen. Sali heeft toegang tot enorm veel geld. Zijn familie is onvoorstelbaar

rijk. We hebben het over vier of vijf miljard dollar.'
'Zoveel?' Ryan was verrast.
'Kijk nog maar eens naar het geld dat hij leert beheren. Hij heeft nog niet met vijftien procent daarvan gespeeld. Waarschijnlijk heeft zijn vader grenzen gesteld aan wat hij mag doen. Vergeet niet dat hij aan conservatief vermogensbeheer doet. De eigenaar van het geld, zijn vader, zal hem niet alles in handen geven, hoe goed hij ook is opgeleid. In de geldbusiness gaat het erom wat je leert nádat je je diploma's aan de muur hebt gehangen. De jongen is veelbelovend, maar hij loopt nog te veel achter zijn pik aan. Dat is niet ongewoon voor een rijkeluiszoontje, maar als je een paar gigadollars in je portefeuille hebt, wil je je zoon aan de leiband houden. Trouwens, de dingen die hij financiert – nou ja, de dingen waarvan wij vermoeden dat hij ze financiert – zijn niet erg kapitaalintensief. Je hebt wat marginale transacties ontdekt. Dat was slim. Heb je gezien dat hij een G-V chartert als hij naar Saudi-Arabië vliegt?'
'Eh... nee,' gaf Jack toe. 'Daar heb ik niet naar gekeken. Ik nam gewoon aan dat hij altijd eersteklas vliegt.'
'Dat doet hij, maar dan zoals jij en je vader vroeger deden. Hij vliegt écht eersteklas. Jack, niets is te onbelangrijk om het na te gaan.'
'Wat vind je van zijn creditcardgebruik?'
'Routinematig, maar zelfs dat is opmerkelijk. Hij zou álles met zijn creditcard kunnen betalen als hij dat wilde, maar hij schijnt voor veel dingen contant te betalen. Zoals met die hoeren. De Saudi's hebben daar geen probleem mee, dus hij betaalt daar contant omdat hij dat wil, niet omdat het moet. Om redenen die nog niet duidelijk zijn, probeert hij sommige aspecten van zijn leven geheim te houden. Misschien is het alleen maar oefening. Het zou me niet verbazen als hij opeens meer creditcards blijkt te hebben dan wij weten – ongebruikte rekeningen. Later op de dag neem ik zijn bankrekeningen nog eens door. Hij weet nog niet goed hoe hij met geld moet schuiven. Te jong, te onervaren, geen formele opleiding. Maar ja, ik denk dat hij een speler is en dat hij hoopt binnenkort in de eredivisie te spelen. Rijkeluiszoontjes staan niet bekend om hun geduld,' besloot Cunningham.
Dat had ik zelf kunnen vermoeden, zei Junior tegen zichzelf. Ik moet beter over die dingen nadenken. Weer een belangrijke les: niets is te onbelangrijk om het na te gaan. Met wat voor man hebben we te maken? Hoe kijkt hij tegen de wereld aan? Hoe wil hij de wereld veranderen? Zijn vader had altijd tegen hem gezegd dat je door de ogen van je tegenstander naar de wereld moest kijken, dat je in zijn hersens moest kruipen en dán naar de wereld moest kijken.

Sali werd beheerst door zijn hartstocht voor vrouwen – maar was er nog meer aan de hand? Deed hij het met die hoeren omdat hij dat lekker vond of omdat hij de vijand naaide? De islamitische wereld zag Amerika en Groot-Brittannië als dezelfde vijand. Dezelfde taal, dezelfde arrogantie, dezelfde militaire organisatie, want de Britten en Amerikanen werkten in veel opzichten nauw samen. Daar moest hij eens over nadenken. Je moet geen veronderstellingen doen zonder door hun ogen te kijken. Geen slechte les voor één lunchpauze.

Roanoke gleed rechts van hen voorbij. Beide kanten van de Interstate 81 bestonden uit glooiende groene heuvels, vooral boerenland, veel melkveehouderijen, want er liepen veel koeien. Groene borden spraken van wegen die, wat hem betrof, nergens naartoe leidden. En hij zag nog meer van die witgeverfde rechthoekige kerken. Ze zagen schoolbussen rijden, maar geen politieauto's. Hij had gehoord dat sommige Amerikaanse staten politieagenten in gewone auto's over de snelwegen lieten rijden, auto's die niet veel anders waren dan die van hemzelf, al zat er waarschijnlijk wel een extra radioantenne op. Hij vroeg zich af of de bestuurders van die auto's hier ook cowboyhoeden droegen. Zulke hoeden zouden hier helemaal niet passen, ondanks al die koeien. 'De Koe', de tweede soera van de koran, dacht hij. Als Allah tegen je zegt dat je een koe moet slachten, moet je die koe slachten zonder al te veel vragen te stellen. Geen oude koe, geen jonge koe, maar een koe die de Heer behaagt. Waren niet alle offers aangenaam voor Allah, zolang het maar geen offers waren die uit ijdelheid werden gebracht? Zeker waren ze dat, als ze met de nederigheid van de gelovigen werden gebracht, want Allah verheugde zich over de offers van de ware gelovigen.

Ja.

En zijn vrienden en hij zouden meer offers brengen door de ongelovigen te slachten.

Ja.

Toen zag hij een bord met Interstate Highway 64 – maar dat was de verkeerde afslag, want die ging naar het westen. Zij moesten naar het oosten, de bergen in het oosten over. Mustafa deed zijn ogen dicht en herinnerde zich de kaart waarop hij zo vaak had gekeken. Ongeveer een uur naar het noorden, en dan naar het oosten. Ja.

'Brian, over een paar dagen vallen die schoenen uit elkaar.'

'Hé, Dom, deze schoenen had ik aan toen ik de mijl voor het eerst in vierenhalve minuut liep,' protesteerde de marinier. Zulke herinneringen waren je dierbaar.

'Dat kan wel zijn, maar als je dat nog een keer probeert, vallen ze uit elkaar en is je enkel naar zijn moer.'
'Denk je? Wedden om een dollar dat je het mis hebt?'
'Top,' zei Dominic meteen. Ze schudden elkaar de hand om de weddenschap te bekrachtigen.
'Ze lijken mij ook nogal versleten,' merkte Alexander op.
'Wil je dat ik ook nieuwe T-shirts koop, mammie?'
'Die vallen volgende maand uit elkaar,' dacht Dominic hardop.
'O ja! Nou, ik heb vanmorgen beter geschoten dan jij.'
'Je kunt geluk hebben.' Enzo snoof. 'Het lukt je vast geen twee keer achter elkaar.'
'Daar zet ik vijf dollar op.'
'Akkoord.' Weer een handdruk. 'Op die manier word ik nog rijk,' zei Dominic. Toen was het tijd om aan het avondeten te denken. Die avond stond er kalfsvlees Piccata op het menu. Hij hield altijd wel van goed kalfsvlees, en in de winkels hier hadden ze goed spul. Jammer van het kalf, maar hij was niet degene geweest die zijn keel doorsneed.

Daar: de Interstate 64, de volgende afslag. Mustafa was moe genoeg om het stuur aan Abdullah over te geven, maar hij wilde het zelf afmaken en hij dacht dat hij het nog wel een uur volhield. Ze waren op weg naar een pas in de volgende bergketen. Er was veel verkeer, maar vooral in de andere richting. De weg ging omhoog naar... Ja, daar was hij: een ondiepe bergpas met een hotel aan de zuidkant – en meteen daarop was er uitzicht over een prachtig dal in het zuiden. Op een bord stond de naam, maar de letters waren te verwarrend voor hem om een woord in zijn hoofd te vormen. Hij genoot wel van het uitzicht, rechts van hem. Het paradijs zelf zou bijna niet mooier kunnen zijn – er was zelfs een plaats waar je kon stoppen en uitstappen om het allemaal in je op te nemen. Maar natuurlijk hadden ze daar de tijd niet voor. Het was wel passend dat de weg enigszins naar beneden ging, en hij was opeens in een heel andere stemming. Nog minder dan een uur te gaan. Nog één sigaret om dat te vieren. Achterin werden Rafi en Zuhayr weer wakker en namen ze de omgeving in zich op. Het zou voor het laatst zijn dat ze van een landschap konden genieten.
Eén dag om uit te rusten en op verkenning te gaan – tijd om via e-mail contact met de andere drie teams op te nemen – en dan konden ze hun missie volbrengen. Die zou worden gevolgd door Allahs eigen omhelzing. Een erg prettige gedachte.

13

Ontmoetingsplaats

Na meer dan drieduizend kilometer rijden was de aankomst een anticlimax. Nog geen kilometer van de Interstate 64 vandaan stond een Holiday Inn Express, en die zag er goed uit, vooral omdat er een Roy Rogers naast was en ze nog geen honderd meter terug een Dunkin' Donuts hadden gezien. Mustafa ging naar binnen en nam twee kamers naast elkaar. Hij betaalde met zijn Visa-card van de bank in Liechtenstein. De volgende dag zouden ze op verkenning uitgaan, maar op dit moment wilde hij alleen maar slapen. Zelfs eten was nu niet belangrijk. Hij reed de auto naar de kamers op de begane grond die hij had gehuurd en zette de motor af. Rafi en Zuhayr maakten hun portieren open en liepen naar achteren om de kofferbak open te maken. Ze brachten hun weinige bagage naar binnen, en ook de vier machinepistolen die nog in dikke, goedkope dekens verpakt waren.

'We zijn er, kameraden,' kondigde Mustafa aan toen ze de kamer binnengingen. Het was een doodgewoon motel, niet het soort luxehotel waaraan ze gewend waren geraakt. Elke kamer had een badkamer en een kleine televisie. De verbindingsdeur kon open. Mustafa liet zich op zijn bed achterovervallen, een tweepersoonsbed, maar helemaal voor hem alleen. Toch moesten er nog dingen worden gedaan.

'Kameraden, de wapens moeten altijd verborgen zijn, en de gordijnen blijven altijd dicht. We zijn te ver gekomen om nu nog domme risico's te nemen,' waarschuwde hij hen. 'Deze stad heeft een politiekorps, en denk vooral niet dat die lui gek zijn. We gaan naar het paradijs op het moment dat we zelf uitkiezen, niet op een tijdstip dat bepaald wordt door een fout. Vergeet dat niet.' Toen ging hij rechtop zitten en trok zijn schoenen uit. Hij overwoog te gaan douchen, maar daar was hij te moe voor, en de volgende dag zou gauw genoeg komen.

'Welke kant is het op naar Mekka?' vroeg Rafi.

Mustafa moest daar even over nadenken. Hij maakte een inschatting van de rechte lijn naar Mekka en het middelpunt van die stad, de steen van Ka'ba, het middelpunt van het islamitisch universum, waarnaar ze vijf keer per dag op de knieën de *salat* richtten, verzen uit de heilige koran.

'Die kant op,' zei hij. Hij wees naar het zuidoosten, een lijn die op weg

naar die heiligste van alle heilige plaatsen door het noorden van Afrika sneed.
Rafi rolde zijn gebedskleedje uit en liet zich op zijn knieën zakken. Hij was laat met zijn gebeden, maar hij was zijn religieuze plicht niet vergeten.
Mustafa van zijn kant fluisterde in zichzelf: opdat het niet wordt vergeten, in de hoop dat Allah begrip zou hebben voor zijn vermoeidheid. Maar was Allah niet eindeloos genadig? En trouwens, dit was niet bepaald een grote zonde. Mustafa trok zijn sokken uit en liet zich ruggelings op het bed vallen. Even later had de slaap hem te pakken.
In de kamer daarnaast had Abdullah zijn eigen *salat* opgezegd en sloot hij zijn computer op de zijkant van de telefoon aan. Hij draaide een 800-nummer en hoorde het piepen en kwetteren toen zijn computer aansluiting zocht met het netwerk. Binnen een paar seconden kreeg hij bericht dat hij mail had. Drie letters, plus de gebruikelijke onzin. Hij downloadde de e-mails en sloeg ze op, en daarna verbrak hij de verbinding. Hij was maar vijftien seconden on line geweest – ook een veiligheidsmaatregel die hun allemaal was opgedragen.

Wat Abdullah niet wist, was dat een van de vier e-mailaccounts was onderschept en gedeeltelijk ontcijferd door de NSA. Toen zijn account – dat als enige identificatie een deel van een woord en een paar cijfers had – contact opnam met dat van Saeed, was die ook geïdentificeerd, maar alleen als ontvanger, niet als verzender.
Saeeds team was als eerste aangekomen op zijn bestemming, Colorado Springs – die stad werd alleen met een codenaam aangegeven – en had zich comfortabel geïnstalleerd in een motel op tien kilometer afstand van het doel. Sabawi, de Irakees, zat in Des Moines, Iowa, en Mehdi zat in Provo, Utah. Hun teams waren klaar voor de operatie. Binnen 36 uur zouden ze hun missie volbrengen.
Hij had de antwoorden aan Mustafa overgelaten. Het antwoord was in feite al geprogrammeerd: '190,2'. Dat verwees naar het 190e vers van de tweede soera. Niet bepaald een strijdkreet, maar eerder een bevestiging van het geloof dat hen hierheen had gebracht. Het betekende: 'Ga voort met je missie.'

Brian en Dominic keken naar History Channel, iets over Hitler en de holocaust. Daar was al zo vaak onderzoek naar gedaan dat je zou denken dat er niets nieuws meer te vinden was, maar op de een of andere manier slaagden historici daar toch telkens weer in. Voor een deel kwam dat waarschijnlijk door het enorme archief dat de Duitsers in grotten in de

Harz hadden achtergelaten. Waarschijnlijk zat daar voor eeuwen aan wetenschappelijk onderzoek in. Mensen zouden nog lang blijven proberen de gedachteprocessen te doorgronden van de menselijke monsters die zulke misdaden eerst bedacht en toen begaan hadden.
'Brian,' vroeg Dominic. 'Wat vind jij daarvan?'
'Het was misschien met één pistoolschot te voorkomen geweest. Het probleem is dat niemand zo ver in de toekomst kan kijken – zelfs waarzeggende zigeunerinnen niet. Daar heeft Adolf er trouwens ook veel van gedood. Waarom konden zíj niet op tijd wegkomen?'
'Weet je, Hitler had het grootste deel van zijn leven maar één lijfwacht. In Berlijn woonde hij in een appartement op de eerste verdieping, met een benedendeur. Hij had maar één SS'er, waarschijnlijk niet eens een sergeant, die de deur bewaakte. Je knalde hem neer, maakte de deur open, ging naar boven en maakte die schoft koud. Dat zou een hoop levens hebben gespaard,' zei Dominic, en hij pakte zijn glas witte wijn.
'Allemachtig. Weet je dat zeker?'
'Dat hebben we van de geheime dienst geleerd. Ze stuurden een van hun instructeurs naar Quantico om ons iets over beveiliging te vertellen. Wij werden er ook door verrast. Er kwamen veel vragen. De man zei dat je zo langs die SS-bewaker liep als je bijvoorbeeld op weg naar de slijterij was. Een makkelijk doelwit. Zo makkelijk als het maar kan. Iedereen dacht dat Adolf onsterfelijk was, dat er nergens een kogel was waar zijn naam op stond. Hé, wij hebben zelf een president gehad die werd doodgeschoten toen hij op een treinperron stond te wachten. Welke was dat ook weer? James Garfield, geloof ik. En McKinley werd neergeschoten door iemand die met een verband om zijn hand naar hem toe kwam lopen. Ik denk dat ze toen een beetje onvoorzichtiger waren.'
'Goh. Het zou ons werk veel gemakkelijker maken, maar toch gebruik ik liever een geweer op vijfhonderd meter afstand.'
'Geen gevoel voor avontuur, Aldo?'
'Niemand betaalt me genoeg om kamikaze te gaan doen, Enzo. Daar zit geen toekomst in, weet je.'
'En die zelfmoordaanslagen in het Midden-Oosten dan?'
'Dat is een andere cultuur, man. Weet je dat niet meer van de tweede klas? Je mag geen zelfmoord plegen, want dat is een doodzonde, en je kunt na afloop niet biechten. Dat heeft zuster Frances Mary goed duidelijk gemaakt, dacht ik.'
Dominic lachte. 'Hé, ik heb een hele tijd niet aan haar gedacht, maar ze was toch altijd al gek op jou.'
'Ja, omdat ik niet zo klierde in de klas, zoals jij.'
'En bij de mariniers?'

'Klieren? De sergeants hadden daar al mee afgerekend voordat ik op het idee kwam. Níémand nam sergeant Sullivan in de maling, zelfs kolonel Winston niet.' Hij keek een poosje naar de televisie. 'Weet je, Enzo, misschien zijn er momenten waarop een kogel veel verdriet kan voorkomen. Ze hadden die Hitler naar de andere wereld moeten helpen. Maar zelfs getrainde officieren kregen dat niet voor elkaar.'
'De man die de bom had gelegd, ging er gewoon van uit dat iedereen in het gebouw dood moest zijn, zonder weer naar binnen te gaan om te kijken of dat echt zo was. Dat zeggen ze elke dag op de FBI Academy, broertje: veronderstellingen zijn de moeder van alle mislukkingen.'
'Ja, je moet zekerheid hebben. Als je toch gaat schieten, kun je dat net zo goed twee keer doen.'
'Amen,' zei Dominic.

Het was al zover gekomen dat Jack Ryan junior 's morgens het ochtendjournaal van NPR aanzette en dan verwachtte dat hij iets verschrikkelijks te horen zou krijgen. Dat kwam waarschijnlijk doordat hij zoveel ruwe gegevens te zien kreeg, maar niet kon beoordelen wat belangrijk was en wat niet.
Hij mocht dan niet zoveel weten, het beetje dat hij wist, was echter bijzonder zorgwekkend. Hij was gefixeerd op Uda bin Sali, waarschijnlijk omdat Sali de enige 'speler' was waar hij van wist. En dat moest wel, want Sali was zijn persoonlijk onderzoeksobject. Hij moest uitzoeken wat de man in zijn schild voerde, want als hij dat niet deed, zou hij... worden aangemoedigd om een andere baan te zoeken...? Hij had nog niet over die mogelijkheid nagedacht, en dat beloofde op zichzelf niet veel goeds voor zijn toekomst in het inlichtingenvak. Natuurlijk had zijn vader er ook lang over gedaan om iets te vinden waar hij goed in was – negen jaar zelfs, nadat hij afgestudeerd was aan het Boston College – en zijn eigen studie was nog niet eens een heel jaar achter de rug. Zou hij het redden op de Campus? Hij was daar zo ongeveer de jongste. Zelfs de secretaresses waren ouder dan hij. Hé, dát was een heel nieuwe gedachte.
Sali wás een test voor hem, en waarschijnlijk een erg belangrijke. Wilde dat zeggen dat Tony Wills al wist hoe het met Sali zat en dat hij dus achter gegevens aan zat die allang geanalyseerd waren? Of wilde het zeggen dat hij het zelf moest uitzoeken en zijn conclusies moest presenteren wanneer hij klaar was? Dat was nogal een grote gedachte, toen hij daar met zijn scheerapparaat voor de badkamerspiegel stond. Dit was geen studeren meer. Als je hier voor iets zakte, zakte je voor... het leven? Nee, zo erg was het niet, maar het zou zeker niet gunstig zijn. Iets om over na te denken bij een kop koffie en CNN in de keuken.

Voor het ontbijt liep Zuhayr de heuvel op en kocht twintig donuts en vier grote bekers koffie. Amerika was een krankzinnig land: zoveel natuurlijke rijkdommen – bomen, rivieren, prachtige wegen, ongelooflijke welvaart – maar allemaal in dienst van de heidenen. En nu dronk hij hun koffie en at hij hun donuts. Zeker, de wereld was gek, en als er enig plan achter zat, dan was het Allahs eigen plan, dat zelfs de gelovigen niet begrepen. Ze moesten zich gewoon houden aan wat geschreven stond. Toen hij in het motel terug was, zag hij dat beide tv's afgestemd waren op het nieuws – CNN, het wereldwijde nieuwsstation dat op de joden georiënteerd was. Wat jammer dat er geen Amerikanen naar Aljazeera keken. Dat probeerde tenminste tot de Arabieren te spreken, al had dat station in zijn ogen ook al de Amerikaanse ziekte opgelopen.

'Eten,' zei Zuhayr, 'en drinken.' Eén doos donuts ging naar zijn kamer, de andere naar Mustafa, die na elf uur snurken nog steeds de slaap uit zijn ogen wreef.

'Hoe heb je geslapen, broeder?' vroeg Abdullah de teamleider.

'Het was een gezegende ervaring, maar mijn benen zijn nog stijf.' Hij reikte naar de grote beker koffie, pakte een donut met stroop uit de doos en nam de helft daarvan met één monsterlijke hap in zijn mond. Hij wreef in zijn ogen en keek naar de televisie om te zien wat er vandaag in de wereld gebeurde. De Israëlische politie had weer een heilige martelaar doodgeschoten voordat hij de semtex die hij om zijn lichaam had hangen tot ontploffing had kunnen brengen.

'De stommeling,' merkte Brian op. 'Hoe moeilijk is het nou om aan een koordje te trekken?'

'Ik vraag me af hoe de Israëli's hem in de smiezen kregen. Ze zullen wel betaalde informanten binnen die Hamas-beweging hebben. Dit moet voor hun politie wel de hoogste prioriteit hebben. Ze hebben er veel middelen voor ingezet en krijgen ook nog hulp van hun inlichtingendiensten.'

'Ze martelen ook mensen, nietwaar?'

Dominic dacht even na en knikte. 'Ja, het schijnt dat het alleen met toestemming van rechters mag gebeuren, maar inderdaad: ze verhoren de mensen een beetje hardhandiger dan wij.'

'Werkt het?'

'We hebben dat op de Academy besproken. Als je een mes op iemands pik zet, is de kans groot dat hij gaat zingen, maar je wilt daar liever niet over nadenken. Ik bedoel: ja, in abstracte zin kan het zelfs wel grappig lijken, maar als je het zelf moet doen, is het waarschijnlijk niet erg plezierig, hè? De andere vraag is: hoeveel goede informatie levert het werkelijk op? De man zal waarschijnlijk alles wel willen zeggen om het mes van zijn kleine vriend vandaan te krijgen, om de pijn te laten ophouden, wat dan ook. Schurken kunnen erg goed liegen, tenzij jij meer weet dan zij. Hoe dan ook, we kunnen het niet doen. Je weet wel, de grondwet en zo. Je mag ze bedreigen met een rottijd in de gevangenis, je mag tegen ze schreeuwen, maar er zijn grenzen die je niet mag overschrijden.'

'Ze zingen toch wel?'

'Meestal wel. Ondervragen is een kunstvorm. Sommigen zijn er erg goed in. Ik heb nooit veel gelegenheid gehad om het te leren, maar ik heb wel anderen aan het werk gezien. Het gaat er vooral om dat je een goed contact met de boef opbouwt, dat je dingen zegt als: ja, dat gemene kleine meisje had er zelf om gevraagd, hè? Achteraf moet je ervan kotsen, maar het gaat erom dat die schoft bekent. En als hij eenmaal in de bak zit, zullen zijn buren hem veel meer kwellen dan jij ooit zou doen. Als je in de gevangenis één ding niet moet zijn, dan is het een kindermisbruiker.'

'Dat wil ik wel geloven, Enzo. Misschien heb je die vriend van je in Alabama een dienst bewezen.'

'Dat hangt ervan af of je in de hel gelooft of niet,' antwoordde Dominic. Hij had daar zijn eigen gedachten over.

Wills was die ochtend erg vroeg. Jack zag hem al achter zijn computer zitten toen hij binnenkwam. 'Deze keer ben je me voor.'

'De auto van mijn vrouw is teruggekomen van een reparatie. Nu kan zij de kinderen ook eens naar school brengen,' legde Wills uit. 'Ik kijk net naar de berichten van Fort Meade,' voegde hij eraan toe.

Jack zette zijn computer aan, wachtte tot hij was opgestart en typte zijn persoonlijke code in om toegang te krijgen tot de onderschepte berichten, die in de computerkamer op de begane grond waren opgeslagen. Boven op de elektronische stapel lag een bericht met prioriteit van de NSA in Fort Meade aan de CIA én de FBI én het ministerie van Binnenlandse Veiligheid, en een van die diensten had de president inmiddels vast wel al op de hoogte gesteld. Vreemd genoeg stelde het bijna niets voor. Het was alleen een numeriek bericht, een aantal cijfers.

'Nou?' vroeg Junior.

'Nou, het zou een passage uit de koran kunnen zijn. De koran heeft 140 soera's – hoofdstukken – met verschillende aantallen verzen. Als dit zo'n verwijzing is, is het een vers dat geen erg dramatische betekenis heeft. Scroll maar door, dan kun je het zelf zien.'

Jack klikte met zijn muis. 'Dat is alles?'

Wills knikte. 'Dat is alles, maar in Fort Meade denken ze dat zo'n saai bericht waarschijnlijk iets anders betekent – iets belangrijks. Inlichtingenmensen gebruiken vaak ook zo'n methode als ze met iets belangrijks bezig zijn.'

'Kom nou! Dus als iets onbelangrijk lijkt, zou het wel eens belangrijk kunnen zijn! Jezus, Tony, dat kun je wel van alles zeggen! Wat weten jullie nog meer? Het netwerk van waaruit die kerel dat bericht verstuurde, dat soort dingen?'

'Het is een Europees netwerk, particulier, met achthonderd nummers op de hele wereld, en we weten dat sommige schurken er gebruik van hebben gemaakt. Het is niet na te gaan waar de leden van het netwerk inloggen.'

'Nou, dus ten eerste weten we niet of het bericht enige betekenis heeft. Ten tweede weten we niet waar het bericht vandaan komt. Ten derde kunnen we er niet achter komen wie het heeft gelezen of waar die mensen zitten. Het komt er dus op neer dat we niks weten, maar toch is iedereen opgewonden. Wat is er nog meer? De verzender van het bericht, wat weten we over hem?'

'Hij – of zij, dat kan ook – wordt als een mogelijke speler gezien.'

'Welk team?'

'Driemaal raden. De profieldeskundigen van de NSA zeggen dat de woordkeus in eerdere berichten van de man op Arabisch als eerste taal wijst. De psychologen van de CIA zijn het daarmee eens. Ze hebben al vaker berichten van deze man onderschept. Hij zegt wel eens schurkachtige dingen tegen schurkachtige mensen, en dan is er misschien een verband met ernstige gebeurtenissen in dezelfde tijd.'

'Is het mogelijk dat hij een signaal geeft dat te maken heeft met die zelfmoordterrorist die de Israëlische politie eerder vandaag heeft opgepakt?'

'Het is mogelijk, ja, maar niet erg waarschijnlijk. De verzender van het bericht staat voorzover we weten niet in verband met Hamas.'

'Maar dat weten we niet zeker, hè?'

'Bij die kerels weet je nooit iets helemaal zeker.'

'Dus we zijn weer terug bij af. Mensen die zich druk maken om iets waar ze eigenlijk niks van weten.'

'Dat is het probleem. In die bureaucratieën kun je beter alarm slaan en het mis hebben dan je mond houden terwijl de grote boze wolf er met een schaap in zijn bek vandoor gaat.'

Ryan leunde in zijn stoel achterover. 'Tony, hoeveel jaar heb je bij de CIA gewerkt?'

'Een paar jaar,' antwoordde Wills.

'Hoe hield je het daar uit?'

De analist haalde zijn schouders op. 'Soms vraag ik me dat ook af.'

Jack wendde zich tot zijn computer om de overige communicatie van die ochtend te bekijken. Hij besloot na te gaan of Sali in de afgelopen paar dagen iets ongewoons had gedaan – al was het maar om zelf gedekt te zijn, en toen hij dat dacht, begon John Patrick Ryan junior onwillekeurig te denken als een bureaucraat.

'Morgen wordt het een beetje anders,' zei Pete tegen de tweelingbroers. 'Michelle is jullie doelwit, maar ditmaal zal ze vermomd zijn. Jullie hebben opdracht haar te vinden en haar naar haar bestemming te volgen. O, heb ik jullie al verteld dat ze erg goed in vermommingen is?'
'Neemt ze een onzichtbaarheidspil?' vroeg Brian.
'Dat is háár missie,' verduidelijkte Alexander.
'Krijgen we toverbrillen om door de make-up heen te kijken?'
'Zelfs niet als we ze hadden – en we hebben ze niet.'
'Mooie vriend ben jij,' merkte Dominic droogjes op.

Om elf uur die ochtend was het tijd om het terrein te verkennen.
Het winkelcentrum Fashion Square in Charlottesville lag maar vierhonderd meter ten noorden van de US Route 29. Het was een middelgroot winkelcentrum dat vooral het betere publiek uit de omgeving trok, en ook studenten van de nabijgelegen universiteit van Virginia. Het had een JCPenney aan het ene en een Sears aan het andere eind, met de heren- en dameskledingzaken van Belk's in het midden. Vreemd genoeg was er geen plein met tafeltjes waaraan mensen konden eten – degene die het verkenningswerk had gedaan, was slordig geweest. Een teleurstelling, maar zoiets kwam wel meer voor. De teams die door de organisatie vooruit werden gestuurd, bestonden vaak uit tijdelijke krachten, die dit soort missies niet helemaal serieus namen. Maar dat was niet zo erg, zag Mustafa toen ze naar binnen gingen.
Op een open ruimte in het midden kwamen alle vier de hoofdgangen van het winkelcentrum uit. Een informatiezuil was zelfs voorzien van plattegronden waarop je de locaties van de winkels kon zien. Een synagoge, hier? Was dat mogelijk? Hij liep erheen, half hopend dat het inderdaad zo was.
Maar het was niet zo. Het was het kantoor van het bewakingspersoneel en er zat daar een medewerker in een uniform dat uit een lichtblauw overhemd en een donkerblauwe broek bestond. Mustafa zag dat de man geen pistoolriem had. Dat was gunstig. De man had wel een telefoon, en daarmee zou hij ongetwijfeld de plaatselijke politie proberen te bellen. Dus deze zwarte man zou de eerste moeten zijn. Toen dat besloten was, ging Mustafa. Hij liep langs de toiletten en de cola-automaten

en sloeg rechts af, van de herenkledingzaak vandaan.
Dit was een goed doelwit, zag hij. Er waren maar drie ingangen, en er was een duidelijk schootsveld vanuit de open ruimte in het midden. De individuele winkels waren voor het merendeel rechthoekig, met open toegang vanuit de gangen. De volgende dag zou het, ongeveer om deze tijd, nog drukker zijn. Hij schatte dat er nu zo'n tweehonderd mensen in zijn gezichtsveld waren, en hoewel hij gedurende de hele rit naar deze stad had gehoopt dat ze de kans zouden krijgen er duizend te doden, zou alles boven de tweehonderd een grote overwinning zijn. Er waren hier allerlei winkels, en anders dan in Saudi-Arabië winkelden mannen en vrouwen hier op dezelfde verdieping. En er waren ook veel kinderen. Er waren vier winkels die zich op kinderen richtten – en zelfs een Disney-winkel! Dat had hij niet verwacht, en het zou prachtig zijn om een van Amerika's dierbaarste iconen aan te vallen.
Rafi kwam naast hem staan. 'Nou?'
'Het doelwit had groter kunnen zijn, maar de indeling is ideaal voor ons. Alles op één verdieping,' antwoordde Mustafa zachtjes.
'Zoals altijd is Allah genadig, mijn vriend,' zei Rafi, die zijn enthousiasme niet kon verbergen.
Er liepen mensen rond. Veel jonge vrouwen hadden een wandelwagen met een kleintje – hij zag dat je die wagens bij een stand naast de kapsalon kon huren.
Hij moest één aankoop doen. Hij deed dat in de Radio Shack naast een Zales-juwelier. Vier draagbare radio's met batterijen, en hij betaalde er met contant geld voor en kreeg bovendien in het kort te horen hoe de radio's werkten.
Al met al had het in theorie beter kunnen zijn, maar ze hadden voor hun actie ook geen drukke straat in een grote stad willen kiezen. Trouwens, daar zou veel gewapende politie op straat zijn, en die zou de missie kunnen verstoren. Zoals altijd in het leven, woog je het bittere tegen het zoete af, en er was hier heel wat zoets voor hen te proeven. De vier mannen kochten pretzels bij een Auntie Anne en gingen door de uitgang bij de JCPenney naar hun auto terug. De formele planning zou plaatsvinden in hun motelkamers, met nog meer donuts en koffie.

Officieel was Jerry Rounds het hoofd Strategische Planning aan de witte kant van de Campus. Die functie vervulde hij tamelijk goed – hij had grote successen op Wall Street kunnen behalen, als hij na zijn studie aan de universiteit van Pennsylvania niet had besloten inlichtingenofficier bij de luchtmacht te worden. De luchtmacht had zelfs voor zijn verdere studie aan de Wharton School of Business betaald, en daarna was hij kolonel geworden. Daardoor had hij een onverwacht diploma aan de wand kunnen hangen, en het gaf hem ook een voortreffelijk excuus om in de effectenhandel te werken. Het was zelfs wel een leuke afleiding voor de voormalige analysechef van de luchtmacht die op het hoofdkantoor van de Defense Intelligence Agency op de luchtmachtbasis Bolling in de staat Washington had gewerkt. Maar in de loop der jaren had hij ook ontdekt dat je als 'onbevoegd watje' – hij had nooit de zilveren wings van een vlieger gedragen – altijd als een tweederangsfiguur werd beschouwd in een luchtmacht die geheel en al werd geleid door mensen die hoog de lucht in gingen – al was hij intelligenter dan twintig van die lui tegelijk. Sinds hij op de Campus werkte, had hij zijn horizon in meer dan één opzicht sterk verruimd.

'Wat is er, Jerry?' vroeg Hendley.

'In Fort Meade en aan de overkant van de rivier winden ze zich op over iets,' antwoordde Rounds, en hij gaf hem wat papieren.

De ex-senator las het berichtenverkeer door en gaf het toen terug. Al snel wist hij dat hij het meeste al eerder had gezien. 'Nou?'

'Nou, deze keer hebben ze misschien gelijk, baas. Ik heb het achtergrondmateriaal in de gaten gehouden. Weet je, eerst was er opeens veel minder communicatie van spelers die bij ons bekend zijn, en toen was er opeens dit. Ik heb bij de CIA altijd naar dingen gezocht die al te toevallig leken. Dit is er een van.'

'Wat doen ze eraan?'

'De beveiliging op de vliegvelden is vandaag een beetje strenger. De FBI gaat mensen in vertrekhallen zetten.'

'Niets op de televisie?'

'Nou, de jongens en meisjes van het ministerie van Binnenlandse Veiligheid zijn inmiddels wel zo verstandig dat ze het niet meer van de daken schreeuwen. Dat is contraproductief. Je vangt geen rat door tegen hem te schreeuwen. Je vangt hem door hem te laten zien wat hij wil zien en dan zijn nek te breken.'

Of misschien door hem onverwachts door een kat te laten aanvallen, dacht Hendley. Maar dat was een moeilijker missie.

'Nog ideeën voor ons?' vroeg hij in plaats daarvan.

'Op het moment niet. Het is net of we een front zien opkomen. Er kan zware regen en hagel in zitten, maar we kunnen het niet tegenhouden.'

'Jerry, hoe goed is onze informatie over de planners, degenen die de bevelen geven?'

'Voor een deel is die vrij goed. Maar het zijn de mensen die de bevelen overbrengen, niet de mensen die de besluiten nemen.'

'En als ze van de tafel vallen?'

Rounds knikte meteen instemmend. 'Zo mag ik het horen, baas. Dan steken de echte leiders misschien hun kop uit hun hol. Vooral wanneer ze niet weten dat er storm op komst is.'
'Wat is voorlopig de grootste bedreiging?'
'De FBI denkt aan autobommen, of misschien iemand met een jas vol C-4, zoals in Israël. Dat is mogelijk, maar ik weet niet of het operationeel voor de hand ligt.' Rounds ging op de aangeboden stoel zitten. 'Het is op zichzelf wel uitvoerbaar om iemand zijn explosieven te geven en hem op een stadsbus naar zijn doelwit te zetten, maar als je dat hier in de Verenigde Staten wilt doen, komt er veel meer bij kijken. Je moet de zelfmoordterrorist hierheen brengen, hem voorzien van wat hij nodig heeft – dat betekent dat je hier de explosieven moet hebben, en dat is ook een extra complicatie – en dán moet je zorgen dat hij het doel leert kennen, en dán moet je hem daarheen brengen. En dán wordt van de terrorist verwacht dat hij ook hier, zo ver van het netwerk van waaruit hij opereert, zijn motivatie behoudt. Er kunnen veel dingen misgaan, en daarom worden clandestiene operaties vaak zo simpel mogelijk gehouden. Waarom zou je al die moeite doen om alleen maar in de problemen te komen?'
'Jerry, hoeveel harde doelwitten hebben we?' vroeg Hendley.
'Een stuk of zes. Daar zitten vier echte, belangrijke doelwitten bij.'
'Kun je me aan de locaties en profielen helpen?'
'Wanneer je maar wilt.'
'Maandag.' Het had geen zin dat hij er in het weekend over nadacht. Hij was van plan om twee dagen te gaan paardrijden. Nu en dan mocht hij ook wel eens een paar dagen vrij nemen.
'Akkoord, baas.' Rounds stond op en liep naar de deur, maar daar bleef hij staan. 'O ja, er is iemand bij Morgan & Steel, op de obligatieafdeling. Hij deugt niet. Hij speelt snel en erg slordig met geld van cliënten, in totaal met zo'n 150.' Daarmee bedoelde hij dat de man 150 miljoen dollar van andere mensen in beheer had.
'Heeft iemand hem door?'
'Nee, ik heb die man zelf gevonden. Twee maanden geleden ontmoette ik hem in New York, en toen klonk hij niet goed, en dus liet ik zijn computer volgen. Wil je zijn gegevens zien?'
'Niet onze taak, Jerry.'
'Dat weet ik. Ik heb onze transacties met hem stopgezet om er zeker van te zijn dat hij niet met ons geld gaat knoeien, maar ik denk dat hij wel weet dat het tijd is om de stad uit te gaan, bijvoorbeeld naar het buitenland, enkele reis. Iemand zou bij hem moeten gaan kijken. Misschien Gus Werner?'

'Ik zal daarover moeten nadenken. Bedankt voor de informatie.'
'Tot ziens, baas.' En Rounds verdween de gang op.

'Dus we proberen haar te besluipen zonder dat we worden opgemerkt?' vroeg Brian.
'Dat is de missie,' beaamde Pete.
'Hoe dichtbij?'
'Zo dichtbij als jullie kunnen komen.'
'Je bedoelt zo dichtbij dat we haar een tik tegen haar achterhoofd kunnen verkopen?' vroeg de marinier.
'Dichtbij genoeg om haar oorhangers te zien.' Dat leek Alexander de beleefdste manier om het te stellen. Het klopte ook wel, want mevrouw Peters had tamelijk lang haar.
'Dus niet om haar in haar hoofd te schieten, maar om haar keel door te snijden?' drong Brian aan.
'Hoor eens, Brian, je mag het stellen zoals je wilt. Dichtbij genoeg om haar aan te raken, goed?'
'Goed. Ik wilde het gewoon duidelijk weten,' zei Brian. 'Moeten we onze wapens dragen?'
'Ja,' antwoordde Alexander, al was dat niet waar. Brian was weer lastig. Wie had ooit van een marinier met een slecht geweten gehoord?
'Dan zijn we gemakkelijker te signaleren,' wierp Dominic tegen.
'Nou, camoufleer ze dan op de een of andere manier. Wees creatief,' zei de trainingsofficier een beetje geërgerd.
'Wanneer krijgen we eigenlijk te horen waar dit alles voor dient?' vroeg Brian.
'Binnenkort.'
'Dat zeg je steeds, man.'
'Hé, je kunt naar North Carolina terugrijden wanneer je maar wilt.'
'Daar heb ik over nagedacht,' zei Brian tegen hem.
'Morgen is het vrijdag. Wil je er dit weekend over nadenken?'
'Goed.' Brian bond in. De toon van deze woordenwisseling was een beetje onvriendelijker geworden dan zijn bedoeling was geweest. Het was tijd om in te binden. Hij had helemaal geen hekel aan Pete. Het was het feit dat hij het niet wist, en dat hij een grote afkeer had van wat het vermoedelijk was. Vooral met een vrouw als doelwit. Voor zijn gevoel hoorde het niet dat je vrouwen kwaad deed. Of kinderen, en dat had zijn broer juist zo kwaad gemaakt – niet dat Brian dat afkeurde. Hij vroeg zich even af of hij hetzelfde zou hebben gedaan, en zei tegen zichzelf, ja, voor een kind wel, maar hij was daar niet helemaal zeker van. Na afloop van het avondeten deden de tweelingbroers de afwas en gingen

ze beneden voor de televisie zitten om wat te drinken en naar History Channel te kijken.

Een eindje naar het noorden was het ongeveer hetzelfde. Jack Ryan junior dronk een rum-cola en zapte heen en weer tussen History Channel en History International, met soms een uitstapje naar Biography, dat een twee uur durende documentaire over Josef Stalin uitzond. Dat was nog eens een genadeloze rotzak, dacht Junior. Die kerel had een van zijn eigen vertrouwelingen gedwongen een bevel te ondertekenen om zijn eigen vrouw gevangen te zetten. Allemachtig. Maar hoe was het die fysiek toch niet erg indrukwekkende man gelukt om zoveel macht te krijgen over mensen die zijn gelijken waren? Wat voor macht had hij op anderen uitgeoefend? Waar was die macht vandaan gekomen? Hoe had hij die macht kunnen handhaven? Jacks eigen vader was ook een man met veel macht geweest, maar hij had nóóit op die manier over mensen geheerst. Waarschijnlijk had hij daar zelfs nooit over gedacht, laat staan dat hij mensen zou laten vermoorden omdat hij daar nu eenmaal zin in had. Wie waren die mensen? Bestonden ze nog?
Nou, dat moest wel. Het enige op de wereld wat nooit veranderde, was de menselijke aard. Wreedheid en geweld bestonden nog steeds. Misschien moedigde de samenleving die dingen niet meer zo aan als bijvoorbeeld in de tijd van het Romeinse rijk. De gladiatorengevechten hadden mensen geleerd gewelddadige sterfgevallen te accepteren en zich er zelfs mee te vermaken. En het was nu eenmaal de duistere waarheid van de zaak dat als Jack een tijdmachine zou hebben gehad, hij misschien – waarschijnlijk – naar het Colosseum zou zijn teruggereisd om het te zien, al was het maar één keer. Maar dat was menselijke nieuwsgierigheid, geen bloeddorst. Hij zou het alleen maar zien als een kans om historische kennis te vergaren, om een cultuur te zien en te ondergaan die anders was dan zijn eigen cultuur, maar daar toch mee verbonden was. Misschien zou hij zelfs moeten overgeven als hij ernaar keek... of misschien ook niet. Misschien was zijn nieuwsgierigheid zo groot. Maar als hij ooit terugging, zou hij in elk geval een wapen meenemen. Bijvoorbeeld de Beretta .45 waarmee hij van Mike Brennan had leren schieten. Hij vroeg zich af hoeveel anderen die reis zouden maken. Waarschijnlijk heel wat. Mannen. Geen vrouwen. Vrouwen zouden pas na veel sociale conditionering naar zoiets willen kijken. Maar mannen? Mannen groeiden op met films als *Silverado* en *Saving Private Ryan*. Mannen wilden weten hoe goed ze zulke dingen zouden aanpakken. Dus nee, de menselijke aard was niet echt veranderd. De samenleving had de neiging wrede mensen te verafschuwen, en omdat de mens

een redelijk wezen was, deinsden de meeste mensen terug voor gedrag waardoor ze in de gevangenis of op de elektrische stoel konden komen. De mens kon in de loop der tijd dus wel iets leren, maar de elementaire neigingen waren waarschijnlijk niet uit te roeien, en dus voerde je het kleine roofdier in je binnenste met fantasieën, boeken, films, dromen, gedachten die door je bewustzijn gingen terwijl je wachtte tot de slaap kwam. Misschien hadden politieagenten een beter leven. Die konden dat roofdiertje voeden door op te treden tegen mensen die over de schreef gingen. Dat schonk waarschijnlijk voldoening, want je voerde het roofdier in jezelf en beschermde tegelijkertijd de samenleving.
Maar als het roofdier in de harten van mensen leefde, zouden er ook ergens mensen zijn die hun talenten niet probeerden te beheersen, maar ze ondergeschikt maakten aan hun eigen wil en ze gebruikten om persoonlijke macht te verwerven. Zulke mensen werden schurken genoemd. De niet-succesvollen heetten psychopaten. De succesvollen heetten... presidenten.
En hoe stond het met hemzelf, vroeg Jack junior zich af. Per slot van rekening was hij nog maar een kind, al ontkende hij dat en was hij volgens de wet een volwassen man. Was je ooit helemaal volwassen? Hield je ooit op met vragen stellen? Hield je ooit op met naar informatie zoeken – of waarheid, zoals hij het zag?
Maar als je eenmaal waarheid had, wat deed je daar dan mee? Dat wist hij nog niet. Misschien was het een van de vele dingen die hij nog moest leren. In elk geval was hij net zo leergierig als zijn vader – waarom keek hij anders naar dit programma en niet naar een of andere comedyserie? Misschien zou hij een boek over Stalin en Hitler kopen. Historici waren altijd in oude papieren aan het graven. Jammer genoeg pasten ze hun eigen persoonlijke ideeën toe op wat ze vonden. Hij moest zich waarschijnlijk echt eens laten nakijken door een psychiater. Die hadden ook hun ideologische vooroordelen, maar hun denkprocessen hadden tenminste iets van professionalisme op. Het ergerde Junior dat hij elke avond ging slapen met gedachten die tot niets leidden en waarheden die hij niet kon vinden. Maar dat, nam hij aan, was misschien wel de kern van wat ze het leven noemden.

Ze waren allemaal aan het bidden. Allemaal in stilte. Abdullah mompelde woorden uit zijn koran. Mustafa las hetzelfde boek in het heiligdom van zijn eigen geest – niet alles, natuurlijk, alleen de delen die hem bij zijn missie van de volgende dag konden steunen – die hem konden helpen moedig te zijn, zijn heilige missie niet te vergeten en die zonder genade te volbrengen. Genade was een zaak van Allah.

En als we het nu eens overleven, vroeg hij zich af, en hij werd volkomen verrast door die gedachte.
Daar hadden ze natuurlijk een plan voor. Ze zouden naar het westen rijden en proberen weer in Mexico te komen en dan naar huis te vliegen – om uitbundig te worden verwelkomd door hun kameraden. Hij verwachtte niet dat het zou gebeuren, maar iedereen bleef altijd een beetje hopen, en hoe het paradijs hem ook lokte, het leven op aarde was het enige wat hij echt kende.
Van die gedachte schrok hij ook. Had hij zojuist aan zijn geloof getwijfeld? Nee, dat niet. Niet echt. Het was maar een willekeurige gedachte geweest. Er is geen God dan Allah en Mohammed is zijn Profeet, scandeerde hij in zijn hoofd, en daarmee gaf hij uiting aan de *shahda*, de grondslag van de islam. Nee, hij kon zijn geloof nu niet ontkennen. Zijn geloof had hem over de wereld gebracht, tot aan de plaats van zijn martelaarschap. Zijn geloof had zijn leven gevoed en op een hoger plan gebracht, gedurende zijn hele jeugd, gedurende de woede van zijn vader, tot in het huis van de ongelovigen die op de islam spuwden en de Israëli's aan hun hart drukten. Hij was hier om zijn geloof te bevestigen door zijn leven te geven. Waarschijnlijk zou dit zijn dood worden. Dat was wel bijna zeker, tenzij Allah zelf het anders wenste. Want alle dingen in zijn leven waren geschreven met Allahs eigen hand...

De wekker ging kort voor zes uur af. Brian klopte op de deur van zijn broer.
'Wakker worden, FBI-agentje. We verspillen daglicht.'
'O ja?' vroeg Dominic vanaf het andere eind van de gang. 'Gewonnen, Aldo!' Dat was voor het eerst.
'Aan de slag, Enzo,' antwoordde Brian, en ze gingen samen naar buiten. Een uur en een kwartier later waren ze terug en zaten ze aan de ontbijttafel.
'Het is een mooie dag om in leven te zijn,' zei Brian bij zijn eerste slokje koffie.
'Ben je door het Korps Mariniers gehersenspoeld of zo?' Dominic nam ook een slokje.
'Nee, de adrenaline begint net te werken. Zo liegt het menselijk lichaam tegen zichzelf.'
'Dat ontgroei je wel,' zei Alexander tegen hen. 'Klaar voor jullie kleine oefening?'
'Ja, sergeant-majoor,' antwoordde Brian glimlachend. 'We moeten Michelle voor de lunchpauze koud maken.'
'Alleen als jullie haar kunnen vinden zonder zelf gezien te worden.'

'In de bossen zou het gemakkelijker zijn, weet je. Daar ben ik in getraind.'
'Brian, wat denk je dat we hier hebben gedaan?' vroeg Pete vriendelijk.
'O, is dat het?'
'Eerst nieuwe schoenen kopen,' raadde Dominic hem aan.
'Ja, ik weet het. Deze zijn zo goed als dood.' De canvas bovenkanten kwamen los van de rubberen zolen, en die zolen waren zelf ook niet veel meer waard. Hij vond het maar niks dat hij ze moest vervangen. Hij had heel wat kilometers hardgelopen op deze schoenen, en een man kon gehecht raken aan zulke dingen, al was dat vaak een bron van ergernis voor zijn echtgenote.
'We gaan vroeg naar het winkelcentrum. De Foot Locker is naast die stand waar ze wandelwagentjes verhuren,' zei Dom tegen zijn broer.
'Ja, ik weet het. Goed, Pete, nog advies over Michelle?' vroeg Brian. 'Weet je, als we op een missie gaan, krijgen we meestal eerst een briefing.'
'Dat is een redelijke vraag, Brian. Ik stel voor dat jullie naar haar gaan zoeken bij Victoria's Secret, tegenover The Gap. Als jullie dichtbij genoeg kunnen komen zonder gezien te worden, winnen jullie. Als ze jullie naam uitspreekt wanneer jullie meer dan drie meter van haar vandaan zijn, hebben jullie verloren.'
'Dat is niet helemaal eerlijk,' merkte Dominic op. 'Zij weet hoe wij eruitzien – vooral onze lengte en ons gewicht. Een echte schurk zou die informatie niet in zijn zak hebben. Je kunt je wel langer voordoen dan je bent, maar niet kleiner.'
'En mijn enkels kunnen niet tegen hoge hakken, weet je,' voegde Brian daaraan toe.
'Jij hebt er toch niet de benen voor, Aldo,' plaagde Alexander hem. 'Wie heeft ooit gezegd dat dit werk gemakkelijk was?'
Alleen weten wij nog steeds niet wat voor werk het is, dacht Brian. 'Goed. We improviseren, passen ons aan en overwinnen.'
'Wie ben je nu weer, Dirty Harry?' vroeg Dominic, terwijl hij zijn McMuffin at.
'In het Korps is Dirty Harry onze favoriete burger, broertje. Hij had waarschijnlijk een goede mariniersssergeant kunnen zijn.'
'Zeker met zijn .44 Smith.'
'Nogal luidruchtig voor een handvuurwapen. Ligt ook nogal moeilijk in de hand. Behalve misschien de Auto-Mag. Heb je daar ooit mee geschoten?'
'Nee, maar er lag er een in de wapenkast op Quantico en die heb ik in mijn handen gehad. Ze zouden bij dat verrekte ding een vrachtwagen

moeten leveren om hem te vervoeren, maar ik wed dat je er mooie gaten mee kunt maken.'
'Ja, maar als je hem wilt verbergen, moet je zorgen dat je de Hulk bent.'
'Dat weet ik, Aldo.' De heuptasjes die ze gebruikten, waren heel handig om een pistool te dragen, maar ze hielden het niet goed verborgen. Iedere politieman zou meteen zien wat ze daar hadden, al waren er niet veel burgers die het zagen. Beide broers droegen een geladen pistool en een reservemagazijn in hun heuptasje, als ze dat bij zich hadden. Pete wilde dat ze vandaag hun wapen meenamen, want dan was het moeilijker om Michelle Peters te vinden zonder zelf gezien te worden. Nou ja, zulke dingen kon je van trainingsofficieren verwachten, nietwaar?

Dezelfde dag begon acht kilometer van hen vandaan in de Holiday Inn Express, en op deze dag, in tegenstelling tot andere dagen, rolden ze allemaal hun gebedskleedje uit en zeiden ze, allemaal tegelijk, hun ochtend-*salat*. Ze verwachtten allemaal dat het voor de laatste keer was. Het kostte maar een paar minuten en toen gingen ze zich wassen om zich te zuiveren voor hun taak. Zuhayr nam zelfs de tijd om zijn nieuwe baard bij te werken. Hij knipte bijna het deel af dat hij tot in de eeuwigheid wilde dragen. Ten slotte was hij tevreden en kleedde hij zich aan.
Pas toen ze helemaal klaar waren, beseften ze dat ze nog uren de tijd hadden. Abdullah liep de helling op naar de Dunkin' Donuts om ontbijt en koffie te halen. Deze keer kwam hij zelfs met een krant terug, die door beide kamers circuleerde, terwijl de mannen hun koffie dronken en hun sigaretten rookten.
Ze mochten in de ogen van hun vijanden dan fanaten zijn, ze bleven menselijk, en de spanning was erg onaangenaam en werd met de minuut erger. De koffie pompte alleen nog maar extra cafeïne in hun lichaam en maakte dat hun handen beefden en hun ogen zich op het televisienieuws concentreerden. Ze keken elke paar seconden op hun horloge, want ze wilden niets liever dan dat de wijzers sneller rondgingen, en dan namen ze weer een slok koffie.

'Waarom zijn wij nu ook opgewonden?' vroeg Jack op de Campus aan Tony. Hij wees naar zijn computer. 'Wat staat hier dat ik niet zie?'
Wills schommelde in zijn stoel achterover. 'Het is een combinatie van dingen. Misschien is het echt iets. Misschien is het alleen maar toeval. Misschien is het een hersenspinsel van de analisten. Weet je hoe je kunt nagaan wat het werkelijk is?'
'Een week wachten, achteromkijken en zien of er echt iets is gebeurd?'
Daar kon Tony Wills wel om lachen. 'Junior, jij bent echt bezig het in-

lichtingenvak te leren. Jezus, ik heb al zo vaak meegemaakt dat een voorspelling niet uitkwam. Tenzij je het weet, weet je het gewoon niet, maar zo denken mensen in de inlichtingenwereld niet.'

'Toen ik klein was, was mijn vader vaak in een rothumeur...'

'Hij zat in de tijd van de Koude Oorlog bij de CIA. De leiding daarvan vroeg altijd om voorspellingen die niemand echt kon geven – tenminste geen voorspellingen waar je iets aan had. Je vader was meestal degene die zei: "Wacht maar een tijdje af, dan zien jullie het vanzelf", en dan sprongen ze uit hun vel. Maar weet je, meestal had hij gelijk, en toen hij de leiding had, zijn er geen rampen gebeurd.'

'Zal ik ooit zo goed worden?'

'Dat is erg veel gevraagd, jongen, maar je weet nooit. Je mag blij zijn dat je hier bent. In elk geval weet de senator wat "ik weet het niet" betekent. Het betekent dat zijn mensen eerlijk zijn en weten dat ze niet God zijn.'

'Ja, dat kan ik me uit het Witte Huis herinneren. Ik stond er altijd van te kijken dat zoveel mensen in Washington echt dachten dat ze God waren.'

Dominic reed. Het waren vijf of zes aangename kilometers over de grote weg naar de stad.

'Victoria's Secret? Als we haar nu eens te grazen nemen terwijl ze een nachthemd koopt?' vroeg Brian zich af.

'Daar kunnen we alleen maar van dromen,' zei Dominic, die linksaf Rio Road in sloeg. 'We zijn vroeg. Eerst je schoenen kopen?'

'Goed idee. Parkeer maar bij Belk's herenkleding.'

'Akkoord, schipper.'

'Is het tijd?' vroeg Rafi. Hij had dat het afgelopen halfuur al drie keer gevraagd.

Mustafa keek op zijn horloge: 11:48 uur. Dat kwam er vrij dichtbij. Hij knikte.

'Vrienden, pak jullie spullen.'

Hun wapens waren niet geladen, maar ze hadden ze in boodschappentassen gedaan. Als ze in elkaar waren gezet, waren ze te groot en te opvallend. Iedere man had twaalf volle magazijnen met elk dertig patronen, twee aan twee geplakt, zodat ze zes stellen hadden. Elk wapen had een grote geluiddemper die op de loop was geschroefd. Die dempers gebruikten ze vooral om het wapen beter onder controle te krijgen. Mustafa herinnerde zich wat Juan hem in New Mexico had verteld. Deze wapens hadden de neiging opzij te rukken en te hoog en te ver naar

rechts te schieten. Maar hij had dat al met zijn vrienden besproken, en ze wisten allemaal hoe ze moesten schieten. Ze hadden trouwens ook allemaal met deze dingen geschoten toen ze ze net hadden gekregen, en ze wisten dus wat ze ervan konden verwachten. Bovendien kregen ze een 'doelwitrijke omgeving', zoals Amerikaanse soldaten dat noemden.
Zuhayr en Abdullah droegen hun reisspullen naar buiten en stopten ze in de kofferbak van hun gehuurde Ford. Bij nader inzien besloot Mustafa de wapens daar ook in te doen, en dus liepen ze alle vier, ieder met een boodschappentas, naar de auto en zetten de tassen op de bodem van de kofferbak. Toen dat gebeurd was, stapte Mustafa in de auto, nadat hij zonder erbij na te denken de sleutel van de kamer in zijn zak had gedaan. Het was geen lange rit. Het doel was al in zicht.
Het parkeerterrein had de gebruikelijke toegangspunten. Hij koos de noordwestelijke ingang, naast Belk's herenkleding, waar ze dicht bij de winkels konden parkeren. Hij zette de motor af en zei zijn laatste gebed van die ochtend. De drie anderen deden ongeveer hetzelfde, en toen stapten ze uit en liepen naar de achterkant van de auto. Mustafa liet de kofferbak omhoogkomen. Ze waren minder dan vijftig meter van de deur vandaan. Strikt genomen had het weinig zin dat ze hun wapens verborgen hielden, maar Mustafa herinnerde zich de bewaker. Om de komst van de politie te vertragen moesten ze daar beginnen. En dus zei hij tegen hen dat ze hun wapens in hun boodschappentassen moesten houden. Met die tassen aan hun linkerhand liepen ze naar de deur.
Het was een vrijdag, niet zo'n drukke winkeldag als zaterdag, maar druk genoeg voor hun doeleinden. Ze gingen naar binnen, liepen langs de LensCrafters, waar het druk was – de meeste van die mensen zouden waarschijnlijk ongedeerd wegkomen, en dat was betreurenswaardig, maar ze waren hier nog te veel aan de rand van het winkelcentrum.

Brian en Dominic waren in de Foot Locker, maar Brian zag niets wat hem aanstond. De Stride Rite daarnaast was alleen voor kinderen, en dus liepen de tweelingbroers een eindje door en gingen toen naar rechts. American Eagle Outfitters zou vast wel iets hebben, misschien hoge leren schoenen die een beetje steun aan de enkels gaven.

Mustafa ging linksaf en liep langs een speelgoedwinkel en een aantal kledingzaken in de richting van de open ruimte in het midden van het winkelcentrum. Hij nam de omgeving snel in zich op. Er waren zo'n honderd mensen in zijn onmiddellijke gezichtsveld, en als hij op de K*B Toys mocht afgaan, was er veel volk in de winkels. Hij kwam langs de Sunglass Hut en sloeg rechts af naar het kantoor van de bewakings-

dienst. Dat bevond zich dicht bij de toiletten, en dat kwam goed uit. Ze gingen alle vier tegelijk de toiletten in.
Een paar mensen hadden hun aanwezigheid opgemerkt – je zag niet elke dag vier mannen met een identiek exotisch uiterlijk – maar een Amerikaans winkelcentrum is net zoiets als een dierentuin met mensen, en er moest wel iets heel bijzonders gebeuren wilden mensen het gevoel krijgen dat er iets ongewoons, laat staan iets gevaarlijks aan de hand was.
Op de herentoiletten haalden ze hun wapens uit de boodschappentassen en zetten ze in elkaar. Grendels werden teruggeschoven. Magazijnen werden in de pistoolgrepen geschoven. Ieder van hen stopte de overige vijfmaal twee magazijnen in zijn broekzak. Ze schroefden de lange dempers op hun wapens. Mustafa en Rafi deden dat niet. Bij nader inzien wilden ze toch liever het lawaai horen.
'Zijn we klaar?' vroeg de leider. Ze knikten zwijgend.
'Dan zullen we samen lam eten in het paradijs. Naar jullie plaatsen. Ik schiet eerst, en dan beginnen jullie allemaal.'

Brian paste een paar hoge leren schoenen aan. Ze waren niet helemaal hetzelfde als die hij bij de mariniers had gedragen, maar ze zagen er comfortabel uit en voelden ook zo aan. Bovendien pasten ze alsof ze voor zijn voeten gemaakt waren. 'Niet slecht.'
'Zal ik ze inpakken?' vroeg de verkoopster.
Aldo dacht even na en zei toen: 'Nee, ik wil ze meteen inlopen.' Hij gaf haar zijn beruchte Nikes, en ze stopte ze in de doos van de nieuwe schoenen en ging hun voor naar de kassa.

Mustafa keek op zijn horloge. Hij dacht dat zijn vrienden twee minuten nodig zouden hebben om hun posities in te nemen.
Rafi, Zuhayr en Abdullah liepen nu de grote open ruimte van het winkelcentrum in. Ze hielden hun wapens laag, en verbijsterend genoeg ontsnapten ze grotendeels aan de aandacht van de winkelende mensen, die druk langs de etalages liepen en zich met hun eigen zaken bemoeiden. Toen de grote wijzer bij de twaalf was, haalde Mustafa diep adem. Hij liep de herentoiletten uit en ging naar links.
De bewaker stond achter zijn hoge balie een tijdschrift te lezen, toen hij opeens een schaduw op de balie zag. Hij keek op en zag een man met een olijfbruine huid.
'Kan ik u helpen, meneer?' vroeg hij beleefd. Daarna had hij geen tijd meer om te reageren.
'*Allahu Ackbar!*' was het geschreeuwde antwoord. Toen kwam de Ingram omhoog.

Mustafa hield de trekker maar een seconde ingedrukt, maar in die seconde drongen er in totaal negen kogels in de borst van de zwarte man binnen. Door de inslag van die kogels ging hij een halve stap achteruit, en toen viel hij dood op de tegelvloer neer.

'Wat was dat nou?' vroeg Brian meteen aan zijn broer, de enige in zijn nabijheid. Alle hoofden draaiden naar links.

Rafi bevond zich maar acht meter van hen vandaan toen hij de schoten hoorde. Het was tijd dat hij begon. Hij dook ineen en bracht zijn Ingram omhoog. Hij draaide zich naar rechts, naar de Victoria's Secret-winkel. De klanten daar moesten allemaal vrouwen van slechte zeden zijn, anders zouden ze niet naar die hoerenkleding kijken, en misschien, dacht hij, zouden sommigen hem van dienst zijn in het paradijs. Hij richtte zijn wapen en hield de trekker ingedrukt.
Het geluid was oorverdovend, als een kolossale ritssluiting van explosies. Drie vrouwen werden onmiddellijk geraakt en vielen meteen neer. Anderen bleven een ogenblik stilstaan, hun ogen groot van schrik en ongeloof, en ondernamen geen enkele actie.
Rafi, van zijn kant, was onaangenaam verrast door het feit dat meer dan de helft van zijn kogels geen enkel doel had getroffen. Het slechtuitgebalanceerde wapen had een schokbeweging gemaakt en in het plafond geschoten. De grendel kwam tegen een lege kamer. Hij keek er verbaasd naar, wierp toen het eerste magazijn uit, keerde het om, schoof het weer op zijn plaats en ging op zoek naar meer doelwitten. Ze renden nu en dus zette hij de Ingram tegen zijn schouder.

'Verdomme!' zei Brian. Wat gebeurt er toch, riep hij in gedachten.
'Zeg dat wel, Aldo.' Dominic zwaaide zijn heuptasje naar zijn buik en trok aan het koord om de dubbele sluiting los te maken. Een seconde later had hij zijn Smith & Wesson in zijn handen. 'Geef me dekking!' beval hij zijn broer. De schutter met het machinepistool was amper zeven meter van hen vandaan, aan de andere kant van een sieradenkiosk, met zijn rug naar hen toe, maar dit was geen Dodge City – als je met een schietende misdadiger te maken had, golden er geen regels.
Dominic liet zich op een knie zakken, bracht het pistool in beide handen omhoog en pompte twee holle 10-mm kogels midden in de rug van de man, en toen nog een in het midden van zijn achterhoofd. De schutter viel recht omlaag, en gezien de rode explosie die het gevolg was van het derde schot, was dat het laatste wat hij deed. De FBI-agent sprong op zijn liggende lichaam af en schopte het wapen weg. Hij zag meteen wat het

was, en toen zag hij dat het lichaam extra magazijnen in zijn zakken had. Het eerste wat hij dacht, was: o shit! Toen hoorde hij het knetterende gebulder van nog meer schoten, ergens links van hem.
'Ze zijn met meer, Enzo!' zei Brian, die naast zijn broer kwam staan, zijn Beretta in zijn rechterhand. 'Deze is er geweest. Ideeën?'
'Volg me. Geef me dekking!'

Mustafa bevond zich in een goedkope juwelierszaak. Er waren zes vrouwen in zicht, voor en achter de toonbank. Hij liet zijn wapen naar zijn heup zakken en vuurde. Hij schoot zijn eerste magazijn op hen leeg en zag hen tot zijn voldoening neervallen. Toen het wapen ophield met schieten, liet hij het lege magazijn eruit springen, trok de grendel naar achteren en herlaadde.

Beide tweelingbroers kwamen overeind en liepen in westelijke richting – niet snel, maar ook niet langzaam, Dominic voorop en Brian twee stappen achter hem. Ze keken vooral in de richting van het geluid. Alles wat Brian tijdens zijn training had geleerd kwam weer terug. Zo veel mogelijk dekking zoeken en onzichtbaar blijven. Vind de vijand en val hem aan.
Op dat moment kwam er iemand uit de Kay Jewelers. De man hield een machinepistool in zijn handen en sproeide naar links, naar een andere juwelierszaak. Het winkelcentrum was nu een kakofonie van geschreeuw en geweerschoten. Mensen renden blindelings naar uitgangen zonder eerst te kijken waar het gevaar was. Veel van die mensen vielen neer, vooral vrouwen. Ook kinderen.
Op de een of andere manier ging dit alles aan de broers voorbij. Ze zagen de slachtoffers nauwelijks. Daar was gewoon geen tijd voor, en ze lieten zich nu helemaal leiden door alles wat ze tijdens hun trainingen hadden geleerd. Het eerste doelwit dat ze zagen, was de man die in de juwelierszaak stond te schieten.
'Rechts,' zei Brian, en hij ging met gebogen hoofd die kant op, al bleef hij in de richting van zijn doelwit kijken.

Brian kwam daardoor bijna om het leven. Zuhayr stond bij Claire's Boutique. Hij had daar net een magazijn in leeggeschoten en wendde zich er nu van af. Omdat hij plotseling niet wist welke kant hij nu op moest gaan, sloeg hij links af, en toen zag hij een man met een pistool in zijn hand. Hij zette zijn wapen zorgvuldig tegen zijn schouder en haalde de trekker over...
Twee kogels vlogen nutteloos weg, en toen kwam er niets meer. Zijn eerste magazijn was leeg, en dat besefte hij pas na twee of drie seconden.

Toen wierp hij het uit en keerde hij het om. Hij ramde het in de onderkant van zijn machinepistool en toen hij weer opkeek...
... was de man weg. Waarheen? Hij had geen doelwitten meer en veranderde van richting. In een rustig tempo liep hij Belk's dameskleding binnen.

Brian zat ineengedoken bij de Sunglass Hut en gluurde langs de rechterkant.
Daar, hij beweegt naar links. Hij bracht zijn Beretta naar zijn rechterhand over en loste één schot...
... maar de man dook net weg en de kogel miste hem op een haar na.
'Verdomme!'
Brian stond op, nam het pistool in beide handen, mikte en loste vier schoten. De vierde kogel ging in de borstkas, onder de schouders.

'Jezus, weer een!' zei Dominic.
'Goed.' Brian sprong naar de andere kant van de ingang en nam positie in tegen de muur, met zijn Beretta omhoog. Op die manier kwam hij in dezelfde gang als de terrorist, maar een rechtshandige schutter had daar niets aan. Hij moest kiezen tussen schieten met zijn zwakke hand – iets waarmee hij niet zoveel had geoefend als hij had moeten doen – of zijn lichaam blootstellen aan het vuur van zijn tegenstander. Maar iets in zijn mariniersgeest zei: Kom op, en hij deed een stap naar links met het pistool in beide handen.
Abdullah zag hem, glimlachte en bracht zijn wapen naar zijn schouder – of probeerde dat tenminste.
Aldo schoot twee gerichte kogels in de borst van zijn tegenstander, zag geen effect en leegde toen zijn magazijn. Er drongen meer dan twaalf kogels in het lichaam van de man binnen...

... en Abdullah voelde ze allemaal, en zijn hele lichaam schokte bij elke inslag. Hij probeerde met zijn eigen wapen te schieten, maar hij miste met al zijn schoten, en toen had hij zijn lichaam niet meer onder controle. Hij viel voorover en probeerde zijn evenwicht te hervinden.

Brian wierp zijn lege magazijn uit en trok het andere magazijn uit zijn heuptasje, schoof het in het pistool en liet de pal terugvallen. Hij functioneerde nu op de automatische piloot. Die schoft bewoog nog! Daar moest hij iets aan doen. Hij liep naar het gevallen lichaam, schopte het machinepistool opzij en vuurde één kogel af midden in het achterhoofd. De schedel spleet open – bloed en hersenen explodeerden over de vloer.

'Jezus, Aldo!' zei Dominic, die bij zijn broer was aangekomen.
'Vlug! Er is er nog minstens één. Ik heb nog maar één magazijn, Enzo.'
'Ik ook, broertje.'
Vreemd genoeg waren de meeste mensen in het winkelcentrum, ook degenen die geraakt waren, nog in leven. Het bloed op de vloer had ook regen van een harde bui kunnen zijn. Maar beide broers waren te gespannen om misselijk te worden van wat ze zagen. Ze gingen het winkelcentrum weer in, richting oost.
Het bloedbad was daar net zo erg. Overal op de vloer lagen plassen bloed. Er werd geschreeuwd en gejammerd. Brian kwam langs een klein meisje, misschien drie jaar oud, dat over het lichaam van haar moeder heengebogen stond, fladderend met haar armen als een klein vogeltje. Geen tijd om er iets aan te doen. Hij wilde dat Pete Randall in de buurt was. Dat was een goede marinier. Maar zelfs sergeant Randall zou geschokt zijn door deze verschrikkingen.
Er kletterde nog ergens een machinepistool. Dat was in Belk's dameskleding, links van hen. Zo te horen niet zo ver van hen vandaan. Het geluid van automatisch vuur is onmiskenbaar. Niets anders klinkt zo. Ze namen ieder een kant van de korte gang die langs de Coffee Beanery en de Bostonian Shoes naar de volgende gevechtszone leidde.
De begane grond van Belk's begon met parfum en make-up. Ook nu renden ze op het geluid van de schoten af. Er waren zes vrouwen bij het parfum, en drie bij de make-up. Sommigen waren duidelijk dood. Anderen waren nog in leven. Weer anderen riepen om hulp, maar ze hadden geen tijd om die te bieden. De tweelingbroers gingen uit elkaar. Aan het geratel was een eind gekomen. Het was ergens links voor hen geweest, maar daar was het nu niet. Was de terrorist weggerend? Of was zijn munitie op?
Er lagen overal verbruikte patroonhulzen op de vloer – 9-mm koper, zagen ze allebei. Hij had zich lekker uitgeleefd, zag Dominic. De spiegels op de zuilen waren bijna allemaal verbrijzeld door kogels. Met zijn getrainde oog zag Dominic dat de terrorist waarschijnlijk van de voorkant was komen aanlopen, de eerste mensen die hij zag – allemaal vrouwen – met kogels had besproeid en toen naar achteren en naar links was gegaan, waarschijnlijk omdat hij daar de meeste potentiële slachtoffers zag. Waarschijnlijk was het er maar één, dacht Brian.
Nou, wat hebben we tegenover ons, vroeg Dominic zich af. Hoe gaat hij reageren? Hoe denkt hij?
Voor Brian lag het eenvoudiger. Waar ben je, klootzak, dacht hij. Voor de marinier was hij een gewapende vijand, en niets anders. Geen persoon, geen menselijk wezen, niet eens een denkend brein, maar alleen een doelwit met een wapen.

Zuhayr merkte dat zijn opwinding plotseling afnam. Hij was opgewondener geweest dan ooit tevoren in zijn leven. Hij had in zijn leven maar een paar vrouwen gehad, en hij had hier vandaag vast en zeker meer vrouwen gedood dan hij ooit had geneukt... maar voor hem was het op de een of andere manier hetzelfde.

En het was allemaal erg bevredigend. Hij had het schieten van de anderen niet gehoord, en zelfs amper zijn eigen schoten, want hij ging helemaal op in wat hij aan het doen was. En hij deed dat erg goed. De uitdrukking op hun gezicht als ze hem en zijn machinepistool zagen... en hun gezicht als de kogels hen troffen... Dát was mooi om te zien. Maar hij was nu met zijn laatste twee magazijnstellen bezig. Er zat er een in zijn wapen en hij had er een in zijn zak.

Vreemd, dacht hij, dat hij nu kon horen dat het stiller was. Er waren geen levende vrouwen bij hem in de buurt. Nou... geen vrouwen die niet gewond waren. Anderen die hij had neergeschoten, maakten geluid. Sommigen probeerden zelfs weg te kruipen.

Dat kon hij niet hebben, wist Zuhayr. Hij liep naar een van hen toe, een donkerharige vrouw die een hoerige rode broek droeg.

Brian floot naar zijn broer en wees. Daar was hij: ongeveer een meter zeventig, kaki broek en een jasje in dezelfde kleur, op vijftig meter afstand. Een makkelijk schot met een geweer, iets wat een rekruut op de marinierstraining al kon, maar niet zo gemakkelijk met een Beretta, al was je nog zo'n goede schutter.

Dominic knikte en ging die kant op, maar hij keek intussen wel in alle richtingen.

'Pech gehad, vrouw,' zei Zuhayr in het Engels. 'Maar vrees niet, ik stuur je naar Allah. Je zult me dienen in het paradijs.' En hij probeerde een enkele kogel in haar rug te schieten. Maar de Ingram liet zoiets niet gemakkelijk toe. In plaats daarvan vuurde het wapen drie schoten af, op een afstand van één meter.

Brian zag het allemaal gebeuren, en er knapte iets in hem. De marinier ging rechtop staan en richtte met beide handen. 'Klootzak!' riep hij, en hij vuurde zo snel als maar mogelijk was, op een afstand van zo'n dertig meter. Hij loste in totaal veertien schoten, en toen was zijn wapen bijna leeg. En sommige kogels troffen zowaar doel.

Drie kogels. Een daarvan trof het doelwit recht in zijn buik en een andere boorde zich in het midden van zijn borst.

De eerste kogel deed pijn. Zuhayr voelde hem alsof er tegen zijn ballen werd geschopt. Hij liet zijn armen zakken alsof hij zich op die manier tegen een tweede kogel wilde beschermen. Zijn wapen had hij nog in zijn handen, en hij vocht tegen de pijn om het omhoog te brengen toen hij de man op hem af zag komen.

Brian was niet alles vergeten. Integendeel, er kwamen veel herinneringen bij hem op. Als hij die avond in zijn eigen bed wilde slapen, moest hij zich de lessen van Quantico – en Afghanistan – herinneren. En dus ging hij indirect naar voren, om de rechthoekige tafels met winkelartikelen heen. Hij hield zijn blik op zijn doelwit gericht en vertrouwde erop dat Enzo om zich heen keek. En hij deed dat zelf ook. Zijn doelwit had zijn wapen niet onder controle. Hij keek de marinier recht aan, met een vreemde angst op zijn gezicht... en ook met een glimlach? Wat krijgen we nou? Hij liep nu recht op die schoft af.

Zuhayr, van zijn kant, vocht niet meer tegen het enorme gewicht dat op zijn wapen drukte en bleef kaarsrecht staan. Hij keek in de ogen van de man die hem zou doden. '*Allahu Ackbar*,' zei hij.

'Fijn voor jou,' antwoordde Brian, en hij schoot recht in zijn voorhoofd. 'Veel plezier in de hel.' Toen bukte hij zich, pakte de Ingram op en hing hem over zijn rug.
'Leegmaken en achterlaten, Aldo,' beval Dominic. Brian deed het.
'Jezus, ik hoop dat iemand 911 heeft gebeld,' merkte hij op.
'Kom mee naar boven,' zei Dominic nu.
'Wat, waarom?'
'Als er nu eens meer dan vier zijn?' De wedervraag trof Brian als een vuistslag.
'Oké, ik snap het, broertje.'
Tot hun verbazing deed de roltrap het nog. Ze gingen ermee naar boven, ineengedoken en om zich heen turend. Er lagen overal vrouwen – dat wil zeggen, zo ver van de roltrap vandaan als ze konden...
'FBI!' riep Dominic. 'Is iedereen daar boven ongedeerd?'
'Ja,' antwoordden verschillende stemmen tegelijk op de eerste verdieping.
Enzo's professionele identiteit nam de leiding over. 'De situatie is onder controle. De politie komt gauw. Blijf tot zolang stil zitten.'
De tweelingbroers liepen van de bovenkant van de stijgende roltrap naar de bovenkant van de dalende. Het was meteen duidelijk dat de schutters hier boven niet waren geweest.

Toen ze omlaaggingen, zagen ze iets gruwelijks: plassen bloed vormden een rechte lijn van parfum naar handtassen, en de gelukkigen die alleen maar gewond waren geraakt, riepen nu om hulp. En opnieuw hadden de tweelingbroers belangrijker dingen te doen. Dominic liep voor zijn broer uit door de hoofdgang van het winkelcentrum. Hij ging linksaf om bij de eerste terrorist te kijken die hij had neergeschoten. Die was absoluut dood. De laatste 10-mm kogel was door zijn rechteroog naar buiten gevlogen.
Er bleef er dus maar één over, als hij in leven was.

Dat was hij, ondanks alle kogels die hem hadden geraakt. Mustafa probeerde te bewegen, maar zijn spieren kregen geen bloed en zuurstof meer en luisterden niet naar de commando's die via zijn centrale zenuwstelsel werden doorgegeven. Hij keek omhoog en deed dat een beetje dromerig, zelfs voor zijn eigen gevoel.
'Heb je een naam?' vroeg een van hen.
Dominic had eigenlijk geen antwoord verwacht. De man was duidelijk stervende, en niet langzaam ook. Hij draaide zich om naar zijn broer – die was er niet. 'Hé, Aldo!' riep hij, maar er kwam niet onmiddellijk antwoord.

Brian was in de Legends, een sportwinkel, en keek daar vlug om zich heen. Zijn initiatief werd beloond, en hij nam het voorwerp mee naar de gang van het winkelcentrum.
Dominic stond daar tegen de 'verdachte' te praten, maar hij kreeg niet veel antwoord.
'Hé, schoft,' zei Brian, toen hij terug was. Hij knielde neer in het bloed naast de stervende terrorist. 'Ik heb wat voor je.'
Mustafa keek verbaasd op. Hij wist dat de dood nabij was, en hoewel hij die niet echt verwelkomde, vond hij het een goede gedachte dat hij zijn plicht jegens zijn geloof en Allahs wet had gedaan.
Brian pakte de handen van de terrorist vast en legde ze gekruist over zijn bloedende vest. 'Ik wil dat je dit meeneemt naar de hel. Het is een bal van varkensleer, klootzak, gemaakt van de huid van een echt varken.' En Brian hield zijn handen op de bal terwijl hij in de ogen van de terrorist keek.
Die ogen werden groot van herkenning – en van pure afschuw. Hij probeerde zijn armen weg te halen, maar de handen van de ongelovige weerhielden hem.
'Jazeker. Ik ben Iblis zelf, en je komt bij mij.' Brian glimlachte tot de ogen braken.

‘Wat was dat nou?’
‘Later,’ antwoordde Brian. ‘Kom mee.’
Ze gingen naar de plaats waar het allemaal was begonnen. Er waren veel vrouwen op deze verdieping, en de meeste bewogen enigszins. Ze bloedden allemaal, en nogal veel... ‘Zoek een drogisterij. Ik heb verband nodig, en ga na of iemand 911 heeft gebeld.’
‘Ja.’ Dominic rende weg om op zoek te gaan, en Brian knielde neer bij een vrouw van een jaar of dertig die in de borst was geschoten. Zoals de meeste mariniers, en alle officieren van de mariniers, wist hij iets van eerste hulp. Eerst onderzocht hij haar luchtwegen. Ze haalde adem. Ze bloedde uit twee kogelgaten links boven in haar borst. Er zat een beetje roze schuim op haar lippen. Een schot in de long, maar niet ernstig. ‘Kunt u me horen?’
Ze knikte en zei schor: ‘Ja.’
‘Het komt wel goed met u. Ik weet dat het pijn doet, maar het komt goed.’
‘Wie bent u?’
‘Brian Caruso, mevrouw. Korps Mariniers. Het komt goed met u. Nu moet ik proberen anderen te helpen.’
‘Nee, nee... Ik...’ Ze greep zijn arm vast.
‘Mevrouw, er zijn hier anderen die veel erger gewond zijn dan u. Het komt echt goed met u.’ En hij trok zich los.
De volgende was er slecht aan toe. Een kind van een jaar of vijf, een jongen. Hij had drie kogels in zijn rug en bloedde aan één stuk door. Brian draaide hem om. Zijn ogen waren open.
‘Hoe heet je, jongen?’
‘David,’ was het antwoord, verrassend helder.
‘Nou, David, we gaan je opknappen. Waar is je moeder?’
‘Weet ik niet.’ Zoals ieder kind zou doen, maakte hij zich meer zorgen om zijn moeder dan om zichzelf.
‘Ik zal voor haar zorgen, maar zal ik eerst even naar jou kijken?’ Hij keek op en zag dat Dominic op hem af kwam rennen.
‘Er is geen drogist!’ zei Dominic, bijna roepend.
‘Haal iets, T-shirts, wat dan ook!’ beval hij zijn FBI-broer. En Dominic rende naar de kledingzaak waar Brian zijn schoenen had gekocht. Een paar seconden later kwam hij buiten met zijn armen vol sweatshirts, die bedrukt waren met allerlei logo’s.
Op dat moment arriveerde de eerste politieman, met zijn dienstpistool in beide handen.
‘Politie!’ riep de agent.
‘Hierheen, verdomme!’ brulde Brian terug. Het duurde een seconde of

tien voordat de agent bij hen was. 'Stop dat pistool maar weg, agent. De schurken zijn allemaal uitgeschakeld,' zei Brian met een zachtere stem tegen hem. 'We hebben alle ambulances nodig die jullie hier in de stad hebben, en zeg tegen het ziekenhuis dat ze een enorme lading gewonden krijgen. Heb je een eerstehulpset in je auto?'
'Wie ben jij?' wilde de agent weten, zonder zijn pistool in de holster te steken.
'FBI,' antwoordde Dominic achter de agent, en hij hield zijn legitimatiebewijs in zijn linkerhand. 'Het schieten is voorbij, maar we hebben hier veel mensen. Roep iedereen op, ook het FBI-kantoor hier, en alle anderen. Pak je radio, agent, onmiddellijk!'
Zoals de meeste Amerikaanse politieagenten had Steve Barlow een draagbare radio die aan de epaulet van zijn overhemd geklemd zat, en hij vroeg met klem om assistentie en medische hulp.
Brian richtte zijn aandacht op de kleine jongen in zijn armen. Op dat moment was David Prentiss de hele wereld voor kapitein Brian Caruso. Maar alle schade zat aan de binnenkant. De jongen had meer dan één inwendige borstwond, en dat was niet gunstig.
'Nou, David, we doen nu rustig aan. Doet het erg pijn?'
'Ja,' antwoordde de jongen na een halve ademtocht. Zijn gezicht werd bleek.
Brian legde hem op de toonbank van de Piercing Pagoda en besefte toen dat daar misschien iets was waar hij wat aan had – maar hij vond alleen wat wattenproppen. Hij stopte twee daarvan in elk van de drie gaten in de rug van het kind en rolde hem toen weer om. Maar de jongen bloedde vooral inwendig. Hij bloedde zo erg dat zijn longen zouden inklappen, en dan zou hij gaan slapen en binnen enkele minuten stikken, tenzij iemand zijn borst leegzoog, en Brian kon daar helemaal niets aan doen.
'Jezus!' Dat was uitgerekend Michelle Peters. Ze hield de hand vast van een tienjarig meisje dat zo verschrikt keek als een kind maar kon.
'Michelle, als je iets van eerste hulp weet, kies dan iemand uit en ga aan het werk,' beval Brian.
Maar dat deed ze niet echt. Ze nam een handvol wattenproppen uit de piercingwinkel en liep weg.
'Hé, David, weet je wat ik ben?' vroeg Brian.
'Nee,' antwoordde de jongen. Ondanks de pijn in zijn borst was hij nieuwsgierig.
'Ik ben een marinier. Weet je wat dat is?'
'Een soort soldaat?'
De jongen stierf in zijn armen, besefte Brian. Alsjeblieft, God, niet deze, niet deze kleine jongen.

'Nee, wij zijn veel beter dan soldaten. Een marinier is zo ongeveer het beste wat je kunt zijn. Als je groot wordt, mag je misschien ook marinier worden, net als ik. Wat denk je daarvan?'

'Schurken neerschieten?' vroeg David Prentiss.

'Reken maar, Dave,' verzekerde Brian hem.

'Cool,' vond Dave, en toen gingen zijn ogen dicht.

'David? Blijf bij me. Kom op, Dave, doe je ogen weer open. We moeten nog wat praten.' Hij legde het lichaam voorzichtig op de toonbank terug en voelde de halsslagader.

Maar die klopte niet meer.

'O, shit. O, shit, man,' fluisterde Brian. En op dat moment trok alle adrenaline uit zijn bloedsomloop weg. Zijn lichaam werd een vacuüm; zijn spieren werden slap.

De eerste brandweermannen renden naar binnen. Ze droegen kaki brandweerjassen en dozen waar waarschijnlijk medische hulpmiddelen in zaten. Een van hen nam de leiding en stuurde zijn mensen in verschillende richtingen. Twee gingen naar Brian. De eerste nam het lichaam uit zijn armen over en keek er even naar. Toen legde hij het op de vloer en ging weg zonder iets tegen iemand te zeggen. Brian bleef daar staan met het bloed van een dood kind op zijn shirt.

Enzo was dichtbij. Hij stond alleen maar toe te kijken, want nu hadden professionals – eigenlijk vooral vrijwillige brandweerlieden, maar daar waren ze niet minder bekwaam om – het overgenomen. Ze liepen samen naar de dichtstbijzijnde uitgang, de heldere middaglucht in. Het had allemaal nog geen tien minuten geduurd.

Net als een echte gevechtssituatie, dacht Brian. Een mensenleven – nee, veel mensenlevens waren voortijdig beëindigd in wat in feite maar een oogwenk was. Hij had zijn pistool weer weggestoken. Het gebruikte magazijn lag waarschijnlijk in de Sam Goody-winkel. Wat hij zojuist had meegemaakt, leek wel op de dingen die Dorothy in *De tovenaar van Oz* waren overkomen; die was meegezogen door een wervelstorm. Maar hij was niet in het land van Oz terechtgekomen. Hij was nog steeds in Virginia, en achter hem lagen dode en gewonde mensen.

'Wie zijn jullie?' vroeg een hoofdinspecteur van politie.

Dominic hield zijn legitimatiebewijs van de FBI omhoog, en dat was voorlopig genoeg.

'Wat is er gebeurd?'

'Het ziet ernaar uit dat terroristen, vier stuks, hier in het winkelcentrum om zich heen hebben geschoten. Ze zijn alle vier dood. We kregen ze alle vier te pakken,' zei Dominic tegen hem.

'Ben je gewond?' De hoofdinspecteur wees naar het bloed op Brians shirt.

Aldo schudde zijn hoofd. 'Geen schrammetje. Er liggen daar binnen veel gewonde burgers.'
'Wat deden jullie daar?' vroeg de hoofdinspecteur nu.
'Schoenen kopen,' antwoordde Brian met een bittere ondertoon in zijn stem.
'Goh...' zei de hoofdinspecteur. Hij keek naar de ingang van het winkelcentrum en bleef daar alleen staan omdat hij bang was voor wat hij binnen te zien zou krijgen. 'Ideeën?'
'Scherm de omgeving af,' zei Dominic. 'Controleer alle nummerborden. Kijk of de dode schurken papieren bij zich hadden. U weet toch hoe het gaat? Wie is de plaatselijke FBI-chef?'
'We hebben hier alleen een vertegenwoordigend agent. Het dichtstbijzijnde echte kantoor is in Richmond. We hebben daar al heen gebeld. De FBI-chef is een zekere Mills.'
'Jimmy Mills? Die ken ik. Nou, de FBI moet hier veel agenten heen sturen. Het beste wat u kunt doen is de omgeving afschermen en de gewonden afvoeren. Het is daarbinnen verschrikkelijk.'
'Dat wil ik wel geloven. Nou, tot later.'
Dominic wachtte tot de hoofdinspecteur naar binnen was gelopen, porde toen met zijn elleboog zijn broer aan, en ze liepen samen naar zijn Mercedes. De politieauto bij de ingang van het parkeerterrein – twee geüniformeerden, van wie een met een geweer – zagen het legitimatiebewijs van de FBI en lieten hen doorrijden. Tien minuten later waren ze in het plantagehuis terug.
'Wat is er aan de hand?' vroeg Alexander in de keuken. 'De radio zei...'
'Pete, je weet dat ik twijfels had?' vroeg Brian.
'Ja, maar wat...'
'Die twijfels heb ik niet meer, Pete. Die ben ik voorgoed kwijt,' zei Brian.

14

Het paradijs

De media stortten zich op Charlottesville als gieren op een karkas – of wilden dat doen, totdat de situatie te gecompliceerd werd.

Het volgende nieuws kwam uit het winkelcentrum Citadel Mall in Colorado Springs, en toen kwam er nieuws uit Provo in Utah en ten slotte uit Des Moines in Iowa. Dat alles samen vormde een kolossaal verhaal.

Bij de aanslag op het winkelcentrum in Colorado kwamen zes cadetten van de luchtmachtacademie om het leven – een stuk of wat anderen waren door hun jaargenoten naar buiten getrokken – en 26 burgers.

Maar het nieuws uit Colorado Springs was snel doorgedrongen tot Provo in Utah, en daar had de korpschef, die over een goed politie-instinct beschikte, patrouillewagens naar alle winkelcentra in de stad gestuurd. In het winkelcentrum Provo Towne Center was het raak. Elke wagen had het verplichte politiegeweer aan boord, en het kwam tot een groot vuurgevecht tussen vier gewapende terroristen en zes politieagenten – die allemaal goed konden schieten. Na afloop waren er twee ernstig gewonde agenten, drie dode burgers – in totaal elf gewone burgers hadden zich in de strijd gemengd – en vier erg dode terroristen. De FBI zou later van een mislukte aanslag spreken. In Des Moines had ongeveer hetzelfde kunnen gebeuren, alleen had de politie daar trager gereageerd. Op het eind waren daar vier terroristen dood, maar ze hadden eerst nog 31 burgers doodgeschoten.

In Colorado hadden twee overlevende terroristen zich verschanst in een winkel. Een SWAT-team van de politie bevond zich op maar vijftig meter afstand, en er was een compagnie schutters van de Nationale Garde – snel te hulp geroepen door de gouverneur van de staat – onderweg. Die gardisten popelden natuurlijk om de fantasie van iedere soldaat werkelijkheid te laten worden: vuurwapens gebruiken en de indringers buiten gevecht stellen en overhoopschieten. Dat alles kostte meer dan een uur, maar nadat ze rookgranaten hadden geworpen, gebruikten de weekendsoldaten genoeg vuurkracht om een compleet invasieleger te vernietigen, en daarmee beëindigden ze de levens van twee criminelen – Arabieren, zoals tot niemands verbazing zou blijken – op een spectaculaire manier.

Inmiddels keek heel Amerika naar de televisie. Verslaggevers in New

York en Atlanta vertelden Amerika wat ze wisten, en dat was niet veel. Ze probeerden te vertellen wat er die dag was gebeurd en deden dat met de nauwkeurigheid van basisschoolkinderen. Keer op keer herhaalden ze de harde feiten die ze hadden kunnen verzamelen, en ze haalden er 'deskundigen' bij die weinig wisten maar veel zeiden. Het publiek kreeg weinig informatie, maar er was wel veel zendtijd mee te vullen.

Er waren ook televisietoestellen op de Campus, en het meeste werk werd stopgezet, want iedereen ging kijken.
'Jezus nog aan toe,' zei Jack junior. Anderen mompelden of dachten min of meer hetzelfde, maar voor hen was het een beetje erger, want zij behoorden officieel tot de inlichtingenwereld en ze hadden niet voor deze aanval op hun land gewaarschuwd.
'Het is heel eenvoudig,' merkte Tony Wills op. 'Als we geen mensen in het veld hebben, geen informanten, is het moeilijk voor ons om signalen te zien, tenzij de schurken erg slordig met hun mobiele telefoons omspringen. Maar de media mogen graag aan het publiek vertellen hoe we de schurken opsporen, en de schurken leren daarvan. De mensen in het Witte Huis ook – die vertellen aan journalisten hoe slim ze zijn en laten informatie over afluisteroperaties uitlekken. Als je ziet hoe gemakkelijk ze geheime informatie rondbazuinen, vraag je je soms af of ze voor de terroristen werken.' In werkelijkheid wilden die Witte Huismedewerkers natuurlijk alleen maar opscheppen tegen de verslaggevers, en dat was zo ongeveer het enige wat ze goed konden.
'Dus de rest van de dag hebben de media het over "het zoveelste falen van de inlichtingendiensten", nietwaar?'
'Reken maar,' zei Wills. 'De journalisten die altijd op de inlichtingendiensten afgeven, klagen nu dat ze hun werk niet goed doen – zonder te erkennen dat ze die diensten zelf tegenwerken waar ze maar kunnen. Hetzelfde geldt natuurlijk voor het Congres. Maar goed, laten we weer aan het werk gaan. De NSA kijkt nu natuurlijk uit naar gejuich van de tegenstanders – die zijn ook menselijk, nietwaar? Ze mogen zich graag op de borst slaan als ze een actie tot een goed eind hebben gebracht. Laten we eens kijken of onze vriend Sali een van hen is.'
'Maar wie is de grote baas die opdracht tot dit alles heeft gegeven?' vroeg Jack.
'Laten we kijken wat we kunnen ontdekken.' Het was belangrijker, hoefde Wills er niet bij te vertellen, dat ze vaststelden wáár die schoft was. Een naam was veel meer waard als ze ook wisten waar de persoon met die naam te vinden was.

Boven had Hendley zijn belangrijkste medewerkers voor zijn televisie bij elkaar zitten.

'Ideeën?'

'Pete belde uit Charlottesville. Driemaal raden waar onze twee trainees waren,' zei Jerry Rounds.

'Dat meen je niet,' zei Tom Davis.

'Toch wel. Ze hebben de schurken overhoopgeschoten zonder hulp van buitenaf, en ze zijn nu weer terug. En nog iets: Brian – de marinier – had twijfels over het werk dat hij zou gaan doen. Dat is nu verleden tijd, zegt Pete. Hij kan niet wachten tot hij op echte missies wordt uitgezonden. Pete denkt ook dat ze er zo ongeveer klaar voor zijn.'

'Dus we hebben alleen wat goede doelwitten nodig?' vroeg Hendley.

'Mijn mensen gaan de informatie van de NSA na. We mogen aannemen dat de schurken nu met elkaar gaan praten. Misschien zijn ze daar al mee begonnen,' dacht Rick Bell hardop. 'Als we klaar zijn om in actie te komen, kunnen we dat doen, en gauw ook.'

Dat was Sam Grangers afdeling. Hij had tot nu toe gezwegen, maar nu was het zijn beurt om iets te zeggen.

'Nou, we hebben twee jongens die er klaar voor zijn om doelwitten af te handelen,' zei hij. Hij gebruikte een term die het leger twintig jaar eerder had bedacht. 'Ze zijn goed, heb ik van Pete gehoord, en na wat er vandaag is gebeurd denk ik dat ze erg gemotiveerd zijn.'

'Wat denken de tegenstanders?' vroeg Hendley. Dat was niet moeilijk te raden, maar hij wilde extra meningen horen.

'Ze willen ons op een slimme manier te grazen nemen. In dit geval was het duidelijk hun doel het gewone Amerika te treffen,' begon Rounds. 'Ze denken dat ze ons angst kunnen inboezemen door ons te laten zien dat ze overal kunnen toeslaan, niet alleen op voor de hand liggende plaatsen, zoals New York. Dat was het slimme element van deze operatie. Waarschijnlijk waren er in totaal vijftien tot twintig terroristen en wat helpers. Dat is een vrij groot aantal, maar het is niets nieuws – ze hebben de operatie goed geheim kunnen houden. Hun mensen zijn erg gemotiveerd, maar ik zou niet willen zeggen dat ze erg goed getraind zijn. Ze gooiden als het ware gewoon een dolle hond in de achtertuin om wat kinderen te bijten. Ze hebben blijk gegeven van hun politieke bereidheid om verschrikkelijke dingen te doen, maar dat is geen verrassing. Ze zijn ook bereid toegewijde medewerkers dood te laten gaan, maar dat wisten we ook al. De aanval had een lowtech karakter, gewoon een stel schurken met lichte automatische wapens. Het was een staaltje van kwaadaardige agressie, maar niet van echt professionalisme. Binnen twee dagen weet de FBI waarschijnlijk waar ze vandaan zijn gekomen, en misschien ook hoe ze in het land zijn gekomen. Ze hebben niet leren vliegen of zoiets, dus waarschijnlijk waren ze nog niet zo lang in het land. Het zou me interesseren wie hun doelen heeft verkend. De timing vereiste enige planning, maar niet veel, denk ik – het was vooral een kwestie van klokkijken. Ze waren niet van plan om na de schietpartijen weg te komen. Waarschijnlijk wisten ze al waar ze heen gingen toen ze het land binnenkwamen. Ik wil er op dit moment wel om wedden dat ze nog maar een week of twee binnen onze grenzen waren – of nog korter, dat hangt ervan af hoe ze zijn binnengekomen. De FBI is daar gauw genoeg achter.'

'Pete zegt dat ze Ingram-machinepistolen hebben gebruikt. Die zien er mooi uit – daarom zie je ze zo vaak op de televisie en in films,' legde Granger uit. 'Maar het zijn geen erg goede wapens.'

'Hoe zijn ze daaraan gekomen?' vroeg Tom Davis.

'Goede vraag. Ik denk dat de FBI die al uit Virginia heeft en bezig is ze aan de hand van hun serienummer na te trekken. Daar zijn ze goed in. Misschien hebben we die informatie vanavond al. Dan kunnen ze er ook achter komen hoe de wapens in handen van de terroristen zijn gekomen, en dan is het onderzoek al in volle gang.'

'Wat gaat de FBI doen, Enzo?' vroeg Brian.

'Het is een belangrijke zaak. Zo'n zaak krijgt een codewoord, en alle FBI-agenten in het land kunnen worden opgeroepen om eraan te werken. Eerst gaan ze op zoek naar de auto die de schurken hebben gebruikt. Misschien is die gestolen, maar de kans is groter dat hij is gehuurd. Je moet daarvoor tekenen, een kopie van je rijbewijs achterlaten, en van je creditcard, al die dingen die je moet doen om in Amerika te kunnen leven. Dat is allemaal na te trekken. Het leidt allemaal tot iets, broertje. Daarom ga je al die dingen na.'

'Hoe gaat het met jullie?' vroeg Pete, die de kamer binnenkwam.

'Een beetje alcohol helpt,' antwoordde Brian. Hij had zijn Beretta al schoongemaakt, zoals Dominic dat had gedaan met zijn Smith & Wesson. 'Het was geen pretje, Pete.'

'Dat is ook niet de bedoeling. Nou, ik heb net met het hoofdkantoor gepraat. Ze willen jullie over een dag of zo spreken. Brian, je had wat twijfels, en je zei dat je die niet meer had. Is dat nog steeds zo?'

'Je hebt ons getraind om mensen te identificeren, te benaderen en te doden, Pete. En ik kan daarmee leven – zolang we maar niet iets doen wat alle perken te buiten gaat.'

Dominic knikte alleen maar instemmend, maar hij keek Alexander voortdurend aan.

'Goed. Er is een oude grap in Texas over advocaten – waarom die daar zo goed zijn. Het antwoord is: er zijn meer mannen die gedood dan paarden die gestolen moeten worden. Nou, de mannen die gedood moeten worden, kunnen misschien een beetje hulp krijgen van jullie.'

'Ga je ons nu eindelijk vertellen voor wie we precies werken?' vroeg Brian.

'Dat krijgen jullie te zijner tijd te horen – over een dag of zo.'

'Goed, zo lang kan ik wel wachten,' zei Brian. Hij dacht snel na. Misschien wist generaal Terry Broughton iets. En die Werner van de FBI wist zeker iets, maar deze vroegere tabaksplantage waar ze hadden getraind, maakte geen deel uit van een overheidsdienst die hij kende. De CIA had 'de Farm' bij Yorktown in Virginia, maar dat was hier zo'n 250 kilometer vandaan. Dit huis voelde niet aan als iets van de CIA. In elk geval paste het niet bij het beeld dat hij van die dienst had, al kon dat natuurlijk altijd een verkeerd beeld zijn. Trouwens, dit huis voelde helemaal niet aan als iets van de overheid. Maar hoe het ook zat, over een paar dagen zou hij iets weten, en zo lang kon hij wel wachten.

'Wat weten we van de kerels die we vandaag hebben uitgeschakeld?'

'Niet veel. Dat zal nog even moeten wachten. Dominic, hoe lang duurt het voordat ze die dingen ontdekken?'

'Morgenmiddag om twaalf uur zullen ze al veel informatie hebben, maar wij hebben geen pijplijn naar de FBI, tenzij je wilt dat ik...'

'Nee, dat wil ik niet. Misschien moeten we ze laten weten dat Brian en jij niet de nieuwe versie van de Lone Ranger zijn, maar dat moet niet algemeen bekend worden.'

'Je bedoelt dat ik met Gus Werner moet praten?'

'Waarschijnlijk. Hij heeft genoeg macht binnen de FBI om te kunnen zeggen dat je op "een speciale missie" bent uitgezonden. Ik denk dat hij zichzelf nu op zijn schouder klopt omdat hij jou voor ons heeft gevonden. Jullie hebben het in dat winkelcentrum erg goed gedaan.'

'We deden alleen maar waar we voor getraind zijn,' zei de marinier. 'We hadden net genoeg tijd om na te gaan wat we moesten doen, en daarna was het allemaal routine. Op de opleiding hebben ze me geleerd dat het verschil tussen in leven blijven en niet in leven blijven vaak maar een paar seconden denkwerk is. Als we een paar minuten later in de Sam Goody waren geweest toen het allemaal begon, zou het uiteindelijke resultaat misschien anders zijn geweest. En nog één ding: twee mannen zijn ongeveer vier keer zo effectief als één man. Daar is zelfs onderzoek naar gedaan. "Niet-lineaire tactische factoren in confrontaties van kleine eenheden" heet het, geloof ik. Het maakt deel uit van de leerstof op de Recon School.'

'Mariniers kunnen echt lezen, hè?' vroeg Dominic, en hij pakte een fles bourbon. Hij schonk twee stevige glazen in, gaf er een aan zijn broer en nam een slok uit zijn eigen glas.
'Die kerel in de Sam Goody – hij glimlachte naar me,' zei Brian peinzend. 'Ik dacht er op dat moment niet over na. Blijkbaar was hij niet bang om dood te gaan.'
'Dat heet martelaarschap, en sommige mensen hebben echt zulke ideeën,' zei Pete tegen hen beiden. 'Nou, wat deed je?'
'Ik schoot op hem, van dichtbij, zes of zeven keer...'
'Zeg maar tien keer, broertje,' verbeterde Dominic hem. 'Plus dat laatste schot in zijn achterhoofd.'
'Hij bewoog nog steeds,' legde Brian uit. 'En ik had geen handboeien bij me. En weet je, ik zit er helemaal niet mee.' En trouwens, die kerel zou toch zijn doodgebloed. Op deze manier had hij zijn reis naar de volgende dimensie gewoon een beetje eerder gemaakt.

'Bingo! Het is bingo,' zei Jack vanachter zijn computer. 'Sali is een speler, Tony. Kijk hier maar eens naar,' zei hij, wijzend naar zijn computerscherm.
Will riep de berichten op die ze van de NSA hadden onderschept, en daar was het. 'Weet je, kippen gaan altijd kakelen als ze een ei hebben gelegd. Ze willen iedereen laten weten hoe goed ze zijn. Bij deze vogels is het ook zo. Oké, Jack, nu is het officieel. Uda bin Sali is een speler. Aan wie is dit gericht?'
'Iemand met wie hij contact heeft via internet. Hij praat vooral over financiële transacties met hem.'
'Eindelijk!' zei Wills, en hij bekeek het document op zijn eigen computer. 'Ze willen foto's van die kerel, een heleboel. Misschien gaat de CIA hem nu eindelijk volgen. Loof de Heer!' Hij zweeg even. 'Heb je een lijst van mensen aan wie hij mailt?'
'Ja. Wil je hem hebben?' Jack riep de lijst op, drukte hem af en gaf hem aan zijn kamergenoot. 'Aantallen en data van e-mails. Ik kan alle interessante berichten afdrukken, en de redenen waarom ik ze interessant vind, als je dat wilt.'
'Wacht daar nog maar even mee. Ik geef dit door aan Rick Bell.'
'Ik bewaak het fort.'
Heb je het nieuws op de tv gezien? had Sali aan een min of meer regelmatige correspondent geschreven. *Dit zal de Amerikanen heel wat buikpijn bezorgen!*
'Ja, dat denk ik ook wel,' zei Jack tegen het scherm. 'Maar je hebt jezelf verraden, Uda. Oeps.'

Weer zestien martelaren, dacht Mohammed, die in het Bristol Hotel in Wenen naar de televisie keek. Het was alleen pijnlijk in abstracte zin. Zulke mensen waren in feite pionnen die opgeofferd konden worden. Ze waren minder belangrijk dan hij, want hij had grote waarde voor de organisatie. Met zijn uiterlijk en talenkennis kon hij overal heen gaan, en hij had ook nog de intelligentie om zijn missies goed te organiseren.
Het Bristol was een erg goed hotel, tegenover het nog sierlijker Imperial. De minibar bevatte goede cognac, en daar hield hij van. De missie was niet zo erg goed verlopen... Hij had op honderden dode Amerikanen gehoopt in plaats van tientallen, maar er waren nu eenmaal veel gewapende politieagenten en ook gewapende burgers in Amerika, en misschien was hij te optimistisch geweest. Toch was het strategisch doel verwezenlijkt. Alle Amerikanen wisten nu dat ze niet veilig waren. Waar ze ook woonden, ze konden overal getroffen worden door zijn Heilige Strijders, die bereid waren hun leven te geven om de veiligheid van Amerika aan te tasten. Mustafa, Saeed, Sabawi en Mehdi waren nu in het paradijs – als dat werkelijk bestond. Hij dacht soms dat het een sprookje was dat aan lichtgelovige kinderen werd verteld, of aan de simpelen van geest die echt naar de preken van de imams luisterden. Je moest je predikers zorgvuldig uitkiezen, want niet alle imams dachten zo over de islam als Mohammed. Maar zij wilden dan ook niet over de wereld heersen. Hij wel – of tenminste over een deel ervan, als het maar de Heilige Plaatsen omvatte.
Hij kon niet hardop over zulke dingen spreken. Sommige hogere leden van de organisatie geloofden echt, en die stonden meer aan de conservatieve – reactionaire – kant van het geloof dan bijvoorbeeld de wahabieten in Saudi-Arabië. In Mohammeds ogen waren die laatsten alleen maar de corrupte rijken van dat afschuwelijk corrupte land, mensen die de woorden uitspraken en zich intussen thuis en in het buitenland aan zonden overgaven en met hun geld smeten. En geld liet zich gemakkelijk uitgeven. Per slot van rekening kon je het niet meenemen naar het hiernamaals. In het paradijs, als dat echt bestond, had je niets aan geld. Wat híj wilde, waar hij op hoopte – nee, wat hij in zijn leven absoluut zou krijgen – was macht, de macht om mensen te leiden en anderen te dwingen hem te gehoorzamen. Voor hem was religie de matrix die de vorm bepaalde van de wereld waarover hij zou heersen. Hij bad wel eens, opdat hij die vorm niet zou vergeten – vooral niet wanneer hij ontmoetingen had met zijn 'superieuren'. Maar omdat hij de leiding van de operaties had, bepaalde hij welke weg hun organisatie zou volgen langs de obstakels die de afgodendienaren in het Westen opbouw-

den. En als hij die weg koos, bepaalde hij ook hun strategie, die voortkwam uit hun religieuze overtuigingen, die gemakkelijk af te stemmen waren op de politieke wereld waarin ze opereerden. Per slot van rekening bepaalde je vijand je strategie, want het ging er juist om dat je zijn strategie dwarsboomde.

Dus nu zouden de Amerikanen bang zijn zoals ze dat nooit eerder waren geweest. Het was niet hun politieke kapitaal of hun financiële kapitaal dat op het spel stond; het waren al hun levens. De missie had van het begin af aan vooral tot doel gehad vrouwen en kinderen te doden, de kostbaarste en kwetsbaarste elementen van elke samenleving.

En nu dat gedaan was, draaide hij de dop van weer een klein flesje cognac. Later zou hij zijn laptop aanzetten en rapporten lezen van zijn ondergeschikten in het veld. Hij zou een van zijn bankiers opdracht moeten geven wat meer geld op zijn Liechtensteinse rekening te zetten. Die rekening mocht niet opdrogen. En dan zouden de Visa-rekeningen worden geëlimineerd, voor altijd verdwijnen. Anders zou de politie achter hem aan komen, met een naam en misschien met foto's. Dat zou niet goed zijn. Hij zou nog een paar dagen in Wenen blijven en dan een week naar huis gaan om met zijn meerderen te spreken en toekomstige operaties voor te bereiden. Nu hij dit succes had behaald, zouden ze aandachtiger naar hem luisteren. Ondanks al hun sombere voorgevoelens had zijn bondgenootschap met de Colombianen vruchten afgeworpen, en hij zou daar alle eer voor krijgen. Nog een paar avonden om het te vieren en hij zou terugkeren naar het veel minder levendige nachtleven van zijn eigen land, waar het vooral een kwestie van koffie of thee was – en van praten, eindeloos praten. Geen actie. Alleen door middel van actie kon hij de doeleinden verwezenlijken die hem gesteld waren... door zijn meerderen... en door hemzelf.

'Allemachtig, Pablo,' zei Ernesto, terwijl hij zijn tv uitzette.

'Kom nou, zo'n verrassing is dat niet,' zei Pablo. 'Je verwachtte toch niet dat ze heitje voor een karweitje gingen doen?'

'Nee, maar dit?'

'Daarom heten ze terroristen, Ernesto. Ze doden zonder waarschuwing vooraf en vallen mensen aan die zich niet kunnen verdedigen.' Er waren veel televisiebeelden uit Colorado Springs geweest, met al die dramatische trucks van de Nationale Garde op de achtergrond. De geüniformeerde burgers hadden de twee terroristenlijken naar buiten gesleept – zogenaamd om het terrein waar door de rookgranaten brand was uitgebroken vrij te maken, maar in werkelijkheid natuurlijk om de lijken te laten zien. Het Colombiaanse leger mocht ook graag zulke dingen doen.

Soldaten die zich uitsloofden. Nou, de *sicarios* van het kartel deden vaak hetzelfde, nietwaar? Maar dat zou hij niet uitspreken. Het was voor Ernesto belangrijk dat hij als een 'zakenman' werd beschouwd, en niet als drugshandelaar of terrorist. In zijn spiegel zag hij een man die een waardevol product en een waardevolle dienst aan het publiek leverde – daar werd hij voor betaald, en om dat zo te houden moest hij met zijn concurrenten afrekenen.

'Maar hoe zullen de *norteamericanos* reageren?' vroeg Ernesto aan de lucht.

'Die gaan in de fout en onderzoeken het als een willekeurige moord, en ze ontdekken heus wel wat, maar de meeste dingen niet – en wij krijgen een nieuw distributienetwerk in Europa, en dat,' zei hij ten overvloede tegen zijn baas, 'is óns doel.'

'Ik verwachtte niet zo'n spectaculair misdrijf, Pablo.'

'Maar dit hebben we allemaal al besproken,' zei Pablo heel rustig. 'Ze hoopten een spectaculaire demonstratie te geven.' Hij vermeed het woord 'misdrijf'. 'Het moest iets zijn wat de Amerikanen angst aanjoeg. Zulke onzin is belangrijk voor hen, zoals we allemaal al wisten. Waar het voor ons om gaat, is dat die Arabieren de aandacht van de Amerikanen van ons afleiden.'

Soms kostte het hem veel geduld om zijn baas iets uit te leggen. Het ging vooral om geld. Met geld kon je macht kopen. Met geld kon je mensen en bescherming kopen en niet alleen je eigen leven en dat van je familie veiligstellen, maar ook je land in je macht krijgen. Vroeg of laat zouden ze iemand tot president laten kiezen die de woorden zou uitspreken die de *norteamericanos* graag wilden horen, maar die weinig zou doen, behalve misschien in zee gaan met de Cali-groep, en dat kwam hun prima uit. Ze zaten alleen met het probleem dat ze misschien de bescherming van een overloper kochten, iemand die hun geld aanpakte en zich dan als een ontrouwe hond tegen hen keerde. Tenslotte waren politici allemaal hetzelfde. Maar hij zou informanten in het kamp van zulke mensen hebben, extra beveiliging. Ze zouden 'wraak' nemen als de valse vriend werd vermoord wiens leven hij onder zulke omstandigheden zou moeten nemen. Al met al was het een ingewikkeld spel, maar het was heel goed te spelen. En hij kon de mensen en de overheid manipuleren – zelfs de Noord-Amerikaanse overheid, als het echt moest. Zijn macht reikte ver, zelfs tot mensen die helemaal niet wisten dat ze door hem werden beheerst. Dat gold vooral voor de mensen die zich tegen de legalisering van zijn product verzetten. Als dát ooit zou gebeuren, zou er niets van zijn winstmarge en dus ook niet van zijn macht overblijven. Dat kon hij niet toestaan. Nee. Voor hem en zijn organisatie was de huidige toestand in de wereld een uitstekende *modus vivendi*. De omstandigheden waren niet perfect – maar perfectie was in de echte wereld toch niet te bereiken.

De FBI had snel gewerkt. Het was niet moeilijk geweest om de Ford met het nummerbord uit New Mexico eruit te pikken, al was het nummer van elke auto op het parkeerterrein nagetrokken en waren veel van de eigenaren ondervraagd door een beëdigde, gewapende FBI-agent. In New Mexico bleek het autoverhuurbedrijf met beveiligingscamera's te werken. De band van de dag in kwestie was beschikbaar en daarop zagen ze ook een verhuurtransactie die van direct belang was voor het FBI-onderzoek in Des Moines. Nog geen uur later stuurde de FBI dezelfde agenten naar het Hertz-kantoor op een kleine kilometer afstand, en ook daar werd met beveiligingscamera's gewerkt. Dankzij de schriftelijke gegevens en de videobanden beschikten ze nu over valse namen (Tomas Salazar, Hector Santos, Antonio Quinones en Carlos Oliva) en over afbeeldingen van hun al even valse rijbewijzen. De documentatie was ook belangrijk. De internationale rijbewijzen waren verstrekt in Mexico City, en er werden telexberichten naar de federale politie van Mexico gestuurd, die onmiddellijk en efficiënt meewerkte.

In Richmond, Des Moines, Salt Lake City en Denver werd onderzoek naar nummers van Visa-cards gedaan. De beveiligingsdirecteur bij Visa was een voormalige hoge FBI-agent, en de computers vertelden niet alleen via welk bank de creditcardrekeningen liepen, maar lieten ook zien dat de vier creditcards in zestien benzinestations waren gebruikt, zodat ze nu wisten welke routes de vier terroristenauto's hadden gevolgd en hoe snel ze hadden gereden. Serienummers van de Ingram-machinepistolen werden verwerkt door de zusterorganisatie van de FBI, het Bureau of Alcohol, Tobacco, Firearms and Explosives van het ministerie van Financiën. Daar werd vastgesteld dat alle zestien wapens deel uitmaakten van een zending die elf jaar eerder in Texas was gestolen. Andere wapens uit die zending waren verspreid over het land opgedoken bij schietpartijen die met drugs te maken hadden, en dát stukje informatie zette de FBI op een heel nieuw spoor. In de vier plaatsen waar de aanslagen waren gepleegd, werden vingerafdrukken van de dode terroristen genomen, en ook bloed voor DNA-identificatie.

De auto's werden natuurlijk naar de FBI-kantoren gebracht. Er werd grondig naar vingerafdrukken en DNA-materiaal gezocht om te zien of er misschien nog meer personen in hadden gezeten. De directie en het personeel van alle vier de hotels werden ondervraagd, en ook de medewerkers van de verschillende fastfoodrestaurants, bars en andere eetgelegenheden. De telefoongegevens van de motels werden opgevraagd

om te kijken of er telefoongesprekken waren gevoerd. Er was vooral naar internetproviders gebeld, en de laptops van de terroristen werden op vingerafdrukken onderzocht en vervolgens grondig bestudeerd door de eigen technici van de FBI. Er waren in totaal zevenhonderd agenten op deze zaak gezet, die de codenaam ISLAMTERR had gekregen.
De slachtoffers lagen voor het merendeel in plaatselijke ziekenhuizen, en degenen die konden praten, werden die avond ondervraagd om na te gaan wat ze wisten of zich herinnerden. De kogels die uit hun lichamen kwamen, gingen samen met de wapens voor onderzoek en analyse naar een gloednieuw FBI-laboratorium in het noorden van Virginia. Alle informatie die hieruit voortkwam, ging naar het ministerie van Binnenlandse Veiligheid, dat natuurlijk alles doorstuurde naar de CIA, de NSA en de rest van de Amerikaanse inlichtingenwereld, waarvan de medewerkers al probeerden gegevens uit hun informanten los te krijgen. En al die informatie kwam via de radioverbinding tussen de CIA en de NSA ook bij de Campus terecht. Alle gegevens die werden onderschept, vonden hun weg naar de enorme computerruimte van de Campus in het souterrain, waar ze werden gesorteerd en ter beschikking werden gesteld aan de analisten die de volgende morgen op hun werk zouden komen.

Op de bovenverdieping was iedereen al naar huis, met uitzondering van het bewakingspersoneel en degenen die na elke werkdag kwamen opruimen. De computers die door de analisten werden gebruikt, waren op verschillende manieren beschermd om te voorkomen dat ze door onbevoegden werden aangezet. De beveiliging was daar streng, al werd er niet veel ruchtbaarheid aan gegeven. Alle vertrekken werden in de gaten gehouden door televisiecamera's, waarvan de beelden door zowel mens als computer werden bestudeerd.

Jack was in zijn flat en dacht erover om zijn vader te bellen, maar besloot dat niet te doen. Die werd waarschijnlijk bestookt door journalisten, al wist iedereen dat hij geen enkele verklaring zou afleggen, omdat hij de zittende president, Edward Kealty, niet in de wielen wilde rijden. Er was wel een beveiligde en erg geheime telefoonlijn waar alleen de kinderen van wisten, maar Jack besloot die over te laten aan Sally, die zich altijd een beetje drukker om de dingen maakte dan hij. Jack stuurde zijn vader alleen een e-mail waarvan de inhoud neerkwam op: Wat een toestand, en: Ik wilde dat jij nog in het Witte Huis zat. Maar hij wist dat Jack senior waarschijnlijk God dankte dat hij daar niet zat en misschien zelfs hoopte dat Kealty voor de verandering naar zijn adviseurs zou luisteren

– voorzover hij goede adviseurs had – en zou nadenken voordat hij handelde. Zijn vader had waarschijnlijk wat vrienden in het buitenland gebeld om te horen wat ze wisten en dachten, en misschien had hij zelf ook wat meningen op hoog niveau doorgegeven, want buitenlandse regeringen luisterden meestal naar wat hij discreet, binnenskamers, te zeggen had. Jack senior zat tot op zekere hoogte nog in het systeem. Hij kon vrienden uit de tijd van zijn presidentschap bellen om erachter te komen wat er werkelijk aan de hand was. Maar Jack maakte die redenering niet helemaal af.

Hendley had een beveiligde telefoon in zijn kantoor en ook thuis. Het was een STU-5, een gloednieuw product van AT&T en de NSA. Hij was daar op onrechtmatige wijze aan gekomen.

Hij was er nu mee aan het bellen.

'Ja, dat klopt. We hebben de berichten morgenvroeg. Het heeft geen zin dat ik daar nu in mijn kantoor naar een leeg scherm zit te staren,' zei de vroegere senator in alle redelijkheid, en hij nam een slokje van zijn bourbon met soda. Toen luisterde hij naar een vraag.

'Waarschijnlijk wel.' De vraag had nogal voor de hand gelegen. 'Maar we hebben nog geen harde gegevens... Ja, ongeveer wat je in dit stadium zou verwachten.'

Weer een lange vraag.

'We hebben op dit moment twee kerels die er zo ongeveer klaar voor zijn... Ja – ongeveer vier. We bestuderen ze op dit moment – morgen, bedoel ik. Jerry Rounds denkt er veel over na, en Tom Davis ook – nee, die ken je niet, hè? Zwarte man, van de overkant van de rivier, beide delen van het gebouw. Hij is erg intelligent, heeft gevoel voor financiële dingen en ook voor operationele aspecten. Vreemd dat je nooit zijn pad hebt gekruist. Sam? Die staat te popelen, geloof me. Het is vooral zaak dat we de juiste doelwitten kiezen... Ik weet het: daar kun jij je niet mee inlaten. Neem me niet kwalijk dat ik ze "doelwitten" noem.'

Een langdurige monoloog, en een vraag.

'Ja, dat weet ik. Daarom zijn we hier. Binnenkort, Jack. Binnenkort... Bedankt, vriend. Jij ook. Tot ziens.' En hij hing op, wetend dat hij zijn vriend niet echt persoonlijk zou ontmoeten... misschien wel nooit meer. En dat was verrekte jammer. Er waren niet veel mensen die dit soort dingen begrepen, en dat was ook erg jammer. Nog één telefoontje, en dat via een gewone telefoon.

Voordat hij opnam, zag Granger op de nummerherkenning wie het was.

'Ja, Gerry?'

'Sam, die twee rekruten. Weet je zeker dat ze aan het serieuze werk toe zijn?'
'Absoluut,' verzekerde de chef Operaties zijn baas.
'Breng ze hierheen voor de lunch. Jij, ik, die twee, en Jerry Rounds.'
'Ik bel Pete morgenochtend meteen.' Het had geen zin om dat nu al te doen. Tenslotte was het amper twee uur rijden.
'Goed. Heb je angstige voorgevoelens?'
'Gerry, de praktijk moet het uitwijzen, nietwaar? Vroeg of laat moeten we kijken hoe het gaat.'
'Ja, goed. Tot morgen.'
'Goedenavond, Gerry.' Granger hing op en ging verder met zijn boek.

Het ochtendnieuws was buitengewoon sensationeel in heel Amerika, ja, zelfs in de hele wereld. De satellietverbindingen van CNN, FOX en MSNBC en alle andere televisiestations gaven de wereld een verhaal dat niet gauw door iets anders zou worden ondergesneeuwd, of er zou een atoombom moeten ontploffen. De Europese kranten betuigden hun rituele medeleven met Amerika, dat opnieuw door een ramp was getroffen – om die ramp later weer te vergeten en over te gaan tot de orde van de dag. De Amerikaanse media praatten over de angst die de Amerikaanse burgers na de aanslag had bevangen. Natuurlijk hadden ze daar nog geen enquêtecijfers over, maar in het hele land kochten burgers plotseling vuurwapens om zichzelf te beschermen, al was dat in feite zinloos. De politie wist, zonder dat iemand het zei, dat ze extra goed moesten letten op eenieder die ernaar uitzag dat hij uit een land ten oosten van Israël kwam, en als sommige stomme advocaten dat discriminatie noemden, konden ze naar de pomp lopen. De misdaden van de vorige dag waren niet door toeristen uit Noorwegen gepleegd.
De kerken werden die dag iets beter bezocht dan gewoonlijk.
In heel Amerika gingen mensen naar hun werk. Ze zeiden: 'Wat vind jij daar nou van?' tegen hun collega's, die dan met hun hoofd schudden en verdergingen met het maken van staal of auto's of het bezorgen van de post. Ze waren niet verschrikkelijk bang, want al hadden zich vier van die incidenten voorgedaan, het was allemaal ver van hun woonplaats vandaan en zulke dingen gebeurden maar heel zelden, niet genoeg om er een persoonlijke bedreiging in te zien. Toch wisten alle werkende Amerikanen in hun hart dat iemand, ergens, flink op zijn donder moest krijgen.
Gerry Hendley keek in zijn kranten. De *New York Times* was bezorgd door een speciale koerier, terwijl de *Washington Post* met een normale pick-up-

truck was gebracht. In beide gevallen had het hoofdredactionele commentaar door dezelfde kloon geschreven kunnen zijn. Er werd aangedrongen op kalmte en voorzichtigheid, er werd opgemerkt dat het land een president had wiens taak het was om op zulke vreselijke gebeurtenissen te reageren, en er werd bij de president op aangedrongen dat hij nadacht voordat hij in actie kwam. De stukken op de opiniepagina's waren een beetje interessanter. Sommige columnisten gaven weer wat de gemiddelde burger dacht. Er zou die dag overal om wraak worden geroepen, en dat was goed nieuws voor Hendley, want misschien kon hij er iets aan doen. Daar stond tegenover dat niemand het ooit zou weten als hij het goed deed.

Al met al was er nieuws genoeg op deze zaterdag.

En het parkeerterrein van de Campus zou vol staan, al was dat niet te zien voor mensen die voorbijreden. Zogenaamd hadden ze iedereen opgetrommeld omdat de vier bloedbaden van de vorige dag tot enige instabiliteit op de financiële markten hadden geleid – en dat bleek later op de dag inderdaad het geval te zijn.

Jack junior nam terecht aan dat hij die dag wel in vrijetijdskleding kon verschijnen. Daarom droeg hij een spijkerbroek, een trui en sportschoenen toen hij in zijn Hummer 2 naar zijn werk reed. De bewakingsmensen waren natuurlijk volledig geüniformeerd en ze hadden net zo'n onbewogen gezicht als altijd.

Tony Wills zette net zijn computer aan toen Jack om veertien over acht binnenkwam.

'Hé, Tony,' zei de jonge Ryan. 'Nog interessante communicatie?'

'Kijk zelf maar. Ze slapen niet,' zei Wills tegen zijn trainee.

'Nee, vast niet.' Hij zette zijn koffie op zijn bureau en liet zich in zijn comfortabele draaistoel zakken om zijn computer aan te zetten en zich door de beveiligingssystemen heen te werken. Toen keek hij naar de berichten die ze die ochtend van de NSA hadden onderschept – die dienst sliep nóóit. En het was meteen duidelijk dat de mensen die hij volgde het nieuws ook goed volgden.

Het was te verwachten dat de mensen voor wie de NSA zoveel belangstelling had geen vrienden van de Verenigde Staten van Amerika waren, maar evengoed werd Jack verrast – zelfs geschokt – door de inhoud van sommige e-mails die hij las. Hij herinnerde zich zijn eigen gevoelens toen het Amerikaanse leger Saudi-Arabië was binnengevallen om de strijdkrachten van de inmiddels ter ziele gegane Verenigde Islamitische Republiek te achtervolgen, en de grote voldoening die hij had gevoeld toen hij een tank had zien exploderen die onder direct vuur was genomen. Hij had geen moment aan de drie mannen gedacht die in hun stalen tombe waren omgekomen, of hij had geredeneerd dat ze de wapens tegen Amerika hadden opgenomen en dat je zoiets niet straffeloos deed, tenminste niet zonder risico, en als het muntje met de verkeerde kant naar beneden viel – nou, daarom noemden ze het gokken. Dat was voor een deel door zijn jeugd gekomen, want voor een kind lijkt alles betrekking te hebben op hemzelf als het middelpunt van het heelal, een illusie die je pas heel veel later kwijtraakt. Maar de mensen die de vorige dag waren gedood, waren voor het merendeel onschuldige burgers geweest, niet-militairen, meest vrouwen en kinderen, en alleen barbaren konden plezier beleven aan de dood van die mensen. Maar daar stond het. Al twee keer. Amerika had bloed vergoten om het moederland van de islam te redden. Dachten sommige Saudi's er werkelijk zo over?

'Verdomme,' fluisterde hij. Prins Ali was niet zo. Jacks vader en hij waren vrienden. Goede vrienden. Ze waren bij elkaar thuis geweest. Hij had zelf met de man gesproken, had hem van alles gevraagd en had goed geluisterd naar wat hij te zeggen had. Zeker, het grootste deel van die tijd was hij nog een kind geweest, maar Ali was niet zo'n soort man. Maar zijn vader was ook nooit een Ted Bundy geweest, en de seriemoordenaar Bundy was een Amerikaanse burger geweest en had waarschijnlijk zelfs gestemd. Als je in een land woonde, wilde dat nog niet zeggen dat je achter alles stond wat je landgenoten deden.

'Niet iedereen houdt van ons,' zei Wills, die naar hem opzij keek.

'Wat hebben we ze gedaan?' vroeg Junior.

'Wij zijn de grootste, rijkste jongen van de straat. Wat wij zeggen gebeurt, al zeggen we niet tegen anderen wat ze moeten doen. Onze cultuur is dominant, of het nu Coca-Cola of *Playboy* is. Zulke dingen kunnen kwetsend zijn voor iemands godsdienstige overtuiging, en in sommige delen van de wereld worden de gedachten van de mensen bepaald door die overtuiging. Ze erkennen ons principe van godsdienstvrijheid niet, en als wij iets toestaan wat in strijd is met hun strenge religie, is dat in hun ogen onze schuld.'

'Verdedig je die types?' wilde Jack junior weten.

'Nee, ik leg uit hoe ze denken. Als je iets begrijpt, wil dat nog niet zeggen dat je het goedkeurt.' Dat had Mr. Spock uit *Star Trek* een keer gezegd, maar blijkbaar had Jack die aflevering gemist. 'Vergeet niet: het is je werk om te begrijpen hoe ze denken.'

'Mooi. Ze denken verkeerd. Dat begrijp ik. Nu moet ik cijfers nagaan.' Jack liet de e-mailberichten even voor wat ze waren en keek naar de financiële transacties. 'Hé, Uda werkt vandaag. Hmm, hij doet dit voor een deel vanuit zijn huis, nietwaar?'

'Ja. Dat is het mooie van computers,' zei Wills. 'Maar hij heeft thuis niet de verbindingen die hij op kantoor heeft. Nog interessante overboekingen?'
'Twee maar, naar de Liechtensteinse bank. Laat me even naar die rekening kijken...' Ryan werkte wat met zijn muis en vond de gegevens van de rekening. Het was geen grote, zeker niet voor Sali's begrippen. Er stond maar een half miljoen euro op en hij werd vooral gebruikt voor creditcarduitgaven van hemzelf... en van anderen...
'Hé, deze rekening wordt voor een heel stel Visa-cards gebruikt,' zei hij tegen Wills.
'O ja?'
'Ja, een stuk of tien. Nee, het zijn er... zestien, afgezien van de kaart die hijzelf gebruikt...'
'Vertel me wat meer over die rekening,' beval Wills. Zestien was plotseling een belangrijk getal geworden.
'Het is een genummerde. De NSA kwam erachter doordat er een valluik zit in het programma dat de bank gebruikt. De rekening is niet groot genoeg om erg belangrijk te zijn, maar hij is geheim.'
'Kun je de Visa-nummers oproepen?'
'De rekeningnummers? Ja.' Jack selecteerde de rekeningnummers, zette ze met Knippen en Plakken in een nieuw document en drukte ze af. Hij gaf het papier aan Wills.
'Nou, kijk jij hier eens naar,' zei Wills, en hij gaf hem een papier van hemzelf.
Jack pakte het aan, en de rekeningnummers kwamen hem meteen bekend voor. 'Wat is dit voor lijst?'
'Die boeven in Richmond hadden allemaal een Visa-card. Ze gebruikten ze om benzine te kopen in het hele land. Het ziet er trouwens naar uit dat hun reis begonnen is in New Mexico. Jack, je hebt zojuist het verband gelegd tussen Uda bin Sali en wat er gisteren is gebeurd. Het ziet ernaar uit dat hij degene is die voor hun onkosten betaalde.'
Jack keek weer naar de papieren, vergeleek de ene rij cijfers met de andere. Toen keek hij op.
'Verdomme,' fluisterde hij.
En Wills dacht aan het wonder van computers en moderne communicatiemiddelen. De schutters in Charlottesville hadden de Visa-cards gebruikt om benzine en eten te kopen, en hun vriendje Sali had zojuist wat geld naar die bankrekening gestuurd om de rekeningen te betalen. Waarschijnlijk zou hij die rekeningen maandag opheffen, en dan zouden ze van het ene op het andere moment van de aardbodem verdwenen zijn. Maar dan was het te laat.

'Jack, wie zei tegen Sali dat hij geld naar die rekening moest overmaken?' Wills zei er niet bij: 'We hebben een doelwit.' Misschien meer dan een.

15

De jachthoorn schalt

Ze lieten Jack het computerwerk doen, en hij bestudeerde de e-mailberichten van en naar Uda bin Sali op die dag. Het was nogal vervelend werk, want Jack had wel de vaardigheden, maar niet de ziel van een boekhouder. Toch kwam hij er algauw achter dat de opdracht om de rekening te financieren afkomstig was van iemand met het mailadres 56MoHa@eurocom.net, die ingelogd had via een 800-lijn in Australië. Meer konden ze niet over hem aan de weet komen, maar ze hadden nu een nieuwe naam die ze op internet konden volgen. Het was de cyberidentiteit van iemand die bevelen gaf aan iemand van wie ze vermoedden – wísten – dat hij als bankier voor terroristen optrad, en dat maakte 56MoHa@eurocom.net erg interessant. Wills moest er nu voor zorgen dat de NSA die naam ging volgen, tenzij ze dat daar al deden. In de computerwereld werd algemeen aangenomen dat zulke computernamen in de regel anoniem waren, en meestal waren ze dat inderdaad, maar als ze eenmaal bekend waren bij bepaalde diensten, konden ze worden gevolgd. Dat gebeurde veelal op illegale manieren, maar als de scheidslijn tussen legaal en illegaal gedrag op internet in het voordeel van grappen uithalende tieners kon werken, gold dat ook voor de inlichtingenwereld, waarvan de computers moeilijk te vinden, laat staan te hacken waren. Er deed zich wel meteen het probleem voor dat Eurocom.net het berichtenverkeer niet lang bewaarde, en als ze eenmaal uit de server-RAM wegvielen – als ze door de ontvanger waren gelezen – waren ze in feite voorgoed verdwenen. Misschien zou de NSA zien dat die kerel een mail naar Uda bin Sali had gestuurd, maar dat deden zoveel mensen die iets met geld wilden doen, en zelfs de NSA beschikte niet over de mankracht om alle mailberichten die waren opgepikt te lezen en te analyseren.

De tweelingbroers kwamen even voor elf uur die ochtend aan, begeleid door de GPS-computers in hun auto's. De identieke auto's, Mercedes C-klasse, werden naar het kleine parkeerterrein voor bezoekers geleid dat zich recht achter het gebouw bevond. Daar kwam Rick Bell naar hen toe. Hij schudde hen de hand en ging met hen naar binnen. Ze kregen meteen pasjes, die ze op hun revers moesten spelden om langs het bewa-

kingspersoneel te komen. Brian zag dat die bewakers ex-onderofficieren waren.
'Mooi huis,' zei Brian toen ze naar de liften liepen.
Bell glimlachte. 'Ja, in de particuliere sector kunnen we betere binnenhuisarchitecten in de arm nemen.' Het hielp ook als je toevallig van de smaak van die binnenhuisarchitect hield, en in zijn geval was dat zo.
'U zei "particuliere sector",' merkte Dominic meteen op. Hij had geen zin om eromheen te draaien. Dit was de dienst waar hij voor werkte, en hier was álles belangrijk.
'U wordt vandaag volledig ingelicht,' zei Bell, die zich afvroeg hoeveel hij zojuist aan zijn gasten had verteld.
De muzak in de lift was niet irritanter dan gewoonlijk, en de hal op de bovenste verdieping – waar de baas altijd zijn kantoor had – had een mooie vanillekleur, al was het eerder Breyers-vanille dan het huismerk van de supermarkt.

'Dus je bent vandaag hierop gestuit?' vroeg Hendley. Die nieuwe jongen had inderdaad de fijne neus van zijn vader, dacht hij.
'Het spetterde gewoon van het scherm af,' antwoordde Jack. Ongeveer wat je van hem zou verwachten, alleen was het niet van het scherm van iemand anders af gespetterd.
De baas keek Wills aan, die hij kende als een erg goede analist. 'Jack volgt die Sali al een paar weken. We dachten dat hij misschien een tweederangsspeler was, maar vandaag is hij wellicht naar de eredivisie gepromoveerd,' speculeerde Tony. 'Hij staat indirect in verband met de gebeurtenissen van gisteren.'
'Weet de NSA dit al?' vroeg Hendley.
Wills schudde zijn hoofd. 'Nee, en ik denk ook niet dat ze het ontdekken. Het is te indirect. De NSA en de CIA houden deze man wel in de gaten, maar als barometer, niet als dader.' Tenzij iemand bij een van die diensten een helder moment heeft, dacht hij erbij. Zulke dingen gebeurden, maar niet erg vaak. In beide bureaucratieën raakte een buitenissig idee vaak zoek in het systeem, of het werd bedolven onder ideeën die er niet mee strookten. Elke plaats op de wereld had zijn eigen orthodoxie, en wee de afvalligen die daar werkten.
Hendley keek naar het rapport, dat uit twee pagina's bestond. 'Hij kronkelt als een vis, nietwaar?' Toen ging zijn telefoon en nam hij op. 'Goed, Helen, stuur ze maar binnen... Rick Bell komt met die twee kerels waar we het over hadden,' zei hij tegen Wills.
De deur ging open en Jack junior zette grote ogen op.
Brian ook. 'Jack? Wat doe jij hier?'

Dominics gezicht veranderde een fractie van een seconde later. 'Hé, Jack! Wat is dit nou?' riep hij uit.
Hendley keek geschrokken. Hij had dit niet helemaal doordacht, iets wat hem maar zelden overkwam. De kamer had maar één deur, als je het privé-toilet niet meetelde.
De drie neven schudden elkaar de hand en letten even niet op de baas, totdat Rick Bell de leiding nam.
'Brian, Dominic, dit is de grote baas, Gerry Hendley.' Ze drukten elkaar de hand.
'Rick, bedankt dat je hiermee bent gekomen. Goed werk van jullie alle twee,' zei Hendley om hen weg te sturen.
'Ik ga maar weer eens achter de computer zitten. Tot kijk, jongens,' zei Jack tegen zijn neven.
Brian en Dominic waren nog niet helemaal van de verrassing bekomen, maar ze gingen in hun stoelen zitten en zetten de toevallige ontmoeting voorlopig uit hun hoofd.
'Welkom,' zei Hendley tegen hen, en hij leunde in zijn stoel achterover. Nou, vroeg of laat zouden ze het toch te weten komen, nietwaar? 'Pete Alexander zegt dat jullie erg goed werk hebben gedaan in het landhuis.'
'Afgezien van de verveling,' merkte Brian op.
'Dat heb je met training,' zei Bell met beleefd medegevoel.
'En gisteren?' vroeg Hendley.
'Dat was geen pretje,' zei Brian als eerste. 'Het leek wel wat op die hinderlaag in Afghanistan. *Kaboem* – opeens begon het en toen moesten we er iets aan doen. Gelukkig waren die kerels niet erg slim. Ze gedroegen zich als individuen en niet als team. Als ze goed getraind waren – als ze zich als een team hadden gedragen, met de juiste beveiliging – zou het anders zijn verlopen. Nu konden we hen gewoon een voor een uitschakelen. Enig idee wie het waren?'
'De FBI weet inmiddels dat ze via Mexico het land in zijn gekomen. Jullie neef heeft de bron van hun financiering voor ons ontdekt. Het is een Saudi die in Londen woont, en hij zou wel eens een van hun financiers kunnen zijn. Het waren allemaal Arabieren. Van vijf van hen is vastgesteld dat het Saudi's waren. De machinepistolen zijn ongeveer tien jaar geleden gestolen. Ze huurden de auto's – alle vier de groepen – in Las Cruces in New Mexico, en waarschijnlijk reed elk team afzonderlijk naar zijn bestemming. We kennen hun routes doordat we kunnen zien waar ze hebben getankt.'
'Hun motieven waren zuiver ideologisch?' vroeg Dominic.
Hendley knikte. 'Religie – hun versie daarvan, ja. Daar lijkt het wel op.'
'Is de FBI op zoek naar mij?' vroeg Dominic nu.

'Je zult Gus Werner later vandaag moeten bellen, dan kan hij zijn papieren invullen, maar je krijgt er geen last mee. Ze hebben al een verhaal bedacht.'

'Goed.'

Brian zei: 'Ik neem aan dat we hiervoor hebben getraind? Om sommige van die mensen uit te schakelen voordat ze meer van die rottigheid in ons land kunnen uithalen?'

'Daar komt het op neer,' bevestigde Hendley.

'Goed,' zei Brian. 'Daar kan ik mee leven.'

'Jullie gaan samen het veld in, onder het mom van bankier of zakenman. We vertellen jullie de dingen die jullie moeten weten om die dekmantel te kunnen handhaven. Jullie opereren voornamelijk via laptops vanuit een virtueel kantoor.'

'De beveiliging?' vroeg Dominic.

'Dat is geen probleem,' verzekerde Bell hem. 'De computers zijn zo veilig als we ze kunnen maken, en ze kunnen ook als internettelefoons fungeren wanneer er stemcommunicatie vereist is. De encryptiesystemen zijn uiterst veilig,' zei hij met nadruk.

'Oké,' zei Dominic twijfelend. Pete had hem ongeveer hetzelfde verteld, maar hij had nooit veel vertrouwen in encryptiesystemen. De radiosystemen van de FBI werden ook als veilig beschouwd, maar toch waren ze al een paar keer gekraakt door handige criminelen of computerfreaks, van het soort dat graag naar het plaatselijke FBI-kantoor mocht bellen om te vertellen hoe slim ze waren. 'En onze juridische dekking?'

'Dit is het beste wat we kunnen doen,' zei Hendley, en hij schoof een map naar hem toe. Dominic pakte hem op, sloeg hem open en zette meteen grote ogen op.

'Allemachtig? Hoe bent u hieraan gekomen?' vroeg hij. De enige presidentiële gratie die hij ooit had gezien, had in een juridisch handboek gestaan. Deze was bijna leeg, alleen stond er wel een handtekening. Een blanco gratie? Allemachtig.

'Ga maar na,' zei Hendley.

De handtekening leverde hem het antwoord op, en zijn juridische opleiding liet zich gelden. Deze gratie was kogelvrij. Zelfs het hooggerechtshof kon zo'n gratie niet verwerpen, want het soevereine gezag van de president om gratie te verlenen was even onbetwistbaar als de vrijheid van meningsuiting. Maar buiten de Amerikaanse grenzen zouden ze er niet veel aan hebben. 'Dus we elimineren mensen in de Verenigde Staten zelf?'

'Dat zou kunnen,' bevestigde Hendley.

'Wij zijn de eerste schutters van het team?' vroeg Brian.

'Dat is ook correct,' antwoordde de ex-senator.
'Hoe gaan we het doen?'
'Dat hangt van de missie af,' antwoordde Bell. 'Voor de meeste gevallen hebben we een nieuw wapen dat volkomen effectief is en dat erg goed verborgen blijft. Jullie krijgen daar nog over te horen, waarschijnlijk morgen.'
'Hebben we haast?' vroeg Brian nu.
'De handschoenen zijn nu uit,' zei Bell tegen hen beiden. 'Jullie doelwitten zijn mensen die missies hebben ondernomen – of van plan zijn die te ondernemen, of te ondersteunen – die erop gericht zijn grote schade toe te brengen aan ons land en zijn inwoners. We hebben het niet over politieke moordaanslagen. We komen alleen in actie tegen mensen die rechtstreeks bij criminele handelingen betrokken zijn.'
'Er zit meer achter. Wij zijn niet de officiële beulen van de staat Texas.' Dat was Dominic.
'Nee, dat zijn jullie niet. Dit valt buiten het justitiële stelsel. We gaan vijandelijke troepen uitschakelen door hun belangrijkste medewerkers te liquideren. Het is de bedoeling dat ze daardoor niet goed meer in actie kunnen komen, en we hopen ook dat het hun topmensen dwingt om tevoorschijn te komen, zodat we ook tegen hen kunnen optreden.'
'Dus dit...' Dominic sloot de map en gaf hem aan zijn gastheer terug. 'Dus dit is een jachtvergunning zonder maximum.'
'Zeker, maar binnen redelijke grenzen.'
'Mij best,' zei Brian. Nog maar 24 uur eerder, herinnerde hij zich, had hij een stervende kleine jongen in zijn armen gehouden. 'Wanneer gaan we aan het werk?'
Hendley gaf daar antwoord op.
'Binnenkort.'

'Eh... Tony, wat doen ze hier?'
'Jack, ik wist niet dat ze hier vandaag zouden zijn.'
'Geen commentaar.' Jacks blauwe ogen waren ongewoon hard.
'Je bent erachter gekomen waarvoor deze organisatie is opgezet, nietwaar?'
En dat was antwoord genoeg. Verdomme. Zijn eigen neven? Nou ja, een van hen was marinier, en die van de FBI – de jurist, zoals Jack ooit over hem had gedacht – had een of andere viezerik in Alabama koud gemaakt. Dat had de kranten gehaald en hij had er zelfs even met zijn vader over gesproken. Het was moeilijk om dat af te keuren, vooropgesteld dat de omstandigheden binnen de wet waren gebleven, maar Dominic was altijd iemand geweest die zich aan de regels hield – dat was bijna het fa-

miliemotto van de Ryans. En waarschijnlijk had Brian bij de mariniers ook iets gedaan waardoor hij was opgemerkt. Op de middelbare school was Brian het footballtype geweest, terwijl zijn broer de debater van de familie was. Maar Dominic was geen watje. Minstens één boef had dat tot zijn schade ondervonden. Misschien moesten sommige mensen leren dat je geen rottigheid moest uithalen met een groot land dat echte mannen in dienst had. Elke tijger had tanden en klauwen...

... en Amerika bracht grote tijgers voort.

Hij besloot weer op zoek te gaan naar 56MoHa@eurocom.net. Misschien gingen de tijgers op zoek naar meer voedsel. Dat maakte hem tot een speurhond. Maar dat gaf niet. Van sommige tijgers moest de jachtvergunning worden ingetrokken. Hij zou naar die naam gaan zoeken in de jungle van al het internetverkeer dat door de NSA was opgepikt. Elk dier liet ergens een spoor achter, en hij zou daarnaar gaan snuffelen. Verdomme, dacht Jack, deze baan was toch wel spannend nu hij zag wat het echte doel was.

Mohammed zat achter zijn computer. Achter hem praatte de televisie maar door over 'het falen van de inlichtingendiensten', en hij moest erom glimlachen. Zulke praatjes konden de effectiviteit van de Amerikaanse inlichtingendiensten alleen maar aantasten, vooral doordat ze ook nog zouden worden afgeleid door de hoorzittingen die het Amerikaanse Congres zou houden. Hij was blij dat hij zulke bondgenoten had in het land waartegen hij streed. Ze waren niet veel anders dan de leiders in zijn eigen organisatie, die de wereld op hun denkbeelden probeerden af te stemmen, en niet op de realiteit van het leven. Er was wel een verschil. Zijn meerderen luisterden tenminste naar hem, want hij bereikte concrete resultaten, die gelukkig ook nog samenvielen met hun hoogverheven denkbeelden over dood en angst. En gelukkig waren er ook mensen die bereid waren hun leven op te offeren om die denkbeelden tot werkelijkheid te maken. Dat het dwazen waren, deed voor Mohammed niet ter zake. Je gebruikte de dwazen die je tot je beschikking had, en in dit geval had hij hamers om de spijkers in te slaan die hij overal op de wereld zag.

Hij keek in zijn e-mail en zag dat Uda met de bankrekening had gedaan wat hij hem had opgedragen. Strikt genomen had hij de Visa-rekeningen gewoon kunnen laten wegkwijnen, maar misschien was een ijverige bankmedewerker dan gaan onderzoeken waarom de laatste rekeningen niet betaald waren. Het was beter om wat extra geld op de rekening achter te laten en de rekening actief maar sluimerend te houden, want een bank zou het niet erg vinden om extra geld in zijn elektronische kluis te hebben, en als die rekening een sluimerend bestaan ging leiden, zou geen enkele bankmedewerker er een onderzoek naar instellen. Zulke dingen gebeurden zo vaak. Het rekeningnummer en de toegangscode zaten in zijn computer verborgen, in een bestand waar hij alleen van wist.

Hij dacht erover om een dankbrief te sturen aan zijn Colombiaanse relaties, maar niet-essentiële berichten waren tijdverspilling en maakten je kwetsbaar. Je stuurde geen berichten voor de lol of uit beleefdheid. Alleen wat strikt noodzakelijk was, en zo kort mogelijk. Hij wist dat de Amerikanen er bijzonder goed in waren om elektronische inlichtingen te verzamelen. De westerse media hadden het vaak over 'onderscheppingen', en dus maakte zijn organisatie helemaal geen gebruik meer van satelliettelefoons. In plaats daarvan werkten ze meestal met koeriers, die informatie doorgaven die ze zorgvuldig uit hun hoofd hadden geleerd. Dat was lastig en traag, maar het had het voordeel dat het bijna volkomen veilig was... tenzij de koerier op de een of andere manier gecorrumpeerd was. Niets was helemaal veilig. Elk systeem had zijn zwakke punten. Maar internet was zo ongeveer het beste wat er bestond. Individuele accounts waren prachtig anoniem, want ze konden door anonieme derden worden opgezet en hun identiteiten konden worden doorgegeven aan de werkelijke eindgebruikers, en dus bestonden ze alleen als elektronen of fotonen – die op elkaar leken als zandkorrels in het Lege Kwartier, zo veilig en anoniem als iets maar kon zijn. Er gingen elke dag letterlijk miljarden berichten over internet. Misschien kon Allah ze allemaal bijhouden, maar dan alleen omdat Allah de geest en het hart van ieder mens kende, en dat vermogen had Hij zelfs niet aan de gelovigen geschonken. En dus vond Mohammed, die zelden meer dan drie dagen op één plaats bleef, het veilig om zijn computer te gebruiken wanneer hij maar wilde.

De Britse geheime dienst, die zijn hoofdkwartier in Thames House had, ten westen van het paleis van Westminster, tapte letterlijk honderdduizenden telefoons af – de privacywetten van Groot-Brittannië waren veel minder streng dan die in Amerika, tenminste voor de inlichtingendiensten – en vier daarvan waren van Uda bin Sali. In een van die vier gevallen ging het om zijn mobiele telefoon, en dat leverde bijna nooit iets waardevols op. Zijn elektronische accounts in de financiële wijk en thuis waren het waardevolst, omdat hij geen vertrouwen had in stemcommunicatie en voor al zijn belangrijke contacten met de buitenwereld de voorkeur gaf aan elektronische berichten. Daar zaten ook brieven van en naar huis bij, vooral om zijn vader te verzekeren dat het familiegeld

veilig belegd was. Vreemd genoeg maakte hij niet eens gebruik van een encryptieprogramma en ging hij er blijkbaar van uit dat al zijn berichten verloren gingen in het grote volume van zijn totale berichtenverkeer op het net en niet nader onderzocht zouden worden. Trouwens, er waren in Londen erg veel mensen bezig met vermogensbeheer – een groot deel van het waardevolle onroerend goed in de stad was eigendom van buitenlanders – en de meeste personeelsleden van inlichtingendiensten vonden die geldtransacties erg saai. Per slot van rekening telde het geldalfabet maar een paar letters en bevatte het geen ontroerende poëzie.
Maar er gebeurde nooit iets met zijn e-mail zonder dat er een echo naar Thames House ging, en die fragmenten van berichten gingen dan weer naar de GCHQ – het Government Communications Headquarters in Cheltenham, ten noordwesten van Londen, van waaruit ze per satelliet werden doorgegeven aan Fort Belvoir in Virginia aan de andere kant van de oceaan, en vandaar gingen ze door een vezeloptiekkabel naar Fort Meade in Maryland, waar ze vooral werden onderzocht door een van de supercomputers in het enorme, spelonkachtige souterrain van het NSA-hoofdkantoor. Van daaruit ging het materiaal dat belangrijk werd geacht naar het CIA-hoofdkantoor in Langley, maar voordat het daar aankwam, gingen de radiosignalen over het platte dak van een zeker gebouw, waarna de signalen door weer een ander stel computers werden verwerkt.
'Ik heb hier iets nieuws van meneer 56,' zei Junior, bijna tegen zichzelf. Hij had het over 56MoHa@eurocom.net. Eerst moest hij even nadenken. Het waren vooral getallen. Maar een van die getallen was het elektronisch adres van een Europese handelsbank. Meneer 56 wilde wat geld – tenminste, daar leek het op – en nu ze wisten dat meneer 56 een 'speler' was, moesten ze op weer een nieuwe bankrekening letten. Dat zou de volgende dag gebeuren. Misschien zou het zelfs een naam en een postadres opleveren, afhankelijk van de procedures die de desbetreffende bank in acht nam. Maar waarschijnlijk niet. Alle internationale banken voerden ongeveer dezelfde procedures in om hun concurrentievoordeel te handhaven, net zolang tot het speelveld zo vlak als een spiegel was, omdat iedereen de procedures had aangenomen die het meest bij de klanten in de smaak vielen. Ieder mens had zijn eigen visie op de werkelijkheid, maar ieders geld was even groen – of oranje, in het geval van de euro, die versierd was met gebouwen die nooit gebouwd en bruggen die nooit overgestoken waren. Jack maakte aantekeningen en zette zijn computer uit. Die avond zou hij met zijn neven Brian en Dominic gaan eten om eens bij te praten. Er was een nieuw visrestaurant aan de US 29 dat hij wilde proberen. En zijn werkdag zat erop. Jack

maakte nog wat aantekeningen voor de volgende maandagmorgen – hij verwachtte niet dat hij op zondag naar kantoor zou komen, of er nu een ramp was gebeurd of niet. Uda bin Sali verdiende een erg nauwlettend onderzoek. Jack wist nog niet precies hoe nauwlettend, al kreeg hij het idee dat Sali een ontmoeting zou hebben met een of twee mensen die hij goed kende.

'Hoe snel?' Dat was een slechte vraag geweest van Brian Caruso, maar nu Hendley hem uitsprak, kreeg hij meer gewicht.
'Nou, we moeten een soort plan uitdenken,' antwoordde Sam Granger. Voor iedereen hier was het hetzelfde: wat in theorie een gemakkelijke zaak was, werd veel ingewikkelder als je met de realiteit te maken kreeg. 'Eerst moeten we doelwitten hebben die zinvol zijn, en dan moeten we een plan maken om ze op een verstandige manier te liquideren.'
'Operationeel concept?' vroeg Tom Davis zich hardop af.
'Het is de bedoeling dat we telkens weer logisch te werk gaan – vanuit ons standpunt, al moet het op een buitenstaander als iets willekeurigs overkomen. Als niemand iets in de gaten heeft, steken de doelwitten hun kop op als prairiehonden, zodat we ze een voor een kunnen uitschakelen. Het is in theorie vrij eenvoudig, maar in de praktijk doen zich nog wel eens problemen voor.' Het was veel gemakkelijker om schaakstukken over een bord te schuiven dan om mensen op commando naar de gewenste vakjes te laten gaan, iets wat filmregisseurs vaak niet beseften. Zoiets prozaïsch als een gemiste bus of een verkeersongeluk, of de noodzaak om te gaan pissen, kon het mooiste theoretische plan helemaal in het honderd laten lopen. Je mocht nooit vergeten dat de wereld op een analoge en niet op een digitale manier functioneerde. En 'analoog' betekende 'rommelig'.
'Je bedoelt dat we een psychiater nodig hebben?'
Sam schudde zijn hoofd. 'Die hebben ze in Langley wel. Niet dat ze er veel mee opgeschoten zijn.'
'Zeg dat wel.' Davis lachte. Maar dit was niet het moment voor humor. 'Snelheid,' zei hij.
'Ja, hoe sneller, hoe beter,' beaamde Granger. 'Je moet hen niet de tijd geven om te reageren en na te denken.'
'En je moet hen ook niet de kans geven om te begrijpen wat er aan de hand is,' zei Hendley.
'Mensen laten verdwijnen?'
'Als te veel mensen zogenaamd een hartaanval krijgen, wordt er iemand achterdochtig.'
'Denk je dat ze in een van onze diensten geïnfiltreerd zijn?' vroeg de ex-

senator zich hardop af. De andere twee aanwezigen in de kamer huiverden bij het idee.

Davis gaf antwoord. 'Dat hangt ervan af wat je bedoelt. Een echte infiltrant? Dat zou moeilijk te regelen zijn, of je moet met veel smeergeld werken, en zelfs dan zou het moeilijk voor elkaar te krijgen zijn, tenzij een of andere CIA-agent ze opzoekt om geld van ze los te krijgen.' Hij dacht even na. 'Dat zou kunnen. De Russen waren altijd gierig met geld – ze hadden ook niet veel harde valuta. Maar deze mensen hebben meer dan ze nodig hebben. Dus... misschien...'

'Maar dat werkt in ons voordeel,' vond Hendley. 'Bij de CIA zijn niet veel mensen die weten dat we bestaan. Dus als ze denken dat de CIA mensen liquideert, zal hun infiltrant, als ze die hebben, tegen hen zeggen dat het niet zo is.'

'Dan werkt hun expertise dus in hun eigen nadeel?' speculeerde Granger.

'Ze zouden denken dat het de Mossad is, nietwaar?'

'Wie anders?' vroeg Davis meteen. 'Hun eigen ideologie werkt in hun nadeel.' Dat was een truc geweest die ze een paar keer – en soms met succes – tegen de KGB hadden gebruikt. Het was altijd goed om de tegenpartij te laten denken dat hij slim was. En als de Israëli's hierdoor in moeilijkheden kwamen, zou de Amerikaanse inlichtingenwereld daar niet wakker van liggen. Bondgenoot of niet, de Israëli's waren niet erg geliefd bij hun Amerikaanse collega's. Zelfs de Saudische spionnen werkten met hen samen, omdat nationale belangen elkaar vaak op de onwaarschijnlijkste manieren overlapten. En in het kader van deze operatie zouden de Amerikanen alleen opkomen voor de belangen van hun eigen land, en dat dan in het diepste geheim.

'Waar zijn de doelwitten die we hebben geïdentificeerd?' vroeg Hendley.

'Allemaal in Europa. De meesten zijn bankiers of communicatiemensen. Ze verplaatsen geld, of ze verwerken berichten of houden briefings. Een van hen schijnt inlichtingen te verzamelen. Hij reist veel. Misschien heeft hij locaties voor de aanslagen van gisteren verkend, maar we zitten nog niet lang genoeg achter hem aan om dat te kunnen weten. We hebben ook doelwitten die communicatie verzorgen, maar die willen we met rust laten. Ze zijn te waardevol. We willen ook geen doelwitten van wie de dood de tegenpartij duidelijk maakt dat we achter hen aan zaten. Het moet toeval lijken. In sommige gevallen hebben we het zo opgezet dat de tegenpartij zal denken dat ze ertussenuit zijn geknepen. Het geld ingepikt en een goed heenkomen gezocht – voor een luxe leventje gekozen en van de aardbodem verdwenen. We kunnen zelfs dat soort mailtjes achterlaten.'

'En als ze een code hebben waaruit blijkt dat het hun mailtjes zijn, en niet die van iemand anders die hun computer in handen heeft gekregen?' vroeg Davis.

'Dat werkt net zo goed in ons voordeel als in ons nadeel. Het is op zichzelf niet vreemd dat iemand zijn verdwijning op een zodanige manier arrangeert dat het lijkt alsof hij vermoord is. Niemand gaat op zoek naar een dode. Ze moeten zich daar zorgen over maken. Ze haten ons omdat we hun samenleving corrumperen, en dus moeten ze weten dat hun mensen ook gecorrumpeerd kunnen worden. Het zijn geen robots. Sommigen zijn ware gelovigen, maar anderen doen mee voor het avontuur, de sensatie, de glamour van wat ze doen, maar als het er echt op aankomt, kiezen ze voor het leven in plaats van voor de dood.' Granger had verstand van mensen en hun motieven, en nee: het waren geen robots. Sterker nog: hoe intelligenter ze waren, des te minder gauw zouden ze zich door eenvoudige mensen laten motiveren. De meeste moslimextremisten woonden vreemd genoeg in Europa of waren daar opgeleid. In een comfortabele moederschoot waren ze geïsoleerd geraakt van hun etnische achtergrond – maar ook bevrijd van de repressieve samenlevingen waar ze uit voortkwamen. Revolutie was altijd een kwestie van verwachtingen wekken – geen product van onderdrukking, maar van ideeën over bevrijding. Het was een tijd van persoonlijke verwarring en een tijd waarin mensen naar hun identiteit zochten, een periode van psychologische kwetsbaarheid, waarin mensen een anker zochten en vastgrepen, wat dat anker ook was. Het was jammer dat ze mensen moesten doden die in feite alleen maar op een dwaalspoor waren geraakt, maar die mensen hadden uit vrije wil gekozen voor de weg die ze volgden, al was het geen intelligente keuze geweest, en als die weg naar de verkeerde plaats leidde, was dat toch niet de schuld van hun slachtoffers?

De vis was erg goed. Jack probeerde de rotsvis, de gestreepte baars uit de Chesapeake Bay. Brian koos voor de zalm en Dominic nam de zeebaars. Brian had de wijn uitgekozen, een Franse witte uit het Loire-dal.

'Nou, hoe ben jij hier terechtgekomen?' vroeg Dominic aan zijn neef.

'Ik keek wat rond, en dit hier interesseerde me. Ik verdiepte me erin, en hoe meer ik te weten kwam, des te minder ik ervan begreep. En dus ging ik met Gerry praten, en toen kreeg ik een baan.'

'Wat doe je?'

'Ze noemen het analyse. Het is meer een soort gedachtelezen. Vooral één man. Een Arabier die met geld speelt in Londen. Vooral geld van zijn familie. Hij klungelt er wat mee en probeert vooral het vermogen van zijn vader te beschermen – het is een groot vermogen,' verzekerde Jack zijn metgezellen. 'Hij handelt in onroerend goed. Een goede manier om kapitaal in stand te houden. De Londense vastgoedmarkt zakt voorlopig nog niet in elkaar. De hertog van Westminster is een van de rijkste mensen ter wereld. Hij bezit het grootste deel van het centrum van Londen. Onze kleine vriend steekt de hertog naar de kroon.'

'Wat nog meer?'

'Nou, hij heeft geld naar een bankrekening overgeboekt die gebruikt wordt voor een stel Visa-cards, en gisteren hebben jullie vier van de eigenaren van die creditcards ontmoet.' De cirkel was nog niet helemaal rond, maar de FBI zou er niet lang meer over doen om alle gegevens boven tafel te krijgen. 'Hij had het in zijn mailtjes ook over de "geweldige gebeurtenissen" van gisteren.'

'Hoe heb je toegang tot zijn e-mail gekregen?' vroeg Dominic.

'Dat mag ik niet zeggen. Dat moet je aan iemand anders vragen.'

'Ongeveer vijftien kilometer die kant op, wed ik,' zei Dominic, en hij wees naar het noordoosten. De inlichtingenwereld onderhield vaak contacten met de FBI die eigenlijk niet toegestaan waren. Hoe dan ook, neef Jack kon zijn gezicht nog net in de plooi houden, al zou hij er geen geld mee hebben gewonnen aan een pokertafel.

'Dus hij financiert schurken?' vroeg Brian.

'Ja.'

'Dat maakt hem ook een schurk,' trok Brian de redenering een beetje door.

'Waarschijnlijk,' beaamde Junior.

'Misschien komen we hem nog tegen. Wat kun je ons nog meer vertellen?' ging Brian verder.

'Hij heeft een duur huis, een villa aan Berkeley Square – mooi deel van Londen, een paar straten van de Amerikaanse ambassade vandaan. Zoekt zijn seksuele recreatie graag bij hoeren. Hij is vooral gecharmeerd van een zekere Rosalie Parker. De Britse Security Service houdt hem in de gaten, en ze ondervragen dat vriendinnetje, die Rosalie Parker, regelmatig. Hij betaalt haar een toptarief in baar geld. Mevrouw Parker schijnt populair te zijn bij rijke mensen. Ze zal het wel goed kunnen,' voegde Jack er met afschuw aan toe. 'Er zit een recente foto in het computerbestand. Hij is ongeveer van onze leeftijd, olijfbruine huid, een soort baard – zo'n baardje dat iemand kweekt omdat hij denkt dat het sexy is, weet je wel? Rijdt in een Aston Martin. Dure auto. Maar als hij ergens in Londen moet zijn, neemt hij meestal een taxi. Hij heeft geen buitenhuis, maar gaat in het weekend naar afgelegen hotels, meestal met mevrouw Parker of een ander ingehuurd type. Hij werkt in de financiële wijk van

Londen. Heeft een kantoor in het Lloyd's-gebouw – tweede verdieping, geloof ik. Hij doet drie of vier transacties per week. Ik denk dat hij daar vooral naar de televisie en de effectenkoersen zit te kijken en de krant leest en dat soort dingen.'
'Dus hij is een verwend rijkeluiszoontje dat wat opwinding in zijn leven wil?' vatte Dominic samen.
'Ja. Alleen speelt hij misschien ook graag een potje terrorisme.'
'Dat is gevaarlijk, Jack,' merkte Brian op. 'Het kan je lelijk opbreken.' Brian keek nogal gretig. Hij verheugde zich op de ontmoeting met de man die de dood van David Prentiss had gefinancierd.
En plotseling bedacht Jack dat Rosalie Parker in Londen misschien niet meer zoveel Louis Vuitton-tassen zou krijgen. Nou, als ze zo intelligent was als de Security Service en de Special Branch dachten, had ze waarschijnlijk al een goed pensioen opgebouwd.
'Hoe gaat het met je vader?' vroeg Dominic.
'Die schrijft zijn memoires,' antwoordde Jack. 'Ik vraag me af hoeveel hij erin kan zetten. Weet je, zelfs ma weet niet veel van wat hij bij de CIA deed, en het kleine beetje dat ik weet – nou, er zijn veel dingen waarover hij niet kan schrijven. Zelfs van de dingen die min of meer in de openbaarheid zijn gekomen kan hij niet bevestigen dat ze echt gebeurd zijn.'
'Bijvoorbeeld dat hij het hoofd van de KGB liet overlopen. Dat moet een prachtig verhaal zijn. Die kerel is op de televisie geweest. Hij is vast nog steeds kwaad, want hij had de Sovjet-Unie willen overnemen, en daar heeft je vader een stokje voor gestoken. Waarschijnlijk denkt hij dat hij het land had kunnen redden.'
'Misschien. Pa heeft inderdaad veel geheimen. Sommige van zijn vrienden bij de CIA hebben ze ook. Eén man in het bijzonder, een zekere Clark. Een angstaanjagende kerel, maar pa kon goed met hem opschieten. Ik denk dat hij nu in Engeland is en dat hij de leiding heeft van die nieuwe antiterreurorganisatie waar de pers van tijd tot tijd over praat – de "mannen in het zwart", noemen ze die.'
'Die bestaan echt,' zei Brian. 'In Hereford in Wales. Zo geheim zijn ze niet. De officieren van Force Recon zijn daar geweest om met ze te trainen. Zelf ben ik er nooit geweest, maar ik ken twee jongens die er waren. Dat team en de Britse SAS. Dat zijn organisaties om rekening mee te houden.'
'Hoe diep zat je daarin, Aldo?' vroeg zijn broer.
'Hé, het wereldje van speciale operaties is niet groot. We trainen elkaars mensen en delen nieuw materieel en zo. En wat nog belangrijker is: we drinken biertjes met elkaar en vertellen elkaar over onze ervaringen. We

hebben allemaal een andere manier om tegen problemen aan te kijken, en weet je, soms heeft iemand anders een beter idee dan jij. De mannen van het Rainbow-team – de "mannen in het zwart" waar de media het over hebben – zijn erg intelligent, maar ze hebben in de loop der jaren het een en ander van ons geleerd. Ze zijn slim genoeg om naar nieuwe ideeën te luisteren. De baas, die Clark, schijnt uitermate intelligent te zijn.'

'Dat is hij zeker. Ik heb hem ontmoet. Pa vindt hem geweldig.' Hij zweeg even voordat hij verderging. 'Hendley kent hem ook. Ik weet niet waarom hij hier niet is. Daar heb ik naar gevraagd op de eerste dag dat ik hier was. Misschien is hij te oud.'

'Is hij een schutter?'

'Ik heb pa daar een keer naar gevraagd. Pa zei dat hij het niet kon zeggen. Dat is zijn manier van "ja" zeggen. Ik denk dat het een zwak moment van hem was. Dat is het vreemde van pa: als leugenaar brengt hij er niks van terecht.'

'Daarom vond hij het zeker ook zo mooi om president te zijn.'

'Ja, dat zal wel de voornaamste reden zijn waarom hij ontslag heeft genomen. Hij dacht dat oom Robby het beter kon dan hij.'

'Totdat die rotschoft hem vermoordde,' merkte Dominic op. De dader, een zekere Duane Farmer, zat momenteel in de dodencellen in Mississippi. 'De laatste van de Ku Klux Klan' noemden de kranten hem, en dat was hij ook, een racist van 68 die de gedachte dat Amerika een zwarte president had niet kon verdragen. Hij had de revolver van zijn grootvader, een wapen uit de Eerste Wereldoorlog, gebruikt om een eind aan die situatie te maken.

'Dat was erg,' beaamde John Patrick Ryan junior. 'Weet je, als hij er niet was geweest, zou ik niet geboren zijn. Het is een prachtig familieverhaal. Oom Robby's versie was erg goed. Hij mocht graag verhalen vertellen. Pa en hij hadden een nauwe band. Toen Robby was vermoord, liepen de politieke klootzakken in kringetjes rond. Sommigen wilden dat pa weer president werd, maar hij deed het niet, en daarmee heeft hij er in feite voor gezorgd dat die Kealty werd gekozen. Pa kan hem niet uitstaan. Dat is ook iets wat hij nooit heeft geleerd: aardig zijn voor mensen aan wie hij de pest heeft. Hij vond het gewoon niet erg leuk om in het Witte Huis te wonen.'

'Hij was anders wel een goede president,' vond Dominic.

'Zeg dat maar tegen hem. Ma vond het ook niet erg om weg te gaan. Dat First Lady-gedoe ging ten koste van haar werk als arts, en ze vond het ook helemaal niet goed voor Kyle en Katie. Ken je dat oude gezegde: de gevaarlijkste plaats ter wereld is tussen een moeder en haar kinderen?

Dat is echt zo, jongens. Ik heb haar maar één keer echt woedend zien worden – dat overkomt pa vaker dan ma – en dat was toen iemand haar vertelde dat ze vanwege haar officiële verplichtingen niet naar Kyles optocht op zijn crèche kon gaan. Jezus, ze ontplofte zowat. Hoe dan ook, ze had veel aan de kindermeisjes – en dat namen de journalisten haar ook kwalijk, dat het niet-Amerikaans was en zo. Weet je, als iemand ooit een foto had gemaakt van pa die stond te pissen, zou vast wel iemand hebben gezegd dat hij het niet goed deed.'

'Daar zijn critici voor. Ze moeten je vertellen dat ze veel slimmer zijn dan degene die ze bekritiseren.'

'Bij de FBI, Aldo, heten die types juristen, de afdeling Professionele Verantwoordelijkheid,' zei Dominic. 'Voordat ze op die afdeling gaan werken, laten ze hun gevoel voor humor operatief verwijderen.'

'De mariniers hebben ook rapporteurs – en ik wed dat niet één van hen ooit de mariniersopleiding heeft gevolgd.' De kerels van Interne Zaken hadden tenminste wel de FBI-opleiding gedaan.

'Wat dat betreft kunnen wij blij zijn,' zei Dominic, en hij hield zijn wijnglas omhoog. 'Niemand zal kritiek op ons hebben.'

'... en het overleven,' voegde Jack er grinnikend aan toe. Verdraaid, dacht hij, wat zal pa zeggen als hij hoort wat ik doe?

16

De paarden in galop

De zondag was een rustdag voor de meeste mensen, en dat gold ook voor de Campus, met uitzondering van het bewakingspersoneel. Gerry Hendley geloofde dat God misschien wel gelijk had gehad en dat je met een zevendaagse werkweek veel minder bereikte dan dat je 16,67 procent aan iemands productiviteit toevoegde. Zo'n zevende werkdag stompte de hersenen af, want die kregen dan niet de gelegenheid om vrije oefeningen te doen, of zelfs helemaal niets te doen.

Maar vandaag was het natuurlijk anders. Vandaag zouden ze voor het eerst echte zwarte operaties plannen. De Campus was nu ruim negentien maanden actief, en in die tijd hadden ze er vooral aan gewerkt hun dekmantel als handels- en arbitragehuis op te bouwen. Hendley's afdelingschefs hadden vele malen de Acela-trein heen en weer naar New York genomen om met hun tegenhangers in de witte wereld te overleggen, en hoewel het soms langzaam had geleken, hadden ze erg snel hun reputatie opgebouwd in de wereld van het geldbeheer. Ze hadden natuurlijk nooit echt in de openbaarheid gebracht welke resultaten ze werkelijk hadden behaald met hun valutaspeculaties en een paar erg zorgvuldig gekozen aandelenemissies – soms zelfs voorkennishandel in aandelen van bedrijven die zelf nog niet wisten wat voor orders hun kant op zouden komen. Het ging er vooral om dat hun werkelijke doelstellingen geheim bleven, maar omdat de Campus zichzelf moest financieren, moest men ook echte inkomsten verwerven. In de Tweede Wereldoorlog hadden de Amerikanen hun inlichtingendiensten bemand met juristen, terwijl de Britten voor bankiers hadden gekozen. Beide beroepsgroepen waren uitstekend in staat gebleken mensen te misleiden... en te doden. Dat zou wel iets te maken hebben met de manier waarop ze tegen de wereld aankeken, dacht Hendley bij de koffie.

Hij keek naar de anderen: Jerry Rounds, zijn chef Strategische Planning, en Sam Granger, zijn chef Operaties. Al voordat het gebouw er goed en wel had gestaan, hadden ze alle drie nagedacht over de toestand in de wereld en hadden ze zich afgevraagd welke hoekjes konden worden bijgeschaafd. Rick Bell was er ook, zijn chef Analyse, die de onderscheppingen van de NSA en de CIA doornam en naar iets van betekenis zocht in de stroom van onsamenhangende informatie – natuurlijk geholpen door de vijfendertigduizend analisten in Langley, Fort Meade en meer van zulke plaatsen. Zoals alle belangrijke analisten mocht hij natuurlijk ook graag een beetje op operationeel toneel stoeien, en die gelegenheid deed zich nu voor, want de Campus was te klein om door zijn eigen bureaucratie te worden beheerst. Hendley en hij waren bang geweest dat die bureaucratie er toch zou komen, en ze hadden ervoor gezorgd dat er geen koninkrijkjes ontstonden.

Voorzover ze wisten, was hun instituut het enige in zijn soort op de hele wereld. En het was zo opgezet dat het binnen twee of drie maanden helemaal kon worden ontmanteld. Aangezien Hendley Associates geen externe investeerders uitnodigde, bleven ze zo ver op de achtergrond dat niemand ooit achter hun machinaties was gekomen – en trouwens, de wereld waarin ze opereerden, maakte toch al geen reclame. Het was gemakkelijk om je te verstoppen in een veld waar iedereen dat deed en niemand een ander verlinkte, of hij moest zich al wel erg benadeeld voelen. En de Campus benadeelde niemand. Tenminste niet met geld.

'Nou,' begon Hendley, 'zijn we er klaar voor?'

'Ja,' zei Rounds namens Granger. Sam knikte ernstig en glimlachte.

'We zijn er klaar voor,' zei Granger nadrukkelijk. 'Onze twee jongens hebben hun sporen veel beter verdiend dan we ooit hadden gedacht.'

'Jazeker, ze hebben ze verdiend,' beaamde Bell. 'En die jongen van Ryan heeft een goed eerste doelwit geïdentificeerd, die Sali. De gebeurtenissen van vrijdag hebben tot veel berichtenverkeer geleid. Er zijn een hoop mensen die de aanslagen toejuichen. In veel gevallen zijn het meelopers, maar als we er daar per ongeluk eentje van mollen, is dat geen groot verlies. Ik heb de eerste vier er al uitgepikt. Sam, heb jij een plan om met ze af te rekenen?'

Nu was het Davis' beurt. 'We gaan verkennen door te vuren. Als we er een of twee hebben geliquideerd, zien we wat voor reacties dat oproept, als er al reacties komen, en dan kijken we hoe we verdergaan. Die Sali lijkt mij heel geschikt om mee te beginnen. De vraag is: moet het een openlijke eliminatie worden of niet?'

'Leg dat eens uit,' zei Hendley.

'Nou, als hij dood op straat wordt gevonden, is dat nog tot daaraan toe. Als hij met het geld van zijn pa verdwijnt en een briefje achterlaat waarin hij zegt dat hij wil stoppen met wat hij doet en gewoon een prettig leven wil leiden, is dat iets heel anders,' legde Sam uit.

'Kidnapping? Dat is gevaarlijk.' Wat ontvoeringen betrof, scoorde de politie van Londen een oplossingspercentage van bijna honderd. Het zou een gevaarlijk spel zijn, vooral omdat Sali pas hun eerste doelwit was.

'Nou, we huren bijvoorbeeld een acteur in, kleden hem aan als Sali, laten hem naar New York vliegen en laten hem dan gewoon verdwijnen. In werkelijkheid ontdoen we ons van het lijk en houden we het geld. Tot hoeveel geld heeft hij toegang, Rick?'
'Directe toegang? Nou, dat is meer dan driehonderd miljoen dollar.'
'Dat zou de Campus goed kunnen gebruiken,' speculeerde Sam. 'En het zou zijn pa niet veel kwaad doen, hè?'
'Het geld van zijn vader – in totaal? Dat kon wel eens drie miljard zijn,' antwoordde Bell. 'Hij zal het missen, maar het zou niet zijn ondergang worden. En gezien zijn mening over zijn zoon zou het onze operatie geloofwaardiger maken,' redeneerde hij.
'Ik wil dit nog niet echt voorstellen, maar het is een mogelijkheid,' zei Granger.
Ze hadden het er natuurlijk al eerder over gehad. De truc lag er zo dik bovenop dat hij aan de aandacht zou ontsnappen. En het zou niet gek zijn als de Campus driehonderd miljoen dollar op een rekening had staan, bijvoorbeeld op de Bahama's of in Liechtenstein. Je kon geld overal verstoppen waar ze telefoonlijnen hadden. Je hoefde niet met goudstaven te sjouwen en het was maar een paar elektronen van je verwijderd.
Het verbaasde Hendley dat Sam dit in zo'n vroeg stadium ter sprake had gebracht. Misschien wilde hij zijn collega's peilen. Ze hadden er duidelijk geen enkele moeite mee om een eind aan Sali's leven te maken, maar deinsden ervoor terug om hem ook nog te bestelen. Het geweten kon zich soms in vreemde bochten wringen, dacht Gerry.
'Laten we dat even buiten beschouwing laten. Hoe pakken we de liquidatie zelf aan?' vroeg Hendley.
'Met het dingetje dat Rick Pasternak ons heeft gegeven? Het is kinderspel, zolang onze mensen het niet helemaal verknoeien. En zelfs dan lijkt het in het ergste geval op een mislukte straatroof,' zei Granger.
'En als onze man die pen laat vallen?' zei Rounds zorgelijk.
'Het is een pen. Je kunt ermee schrijven. Geen politieman op de hele wereld die iets doorheeft,' antwoordde Granger zelfverzekerd. Hij greep in zijn zak en liet zijn pennen rondgaan. 'Deze zijn niet geladen,' verzekerde hij hun.
Ze waren allemaal op de hoogte gesteld. Het leek een dure balpen, verguld en met een klem van lavaglas. Door op de klem te drukken en aan de huls rond de punt te draaien schakelde je over van een inktpen op een injectiespuit met een dodelijk middel. Het middel zou het slachtoffer in vijftien tot twintig seconden verlammen en hem in drie minuten doden. Er was geen tegengif en het middel zou geen sporen in het lichaam ach-

terlaten. De pen ging de tafel rond en de aanwezigen voelden allemaal aan de punt van de injectiespuit en deden alsof ze er iets mee raakten. Ze staken er onderhands mee in de lucht, al pakte Rounds hem vast alsof het een zwaardje was.
'Het zou leuk zijn er eerst een keer mee te oefenen,' merkte hij zachtjes op.
'Biedt iemand hier zich aan om voor slachtoffer te spelen?' vroeg Granger hun. Niemand knikte. De stemming in de kamer verbaasde hem niet erg. Het was tijd voor een nuchtere stilte, zo'n stilte als over je komt wanneer je een aanvraag voor een levensverzekering ondertekent: iets wat pas waarde krijgt als je dood bent, zodat je aan het moment van de ondertekening geen plezier beleeft.
'Laten we hen samen naar Londen vliegen?' vroeg Hendley.
'Ja.' Granger knikte en sprak verder met zijn zakelijke stem. 'We laten hen het doelwit bestuderen. Zij kiezen het moment uit en slaan toe.'
'En wachten ze dan de resultaten af?' vroeg Rounds retorisch.
'Ja. Daarna kunnen ze naar het volgende doelwit vliegen. De hele operatie hoeft niet meer dan een week te duren. Daarna vliegen we ze naar huis en wachten we op wat er komen gaat. Als iemand na zijn dood aan het geld komt dat hij beheert, zullen we dat waarschijnlijk merken, nietwaar?'
'Dat lijkt me wel,' bevestigde Bell. 'En als iemand het ontvreemdt, zullen we weten waar het heen gaat.'
'Uitstekend,' zei Granger. Dat was precies wat 'verkennen door te vuren' betekende.

Ze zouden daar niet lang blijven, dachten beide tweelingbroers. Ze hadden kamers naast elkaar in het plaatselijke Holiday Inn, en op deze zondagmiddag hadden ze een gast en keken ze naar de televisie.
'Hoe gaat het met jullie moeder?' vroeg Jack.
'Goed. Ze doet veel op de scholen bij haar in de buurt – kerkelijke scholen. Een beetje meer dan onderwijsassistent, maar ze geeft niet echt les. Pa werkt aan een nieuw project – het schijnt dat Boeing weer over een supersonisch toestel denkt. Pa zegt dat ze het waarschijnlijk nooit gaan bouwen, tenzij Washington een heleboel geld ophoest, maar nu de Concorde niet meer vliegt, wordt er weer over gedacht, en Boeing mag zijn ingenieurs graag aan het werk houden. Ze zijn een beetje bang voor de mensen van Airbus, en ze willen niet met hun mond vol tanden staan als de Fransen ambitieus worden.'
'Hoe was het bij het Korps Mariniers?' vroeg Jack aan Brian.
'Het Korps is het Korps, neefje. Het gaat gewoon door en traint voor de volgende oorlog.'

'Pa maakte zich zorgen toen je naar Afghanistan ging.'
'Dat was wel opwindend. De mensen daar zijn hard, en ze zijn niet dom, maar ze zijn ook niet zo goed getraind. Dus toen het vechten werd, behaalden wij de overhand. Als we iets zagen wat er niet koosjer uitzag, riepen we luchtondersteuning op, en dan was het meestal snel geregeld.'
'Hoeveel?'
'Hoeveel we er hebben uitgeschakeld? Een aantal. Niet genoeg, maar een aantal. De Groene Baretten gingen als eerste, en de Afghanen leerden daarvan dat een regelrecht gevecht niet in hun belang was. We deden vooral aan achtervolging en verkenning, als een soort speurhonden. We hadden een CIA-man bij ons, en een radio-inlichtingenteam. De tegenstanders maakten een beetje te veel gebruik van hun radio. Als we iets ontdekten, gingen we een kilometer of zo dichterbij om te kijken wat het was, en als het interessant genoeg was, riepen we de luchtmacht op en maakten we dat we wegkwamen. Je kon daar beter niet naar blijven kijken,' zei Brian.
'Dat wil ik wel geloven.' Jack trok een blikje bier open.
'Zeg, die Sali, die met dat vriendinnetje dat Rosalie Parker heet?' vroeg Dominic. Zoals de meeste politiemensen had hij een goed geheugen voor namen. 'Je zei dat hij erg enthousiast was over die schietpartijen?'
'Ja,' zei Jack. 'Hij vond het allemaal prachtig.'
'Tegen wie was hij aan het juichen?'
'Vriendjes met wie hij mailt. De Britten tappen zijn telefoons af, en de e-mails... Nou, zoals ik al zei, kan ik je niet over de e-mails vertellen. Die Europese telefoonsystemen zijn lang niet zo veilig als de mensen denken – ik bedoel, iedereen weet hoe je mobiele telefoonverbindingen moet onderscheppen en zo, maar de politie daar haalt dingen uit die wij hier niet kunnen doen. Vooral de Britten, want die gebruikten onderschepte telefoongesprekken om de IRA-jongens op het spoor te komen. Ik heb gehoord dat andere Europese landen op dat gebied nog meer vrijheid hebben.'
'Dat is zo,' verzekerde Dominic hem. 'Op de FBI Academy hadden we er een paar als gastdocent. Als je er wat alcohol in had gegoten, wilden ze wel over die dingen praten. Dus die Sali was gek op die klootzakken, hè?'
'Alsof zijn team landskampioen was geworden,' antwoordde Jack meteen.
'En hij financiert hen?' vroeg Brian.
'Ja.'
'Interessant,' was het enige wat Brian na beantwoording van die vraag te zeggen had.

Hij had nog een nacht kunnen blijven, maar omdat hij de volgende morgen dingen te doen had, reed hij in zijn zwarte Aston Martin Vanquish naar Londen terug. Het interieur was antracietgrijs, en toen hij met een snelheid van 160 kilometer per uur in oostelijke richting over de M-4 reed, zette de met de hand gemaakte 12-cilindermotor het meeste van zijn 460 pk in. Op een bepaalde manier was die auto beter dan seks. Het was jammer dat Rosalie niet bij hem was, maar – hij keek even opzij naar zijn metgezellin – Mandy was een aangename bedgenote, al was ze een beetje te mager naar zijn smaak. Het zou mooi zijn als ze wat vlees op haar botten kreeg, maar de Europese mode moedigde dat niet aan. De dwazen die de regels voor vrouwenlichamen vaststelden, waren waarschijnlijk pederasten die wilden dat ze er allemaal uitzagen als jongens. Waanzin, vond Sali. Pure waanzin.
Maar Mandy genoot ervan om in zijn auto te zitten, meer nog dan Rosalie daarvan genoot. Rosalie was jammer genoeg bang voor hard rijden; ze had niet zoveel vertrouwen in zijn rijvaardigheid als ze zou moeten hebben. Hij hoopte dat hij deze auto mee naar huis kon nemen – natuurlijk per vliegtuig. Zijn broer had ook een snelle auto, maar de dealer had hem verteld dat deze vierwielige raket een topsnelheid van meer dan 300 kilometer per uur had, en in Saudi-Arabië had je een paar mooie vlakke, rechte wegen. Zeker, hij had een neef die in Tornado-jagers van de Saudische luchtmacht vloog, maar deze auto was van hém, en dat maakte alle verschil van de wereld. Jammer genoeg stond de politie hier in Engeland hem niet toe om echt hard met deze auto te rijden – nog één boete en hij was misschien zijn rijbewijs kwijt, de spelbedervers – maar in zijn eigen land zou hij dat probleem niet hebben. En als hij had gezien wat deze auto echt kon, zou hij hem naar Engeland terugvliegen en hem gebruiken om vrouwen te verleiden, en dat was bijna even goed als erin rijden. In elk geval was Mandy nu zo opgewonden als hij mocht verwachten. Hij zou een mooi Vuitton-tasje voor haar kopen en het morgen per koerier naar haar flat laten brengen. Het kon geen kwaad om royaal voor vrouwen te zijn, en Rosalie moest weten dat ze concurrentie had.
Hij reed zo snel de stad in als het verkeer en de politie toestonden, vloog langs Harrods, door de tunnel en langs het huis van de hertog van Wellington, alvorens rechts af te slaan, Curzon Street in, en vervolgens links af, Berkeley Square op. Hij gaf de man die hij betaalde om zijn parkeerplaats te bewaken met een flits van zijn koplampen te kennen dat hij zijn auto moest weghalen, en kon recht voor zijn drie verdiepingen tellende herenhuis parkeren. Met continentale hoffelijkheid stapte hij uit de auto en rende hij eromheen om het portier voor Mandy open te maken en

haar galant de trap op te leiden naar de kolossale eiken voordeur, die hij glimlachend voor haar openhield. Per slot van rekening zou ze over een paar minuten een veel mooiere deur voor hem openen.

'De kleine rotzak is terug,' merkte Ernest op, en hij noteerde het tijdstip op zijn klembord. De twee agenten van de Security Service zaten in een British Telecom-busje dat op vijftig meter afstand geparkeerd stond. Ze stonden daar al zo'n twee uur. Die Saudische jonge gek reed alsof hij Jimmy Clark was.

'Hij heeft vast een beter weekend gehad dan wij,' beaamde Peter. Toen drukte hij op de knoppen van de afluistersystemen die in het herenhuis waren geïnstalleerd. Er waren daar ook drie camera's geïnstalleerd waarvan de bandjes elke drie dagen door een speciaal team werden opgehaald. 'Het is een geil kereltje.'

'Waarschijnlijk gebruikt hij Viagra,' zei Ernest, een beetje jaloers.

'Sportief blijven, Ernie, jongen. Het kost hem wel twee van onze weeksalarissen. En ze zal waarlijk dankbaar zijn voor wat ze gaat ontvangen.'

'Sodemieter,' mopperde Ernest.

'Ze is mager, maar niet zó mager, jochie.' Peter moest er zelf om lachen. Ze wisten wat Mandy Davis haar klanten in rekening bracht, en zoals mannen op de hele wereld vroegen ze zich af wat voor bijzondere dingen ze deed om zoveel geld te verdienen, al minachtten ze haar tegelijkertijd. Een ervaren politieagent zou er misschien wel enig begrip voor kunnen opbrengen dat relatief ongeschoolde vrouwen op deze manier aan de kost probeerden te komen, maar dat was er bij deze agenten van de contraspionagedienst niet bij. 750 pond voor een avondvisite, en tweeduizend voor een hele nacht. Niemand had gevraagd wat precies haar tarief was voor een heel weekend.

Ze pakten allebei hun koptelefoon op om na te gaan of de microfoons werkten. Ze schakelden van het ene kanaal op het andere over om de twee mensen door het huis te volgen.

'Hij is een ongeduldige klootzak,' zei Ernest. 'Als ze nu eens blijft slapen?'

'Wedden van niet, Ernie? En als ze weg is, gaat hij misschien bellen en krijgen we iets nuttigs te horen.'

'Verrekte buitenlander,' mompelde Ernest, en zijn collega was het daarmee eens. Allebei vonden ze Mandy mooier dan Rosalie. Ze zou een minister waardig zijn.

Ze hadden haar goed ingeschat. Mandy Davis ging die ochtend om zeven minuten voor halfelf weg. Bij de deur bleef ze nog even staan voor één laatste kus en een glimlach die het hart van iedere man kon doen breken, en daarna liep ze door Berkeley Street naar Piccadilly, waar ze bij de Boots-winkel niet rechts afsloeg naar het metrostation op de hoek van Piccadilly en Stratton, maar een taxi nam, die haar naar New Scotland Yard bracht. Daar zou ze worden ondervraagd door een vriendelijke jonge rechercheur op wie ze een oogje had, al was ze te goed in haar vak om zaken met plezier te vermengen. Uda was een viriele klant, en ook een royale, maar als er in hun relaties illusies meespeelden, dan was dat bij hem, niet bij haar.

De nummers verschenen op het LED-schermpje en werden opgeslagen, van een tijdsaanduiding voorzien en in hun laptops gestopt – dat waren er twee, en nog minstens één in Thames House. Op elk van Sali's telefoons zat een apparaatje dat de bestemming registreerde van elk telefoontje dat hij voerde. Een soortgelijk apparaatje deed hetzelfde met alle binnenkomende gesprekken, terwijl drie bandrecorders elk woord vastlegden. Dit was een gesprek naar het buitenland, naar een mobiele telefoon.

'Hij belt zijn vriend Mohammed,' zei Peter. 'Ik vraag me af waar ze het over hebben.'

'Minstens tien minuten over zijn avontuur van dit weekend, wed ik.'

'Ja, hij mag graag praten,' beaamde Peter.

'Ze is te mager, maar ze is een volleerde lichtekooi, mijn vriend. Er valt wel iets te zeggen voor ongelovige vrouwen,' verzekerde Sali zijn collega. Rosalie en zij mochten hem erg graag. Dat kon hij altijd merken.

'Ik ben blij dat te horen, Uda,' zei Mohammed geduldig vanuit Parijs. 'Nu ter zake.'

'Zoals je wenst, mijn vriend.'

'De Amerikaanse operatie is goed verlopen.'

'Ja, dat heb ik gezien. Hoeveel in totaal?'

'83 doden en 143 gewonden. Het hadden er meer kunnen zijn, maar een van de teams maakte een fout. Maar wat nog belangrijker is: de beelden zijn overal te zien geweest. Op de televisie ging het de hele dag over niets anders dan onze heilige martelaren en hun aanvallen.'

'Dat is waarlijk een zegen. Een grote overwinning voor Allah.'

'Ja. Zeg, er moet wat meer geld naar mijn rekening worden overgemaakt.'

'Hoeveel?'

'Honderdduizend Britse ponden is voorlopig wel genoeg.'

'Dat kan ik voor morgenvroeg tien uur doen.' In werkelijkheid zou hij

het een uur of twee sneller kunnen doen, maar hij was van plan de volgende morgen uit te slapen. Mandy had hem vermoeid. Hij lag nu in bed, dronk Franse wijn, rookte een sigaret en keek zonder veel aandacht naar de televisie. Hij wilde Sky News op het hele uur zien.
'Is dat alles?'
'Ja, voorlopig wel.'
'Het komt voor elkaar,' zei hij tegen Mohammed.
'Uitstekend. Goedenavond, Uda.'
'Wacht, ik heb een vraag...'
'Niet nu. We moeten voorzichtig zijn,' waarschuwde Mohammed. Mobiele telefoons brachten altijd risico's met zich mee. Hij kreeg een zucht als antwoord.
'Zoals je wilt. Goedenavond.' En ze zetten allebei hun telefoon uit.

'De pub in Somerset was wel mooi – The Blue Boar, heette hij,' zei Mandy. 'Het eten was goed. Uda had vrijdagavond kalkoen en twee glazen bier. Gisteravond aten we in een restaurant tegenover het hotel, The Orchard. Hij had chateaubriand en ik had zeetong. Op zaterdagmiddag hebben we even gewinkeld. Hij wilde niet veel uitgaan; hij wilde vooral in bed blijven.' Die leuke rechercheur typte het allemaal uit en maakte ook nog aantekeningen. Een andere politieman deed dat ook. Ze stelden zich allebei net zo zakelijk op als zij.
'Praatte hij ergens over? Het nieuws op de televisie of in de kranten?'
'Hij keek naar het nieuws op de televisie. Maar hij zei er niets over. Ik zei dat het verschrikkelijk was, al die doden, maar hij bromde alleen maar wat. Hij kan soms erg harteloos zijn, al is hij altijd aardig voor mij. We hebben nog nooit woorden gehad,' zei ze tegen hen, en ze streelde hen beiden met haar blauwe ogen.
Het kostte de rechercheurs moeite om met een professionele blik naar haar te kijken. Ze had het uiterlijk van een fotomodel, al was ze daar met haar een meter 65 te klein voor. Ze had ook iets liefs, dat haar vast wel van pas kwam. Maar haar hart was van puur ijs. Het was triest, maar eigenlijk was het niet hun probleem.
'Heeft hij telefoongesprekken gevoerd?'
Ze schudde haar hoofd. 'Nee. Hij had zijn mobiele telefoon dit weekend niet meegenomen. Hij zei dat hij helemaal van mij was en dat ik hem dit weekend niet met iemand anders hoefde te delen. Dat was voor het eerst. Afgezien daarvan was alles net zoals anders.' Er schoot haar nog iets te binnen: 'Hij doucht nu vaker. Ik heb hem op beide dagen laten douchen, en hij klaagde niet eens. Nou ja, ik hielp hem. Ik ging met hem onder de douche.' Ze keek hen met een koket glimlachje aan. Daar-

mee was de ondervraging wel zo ongeveer beëindigd.
'Dank u, mevrouw Davis. Zoals altijd hebt u ons erg geholpen.'
'Ik deed alleen mijn werk. Denkt u dat hij een terrorist is of zoiets?' moest ze wel vragen.
'Nee. Als u in gevaar zou verkeren, hadden we u wel gewaarschuwd.'
Mandy greep in haar Louis Vuitton-tasje en haalde een mes met een lemmet van twaalf centimeter tevoorschijn. Het was verboden om zo'n ding verborgen bij je te hebben, maar in haar werk kon ze niet zonder wapen, en de rechercheurs hadden daar begrip voor. Waarschijnlijk kon ze er ook goed gebruik van maken, dachten ze. 'Ik kan op mezelf passen,' verzekerde ze hun beiden. 'Maar Uda is niet zo. Hij is eigenlijk een zachtmoedige man. Dat is iets wat je in mijn vak leert: mannen doorgronden. Hij is geen gevaarlijk type, of hij moet wel een verdomd goede acteur zijn. Hij speelt met geld, niet met pistolen.'
Beide rechercheurs namen die woorden serieus. Ze had gelijk: als er iets was waar een hoer goed in was, dan was het in het doorgronden van mannen. Degenen die dat niet konden, stierven vaak al voordat ze twintig waren.
Nadat Mandy een taxi naar huis had genomen, noteerden de twee rechercheurs van de Special Branch alles wat ze hun had verteld, en daarna mailden ze het naar Thames House, waar deze gegevens in het Security Service-dossier van de jonge Arabier werden opgenomen.

Brian en Dominic waren om precies acht uur 's morgens op de Campus aangekomen. De pasjes die ze sinds kort hadden, stelden hen in staat om met de lift naar de bovenste verdieping te gaan, waar ze een halfuur koffiedronken, totdat Gerry Hendley kwam. Beide tweelingbroers sprongen in de houding, vooral Brian.
'Goedemorgen,' zei de ex-senator in het voorbijgaan, en toen bleef hij staan. 'Ik denk dat jullie beter eerst met Sam Granger kunnen praten. Rick Pasternak is er om ongeveer kwart over negen. Sam kan er nu elk moment zijn. Ik moet eerst even naar mijn kantoor. Goed?'
'Uitstekend,' verzekerde Brian hem. Wat gaf het, de koffie was niet slecht.
Twee minuten later kwam Granger uit de lift. 'Hé, jongens. Kom maar mee.' En dat deden ze.
Grangers kantoor was niet zo groot als dat van Hendley, maar het was ook geen klein hokje. Hij wees naar de twee stoelen voor bezoekers en hing zijn jas op.
'Hoe gauw zijn jullie klaar voor een opdracht?'
'Wat zou je zeggen van vandaag?' antwoordde Dominic.

Granger glimlachte om dat antwoord, maar om al te gretige mensen maakte hij zich vaak zorgen. Aan de andere kant, na wat er drie dagen geleden was gebeurd... Misschien kon een beetje gretigheid toch geen kwaad.

'Is er een plan?' vroeg Brian.

'Ja. Dat hebben we in het weekend uitgewerkt.' Granger begon met het operationele concept: verkennen door te vuren.

'Daar zit wat in,' merkte Brian op. 'Waar doen we het?'

'Waarschijnlijk op straat. Ik ga jullie niet vertellen hoe jullie een missie moeten volbrengen. Ik zal jullie vertellen wat we gedaan willen hebben. Hoe jullie het doen, moeten jullie zelf weten. Nou, wat jullie eerste doelwit betreft, hebben we veel gegevens over zijn woonomgeving en zijn gewoonten. Het enige wat jullie nog hoeven te doen, is hem identificeren en beslissen hoe jullie het karwei gaan aanpakken.'

Het karwei aanpakken, dacht Dominic. Als iets uit *The Godfather*.

'Wie is het en waarom?'

'Hij heet Uda bin Sali. Hij is 26 en hij woont in Londen.'

De tweelingbroers keken elkaar geamuseerd aan. 'Ik had het kunnen weten,' zei Dominic. 'Jack heeft ons over hem verteld. Hij is de geldman die van hoeren houdt, nietwaar?'

Granger opende de bruine map die hij op weg naar binnen had meegenomen en gaf die aan hen. 'Foto's van Sali en zijn twee vriendinnen. Locatie en foto's van zijn huis in Londen. Hier zie je hem in zijn auto.'

'Aston Martin,' zei Dominic. 'Mooie kar.'

'Hij werkt in de financiële wijk, heeft een kantoor in het Lloyd's-gebouw.' Nog meer foto's. 'Er is één complicatie. Hij wordt meestal gevolgd. De Security Service MI5 houdt hem in de gaten, maar het schijnt een groentje te zijn dat hem schaduwt, en het is er maar één. Denk daar wel aan als jullie toeslaan.'

'We gebruiken geen pistool?' vroeg Brian.

'Nee, we hebben iets beters. Geluidloos en onzichtbaar. Jullie zullen het zien als Rick Pasternak er is. We gebruiken geen vuurwapens voor deze missies. In Europa houden ze niet van pistolen, en het is te gevaarlijk om het met de hand te doen. Het moet lijken alsof hij een hartaanval heeft gehad.'

'Resten van het middel?' vroeg Dominic.

'Daar kun je Rick naar vragen. Hij zal jullie tekst en uitleg geven.'

'Wat gebruiken we om het middel toe te dienen?'

'Een van deze.' Granger maakte een la van zijn bureau open en haalde de 'veilige' blauwe pen tevoorschijn. Hij gaf hem aan hen en vertelde hoe hij werkte.

'Niet gek,' zei Brian. 'Dus we prikken hem gewoon in zijn reet?'
'Precies. De spuit dient zeven milligram van het middel toe – dat heet trouwens succinylcholine – en dan is het wel zo'n beetje geregeld. De persoon in kwestie zakt in elkaar, is in een paar minuten hersendood, en in nog geen tien minuten helemaal dood.'
'En medische hulp? Als er nou eens toevallig een ambulance door de straat rijdt?'
'Rick zegt dat het er niet toe doet, tenzij hij in een operatiekamer ligt, met dokters naast hem.'
'Dat klinkt goed.' Brian pakte de foto van hun eerste doelwit op en keek ernaar, maar zag in werkelijkheid de jonge David Prentiss. 'Pech gehad, jongen.'

'Ik zie dat onze vriend een leuk weekend heeft gehad,' zei Jack tegen zijn computer. Het dagrapport bevatte een foto van Mandy Davis, samen met de tekst van haar ondervraging door de rechercheurs van de Special Branch. 'Ze is bloedmooi.'
'En niet goedkoop,' merkte Wills vanachter zijn computer op.
'Hoe lang heeft Sali nog te leven?' vroeg Jack hem.
'Jack, daar kun je beter niet over speculeren,' waarschuwde Wills.
'Want die twee doders – weet je, Tony, dat zijn neven van mij.'
'Ik weet daar niet veel van, en ik wil er ook niet achter komen. Hoe minder we weten, des te minder problemen krijgen we. Punt uit,' zei hij nadrukkelijk.
'Zoals je wilt,' zei Jack. 'Maar voorzover ik nog een beetje sympathie voor die hufter had, is dat verdwenen toen bleek dat hij die terroristen toejuichte en financierde. Er zijn grenzen die je niet mag overschrijden.'
'Ja, Jack, die zijn er. Pas maar op dat je zelf niet te ver gaat.'
Jack Ryan junior dacht daar even over na. Wilde hij een moordenaar zijn? Waarschijnlijk niet, maar er waren mensen die gedood moesten worden, en Uda bin Sali behoorde nu tot die categorie. Als zijn neven hem liquideerden, deden ze het werk van de Heer – of het werk van zijn land, en hij had in zijn hele jeugd gehoord dat daar niet veel verschil tussen zat.

'Zo snel, dokter?' vroeg Dominic.
Pasternak knikte. 'Zo snel.'
'Zo betrouwbaar?' vroeg Brian nu.
'Vijf milligram is genoeg. De pen dient er zeven toe. Als iemand dat overleeft, mag het wel een wonder heten. Jammer genoeg wordt het een erg onaangename dood, maar daar is niets aan te doen. Ik bedoel,

we zouden botulismetoxine kunnen gebruiken – dat is een erg snel werkende neurotoxine – maar dan blijven er resten in het bloed achter die bij toxicologisch onderzoek aan het licht kunnen komen. Succinylcholine metaboliseert zich erg snel! Het zou ook een wonder zijn als het middel werd ontdekt, tenzij de patholoog-anatoom precies weet waarnaar hij moet zoeken, en dat is onwaarschijnlijk.'

'Hoe snel werkte het ook weer?'

'Twintig tot dertig seconden, dat hangt ervan af hoe dicht je bij een groot bloedvat komt, en dan veroorzaakt het middel een totale verlamming. Hij kan niet eens meer met zijn ogen knipperen. Hij kan zijn middenrif niet bewegen, dus niet ademhalen, en er gaat geen zuurstof meer door zijn longen. Zijn hart houdt ermee op, maar omdat dat orgaan de meeste zuurstof verbruikt, treedt al na enkele seconden ischemie in – dat betekent dat het hartweefsel bij gebrek aan zuurstof afsterft. Dat doet enorm veel pijn. Normaal gesproken heeft het lichaam een reservevoorraad zuurstof. Hoeveel dat is, hangt af van de fysieke conditie – dikke mensen hebben minder zuurstofreserves dan de magere onder ons. Hoe dan ook, het hart gaat het eerst. Het probeert nog steeds te slaan, maar dat maakt de pijn alleen maar erger. Na drie tot zes minuten is het slachtoffer hersendood. Tot dan toe zal hij wel kunnen horen, maar niet zien...'

'Waarom niet?' vroeg Brian.

'De oogleden gaan waarschijnlijk dicht. We hebben het over totale verlamming. Hij ligt daar dus en lijdt vreselijke pijn, en hij kan helemaal niet meer bewegen, en zijn hart blijft proberen zuurstofloos bloed rond te pompen, totdat zijn hersencellen aan zuurstofgebrek bezwijken. Daarna is het in theorie mogelijk het lichaam in leven te houden – spiercellen kunnen het langst zonder zuurstof – maar de hersenen zijn dan weg. Het is niet zo zeker als een kogel in de hersenen, maar het maakt geen geluid en het laat bijna geen sporen achter. Als de hartcellen sterven, brengen ze enzymen voort waar we naar zoeken als iemand waarschijnlijk een hartaanval heeft gehad. Een patholoog-anatoom die het lichaam onderzoekt, zal dus aan een hartaanval denken, of aan een beroerte – die kan door een hersentumor zijn veroorzaakt – en misschien snijden ze de hersenen open om naar zo'n tumor te zoeken. Maar zodra de resultaten van het bloedonderzoek binnenkomen, wijst de enzymentest op een hartaanval, en dan is het wel bekeken. Het bloedonderzoek brengt de succinylcholine niet aan het licht, want die wordt zelfs na de dood gemetaboliseerd. Ze denken dat ze met een onverwacht zware hartaanval te maken hebben, en dat gebeurt elke dag. Ze zoeken in zijn bloed naar cholesterol en andere risicofactoren, maar dat verandert niets aan het feit dat ze nooit achter de doodsoorzaak komen.'

'Jezus,' verzuchtte Dominic. 'Dokter, hoe ben je in dit vak terechtgekomen?'

'Mijn jongere broer was directeur bij Cantor Fitzgerald,' was het enige wat hij te zeggen had.

'We moeten dus voorzichtig zijn met die pennen, hè?' vroeg Brian. Hij vond de reden van de dokter goed genoeg.

'Jazeker,' raadde Pasternak hun aan.

17

De kleine rode vos, en het eerste hek

Ze vertrokken van vliegveld Dulles met een British Airways-vlucht, die een 747 bleek te zijn, waarvan de stuurvlakken 27 jaar eerder door hun eigen vader waren ontworpen. Dominic bedacht dat hij toen nog een luier om had gehad, en dat de aarde sinds die dag al heel wat keren om zijn as was gedraaid.

Ze hadden allebei een gloednieuw paspoort op hun eigen naam. Alle andere relevante documenten zaten in hun laptops, volledig versleuteld, samen met modems en communicatiesoftware, ook volledig versleuteld. Afgezien daarvan waren ze informeel gekleed, zoals de meeste andere passagiers in de eerste klas. De stewardessen fladderden efficiënt rond en gaven iedereen hapjes, en beide broers namen ook witte wijn. Toen het toestel op zijn hoogte was gekomen, bleek het eten redelijk goed te zijn – ongeveer het beste wat je van vliegtuigvoedsel kon zeggen – en dat gold ook voor de films: Brian koos voor *Independence Day* en Dominic voor *The Matrix*. Ze hielden allebei al sinds hun kinderjaren van sciencefiction. Allebei hadden ze hun gouden pen in de zak van hun jas. De navulpatronen zaten in hun scheergerei, weggestopt in hun gewone bagage die ergens beneden lag. Het zou ongeveer zes uur duren voor ze op Heathrow landden, en ze hoopten allebei onderweg wat te slapen.

'Nog twijfels, Enzo?' vroeg Brian rustig.

'Nee,' antwoordde Dominic. 'Ik hoop wel dat het goed afloopt.' De gevangeniscellen in Engeland hadden geen sanitair, voegde hij er in stilte aan toe, en hoe gênant dat voor een officier van de mariniers ook zou zijn, het zou nog veel vernederender zijn voor een beëdigde agent van de FBI.

'Ik ook. Welterusten, broertje.'

'Insgelijks, marinier.' En ze speelden allebei met de stoelknoppen om zich bijna helemaal plat achterover te laten zakken. En zo gleed de Atlantische Oceaan over een afstand van vijfduizend kilometer onder hen langs.

Jack junior was weer thuis. Hij wist dat zijn neven naar het buitenland waren gegaan, en hoewel hij niet precies had gehoord waarvoor,

hoefde je niet veel fantasie te hebben om te raden op wat voor missie ze waren uitgezonden. Uda bin Sali had geen week meer te leven. Jack zou erover horen in het berichtenverkeer dat de volgende morgen uit Thames House kwam, en hij vroeg zich af wat de Britten zouden zeggen, hoe opgewonden en/of bedroefd ze zouden zijn. In elk geval zou hij veel leren over de manier waarop de missie was uitgevoerd. Dat maakte hem nieuwsgierig. Hij had lang genoeg in Londen gezeten om te weten dat je daar niet met pistolen kon werken, tenzij je in opdracht van de overheid doodde. In zo'n geval – als de SAS bijvoorbeeld iemand liquideerde aan wie ze op Downing Street 10 een grote hekel hadden – wisten ze bij de politie dat ze de zaak niet te grondig moesten onderzoeken. Misschien ondervroegen ze voor de vorm een paar mensen, genoeg om een dossier te kunnen samenstellen, dat ze vervolgens in de kast met onopgeloste zaken konden stoppen, waar het nooit meer uit zou komen. Je hoefde geen Einstein te zijn om die dingen te begrijpen.
Maar dit zou een Amerikaanse liquidatie op Britse bodem zijn, en dat zou Hare Majesteits regering vast niet aanstaan. Het was een kwestie van fatsoen. Trouwens, dit was geen actie van de Amerikaanse overheid. Zuiver juridisch was het moord met voorbedachten rade, en dat viel slecht bij alle overheden. Dus wat er ook gebeurde, hij hoopte dat ze voorzichtig zouden zijn. Zelfs zijn vader kon niets uitrichten als het mis ging.

'O, Uda, je bent een béést!' riep Rosalie Parker uit toen hij eindelijk van haar lichaam af rolde. Ze keek op haar horloge. Hij was laat doorgegaan, en ze had de volgende dag in het begin van de middag een afspraak met een oliemagnaat uit Dubai. Dat was best een aardige oude man, en hij gaf ook goede fooien, al had hij haar een keer verteld dat ze hem aan een van zijn favoriete dochters deed denken, de viezerik.
'Blijf slapen,' drong Uda aan.
'Ik kan niet, schat. Ik moet met mijn moeder gaan lunchen en daarna wil ze winkelen bij Harrods. Lieve help, ik moet nu echt weg,' zei ze met goedgespeelde opwinding. Ze ging met een ruk overeind zitten.
'Nee.' Uda pakte haar schouder vast en trok haar terug.
'O, duivel!' Ze grinnikte en lachte hem toe.
'Hij heet *Shahateen*,' verbeterde Uda. 'En hij is geen familie van mij.'
'Wat kun jij een meisje doodmoe maken, Uda.' Niet dat ze daar bezwaar tegen had, maar ze had nog meer te doen. Daarom stond ze op en pakte haar kleren van de vloer, waar hij ze altijd op neergooide.
'Rosalie, mijn liefste, jij bent de enige,' kreunde hij. En ze wist dat hij loog. Per slot van rekening had ze hem zelf aan Mandy voorgesteld.

'O ja?' vroeg ze.
'O, zij. Ze is veel te mager. Ze eet niet. Ze is niet te vergelijken met jou, mijn prinses.'
'Je bent heel aardig.' Ze bukte, gaf hem een kus en trok haar beha aan. 'Uda, je bent de beste, de allerbeste,' zei ze. Het was altijd goed voor het mannelijke ego om gevleid te worden, en zijn ego was groter dan dat van de meesten.
'Dat zeg je alleen maar om mij een goed gevoel te geven,' verweet Sali haar.
'Denk je dat ik toneelspeel? Uda, je laat mijn ogen bijna uit hun kassen springen. Maar ik moet nu echt gaan, schat.'
'Zoals je wilt.' Hij gaapte. Hij zou de volgende dag schoenen voor haar gaan kopen, besloot Uda. Er was een nieuwe Jimmy Choo-winkel dicht bij zijn kantoor waar hij wilde gaan kijken, en ze had precies maat 6. Hij hield eigenlijk wel van haar voeten.
Rosalie ging vlug naar de badkamer om in de spiegel te kijken. Haar haar was een puinhoop – Uda maakte het steeds in de war, alsof hij duidelijk wilde maken dat ze zijn bezit was. Een paar halen met een borstel en het was weer enigszins presentabel.
'Ik moet weg, schat.' Ze bukte en gaf hem weer een kus. 'Blijf maar liggen. Ik kom er wel uit.' Nog een laatste kus, langzaam en veelbelovend... voor de volgende keer. Uda was zo regelmatig als maar kon. En ze zou hier terugkomen. Mandy was goed, en ze was een vriendin, maar zijzelf wist het best hoe je met die buitenlanders moest omgaan, en wat nog het allerbeste was: ze hoefde zich niet uit te hongeren als een fotomodel. Mandy had te veel Amerikaanse en Europese klanten om normaal te kunnen eten.
Buiten hield ze een taxi aan.
'Waarheen, schat?' vroeg de chauffeur.
'New Scotland Yard.'

Als je in een vliegtuig wakker wordt, voel je je altijd gedesoriënteerd, zelfs wanneer je op een goede plaats zit. De rolgordijnen gingen omhoog en het licht in de cabine ging aan, en in je koptelefoon hoorde je nieuws dat misschien helemaal niet zo nieuw meer was – omdat het Brits was, kon je dat nooit zeker weten. Het ontbijt werd geserveerd – veel vet en ook echte Starbucks-koffie, ongeveer een 6 op een schaal van 1 tot 10. Misschien een 7. Door de ramen rechts van hem zag Brian de groene velden van Engeland, in plaats van de woelige oceaan die onder hem langs was gegleden toen hij in zijn droomloze slaap verzonken was geweest. De broers waren tegenwoordig bang voor dromen, vanwege dingen uit het verleden en vanwege de toekomst waar ze bang voor waren, al stonden ze helemaal achter datgene wat ze gingen doen. Twintig minuten later maakten ze een zachte landing op Heathrow. De controle van de immigratiedienst was alleen maar een formaliteit – de Britten deden dat veel beter dan de Amerikanen, dacht Brian. De bagage lag algauw op de carrousel, en toen liepen ze al naar de taxi's.

'Waarheen, heren?'

'Het Mayfair Hotel in Stratton Street.'

De chauffeur knikte bij wijze van antwoord en zette koers naar de stad. Het was in het begin van de ochtendspits en de rit nam ongeveer een halfuur in beslag. Voor Brian was dit zijn eerste bezoek aan Engeland, maar voor Dominic niet. De laatste keek met genoegen naar buiten, en voor de eerste was alles nieuw en avontuurlijk. Het was net als thuis, dacht Brian, alleen reed iedereen aan de verkeerde kant van de weg. Bij nader inzien leken de automobilisten hem ook hoffelijker, maar dat was moeilijk in te schatten. Er was minstens één golfbaan met smaragdgroen gras, maar afgezien daarvan verschilde het spitsuur niet veel van dat in Seattle.

Een halfuur later keken ze naar Green Park, dat inderdaad prachtig groen was, en toen sloeg de taxi links af en na twee straten rechts af, en daar was het hotel. Aan de overkant van de straat was een dealer voor Aston Martin-auto's, en de showmodellen zagen er zo glanzend uit als de diamanten in de etalage van Tiffany's in New York. Het was duidelijk een dure buurt. Hoewel Dominic al eerder in Londen was geweest, had hij nooit in dit hotel gelogeerd. Europese hotels konden Amerikaanse hotels het nodige leren op het gebied van service en gastvrijheid. Vijf minuten later waren ze in hun kamers, die naast elkaar gelegen waren en een tussendeur hadden. Beide kamers hadden een bad dat groot genoeg was om er een haai in te laten zwemmen, en de handdoeken hingen aan verwarmde rekken. De minibar bood een royale keuze, al waren de prijzen ook royaal te noemen. Beide broers namen de tijd om te douchen. Het was inmiddels kwart voor negen, en omdat Berkeley Square maar honderd meter van het hotel vandaan lag, maakten ze van de gelegenheid gebruik om het hotel te verlaten en op weg te gaan naar het plantsoen waar nachtegalen zongen.

Dominic porde zijn broer met zijn elleboog aan en wees naar links. 'Het schijnt dat MI5 vroeger dat gebouw daar had, in Curzon Street. Als je naar de ambassade wilt, ga je die weg in, en dan linksaf, en na twee straten naar rechts, en dan naar links naar Grosvenor Square. Lelijk gebouw, maar wat kun je anders van de overheid verwachten? En onze vriend woont ongeveer... daar, aan de overkant van het park, een halve straat van de Westminster Bank vandaan. Dat is die met het paard op het uithangbord.'

'Het ziet er hier duur uit,' merkte Brian op.

'Reken maar,' bevestigde Dominic. 'Deze huizen kosten een vermogen. De meeste zijn in drie appartementen opgesplitst, maar onze vriend Uda heeft een heel pand voor zich alleen, een Disneyland voor seks en vermaak. Hmm,' zei hij. Hij zag een British Telecom-busje staan, zo'n twintig meter voor hen uit. 'Dat is vast het surveillanceteam van de Britten... Nogal opvallend.' Ze konden geen mensen in het busje zien, maar de ruiten waren beplakt met plastic om het licht binnen te houden. Het was de enige goedkope auto in de straat – in deze buurt was alles minstens een Jaguar. Maar de absolute topper was de zwarte Vanquish aan de andere kant van het park.

'Wat een kar,' zei Brian. En de Vanquish zag er inderdaad uit alsof hij al 150 kilometer per uur reed terwijl hij daar gewoon voor het huis stond.

'De echte kampioen is de McLaren F1. Een miljoen dollar, en toch maar één zitplaats, geloof ik. Zo snel als een gevechtsvliegtuig. Wat je daar ziet, is voor een kwart miljoen dollar aan auto, broertje.'

'Goh...' zei Brian. 'Zoveel?'

'Ze worden met de hand gemaakt, Aldo, door kerels die in hun vrije tijd aan de Sixtijnse Kapel werken. Ja, het is een heleboel auto. Ik wilde dat ik er het geld voor had. Als je er een vliegtuigmotor in zette, kon je waarschijnlijk Duitsers neerschieten.'

'Hij zal wel benzine zuipen,' merkte Brian op.

'Ach ja... Alles heeft zijn prijs... Shit. Daar heb je onze jongen.'

En op dat moment ging de deur van het huis open en kwam er een jongeman naar buiten. Hij droeg een driedelig pak dat Johnny Reb-grijs was. Hij stond op het midden van de vier natuurstenen treden en keek op zijn horloge. Alsof dat een teken was, kwam er een zwarte Londense taxi aanrijden. Hij ging de treden af en stapte in.

Een meter zeventig, zeventig tot vijfenzeventig kilo, dacht Dominic. Zwart puntbaardje als in een piratenfilm. Die kerel zou een zwaard moeten dragen... maar dat heeft hij niet.

'Jonger dan wij,' merkte Brian op, terwijl ze doorliepen. Toen liepen ze op initiatief van Dominic het park door en gingen langs de andere kant terug. Ze vertraagden hun pas om een blik op de Aston Martin te werpen en liepen toen door. Het hotel had een koffieshop, en daar namen ze koffie en een licht ontbijt van croissants met marmelade.

'Ik vind het niet prettig dat hij door de Britten in de gaten wordt gehouden,' zei Brian.

'Daar is niets aan te doen. De Britten zullen hem ook wel verdacht vin-

den. Maar vergeet niet: hij krijgt gewoon een hartaanval. We gaan hem niet overhoopschieten, zelfs niet met een wapen met demper. Geen sporen, geen geluid.'
'Goed. We houden hem in het oog, maar als het er niet goed uitziet, trekken we ons terug om er eerst eens goed over na te denken. Akkoord?'
'Ja.' Dominic knikte. Ze zouden het slim moeten aanpakken. Waarschijnlijk zou hij de leiding nemen, want het zou zijn taak zijn om naar de politiesurveillance uit te kijken. Maar het had ook geen zin om te lang te wachten. Ze waren op Berkeley Square gaan kijken om de sfeer te proeven en misschien het doelwit te zien. Dat plein zou geen geschikte plaats zijn om hem te liquideren, niet als er op dertig meter afstand een team van de Britse politie zat toe te kijken. 'Gelukkig schijnt hij gevolgd te worden door een groentje. Als ik die vent kan identificeren, vraag ik hem gewoon de weg of zo, en dan kun jij tegen het doelwit op botsen of zo. Jij hebt maar een seconde nodig om hem te prikken. Daarna lopen we allebei door alsof er niets gebeurd is. Zelfs wanneer mensen om een ambulance roepen, draaien we ons alleen maar even om en lopen dan gewoon door.'
Brian had daar al over nagedacht. 'We moeten eerst in de buurt gaan kijken.'
'Akkoord.' Zwijgend gebruikten ze hun ontbijt.

Sam Granger was al in zijn kantoor. Het was kwart over drie 's nachts toen hij binnenkwam en zijn eigen computer aanzette. De tweelingbroers waren ongeveer twee uur eerder in Londen aangekomen, toen het daar al ochtend was, en hij had het sterke gevoel dat ze niet zouden treuzelen. De Campus was van plan met een virtueel kantoor te werken, en deze eerste missie zou duidelijk maken of dat functioneerde. Wanneer alles volgens plan verliep, zou hij nog eerder over de operatie worden ingelicht dan Rick Bell via het netwerk van de inlichtingendiensten. Nu brak de fase aan waaraan hij altijd een hekel had gehad: wachten tot anderen de missie uitvoerden die hij aan zijn bureau had uitgedacht. Koffie hielp. Een sigaar zou nog meer hebben geholpen, maar hij had geen sigaar. Toen ging zijn deur open.
Het was Gerry Hendley.
'Jij ook?' vroeg Sam, tegelijkertijd verrast en geamuseerd.
Hendley glimlachte. 'Nou ja, de eerste keer, hè? Ik kon thuis niet slapen.'
'Ik begrijp het. Heb je een spel kaarten?' vroeg hij zich hardop af.
'Jammer genoeg niet.' Hendley was vrij goed met kaarten. 'Nog iets van de tweeling gehoord?'

'Niets. Ze zijn op tijd aangekomen en waarschijnlijk zijn ze nu in het hotel. Ik denk dat ze zich eerst hebben opgefrist en dat ze toen het terrein hebben verkend. Het hotel staat niet ver van Uda's huis. Wie weet hebben ze hem al in zijn kont gestoken. Dat zou nu ongeveer kunnen. Hij gaat nu naar zijn werk, als onze mensen daar zijn dagindeling goed zijn nagegaan, en ik denk dat we daar wel op kunnen rekenen.'
'Ja, tenzij hij een onverwacht telefoontje heeft gekregen of iets in het ochtendblad zag wat zijn aandacht trok, of misschien was zijn favoriete overhemd niet goed gestreken. De realiteit is analoog, Sam, niet digitaal, weet je nog wel?'
'Nou en of we dat weten,' beaamde Granger.

De financiële wijk zag er precies zo uit als je zou verwachten, zij het minder kil dan de hoge torens van staal en glas in New York. Die waren hier natuurlijk ook wel, maar ze kwamen niet zo dreigend over. Een halve straat van de plaats waar ze uit de taxi waren gestapt, stond nog een deel van de oorspronkelijke Romeinse muur die om de garnizoensstad Londinium had gestaan, zoals de Britse hoofdstad oorspronkelijk had geheten, een plaats die was uitgekozen vanwege de grote rivier en de goede waterbronnen. De mensen hier waren voor het merendeel goed gekleed, zagen ze, en er waren alleen maar dure winkels, in een stad waar maar weinig goedkoop was. Het was hier wel druk. Grote aantallen mensen liepen snel en doelbewust over de trottoirs. Er was ook geen gebrek aan pubs, en de meeste daarvan hadden schoolborden naast de deur staan om te laten weten welke gerechten ze serveerden. De tweelingbroers kozen er een in het zicht van het Lloyd's-gebouw. De pub had een terras, alsof hij een Romeins restaurant bij de Spaanse Trappen was. De heldere hemel weersprak de reputatie van regenachtigheid die Londen had. De broers waren goed genoeg gekleed om niet onmiddellijk voor Amerikaanse toeristen te worden aangezien. Brian zag een geldautomaat en haalde er wat bankbiljetten uit, die hij met zijn broer deelde, en daarna bestelden ze koffie – ze waren te Amerikaans om thee te drinken – en wachtten af.

Sali zat in zijn kantoor achter de computer. Hij had de gelegenheid om voor achtenhalf miljoen pond een herenhuis in Belgravia te kopen, een wijk die nog duurder was dan waar hij nu woonde. Het was niet bepaald een koopje, maar het was ook geen buitensporige prijs. Hij kon het voor een fors bedrag verhuren, en het stond op eigen grond, zodat hij geen erfpacht aan de hertog van Westminster zou hoeven te betalen. Die erfpacht was ook niet buitensporig, maar tikte wel aan. Hij nam zich

voor om de komende dagen naar het pand te gaan kijken. Verder waren de valutaprijzen tamelijk stabiel. Hij had de afgelopen paar maanden af en toe met valuta-arbitrage gespeeld, maar hij geloofde dat hij niet de kennis bezat om zich daar diepgaand mee bezig te houden. Tenminste, nog niet. Misschien kon hij met een paar mensen praten die bedreven waren in dat spel. Alles wat kon worden gedaan, kon ook worden geleerd, en omdat hij toegang had tot meer dan tweehonderd miljoen pond, kon hij meespelen zonder dat hij te veel schade toebracht aan het vermogen van zijn vader. Hij had dit jaar trouwens al negen miljoen pond winst gemaakt, en dat was helemaal niet slecht. Het volgende uur zat hij achter zijn computer en zocht hij naar trends, voorzover hij die kon signaleren. Het kwam erop aan, wist hij, dat je ze vroegtijdig signaleerde – vroeg genoeg om er laag in te stappen en er hoog weer uit te stappen – maar hoewel hij vooruitging, had hij die specifieke vaardigheid nog niet onder de knie. Als hij die kunst wel had beheerst, zou hij niet negen maar 31 miljoen pond winst hebben gemaakt. Geduld, dacht hij, was erg moeilijk te verwerven. Het was veel beter om jong en briljant te zijn.
Er stond natuurlijk ook een tv in zijn kantoor, en hij zette hem op een Amerikaans financieel kanaal. Daarop was sprake van een komende zwakte van het pond ten opzichte van de dollar, al waren de redenen die daarvoor werden aangevoerd niet erg overtuigend. Hij zou dertig miljoen dollar kunnen kopen, maar hij besloot niet te speculeren. Zijn vader had hem tegen speculeren gewaarschuwd, en aangezien het zijn vaders geld was, had hij aandachtig geluisterd en de oude rotzak zijn zin gegeven. In de afgelopen negentien maanden had hij maar drie miljoen pond verloren, en de meeste fouten had hij meer dan een jaar geleden gemaakt. De vastgoedportefeuille deed het erg goed. Hij kocht meestal panden van oudere Engelsen en verkocht ze na een paar maanden door aan zijn eigen landgenoten, die meestal met baar geld of het elektronisch equivalent daarvan betaalden. Al met al beschouwde hij zichzelf als een vastgoedhandelaar met een groot talent, dat nog steeds groeide. En natuurlijk beschouwde hij zichzelf ook als een uitmuntende minnaar. Het liep tegen de middag en zijn lendenen hunkerden al naar Rosalie. Zou ze die avond beschikbaar zijn? Voor duizend pond vast wel, dacht Uda. En dus nam hij kort voor twaalf uur zijn telefoon en drukte hij op sneltoets negen.
'Mijn lieve Rosalie, met Uda. Als je vanavond kunt komen, om een uur of halfacht, heb ik iets moois voor je. Je weet mijn nummer, schat.' En hij legde de telefoon neer. Hij zou een uur of zo wachten, en als ze hem niet terugbelde, zou hij Mandy bellen. Het kwam bijna nooit voor dat ze

geen van beiden beschikbaar waren. Hij wilde graag geloven dat ze dan aan het winkelen waren of met vrienden zaten te dineren. Want wie betaalde hen beter dan hij? En hij wilde Rosalies gezicht zien als ze de nieuwe schoenen kreeg. Engelse vrouwen waren gek op de schoenen van die Jimmy Choo. De modellen leken hem erg oncomfortabel, maar vrouwen waren vrouwen en geen mannen. Voor zijn fantasieën reed hij in zijn Aston Martin. Vrouwen hadden liever zere voeten. Hij zou ze nooit begrijpen.

Brian kreeg er genoeg van om maar wat naar het Lloyd's-gebouw te zitten staren. Het deed ook nog pijn aan zijn ogen. Het gebouw was meer dan lelijk, het was ronduit grotesk, als een glazen Du Pont-fabriek voor het maken van zenuwgas of een ander gif. Waarschijnlijk was het ook niet goed om de hele tijd naar hetzelfde te kijken. Er waren wat winkels in deze straat, geen van alle goedkoop. Hij zag een herenkledingzaak en een paar mooie dameszaken, en verder was er een schoenenzaak die er ook al erg duur uitzag. Dat was iets waar hij zich niet druk om maakte. Hij had goede zwarte leren schoenen – die had hij nu ook aan – en goede sportschoenen die hij had gekocht op een dag die hij maar beter kon vergeten, en vier paar soldatenschoenen, twee zwarte en twee in de geelbruine kleur die de mariniers steeds meer droegen, behalve op parades en andere officiële gelegenheden waar de mariniers van Force Recon meestal niets mee te maken hadden. Alle mariniers werden geacht goed voor de dag te komen, maar die van Force Recon werden beschouwd als de kant van de familie waar je niet veel mee praatte. En hij had de schietpartij van de vorige week nog niet helemaal verwerkt. Zelfs de mensen op wie hij in Afghanistan had gejaagd, hadden geen openlijke pogingen gedaan om vrouwen en kinderen te doden, tenminste niet voorzover hij wist. Zeker, dat waren barbaren geweest, maar zelfs barbaren kenden grenzen. Behalve het stelletje mensen met wie deze man samenspande. Dat was niet mannelijk, zelfs zijn puntbaardje was niet mannelijk. De Afghanen waren dat wel, maar deze man leek een soort pooier. Kortom, hij was het staal van de mariniers onwaardig, niet iemand die gedood moest worden, maar een kakkerlak die moest worden verdelgd. Al reed hij in een auto die meer kostte dan wat een marinierskapitein in tien jaar verdiende – bruto. Een mariniersofficier kon misschien het geld bij elkaar krijgen voor een Chevrolet Corvette, maar nee, deze schoft moest weer zo nodig de kleinzoon van de auto van James Bond hebben, samen met de hoeren die hij inhuurde. Je zou hem van alles kunnen noemen, maar 'man' hoorde daar niet bij, vond de marinier, die onbewust bezig was zichzelf te motiveren voor de missie.

'Op jacht, Aldo,' zei Dominic, en hij legde geld op tafel om hun rekening te voldoen. Ze stonden op en liepen eerst van het doelwit vandaan. Op de hoek bleven ze allebei staan en draaiden ze zich om alsof ze uitkeken naar iets. Daar was Sali...

... en daar was Sali's volger. Gekleed als een arbeider, maar wel duur. Hij was ook uit een pub gekomen, zag Dominic. En hij was inderdaad een groentje. Zijn blik was te strak op Sali gericht, al bleef hij wel een eind achter hem, een meter of vijftig. Het was duidelijk dat hij niet bang was om door Sali te worden opgemerkt. Sali was waarschijnlijk ook niet erg op zijn hoede, want hij was natuurlijk niet geschoold in contrasurveillance. Ongetwijfeld dacht hij dat hij volkomen veilig was. Waarschijnlijk dacht hij ook dat hij erg slim was. Alle mannen hadden hun illusies. Deze illusie zou gevaarlijker blijken te zijn dan de meeste andere.

De broers tuurden de straat af. Er waren honderden mensen in zicht. Er reden veel auto's door de straat. Het zicht was goed – een beetje te goed – maar Sali presenteerde zich aan hen alsof het opzet was, en die kans was gewoon te mooi om voorbij te laten gaan.

'Plan A, Enzo?' vroeg Brian vlug. Ze hadden drie plannen uitgedacht, plus een teken om de zaak af te gelasten.

'Akkoord, Aldo. Laten we het doen.' Ze gingen uit elkaar en liepen in tegenovergestelde richtingen. Ze hoopten dat Sali in de richting van de pub zou gaan waar ze de slechte koffie hadden gedronken. Ze droegen allebei een zonnebril om verborgen te houden waar ze naar keken. In Aldo's geval was dat de man van de Security Service die Sali schaduwde. Voor hem was het waarschijnlijk een routineklus, iets wat hij al een paar weken deed, en na een tijdje werd zoiets een sleur en ging je voorspellen wat er zou gebeuren. Je kreeg de neiging je helemaal op de persoon in kwestie te concentreren, en niet ook op de omgeving. Maar de agent werkte in Londen, en misschien kwam hij daar ook vandaan. Misschien dacht hij dat hij de stad door en door kende en niets te vrezen had. Ook dat waren gevaarlijke illusies. Hij had alleen maar opdracht een niet erg interessante persoon te schaduwen in wie Thames House om duistere reden geïnteresseerd was. De persoon had vaste gewoonten en vormde voor niemand een gevaar, zeker niet hier in de stad. Een verwend rijkeluiszoontje, dat was alles. Hij was nu de straat overgestoken en ging linksaf. Blijkbaar ging hij vandaag weer winkelen. Schoenen voor een van zijn vrouwen, veronderstelde de agent van de Security Service. Betere cadeaus dan hij zich voor zijn geliefde kon permitteren – en hij was nog verloofd ook, mopperde de agent in gedachten.

Ze hadden een mooi paar schoenen in de etalage staan, zag Sali: zwart leer met gouden afwerking. Hij sprong jongensachtig het trottoir op en ging toen linksaf naar de ingang van de winkel. Hij glimlachte bij de gedachte aan de blik die Rosalie in haar ogen zou krijgen als ze de doos openmaakte.
Dominic haalde zijn kaart van het centrum van Londen tevoorschijn, een rood boekje dat hij opensloeg terwijl hij langs Sali liep. Hij wierp hem geen enkele blik toe, maar keek vanuit zijn ooghoek. Zijn blik was gericht op de volger. Die leek nog jonger dan zijn broer en hij. Waarschijnlijk was het zijn eerste baan na wat voor opleiding de Security Service ook maar had en hadden ze hem daarom een gemakkelijk klusje gegeven. Blijkbaar was hij een beetje nerveus, want hij keek erg strak en had zijn handen tot vuisten gebald. Een jaar of zo geleden was Dominic niet veel anders geweest, in Newark, jong en erg serieus. Dominic bleef staan en draaide zich snel om. Hij mat de afstand tussen Brian en Sali. Brian zou natuurlijk precies hetzelfde doen, en hij moest zijn bewegingen afstemmen op die van zijn broer, die de leiding had. Goed. Opnieuw keek hij vanuit zijn ooghoek, tot aan de laatste paar stappen.
Toen keek hij naar de volger. De Engelsman zag hem kijken en keek terug. Hij bleef bijna automatisch staan en hoorde de Amerikaanse toerist stompzinnig vragen: 'Pardon, kunt u mij vertellen waar...' Hij hield zijn stratenboekje omhoog om te laten zien dat hij volkomen verdwaald was.

Brian greep in de zak van zijn jas en haalde de gouden pen tevoorschijn. Hij draaide aan het uiteinde, en toen hij op de klem van lavaglas drukte, veranderde de zwarte punt in een iridiumpunt. Hij keek naar Sali. Op een afstand van een meter ging hij een halve stap naar rechts, alsof hij iemand wilde ontwijken die er helemaal niet was, en botste tegen Sali op.

'De Tower. Nou, dan gaat u die kant op,' zei de man van MI5. Hij draaide zich om en wees.
Prachtig.

'Pardon,' zei Brian, en hij liet de man passeren door een halve stap naar links te gaan, en tegelijk stak hij met de pen naar achteren. Hij trof Sali midden in zijn rechterbil. De holle naald drong zo'n drie millimeter in hem binnen. De kooldioxidelading kwam tot explosie en injecteerde zeven milligram succinylcholine in de grootste spier van Sali's anatomie. En Brian Caruso liep gewoon door.

'O, bedankt,' zei Dominic, en hij stopte het stratenboekje weer in zijn zak en deed een stap in de juiste richting. Toen hij van de volger vandaan was, bleef hij staan en draaide zich om, al had hij geleerd dat niet te doen. Hij zag Brian de pen weer in zijn zak stoppen. Zijn broer wreef over zijn neus, het teken dat hij zou geven als de missie volbracht was.

Sali huiverde even toen er iets tegen zijn achterste kwam, maar het was niets ergs. Zijn rechterhand ging naar achteren om over de plek te wrijven, maar de pijn zakte meteen weg, en hij haalde zijn schouders op en liep door naar de schoenenwinkel. Hij deed nog zo'n tien stappen en besefte toen...

... zijn rechterhand trilde een beetje. Hij bleef staan om ernaar te kijken, wilde hem vastpakken met zijn linkerhand...

... die beefde ook. Waarom...

... zijn benen zakten onder hem weg en hij viel op het betonnen trottoir. Zijn knieschijven stuiterden omhoog, en dat deed pijn, erg veel pijn. Hij probeerde diep adem te halen om zich tegen de pijn en de gênante situatie te beschermen...

... maar hij kreeg geen lucht. De succinylcholine had zich nu door zijn hele lichaam verspreid en alle contacten tussen zenuwen en spieren uitgeschakeld. De laatste spieren die ermee ophielden, waren die van zijn oogleden, en Sali, wiens gezicht nu snel naar het trottoir viel, zag zelf niets meer. Hij was omhuld door zwartheid – of beter gezegd de roodheid van het licht dat door het dunne weefsel van zijn oogleden heen drong. Algauw waren zijn hersenen ten prooi aan de verwarring die de voorbode was van paniek.

Wat is dit, vroeg zijn geest. Hij kon voelen wat er gebeurde. Zijn voorhoofd kwam tegen het ruwe oppervlak van het beton. Hij hoorde de voetstappen van mensen links en rechts van hem. Hij probeerde zijn hoofd te draaien – nee, eerst moest hij zijn ogen opendoen...

... maar ze gingen niet open. Wat is dit?!!!

... hij haalde geen adem...

... hij beval zichzelf adem te halen. Alsof hij in een zwembad onder water was geweest en bovenkwam nadat hij zijn adem erg lang had ingehouden, beval hij zijn mond om open te gaan en zijn middenrif om zich uit te zetten...

... maar er gebeurde niets!

... Wat is dit, riep zijn geest.

Zijn lichaam hield zich aan zijn eigen programmering. Toen er steeds meer kooldioxide in zijn longen kwam, ging er automatisch een commando naar zijn middenrif om zich uit te zetten, zodat er lucht kon bin-

nenkomen die het gif in de longen kon vervangen. Maar er gebeurde niets, en op dat moment raakte zijn lichaam uit zichzelf in paniek. Klieren lieten adrenaline vrijkomen in zijn bloedsomloop – zijn hart klopte nog – en door toedoen van dat natuurlijke stimulerende middel nam zijn bewustzijn toe en werkten zijn hersenen op volle toeren...
Wat is dit, vroeg Sali zich weer vertwijfeld af, want inmiddels verkeerde hij in paniek. Zijn lichaam liet het op een onvoorstelbare manier afweten. Op klaarlichte dag lag hij op een trottoir in het centrum van Londen in het donker te stikken. Al die kooldioxide in zijn longen deed niet echt pijn, maar zijn lichaam gaf dat wel aan zijn geest door. Er was iets helemaal mis, en het was volslagen onbegrijpelijk, alsof hij op straat was aangereden door een vrachtwagen – nee, alsof hij in zijn huiskamer door een vrachtwagen was overreden. Het ging allemaal zo snel dat hij het niet kon volgen. Het was absurd, en het was... verrassend, verbijsterend, schokkend.
Maar het viel niet te ontkennen.
Hij bleef zichzelf bevelen adem te halen. Dat moest gebeuren. Het was nooit níét gebeurd, en dus moest het nu ook gebeuren. Hij voelde dat zijn blaas leegliep, maar de schaamte legde het meteen af tegen zijn paniek, die steeds heviger werd. Hij kon alles voelen. Hij kon alles horen. Maar hij kon niets doen, helemaal niets. Het was of hij naakt aan het hof van de koning in Riad was betrapt, met een varken in zijn armen...
... en toen hield de pijn op. Zijn hart sloeg wild, wel 160 slagen per minuut, maar daardoor stuurde het alleen maar zuurstofarm bloed door zijn vaatstelsel. Zo verbruikte het hart – het enige nog echt actieve orgaan in zijn lichaam – de hele zuurstofvoorraad van zijn lichaam...
... en toen begonnen bij gebrek aan zuurstof de trouwe hartcellen, die immuun waren voor de spierverslapper die zich door Sali's hele lichaam had verspreid, af te sterven.
Het was de ergste pijn die het lichaam kan meemaken. Elke afzonderlijke cel stierf af, te beginnen bij het hart, en het gevaar daarvan werd onmiddellijk doorgegeven aan het lichaam als geheel. De cellen stierven nu bij duizenden, elk verbonden met een zenuw die naar de hersenen schreeuwde dat de dood eraan kwam, er snel aan kwam...
Hij kon niet eens een grimas trekken. Het was of er een vurige dolk in zijn borst was gestoken en werd rondgedraaid en dieper en dieper in zijn lichaam werd gedreven. Het was het gevoel van de dood, iets wat toegebracht werd door Iblis zelf, door de eigen hand van Lucifer...
En op dat moment zag Sali de Dood komen, rijdend over een veld van vuur om zijn ziel mee te nemen naar de verdoemenis. Koortsachtig, in staat van paniek, dacht Uda bin Sali de woorden van de Shahada zo luid

als hij kon: er is geen God dan Allah en Mohammed is Zijn Profeet... Er is geen God dan Allah en Mohammed is Zijn Profeet... Er is geen God dan Allah en Mohammed is Zijn Profeet...

... Erisgeengoddanallahenmohammediszijnprofeet.

Zijn hersencellen kregen ook geen zuurstof meer en stierven af, en daardoor werden de gegevens die ze bevatten in een slinkend bewustzijn geworpen. Hij zag zijn vader, zijn favoriete paard, zijn moeder voor een tafel vol voedsel... en Rosalie, Rosalie die hem bereed, haar gezicht een en al verrukking, maar op de een of andere manier ook steeds verder weg... vervagend... vervagend...

... tot alles zwart was.

Er waren mensen om hem heen komen staan. Een van hen bukte zich en zei: 'Hallo, gaat het wel goed?' Een domme vraag, maar dat vragen mensen onder zulke omstandigheden. Toen schudde die persoon – hij was een verkoper van computeraccessoires en hij was op weg naar de pub om een glas bier te drinken en een eenvoudige lunch te gebruiken – aan zijn schouder. Er was geen enkele weerstand, alsof hij een stuk vlees omkeerde in de slagerswinkel... En dat beangstigde hem nog meer dan een geladen pistool zou hebben gedaan. Hij rolde het lichaam meteen om en voelde of er hartslag was. Die was er. Het hart sloeg koortsachtig – maar de man haalde geen adem. Verdomme...

Op tien meter afstand had Sali's volger zijn mobiele telefoon tevoorschijn gehaald en belde hij 999, het nummer van de nooddiensten. Er was een ambulancepost maar een paar straten verderop, en aan de andere kant van de Tower Bridge was Guy's Hospital. Zoals veel veiligheidsagenten was hij zich met zijn verdachte gaan identificeren, al had hij een hekel aan hem, en de aanblik van die man die daar ineengekrompen op het trottoir lag had hem diep geschokt. Wat was er gebeurd? Een hartaanval? Maar hij was jong...

Brian en Dominic kwamen bij elkaar in een pub niet ver van de Tower. Ze waren nog maar nauwelijks in een nis gaan zitten of er kwam al een serveerster naar hen toe om te vragen wat ze wilden.

'Twee bier,' zei Enzo tegen haar.

'We hebben Tetley's Smooth en John Smith, schat.'

'Wat drink je zelf?' vroeg Brian meteen.

'John Smith, natuurlijk.'

'Twee daarvan,' beval Dominic. Hij pakte het lunchmenu van haar aan.

'Ik weet nog niet of ik iets wil eten, maar bier is een goed idee,' zei Brian. Hij nam het menu van hem over en merkte dat zijn handen een beetje trilden.

'En misschien ook een sigaret.' Dominic grinnikte. Zoals de meeste tieners hadden ze op de middelbare school geëxperimenteerd met roken, maar ze waren er allebei mee gestopt voordat ze verslaafd waren. Trouwens, de sigarettenautomaat in de hoek was van hout en zij als buitenlanders wisten waarschijnlijk niet hoe hij werkte.
'Ja, hoor.' Brian zette die gedachte uit zijn hoofd.
Toen hun glazen bier kwamen, hoorden ze de ook de dissonante klanken van een ambulance, drie straten van hen vandaan.
'Hoe voel je je?' vroeg Enzo aan zijn broer.
'Een beetje beverig.'
'Denk aan vorige week vrijdag,' zei de FBI-agent tegen de marinier.
'Ik heb niet gezegd dat ik er spijt van heb, dombo. Het gaat je alleen niet in je kouwe kleren zitten. Heb je de volger afgeleid?'
'Ja, hij keek me recht aan toen jij aan het prikken was. Die man liep nog zo'n zeven meter door en zakte toen in elkaar. Ik heb geen reactie gezien toen hij werd geprikt. Jij wel?'
Brian schudde zijn hoofd. 'Nog geen "au", broertje.' Hij nam een slokje. 'Dit bier is niet slecht.'
'Ja, *shaken, not stirred*, 007.'
Brian moest onwillekeurig lachen. 'Klootzak!' zei hij.
'Nou, daar in de buurt hebben we ons werk, nietwaar?'

18

De jachthonden in volle vaart

Jack junior hoorde het als eerste. Hij was net aan zijn koffie en donuts begonnen, had zijn computer aangezet en was meteen naar het berichtenverkeer van de CIA naar de NSA gegaan, en helemaal boven op de elektronische stapel lag een bericht met prioriteit, bestemd voor de NSA. In het bericht werd de NSA verzocht speciale aandacht te schenken aan 'bekende relaties' van Uda bin Sali, die volgens de Britten plotseling midden in Londen aan een hartaanval was bezweken. Het bericht van de Security Service, dat in het bericht van de CIA was opgenomen, maakte in bondig Engels proza duidelijk dat de man voor de ogen van hun surveillanceagent op straat in elkaar was gezakt. Hij was in allerijl met een ambulance naar het Guy's Hospital gebracht, waar hij 'niet meer bij kennis is gekomen'. Er werd sectie op het lichaam verricht, zei MI5.

In Londen belde Bert Willow, rechercheur van de Special Branch, naar het appartement van Rosalie Parker.

'Hallo.' Ze had een charmante, muzikale stem.

'Mevrouw Parker, met rechercheur Willow. We willen u zo gauw mogelijk hier op Scotland Yard hebben.'

'Het spijt me, maar ik heb het druk, Bert. Ik verwacht elk moment een cliënt. Dat duurt een uur of twee. Daarna kan ik meteen komen. Is dat goed?'

Aan de andere kant van de lijn haalde de rechercheur diep adem, maar nee, het was niet echt zo dringend. Als Sali aan drugs was gestorven – volgens zijn collega's en hemzelf de waarschijnlijkste doodsoorzaak – had hij ze niet van Rosalie gekregen, want die was niet verslaafd en handelde er ook niet in. Ze was niet dom voor een meisje dat nooit op de goede scholen had gezeten. Ze verdiende te veel met haar werk om zulke risico's te nemen. Ze ging soms zelfs naar de kerk, stond in haar dossier. 'Goed,' zei Bert tegen haar. Hij was benieuwd hoe ze op het nieuws zou reageren, maar hij verwachtte geen belangrijke ontwikkelingen.

'Mooi zo. Tot dan,' zei ze, waarna ze ophing.

In het Guy's Hospital was het lichaam al in het sectielaboratorium. Het was al uitgekleed en op de rug op een roestvrijstalen tafel gelegd toen de

dienstdoende patholoog-anatoom binnenkwam. Hij was sir Percival Nutter, vooraanstaand medicus, hoofd van de afdeling Pathologie-anatomie van het ziekenhuis, en zestig jaar oud. Zijn laboranten hadden al 0,1 liter bloed aan het lichaam onttrokken voor onderzoek. Het was nogal veel, maar ze zouden elke test doen die maar bekend was.
'Nou, hij heeft het lichaam van een man van ongeveer 25 jaar oud – neem zijn papieren om de juiste data in te vullen, Maria,' zei hij tegen de microfoon die aan het plafond hing. Die microfoon stond in verbinding met een bandrecorder. 'Gewicht?' Die vraag was aan een jongere arts gericht.
'73,6 kilo. Een meter 81 lang,' antwoordde de kersverse medicus.
'Het lichaam vertoont bij visueel onderzoek geen bijzondere sporen. Dat wijst op een cardiovasculair of neurologisch incident. Waarom is hier zo'n haast bij, Richard? Het lichaam is nog warm.' Geen tatoeages enzovoort. De lippen waren een beetje blauwig. Zijn niet-officiële opmerkingen zouden natuurlijk niet worden uitgetypt, maar het was ongewoon om een lichaam te hebben dat nog warm was.
'Op verzoek van de politie, sir Percy. Het schijnt dat hij dood neerviel op straat terwijl hij door iemand van de Security Service werd geobserveerd.' Dat was niet helemaal de waarheid, maar het zat er vrij dichtbij.
'Heb je naaldsporen gezien?' vroeg de oudere arts.
'Nee, geen enkel spoor.'
'Nou, jongen, wat denk je ervan?'
Richard Gregory, de jonge arts die nog maar kort bij Pathologie-anatomie werkte, haalde zijn schouders op. 'Afgaand op wat de politie zegt, dus de manier waarop hij in elkaar is gezakt, zou ik zeggen dat het een zware hartaanval of een soort beroerte kan zijn geweest – tenzij het iets met drugs te maken heeft. Daar lijkt hij me een beetje te gezond voor, en er zijn geen naaldsporen die op drugs wijzen.'
'Hij lijkt me nogal jong voor een dodelijk infarct,' zei de oudere man. Voor hem zou het lichaam net zo goed een stuk vlees op de markt kunnen zijn, of een dood hert in Schotland, niet het stoffelijk overschot van een mens dat – nou? – twee of drie uur geleden nog had geleefd. Die arme stumper had verrekt veel pech gehad. Hij leek iemand uit het Midden-Oosten. Iemand met zo'n gladde huid op zijn handen had vast geen zwaar werk gedaan, al maakte hij een redelijk fitte indruk. Hij lichtte de oogleden op. De ogen waren bruin genoeg om op een afstand zwart te lijken. Een goed gebit, niet veel tandartswerk. Over het geheel genomen leek het een jongeman die goed voor zichzelf had gezorgd. Dat was vreemd. Misschien een erfelijke hartafwijking? Daarvoor zouden ze zijn borst moeten opensnijden. Nutter vond het niet erg om dat te doen –

het was gewoon routinewerk voor hem en hij had al lang geleden geleerd om niet aan het grote verdriet te denken waarmee een sterfgeval gepaard ging – maar omdat het zo'n jong lichaam was, vond hij het eigenlijk tijdverspilling, al was de doodsoorzaak raadselachtig genoeg om interessant te zijn – misschien was het zelfs iets voor een artikel in *The Lancet*, waarvoor hij in de afgelopen 36 jaar al vele artikelen had geschreven. Met alle secties die hij in al die tijd had verricht, had hij honderden, misschien wel duizenden levende mensen gered. Dat was een van de redenen waarom hij voor de pathologie-anatomie had gekozen. Bovendien hoefde je niet zoveel met je patiënten te praten.
Voorlopig zouden ze op de resultaten van het bloedonderzoek in het serologisch lab wachten. Dan zou hij ongeveer weten waarnaar hij moest zoeken.

Brian en Dominic namen een taxi terug naar hun hotel. Toen ze daar waren, sloot Brian zijn laptop aan en logde in. Het korte e-mailbericht dat hij verstuurde werd automatisch versleuteld en binnen vier minuten verzonden. Hij dacht dat de Campus een uur of zo nodig zou hebben om te reageren – tenminste, als niemand het in zijn broek deed, maar dat verwachtte hij niet. Granger leek hem iemand die dit zelf ook had gekund: vrij hard voor een oude kerel. In het Korps had je geleerd dat je aan de ogen kon zien wie de harde types waren. John Wayne had football gespeeld voor USC. Audie Murphy, afgewezen door een rekruteerder van de mariniers – tot eeuwige schande van het Korps – had eruitgezien als een straatschoffie, maar hij had in zijn eentje meer dan driehonderd man vermoord. Hij had ook koude ogen gehad, als daar aanleiding toe was.
Plotseling voelden de beide Caruso's zich verrassend eenzaam.
Ze hadden zojuist een man vermoord die ze niet kenden en met wie ze geen enkel woord hadden gesproken. Op de Campus had het allemaal zo logisch en verstandig geleken, maar de Campus was nu ver weg, zowel letterlijk als figuurlijk. Maar de man die ze hadden gedood, had de monsters gefinancierd die in Charlottesville om zich heen hadden geschoten en genadeloos vrouwen en kinderen hadden gedood. Hij had die barbaarse daad gesteund en daardoor was hij schuldig, zowel in de zin van de wet als in moreel opzicht. Het was dus ook weer niet zo dat ze Moeder Teresa's kleine broertje op weg naar de mis hadden doodgemaakt.
Het was moeilijker voor Brian dan voor Dominic, die naar de minibar liep en er een blikje bier uit pakte. Hij gooide dat zijn broer toe.
'Ik weet het,' zei Brian. 'Hij had het verdiend. Alleen... Nou, het is anders dan in Afghanistan, weet je.'

'Ja, deze keer moesten wij met hem doen wat zij met ons probeerden te doen. Het is niet onze schuld dat hij een schurk is. Het is niet onze schuld dat hij dacht dat die schietpartij in dat winkelcentrum bijna net zo goed was als een nummertje maken. Hij had erom gevraagd. Misschien had hij zelf niemand doodgeschoten, maar hij had wel de wapens gekocht,' zei Dominic zo redelijk als de omstandigheden toelieten. 'Ik ga hem niet verdedigen. Alleen... Verdomme, in een beschaafde wereld zouden we zulke dingen niet hoeven te doen.'

'Over welke beschaafde wereld heb je het, broertje? We hebben iemand koud gemaakt die dringend naar God moest. Als God hem wil vergeven, dan is dat Zijn zaak. Weet je, er zijn mensen die denken dat iedereen in uniform een huurmoordenaar is. Babymoordenaars, zeggen ze dan.'

'Nou, dat is gewoon onzin,' snauwde Brian terug. 'Maar weet je waar ik bang voor ben? Als wij nou eens net zo worden als zij?'

'We kunnen een opdracht altijd weigeren, nietwaar? En ze hebben tegen ons gezegd dat ze ons altijd de reden voor een actie zullen noemen. Wij worden niet als zij, Aldo. Dat laat ik niet gebeuren. En jij ook niet. Dus we hebben werk te doen.'

'Ja.' Brian nam een grote slok van het bier en haalde de gouden pen tevoorschijn. Hij moest hem herladen. Dat kostte minder dan drie minuten, en dan kon hij weer in actie komen. Toen maakte hij er weer schrijfgereedschap van en stopte hem in zijn zak. 'Ik red me wel, Enzo. Het is ook niet de bedoeling dat je je goed voelt als je iemand op straat hebt doodgemaakt. Al vraag ik me nog steeds af of het niet beter zou zijn geweest om die vent gewoon op te pakken en te ondervragen.'

'De Britten hebben wetten over burgerrechten, net als wij. Als hij om een advocaat vraagt – en dat doet hij natuurlijk meteen – mag de politie hem nog niet eens vragen hoe laat het is, net als bij ons. Hij glimlacht maar wat en houdt zijn mond dicht; meer hoeft hij niet te doen. Dat is een van de nadelen van de beschaving. Als het om criminelen gaat, zijn die regels wel zinvol, denk ik, maar dit zijn geen misdadigers. Dit is geen straatcriminaliteit, maar een vorm van oorlogvoering. Dat is het probleem, en iemand die bereid is zelfmoord te plegen kun je moeilijk intimideren. Je kunt hem alleen tegenhouden, en bij zo iemand lukt dat pas als zijn hart niet meer klopt.'

Weer een slok bier. 'Ja, Enzo. Ik red me wel. Ik vraag me af wie de volgende is.'

'Geef hun een uur de tijd om dit te verwerken. Zullen we een eindje gaan wandelen?'

'Mij best.' Brian stond op en even later waren ze op straat.

Ze liepen langs het huis van Sali. Het British Telecom-busje reed net weg, maar de Aston Martin stond nog voor de deur. Ze vroegen zich af of de Britten een team in het huis lieten inbreken om te kijken of daar interessante dingen te vinden waren, maar die zwarte sportwagen stond daar nu eenmaal en hij zag er bijzonder aanlokkelijk uit.

'Je kunt hem kopen als de nalatenschap wordt geveild,' merkte Brian op.

'Ik kan hem niet meenemen naar Amerika. Het stuur zit aan de verkeerde kant,' merkte Dominic op. Maar zijn broer had gelijk: het was eeuwig zonde om zo'n mooie auto verloren te laten gaan. Berkeley Square was mooi om te zien, maar het was te klein voor iets anders dan kleine kinderen op het gras te laten kruipen, waar ze in de zon waren en frisse lucht kregen. Het huis zou waarschijnlijk ook worden verkocht, en het zou erg veel opbrengen. Er zouden notarissen en advocaten aan te pas komen, en die zouden hun deel nemen voordat ze de rest van de opbrengst overmaakten naar wat die ellendeling aan familie had gehad. 'Heb je al honger?'

'Ik lust wel wat,' gaf Brian toe. En dus liepen ze een eindje door. Ze zetten koers naar Piccadilly en vonden een eetgelegenheid die Pret A Manger heette, waar je broodjes en frisdrank kon krijgen. Nadat ze in totaal veertig minuten van het hotel vandaan waren geweest, gingen ze weer naar binnen en zette Brian zijn computer aan.

Missie volbracht, bevestigd door plaatselijke bronnen. Missie geslaagd, luidde de boodschap van de Campus. *Plaatsen bevestigd vlucht BA0943 vertrek Heathrow morgen 07:55 aankomst München 10:45. Tickets aan balie.* Er volgde een pagina met bijzonderheden, met tot besluit het woord *Einde*.

'Zo,' merkte Brian op. 'We hebben weer een klus.'

'Nu al?' Dominic verbaasde zich over de efficiency van de Campus.

Brian niet. 'Ik denk niet dat ze ons betalen om voor toerist te spelen.'

'Weet je, we moeten de tweeling daar eerder weghalen,' zei Tom Davis.

'Als niemand hen in de gaten heeft gekregen, lijkt het me niet nodig,' zei Hendley.

'Als iemand er op de een of andere manier achter komt wie ze zijn, is het beter dat ze weg zijn. Iemand die er niet is, kun je niet ondervragen,' merkte Davis op. 'Als de politie geen spoor heeft dat ze kunnen volgen, hebben ze ook minder om over na te denken. Ze kunnen naar de passagierslijst van een vlucht kijken, maar als de mensen die ze zoeken – vooropgesteld dat ze namen hebben – niets bijzonders doen, stuiten ze op een blinde muur. En als het gezicht dat al dan niet gesignaleerd is, gewoon in het niets verdwijnt, hebben ze helemaal niets, en dan denken ze waarschijnlijk dat de ooggetuige het niet goed heeft gezien.' Niet iedereen wist dat, maar de politie had in het algemeen erg weinig vertrouwen in ooggetuigen. Hun verklaringen waren te vluchtig en te onbetrouwbaar om ze als bewijsmateriaal te kunnen gebruiken.

'En?' vroeg sir Percival.
'Sterke verhoging van CPK-MB en troponine, en het lab zegt dat zijn cholesterolwaarde 5,5 was,' zei dokter Gregory. 'Hoog voor iemand van zijn leeftijd. Geen sporen van drugs, zelfs niet aspirine. De enzymen wijzen op een hartaanval, maar dat is voorlopig alles.'
'Nou, we moeten zijn borst openmaken,' zei dokter Nutter. 'Maar dat zat er toch al in. Zelfs met een verhoogde cholesterolwaarde is hij te jong voor een zware hartaanval, denk je niet?'
'Als ik zou moeten wedden, sir Percy, zou ik aan een langdurige QT-interval of aritmie denken.' Beide verschijnselen lieten jammer genoeg weinig sporen na die bij een sectie aan het licht konden komen, behalve in negatieve zin, maar toch waren ze beide fataal.
'Ja.' Die Gregory leek hem een intelligente jonge arts, en zoals de meesten was hij buitensporig serieus. 'Daar gaan we dan,' zei Nutter, en hij pakte het grote huidmes. Daarna zouden ze de ribben doorknippen. Eigenlijk wist hij wel wat ze zouden vinden. Die arme kerel was aan een hartaanval gestorven, waarschijnlijk veroorzaakt door een plotselinge – en onverklaarbare – aritmie. Maar wat de oorzaak ook was geweest, het was even dodelijk geweest als een kogel in de hersenen. 'Is er verder nog iets uit het toxicologisch onderzoek gekomen?'
'Nee, niets.' Gregory hield de uitdraai omhoog. Die was bijna helemaal leeg. En daarmee was de zaak wel zo ongeveer geregeld.

Het was of ze naar een World Series-wedstrijd op de radio luisterden, maar dan zonder een enthousiaste commentator die de tijd helemaal opvulde. Iemand van de Security Service wilde de CIA erg graag laten weten wat er aan de hand was met de persoon voor wie Langley enige belangstelling had gehad, en dus werden alle stukjes en beetjes informatie die binnenkwamen meteen doorgestuurd naar de CIA, en vandaar naar de NSA, die in de ether naar belangstelling van terroristen zocht. De nieuwsdienst van die laatsten bleek niet zo efficiënt te werken als hun vijanden hadden gehoopt.

'Hallo, rechercheur Willow,' zei Rosalie Parker met haar gebruikelijke 'neuk me'-glimlach. Ze verdiende de kost met seks, maar dat wilde nog niet zeggen dat ze er een hekel aan had. Ze kwam opgewekt met haar bezoekerspasje binnen en ging tegenover zijn bureau zitten.

'Nou, wat kan ik op deze mooie dag voor u doen?'
'Slecht nieuws, mevrouw Parker.' Bert Willow stelde zich altijd formeel en beleefd op, zelfs tegen hoeren. 'Uw vriend Uda bin Sali is dood.'
'Wat?!' Haar ogen werden groot van schrik. 'Wat is er gebeurd?'
'Dat weten we niet zeker. Hij zakte gewoon op straat in elkaar, tegenover zijn kantoor. Het schijnt dat hij een hartaanval heeft gehad.'
'O ja?' Rosalie was verbaasd. 'Maar hij leek zo gezond. Ik zou nooit gedacht hebben dat er iets met hem aan de hand was, ik bedoel, gisteravond nog...'
'Ja, dat heb ik in het dossier gezien,' zei Willow. 'Weet u of hij drugs gebruikte?'
'Nee, nooit. Hij dronk wel eens, maar nooit veel.'
Willow kon zien dat ze geschokt en erg verrast was, maar er blonk geen enkele traan in haar ogen. Nee, voor haar was Uda een zakelijke cliënt geweest, een bron van inkomsten en niet meer dan dat. Die arme kerel had daar waarschijnlijk anders over gedacht. In dat geval was het dubbel pech voor hem. Maar daar hoefde Willow zich niet druk om te maken.
'Is er iets ongewoons gebeurd de laatste keer dat u bij hem was?' vroeg de rechercheur.
'Nee, eigenlijk niet. Hij was erg hitsig, maar weet u, een paar jaar geleden heb ik meegemaakt dat een klant stierf terwijl hij bij me was – ik bedoel, hij kwam en ging, zoals ze dan zeggen. Het was afschuwelijk, je vergeet zoiets nooit meer, en daarom let ik een beetje op mijn klanten. Ik bedoel, als ik het kan voorkomen, laat ik ze niet doodgaan. Ik ben geen barbaar, weet u. Ik heb ook een hart,' verzekerde ze de politieman.
Nou, je vriend Sali heeft dat niet meer, dacht Willow, maar dat zei hij niet. 'Ja. Dus gisteravond was hij volkomen normaal?'
'Volkomen. Geen enkel teken dat er iets mis was.' Ze nam even de tijd om aan haar uiterlijk te werken. Ze kon er maar beter wat verdrietig uitzien, anders dacht hij misschien nog dat ze een gevoelloze robot was. 'Dit is verschrikkelijk nieuws. Hij was heel royaal, en altijd beleefd. Wat verschrikkelijk voor hem.'
'En voor u,' zei Willow meelevend. Per slot van rekening had ze zojuist een belangrijke bron van inkomsten verloren.
'O. Ja, o ja, voor mij ook,' zei ze, alsof dat nu pas goed tot haar doordrong. Maar ze probeerde de rechercheur niet met tranen in de maling te nemen. Dat zou tijdverspilling zijn. Daar zou hij zo doorheen kijken. Jammer van Sali. Ze zou de cadeautjes missen. Nou ja, ze zou wel nieuwe klanten vinden. Dit was niet het einde van de wereld. Hij was degene die pech had – en zij ook een klein beetje, maar ze kwam er wel bovenop.

'Mevrouw Parker, heeft hij u ooit iets over zijn zakelijke activiteiten verteld?'

'Hij had het vooral over onroerend goed. Hij kocht en verkocht dure panden. Hij nam me een keer mee naar een huis in West End dat hij had gekocht. Hij zei dat hij het wilde laten schilderen en mijn mening wilde horen, maar ik denk dat hij alleen maar indruk op me probeerde te maken.'

'Hebt u ooit vrienden van hem ontmoet?'

'Niet veel – drie, misschien vier, denk ik. Het waren Arabieren, ongeveer van zijn leeftijd, misschien vijf jaar ouder, maar niet meer. Ze bekeken me aandachtig, maar het leverde me geen nieuwe klanten op. Dat verbaasde me. Arabieren zijn vaak geile bokken, maar ze betalen wel goed. Denkt u dat hij betrokken was bij illegale zaken?' vroeg ze.

'Dat is een mogelijkheid,' gaf Willow toe.

'Daar heb ik nooit iets van gemerkt. Als hij met stoute jongens omging, deed hij dat helemaal buiten mij om. Ik zou u graag willen helpen, maar ik heb geen informatie.' Ze maakte echt de indruk dat ze voor detective wilde spelen, maar hij zei tegen zichzelf dat als het op toneelspelen aankwam een hoer van deze klasse waarschijnlijk zelfs Judith Anderson in de schaduw kon stellen.

'Nou, ik dank u voor uw komst. Als u nog iets – wat dan ook – te binnen schiet, verzoek ik u me te bellen.'

'Dat zal ik doen.' Ze stond op en liep glimlachend de kamer uit. Hij was een sympathieke kerel, die rechercheur Willow. Jammer dat hij zich haar niet kon veroorloven.

Bert Willow zat alweer achter zijn computer en typte zijn contactrapport in. Rosalie Parker leek hem een aardig meisje, ontwikkeld en erg charmant. Voor een deel had ze dat aangeleerd voor het beroep dat ze uitoefende, maar misschien was het voor een deel ook echt. In dat geval hoopte hij dat ze een nieuw beroep zou vinden voordat er niets meer van haar eigen persoonlijkheid was overgebleven. Willow was een romanticus, en dat zou op een dag misschien zijn ondergang worden. Hij wist dat zelf ook, maar hij was niet van plan zijn persoonlijkheid te veranderen voor het werk dat hij deed, zoals zij waarschijnlijk had gedaan. Een kwartier later mailde hij het rapport naar Thames House, en toen drukte hij het af voor het dossier-Sali, dat na verloop van tijd op Central Records terecht zou komen en waarschijnlijk nooit meer geopend zou worden.

'Zei ik het niet?' zei Jack tegen zijn kamergenoot.

'Nou, dan mag je jezelf op de schouder kloppen,' antwoordde Wills.

'Nou, wat is het verhaal, of moet ik de gegevens oproepen?'
'Uda bin Sali is dood neergevallen. Naar het schijnt, is hij aan een hartaanval gestorven. Zijn volger van de Security Service heeft niets ongewoons gezien, alleen dat die man op straat in elkaar zakte. En opeens is er geen Uda meer om de schurken te financieren.'
'Wat vind jij ervan?' vroeg Wills.
'Het is mij best, Tony. Hij speelde met de verkeerde jongens op de verkeerde speelplaats. Einde verhaal,' zei Ryan junior koel. Hoe zouden ze het hebben gedaan, vroeg hij zich in stilte af. 'Hebben onze jongens hem een handje geholpen, denk je?'
'Niet onze afdeling. Wij verstrekken informatie aan anderen. We weten niet wat ze daarmee doen en het is ook niet aan ons om daarover te speculeren.'
'*Aye, aye.*' Het leek erop dat de dag wel spannend begonnen was, maar verder een saai verloop zou hebben.

Mohammed kreeg het nieuws dat Uda dood was via zijn computer – of beter gezegd, hij kreeg in code te horen dat hij een tussenpersoon moest bellen die Ayman Ghailani heette en wiens mobiele nummer hij uit zijn hoofd had geleerd. Om dat te doen ging hij naar buiten. Je moest altijd voorzichtig zijn met hoteltelefoons. Eenmaal op straat liep hij naar een park en ging op een bank zitten, met een blocnote en pen in zijn handen.
'Ayman, met Mohammed. Wat is er?'
'Uda is dood,' meldde de tussenpersoon enigszins ademloos.
'Wat is er gebeurd?' vroeg Mohammed.
'Dat weten we niet zeker. Hij viel bij zijn kantoor op straat neer en werd naar het dichtstbijzijnde ziekenhuis gebracht. Daar is hij gestorven,' was het antwoord.
'Hij is niet gearresteerd, niet door de joden gedood?'
'Nee, daar is geen melding van gemaakt.'
'Het was dus een natuurlijke dood?'
'Daar lijkt het voorlopig wel op.'
Ik vraag me af of hij dat geld heeft overgemaakt voordat hij doodging, dacht Mohammed. 'Ik begrijp het...' Natuurlijk begreep hij het niet echt, maar hij moest de leegte opvullen met een paar woorden. 'Er is dus geen reden om boze opzet te vermoeden?'
'Voorlopig niet, nee. Maar als een van onze mensen doodgaat, hou je daar altijd rekening mee.'
'Ja, dat weet ik, Ayman. Je hebt altijd vermoedens. Weet zijn vader het al?'

'Zo ben ik erachter gekomen.'
Zijn vader is waarschijnlijk blij dat hij van die nietsnut af is, dacht Mohammed. 'Wie van ons gaat uitzoeken wat de doodsoorzaak was?'
'Ahmed Mohammed Hamed Ali woont in Londen. Misschien via een advocaat...?'
'Goed idee. Regel dat.' Een korte stilte. 'Heeft iemand het aan de emir verteld?'
'Nee, ik geloof van niet.'
'Doe dat ook.' Het was niet zo belangrijk, maar evengoed was het de bedoeling dat hij alles wist.
'Dat doe ik,' beloofde Ayman.
'Goed. Dat is dan alles.' En Mohammed drukte op een toets om de verbinding te verbreken.
Hij was in Wenen terug. Hij hield van die stad, al was het alleen maar omdat ze hier indertijd goed met de joden hadden afgerekend, en als de Weners daar spijt van hadden, konden de meesten dat goed verborgen houden. Verder was het een aangename stad als je geld had. Goede restaurants, met mensen die de kunst verstonden hun meerderen van dienst te zijn. De vroegere keizerstad had hem veel cultuur en geschiedenis te bieden wanneer hij ervoor in de stemming was om een toerist te zijn, en dat gebeurde vaker dan je zou verwachten. Mohammed merkte dat hij vaak het best kon denken als hij naar iets keek wat van geen enkel belang was voor zijn werk. Vandaag zou hij misschien naar een museum gaan. Hij zou Ayman het werk laten doen. Een Londense advocaat zou op zoek gaan naar informatie over Uda's dood en zou hen, als een brave huurling, op de hoogte stellen als er iets niet in de haak was. Maar soms gingen mensen gewoon dood. Dat was de hand van Allah; en die kon je niet gemakkelijk begrijpen en nooit voorspellen.

Of misschien werd de dag toch niet zo saai. In het begin van de middag stuurde de NSA een bericht door. Jack rekende uit dat het aan de andere kant van de oceaan nu avond was. De computermannetjes van de Italiaanse carabinieri – hun federale politie, die in nogal opzichtige uniforms rondliep – hadden berichten onderschept, die ze naar de Amerikaanse ambassade in Rome hadden doorgestuurd, en vandaar waren ze meteen via de satelliet naar Fort Belvoir gegaan – de belangrijkste communicatiepost aan de oostkust. Een zekere Mohammed had een zekere Ayman gebeld – dat wisten ze op grond van het opgenomen gesprek, waarin ook de dood van Uda bin Sali ter sprake was gekomen, zodat er op verschillende computers een elektronisch 'bingo' was afgegaan en het gesprek was doorgestuurd naar een analist, die meteen zijn satelliettelefoon had gepakt.

'Heeft iemand het aan de emir verteld? Wie is die emir nou weer?' vroeg Jack.

'Dat is een adellijke titel, zoiets als een hertog,' antwoordde Wills. 'Wat is de context?'

'Hier.' Jack gaf hem een uitdraai.

'Dat ziet er interessant uit.' Wills draaide zich om en zocht in zijn computer naar EMIR. Het leverde hem maar één verwijzing op. 'Maar volgens dit hier is het een naam of titel die ongeveer een jaar geleden in een opgenomen gesprek in een onduidelijke context is opgedoken. Daarna hebben we niets van belang. De CIA denkt dat het waarschijnlijk een codewoord is voor een niet al te hoge figuur in hun organisatie.'

'In deze context lijkt hij me nogal hoog,' dacht Jack hardop.

'Misschien,' gaf Tony toe. 'We weten nog niet zoveel van die kerels af. De CIA gaat er waarschijnlijk van uit dat het een leidinggevende figuur is. Dat zou ik ook doen,' zei hij met niet al te veel overtuiging.

'Hebben we hier iemand die Arabisch spreekt?'

'Twee jongens spreken de taal – dat hebben ze in Monterey geleerd – maar ze zijn geen kenners van de cultuur.'

'Dit lijkt me een nader onderzoek waard.'

'Schrijf het dan op, en dan zullen we zien wat ze denken. Bij de CIA hebben ze een stel gedachtelezers, en sommigen daarvan zijn erg goed.'

'Mohammed is de hoogste persoon die we in die organisatie kennen. Hij verwijst hier naar iemand die hoger is dan hijzelf. Dat moeten we nagaan,' zei Ryan junior met alle overtuigingskracht die hij bezat.

Wills wist dat zijn kamergenoot gelijk had. Hij had ook het grootste probleem in het inlichtingenvak onder woorden gebracht: te veel gegevens, te weinig tijd om ze te analyseren. Het best zouden ze een verzoek om inlichtingen van de NSA aan de CIA, en omgekeerd, kunnen simuleren, en vragen om ideeën over deze kwestie. Maar ze moesten daar voorzichtig mee zijn. Verzoeken om gegevens werden talloze malen per dag gedaan, en omdat het er zoveel waren, werden ze nooit nagetrokken – de communicatie was toch veilig? Maar als er om tijd van analisten werd gevraagd, kon dat tot een telefoontje leiden, en dat betekende dat er een nummer moest zijn, en ook iemand die de telefoon opnam. Dat zou tot een lek kunnen leiden, en lekken waren het enige wat de Campus zich niet kon permitteren. En dus gingen zulke verzoeken via de bovenste verdieping. Hooguit twee keer per jaar. De Campus leefde als een parasiet op het lichaam van de inlichtingenwereld. Zulke schepsels werden niet geacht hun mond te gebruiken om te praten, alleen om bloed te zuigen.

'Schrijf je ideeën op voor Rick Bell, dan bespreekt hij het met de senator,' raadde Wills hem aan.
'Geweldig,' mopperde Jack. Hij had nog niet geleerd geduld te oefenen. Of beter gezegd: hij had nog niet veel over bureaucratieën geleerd. Zelfs de Campus had bureaucratische eigenschappen. Het was vreemd. Als hij een gewone analist in Langley was geweest, had hij alleen maar een telefoonnummer hoeven te draaien om met de juiste persoon te praten en een deskundige mening te horen, of iets wat daarbij in de buurt kwam. Maar dit was Langley niet. De CIA was altijd goed in het verkrijgen en verwerken van informatie. Die dienst deed daar iets goeds mee waar de overheid steeds weer versteld van stond. Jack schreef zijn verzoek op, met de redenen erbij, en vroeg zich af wat eruit voort zou komen.

De emir hoorde het nieuws rustig aan. Uda was een nuttige, maar geen belangrijke ondergeschikte geweest. De emir had nog veel meer bronnen van geld voor zijn operaties. Hij was lang voor iemand uit zijn deel van de wereld, niet erg aantrekkelijk, met een Semitische neus en een olijfbruine huid. Zijn familie was vooraanstaand en erg rijk, al beheerden zijn broers – hij had er negen – het grootste deel van het familievermogen. Zijn huis in Riad was groot en comfortabel, maar geen paleis. Dat liet hij aan de koninklijke familie over, waarvan de talloze prinsen zich gedroegen alsof ze stuk voor stuk de koning van het land en de beschermer van de heilige plaatsen waren. Hij kende de leden van de koninklijke familie goed en minachtte hen in stilte, maar zijn emoties lagen diep begraven in zijn ziel.
In zijn jeugd had hij meer met zijn gevoelens te koop gelopen. Hij was in het begin van zijn tienerjaren tot de islam gekomen, geïnspireerd door een erg conservatieve imam die uiteindelijk door zijn preken in moeilijkheden was gekomen, maar veel volgelingen en geesteskinderen had voortgebracht. De emir was de intelligentste van het stel. Ook hij had zijn gedachten uitgesproken en ze hadden hem als gevolg daarvan naar Engeland gestuurd om te studeren – in werkelijkheid om hem het land uit te krijgen – maar in Engeland had hij niet alleen veel wereldse kennis opgedaan, hij was ook blootgesteld aan iets wat volkomen buiten zijn leefwereld stond: vrijheid van meningsuiting. In Londen wordt die vrijheid vooral beoefend in Hyde Park Corner. Dat was een traditie die honderden jaren in de tijd terugging, een soort uitlaatklep voor de Britse bevolking, en zoals je van een uitlaatklep zou verwachten, werden er alleen maar lastige gedachten gespuid zonder dat ze goed tot iemand doordrongen. Als hij naar Amerika was gegaan, zou hij zich over de radicale pers hebben verbaasd. Maar wat hem net zo diep had getroffen als

de komst van een ruimteschip van Mars, was het feit dat mensen op alle mogelijke manieren tegen de regering konden protesteren. Hij was opgegroeid in een van de laatste absolute monarchieën ter wereld, waar alle grond van de natie eigendom was van de koning, en waar het woord van de heersende monarch letterlijk wet was. De koning was in naam, en misschien ook in de praktijk, alleen ondergeschikt aan de koran en de sharia, de islamitische juridische tradities die teruggingen tot de Profeet zelf. Die wetten waren rechtvaardig – in elk geval consistent – maar ze waren wel erg streng. Er was wel het probleem dat niet iedereen het eens was over de uitleg van de koran, dus over de vraag in hoeverre de sharia van toepassing was op de echte wereld. De islam had geen paus, geen echte filosofische hiërarchie zoals andere godsdiensten hadden, en er was dan ook geen universele instantie die kon zeggen hoe de godsdienstige regels in de praktijk moesten worden toegepast. De sjiieten en de soennieten stonden elkaar vaak – altijd – naar het leven als het om dat vraagstuk ging, en zelfs binnen de soenni-islam hingen de wahabieten – de belangrijkste sekte van het koninkrijk – een bijzonder streng geloof aan. Maar voor de emir was die duidelijke zwakte van de islam juist erg nuttig. Je hoefde maar een paar individuele moslims tot dat specifieke geloofsstelsel te bekeren, en dat was erg gemakkelijk, want je hoefde niet op zoek te gaan naar die mensen. Ze maakten zich zo goed bekend dat je het bijna reclame kon noemen. En de meesten hadden in Europa of Amerika gestudeerd, waar hun buitenlandse herkomst hen dwong om hechte clubjes te vormen, zodat ze het gevoel konden houden dat ze een intellectuele identiteit bezaten. Omdat ze zich buitenstaanders voelden, smeedden ze onderling banden, en die leidden in veel gevallen tot een revolutionaire gezindheid. Dat was erg nuttig, want ze hadden intussen ook veel over de cultuur van de vijand geleerd, een kennis die van vitaal belang was als je de zwakheden van die vijand wilde vinden. De religieuze bekering van die mensen was als het ware al voorbereid. Daarna moest hun alleen nog duidelijk worden gemaakt wie ze haatten – dat wil zeggen, wie ze de schuld van hun jeugdige ontevredenheid konden geven – en hoe ze zich van die vijanden konden ontdoen: één tegelijk of een heleboel samen. Dat laatste paste bij hun gevoel voor dramatiek – misschien niet bij de realiteit, maar daar hadden ze toch niet veel gevoel voor.

Uiteindelijk zou de emir, zoals zijn mensen hem waren gaan noemen, de nieuwe mahdi worden, de hoogste scheidsrechter van de wereldwijde islamitische beweging. Hij was van plan de onderlinge religieuze disputen (bijvoorbeeld die van de soennieten en de sjiieten) af te doen met een allesomvattende fatwa, een religieus voorschrift van verdraagzaamheid – zelfs zijn vijanden zouden hem daarom bewonderen. En waren er niet meer dan honderd christelijke sekten die hun onderlinge onenigheid grotendeels hadden bijgelegd? Hij kon zelfs een beetje verdraagzaamheid voor de joden opbrengen, al zou hij dat voor latere jaren moeten bewaren, als hij de uiteindelijke macht definitief in handen had, waarschijnlijk met een nederig paleis ergens buiten de stad Mekka. Nederigheid was een nuttige eigenschap als je aan het hoofd van een religieuze beweging stond, want zoals de heiden Thucydides eens, lang voor de Profeet, over alle uitingen van macht had gezegd: niets maakt zoveel indruk op mensen als terughoudendheid.

Het was een grote opgave wat hij tot stand wilde brengen. Het vergde veel tijd en geduld, en succes was bepaald niet gegarandeerd. Het was zijn ongeluk dat hij afhankelijk was van fanaten, die ieder hun eigen hersenen en dus ook krachtige meningen hadden. Zulke mensen zouden zich tegen hem kunnen keren om hun eigen religieuze visie op de voorgrond te brengen. Misschien geloofden ze zelfs in hun eigen ideeën – ze zouden wáre fanaten kunnen zijn, zoals de Profeet Mohammed was geweest, maar Mohammed, een zegenrijke vrede zij met hem, was de eerzaamste van alle mensen geweest en had een goede en eerzame strijd tegen heidense aanbidders gestreden, terwijl hijzelf voornamelijk binnen de wereld van de gelovigen had geopereerd. Was hij een eerzaam man? Dat was een moeilijke vraag. Maar de islam moest toch in de wereld van deze tijd worden gebracht en niet in de oudheid blijven steken? Wenste Allah dat Zijn gelovigen de gevangenen van de zevende eeuw waren? Beslist niet. Ooit was de islam het middelpunt van de menselijke geleerdheid geweest, een religie van vooruitgang en wetenschap die jammer genoeg door toedoen van de grote khan op een zijspoor was geraakt en daarna door de ongelovigen uit het Westen was onderdrukt. De emir geloofde echt in de heilige koran en in de leerstellingen van de imams, maar hij was niet blind voor de wereld om hem heen. En hij was ook niet blind voor de realiteit van het menselijk bestaan. Degenen die macht hadden, waakten daar angstvallig over, en dat had weinig met religie te maken, want macht was op zichzelf al een bedwelmend iets. En mensen hadden iets – bij voorkeur iemand – nodig om te volgen, anders kwamen ze niet vooruit. Vrijheid, tenminste wat de Europeanen en Amerikanen daaronder verstonden, was te chaotisch – dat had hij ook in Hyde Park Corner geleerd. Er moest orde zijn. Hij was de man die daarvoor kon zorgen.

Zo, dus Uda bin Sali was dood, dacht hij, terwijl hij een slokje sap nam. Een ramp voor Uda, maar een kleine tegenslag voor de organisatie. De organisatie had misschien geen toegang tot een zee van geld, maar wel tot een aantal grote meren, en Uda had het beheer van een klein meer gehad. Er was een glas sinaasappelsap van de tafel gevallen, maar gelukkig had het geen vlek gemaakt op het tapijt. Hij hoefde geen actie te ondernemen, zelfs niet indirect.

'Ahmed, dit is droevig nieuws, maar niet van groot belang voor ons. Er hoeft geen actie te worden ondernomen.'

'Het zal zijn zoals je zegt,' antwoordde Ahmed Musa Matwalli eerbiedig. Hij verbrak de telefoonverbinding. Het was een gekloonde telefoon, van een straatdief gekocht om hem deze ene keer te gebruiken, en hij gooide hem vanaf de Ponte Sant'Angelo in de Tiber. Dat was een standaardmaatregel als je met de grote commandant van de organisatie had gesproken, van wie de identiteit bij maar weinigen bekend was, die allemaal tot de trouwste gelovigen behoorden. In de hogere echelons van de organisatie was de beveiliging erg streng. Iedereen daar bestudeerde de handboeken van inlichtingendiensten. De beste hadden ze gekocht van een vroegere KGB-officier, die na de verkoop was gestorven, want zo stond het geschreven. De regels die daarin stonden, waren eenvoudig en duidelijk, en ze weken er nooit van af. Anderen waren slordig geweest en hadden daar allemaal de prijs voor betaald. De voormalige Sovjet-Unie was een gehate vijand geweest, maar de dienaren van die staat waren geen dwazen geweest. Alleen ongelovigen. Amerika, de Grote Satan, had de hele wereld een dienst bewezen door dat misbaksel van een natie te doden. Natuurlijk hadden de Amerikanen dat alleen gedaan om er zelf voordeel van te hebben, maar ook dat moest geschreven zijn met de hand van God, want het had ook de belangen van de gelovigen gediend, want wie zou beter plannen kunnen smeden dan Allah zelf?

19

Bier en moord

De vlucht naar München was soepel verlopen. De Duitse douane was formeel maar efficiënt, en een Mercedes-taxi bracht hen naar Hotel Bayerischer.

Hun volgende doelwit was een zekere Anas Ali Atef, vermoedelijk afkomstig uit Egypte. De man was opgeleid tot civiel ingenieur, al oefende hij dat beroep niet uit. Een meter zeventig, 65 kilo, gladgeschoren. Zwart haar en donkerbruine ogen. Hij kon goed met vuurwapens overweg, maar hij was ook getraind in gevechten zonder wapens. Aangenomen werd dat hij een koerier voor de tegenpartij was en dat hij ook nieuwe talenten rekruteerde – een van hen was doodgeschoten in Des Moines. Ze hadden een adres en een foto in hun laptops. Hij reed in een Audi TT die slagschipgrijs was gespoten. Ze hadden zelfs het nummer van die auto. Probleem: hij woonde samen met een Duitse vrouw, een zekere Trudl Heinz, en scheen verliefd op haar te zijn. Ze hadden ook een foto van haar. Niet bepaald een fotomodel, maar ook geen lelijkerd: bruin haar en blauwe ogen, een meter 57, 55 kilo. Leuk lachje. Jammer, vond Dominic, dat ze zo'n slechte smaak had als het op mannen aankwam, maar dat was niet zijn probleem.

Anas ging regelmatig naar een van de weinige moskeeën in München, die zich maar een straat van zijn appartement vandaan bevond. Nadat ze zich in het hotel hadden ingeschreven en andere kleren hadden aangetrokken, namen Dominic en Brian een taxi naar de straat waar Anas woonde. Ze vonden een gezellig *Gasthaus* – bar met grill – met een terras vanwaar ze de omgeving konden observeren.

'Houden alle Europeanen ervan om op een terras te eten?' vroeg Brian.

'Het is waarschijnlijk makkelijker dan naar de dierentuin gaan,' zei Dominic.

Het appartementengebouw had vier verdiepingen en zag eruit als een betonblok. Het was wit geverfd en had een bijna plat dak dat aan een schuurdak deed denken. Het zag er opvallend schoon uit, alsof het in Duitsland normaal was dat alles er zo steriel uitzag als een operatiekamer, maar dat was eigenlijk geen reden tot kritiek. Zelfs de auto's hier waren niet zo vuil als in Amerika.

'*Was darf es sein?*' vroeg de ober die naar hun tafel kwam.

'*Zwei Dunkelbieren, bitte,*' antwoordde Dominic, die daarmee ongeveer eenderde van zijn school-Duits gebruikte. De rest ging over het vinden van de *Herrenzimmer*, altijd een nuttig woord om te kennen, in welke taal dan ook.
'U bent Amerikaans?' ging de ober in het Engels verder.
'Is mijn accent zo slecht?' vroeg Dominic met een slap lachje.
'U spreekt niet Beiers, en uw kleren zien er Amerikaans uit,' merkte de ober zakelijk op, alsof hij zei dat de hemel blauw was.
'Nou, dan twee glazen donker bier, alstublieft.'
'Twee Kulmbachers, *sofort*,' antwoordde de man, en hij ging vlug weer naar binnen.
'Ik denk dat we zojuist een lesje hebben geleerd, Enzo,' merkte Brian op.
'Kleren uit het land zelf kopen zodra we de kans krijgen. Iedereen heeft ogen,' beaamde Dominic. 'Honger?'
'Ik lust wel wat.'
'Eens kijken of ze een menu in het Engels hebben.'
'Dat moet de moskee zijn waar onze vriend heen gaat, daar verderop, zie je?' Brian wees discreet.
'Dus waarschijnlijk gaat hij er lopend heen...?'
'Dat zit er wel in, broertje.'
'En we zijn niet aan tijd gebonden, hè?'
'Ze vertellen ons niet "hoe", alleen "wat",' antwoordde Brian.
'Goed,' zei Enzo, terwijl het bier kwam. De ober was zo efficiënt als je maar kon verlangen. '*Danke sehr*. Hebt u een menu in het Engels?'
'Jazeker, meneer.' En als bij toverslag haalde hij er een uit de zak van zijn schort. 'Alstublieft, meneer.'
'Hij moet op de ober-universiteit hebben gezeten,' zei Brian toen de man weer wegliep. 'Wacht maar tot je in Italië bent. Die kerels daar zijn echte artiesten. Die keer dat ik naar Florence ging, dacht ik dat een ober mijn gedachten kon lezen. Waarschijnlijk was hij hoogleraar oberen.'
'Er is geen overdekt parkeerterrein in dat gebouw. Er zal wel een terrein aan de achterkant zijn,' zei Dominic, die weer ter zake kwam.
'Is die Audi TT een beetje goed, Enzo?'
'Het is een Duitse auto. Ze maken hier goede machines, man. De Audi is geen Mercedes, maar hij is ook geen Yugo. Ik weet niet of ik er ooit een heb gezien, behalve in het blad *Motor Trend*. Maar ik weet hoe ze eruitzien: met veel welvingen, gestroomlijnd als een snelle wagen. En snel is hij waarschijnlijk ook, met de *Autobahnen* die ze hier hebben. Rijden in Duitsland kan net zoiets zijn als het rijden van de Indy 500 – tenminste, dat zeggen ze. Ik zie eigenlijk nooit een Duitser in een langzame auto rijden.'
'Dat kan ik me voorstellen.' Brian keek naar het menu. De namen van de

gerechten waren natuurlijk in het Duits, maar er stonden Engelse vertalingen bij. Blijkbaar was daarbij eerder aan Engelsen dan aan Amerikanen gedacht. Ze hadden hier nog steeds hun NAVO-basis, misschien meer om zich tegen de Fransen dan om zich tegen de Russen te beschermen, dacht Dominic met een grinniklachje. Al hadden de Duitsers daar historisch gezien niet veel hulp bij nodig.

'Wat wenst u, *meine Herrn?*' vroeg de ober, die weer was opgedoken alsof hij door Scottie zelf was overgebracht.

'Allereerst, hoe heet je?' vroeg Dominic.

'Emil. *Ich heisse Emil.*'

'Dank je. Ik neem de *Sauerbraten* en de aardappelsalade.'

Toen was het Brians beurt. 'En ik neem de *Bratwurst*. Mag ik iets vragen?'

'Natuurlijk,' antwoordde Emil.

'Is dat een moskee daar verderop?' vroeg Brian, en hij wees.

'Ja.'

'Is dat niet ongewoon?' drong Brian aan.

'We hebben veel Turkse gastarbeiders in Duitsland, en dat zijn ook islamieten. Ze eten geen *Sauerbraten* en drinken geen bier. Ze kunnen niet goed met ons Duitsers opschieten, maar wat doe je eraan?' De ober haalde zijn schouders op, met maar een klein beetje afkeer.

'Dank je, Emil,' zei Brian, en Emil ging vlug weer verder.

'Wat betekent dat?' vroeg Dominic.

'De Duitsers zien hen liever gaan dan komen, maar ze weten niet wat ze eraan moeten doen, want ze zijn een democratie, net als wij, dus ze moeten beleefd tegen hen zijn. De gemiddelde Duitser moet niet veel van die "gastarbeiders" hebben, maar er komen geen grote moeilijkheden uit voort, alleen wat schermutselingen. Er wordt nogal eens in cafés gevochten, heb ik gehoord. Nou, dan hebben de Turken blijkbaar toch geleerd bier te drinken.'

'Hoe weet je dat?' vroeg Dominic verbaasd.

'Er zat een Duits contingent in Afghanistan. We waren buren – onze kampen, bedoel ik – en ik praatte wel eens met de officieren daar.'

'Zijn ze goed?'

'Het zijn Duitsers, broertje, en die eenheid bestond uit beroepsmilitairen, geen dienstplichtigen. Ja, ze zijn goed,' verzekerde Aldo hem. 'Het was een verkenningseenheid. Hun fysieke training is net zo hard als die van ons, en ze kunnen goed in de bergen opereren, en ze zijn erg goed in de elementaire vaardigheden. De onderofficieren konden hartstikke goed met elkaar opschieten. Ze wisselden baretten en insignes uit. De Duitsers brachten ook bier mee en waren dus nogal populair bij mijn mensen. Weet je, dit bier is verdomd goed.'

'Net als in Engeland. Bier is een soort religie in Europa, en iedereen gaat naar de kerk.'

Toen kwam Emil met hun lunch – *Mittagessen* – en dat was ook goed, constateerden ze allebei. Maar intussen bleven ze naar het appartementengebouw kijken.

'Die aardappelsalade is fenomenaal, Aldo,' merkte Dominic tussen twee happen op. 'Ik heb nog nooit zoiets gehad. Veel azijn en suiker, een beetje fris op het gehemelte.'

'Niet al het goede eten is Italiaans.'

'Als we thuis zijn, ga ik op zoek naar een Duits restaurant.'

'Ik ook. Kijk eens aan, Enzo.'

Het was niet de man die ze zochten, maar zijn vriendinnetje, Trudl Heinz. Ze leek precies op de foto die ze in hun computers hadden en ze kwam uit het appartementengebouw naar buiten. Ze zag er goed genoeg uit om mannen naar haar te laten omkijken, maar ze was geen filmster. Haar haar was ooit blond geweest, maar was blijkbaar van kleur veranderd toen ze een tiener was. Ze had mooie benen en een figuur dat beter dan gemiddeld was. Jammer dat ze het met een terrorist had aangelegd. Misschien had hij haar als vriendin genomen om een betere dekmantel te krijgen en was het des te beter voor hem dat er nog meer voordelen aan haar verbonden waren. Tenzij ze platonisch met elkaar omgingen, en dat leek niet waarschijnlijk. Beide Amerikanen vroegen zich af hoe hij haar behandelde, maar zoiets kon je niet nagaan als je haar zag lopen. Ze volgde de overkant van de straat, maar ze liep de moskee voorbij. Daar ging ze nu dus niet heen.

'Ik denk... Als hij naar de moskee gaat, kunnen we hem prikken als hij naar buiten komt. Er lopen hier veel anonieme mensen rond, weet je?' dacht Brian hardop.

'Geen slecht idee. We zullen vanmiddag zien of hij een vrome moskeeganger is en wat voor mensen daar rondlopen.'

'Het lijkt me een goede mogelijkheid,' antwoordde Dominic. 'Laten we eerst dit opeten en dan wat kleren kopen waardoor we minder opvallen.'

'Akkoord,' zei Brian. Hij keek op zijn horloge: twee uur. Thuis was het nu acht uur 's morgens. Niet meer dan één uur tijdsverschil met Londen, geen jetlag van betekenis.

Jack kwam eerder binnen dan gewoonlijk. Hij had steeds meer belangstelling gekregen voor wat hij als een lopende operatie in Europa zag, en hij vroeg zich af wat de communicatie van vandaag zou opleveren.

Het bleek allemaal nogal routinematig te zijn, met wat extra berichten over Sali's dood. Inderdaad: MI5 had aan de CIA gemeld dat Sali blijkbaar aan een hartaanval was gestorven, waarschijnlijk ten gevolge van fatale aritmie. Dat was de officiële uitslag van de sectie, en zijn lichaam was vrijgegeven aan een advocatenkantoor dat de familie vertegenwoordigde. Er werden regelingen getroffen om hem naar Saudi-Arabië terug te vliegen. Zijn appartement was doorzocht door Security Service-agenten, maar die hadden niets van belang gevonden. Wel hadden ze de harde schijf van zijn kantoorcomputer gekopieerd, en die gegevens werden nu bit voor bit onderzocht door hun computerfreaks; daar kregen ze later misschien nog bijzonderheden over. Dat zou veel tijd kosten, wist Jack. Dingen die in een computer verborgen zaten, waren in theorie terug te vinden, maar dan kon je misschien net zo goed de piramide van Gizeh steen voor steen afbreken om te kijken wat eronder verborgen lag. Als Sali erg slim was geweest en dingen verborgen had in bestanden waar alleen hij van wist, of in een code waarvan alleen hij de sleutel kende – nou, dan werd het moeilijk. Was hij zo slim geweest? Waarschijnlijk niet, dacht Jack, maar je wist zoiets alleen als je ging kijken, en daarom deden mensen dat altijd. Het zou minstens een week duren. Een maand, als die Sali goed was geweest met codes en versleutelingen. Maar alleen al het feit dat ze verborgen materiaal vonden, zou erop wijzen dat hij een echte speler en geen meeloper was geweest, en dan zouden de beste analisten van de GCHQ erop gezet worden. En toch zou misschien niemand van hen kunnen ontdekken wat hij in zijn hoofd had meegenomen toen hij stierf.

'Hé, Jack,' zei Wills, die binnenkwam.

'Goedemorgen, Tony.'

'Leuk dat je zo enthousiast bent om aan het werk te gaan. Wat hebben ze over onze overleden vriend ontdekt?'

'Niet veel. Ze sturen de kist later vandaag met een vliegtuig naar huis, en de patholoog-anatoom heeft gezegd dat het een hartaanval was. Dus onze jongens lopen geen gevaar.'

'De islam bepaalt dat een lichaam snel moet worden begraven in een graf zonder aanduiding. Dus als het lichaam weg is, is het ook echt weg. Je kunt het niet meer opgraven om naar chemische stoffen of zoiets te zoeken.'

'Dus hebben wij het gedaan? Wat hebben we gebruikt?' vroeg Ryan.

'Jack, ik weet het niet, en ik wil ook niet weten of, en zo ja wat, wij met zijn vroegtijdige dood te maken hebben. En ik wil daar ook niet achter komen. En jij moet dat ook niet willen weten.'

'Tony, hoe kun je in dit vak zitten en níét nieuwsgierig zijn?'

'Je leert welke dingen je beter niet kunt weten, en je leert dat je niet over

zulke dingen moet speculeren,' legde Wills uit.
'Hmm,' zei Jack twijfelend. Dat kan wel zijn, maar daar ben ík te jong voor, dacht hij. Tony was goed in wat hij deed, maar hij leefde in een besloten ruimte. Sali lag daar nu ook in, dacht Jack, en dat was maar goed ook. En trouwens, ik weet dat wij erachter zaten. Hij wist alleen niet hoe het precies was gegaan. Hij zou zijn moeder kunnen vragen welke middelen of chemicaliën er waren om zo'n missie uit te voeren – maar nee, dat kon hij niet doen. Ze zou het vast en zeker aan zijn vader vertellen, en Jack senior zou dan natuurlijk willen weten waarom zijn zoon die vraag had gesteld – en misschien zou hij zelfs het antwoord raden. Dus nee, dat kon niet. Dat was volslagen onmogelijk.
Nadat hij de berichten van overheidsinstanties over Sali's dood had gelezen, keek Jack naar de door de NSA onderschepte berichten uit andere geïnteresseerde bronnen.
Er werd in de dagelijkse communicatie niet meer naar de emir verwezen. Dat was een terloopse vermelding geweest, en ook in de vroegere communicatie hadden ze alleen die ene verwijzing gevonden die Tony had opgediept. Zijn verzoek om een uitgebreidere zoekactie in het archief van Fort Meade en Langley was afgewezen door de mensen op de bovenste verdieping. Dat was teleurstellend, maar niet verrassend. Zelfs de Campus had zijn beperkingen. Op de bovenste verdieping wilden ze natuurlijk niet het risico lopen dat iemand zich ging afvragen wie dat verzoek had gedaan; zo iemand zou geen antwoord vinden en op onderzoek uitgaan. Aan de andere kant werden er elke dag duizenden van zulke verzoeken over en weer gedaan, dus wie zou zich er druk om maken? Toch besloot hij het niet te vragen. Het was niet goed om zo vroeg in zijn nieuwe carrière al te gaan dwarsliggen. Evengoed gaf hij zijn computer wel opdracht om in alle nieuwe communicatie naar het woord 'emir' te zoeken. Als het ergens opdook, kon hij het bewaren en als argument gebruiken wanneer hij opnieuw om een speciaal onderzoek zou vragen, als hij dat ooit zou doen. Aan de andere kant wees zo'n titel volgens hem op een specifieke persoon, al was de enige verwijzing die de CIA had opgepikt 'waarschijnlijk een grapje voor insiders'. Die laatste beoordeling was afkomstig van een hoge CIA-analist, die veel invloed in Langley had en op de Campus waarschijnlijk ook erg serieus werd genomen. Het was de bedoeling dat de Campus de fouten en/of onvolkomenheden van de CIA corrigeerde, maar omdat ze over minder mensen beschikten, moesten ze vaak meegaan met de ideeën die van die bepaald niet volmaakte dienst kwamen. Het was allemaal niet erg logisch, maar ze hadden hem niets gevraagd toen Hendley deze organisatie opzette, en als je van alles ging veronderstellen, ging het geheid mis. Dat laatste zei-

den ze bij de FBI ook altijd. Iedereen maakte fouten, en de gevolgen van een fout waren recht evenredig met de positie van degene die hem maakte. Maar zulke mensen vonden het niet prettig om aan die universele waarheid te worden herinnerd. Nou ja, eigenlijk vond niemand dat prettig.

Ze kochten nieuwe kleren. Het waren andere kleren dan wat je in Amerika zou kopen. De verschillen waren subtiel, maar in hun totaliteit maakten ze dat de kleren er heel anders uitzagen. Ze kochten ook schoenen die bij de kleding pasten, en nadat ze zich in hun hotel hadden verkleed, gingen ze de straat weer op.

Ze slaagden voor hun examen toen Brian op straat werd aangesproken door een Duitse vrouw die de weg vroeg naar het *Hauptbahnhof*. Brian moest in het Engels antwoorden dat hij nieuw was in de stad, en de vrouw trok zich met een verlegen glimlachje terug en sprak iemand anders aan.

'Dat betekent het station,' legde Dominic uit.

'Waarom neemt ze dan geen taxi?' vroeg Brian.

'We leven in een onvolmaakte wereld, Aldo, maar blijkbaar zie je er nu uit als een echte mof. Als iemand anders je zoiets vraagt, zeg je gewoon: *Ich bin ein Ausländer*. Dat betekent "Ik ben een buitenlander", en daarmee red je het wel. Daarna herhalen ze de vraag waarschijnlijk in beter Engels dan je in New York te horen zou krijgen.'

'Hé, kijk!' Brian wees naar de gouden bogen van een McDonald's. Die waren nog meer welkom dan de Amerikaanse vlag boven het consulaat van de Verenigde Staten, al hadden ze geen van beiden zin om daar te eten. Het Duitse eten was gewoon te goed. Tegen de avond waren ze in Hotel Bayerischer terug, en een tijdje later genoten ze van het diner.

'Nou, ze zijn in München, en ze hebben het appartementengebouw en de moskee van het doelwit gezien, maar hemzelf nog niet,' meldde Granger aan Hendley. 'Zijn vriendin hebben ze wel gezien.'

'Dus het loopt goed?' vroeg de ex-senator.

'Tot nu toe geen klachten. Onze vriend wordt niet door de Duitse politie geobserveerd. Hun contraspionagedienst weet wie hij is, maar ze doen verder geen onderzoek naar hem. Ze hebben wat problemen gehad met moslims uit hun eigen land, en sommige worden geschaduwd, maar deze kerel is blijkbaar nog niet op hun radarscherm opgedoken. En de CIA heeft er niet op aangedrongen. Die heeft op het moment niet zo'n goede verstandhouding met de Duitsers.'

'Dat is goed nieuws en slecht nieuws?'

'Ja.' Granger knikte. 'Ze kunnen ons niet veel informatie geven, maar wij zitten niet met een Duitse volger die we moeten misleiden. Het is een beetje vreemd met die Duitsers: als je je netjes gedraagt en alles is in Ordnung, ben je redelijk veilig. Als je over de schreef gaat, kunnen ze je het leven erg zuur maken. Van oudsher is hun politie erg goed, maar hun inlichtingendiensten zijn dat niet. De Sovjets en de Stasi waren diep geïnfiltreerd in hun inlichtingendiensten, en het is daarna niet veel beter geworden.'
'Doen ze clandestiene operaties?'
'Eigenlijk niet. Daar is hun cultuur te formeel voor. Ze brengen eerlijke mensen voort die zich aan de regels houden, en dat is verlammend wanneer je speciale operaties wilt uitvoeren – als ze dat al eens doen, gaat het hopeloos mis. Weet je, ik wed dat de gemiddelde Duitse burger zelfs zijn belastingen op tijd betaalt, en nog het hele bedrag ook.'
'Hun bankiers zijn goed in het internationale spel,' wierp Hendley tegen.
'Ja, nou, misschien omdat internationale bankiers niet echt begrijpen dat je trouw moet zijn aan je land,' antwoordde Granger een beetje stekelig.
'Lenin heeft eens gezegd dat een kapitalist maar één land kent, en dat is de grond waarop hij staat als hij zijn zaken doet. Sommigen zijn inderdaad zo,' gaf Hendley toe. 'O, heb je dit gezien?' Hij gaf hem het verzoek van beneden om nader onderzoek te doen naar iemand die 'de emir' werd genoemd.
De chef Operaties keek naar het papier en gaf het terug. 'Hij voert niet veel argumenten aan.'
Hendley knikte. 'Dat weet ik. Daarom heb ik het afgewezen. Maar... weet je, hij voelde instinctief iets aan en hij was zo slim om een vraag te stellen.'
'Die jongen is intelligent.'
'Ja, dat is hij zeker. Daarom heeft Rick hem Wills als kamergenoot en instructeur gegeven. Tony is slim, maar hij kijkt niet zo erg ver. Jack kan dus het vak leren en ook leren wat de beperkingen zijn. We zullen zien in hoeverre hij zich daaraan ergert. Als je jongen bij ons blijft, kan hij het nog ver brengen.'
'Je denkt dat hij de capaciteiten van zijn vader heeft?' vroeg Granger. Jack senior was een sublieme inlichtingenman geweest voordat hij president werd.
'Ja, ik denk dat hij erin kan groeien. Hoe dan ook, dat van die "emir" lijkt me een erg goed idee van zijn kant. We weten niet goed hoe de tegenpartij opereert. Het is daar een darwinistisch proces, Sam. De schur-

ken leren van hun voorgangers, en ze worden slimmer – ten koste van ons. Ze bieden zich niet op een presenteerblaadje aan. Ze willen geen filmsterren zijn. Dat is misschien wel goed voor je ego, maar het kan je het leven kosten. Een kudde gazellen gaat niet willens en wetens op een troep leeuwen af.'

'Zeker,' beaamde Granger, die zich herinnerde hoe zijn eigen voorvader in het 9e regiment cavalerie met opstandige indianen had afgerekend. Sommige dingen veranderden niet veel. 'Gerry, we zitten met het probleem dat we alleen maar kunnen speculeren over hun organisatiemodel. En speculeren is iets anders dan weten.'

'Nou, vertel me dan maar wat je denkt,' beval Hendley.

'Er zitten minimaal twee lagen onder de leiding: is dat één man of een comité? Dat weten we niet en daar kunnen we nu ook niet achter komen. En de schutters: we kunnen er een heleboel oppakken, maar dat is net zoiets als grasmaaien: je maait het, het groeit aan, je maait het, het groeit aan, enzovoort. Als je een slang wilt doden, moet je zijn kop afhakken. Goed, dat weten we allemaal. Het gaat erom dat we de kop vinden. Wie het ook is, of wie het ook zijn, hun manier van werken lijkt sterk op die van ons, Gerry. Daarom zijn we overgegaan tot een verkenning door te vuren: om te zien wat er loskomt. En we laten al onze analytische troepen daarnaar uitkijken, hier en in Langley en in Fort Meade.'

Een vermoeide zucht. 'Ja, Sam, ik weet het. En misschien komt er iets los. Maar geduld is een verdomd lastige zaak. De tegenpartij voelt zich waarschijnlijk hartstikke goed. Ze vinden het prachtig dat ze ons te grazen hebben genomen door al die vrouwen en kinderen te doden...'

'Niemand vindt dat prettig, Gerry, maar zelfs God had zeven dagen nodig om de wereld te scheppen, weet je nog wel?'

'Ga je tegen me preken?' vroeg Hendley met half dichtgeknepen ogen.

'Nou, dat van oog om oog spreekt me wel aan. Het kost alleen tijd om het oog te vinden. We moeten geduld hebben.'

'Weet je, toen Jack senior en ik het over de oprichting van een organisatie als deze hadden, was ik zo dom om te denken dat we problemen vlugger konden oplossen als we gemachtigd waren om dat te doen.'

'We zijn vlugger dan de overheid ooit zal zijn, maar we zijn niet *The Man from U.N.C.L.E.* Onze operaties zijn nog maar net begonnen. We hebben nog maar één actie ondernomen. We moeten er nog minstens drie doen voordat we een echte reactie van de tegenpartij mogen verwachten. Geduld, Gerry.'

'Ja.' Hij zei maar niet dat al die verschillende tijdzones ook niet bevorderlijk waren.

'Weet je, er is nog één ding.'
'Wat dan, Jack?' vroeg Wills.
'Het zou beter zijn als we wisten welke operaties er aan de gang waren. Dan zouden we gerichter naar gegevens kunnen zoeken.'
'Dat heet "compartimentalisering".'
'Nee, het heet gelul,' zei Jack meteen. 'Als wij in het team zitten, kunnen we helpen. Dingen die onbelangrijk lijken, zien er heel anders uit als je de context kent. Tony, het is toch de bedoeling dat dit hele gebouw één team is? Als je de boel gaat opsplitsen, zoals ze in Langley doen, krijg je het werk niet gedaan, of is mij iets ontgaan?'
'Ik begrijp wat je bedoelt, maar zo werkt het systeem niet.'
'Ik wist wel dat je dat zou zeggen, maar hoe kunnen wij de fouten van de CIA verhelpen als we precies hetzelfde doen als zij?' wilde Jack weten. En daar was gewoon geen bevredigend antwoord op te geven, dacht Wills. Dat antwoord was er niet, en deze jongen kreeg dat erg snel in de gaten. Wat had hij toch allemaal in het Witte Huis geleerd? In elk geval had hij verdomd veel vragen gesteld. En hij had naar de antwoorden geluisterd. En hij had er zelfs over nagedacht.
'Ik zeg dit niet graag, Jack, maar ik ben alleen maar je instructeur, niet de grote baas van deze organisatie.'
'Ja, dat weet ik. Sorry. Misschien ben ik eraan gewend dat mijn vader dingen kan laten veranderen – nou ja, zo zag ik het tenminste. Hijzelf niet, weet ik, niet altijd. Misschien is ongeduld een familietrekje.' Dat was het zeker, want zijn moeder was ook nog chirurg, en die was het gewend dingen te herstellen wanneer zij vond dat het moest gebeuren, en dat was in de regel nu meteen. Als je achter een computer zat, nam je niet veel besluiten – dat was een les die zijn vader waarschijnlijk in de loop der tijd had moeten leren, in de tijd dat Amerika nog belaagd werd door een gevaarlijke vijand. Die terroristen konden hen treffen, maar ze konden geen ernstige structurele schade aan Amerika toebrengen, al hadden ze het wel een keer in Denver geprobeerd. Die kerels waren eerder zwermende insecten dan vampiervleermuizen.
Maar muggen konden malaria overbrengen, nietwaar?

Veel zuidelijker dan München, in de Griekse havenstad Piraeus, werd een container met een kraan uit een schip getild en op een wachtende truck met oplegger gezet. Zodra de container was vastgezet, reed de Volvo-truck de haven uit. Hij reed langs Athene en naar het noorden, naar de bergen. Volgens de vrachtbrief ging hij naar Wenen, een lange nonstoprit over goede snelwegen. Officieel hadden ze een lading koffie uit Colombia aan boord. De douane in de haven kwam niet op het idee om de container te doorzoeken, omdat alle papieren in orde waren en goed door de streepjescodescanner kwamen. Er waren al mannen bezig met het deel van de lading dat niet met heet water en melk mocht worden vermengd. Het was een heel werk om een ton cocaïne in dosispakjes te verdelen, maar ze hadden kortgeleden een pakhuis gekocht waarin ze dat konden doen. Als ze klaar waren, zouden ze zich over Europa verspreiden, blij met de Europese Unie, die de interne grenzen had opgeheven. Met deze lading kwam een zakenrelatie zijn kant van een afspraak na en werd psychologische winst beloond met geldelijke. Dat alles ging de hele nacht door, terwijl de Europeanen de slaap der rechtvaardigen sliepen, zelfs degenen die binnenkort, nadat ze een straatdealer hadden gevonden, gebruik zouden maken van het illegale deel van de lading.

De volgende morgen om halftien zagen ze het doelwit. Ze hadden op hun gemak ontbeten in een ander *Gasthaus*, ongeveer een straat verwijderd van het restaurant waar hun vriend Emil werkte, en Anas Ali Atef liep doelbewust door de straat. Hij kwam tot op twintig meter afstand van de tweelingbroers, die ontbeten met *Strudel* en koffie, samen met zo'n twintig Duitsers. Atef merkte niet dat hij werd gadegeslagen. Hij keek recht voor zich uit en tuurde niet discreet de omgeving af, zoals een getrainde inlichtingenman zou hebben gedaan. Blijkbaar voelde hij zich veilig. En dat was gunstig.
'Daar heb je hem,' zei Brian, die hem het eerst zag. Net als Sali had hij geen neonbord boven zijn hoofd met zijn naam erop, maar hij voldeed helemaal aan de foto en hij was uit het juiste appartementengebouw gekomen. En door die snor zouden ze ook niet gauw een herkenningsfout maken. Hij was redelijk goed gekleed. Afgezien van zijn huidskleur en snor had hij voor een Duitser kunnen doorgaan. Op de hoek van de straat stapte hij in een tram. Ze wisten niet wat zijn bestemming was, maar de tram reed naar het oosten.
'Ideeën?' vroeg Dominic aan zijn broer.
'Hij gaat ergens heen om met een vriend te ontbijten, of om plannen te smeden voor de ondergang van het ongelovige Westen – we hebben echt geen flauw idee, man.'
'Ja, het zou mooi zijn als we hem voortdurend konden volgen, maar we stellen geen onderzoek in, hè? Die schoft heeft minstens één schutter gerekruteerd. Hij heeft een plaats op onze zwarte lijst verdiend, Aldo.'
'Akkoord, broertje,' beaamde Brian. Hij was nu helemaal bekeerd. Voor hem was Anas Ali Atef alleen nog maar een gezicht, en een reet om zijn toverpen in te steken. Afgezien daarvan was hij iemand met wie God na

verloop van tijd een hartig woordje zou spreken, maar dat was een jurisdictie die hen beiden op dat moment niet aanging.

'Als dit een operatie van de FBI was, zouden we nu een team in het appartement hebben, in elk geval om zijn computer af te tappen.'

Brian begreep wat hij bedoelde. 'Wat doen we nu?'

'We kijken of hij naar de moskee gaat, en als hij dat doet, kijken we hoe gemakkelijk het is om hem te prikken als hij naar binnen of naar buiten gaat.'

'Vind je niet dat dit allemaal een beetje te snel gaat?' vroeg Brian.

'We kunnen ook in het hotel blijven en ons afrukken, maar dat is zo vermoeiend voor je pols.'

'Ja, dat is zo.'

Toen ze klaar waren met het ontbijt, lieten ze geld op de tafel achter, maar geen grote fooi. Dan zou iedereen meteen zien dat ze Amerikanen waren.

De tram was niet zo comfortabel als zijn auto, maar had het voordeel dat hij geen parkeerplek hoefde te zoeken. De Europese steden waren ontworpen in een tijd dat er nog geen auto's waren. Dat gold natuurlijk ook voor Cairo, en de verkeersopstoppingen daar konden ongelooflijk zijn – nog erger dan hier – maar in Duitsland had je tenminste goed openbaar vervoer. Die trams waren schitterend. De kwaliteit van het hele tramsysteem maakte grote indruk op een man die een paar jaar eerder een technische studie had gevolgd – was het echt nog maar een paar jaar geleden, vroeg hij zich af; het leek wel een heel leven. De Duitsers waren een eigenaardig volk. Ze waren terughoudend en formeel, en voelden zich veel en veel beter dan alle andere rassen. Ze keken neer op Arabieren – en ook op de meeste andere Europeanen – en stelden hun deuren alleen voor buitenlanders open omdat hun eigen wetten – die hun meer dan zestig jaar eerder na de Tweede Wereldoorlog door de Amerikanen waren opgelegd – hen daartoe verplichtten. Maar omdat het moest, deden ze het, en meestal zonder te klagen, want deze gekke mensen hielden zich aan de wet alsof die hun door Gods eigen hand was gegeven. Ze waren het gehoorzaamste volk dat hij ooit had meegemaakt, maar onder die gehoorzaamheid zat een neiging tot geweld – georganiseerd geweld – zoals de wereld dat maar zelden had gekend. Nog geen mensenleven geleden was dat geweld tot een uitbarsting gekomen en hadden ze de joden vermoord. Ze hadden hun vernietigingskampen zelfs in musea veranderd, maar dan wel musea waar alles ongetwijfeld nog steeds werkte, alsof het klaarstond om opnieuw te worden gebruikt. Wat jammer dat ze de politieke wil niet meer konden opbrengen om dat te doen, dacht hij.

De joden hadden zijn land vier keer vernederd en zijn oudste broer Ibrahim gedood, die in een Russische T-62-tank door de Sinaï reed. Hij kon zich Ibrahim niet herinneren. Hij was toen veel te jong geweest en had alleen foto's die hem een idee gaven van hoe zijn broer eruit had gezien, al huilde zijn moeder nog steeds om hem. Ibrahim was omgekomen toen hij probeerde het karwei af te maken waaraan de Duitsers begonnen waren, maar dat was hem niet gelukt en hij was gedood door een kanonschot uit een Amerikaanse M60A1-tank in de slag bij de Chinese boerderij. De Amerikanen beschermden de joden. De joden hadden het in Amerika voor het zeggen. Daarom voorzagen de Amerikanen zijn vijanden van wapens en inlichtingen. Ze vonden het prachtig om Arabieren te doden.
Het was de Duitsers indertijd niet gelukt hun taak te volbrengen, maar dat had geen afbreuk gedaan aan hun arrogantie, al was die nu wel op een andere bevolkingsgroep gericht. Hij zag het in de tram aan de snelle zijdelingse blikken, aan de oude vrouwen die vlug een paar stappen verder van hem vandaan gingen staan. Als hij was uitgestapt, zou iemand de stang waaraan hij zich vasthield ontsmetten, mopperde Anas in zichzelf. Bij de Profeet, wat waren dit onsympathieke mensen.
De rit nam precies zeven minuten in beslag, en toen stapte hij uit in de Dom Strasse. Vandaar was het een straat lopen. Onderweg zag hij meer van die blikken, meer van die vijandigheid in de ogen, of erger nog: ogen die zijn aanwezigheid registreerden en daarna weer voor zich uit keken, alsof ze een straathond hadden gezien. Het zou bevredigend zijn om een actie hier in Duitsland te ondernemen – hier in München! – maar hij had duidelijke orders gekregen.
Zijn bestemming was een cafetaria. Fa'ad Rahman Yasni was daar al, informeel gekleed als een werkman. Er waren veel van zulke types in die cafetaria's.
'*Salaam aleikum*,' begroette Atef hem. Vrede zij met u.
'*Aleikum salaam*,' antwoordde Fa'ad. 'De taartjes zijn hier erg goed.'
'Ja,' beaamde Atef. Hij sprak zacht in het Arabisch. 'Nog nieuws, mijn vriend?'
'Onze mensen zijn tevreden over vorige week. We hebben de Amerikanen diep geschokt,' zei Fa'ad.
'Niet zo diep dat ze de Israëli's in de steek laten. Ze houden meer van de joden dan van hun eigen kinderen. Let op mijn woorden. En ze zullen hard terugslaan.'
'Hoe dan?' wilde Fa'ad weten. 'Terugslaan ja, naar degenen van wie hun inlichtingendiensten weten, maar dat zal de gelovigen alleen maar vuriger maken en naar ons toe drijven. Nee, van onze organisatie weten ze

niets af. Ze weten niet eens onze naam.' Dat kwam doordat hun organisatie niet echt een naam had. 'Organisatie' was alleen maar een beschrijvend woord voor hun verbond van gelovigen.
'Ik hoop dat je gelijk hebt. Nou, zijn er nog meer orders voor mij?'
'Je hebt het goed gedaan – drie van de mannen die je hebt gerekruteerd hebben voor het martelaarschap in Amerika gekozen.'
'Drie?' Atef was aangenaam verrast. 'Ze zijn goed gestorven, mag ik aannemen?'
'Ze zijn in Allahs heilige naam gestorven. Dat moet goed genoeg zijn. Nou, heb je nog meer rekruten voor ons?'
Atef nam een slokje van zijn koffie. 'Niet echt, maar ik heb er twee die in onze richting komen. Het is niet gemakkelijk, weet je. Zelfs de vroomsten willen van een goed leven genieten.' Hijzelf natuurlijk ook.
'Je hebt goed werk voor ons gedaan, Anas. Je kunt beter het zekere voor het onzekere nemen dan te veel van hen te eisen. Neem de tijd. Wij kunnen geduld oefenen.'
'Hoeveel geduld?' wilde Atef weten.
'We hebben nieuwe plannen voor Amerika, om ze nog dieper te treffen. Deze keer hebben we honderden mensen gedood. De volgende keer doden we er duizenden,' beloofde Fa'ad met een glinstering in zijn ogen.
'Hoe precies?' vroeg Atef meteen. Hij had een planningofficier kunnen zijn – móéten zijn. Zijn technische opleiding maakte hem de ideale man voor zulke dingen. Wisten ze dat niet? Er waren mensen in de organisatie die met hun ballen in plaats van met hun hersens dachten.
'Dat kan ik je niet vertellen, mijn vriend.' Omdat hij het niet wist, maar dat vertelde Fa'ad Rahman Yasin er niet bij. Degenen die hoger in de organisatie zaten, vertrouwden hem niet helemaal, en als hij dat had geweten, zou hij woedend zijn geweest.
Die klootzak weet het zelf natuurlijk ook niet, dacht Atef op datzelfde moment.
'Het is bijna tijd voor het gebed, mijn vriend,' zei Anas Ali Atef met een blik op zijn horloge. 'Kom mee. Mijn moskee is hier maar tien minuten vandaan.' Straks was het tijd voor de *salat*. Het was een test. Hij wilde nagaan of Fa'ad een ware gelovige was.
'Wat je zegt.' Ze stonden op en liepen naar de tramhalte. Een kwartier later stopte de tram een straat van de moskee vandaan.

'Daar heb je hem weer, Aldo,' zei Dominic. Ze hadden de omgeving verkend, maar daar was hun vriend. Hij liep door de straat met een man die blijkbaar een vriend van hem was.
'Wie zou nummer twee zijn?' zei Brian.

'Niet iemand die we kennen, en we mogen niet op eigen houtje handelen. Heb je het ding bij je?' vroeg Dominic.
'Reken maar, broertje. Jij?'
'Nou en of,' antwoordde Dominic. Hun doelwit was ongeveer dertig meter van hen vandaan en liep in hun richting. Waarschijnlijk was hij op weg naar de moskee, die zich een halve straat achter hen bevond.
'Wat denk je?'
'Nu niet. We kunnen het beter doen als hij naar buiten komt.'
'Goed.' En ze draaiden zich om en keken in de etalage van een hoedenwinkel. Ze hoorden – voelden bijna – dat hij voorbijkwam. 'Hoe lang denk je dat het duurt?'
'Weet ik veel, ik ben zelf ook een paar maanden niet in de kerk geweest.'
'Geweldig,' bromde Brian. 'Mijn eigen broer is een afvallige.'
Dominic smoorde een lachje. 'Jij was altijd al de koorknaap van de familie.'

Atef en zijn vriend gingen naar binnen. Het was tijd voor het dagelijks gebed, de *salat*, het tweede van de islam. Ze zouden buigen en knielen, met hun gezicht naar Mekka, en verzen uit de heilige koran fluisteren, en met dat alles zouden ze hun geloof bevestigen. Toen ze het gebouw binnengingen, trokken ze hun schoenen uit, en tot Yasins verbazing kon je meteen zien dat deze moskee in Duitsland stond. Er zaten afzonderlijke vakjes voor hun schoenen in de muur van het atrium, allemaal netjes genummerd om verwarring... en diefstal te voorkomen. Diefstal kwam in een moslimland nauwelijks voor, want de islamitische wetten tegen diefstal waren erg streng, en wie zich er in Allahs eigen huis aan schuldig maakte, beging een misdrijf tegen Allah zelf. Ze kwamen in de eigenlijke moskee en deden hun plicht jegens Allah.
Het duurde niet lang, en deze bevestiging van zijn religieuze overtuiging had een verfrissende uitwerking op Atefs ziel. Toen het voorbij was, begaven zijn vriend en hij zich weer naar de voorhal. Ze trokken hun schoenen aan en liepen naar buiten.
Ze waren niet de eersten die door de grote deuren naar buiten kwamen, en de Amerikanen hadden de anderen al gezien. Het was nu vooral de vraag welke kant ze op gingen. Dominic keek naar de straat, op zoek naar een politieman of inlichtingenagent, maar die zag hij niet. Hij verwachtte dat hun doelwit naar zijn appartement terug zou gaan. Brian ging de andere kant op. Er hadden een stuk of veertig mensen aan het gebed deelgenomen. Toen ze naar buiten kwamen, verspreidden ze zich in alle richtingen, alleen of in kleine groepjes. Ze gingen achter het stuur van taxi's zitten – die waarschijnlijk van henzelf waren – en reden

weg om passagiers op te pikken. Hun geloofsgenoten behoorden niet tot hun clientèle. De meesten van hen waren waarschijnlijk arme drommels die gingen lopen of het openbaar vervoer namen. Niet dat ze daardoor schurken waren in de ogen van de tweeling. De twee broers kwamen dichterbij, maar dat deden ze niet te snel of te opvallend. Toen kwamen het doelwit en zijn vriend naar buiten.

Ze gingen linksaf, recht op Dominic af, die zo'n dertig meter van hen vandaan was.

Brian kon het allemaal zien gebeuren. Dominic haalde de gouden pen uit de binnenzak van zijn colbertje, draaide tersluiks aan de punt om hem te activeren en hield hem toen als een ijspriem in zijn rechterhand. Hij volgde een koers die hem dicht bij het doelwit zou brengen...

Vreemd genoeg was het een mooi schouwspel. Toen Dominic twee meter van het doelwit vandaan was, deed hij of hij over iets struikelde en botste hij recht tegen Atef op. Brian zag hem niet eens prikken. Atef viel samen met Dominic om, en als de prik pijn deed, zou hij dat aan de val toeschrijven. Atefs vriend hielp hen beiden overeind. Dominic verontschuldigde zich en vervolgde zijn weg, en Brian volgde het doelwit. Hij had Sali niet zien doodgaan en vond het op een grimmige manier wel interessant om te zien wat er nu gebeurde. Het doelwit liep zo'n vijftien meter door en bleef toen opeens staan. Blijkbaar had hij iets gezegd, want zijn vriend draaide zich met een vragend gezicht naar hem om, nog net op tijd om Atef te zien vallen. Atef hield zijn arm omhoog om zijn gezicht tegen de val te beschermen, maar toen verslapte zijn hele lichaam.

De tweede man was duidelijk met stomheid geslagen. Hij bukte zich om te kijken wat er aan de hand was, eerst verbaasd, toen bezorgd, toen in paniek. Hij draaide het lichaam om en sprak luid tegen zijn gevallen vriend. Ongeveer op dat moment liep Brian hen voorbij. Atefs gezicht was zo strak en onbewogen als dat van een pop. De hersenen van de man werkten nog, maar hij kon zijn ogen niet opendoen. Brian bleef nog even staan en liep toen door zonder achterom te kijken, al maakte hij een Duitse voorbijganger met een gebaar duidelijk dat hij hulp moest verlenen. De Duitser deed dat; hij greep in zijn jas en haalde een mobiele telefoon tevoorschijn. Waarschijnlijk belde hij een ambulance. Brian liep naar het volgende kruispunt, draaide zich daar om en keek op zijn horloge. De ambulance was er na zesenhalve minuut. De Duitsers hadden de boel goed voor elkaar. De broeder voelde de pols en keek eerst verrast en toen geschrokken op. Zijn collega haalde een kistje uit de wagen, en Brian zag dat Atef werd geïntubeerd en aan een infuus gelegd. De twee broeders waren goed getraind. Blijkbaar hadden ze dit vaak geoefend en waarschijnlijk hadden ze het al vaak op straat toegepast. Omdat de toestand zo dringend was, legden ze Atef niet in de ambulance, maar probeerden ze hem ter plekke te behandelen.

Er waren nu tien minuten verstreken sinds hij in elkaar was gezakt, zag Brian op zijn horloge. Atef was al hersendood, en daarmee was de zaak bekeken. De marinier sloeg links af en liep naar de volgende hoek, waar hij een taxi nam. Hij kon de naam van het hotel bijna niet uitspreken, maar de chauffeur begreep het. Dominic was in de hal toen hij daar aankwam. Samen liepen ze naar de bar.

Het had één voordeel om iemand te doden als hij net uit de moskee kwam: ze konden er redelijk zeker van zijn dat hij niet naar de hel ging. Daar hoefden ze zich tenminste niet druk om te maken. Het bier hielp ook.

20

De jacht in volle gang

In München was het 14:26 uur in de middag, en op de Campus was het 8:26 uur in de ochtend. Sam Granger was vroeg op kantoor. Hij vroeg zich af of er al een e-mailbericht binnen was. De tweelingbroers werkten snel. Ze waren niet roekeloos, maar ze maakten een goed gebruik van de technologie die hun ter beschikking was gesteld en verspilden geen tijd of geld van de Campus. Hij had het derde doelwit natuurlijk al uitgekozen. De opdracht was al versleuteld en kon zo internet op. Net zomin als in het geval van Sali in Londen kon hij een 'officieel' bericht over het sterfgeval verwachten van de Duitse inlichtingendienst, de *Bundesnachrichtendienst*, die nauwelijks interesse voor Anas Ali Atef had gehad. Als Atefs dood al werd onderzocht, zou het een zaak voor de politie van München zijn, maar waarschijnlijk kwam de zaak niet verder dan de patholoog-anatoom – een van de vele fatale hartaanvallen in een land waar te veel mensen rookten en vet voedsel aten.
Het e-mailbericht kwam om 8:43 uur vanuit Dominics computer. Dominic bracht met veel details verslag uit van de succesvolle aanslag, bijna alsof hij een officieel rapport indiende bij de FBI. Het feit dat Atef een vriend bij zich had gehad, was waarschijnlijk een voordeel. Juist omdat een vijand getuige van de moord was geweest, zou waarschijnlijk niemand argwaan krijgen. Evengoed zou de Campus voor alle zekerheid zijn best doen om het officiële rapport over Atefs dood te krijgen, al zou dat niet zo gemakkelijk zijn.

Ryan en Wills, op de benedenverdieping, wisten natuurlijk nog van niets. Jack nam zoals elke ochtend het berichtenverkeer tussen de Amerikaanse inlichtingendiensten door – daar was hij meer dan een uur mee bezig – en daarna keek hij naar het internetverkeer van en naar vermoedelijke terroristenadressen. De overgrote meerderheid van al die berichten was zo routinematig als e-mails tussen een man en zijn vrouw over de boodschappen die ze moesten kopen als ze op weg naar huis nog even naar de supermarkt gingen. Sommige van die mailtjes konden heel goed gecodeerde berichten met een belangrijke inhoud zijn, maar zonder nadere gegevens kon je dat niet weten. Minstens één terrorist had de term 'warm weer' gebruikt om aan zijn collega's door te geven dat een bepaalde locatie die hun belangstelling had zwaar was beveiligd, maar die boodschap was in juli verstuurd, toen het inderdaad warm was ja, zelfs warmer dan aangenaam was. En dat specifieke bericht was door de FBI gekopieerd, maar die dienst had er in het begin weinig aandacht aan geschonken. Toch viel hem deze ochtend één nieuw bericht op.

'Hé, Tony, moet je eens kijken.'

De geadresseerde was hun oude vriend 56MoHa@eurocom.net, en de inhoud bevestigde dat hij als tussenpersoon voor berichtenverkeer van terroristen fungeerde:

Atef is dood. Hij is voor mijn ogen hier in München gestorven. Er werd een ambulance gebeld en ze hebben hem op het trottoir behandeld, maar hij stierf in het ziekenhuis aan een hartaanval. Verzoek om instructies. Fa'ad. En zijn adres was Honeybear@ostercom.net, en dat kwam nog niet in Jacks lijst voor.

'Honeybear?' zei Wills grinnikend. 'Die kerel zal wel op internet naar vrouwen zoeken.'

'Ja, misschien doet hij aan cybersex. Tony, als wij in Duitsland een zekere Atef hebben geliquideerd, is dit daar een bevestiging van, en dan hebben we meteen een volgend doelwit.' Ryan keek weer naar zijn computerscherm en gebruikte zijn muis om de bronnen na te gaan. 'Hier, de NSA heeft het ook opgepikt. Misschien denken ze dat hij een speler is.'

'Nu maak je wel grote sprongen,' merkte Wills knorrig op.

'Kom nou!' Jack maakte zich eindelijk eens kwaad. Hij begreep nu waarom zijn vader zich zo vaak had geërgerd aan de inlichtingenrapporten die hij in het Witte Huis onder ogen kreeg. 'Verdomme, Tony, hoeveel duidelijker moet het nog worden?'

Wills haalde diep adem en sprak zo kalm als altijd. 'Rustig maar, Jack. Dit komt uit één bron. Het is één enkel bericht over iets wat misschien heeft plaatsgevonden, en misschien ook niet. Je moet niet meteen in rep en roer raken, tenzij zoiets door een bekende bron wordt bevestigd. Die Honeybear-identiteit kan van alles betekenen, maar we kunnen er vast niet uit afleiden of hij een schurk is of niet.'

Jack junior vroeg zich af of hij – opnieuw! – door zijn instructeur op de proef werd gesteld. 'Nou, laten we het dan eens op een rijtje zetten. 56MoHa is een bron waarvan we vrij zeker zijn dat hij een speler is. Waarschijnlijk is hij iemand die operaties organiseert. We zoeken al op internet naar hem sinds ik hier werk, nietwaar? En nu duikt deze brief in zijn mailbox op, op het moment dat we geloven dat wijzelf een team doders in het veld hebben. Of wilde je me vertellen dat Uda bin Sali echt een hartinfarct heeft gehad terwijl hij in het centrum van Londen liep te dagdromen over zijn favoriete hoer? En dat de Britse Security Service die gebeurtenis alleen maar zo interessant vond omdat het niet elke dag gebeurt dat een vermoedelijke terroristenbankier dood op straat neervalt? Is mij iets ontgaan?'

Wills glimlachte. 'Geen slechte presentatie. Een beetje weinig concreet bewijs, maar je redenering zat goed in elkaar. Vind je dat ik hiermee naar boven moet lopen?'

'Nee, Tony, ik vind dat je hiermee naar boven moet rennen,' zei Ryan, en hij bedwong zijn ergernis. Diep ademhalen en tot tien tellen.

'Dan moest ik dat maar doen.'

Vijf minuten later liep Wills het kantoor van Rick Bell binnen. Hij gaf hem twee vellen papier.

'Rick, hebben we een team aan het werk in Duitsland?' vroeg Wills. De reactie die hij kreeg, was helemaal niet verrassend.

'Waarom vraag je dat?' Bell had een pokerface dat indruk zou hebben gemaakt op een marmeren standbeeld.

'Lees maar,' zei Wills.

'Verdraaid,' zei Bell. 'Wie heeft deze vis uit de elektronische oceaan gehaald?'

'Driemaal raden,' zei Tony.

'Niet slecht, voor die jongen.' Bell keek zijn bezoeker erg aandachtig aan. 'Hoeveel vermoedt hij?'

'In Langley zouden ze zich nu grote zorgen maken.'

'Net als jij?'

'Dat kun je wel zeggen,' antwoordde Wills. 'Zijn fantasie maakt grote sprongen, Rick.'

Bell trok een gezicht. 'Nou, het zijn niet bepaald de wereldkampioenschappen verspringen, hè?'

'Rick, Jack kan dingen ongeveer net zo snel met elkaar combineren als een computer het verschil tussen een één en een nul kan zien. Hij heeft gelijk, hè?'

Bill wachtte een paar tellen en zei toen: 'Wat denk jij?'

'Ik denk dat ze die Sali uit de weg hebben geruimd, en dit is waarschijnlijk missie nummer twee. Hoe doen ze het?'

'Dat wil je niet weten. Het is niet zo clean als het lijkt,' antwoordde Bell. 'Die Atef was een rekruteerder. Hij heeft minstens één terrorist naar Des Moines gestuurd.'

'Dat is voldoende reden,' vond Wills.

'Sam denkt daar ook zo over. Ik zal dit aan hem voorleggen. En hoe verder?'

'We zouden eens wat beter naar die MoHa kunnen kijken. Misschien kunnen we hem opsporen,' zei Wills.
'Enig idee waar hij is?'
'In Italië, zou je denken, maar daar wonen een heleboel mensen. Er zijn veel grote steden met veel plaatsen waar je je kunt schuilhouden. Toch is Italië een geschikt land voor hem. Centraal gelegen. Vliegverbindingen met alle delen van de wereld. En de terroristen hebben Italië de laatste tijd met rust gelaten; niemand jaagt op een hond die niet blaft.'
'Dat geldt ook voor Duitsland, Frankrijk en de rest van Midden-Europa.'
Wills knikte. 'Daar ziet het wel naar uit. Zij zijn straks aan de beurt, maar ik geloof niet dat ze dat beseffen. Ze steken hun kop in het zand, Rick.'
'Dat is waar,' beaamde Bell. 'Nou, wat doen we met jouw leerling?'
'Ryan? Goede vraag. In elk geval leert hij erg snel. Hij is vooral goed in verbanden leggen,' dacht Wills hardop. 'Hij maakt in zijn fantasie grote sprongen, soms te ver, maar dat is geen slechte eigenschap voor een analist.'
'Zijn cijfer tot nu toe?'
'Een 8, misschien wel een 9, maar alleen omdat hij nieuw in het vak is. Hij is nog niet zo goed als ik, maar ik zat al in dit vak toen hij nog geboren moest worden. Hij is erg veelbelovend, Rick. Hij zal het ver brengen.'
'Zo goed?' vroeg Bell. Tony Wells stond bekend als een zorgvuldige, terughoudende analist, en hij was ook een van de besten die de CIA ooit had opgeleverd, ondanks zijn groene zonneklep en de mouwophouders.
Wills knikte. 'Zo goed.' Hij was ook bijzonderlijk eerlijk. Die eerlijkheid was hem aangeboren, maar hij kon het zich ook veroorloven. De Campus betaalde veel beter dan alle overheidsdiensten. Zijn kinderen waren allemaal groot – de laatste zat in het laatste jaar van zijn natuurkundestudie aan de universiteit van Maryland, en daarna konden Betty en hij over de volgende grote stap in hun leven nadenken, al beviel het Wills hier wel en was hij voorlopig niet van plan om weg te gaan. 'Maar zeg niet tegen hem dat ik dat vind.'
'Heeft hij het hoog in de bol?'
'Nee, dat kan ik niet zeggen. Maar hij moet ook niet denken dat hij het allemaal al weet.'
'Niemand met ook maar een beetje verstand denkt dat,' zei Bell.
'Nee.' Wills stond op. 'Maar waarom zouden we het risico nemen?'
Wills ging weg, maar Bell wist niet wat hij met die jonge Ryan moest doen. Nou, hij zou er eerst eens met de baas over praten.

'Volgende halte: Wenen,' zei Dominic tegen zijn broer. 'We hebben weer een doelwit.'
'Als we straks maar niet zonder werk komen te zitten,' zei Brian.
Zijn broer lachte. 'Man, er lopen genoeg rotschoften in Amerika rond om ons de rest van ons leven bezig te houden.'
'Ja, dat zou geld besparen, want dan zijn er geen rechters en jury's meer nodig.'
'Ik heet niet Dirty Harry Callahan, klojo.'
'En ik ben Chesty Puller ook niet. Hoe komen we daar? Vliegtuig, trein – misschien zelfs met de auto?'
'Met de auto, dat zou leuk zijn,' zei Dominic. 'Zouden we een Porsche kunnen huren...?'
'Geweldig,' bromde Brian. 'Wil je nu uitloggen? Dan kan ik het bestand downloaden.'
'Goed. Ik zal kijken wat de hotelconciërge voor ons kan regelen.' En hij ging de kamer uit.

'Dit is de enige bevestiging die we hebben?' vroeg Hendley.
'Ja.' Granger knikte. 'Maar het komt precies overeen met wat onze jongens in het veld ons hebben verteld.'
'Ze gaan te snel. Als de tegenpartij nu eens denkt: twee hartaanvallen in nog geen week... Wat dan?'
'Gerry, dat is toch juist de bedoeling van deze missie? Het is min of meer de bedoeling dat de tegenpartij een beetje nerveus wordt, al zijn ze arrogant genoeg om algauw weer te denken dat het toeval was. Als dit film of televisie was, zouden ze denken dat de CIA aan het liquideren is geslagen, maar dit is geen film, en ze weten dat de CIA zulke dingen niet doet. De Mossad misschien, maar ze zijn al op hun hoede voor de Israëli's. Hé...' Er ging Granger een licht op. 'Misschien zijn zij wel de kerels die in Rome die Mossad-officier hebben vermoord?'
'Ik betaal je niet om te speculeren, Sam.'
'Het is een mogelijkheid,' hield Granger vol.
'Het is ook mogelijk dat de maffia die arme stumper heeft geliquideerd omdat ze hem aanzagen voor een medemaffioso die hun geld schuldig was. Maar dat lijkt me niet waarschijnlijk.'
'Nee.' Granger ging naar zijn eigen kamer terug.

Mohammed Hassan al-Din was op dat moment in het Hotel Excelsior in Rome. Hij dronk koffie en werkte op zijn computer. Atefs dood was slecht nieuws. Atef was een goede rekruteerder geweest, met precies de juiste combinatie van intelligentie, geloofwaardigheid en betrokken-

heid om anderen over te halen zich bij hen aan te sluiten. Atef had zelf het veld in willen gaan om vijanden te doden en een heilige martelaar te worden, maar hoewel hij daar misschien goed in zou zijn geweest, was iemand die kon rekruteren waardevoller dan iemand die bereid was zijn leven weg te gooien. Het was een simpele rekensom, iets wat een ingenieur als Atef zou hebben begrepen. Hoe had het ook weer met hem gezeten? Had hij geen broer gehad die in 1973 door de Israëli's was gedood? Dat was een lange tijd om wrok te blijven koesteren, zelfs voor mannen in zijn organisatie, maar het zou de eerste keer niet zijn. Atef was nu bij zijn broer in het paradijs. Dat was goed voor hem, maar slecht voor de organisatie. Zo was het geschreven, troostte Mohammed zichzelf, en zo zou het zijn, en zo zou de strijd doorgaan tot de laatste van hun vijanden dood was.
Hij had twee gekloonde telefoons op zijn bed liggen, toestellen die hij kon gebruiken zonder bang te hoeven zijn dat zijn gesprekken naar hem te herleiden waren. Moest hij de emir hierover bellen? Daar moest hij eens over nadenken. Anas Ali Atef was de tweede in minder dan een week die een hartaanval kreeg, en in beide gevallen waren het jonge mannen geweest. Dat was vreemd en statistisch gezien erg ongewoon. Maar Fa'ad had de hele tijd vlak naast Anas Ali gestaan, en dus was hij niet neergeschoten of vergiftigd door een Israëlische inlichtingenagent – een jood zou waarschijnlijk hen beiden hebben gedood, dacht Mohammed. Omdat er een ooggetuige bij was geweest, was er weinig aanleiding om aan boze opzet te denken. Wat die ander betrof – ach, Uda had het leven van een hoerenloper geleid en hij zou bepaald niet de eerste zijn geweest die aan die zwakheid bezweek. Waarschijnlijk was het dus een ongelukkig toeval en hoefde Mohammed niet dringend contact met de emir op te nemen. Hij maakte wel een notitie van de twee sterfgevallen in zijn computer, versleutelde het bestand en zette het apparaat uit. Hij had zin in een wandeling. Het was een mooie dag in Rome. Voor Europese begrippen was het warm, maar voor hem was het net thuis. In zijn straat was een leuk restaurant met een terras. Het Italiaanse eten was daar niet meer dan gemiddeld, maar wat hier gemiddeld was, was beter dan wat je in veel goede restaurants op de wereld kreeg voorgezet. Je zou verwachten dat alle Italiaanse vrouwen dik waren, maar nee, ze leden aan die westerse vrouwenziekte van slankheid. Sommigen leken net West-Afrikaanse kinderen. Ze leken meer op jonge jongens dan op volwassen, ervaren vrouwen. Erg jammer. Maar in plaats van te eten stak hij de Via Veneto over om duizend euro uit de geldautomaat te halen. De euro had het reizen door Europa veel gemakkelijker gemaakt, Allah zij geprezen. De munt was nog niet zo stabiel als

de Amerikaanse dollar, maar met een beetje geluk zou hij dat binnenkort worden, en dat zou het reizen nog gemakkelijker maken.
Het was moeilijk om niet van Rome te houden. De stad was gunstig gelegen, had een internationaal karakter, trok veel buitenlanders en werd bewoond door gastvrije mensen die bogen als knipmessen als je hun geld gaf, want het waren en bleven boeren. Een goede stad voor vrouwen, met gelegenheden om te winkelen zoals Riad nauwelijks te bieden had. Zijn Engelse moeder had van Rome gehouden, en het was duidelijk waarom. Goed eten, goede wijn en een mooie historische atmosfeer die nog verder in de tijd terugging dan de Profeet zelf, gezegend zij Hij. Er waren hier veel mensen vermoord door de Romeinse keizers, in het Colosseum afgeslacht om het volk te vermaken of gedood omdat ze de keizer op de een of andere manier hadden mishaagd. Waarschijnlijk was het in die keizertijd erg rustig geweest in de straten. Hoe kon je de rust in een stad beter waarborgen dan met een meedogenloze toepassing van de wet? Zelfs de zwakken zouden zien wat de prijs van slecht gedrag was. Zo was het in zijn eigen land en zo zou het, hoopte hij, nog lang blijven nadat de koninklijke familie was verwijderd – gedood of naar het buitenland gejaagd, misschien naar het veilige Engeland of Zwitserland, waar mensen met geld en status goed genoeg behandeld werden om in comfort en ledigheid hun leven te leiden. Mohammed en zijn vrienden zouden vrede hebben met beide mogelijkheden. Als die corrupte leden van het koninklijk huis maar niet meer over zijn land heersten, en bogen voor de ongelovigen en olie aan hen verkochten, en over het volk heersten alsof ze de zonen van Mohammed zelf waren. Daar zou een eind aan komen. Zijn afkeer van Amerika viel in het niet bij zijn haat jegens de heersers van zijn eigen land. Maar Amerika was zijn voornaamste doelwit, omdat het een machtig land was, of het die macht nu zelf gebruikte of aan anderen gaf, die dan weer Amerika's imperialistische belangen moesten dienen. Amerika bedreigde alles wat hem dierbaar was. Amerika was een ongelovig land, beschermer van de joden. Amerika was zijn eigen land binnengevallen en had daar troepen en wapens gestationeerd, ongetwijfeld met het uiteindelijke doel de hele islam aan zich te onderwerpen en over een miljard gelovigen te heersen, alleen om zijn eigen bekrompen belangen te dienen. Het was een obsessie voor hem geworden om Amerika te treffen. Zelfs de Israëli's waren niet zulke aantrekkelijke doelwitten. Hoe doortrapt ze ook waren, de joden waren alleen maar de kattenklauwen van de Amerikanen, de vazallen die in ruil voor geld en wapens deden wat de Amerikanen zeiden, zonder zelfs maar te weten hoe cynisch ze werden gebruikt. De Iraanse sjiieten hadden gelijk gehad. Amerika was de Grote Satan, Iblis zelf, zo'n grote macht dat het moeilijk was om dat land een beslissende slag toe te

dienen, maar in zijn kwaadaardigheid toch kwetsbaar voor de rechtvaardige strijders van Allah en de gelovigen.

De conciërge van Hotel Bayerischer had zichzelf overtroffen, vond Dominic, toen hij een Porsche 911 in ontvangst nam waarvan de voorin gelegen kofferbak al hun bagage kon bevatten, en dat na maar een beetje persen. Dit was nog beter dan een gehuurde Mercedes met een kleine motor. De 911 had ballen. Brian zou mogen kaartlezen als ze in zuidoostelijke richting door de Alpen naar Wenen reden. Op dit moment deed het er niet toe dat ze naar Oostenrijk gingen om iemand te doden. Ze dienden hun land, en verder dan dat kon je loyaliteit niet gaan.
'Moet ik een valhelm op?' vroeg Brian toen hij instapte, wat in het geval van deze auto bijna betekende dat je op de grond ging zitten.
'Niet als ik achter het stuur zit, Aldo. Kom op, broertje. We gaan een lekker ritje maken.'
De auto had een afschuwelijke kleur blauw, maar de tank was vol en de 6-cilindermotor was goed afgesteld. De Duitsers hielden echt van dingen die *in Ordnung* waren. Brian navigeerde hen München uit en de *Autobahn* naar Wenen op, en toen besloot Enzo eens te kijken hoe hard zo'n Porsche nu werkelijk kon rijden.

'Denk je dat ze assistentie nodig hebben?' vroeg Hendley aan Granger, die hij net bij zich had laten komen.
'Wat bedoel je?' antwoordde Sam. Die 'ze' waren natuurlijk de gebroeders Caruso.
'Ik bedoel, ze hebben niet veel ondersteuning van inlichtingenmensen,' merkte de ex-senator op.
'Nou, daar hebben we geen moment aan gedacht, hè?'
'Nee.' Hendley leunde in zijn stoel achterover. 'In zekere zin opereren ze naakt. Ze hebben geen van beiden veel ervaring met inlichtingenwerk. Als ze nu eens de verkeerde man doden? Goed, waarschijnlijk worden ze dan niet opgepakt, maar het is niet goed voor hun moreel. Ik herinner me een maffialid; ik geloof dat hij in Atlanta in de gevangenis zat. Hij had een arme drommel gedood omdat hij dacht dat die hem wilde doden, maar het was de verkeerde, en toen was hij helemaal van slag. Hij werd opgepakt en zong als een kanarie. Zo kwamen we voor het eerst veel over de maffia te weten, en over de manier waarop die organisatie was opgebouwd.'
'O ja, dat was een maffiasoldaat die Joe Valachi heette. Ja, maar hij was een misdadiger, vergeet dat niet.'
'En Brian en Dominic zijn beste kerels. Die zouden dus nog meer last

hebben van schuldgevoelens. Misschien is het wel goed om hun wat inlichtingenassistentie te geven.'

Granger had dat voorstel niet verwacht. 'Ik kan de noodzaak van een betere evaluatie van inlichtingen wel inzien, en zo'n "virtueel kantoor" heeft zijn beperkingen, geef ik toe. Ze kunnen bijvoorbeeld geen vragen stellen, maar als ze die hebben, kunnen ze ons wel per e-mail om raad vragen...'

'Maar dat hebben ze niet gedaan,' merkte Hendley op.

'Gerry, ze hebben in deze missie nog maar twee stappen gezet. Het is te vroeg om in paniek te raken. Ze kunnen zelfstandig te werk gaan, en dat is precies wat we van onze operationele mensen verlangen.'

'We doen niet alleen veronderstellingen, maar we trekken die veronderstellingen ook door naar de toekomst. Is dat wel verstandig?' Hendley had in het Capitool geleerd te redeneren, en hij was daar verschrikkelijk goed in.

'Veronderstellingen zijn altijd verkeerd. Dat weet ik, Gerry. Maar complicaties zijn dat ook. Hoe weten we dat we de juiste man sturen? Misschien maakt het sturen van zo iemand de onzekerheid alleen maar groter. Willen we dat?' Granger vond dat Hendley aan de dodelijkste politieke ziekte leed. Voor je het wist, had je iets zo goed onder controle dat je het dooddrukte.

'Ik bedoel dat het misschien een goed idee zou zijn om daar iemand te hebben die een beetje anders denkt, die een andere kijk heeft op de dingen die daar gebeuren. Die Caruso-jongens zijn erg goed. Dat weet ik. Maar ze zijn onervaren. Het is belangrijk dat we daar een ander stel hersens hebben dat een andere kijk op de feiten en de situatie heeft.'

Granger merkte dat hij in het nauw kwam te zitten. 'Nou, goed, daar kan ik de logica wel van inzien, maar het is een extra complicatie waar we geen behoefte aan hebben.'

'Laten we het dan zo bekijken: als ze nu eens iets zien waarop ze niet zijn voorbereid? In dat geval hebben ze behoefte aan iemand anders die zijn mening kan geven. Dan gaan ze minder gauw in de fout. Het enige waar ik bang voor ben, is dat ze een fout maken, en dat die fout de een of andere arme stakker het leven kost, en dat die fout gevolgen heeft voor de manier waarop ze in de toekomst hun missies uitvoeren. Schuldgevoelens, wroeging, en dan gaan ze er misschien zelfs met anderen over praten. Kunnen we dat volledig uitsluiten?'

'Nee, niet helemaal, maar het betekent ook dat we een extra factor toevoegen, iemand die nee kan zeggen als het eigenlijk ja moet zijn. Iedereen kan nee zeggen, maar dat is niet altijd de juiste beslissing. Je kunt ook te voorzichtig zijn.'

'Ik denk van niet.'
'Goed. Nou, wie wil je sturen?' vroeg Granger.
'Laten we daar eens over nadenken. Het zou iemand moeten zijn – het móét iemand zijn – die ze kennen en vertrouwen...' Zijn stem stierf weg.
Hendley had zijn chef operaties nerveus gemaakt. Hij had een idee in zijn hoofd, en Hendley wist maar al te goed dat hij de leiding van de Campus had, dat binnen dit gebouw zijn woord wet was en dat niemand daartegen in beroep kon gaan. Dus als Granger iemand voor die eventuele missie zou nemen, moest het iemand zijn die niet alles zou verknoeien.

De *Autobahn* was schitterend, een briljant staaltje van wegenaanleg. Dominic vroeg zich onwillekeurig af wie hem had laten aanleggen. Toen bedacht hij dat de weg eruitzag alsof hij er al een hele tijd was. En deze weg verbond Duitsland en Oostenrijk met elkaar – misschien had Hitler zelf opdracht tot de aanleg van deze weg gegeven? Zou dat niet komisch zijn? Hoe dan ook, er gold hier geen maximumsnelheid, en de 6-cilindermotor van de Porsche snorde als een sluipende tijger die op het spoor van warm vlees was gekomen. En de Duitse automobilisten waren ontzaglijk beleefd. Je hoefde alleen maar met je lichten te knipperen en ze gingen vlug opzij, alsof ze een goddelijk bevel hadden gekregen. Heel anders dan in Amerika, waar oude dametjes in hun overjarige Pinto's op de linkerrijbaan reden omdat ze linkshandig waren en het leuk vonden om de maniakken in hun Corvettes op te houden. Dit deed nauwelijks onder voor de zoutvlakten van Bonneville.
Brian daarentegen deed zijn best om niet ineen te krimpen. Hij deed soms zijn ogen even dicht en dacht weer aan de riskante vluchten die hij met de Recon-mariniers door bergpassen van de Sierra Nevada had gemaakt, vaak in CH-46-helikopters die ouder waren dan hijzelf. Die vluchten waren niet zijn dood geworden. Dit zou hij waarschijnlijk ook wel overleven, en als officier van de mariniers mocht hij geen angst of zwakheid tonen. En het was inderdaad opwindend – alsof hij in een achtbaan zat zonder veiligheidsstang voor hem langs. Maar hij zag dat Enzo de tijd van zijn leven had en troostte zich met de gedachte dat hij zijn gordel om had en dat deze kleine Duitse auto waarschijnlijk ontworpen was door dezelfde mensen die de Tiger-tank hadden ontworpen. Het was vooral angstaanjagend toen ze door de bergen reden. Later kwamen ze in een agrarische streek en werd het terrein vlakker en de weg rechter, goddank.
'De paden op, de lanen in,' zong Dominic gruwelijk vals.

'Als je in de kerk zo zingt, laat God je dood neervallen,' waarschuwde Brian. Hij haalde de stadsplattegrond van Wenen tevoorschijn, want ze waren er bijna.
De straten van die stad waren een doolhof. De hoofdstad van Oostenrijk bestond al voordat de Romeinse legioenen er waren, en geen enkele straat was langer dan voor een legioen nodig zou zijn om op de verjaardag van de keizer langs de *tribunus militaris* te marcheren. Op de kaart zag je een binnen- en een buitenring, en waarschijnlijk waren daar vroeger middeleeuwse muren geweest – de Turken hadden meer dan eens voor de stad gestaan in de hoop Oostenrijk aan hun imperium toe te voegen, maar dat stukje militaire geschiedenis had niet op de officiële boekenlijst van het Korps Mariniers gestaan. Oostenrijk was een grotendeels katholiek land, omdat het regerende huis Habsburg dat was geweest, maar dat had de Oostenrijkers er niet van weerhouden om hun prominente en welvarende joodse minderheid te doden nadat Hitler hun land aan het Duitse rijk had toegevoegd. Dat was na de *Anschluss*-volksstemming van 1938 gebeurd. Hitler was hier geboren, niet in Duitsland, zoals veel mensen dachten, en de Oostenrijkers hadden zijn loyaliteit met die van henzelf beantwoord en waren ergere nazi's geworden dan Hitler zelf – tenminste, zo stond het in de geschiedenisboeken, al dachten veel Oostenrijkers er nog steeds anders over. Dit was het enige land ter wereld waar *The Sound of Music* een grote flop was geworden, misschien omdat de film niet erg complimenteus was voor de nazi-partij.
Ondanks dat alles zag Wenen eruit als wat het werkelijk ook was: een oude keizersstad met brede, lommerrijke boulevards, klassieke architectuur en opvallend goedgeklede inwoners. Brian navigeerde hen naar het Hotel Imperial aan de Kärtner Ring, een gebouw dat op een kleinere kopie van het bekende Schönbrunn Palace leek.
'Je moet toegeven dat ze ons in mooie hotels onderbrengen, Aldo,' merkte Dominic op.
Vanbinnen was het nog indrukwekkender, met verguldsel op de plafonds en lambriseringen met lakwerk. Alle details zagen eruit alsof ze waren aangebracht door vaklieden die uit het Florence van de Renaissance naar Wenen waren gehaald. De hal was niet ruim, maar de receptie was onmogelijk over het hoofd te zien en werd bemand door mensen in kleren waaraan je meteen kon zien dat ze in een hotel werkten.
'Goedendag,' zei de conciërge bij wijze van groet. 'U bent de heer Caruso?'
'Jazeker,' zei Dominic, verrast door de goede uitspraak van het Engels. 'U hebt een reservering voor mijn broer en mij?'

'Jazeker, meneer,' antwoordde de conciërge met enthousiaste onderge-schiktheid. Zijn Engels klonk alsof hij het in Harvard had geleerd. 'Twee kamers, onderling verbonden, met uitzicht op de straat.'
'Uitstekend.' Dominic haalde zijn Centurion-card van American Express tevoorschijn en gaf hem aan de man.
'Dank u.'
'Boodschappen voor ons?' vroeg Dominic.
'Nee, meneer,' verzekerde de conciërge hem.
'Kunt u iemand voor onze auto laten zorgen? Hij is gehuurd. We weten nog niet of we hem houden.'
'Natuurlijk, meneer.'
'Dank u. Kunnen we onze kamers bekijken?'
'Ja. U hebt kamers op de eerste verdieping. Franz,' riep hij.
Het Engels van de piccolo was even goed. 'Wilt u mij volgen, heren?'
Geen lift maar een royale trap met treden die rood bekleed waren, recht naar het levensgrote portret van iemand die er heel belangrijk uitzag, een man in een wit militair uniform en met prachtig uitgekamde lage bakkebaarden.
'Wie is dat?' vroeg Dominic aan de piccolo.
'Keizer Franz Josef, meneer. Hij heeft het hotel bezocht toen het was geopend. Dat was in de negentiende eeuw.'
'Aha.' Dat verklaarde de houding van het personeel, maar je moest toegeven dat dit hotel stijl had. Daar kon je niet omheen.
Vijf minuten later hadden ze zich in hun kamers geïnstalleerd. Brian kwam de kamer van zijn broer binnen. 'Allemachtig, zelfs de woonvertrekken van het Witte Huis zijn niet zo goed als dit.'
'Denk je?' vroeg Dominic.
'Jongen, ik wéét dat. Ik ben er zelf geweest. Oom Jack heeft me daar ontvangen toen ik tot officier benoemd was – nee, eigenlijk al toen ik de opleiding had voltooid. Shit, dit is niet niks. Wat zou het kosten?'
'Wat maakt het uit? We betalen met onze creditcard, en onze vriend zit hier dichtbij in het Bristol. Het is wel interessant om op rijke stinkerds te jagen, hè?' Dat bracht hun gedachten op hun werk. Dominic haalde zijn laptop uit de tas. Het Imperial was gewend om gasten met computers te hebben en de telefooninstallatie was erg handig in het gebruik. Even later opende Dominic het laatst binnengekomen bestand. Hij had het al eerder doorgelezen. Nu nam hij elk woord in zich op.

Granger dacht na. Gerry wilde dat iemand op de tweelingbroers paste, en blijkbaar had hij dat besluit al genomen. Er zaten veel goede mensen in de inlichtingenafdeling onder Rick Bell, maar als voormalige inlich-

tingenagenten van de CIA of een andere dienst waren ze allemaal te oud om geschikte metgezellen voor de jonge Caruso-jongens te zijn. Het zou een vreemde indruk maken als mensen van achter in de twintig door Europa reisden in het gezelschap van iemand die halverwege de vijftig was. Hij kon dus beter iemand uitkiezen die jonger was. Daar waren er niet veel van, maar er was er een...
Hij nam zijn telefoon.

Fa'ad bevond zich maar twee blokken van hen vandaan op de tweede verdieping van het Bristol Hotel, een beroemde en erg chique gelegenheid die vooral bekendstond om zijn schitterende eetzaal en de nabijheid van de Staatsoper, die zich aan de overkant van de straat bevond en gewijd was aan Wolfgang Amadeus Mozart, die hofmusicus bij de Habsburgers was geweest voordat hij, ook hier in Wenen, een vroegtijdige dood stierf. Maar Fa'ad had geen enkele belangstelling voor zulke geschiedenis. Hij interesseerde zich alleen voor wat er kortgeleden was gebeurd. Het had hem diep geschokt dat Anas Ali Atef voor zijn ogen was gestorven. Dat was niet de dood van ongelovigen geweest, iets waar je om kon glimlachen als je het op de televisie zag. Hij had daar gestaan en gezien hoe het leven onzichtbaar uit het lichaam van zijn vriend wegtrok. Hij had de Duitse ziekenbroeders vergeefs voor zijn leven zien vechten – ze hadden hun best gedaan voor iemand die ze waarschijnlijk verachtten. Dat was een verrassing. En ja, er waren Duitsers die gewoon hun werk deden, maar ze hadden dat werk met een hardnekkige vastbeslotenheid gedaan, en daarna hadden ze zijn kameraad in allerijl naar het dichtstbijzijnde ziekenhuis gebracht, waar de Duitse artsen waarschijnlijk hetzelfde hadden gedaan, al hadden ze geen succes gehad. Hij had in de wachtkamer gezeten en er was een arts naar hem toe gekomen om hem het droevige nieuws te vertellen. De arts had ten overvloede gezegd dat ze alles hadden gedaan wat gedaan kon worden, en dat het op een zware hartaanval leek, en dat er laboratoriumonderzoek zou worden gedaan om vast te stellen of dat inderdaad de doodsoorzaak was geweest. Ten slotte had de dokter om informatie over zijn familie gevraagd, als hij die had. Hij had willen weten aan wie het lichaam kon worden overgedragen als ze klaar waren met de sectie. Dat was typisch iets voor die Duitsers: ze waren altijd zo precies. Fa'ad had alles zo goed mogelijk geregeld en was toen in een trein naar Wenen gestapt. Hij zat in zijn eentje in de eerste klas en probeerde de verschrikkelijke gebeurtenis te verwerken.
Hij bracht verslag uit aan de organisatie. Zijn contactpersoon was Mohammed Hassan al-Din. Die was op dit moment waarschijnlijk in Rome,

al was Fa'ad Rahman Yasin daar niet zeker van. Hij hoefde dat ook niet zeker te weten. Het internetadres voldeed, hoe vormloos dat ook was. Alleen jammer dat zo'n jonge, energieke, waardevolle kameraad dood neergevallen was. Als zijn dood enig doel had gediend, wist alleen Allah wat dat was – maar Allah had Zijn plannen met alles, en die plannen waren niet altijd voor mensen te begrijpen. Fa'ad pakte een miniflesje cognac uit zijn minibar en dronk het zo leeg, in plaats van de drank in een van de glazen te schenken die op de kast stonden. Of het nu zondig was of niet, het hielp hem zijn zenuwen tot rust te brengen – en trouwens, hij deed het nooit in het openbaar. Wat een verschrikkelijke gebeurtenis! Hij wierp weer een blik op de minibar. Er stonden nog twee flesjes cognac, en daarna waren er miniatuurflesjes met Schotse whisky, de favoriete drank van Saudi-Arabië, sharia of niet.

'Heb je je paspoort?' vroeg Granger zodra hij was gaan zitten.

'Ja. Hoezo?' vroeg Ryan.

'Je gaat naar Oostenrijk. Je vliegtuig vertrekt vanavond van Dulles. Dit is je ticket.' De chef Operaties wierp het mapje over het bureau.

'Waarvoor?'

'Er is een kamer voor je geboekt in het Imperial Hotel. Je gaat daar samenwerken met Dominic en Brian Caruso. Je houdt ze op de hoogte van nieuwe inlichtingen. Je kunt gebruikmaken van je gebruikelijke e-mailaccount, en je laptop is voorzien van de juiste encryptietechnologie.'

Wat is dit, vroeg Jack zich af. 'Sorry, maar kunnen we een paar stappen teruggaan? Wat is er precies aan de hand?'

'Je vader zal die vraag ook wel eens gesteld hebben.' Grangers glimlach kon het ijs in een whiskysoda laten verkillen. 'Gerry denkt dat de tweeling assistentie nodig heeft op inlichtingengebied. Je hebt opdracht om die assistentie te verlenen en als een soort adviseur voor hen te fungeren als ze in het veld zijn. Dat wil niet zeggen dat je zelf iets doet, maar je volgt de inlichtingen via het virtuele kantoor. Je hebt daar al vrij goed werk mee geleverd. Je hebt er een neus voor om dingen op internet op te sporen – daar ben je heel wat beter in dan Dom en Brian. Het is misschien nuttig als je bij hen in het veld bent. Daarom. Je mag weigeren, maar als ik jou was, zou ik gaan. Goed?'

'Hoe laat vertrekt mijn vliegtuig?'

'Dat staat in je ticketmapje.'

Jack keek. 'Jezus, dan moet ik opschieten.'

'Nou, schiet dan op. Je wordt met een auto naar het vliegveld gebracht.'

Jack stond op. Het was maar goed dat hij met een auto werd wegge-

bracht. Hij zou het geen prettig idee vinden om zijn Hummer op het parkeerterrein van Dulles achter te laten. Dieven waren gek op die dingen. 'O ja, wie mogen hiervan weten?'
'Rick Bell zal Wills op de hoogte stellen. Verder niemand. Ik herhaal: niemand. Is dat duidelijk?'
'Jazeker. Nou, dan ga ik maar.' Hij keek in het ticketmapje en zag dat er een Centurion-card van American Express in zat. Hij reisde tenminste op kosten van de zaak. Hoeveel van die dingen had de Campus in de la liggen, vroeg hij zich af. Maar voor vandaag was dit wel genoeg.

'Wat krijgen we nou?' vroeg Dominic aan zijn computer. 'Aldo, we krijgen morgenvroeg gezelschap.'
'Wie?' vroeg Brian.
'Dat staat er niet bij. Maar hier staat wel dat we niets mogen ondernemen tot hij contact met ons opneemt.'
'Jezus, wat denkt hij wel? Het is niet onze schuld dat die vorige kerel ons zomaar in de schoot viel. Waarom zouden we treuzelen?'
'Dit zijn ambtenaren. Als je te efficiënt werkt, worden ze bang,' meende Dominic. 'Zullen we gaan eten, broertje?'
'Goed, laten we kijken hoe goed hun versie van *vitello Milanese* is. Zouden ze hier ook fatsoenlijke wijnen hebben?'
'Er is maar één manier om daarachter te komen, Aldo.' Dominic koos een das uit zijn koffer. De eetkamer van het hotel leek ongeveer zo formeel als oom Jacks vorige huis.

21

De tram

Het was in twee opzichten een nieuw avontuur voor Jack. Hij was nooit eerder in Oostenrijk geweest. En hij was ook nog nooit als agent in het veld geweest om een liquidatieteam te assisteren, en hoewel het achter een bureau in West Odenton, Maryland, een goed idee leek om de levens te beëindigen van mensen die het leuk vonden om Amerikanen te doden, was dat op plaats 3A van een Airbus 330, tienduizend meter boven de Atlantische Oceaan, plotseling een bijzonder hachelijke aangelegenheid. Nou ja, Granger had gezegd dat hij niet echt iets hoefde te doen. En dat vond Jack prima. Hij kon nog steeds met een pistool schieten – hij ging regelmatig naar de schietbaan van de Secret Service in Washington en soms naar hun academie in Beltsville, Maryland, als Mike Brennan daar was. Maar Brian en Dom schoten toch niet op mensen? Niet volgens het MI5-rapport dat hij op zijn computer had gekregen. Een hartaanval – hoe fingeerde je in 's hemelsnaam een hartaanval zo goed dat zelfs een patholoog-anatoom erin trapte? Daar zou hij hen naar moeten vragen. Vermoedelijk mocht hij dat weten.

In elk geval was het eten beter dan wat je meestal in vliegtuigen kreeg voorgezet, en zelfs een luchtvaartmaatschappij kon de drank niet bederven als die nog in de fles zat. Dankzij de alcohol in zijn bloed viel hij vrij gemakkelijk in slaap, ook omdat de eersteklasstoel van het ouderwetse type was, dus niet zo'n nieuw geval met honderd bewegende delen die je allemaal tot last waren. Zoals gewoonlijk keek ongeveer de helft van de mensen die voorin zaten de hele nacht naar films. Iedereen had zijn eigen manier om een vliegreis door te komen, zoals zijn vader altijd zei. Jacks manier was slapen.

De wienerschnitzel was uitstekend, evenals de Oostenrijkse wijnen.

'Degene die dit heeft klaargemaakt, zou met opa moeten praten,' zei Dominic na zijn laatste hap. 'Misschien weet hij iets waar Pap-Pap van kan leren.'

'Het is waarschijnlijk een Italiaan, broertje, minstens voor een deel.' Brian dronk zijn glas met de uitstekende Oostenrijkse wijn die de ober had aanbevolen leeg. Ongeveer vijftien seconden later zag de ober dat en vulde hij het glas opnieuw, om zich meteen daarop weer discreet te-

rug te trekken. 'Allemachtig, je zou gewend kunnen raken aan zulk eten. Heel wat beter dan de noodrantsoenen.'
'Met een beetje geluk hoef je die troep nooit meer te eten.'
'Ja, als we gewoon doorgaan met dit werk,' zei Aldo aarzelend. Ze zaten alleen in een hoek. 'Nou, wat weten we van het nieuwe doelwit?'
'Hij schijnt een koerier te zijn. Hij vervoert boodschappen in zijn hoofd – de boodschappen die ze niet over internet versturen. Het zou nuttig zijn geweest om hem te ondervragen, maar dat is niet de missie. We hebben een signalement, maar deze keer geen foto. Dat is een beetje zorgwekkend. Zo te horen is hij niet zo belangrijk. Dat is ook zorgwekkend.'
'Ja, ik begrijp het. Hij moet de verkeerde mensen kwaad hebben gemaakt. Pech gehad.' Brian had geen problemen meer met zijn geweten, maar hij zou wel erg graag iemand willen liquideren die wat hoger in de voedselketen stond. En het was inderdaad zorgwekkend dat ze geen foto hadden. Ze zouden voorzichtig moeten zijn. Je wilde niet de verkeerde koud maken.
'Nou, hij is niet op de lijst gekomen wegens te hard zingen in de kerk.'
'En hij is niet het neefje van de paus,' maakte Brian de litanie af. 'Ik begrijp het, man.' Hij keek op zijn horloge. 'Tijd om plat te gaan, broertje. We moeten afwachten wie er morgen komt. Hoe ontmoeten we hem?'
'Volgens het bericht komt hij naar ons toe. Hé, misschien gaat hij hier ook logeren.'
'De Campus houdt er vreemde ideeën over veiligheid op na, vind je niet?'
'Ja, het is anders dan in films.' Dominic moest zachtjes lachen. Hij gaf een teken dat hij de rekening wilde. Ze zouden het dessert overslaan. In zo'n restaurant kon dat dodelijk zijn. Vijf minuten later lagen ze in hun bed.

'Je denkt dat je slim bent, hè?' vroeg Hendley aan Granger door de beveiligde telefoons in hun huizen.
'Gerry, je zei toch dat ik een inlichtingenman moest sturen? Wie anders uit Ricks afdeling kunnen we missen? Ik krijg van iedereen te horen dat die jongen zo scherpzinnig is. Nou, laat hem dat maar eens op het scherp van de snede bewijzen.'
'Maar hij is een groentje,' protesteerde Hendley.
'Dat zijn de tweelingbroers toch ook?' vroeg Granger. Daar heb ik je. Voortaan laat je me mijn afdeling op míjn manier leiden, dacht hij zo luid als hij kon. 'Gerry, hij hoeft zijn handen niet vuil te maken, en dit maakt hem waarschijnlijk een betere analist. Hij is familie van hen. Ze

kennen hem. Hij kent hen. Als hij iets zegt, vertrouwen en geloven ze hem, en Tony Wills zegt dat hij de beste jonge analist is die hij heeft meegemaakt sinds hij bij de CIA weg is. En dus is hij de ideale figuur voor deze missie, nietwaar?

'Hij is te onervaren.' Maar Hendley wist dat hij dit ging verliezen.

'Wie is dat niet, Gerry? Als we mannen beschikbaar hadden die ervaring hadden met dit soort werk, hadden we ze wel op de loonlijst gezet.'

'Als dit tot een publicitaire uitbarsting komt...'

'... vlieg ik de lucht in. Dat weet ik. Mag ik nu weer naar de televisie kijken?'

'Tot morgen,' zei Hendley.

'Goedenavond, Gerry.'

Honeybear was op internet aan het surfen. Hij chatte met een zekere Elsa K 69, die zei dat ze 23 jaar oud en een meter zestig lang was en 54 kilo woog. Ze had redelijke maar niet uitzonderlijke maten, bruin haar, blauwe ogen en een venijnige, inventieve geest. Ze kon ook goed typen. Fa'ad kon niet weten dat ze een man van vijftig was, half dronken en nogal eenzaam. Ze chatten in het Engels. Het 'meisje' aan de andere kant zei dat 'ze' secretaresse in Londen was. Dat was een stad die de Oostenrijkse boekhouder goed kende.

'Ze' was helemaal echt voor Fa'ad, die zich algauw aan perverse fantasieën overgaf. Het was lang niet zo goed als een echte vrouw, maar wat vrouwen betrof was Fa'ad in Europa erg voorzichtig. Je wist nooit of de vrouw die je had gehuurd iemand van de Mossad was, die hem net zo lief afsneed als in zich opnam. Hij was niet erg bang voor de dood, maar zoals iedereen was hij wel bang voor pijn. Hoe dan ook, de fantasie duurde bijna een halfuur, en toen was hij voldoende verzadigd om de naam te onthouden voor het geval 'ze' weer zou opduiken. Hij kon niet weten dat de Tiroler boekhouder een soortgelijke notitie in een bestand maakte voordat hij in zijn koude, eenzame bed ging liggen.

Toen Jack wakker werd, waren de rolgordijnen omhooggetrokken, zodat hij het purpergrijs van bergen kon zien, zo'n vijfduizend meter beneden hem. Hij keek op zijn horloge en zag dat hij al ongeveer acht uur aan boord was en waarschijnlijk zes uur had geslapen. Niet slecht. Hij had een beetje hoofdpijn van de wijn, maar de koffie die hij dronk was goed, net als de croissants, zodat hij alweer redelijk wakker was toen vlucht 94 aan de landing begon.

Het was geen groot vliegveld, zeker niet als je bedacht dat dit de belangrijkste luchthaven van een soeverein land was, maar Oostenrijk had ongeveer evenveel inwoners als New York, dat drie vliegvelden had. Het vliegtuig kwam met een schok aan de grond, en de gezagvoerder verwelkomde iedereen in zijn land en zei dat het hier nu vijf over negen in de morgen was. Jack rekende op een dag van zware jetlag, maar met een beetje geluk zou hij zich de volgende dag alweer redelijk goed voelen.

Hij kwam gemakkelijk langs de immigratiedienst – het toestel was maar half vol geweest – haalde zijn bagage op en ging naar buiten om een taxi te nemen.

'Hotel Imperial, alstublieft.'

'Waarheen?' vroeg de chauffeur.

'Hotel Imperial,' herhaalde Ryan.

De chauffeur dacht even na. '*Ach so*, Hotel Imperiál!'

'*Das ist richtig*,' verzekerde Junior hem, en hij zakte achterover om van de rit te genieten. Hij had honderd euro en nam aan dat het genoeg zou zijn, tenzij die man op de taxischool van New York had gezeten. Trouwens, er zouden wel geldautomaten in de buurt zijn.

De rit nam een halfuur in beslag, want de ochtendspits was nog niet voorbij. Een straat of wat van het hotel vandaan kwamen ze langs een Ferrari-dealer, en dat was iets nieuws voor hem – hij had alleen Ferrari's op de televisie gezien, en zoals alle jonge mannen vroeg hij zich af hoe het zou zijn om in zo'n wagen te rijden.

Het hotelpersoneel begroette hem alsof hij van koninklijken bloede was en bracht hem naar een suite op de derde verdieping, waar hij verlangend naar het bed keek. Hij bestelde meteen ontbijt en pakte zijn bagage uit. Toen herinnerde hij zich waarom hij daar was. Hij nam de telefoon en vroeg om een verbinding met de kamer van Dominic Caruso.

'Hallo?' Dat was Brian. Dom was in de douche, waar alles verguld was.

'Hé, neefje, met Jack,' hoorde hij.

'Jack wie – wacht eens even. Jack?!'

'Ik ben boven, marinier. Een uur geleden aangekomen. Kom hierheen, dan kunnen we praten.'

'Goed. Over tien minuten,' zei Brian, en hij ging naar de badkamer. 'Enzo, je gelooft nooit wie er boven is.'

'Wie dan?' vroeg Dominic, die zich aan het afdrogen was.

'Laat het een verrassing blijven, man.' Brian ging naar de zitkamer terug. Hij pakte de *International Herald Tribune* op en wist niet of hij moest lachen of overgeven.

'Dat meen je niet,' riep Dominic uit toen de deur openging.
'Je zou het van mijn kant moeten zien, Enzo,' antwoordde Jack. 'Kom binnen.'
'Het eten is goed, hè?' zei Brian, die achter zijn broer aan kwam.
'Eigenlijk ga ik liever naar het Holiday Inn.' Jack lachte en maakte een gebaar dat ze konden gaan zitten. 'Ik heb extra koffie.'
'De koffie is hier goed. Ik zie dat je de croissants ook hebt ontdekt.' Dominic schonk een kop voor zichzelf vol en pikte een croissantje. 'Waarom hebben ze jou gestuurd?'
'Waarschijnlijk omdat jullie me kennen.' Junior smeerde boter op zijn tweede croissant. 'Zeg, laat me even ontbijten en dan lopen we naar de Ferrari-dealer en praten we erover. Wat vinden jullie van Wenen?'
'We zijn hier gistermiddag pas aangekomen, Jack,' antwoordde Dominic.
'Dat wist ik niet. Maar ik neem aan dat jullie in Londen productief zijn geweest.'
'Dat ging wel,' antwoordde Brian. 'We vertellen je daar later over.'
'Goed.' Jack ging verder met zijn ontbijt, terwijl Brian zich weer in de *International Tribune* verdiepte. 'Ze maken zich thuis nog erg druk om die schietpartijen. Ik moest mijn schoenen uittrekken op het vliegveld. Nog een geluk dat ik schone sokken aanhad. Blijkbaar kijken ze of iemand haast heeft om het land uit te komen.'
'Ja, dat was verschrikkelijk, man,' merkte Dominic op. 'Is er iemand omgekomen die je kent?'
'Nee, gelukkig niet. Zelfs pa kende er niemand van, en die kent een heleboel mensen in de financiële wereld. En jullie?'
Brian keek hem eigenaardig aan. 'Nee, niemand die we kenden.' Hij hoopte dat de ziel van de kleine David Prentiss zich niet beledigd zou voelen.
Jack at zijn laatste croissant. 'Ik wil eerst even douchen, dan kunnen jullie me daarna de stad laten zien.'
Brian had de krant uit en zette de televisie op CNN – het enige Amerikaanse televisiestation in het Imperial – om naar het nieuws van vijf uur 's morgens in New York te kijken. De laatste slachtoffers waren de vorige dag begraven, en de verslaggevers vroegen de nabestaanden hoe ze zich voelden. Wat een stomme vraag, dacht de marinier. Waarom zout in de wonden wrijven? En politici gingen tekeer over Wat Amerika Moet Doen.
Nou, dacht Brian. Wij doen het voor jullie, jongens. Maar als ze daarachter kwamen, scheten ze waarschijnlijk in hun zijden slipje. Maar dat gaf hem juist een goed gevoel. Iemand moest in actie komen, en dat was nu zijn taak.

In het Bristol werd Fa'ad net wakker. Hij had ook koffie en croissants besteld. Hij zou de volgende dag een ontmoeting met een andere koerier hebben. Die zou hem een boodschap geven die hij na verloop van tijd moest doorgeven. De organisatie had alle belangrijke communicatie streng beveiligd. De boodschappen die beslist niet mochten uitlekken, werden allemaal van persoon tot persoon overgebracht. De koeriers kenden alleen hun collega's aan weerskanten, zodat ieder deel uitmaakte van een cel van maar drie personen – ook een les die ze van de dode KGB-agent hadden geleerd. De koerier van wie hij boodschappen ontving, was Mahmoud Mohamed Fadhil, die uit Pakistan zou komen. Zo'n systeem kon worden doorbroken, maar alleen door moeizaam en langdurig politiewerk, dat gemakkelijk verijdeld werd wanneer maar één man zich uit de rij verwijderde. Er was wel het probleem dat wanneer er één man onverwachts wegviel een boodschap zijn bestemming helemaal niet meer kon bereiken, maar dat was nog niet gebeurd en het werd ook niet verwacht. Het was geen slecht leven voor Fa'ad. Hij reisde veel, altijd eerste klas, verbleef alleen in de duurste hotels en leidde al met al een erg comfortabel bestaan. Soms voelde hij zich daar schuldig om. Anderen deden dingen die in zijn ogen gevaarlijk en bewonderenswaardig waren, maar toen hij deze baan aannam, had hij gehoord dat de organisatie niet zonder hem en zijn elf kameraden kon functioneren, en dat was goed voor zijn moreel, net als het feit dat zijn functie weliswaar van groot belang was, maar ook erg veilig. Hij ontving boodschappen en gaf ze door, vaak aan degenen die de acties uitvoerden, die hem allemaal met veel respect behandelden, alsof hij de instructies voor de missie zelf had opgesteld, en hij liet hen in die waan. Over twee dagen zou hij nieuwe orders krijgen die hij moest overbrengen, hetzij naar zijn dichtstbijzijnde collega – Ibrahim Salih al-Adel in Parijs – hetzij naar een momenteel nog onbekend lid van de organisatie. Vandaag zou hij daarachter komen. Hij zou de contacten leggen die noodzakelijk waren en handelen naar bevind van zaken. Dit werk kon tegelijk saai en opwindend zijn, en omdat hij niet veel hoefde te doen en weinig persoonlijk risico liep, was het gemakkelijk om een held van de beweging te zijn, zoals hij zichzelf soms zag.

Ze liepen aan de oostkant van de Kärtner Ring, die bijna meteen naar het noordoosten ging en vanaf dat punt Schubertring heette. Aan de noordkant daarvan was de Ferrari-dealer gevestigd.

'Nou, hoe gaat het met jullie?' vroeg Jack. Ze waren nu ver van gebouwen vandaan, en omdat er zoveel verkeersgeluid om hen heen was, zou niemand hen kunnen afluisteren.

'We hebben er twee gedaan. We gaan er hier in Wenen ook een doen, en dan gaan we ergens anders heen, waar dan ook. Ik dacht eigenlijk dat je dat wel wist,' zei Dominic.
Jack schudde zijn hoofd. 'Nee. Ik ben daar niet over ingelicht.'
'Waarom hebben ze je gestuurd?' Dat was Brian.
'Het is de bedoeling dat ik jullie een extra kijk op de dingen geef. Ik moet jullie over de inlichtingenkant van de zaak vertellen en als een soort adviseur fungeren. Tenminste, dat zei Granger. Ik weet wat er in Londen is gebeurd. We krijgen veel informatie van de Britten – maar dan wel indirect. Het sterfgeval is afgedaan als een hartaanval. Van München weet ik niet veel af. Wat kunnen jullie me vertellen?'
Dominic gaf antwoord. 'Ik kreeg hem te pakken toen hij uit de moskee kwam. Hij zakte op het trottoir in elkaar. Er kwam een ambulance. De broeders gingen met hem aan de gang en brachten hem naar het ziekenhuis. Meer weet ik er niet van.'
'Hij is dood. Dat weten we van de onderschepte berichten,' zei Ryan tegen hen. 'Hij werd vergezeld door iemand die zich op internet "Honeybear" noemt. Die zag zijn vriend in elkaar zakken en bracht verslag uit aan iemand die zich 56MoHa noemt, ergens in Italië, denken we. De man in München – hij heette Atef – was rekruteerder en koerier. We weten dat een van de schutters van vorige week door hem gerekruteerd was. Dus je kunt er zeker van zijn dat hij zijn plaats op de zwarte lijst echt had verdiend.'
'Dat weten we. Dat hebben ze ons verteld,' zei Brian.
'Hoe doen jullie het precies?'
'Hiermee.' Dominic haalde zijn gouden pen uit de zak van zijn jasje. 'Je verwisselt de punt door aan de huls te draaien en steekt er dan mee, bij voorkeur in het achterwerk. De naald injecteert een middel dat succinylcholine heet, en dan is het bekeken. Het middel metaboliseert zich zelfs na de dood in de bloedsomloop en is niet gemakkelijk terug te vinden, tenzij de patholoog-anatoom een genie is en nog geluk heeft ook.'
'Het verlamt hen?'
'Ja. Ze zakken in elkaar en dan kunnen ze niet meer ademhalen. Het duurt ongeveer dertig seconden voordat het middel werkt, en dan vallen ze neer, en dan is het snel gebeurd. Na afloop lijkt het op een hartaanval, en dat komt ook uit de tests. Het is een ideaal middel.'
'Verdraaid nog aan toe,' zei Jack. 'Jullie waren ook in Charlottesville, hè?'
'Ja.' Dat was Brian. 'Dat was verschrikkelijk. Ik had een kleine jongen in mijn armen, Jack. Dat was erg hard.'
'Nou, jullie hebben goed geschoten.'
'Ze waren niet erg slim,' zei Dominic. 'Niet slimmer dan gewone crimi-

nelen. Geen training. Ze keken niet achterom. Ze zullen wel hebben gedacht dat ze dat niet hoefden te doen, omdat ze automatische wapens hadden. Maar dat is hen lelijk opgebroken. Evengoed hadden we geluk – allemachtig!' zei hij, want ze waren bij de Ferrari's aangekomen.
'God, wat zijn ze mooi,' beaamde Jack meteen. Zelfs Brian was onder de indruk.
'Dat is het oude model,' zei Dominic tegen hen. 'De 575-M, twaalfklepper, meer dan 500 pk, zes versnellingen, 220.000 duizend dollar en je mag hem meenemen. De beste is de Ferrari Enzo. Dat is net een bom, jongens – 660 pk. Ze hebben hem zelfs naar mij genoemd. Kijk, daar in de achterste hoek.'
'Hoeveel?' vroeg Junior.
'Meer dan 600.000 dollar. Maar als je iets nog beters wilt, moet je Lockheed bellen.' En inderdaad, de auto had aan de voorkant twee openingen die op de inlaten van straaljagers leken. De hele machine leek op een persoonlijk vervoermiddel van Luke Skywalkers rijke oom.
'Hij heeft nog steeds verstand van auto's, hè?' merkte Jack op. Een privéjet vloog waarschijnlijk ook zuiniger, maar de auto was schitterend om te zien.
'Hij ging liever met een Ferrari naar bed dan met Grace Kelly,' zei Brian snuivend. Zijn eigen prioriteiten waren natuurlijk veel conventioneler.
'Met een auto kun je langer rijden dan met een meisje, mensen.' Dat was natuurlijk ook weer waar. 'Ik wed dat die wagen erg snel gaat.'
'Je zou een vliegbrevet kunnen halen,' zei Jack.
Dominic schudde zijn hoofd. 'Nee. Te gevaarlijk.'
'Jezus Christus.' Jack lachte bijna hardop. 'In vergelijking met wat je hebt gedaan?'
'Junior, dat ben ik gewend.'
'Als jij het zegt.' Jack schudde alleen maar met zijn hoofd. Allemachtig, wat waren dat een mooie auto's. Hij hield van zijn Hummer thuis. Daarmee kon hij ook in de sneeuw overal rijden, en hij zou elke botsing op de snelweg winnen, en al was die wagen niet echt sportief, wat gaf dat nou? Maar de kleine jongen in hem had alle begrip voor het verlangen op het gezicht van zijn neef. Wanneer Maureen O'Hara als auto was geboren, zou ze misschien een van deze zijn. De rode kleur zou heel goed bij haar haar passen. Na tien minuten vond Dominic dat ze lang genoeg hadden staan kwijlen en liepen ze door.
'Dus we weten alles over het doelwit, behalve hoe hij eruitziet?' vroeg Brian een halve straat verder.
'Ja,' zei Jack. 'Maar hoeveel Arabieren denk je dat er in het Bristol logeren?'

'In Londen zijn er een heleboel. Het punt is dus dat we het doelwit moeten identificeren. Het moet niet te moeilijk zijn om de actie op het trottoir uit te voeren.' Hij keek om zich heen. Het verkeer was hier niet zo druk als in New York of Londen, maar het was ook geen Kansas City bij avond, en het had zijn voordelen om de actie bij daglicht uit te voeren. 'Dan moeten we de hoofdingang van het hotel dus maar in de gaten houden, en ook eventuele zijdeuren. Kun je nagaan of de Campus meer gegevens heeft?'
Jack keek op zijn horloge en rekende de tijden uit. 'Ze gaan over een uur of twee open.'
'Bekijk dan je e-mail,' zei Dominic. 'Wij lopen wat rond en kijken uit naar mensen die het doelwit kunnen zijn.'
'Ja.' Ze staken de straat over en gingen naar het Imperial terug. Zodra hij in zijn kamer was, liet Jack zich op het bed vallen en deed hij een dutje.

Op dit moment had hij niets te doen, dacht Fa'ad, dus hij kon best een luchtje gaan scheppen. In Wenen was veel te zien, en hij had nog lang niet alles bekeken. Daarom kleedde hij zich zoals van hem verwacht werd, dus als een zakenman, en ging hij naar buiten.

'Bingo, Aldo.' Dominic had bij de FBI een goed geheugen voor gezichten ontwikkeld, en ze hadden deze man van heel dichtbij gezien.
'Is dat niet...'
'Ja. Atefs vriend in München. Wedden dat hij ons doelwit is?'
'Reken maar, broertje.' Dominic beschreef het doelwit voor zichzelf. Arabier, normaal postuur, een meter 75, licht gebouwd, ongeveer zeventig kilo, zwart haar, bruine huid, enigszins Semitische neus, kleedt zich goed en duur, als een zakenman, loopt doelbewust en zelfverzekerd. Ze waren nog geen drie meter van hem vandaan, maar keken niet recht naar hem, al droegen ze een zonnebril. Bingo. Wie die mensen ook waren, ze konden zich niet goed schuilhouden. Ze liepen naar de hoek.
'Nou, dat was een makkie,' merkte Brian op. 'Wat nu?'
'We laten Jack contact opnemen met kantoor en wachten af, Aldo.'
'Begrepen, broertje.' Onwillekeurig voelde hij in zijn jas om na te gaan of de gouden pen er nog was, zoals hij bij de mariniers zou hebben gevoeld of zijn M-9 Beretta nog in zijn holster zat. Hij voelde zich net een onzichtbare leeuw in een Keniaans veld vol gnoes. Veel beter kon het niet worden. Hij kon de gnoe uitkiezen die hij wilde doden en eten, en die arme stumper wist niet eens dat hij werd beslopen. Precies zoals zij het doen. Hij vroeg zich af of de collega's van die kerel de ironie er-

van zouden inzien dat er zo'n tactiek tegen hen werd gebruikt. Amerikanen waren eigenlijk niet geconditioneerd om zo te werk te gaan, maar ja, al die cowboyverhalen over eerlijke revolverduels midden op straat waren verzinsels van Hollywood. Het was niet gebruikelijk dat leeuwen hun leven op het spel zetten, en zoals ze hem op de mariniersopleiding hadden verteld: als jij en je tegenstander aan elkaar gewaagd zijn, heb je het niet goed voorbereid. Een eerlijk gevecht was prima op de Olympische Spelen, maar daar waren zij niet mee bezig. Geen enkele jager op groot wild liep openlijk met een zwaard op een leeuw af. In plaats daarvan deed hij wat verstandig was: hij zocht dekking achter een boomstam en loste zijn schot op tweehonderd meter afstand. Zelfs de Masai in Kenia, voor wie het doden van een leeuw tot de mannelijkheidsriten behoorde, waren zo verstandig om dat met zijn tienen tegelijk te doen, en dan ook nog niet allemaal tieners, om er zeker van te zijn dat het de leeuw was die ze naar de kraal terugdroegen. Het ging er niet om dat je moedig was; het ging erom dat je effeciënt te werk ging. Het feit dat je dit werk deed, was al gevaarlijk genoeg. Je deed je best om alle onnodige risico's te mijden. Het was werk, geen sport. 'Doen we hem hier op straat?'

'Dat is al eerder gelukt, Aldo. Ik denk niet dat we hem in het hotel te pakken kunnen krijgen.'

'Goed, Enzo. Wat doen we nu?'

'Voor toerist spelen, zou ik zeggen. Dat operagebouw ziet er indrukwekkend uit. Laten we gaan kijken... Volgens dat bord brengen ze *Die Walküre* van Wagner. Die heb ik nog nooit gezien.'

'Ik heb in mijn hele leven nog nooit een opera gezien. Misschien moet ik dat ooit eens doen – het hoort bij de Italiaanse ziel, nietwaar?'

'Nou, afgezien daarvan hou ik veel van Verdi.'

'Kom nou. Wanneer ben jij naar de opera geweest?'

'Ik heb cd's,' antwoordde Dominic glimlachend. De Staatsoper bleek een schitterend voorbeeld van keizerlijke architectuur te zijn, ontworpen en gebouwd alsof God Zelf in de zaal werd verwacht, en versierd met rood en goud. Het huis Habsburg mocht dan zijn fouten hebben gehad, het had blijk gegeven van een indrukwekkende smaak. Dominic dacht er even over dat ze een kijkje in de kathedralen van Wenen konden nemen, maar gezien de reden waarom ze hier waren, vond hij dat niet passend. Al met al liepen ze ongeveer twee uur rond, en toen zochten ze het hotel weer op en gingen ze naar Jacks kamer.

'Geen nieuws van kantoor,' zei Jack tegen hen.

'Geen probleem. We hebben hem gezien. Hij is een oude vriend uit

München,' zei Brian. Ze liepen de badkamer in en draaiden de kranen open. Op die manier ontstond er genoeg ruis om eventuele microfoons in de kamer te storen. 'Hij is een vriend van Atef. Hij was erbij toen we Atef in München koud maakten.'
'Hoe kunnen jullie daar zo zeker van zijn?'
'Honderd procent zekerheid hebben we niet – maar hoe groot is de kans dat hij in beide steden opduikt, en dan ook nog in het juiste hotel?' vroeg Brian in alle redelijkheid.
'Het zou beter zijn als we honderd procent zekerheid zouden hebben,' wierp Jack tegen.
'Akkoord, maar als je een kans van duizend tegen één hebt, zet je je geld in en gooi je met de dobbelsteen,' zei Dominic. 'Volgens de regels van de FBI is hij minstens een bekende relatie, iemand die we zouden moeten oppakken voor ondervraging. Dus waarschijnlijk is hij niet voor het Rode Kruis aan het collecteren.' Hij zweeg even. 'Oké, het is niet ideaal, maar het is het beste wat we hebben, en ik denk dat we het moeten doen.'
Nu moest Jack op zijn instinct afgaan. Had hij het gezag om te zeggen of ze het moesten doen of niet? Granger had daar niets over gezegd. Hij moest de tweelingbroers assisteren met inlichtingen. Maar wat hield dat precies in? Geweldig. Hij had een functie zonder functieomschrijving en zonder officiële bevoegdheden. Dit was absurd. Zijn vader had eens tegen hem gezegd dat mensen op het hoofdkwartier niet aan de beslissingen van de troepen in het veld moesten twijfelen, omdat die troepen ogen hadden en, als het goed was, opgeleid waren om zelfstandig te denken. Echter, in dit geval was zijn opleiding waarschijnlijk net zoveel waard als die van hen. Maar hij had het gezicht van dat mogelijke doelwit niet gezien, en zij wel. Als hij nee zei, zouden ze waarschijnlijk tegen hem zeggen waar hij zijn mening in kon steken, en omdat hij geen officiële bevoegdheid had, zouden zij hun zin krijgen. Hij zou er voor Jan Lul bij staan en zich alleen nog maar kunnen afvragen wie gelijk zou krijgen. Het inlichtingenvak was plotseling erg onvoorspelbaar, en hij zat midden in een moeras zonder een helikopter om hem eruit te tillen.
'Goed, jongens, de beslissing is aan jullie.' Jack vond dat eigenlijk nogal een laffe manier om eronderuit te komen, vooral toen hij ook nog zei: 'Toch zou ik me beter voelen als we honderd procent zekerheid hadden.'
'Ik ook. Maar zoals ik al zei: duizend tegen één is nauwelijks nog een gok. Aldo?'
Brian dacht na en knikte. 'Mij best. Hij maakte zich erg veel zorgen om

die man in München. Als hij geen terrorist is, houdt hij er rare vrienden op na. Goed, laten we hem doen.'
'Oké.' Jack boog voor het onvermijdelijke. 'Wanneer?'
'Zodra het ons uitkomt,' antwoordde Brian. Zijn broer en hij zouden het later over de tactiek hebben, maar daar hoefde Jack niets van te weten.

Hij had geluk, dacht Fa'ad die avond om veertien minuten over tien. Hij kreeg meteen bericht van Elsa K 69, die zich hem blijkbaar nog goed herinnerde.
Wat gaan we vanavond doen? vroeg hij 'haar'.
Ik heb een idee. Stel nu eens dat we in een concentratiekamp zijn. Ik ben een jodin, en jij bent de commandant. Ik wil niet sterven met de rest, en ik bied je genot aan in ruil voor mijn leven,' stelde 'ze' voor.
Hij zou zich bijna geen mooiere fantasie kunnen voorstellen. *Begin maar,* typte hij.
En zo ging het een tijdje door, tot aan: *Alstublieft, alstublieft, ik ben geen Oostenrijkse. Ik ben een Amerikaanse muziekstudente, overvallen door de oorlog...*
Het werd steeds beter. *Ik heb veel over Amerikaanse joden en hun hoererij gehoord...*
En zo ging het bijna een uur door. Op het eind stuurde hij haar evengoed naar de gaskamer. Waar waren joden per slot van rekening anders goed voor?

Zoals te verwachten was, kon Ryan niet slapen. Zijn lichaam was nog niet aan de zes zones tijdsverschil gewend, al had hij in het vliegtuig goed geslapen. Het was hem een raadsel hoe piloten en stewardessen daarmee konden leven, al vermoedde hij dat ze gewoon hun eigen tijd aanhielden, ongeacht de plaats waar ze zich bevonden. Maar daarvoor moest je wel de hele tijd mobiel blijven, en dat was hij niet. En dus zette hij zijn computer aan en besloot hij zich met Google in de islam te verdiepen. De enige moslim die hij kende, was prins Ali van Saudi-Arabië, en dat was geen maniak. Hij kon zelfs goed opschieten met Jacks verlegen kleine zusje Katie, die zijn keurig bijgeknipte baard fascinerend vond. Ryan kon de koran downloaden en begon te lezen. Het heilige boek bestond uit 42 soera's, die waren ingedeeld in verzen, net als de bijbel. Natuurlijk keek hij zelden in de bijbel, laat staan dat hij erin las, want als katholiek verwachtte hij dat de priesters hem de belangrijkste delen van dat boek vertelden, zodat hij niet al die passages hoefde te lezen over wie wie gewon – misschien was dat indertijd interessant geweest, en zelfs leuk om te lezen, maar nu niet meer, tenzij je geïnteresseerd was in genealogie, en dat was aan de eettafel van de Ryans nooit ter sprake gekomen. Trouwens, iedereen wist dat iedere

Ier afstamde van een paardendief die het land uit was geglipt om niet door de gemene Engelse veroveraars te worden opgehangen. Daar waren heel wat oorlogen om gevoerd, en het had niet veel gescheeld of door een van die oorlogen zou hij helemaal niet geboren zijn.
Tien minuten later besefte hij dat de koran bijna woord voor woord overeenkwam met wat alle joodse profeten hadden geschreven. Die profeten hadden gezegd dat ze goddelijk geïnspireerd waren. Het was jammer dat al die types geen videocamera en bandrecorder bij zich hadden gehad, maar het was nu eenmaal zo, en zoals een priester hem eens had uitgelegd in Georgetown: geloof was geloof, en je geloofde zoals het hoorde, of je geloofde niet.
Jack geloofde natuurlijk wel in God. Zijn ouders hadden hem in de elementaire leer onderwezen en hem naar katholieke scholen gestuurd, en hij had de gebeden en de regels geleerd, en hij had eerste communie gedaan en gebiecht, en hij had het vormsel ontvangen. Maar hij had al een hele tijd geen kerk vanbinnen gezien. Niet dat hij tegen de Kerk was, maar hij was nu volwassen en misschien was zijn afwezigheid in de kerk alleen maar een (domme) manier om zijn ouders te laten zien dat hij zijn eigen beslissingen over zijn leven kon nemen en dat zijn ouders hem niet meer konden commanderen.
Hij nam de eerste vijftig bladzijden vluchtig door en zag nergens staan dat je onschuldige mensen mocht doodschieten om in de hemel de vrouwen te naaien. De straf die op zelfmoord stond, kwam ongeveer overeen met wat zuster Frances Mary in de tweede klas had uitgelegd. Zelfmoord was een doodzonde waar je je verre van moest houden, want je kon na afloop niet biechten om je ziel te zuiveren. De islam zei dat geloven goed was, maar dat het niet bij denken moest blijven. Je moest er ook naar leven. Bingo, dat was zo katholiek als het maar kon.
Na anderhalf uur kwam hij tot de – nogal voor de hand liggende – conclusie dat terrorisme ongeveer evenveel met het islamitisch geloof te maken had als met katholieke en protestantse Ieren. Adolf Hitler, zeiden de biografen, had zichzelf als katholiek beschouwd tot aan het moment waarop hij zelfmoord pleegde – blijkbaar had hij zuster Frances Mary nooit ontmoet, want dan zou hij wel beter hebben geweten. Maar die kerel was duidelijk gek geweest. Dus als hij dit goed las, zou Mohammed waarschijnlijk tegen terroristen zijn opgetreden. Dat was een fatsoenlijke, eerzame man geweest. Maar sommige volgelingen van hem waren heel anders, en dat waren degenen met wie de tweelingbroers en hij te maken hadden.
Elke godsdienst kon worden vervormd door een stel krankzinnigen, dacht hij geeuwend, en dat gold dus ook voor de islam.

'Ik moet daar meer over lezen,' zei hij tegen zichzelf toen hij naar bed ging.

Fa'ad werd om halfnegen wakker. Hij zou die dag een ontmoeting met Mahmoud hebben, bij de drogisterij in dezelfde straat als het hotel. Van daaruit zouden ze samen een taxi nemen naar de plaats – waarschijnlijk een museum – waar de eigenlijke overdracht van de boodschap zou plaatsvinden. Daar zou hij horen wat er gebeuren moest en wat hij moest doen om het te laten gebeuren. Eigenlijk was het jammer dat hij geen eigen woning had. Hotels waren comfortabel, vooral de wasserij-service, maar hij begon er genoeg van te krijgen.
Het ontbijt kwam. Hij bedankte de ober en gaf hem twee euro fooi, waarna hij de krant las die op het serveerwagentje had gelegen. Zo te zien gebeurde er niets van belang. Er waren in Oostenrijk verkiezingen op komst, en beide kanten waren enthousiast bezig elkaar zwart te maken, zoals het politieke spel overal in Europa werd gespeeld. Bij Fa'ad thuis was het veel voorspelbaarder en gemakkelijker te begrijpen. Om negen uur had hij de televisie aanstaan en keek hij steeds vaker ongeduldig op zijn horloge. Die ontmoetingen maakten hem altijd een beetje nerveus. Als de Mossad hem nu eens had geïdentificeerd? Het antwoord daarop was duidelijk genoeg: ze zouden hem net zo gemakkelijk doden als dat ze een vlieg doodmepten.

Buiten liepen Dominic en Brian doelloos rond – tenminste, zo zou het op een voorbijganger overkomen. Het probleem was dat er zo weinig van die voorbijgangers waren. Er was een kiosk bij hun hotel, en het Bristol had portiers. Dominic overwoog om tegen een lantaarnpaal te gaan leunen en een krant te lezen, maar op de FBI Academy hadden ze hem juist verteld dat hij dat nóóit moest doen, want zelfs spionnen hadden de films gezien waarin acteurs dat altijd deden. En dus was de hele wereld, professioneel of niet, realistisch of niet, geconditioneerd om meteen op iemand te gaan letten die tegen een lantaarnpaal leunde en een krant las. Het was veel gemakkelijker om ongemerkt iemand te volgen die al buiten was dan te wachten tot hij tevoorschijn kwam. Hij zuchtte en liep door.
Brian dacht ongeveer hetzelfde. Hij dacht ook dat sigaretten op zulke momenten zouden helpen. Dan had je iets te doen, net als in de film, Bogart met zijn doodkistnagels zonder filter, die uiteindelijk zijn dood waren geworden. Pech gehad, Bogie, dacht Brian. Kanker moest een ellendige ziekte zijn. Hij bracht zijn doelwitten ook niet bepaald goed nieuws, maar het duurde tenminste geen maanden. Een paar minuten

maar, en dan hielden de hersenen ermee op. Trouwens, ze hadden er in zekere zin zelf om gevraagd. Misschien zouden ze het daar niet mee eens zijn, maar je moest nooit de verkeerde mensen tot vijand maken. Het waren niet allemaal domme, weerloze schapen. En een verrassing kon hard aankomen. Dat was het beste wapen op het slagveld: verrassing. Als je je tegenstander verraste, kreeg hij niet de kans om terug te slaan, en dat was goed, want dit was zakelijk en niet persoonlijk. Als een stier in het slachthuis liep hij een kamertje in, en zelfs wanneer hij opkeek, zag hij alleen maar de man met de pneumatische hamer, en daarna ging hij meteen naar de runderhemel, waar het gras altijd groen was en het water fris, en waar geen wolven op de loer lagen...
Je gedachten dwalen af, Aldo, dacht Brian. Beide kanten van de straat waren geschikt voor wat ze van plan waren. Hij stak de straat over en ging naar de geldautomaat recht tegenover het Bristol. Hij haalde zijn bankpasje tevoorschijn, toetste de code in en werd beloond met vijfhonderd euro. Hij keek op zijn horloge: 10:53 uur. Kwam die kerel nog naar buiten? Hadden ze hem soms over het hoofd gezien?
Het was niet zo druk meer op straat. De rode trams denderden heen en weer. De mensen bemoeiden zich hier met hun eigen zaken. Ze liepen door zonder opzij te kijken, tenzij ze in iets specifieks geïnteresseerd waren. Ze hadden geen oogcontact met vreemden, geen neiging mensen te begroeten. Blijkbaar werd van een vreemde verwacht dat hij dat bleef. Meer nog dan in München had hij het gevoel dat deze mensen *in Ordnung* waren. Je kon waarschijnlijk bij hen thuis van de vloer eten, mits je die vloer na afloop goed schoonmaakte.
Dominic had positie ingenomen aan de overkant van de straat en keek in de richting van het operagebouw. Hun doelwit kon maar twee kanten op: naar links of naar rechts. Hij kon de straat oversteken of niet. Meer mogelijkheden waren er niet, tenzij er een auto kwam om hem op te pikken, en in dat geval moesten ze de operatie afblazen. Maar morgen was er weer een dag. Hij zag dat het vier minuten voor elf was. Hij moest voorzichtig zijn en niet te veel naar de ingang van het hotel kijken. Daardoor voelde hij zich kwetsbaar...
Daar – bingo! Daar was het doelwit; hij droeg een blauw pak met een krijtstreepje en een kastanjebruine das, alsof hij naar een belangrijke zakelijke bespreking ging. Dominic zag hem ook en naderde hem vanuit het noordwesten. Brian wachtte af wat hij ging doen.

Fa'ad besloot een trucje met zijn vriend uit te halen. Hij zou hem vanaf de overkant naderen, gewoon om eens wat anders te doen. En dus stak hij nu midden in de straat over, zigzaggend tussen het verkeer. Als jongen had hij het leuk gevonden om tussen de paarden van zijn vader te gaan lopen en ze te ontwijken. Paarden hadden natuurlijk de hersens om niet onnodig tegen dingen op te lopen, en dat kon niet gezegd worden van sommige automobilisten die over de Kärtner Ring reden, maar hij kwam veilig aan de overkant.

De weg was hier eigenaardig, met een parallelweg als een privé-oprijlaan, dan een dunne grasstrook, dan de eigenlijke weg met zijn auto's en trams, dan weer een grasstrook en weer een parallelweg voor het trottoir aan de overkant. Het doelwit bereikte de overkant en zette koers naar het westen, in de richting van hun hotel. Brian ging drie meter achter hem lopen. Hij haalde zijn pen tevoorschijn, verwisselde de punt en keek voor alle zekerheid om zich heen.

Max Weber werkte al 23 jaar voor het gemeentelijk vervoerbedrijf. Hij reed zijn tram achttien keer per dag heen en weer en kreeg een goed salaris voor iemand met zijn opleiding. Hij ging nu naar het noorden. Hij verliet de Schwartzenberg Platz, ging linksaf toen de straat van Rennweg in Schwartzenberg Strasse overging en kwam op de Kärtner Ring. Het verkeerslicht was in zijn voordeel en hij wierp een blik op het sierlijke Hotel Imperial, waar rijke buitenlanders en diplomaten logeerden. Toen richtte hij zijn blik weer op de weg. Je kon een tram niet sturen, en automobilisten moesten voor hem uit de weg gaan. Niet dat hij erg snel reed: amper meer dan veertig kilometer per uur, zelfs op lange rechte einden. Het werk stelde geen hoge intellectuele eisen aan hem, maar hij deed het zorgvuldig en hield zich aan het handboek. De bel ging. Iemand wilde uitstappen op de hoek van de Kärtner Ring en de Wiedner Hauptstrasse.

Daar. Daar was Mahmoud. Hij keek de andere kant op. Goed, dacht Fa'ad, misschien kon hij zijn collega verrassen. Dat zou een goede grap zijn. Hij bleef op het trottoir staan en keek of er iets aankwam op de parallelweg, voordat hij de straat over rende.

Daar ga je, schurk, dacht Brian, en hij verkleinde de afstand tot maar drie stappen en...

Au, dacht Fa'ad. Hij voelde een lichte pijn in zijn bil. Hij negeerde die en liep door een beetje ruimte in het verkeer. Er kwam een tram aan, maar die was nog veel te ver weg. Er kwam geen verkeer van rechts, en dus...

Brian liep gewoon door. Hij zou naar de kiosk gaan. Daar zou hij zogenaamd iets kopen en intussen kijken naar wat er gebeurde.

Weber zag de idioot die over de tramrails wilde rennen. Wisten die stommelingen niet dat ze dat alleen op de *Ecke* mochten doen, waar hij net als ieder ander voor het rode licht moest stoppen? Dat leerden ze al aan kinderen op de *Kindergarten*. Sommige mensen dachten dat hun tijd kostbaarder was dan goud, alsof ze Franz Josef zelf waren, na honderd jaar herrezen uit de dood. Hij ging niet langzamer rijden. Idioot of niet, die kerel zou wel van de rails af gaan voordat...

Fa'ad voelde dat zijn rechterbeen onder hem bezweek. Wat was dat? Toen volgde zijn linkerbeen, en hij viel zonder dat daar enige reden voor was – en toen gebeurden er andere dingen, sneller dan hij ze kon begrijpen, en alsof hij ergens in de lucht hing, zag hij zichzelf vallen – en daar kwam een tram aan!

Max reageerde een beetje te langzaam. Hij kon bijna niet geloven wat hij zag. Maar het viel niet te ontkennen. Hij trapte op de rem, maar die idioot was nog geen twee meter van hem vandaan en – *lieber Gott!*
De tram had een paar horizontale stangen onder zijn neus om precies dit te voorkomen, maar die waren de afgelopen weken niet nagekeken, en Fa'ad was een slanke man – zo slank dat zijn voeten onder de stangen door gleden en zijn lichaam ze vervolgens omhoogstuwden, uit de weg...
... en toen voelde Max het vreselijke *dump-dump*. Hij reed over het lichaam van de man heen. Iemand zou een ambulance bellen, maar ze konden veel beter een priester roepen. Die arme schlemiel zou niet op zijn bestemming aankomen, die idioot die tijd wilde besparen ten koste van zijn leven. De stommeling!

Aan de overkant van de straat had Mahmoud zich net op tijd omgedraaid om zijn vriend te zien sterven. Hij zag – of eigenlijk: verbeeldde zich – dat de tram een sprongetje omhoog maakte om Fa'ad niet te doden, en op datzelfde moment veranderde zijn hele wereld, zoals er voorgoed een eind kwam aan Fa'ads wereld.

Jezus, dacht Brian op twintig meter afstand, met een tijdschrift in zijn handen. Die arme stumper had niet lang genoeg geleefd om aan het gif te sterven. Hij zag dat Enzo naar de overkant van de straat was gegaan, misschien om de Arabier nog een prik te geven als die daar aangekomen zou zijn, maar de succinylcholine had gewerkt zoals de bedoeling was. De man had een wel erg slechte plaats uitgekozen om in elkaar te zakken. Of een gunstige plaats, dat hing ervan af hoe je het bekeek. Brian stak met het tijdschrift de straat over. Hij zag een Arabisch uitziende man bij de drogisterij erg geschokt kijken, meer nog dan de mensen om hem heen. Mensen gilden, sloegen hun hand voor hun mond, en nee, het was ook geen mooi gezicht, al was de tram recht boven het lichaam blijven staan.

'Iemand zal de straat moeten schoonspuiten,' zei Dominic zachtjes. 'Goed gedaan, Aldo.'

'Nou, dit levert me wel een 5,6 van het Oost-Duitse jurylid op. Laten we weggaan.'

'Akkoord, broertje.'

Ze gingen naar rechts en liepen langs de sigarettenwinkel naar de Schwartzenberg Platz.

Achter hen was wat gegil van vrouwen te horen, terwijl de mannen nuchterder reageerden. Veel mensen wendden zich af. Er was niets meer aan te doen. De portier van het Imperial ging vlug naar binnen om een ambulance en de *Feuerwehr* te bellen. Die waren er na ongeveer tien minuten. De brandweermannen waren er het eerst, en ze zagen meteen wat er aan de hand was. Het leek wel of al zijn bloed uit zijn lichaam was; hij was niet meer te redden. De politie was er ook, en een hoofdinspecteur, die van zijn bureau in de nabijgelegen Friedrichstrasse was gekomen, zei tegen Max Weber dat hij zijn tram achteruit van het lichaam af moest rijden. Daardoor kwam veel in zicht – en ook weinig. Het lichaam was in vier onregelmatige stukken gehakt, alsof het door een roofdier uit de prehistorie aan stukken was gescheurd. Toen de ambulance kwam, werd die net niet tegengehouden – de agenten lieten hem wel doorrijden – maar de automobilisten en passagiers namen de tijd om naar het bloedbad te kijken. De ene helft keek met grimmige fascinatie en de andere helft wendde zich vol weerzin af. Er waren zelfs al verslaggevers met camera's en notitieboekjes – en die van de televisie hadden minicamera's.

Ze hadden drie lijkenzakken nodig om het lichaam mee te nemen. Een inspecteur van het vervoerbedrijf kwam de trambestuurder ondervragen, die natuurlijk ook al met de politie had gepraat. Al met al duurde het ongeveer een uur voordat het lichaam was weggehaald, de tram was onderzocht en de straat was schoongemaakt. Dat werd allemaal erg efficiënt gedaan, en om halfeen was alles weer *in Ordnung*.

Behalve voor Mahmoud Mohamed Fadhil, die naar zijn hotel moest gaan en zijn computer moest aanzetten om Mohammed Hassan al-Din,

die nu in Rome was, te vragen wat er nu moest gebeuren.
Inmiddels zat Dominic ook achter zijn computer. Hij stelde een e-mailbericht voor de Campus op om hun over hun werk van die dag te vertellen en te vragen waar ze voor hun volgende opdracht naartoe moesten gaan.

22

Spaanse Trappen

'Dat meen je niet,' zei Jack meteen.

'God, geef me een domme tegenstander,' antwoordde Brian. 'Dat is een van de gebeden die ze je op de mariniersopleiding leren. Het probleem is: vroeg of laat worden ze slim.'

'Net als criminelen,' zei Dominic. 'Het probleem met politiewerk is dat we in het algemeen de dommen te pakken krijgen. Van de slimmen krijgen we zelfs bijna nooit iets te horen. Daarom duurde het zo lang voordat de maffia was opgerold, en zo slim zijn die nu ook weer niet. Maar ja, het is een darwinistisch proces; in feite helpen we hen om intelligenter te worden.'

'Nieuws van thuis?' vroeg Brian.

'Kijk maar hoe laat het is. Die komen pas over een uur op kantoor,' legde Jack uit. 'Dus die vent werd overreden?'

Brian knikte. Hij was platgereden als een hond die onder een vrachtwagen was gekomen. 'Door een tram. Dat heeft het voordeel dat niemand naar een andere doodsoorzaak gaat zoeken. Pech gehad, meneer de terrorist.

Het was amper een kilometer naar het Krankenhaus St. Elisabeth in de Invalidenstrasse, waar het ambulancepersoneel de lichaamsdelen naar binnen droeg. Omdat ze vooruit hadden gebeld, werd er niemand door de drie lijkenzakken verrast. De zakken werden op een tafel gelegd in de sectiekamer – het had geen enkele zin om ze naar de ongevallenafdeling te brengen, want de doodsoorzaak was volkomen duidelijk. Er was alleen het probleem dat er bloed nodig was voor een toxicologisch onderzoek. Het lichaam was zo erg toegetakeld dat er bijna geen bloed meer in zat, maar in de inwendige organen – met name de milt en de hersenen – zat nog genoeg om het er met een holle naald uit te kunnen halen. Dat bloed ging naar het lab, waar ze naar narcotica en/of alcohol zouden zoeken. Het enige andere wat ze konden onderzoeken, was de mogelijkheid dat de dode zijn been had gebroken, maar de tram was met zoveel geweld over zijn lichaam gereden – ze hadden nog wel zijn portefeuille met zijn papieren gevonden, en de politie ging bij de hotels na of hij ergens een paspoort had achtergelaten, zodat de desbetreffende ambassade in kennis kon worden gesteld – dat zelfs een gebroken knie bijna niet te ontdekken was. Zijn beide benen waren in nog geen drie seconden volkomen verbrijzeld. Het was alleen verrassend dat zijn gezicht heel kalm was. Je zou open ogen en een grimas van pijn verwachten; maar ja, zelfs een traumatische dood hield zich niet aan vaste regels, wist de patholoog-anatoom. Het had weinig zin om een diepgaand onderzoek in te stellen. Als hij was neergeschoten, konden ze misschien een kogelwond vinden, maar er was weinig reden om dat te vermoeden. De politie had al met zeventien ooggetuigen gepraat die zich op een afstand van minder dan dertig meter hadden bevonden. Al met al had het rapport van de patholoog-anatoom net zo goed een standaardbrief als een ondertekend officieel document kunnen zijn.

'Jezus,' zei Granger. 'Hoe hebben ze dat nou weer voor elkaar gekregen?' Toen nam hij zijn telefoon. 'Gerry? Kom eens beneden. Nummer drie is afgehandeld. Je zou dit rapport moeten zien.' Nadat hij de telefoon had neergelegd, dacht hij hardop: 'Nou, waar zullen we hen nu eens heen sturen?'
Daarover werd op een andere verdieping beslist. Tony Wills kopieerde alle downloads van Ryan, en bovenaan in het bestand zat er een die indrukwekkend was in zijn bloederige eenvoud. Hij pakte zijn telefoon en belde Rick Bell.

Het was het moeilijkst voor Max Weber. Het duurde een halfuur voordat de schok en de ontkenningsfase voorbij waren. Hij moest overgeven en zag steeds weer dat in elkaar gezakte lichaam voor zich dat onder zijn gezichtsveld gleed, en het afschuwelijke *dump-dump* van zijn tram. Het was niet zijn schuld geweest, zei hij tegen zichzelf. Die stommeling, die idioot, was vlak voor hem neergevallen, als een dronken kerel, alleen was het daarvoor veel te vroeg op de dag geweest. Hij had al vaker ongelukken gehad, meestal lichte aanrijdingen met auto's die te abrupt voor hem gestopt waren. Maar hij had nog nooit een dodelijk ongeluk met een tram meegemaakt en hij had daar ook bijna nooit over gehoord. Hij had iemand gedood. Hij, Max Weber, had een mensenleven genomen. Het was niet zijn schuld, zei hij de volgende twee uur ongeveer elke minuut tegen zichzelf. Zijn chef gaf hem de rest van de dag vrij, en dus klokte hij uit en reed in zijn Audi naar huis. Kort voordat hij thuis was, ging hij naar een *Gasthaus*, want hij wilde die dag niet in zijn eentje drinken.

Jack nam de downloads van de Campus door. Dom en Brian waren bij hem en gebruikten een late lunch met bier. Het waren routineberichten, e-mails van en naar mensen die ervan werden verdacht dat ze spelers waren, al waren ze voor het merendeel gewone burgers uit verschillende landen die een of twee keer magische woorden hadden ingetypt die door het Echelon-onderscheppingssysteem in Fort Meade waren opgepikt. En dan was er een bericht als alle andere, alleen was het adres 56MoHa@eurocom.net.

'Hé, jongens, onze vriend op straat stond blijkbaar op het punt om een andere koerier te ontmoeten. Hij schrijft aan onze oude vriend 56MoHa en vraagt om instructies.'

'O?' Dominic kwam kijken. 'Wat kunnen we daaruit afleiden?'

'Dit levert me een internetnaam op – het is op AOL: Gadfly097@aol.com. Als hij antwoord krijgt van MoHa, weten we misschien iets meer. We denken dat MoHa acties organiseert voor de tegenpartij. De NSA heeft hem een maand of zes geleden gesignaleerd. Hij versleutelt zijn brieven, maar ze kunnen die encryptie doorbreken en we kunnen de meeste van zijn mailtjes lezen.'

'Hoe snel krijg je een antwoord onder ogen?' vroeg Dominic zich af.

'Dat hangt van MoHa af,' zei Jack. 'We moeten gewoon afwachten.'

'Akkoord,' zei Brian vanaf zijn stoel bij het raam.

'Ik zie dat de jonge Jack hen niet heeft vertraagd,' merkte Hendley op.

'Had je dat dan verwacht? Gerry, dat heb ik je toch verteld?' zei Granger, die God al voor Zijn zegeningen had gedankt, zij het in stilte. 'Hoe dan ook, nu willen ze instructies.'

'Je was van plan vier doelwitten uit te schakelen. Wie is nummer vier?' vroeg de senator.

Nu was het Grangers beurt om deemoedig te zijn. 'Dat weet ik nog niet zeker. Eerlijk gezegd had ik niet verwacht dat ze zo efficiënt zouden opereren. Ik hoopte min of meer dat de treffers nieuwe doelwitten zouden opleveren, maar er heeft nog niemand zijn kop omhooggestoken. Ik heb wel een paar kandidaten. Ik zal er vanmiddag nog eens naar kijken.' Zijn telefoon ging. 'Ja, kom maar, Rick.' Hij legde de telefoon neer. 'Rick Bell zegt dat hij iets interessants heeft.'

Binnen twee minuten ging de deur open. 'O, hé, Gerry. Blij dat je er bent. Sam.' Bell keek om. 'Dit is net binnengekomen.' Hij gaf hem de uitdraai van het e-mailbericht.

Granger keek ernaar. 'We kennen die man...'

'Nou en of. Hij organiseert acties voor onze vrienden. We dachten dat hij in Rome zat. Nou, dat dachten we dan goed.' Zoals alle bureaucraten

– vooral de hogere – mocht Bell zichzelf graag op de schouder kloppen. Granger gaf het papier aan Hendley. 'Oké, Gerry, hier heb je nummer vier.'
'Ik hou niet van dit soort toeval.'
'Ik ook niet, Gerry, maar als je de loterij wint, geef je het geld niet terug,' zei Granger, die dacht dat coach Darrell Royal gelijk had gehad: het geluk ging niet op zoek naar een stuntelaar. 'Rick, is deze man het waard om geliquideerd te worden?'
'Dat is hij zeker,' antwoordde Bell met een enthousiast knikje. 'Hij is iemand die acties organiseert – daar zijn we voor honderd procent zeker van, Gerry. En we hebben er een goed gevoel bij. Een van zijn mensen ziet een ander in elkaar zakken, meldt dat aan deze man, en deze man geeft antwoord. Weet je, als ik ooit de man tegenkom die het Echelonprogramma heeft uitgevonden, trakteer ik hem op een biertje.'
'Verkennen door te vuren,' merkte Granger op om zichzelf een schouderklopje te geven. 'Ik wist wel dat het zou werken. Je port in een wespennest en er komen wespen naar buiten.'
'Zolang ze je maar niet steken,' zei Hendley. 'Goed, wat doen we nu?'
'We laten ze los voordat de vos zich in zijn hol terugtrekt,' antwoordde Granger meteen. 'Als we die kerel te pakken krijgen, schudden we daarmee misschien zo hard aan de boom dat er iets waardevols naar beneden komt.'
Hendley draaide zijn hoofd. 'Rick?'
'Helemaal mee eens,' zei hij.
'Goed, dan doen we het,' beaamde Hendley. 'Geef het maar door.'

Het mooie van elektronische communicatie was dat er niet veel tijd in ging zitten. Jack speelde een belangrijke rol.
'Goed, jongens. De voornaam van 56MoHa is Mohammed. Dat is geen groot nieuws; het is de meest voorkomende voornaam ter wereld. Hij zegt dat hij in Rome is, in Hotel Excelsior aan de Via Vittorio Veneto, nummer 125.'
'Daar heb ik van gehoord,' zei Brian. 'Het is een duur hotel, erg mooi. Onze vrienden weten hun hotels wel te kiezen.'
'Hij heeft zich ingeschreven onder de naam Nigel Hawkins. Dat is zo Engels als het maar kan. Zou hij Brits staatsburger zijn?'
'Met Mohammed als voornaam?' vroeg Dominic zich hardop af.
'Dat kan een schuilnaam zijn, Enzo,' antwoordde Jack om Dominics ballon door te prikken. 'Zolang we geen foto hebben, kunnen we niet veel over zijn achtergronden zeggen. Hij heeft trouwens een mobiele telefoon, en Mahmoud – dat is de man die het doelwit vanmorgen in elkaar

zag zakken – moet dat weten.' Jack zweeg even. 'Waarom heeft hij niet gewoon gebeld? Hmm. Nou, de Italiaanse politie heeft ons dingen gestuurd die van elektronische onderscheppingen afkomstig zijn. Misschien volgen ze de telefoongesprekken en is onze vriend alleen maar voorzichtig...?'
'Dat zou kunnen, maar waarom... Waarom verstuurt hij een bericht over internet?'
'Hij denkt dat het veilig is. Veel openbare encryptiesystemen zijn door de NSA gekraakt. De leveranciers weten dat niet, maar de jongens in Fort Meade zijn vrij goed in die dingen. Als je een systeem eenmaal hebt gekraakt, blijft het gekraakt, en de tegenpartij komt daar nooit achter.' In werkelijkheid wist hij de echte reden niet. De programmeurs lieten zich vaak overhalen om valluiken aan te brengen. Dat deden ze uit vaderlandslievendheid of voor geld, en vaak ook om beide redenen. 56MoHa gebruikte het duurste van die programma's, en in alle publicaties werd luidkeels verkondigd dat niemand het kon kraken omdat het met een eigen algoritme werkte. Dat werd natuurlijk niet uitgelegd, alleen dat het een encryptieproces van 256 bits was, en het was de bedoeling dat mensen onder de indruk waren van dat aantal. In die publicaties werd er niet bij verteld dat de softwareontwerper die het programma had gemaakt ooit in Fort Meade had gewerkt – daarom was hij aangenomen – en iemand was die zijn eed niet was vergeten – en trouwens, een miljoen dollar belastingvrij was ook niet niks. Dat miljoen had hem geholpen zijn huis in de heuvels van Marin County te kopen. En zo stonden de veiligheidsbelangen van de Verenigde Staten in verband met de onroerendgoedmarkt in California.
'Dus we kunnen hun mail lezen?' vroeg Dominic.
'Voor een deel,' bevestigde Jack. 'De Campus downloadt het meeste van wat de NSA op Fort Meade binnenkrijgt, en als ze het naar de CIA sturen om het te laten analyseren, onderscheppen wij het. Het is niet zo ingewikkeld als het lijkt.'
Dominic begreep het binnen enkele seconden. 'Allemachtig...' fluisterde hij, en hij keek naar het hoge plafond in Jacks suite. 'Geen wonder...' Korte stilte. 'Geen bier meer, Aldo. We rijden naar Rome.' Brian knikte.
'Jullie hebben geen plaats voor een derde, hè?' vroeg Jack.
'Jammer genoeg niet, Junior, niet in een 911.'
'Dan neem ik een vliegtuig naar Rome.' Jack liep naar de telefoon en belde naar beneden. Binnen tien minuten was er een plaats voor hem geboekt in een Alitalia 737 die over anderhalf uur naar het vliegveld Leonardo da Vinci zou vertrekken. Hij dacht erover schone sokken aan

te trekken. Als er iets in het leven was waaraan hij zich ergerde, was het dat hij zijn schoenen moest uittrekken op een vliegveld. Een paar minuten later had hij zijn bagage klaar en was hij de deur uit. Hij bleef alleen nog even staan om de conciërge te bedanken. Een Mercedes-taxi reed hem de stad uit.

Dominic en Brian hadden nauwelijks iets uitgepakt en waren na tien minuten al klaar om te vertrekken. Dom belde de hotelbediende en Brian ging naar een kiosk en kocht geplastificeerde kaarten voor de reis naar het zuidwesten. Omdat hij eerder die dag al euro's had opgenomen, dacht hij dat ze klaar waren om te vertrekken. En nu maar hopen dat Enzo hen niet van een alp af reed. De lelijk blauwe Porsche stopte voor het hotel en hij liep erheen terwijl de portier met enige moeite hun bagage in de kofferbak aan de voorkant kreeg. Twee minuten later zat hij over de kaarten gebogen, op zoek naar de kortste weg naar de *Südautobahn*.

Jack ging aan boord van de Boeing, nadat hij eerst de vernedering had ondergaan die tegenwoordig bij vliegen met lijntoestellen hoorde – en hij verlangde met nostalgie terug naar Air Force One, het presidentiële vliegtuig, al herinnerde hij zich ook dat hij erg snel gewend was geraakt aan het comfort en de aandacht en pas later had gehoord wat andere mensen moesten doormaken. Dat laatste had hem het gevoel gegeven dat hij tegen een muur op liep. Nu moest hij een hotel zien te boeken. Hoe deed je dat vanuit een vliegtuig? Er zat een telefoon aan zijn eersteklasstoel vast. Hij haalde zijn Centurion-card uit de plastic hoes en deed zijn eerste poging om een Europese telefoon te gebruiken. Welk hotel? Ach, waarom niet het Excelsior? Bij de tweede poging drong hij tot de receptie door en hoorde daar dat ze verschillende kamers beschikbaar hadden. Hij nam een kleine suite, voelde zich erg tevreden en nam een glas witte Toscaanse wijn van de vriendelijke stewardess aan. Zelfs een druk leven, had hij ontdekt, kon een goed leven zijn, als je wist wat je volgende stap was, en voorlopig deed hij alles met één stap tegelijk.

Blijkbaar hadden de Duitse snelwegontwerpers de Oostenrijkers alles geleerd wat ze wisten, dacht Dominic. Of misschien hadden de slimme ingenieurs allemaal hetzelfde boek gelezen. Hoe dan ook, de weg was niet veel anders dan de betonnen linten die kriskras door Amerika liepen, alleen waren de borden zo anders dat hij er bijna niets van begreep, vooral omdat er geen andere taal op voorkwam dan de namen van steden – en die namen waren ook buitenlands. Hij nam aan dat een zwart getal op een witte achtergrond binnen een rode cirkel de maximumsnelheid aangaf, maar dat was in kilometers, en daarvan gingen er drie in elke twee mijl en dan had je nog een beetje ruimte over. En de Oostenrijkse snelheidslimieten waren niet zo genereus als de Duitse. Misschien hadden ze niet genoeg artsen om alle verkeersslachtoffers te behandelen, maar zelfs in heuvelachtige gebieden hadden de bochten een brede berm, zodat je genoeg speelruimte had wanneer iemand het verschil tussen rechts en links niet zo goed meer zag. De Porsche had cruise control, en hij zette die op vijf kilometer boven het maximum, gewoon om het prettige gevoel te hebben dat hij een beetje sneller ging. Hij wist niet of hij hier met zijn FBI-legitimatiebewijs onder een bekeuring uit kon komen, zoals dat in Amerika wel kon.

'Hoe ver, Aldo?' vroeg hij de navigator die naast hem zat.

'Nog meer dan duizend kilometer. Zeg maar tien uur rijden.'

'Hé, dat is nauwelijks de moeite waard. Misschien heb ik over een uur of twee benzine nodig. Heb jij geld bij je?'

'Zevenhonderd Monopoly-dollars. Daar kun je in Italië gelukkig ook mee betalen – met die oude lires rekende je je gek. Het verkeer valt wel mee,' merkte Brian op.

'Ja, en ze gedragen zich hier netjes,' beaamde Dominic. 'Zijn de kaarten goed?'

'Ja, het hele eind omlaag. In Italië hebben we een kaart voor Rome nodig.'

'Nou, dat zal wel lukken.' En Dominic dankte God dat hij een broer had die kon kaartlezen. 'Als we ergens gaan tanken, kunnen we ook wat eten.'

'Akkoord, broertje.' Brian keek op en zag bergen in de verte. Het was niet te schatten hoe ver ze waren, maar ze moesten een onverbiddelijke aanblik hebben gevormd voor mensen die liepen of op een paard zaten. In vroeger tijden moesten ze meer geduld hebben gehad dan de moderne mens, of misschien veel minder verstand. Voorlopig zat hij comfortabel in de Porsche, en zo'n snelheidsmaniak was zijn broer nu ook weer niet.

De Italianen bleken niet alleen goede autocoureurs, maar ook goede piloten te zijn. De piloot kuste als het ware de landingsbaan en de uitloop voelde even prettig aan als altijd. Jack had te veel gevlogen om bang te zijn, zoals zijn vader vroeger was geweest, maar zoals de meeste mensen vond hij het veiliger om te lopen of te reizen op iets wat hij kon zien. Ook hier trof hij Mercedes-taxi's aan, en een chauffeur die redelijk goed Engels sprak en de weg naar het hotel wist.

Snelwegen zien er overal ter wereld ongeveer hetzelfde uit, en een ogenblik vroeg Jack zich af in welk land hij toch was. Het landschap

bij het vliegveld zag er agrarisch uit, maar de daken hadden hier niet zo'n steile helling als in Amerika, waarschijnlijk omdat het hier niet zoveel sneeuwde. Het liep tegen het eind van het voorjaar en het was al zo warm dat hij een overhemd met korte mouwen kon dragen, al was het niet drukkend warm. Hij was een keer voor officiële zaken met zijn vader naar Italië geweest – een of andere economische bijeenkomst, geloofde hij – maar toen was hij steeds in een auto van de ambassade rondgereden. Het was leuk geweest om te doen alsof hij een prins was, maar op die manier leerde je niet kaartlezen, en hij herinnerde zich nu alleen nog de plaatsen die hij had gezien en wist helemaal niet meer hoe ze daar gekomen waren. Dit was de stad van Caesar en veel anderen die in de herinnering voortleefden omdat ze goede of slechte dingen hadden gedaan. Meestal slechte dingen, want zo zat de geschiedenis nu eenmaal in elkaar. En daarom, zei hij tegen zichzelf, was hij in deze stad. Dit herinnerde hem eraan dat hij geen scheidsrechter van goed en kwaad in de wereld was, alleen iemand die clandestien voor zijn land aan het werk was, en dus rustte het gezag om zo'n beslissing te nemen niet geheel en al op zijn schouders. Het zou niet zo geweldig zijn om president te zijn, zoals zijn vader ruim vier jaar was geweest, ondanks alle macht en status die je had. Macht bracht verantwoordelijkheid met zich mee, en als je een geweten had, was dat een zware last. Het was gemakkelijker om te doen wat andere mensen zeiden. En, zei Jack tegen zichzelf, hij kon altijd nee zeggen, en hoewel dat gevolgen zou hebben, zouden die niet al te ernstig zijn. In elk geval niet zo ernstig als de dingen die zijn neven en hij deden.
De Via Vittorio Veneto maakte eerder een zakelijke dan een toeristische indruk. De bomen aan weerskanten zagen er nogal saai uit. Het hotel was verrassend genoeg geen hoog gebouw. Het had ook geen weelderige ingang. Jack betaalde de taxichauffeur en ging naar binnen, gevolgd door de portier met zijn bagage. Het interieur was een feest van bewerkt hout, en het personeel was zo gastvrij als het maar kon. Misschien was dat een olympische tak van sport waarin alle Europeanen uitblonken.
Iemand bracht hem naar zijn kamer, en daar was airconditioning. De koele lucht voelde weldadig aan.
'Neem me niet kwalijk, hoe heet je?' vroeg hij de piccolo.
'Stefano,' antwoordde de man.
'Weet je of hier een zekere Hawkins logeert – Nigel Hawkins?'
'Een Engelsman. Ja, hij heeft een kamer op de gang, hier drie deuren vandaan. Een vriend?'
'Hij is een vriend van mijn broer. Alsjeblieft, zeg niets tegen hem. Mis-

schien kan ik hem verrassen,' zei Jack, en hij gaf de man een biljet van twintig euro.
'Natuurlijk, *signore*.'
'Goed. Bedankt.'
'*Prego*,' antwoordde Stefano, en hij ging naar de hal terug.
Dit moest wel een dom staaltje van inlichtingenwerk zijn, zei Jack tegen zichzelf, maar als ze geen foto van de man hadden, moesten ze er op de een of andere manier achter komen hoe hij eruitzag. Toen dat gebeurd was, nam hij de telefoon en probeerde hij te bellen.
'Er is telefoon voor u,' zei Brians telefoon met een diepe stem. Het toestel herhaalde dat nog twee keer voordat hij het uit zijn zak viste.
'Ja.' Wie was dat nou weer, vroeg hij zich af.
'Aldo, met Jack. Hé, ik ben in het hotel – Hotel Excelsior. Zal ik nagaan of ik hier kamers voor jullie twee kan krijgen? Het is een mooi hotel. Ik denk dat het jullie hier wel zal bevallen.'
'Wacht even.' Hij legde de telefoon op zijn schoot. 'Je gelooft nooit in welk hotel Junior zit.' Hij hoefde de naam niet te noemen.
'Dat meen je niet,' zei Dominic.
'Jazeker. Hij wil weten of hij daar ook kamers voor ons moet reserveren. Wat zal ik antwoorden?'
'Verdraaid...' Hij dacht snel na. 'Nou, hij is onze inlichtingenman, niet-waar?'
'Ik vind het nogal gewaagd, maar als jij het zegt...' Hij nam de telefoon weer op. 'Jack, dat is goed.'
'Geweldig. Dan regel ik het. Tenzij ik terugbel om te zeggen dat het niet doorgaat, komen jullie hierheen.'
'Akkoord, Jack. Tot ziens.'
'Dag,' hoorde Brian, en hij verbrak de verbinding. 'Weet je, Enzo, dit lijkt me helemaal niet zo slim.'
'Hij is daar in het hotel. Hij is ter plaatse, en hij heeft ogen. We kunnen altijd nog van gedachten veranderen.'
'Daar zit wat in. Volgens de kaart krijgen we over tien kilometer een tunnel.' De dashboardklok gaf aan dat het vijf over vier was. Ze schoten lekker op, maar ze gingen recht op een berg af, een eindje voorbij de plaats Badgastein. Om aan de andere kant van die berg te komen hadden ze een tunnel of een groot span geiten nodig.

Jack zette zijn computer aan. Hij had tien minuten nodig om erachter te komen hoe hij het telefoonsysteem daarvoor kon gebruiken, maar hij kreeg ten slotte verbinding en zag dat zijn mailbox boordevol zat. Er was een 'goed zo'-briefje van Granger over de voltooide missie in Wenen, al had hij daar niets mee te maken gehad. Maar daaronder stond een beoordeling van Bell en Wills over 56MoHa. Voor het merendeel was dat bericht nogal teleurstellend. 56 was iemand die aan de operationele kant van de zaak werkte. Hij deed dingen of plande dingen, en een van de dingen die hij waarschijnlijk had gedaan of gepland, had thuis veel mensen het leven gekost in vier winkelcentra, en daarom moest die schoft binnenkort God ontmoeten. Er waren geen specifieke gegevens bekend over wat hij had gedaan, hoe hij was getraind, hoe capabel hij was, of hij al dan niet een pistool bij zich droeg, allemaal informatie die Jack graag zou willen hebben, maar nadat hij de gedecodeerde e-mails had gelezen, versleutelde hij ze weer en bewaarde ze in zijn ACTIE-map. Later zou hij ze met Brian en Dom doornemen.

De tunnel was zoiets als een videospel. Hij ging eeuwig door, al was het verkeer tenminste niet in een brandende massa veranderd, zoals een paar jaar eerder in de Mont Blanc-tunnel tussen Frankrijk en Zwitserland was gebeurd. Na wat minstens een halve eeuwigheid leek te duren kwamen ze er aan de andere kant weer uit. Zo te zien zouden ze nu bergafwaarts gaan.

'Benzinestation met restaurant op komst,' meldde Brian. Inderdaad was er een kleine kilometer verder een ELF-bord, en de tank van de Porsche moest gevuld worden.

'Akkoord. Even pissen en de benen strekken.' Het restaurant was vrij schoon voor Amerikaanse begrippen, en het eten was anders, zonder de Burger King of Roy Rogers die je in Virginia verwachtte – maar het sanitair in de herentoiletten was *in Ordnung*. De benzine werd per liter verkocht, en daardoor had Dominic niet meteen in de gaten hoeveel het kostte, totdat hij het uitrekende: 'Jezus, wat is dat spul hier duur!'

'Op kosten van de zaak,' zei Brian sussend, en hij gooide hem een pak koekjes toe. 'Rijden maar weer, Enzo. Italië wacht op ons.'

'Ja.' De 6-cilindermotor kwam zoemend tot leven en ze reden de weg weer op.

'Het was goed om even de benen te strekken,' zei Dominic, terwijl hij naar de hoogste versnelling schakelde.

'Ja, dat helpt,' beaamde Brian. 'Nog zevenhonderd kilometer, als ik het goed heb uitgerekend.'

'Een kippeneindje. Over zes uur zijn we er, als we niet in de file komen.' Hij zette zijn zonnebril recht en schudde wat met zijn schouders. 'In hetzelfde hotel logeren als ons doelwit – verdomme.'

'Ik heb eens nagedacht. Hij weet niets van ons af, misschien niet eens dat er op hem wordt gejaagd. Ga maar na: twee hartaanvallen, een in het bijzijn van een getuige, en een verkeersongeluk, ook met een getuige die hij kent. Dat is vette pech, maar het wijst ook niet echt op een vijandelijke operatie.'

'Als ik hem was, zou ik me zorgen maken,' dacht Dominic hardop.

'Dat doet hij waarschijnlijk al. Als hij ons in het hotel ziet, zijn we gewoon twee willekeurige ongelovigen. Tenzij hij ons meer dan eens ziet, zal hij nauwelijks op ons letten. Niets zegt dat het moeilijk móét zijn, Enzo.'

'Ik hoop dat je gelijk hebt, Aldo. Dat winkelcentrum was me al erg genoeg.'

'Akkoord, broertje.'

Dit was niet het hoogste deel van de Alpen. Dat lag in het noordwesten, al zou het zwaar zijn geweest als ze lopend door deze bergen hadden moeten trekken, zoals de Romeinse legioenen hadden gedaan, die natuurlijk dachten dat hun verharde wegen een zegen waren. Waarschijnlijk waren ze beter dan leem, maar niet zoveel beter, vooral niet wanneer je een rugzak droeg die ongeveer net zoveel woog als wat zijn mariniers op hun rug hadden gehad in Afghanistan. De legioensoldaten waren hard geweest, en waarschijnlijk niet zoveel anders dan de jongens die tegenwoordig in camouflagepak het soldatenwerk deden. Maar in die tijd hadden ze een meer directe manier gehad om met de schurken af te rekenen. Ze doodden hun familie, hun vrienden, hun buren en zelfs hun honden, en wat nog belangrijker was: het was bekend dat ze dat deden. In de tijd van CNN was dat niet erg praktisch, en eerlijk gezegd waren er ook verdomd weinig mariniers die aan zo'n slachtpartij zouden willen deelnemen. Maar het was wel goed om ze een voor een uit te schakelen, zolang je er maar zeker van was dat je geen onschuldige burgers doodde. Dat laatste deed de tegenpartij wel. Eigenlijk was het jammer dat ze niet allemaal naar een slagveld konden gaan om het uit te vechten als echte mannen, maar terroristen waren niet alleen wreed, maar ook praktisch ingesteld. Het had geen zin om een gevecht aan te gaan dat je niet alleen zou verliezen, maar waarin je ook zou worden afgeslacht als een schaap in het abattoir. Maar echte mannen zouden hun troepen hebben gevormd, getraind en bewapend, om die troepen vervolgens op de vijand los te laten, in plaats van rond te sluipen als ratten die baby's in hun wiegjes gaan bijten. Zelfs de oorlog kende regels, die ingevoerd waren omdat er ergere dingen dan oorlog waren, dingen die streng verboden waren voor mannen in uniform. Je deed burgers niet opzettelijk kwaad, en je deed je uiterste best om dat ook niet per ongeluk te doen. De mariniers werkten er keihard aan om te leren vechten in steden, en het moeilijkste daarvan was altijd het vermijden van burgers,

vrouwen met kinderen in wagentjes – al wist je dat sommige van die vrouwen een wapen naast de kleine Johnny hadden liggen en dat ze niets liever zouden willen dan dat een Amerikaanse marinier hun op een afstand van twee of drie meter de rug toekeerde, dichtbij genoeg om hem met een kogel te kunnen treffen. Er waren zelfs grenzen gesteld aan de inachtneming van regels. Maar voor Brian was dat verleden tijd. Nee, zijn broer en hij speelden het spel volgens de regels van de vijand, en zolang de vijand dat niet wist, zouden ze daar succes mee hebben. Hoeveel levens hadden ze misschien al gered door een bankier, een rekruteerder en een koerier te liquideren? Het probleem was dat je dat nooit wist. De complexiteitstheorie werd op het echte leven toegepast, en dat was a priori onmogelijk. En ze zouden ook nooit weten hoeveel goeds ze deden en welke levens ze redden als ze die 56MoHa-schoft naar de andere wereld hielpen. Maar dat ze het niet konden kwantificeren, wilde nog niet zeggen dat het niet echt was, zoals die kindermoordenaar die zijn broer in Alabama had doodgeschoten. Ze deden het werk van de Heer, al was de Heer geen boekhouder.
Aan het werk in het veld van de Heer, dacht Brian. En inderdaad, die alpenweiden waren groen en mooi, dacht hij, en hij zocht naar een eenzame geitenhoeder. Jodala-hie-tie...

'Wáár is hij?' vroeg Hendley.
'In het Excelsior,' antwoordde Rick Bell. 'Hij zegt dat hij een kamer aan dezelfde gang heeft als onze vriend.'
'Ik denk dat onze jongen nog veel over operaties in het veld moet leren,' merkte Granger somber op.
'Denk eens na,' zei Bell. 'De tegenstanders weten niets. Die maken zich waarschijnlijk net zo druk om de kerel die de was komt ophalen als om Jack of de tweelingbroers. Ze hebben geen namen, geen feiten, geen vijandige organisatie – ach, ze weten niet eens zeker dat er iemand achter hen aan zit.'
'Het is niet handig,' hield Granger vol. 'Als ze Jack in de gaten krijgen...'
'Wat dan?' vroeg Bell. 'Goed, ik weet dat ik maar een inlichtingenmannetje ben, geen agent in het veld, maar logica is logica. Ze weten niets over de Campus en kunnen daar ook niets over weten. Zelfs wanneer 56MoHa nerveus wordt, is dat ongerichte nervositeit – en ach, waarschijnlijk heeft hij daar toch al last van. Maar als je in dat soort werk zit, mag je niet bang voor iemand zijn, hè? Zolang onze mensen op de achtergrond blijven, hoeven ze zich nergens zorgen over te maken – tenzij ze iets heel stoms doen, en als ik die jongens een beetje ken, zijn ze niet zo stom.'

Al die tijd zat Hendley gewoon in zijn stoel. Hij keek heen en weer van de een naar de ander. Dus zo moest het zijn om 'M' te zijn in James Bond-films. Het had zijn voordelen om de baas te zijn, maar dat bracht ook stress met zich mee. Zeker, hij had die blanco presidentiële gratie in een kluis liggen, maar dat wilde niet zeggen dat hij er ooit gebruik van wilde maken. Als hij dat deed, zou hij nog meer een paria worden dan hij al was, en de media zouden hem tot de dag van zijn dood achtervolgen – niet bepaald een aanlokkelijk vooruitzicht.
'Als ze maar niet zo dom zijn om voor roomservice te spelen en hem in zijn hotelkamer koud maken,' dacht Gerry hardop.
'Hé, als ze zo dom waren, zouden ze nu al in een Duitse gevangenis zitten,' merkte Granger op.

De grensovergang naar Italië ging met niet meer formaliteiten gepaard dan de oversteek van Tennessee naar Virginia. Dat was ook een voordeel van de Europese Unie. De eerste Italiaanse stad was Villaco, waar de mensen in de ogen van hun mede-Italianen meer op Duitsers dan op Sicilianen leken, en vandaar reden ze in zuidwestelijke richting over de A-23. Ze wisten nog steeds niet goed hoe die knooppunten in elkaar zaten, dacht Dominic, maar deze wegen waren gebruikt voor de beroemde Mille Miglia, de sportwagenrace over duizend mijl in de jaren vijftig, afgelast omdat er te veel mensen die langs de landwegen stonden te kijken om het leven kwamen. Al met al was het een mooi landschap, zoiets als het oosten van Tennessee of het westen van Virginia, met glooiende heuvels en koeien die waarschijnlijk twee keer per dag werden gemolken om kinderen aan weerskanten van de grens te voeden. Daarna kwam Udine, en toen Mestre, en ze gingen over op de A-4 naar Padua, en vervolgens op de A-13, en weer een uur later bereikten ze Bologna. Links van hen verhieven zich de Apennijnen, en de marinier in Brian keek naar de heuvels en huiverde bij de gedachte aan het slagveld dat ze zouden vormen. Maar toen knorde zijn maag weer.
'Weet je, Enzo, elke stad waar we langs rijden, heeft minstens één geweldig goed restaurant – heerlijke pasta, eigengemaakte kaas, *vitello Francese*, een schitterende wijnkelder...'
'Ik heb ook honger, Brian. En ja, we zijn omringd door geweldig Italiaans voedsel. Jammer genoeg hebben we een missie.'
'Ik hoop wel dat die schoft het waard is dat we dat alles mislopen, man.'
'Het is niet aan ons om ons dat af te vragen,' merkte Dominic op.
'Hou maar op.'
Dominic begon te lachen. Het stond hem ook niet aan. Het eten in München en Wenen was voortreffelijk geweest, maar overal om hen heen lag

het land waar het goede eten was uitgevonden. Napoleon zelf had een Italiaanse kok meegenomen als hij op veldtocht ging, en de moderne Franse cuisine was grotendeels voortgekomen uit het werk van die ene man, zoals alle renpaarden afstamden van een Arabische hengst die Eclipse heette. En hij wist niet eens de naam van die man. Jammer, dacht hij, terwijl hij een truck inhaalde waarvan de chauffeur waarschijnlijk alle beste restaurants in de omgeving kende. Shit.
Ze reden met hun lichten aan – een regel in Italië, afgedwongen door de Polizia Stradale, die niet bekendstond om zijn soepelheid – en hielden een gestaag tempo van 150 kilometer per uur aan. De Porsche scheen dat prachtig te vinden. De wagen reed ongeveer een op zeven. In Bologna kwamen ze op de A-1 en reden door naar het zuiden, richting Florence, de stad waar de familie Caruso vandaan kwam. De weg sneed door de bergen naar het zuidwesten en was prachtig aangelegd.
Het was erg moeilijk om Florence voorbij te rijden. Brian wist een goed restaurant bij de Ponte Vecchio dat eigendom was van verre neven. De wijn was daar *bellissima* en het eten een koning waardig, maar het was nog maar twee uur rijden naar Rome. Hij herinnerde zich dat hij daar een keer met de trein naartoe was gereden, in zijn mariniersuniform en met de Sam Browne-gordel waaraan iedereen kon zien wat hij was – en inderdaad, zoals alle beschaafde volkeren waren de Italianen gek op Amerikaanse mariniers. Hij had het verschrikkelijk gevonden om via Rome met de trein terug te gaan naar Napels, waar zijn schip lag, maar hij was geen baas over zijn eigen tijd geweest.
Nu ook niet. Daar in het zuiden waren nog meer bergen, maar inmiddels kwamen er ook borden met *Roma*, en dat was goed.

Jack at in het restaurant van het Excelsior. Het eten voldeed volkomen aan zijn verwachtingen en het personeel behandelde hem alsof de verloren zoon na jaren van afwezigheid naar huis was gekomen. Alleen jammer dat bijna iedereen rookte. Nou ja, misschien wisten ze in Italië niet dat passief roken ook gevaarlijk was. Hij had dat zijn hele jeugd van zijn moeder gehoord – en die woorden van haar waren vaak bestemd geweest voor zijn vader, die er altijd grote moeite mee had gehad om te stoppen en die dat nooit helemaal was gelukt. Hij at op zijn gemak. Alleen de salade was gewoontjes. Zelfs de Italianen konden niets aan sla veranderen, al was de dressing briljant. Hij had een hoektafel genomen om het hele restaurant te kunnen overzien. De andere eters zagen er net zo gewoon uit als hij. Ze waren allemaal goed gekleed. In de gastenhandleiding op zijn kamer stond dat een das niet verplicht was, maar hij had er toch maar een omgedaan, en trouwens, Italië was het wereldhoofdkwartier van de stijl. Hij hoopte dat hij hier een pak zou kunnen kopen, als hij daar tijd voor had. Er waren dertig of veertig mensen in het restaurant. Jack liet de mannen die hun vrouw bij zich hadden buiten beschouwing. Hij zocht iemand van een jaar of dertig die in zijn eentje zat te eten en die zich had ingeschreven als Nigel Hawkins. Uiteindelijk hield hij drie kandidaten over. Hij besloot uit te kijken naar mensen die er niet Arabisch uitzagen, en daardoor viel er weer een af. Wat nu? Moest hij eigenlijk wel iets doen? Op welke manier zou dat kwaad kunnen, tenzij hij zichzelf als lid van een inlichtingendienst blootgaf?

Maar... waarom zou je risico's nemen, vroeg hij zich af. Waarom wacht je niet gewoon af?

En met die gedachte besloot hij gewoon te blijven zitten. Ze konden die kerel beter op een andere manier identificeren.

Rome was inderdaad een mooie stad, zei Mohammed Hassan al-Din tegen zichzelf. Hij dacht er wel eens over om een appartement of zelfs een huis te huren. Je kon er een huren in de Joodse Wijk; er waren goede koosjere restaurants in dat deel van de stad, waar je gerust alles kon bestellen wat op het menu stond. Hij had eens naar een appartement op de Piazza Campo di Fiori gekeken, maar hoewel de prijs – zelfs de toeristenprijs – niet onredelijk was geweest, had het idee dat hij aan één locatie gebonden zou zijn hem afgeschrikt. In zijn werk kon je beter mobiel zijn. De vijand kon niet treffen wat hij niet kon vinden. Hij had al risico genoeg genomen toen hij de jood Greengold doodde. Hij had dat voor zijn lol gedaan en de emir had hem de huid vol gescholden en gezegd dat hij dat nooit meer mocht doen. Als de Mossad nu eens een foto van hem had gemaakt? Hoeveel waarde zou hij dan nog voor de organisatie hebben, had de emir hem woedend gevraagd. En die man stond bij zijn collega's bekend om zijn explosieve driftbuien. Dus zoiets zou hij beslist niet meer doen. Hij had het mes niet eens bij zich, maar bewaarde het op een ereplaats bij zijn scheergerei, zodat hij het tevoorschijn kon halen om naar het jodenbloed op het inklapbare lemmet te kijken.

En nu logeerde hij hier in Rome in dit hotel. De volgende keer – als hij naar huis was geweest – zou hij in een ander hotel logeren, misschien dat mooie hotel bij de Trevi-fontein, dacht hij, al was deze locatie gunstiger voor zijn activiteiten. En het eten. Nou, Italiaans eten was geweldig goed, volgens hem beter dan de eenvoudige kost van zijn eigen land. Lamsvlees was goed, maar niet elke dag. En de mensen beschouwden je hier niet als een ongelovige wanneer je een slokje wijn nam. Hij vroeg zich af of Mohammed, zijn naamgenoot, bewust had toegestaan dat de gelovigen alcoholische drank tot zich namen die van honing was gemaakt of gewoon niet had geweten dat mede bestond. Hij had het geproefd toen hij in Cambridge studeerde, en was tot de conclusie gekomen dat alleen iemand die ontzettend graag dronken wilde worden het ooit zou drinken, laat staan dat je er een avond mee doorbracht. Mohammed was dus niet helemaal volmaakt geweest. En dat was hijzelf ook niet, zei de terrorist tegen zichzelf. Hij verrichtte moeilijk werk voor het geloof en mocht dus nu en dan best een beetje afdwalen van het ware pad. Als je met ratten moest leven, kon je maar beter een paar snorharen kweken. De ober kwam de borden weghalen en hij besloot geen dessert te nemen. Als hij voor een Engelse zakenman wilde doorgaan en in zijn Brioni-pakken wilde passen, moest hij slank blijven. Daarom verliet hij de tafel en liep hij naar de lift in de hal.

Ryan dacht over een slaapmutsje aan de bar, maar zag daar bij nader inzien van af en verliet het restaurant. Er was daar al iemand, en hij stapte als eerste in de lift. Ze keken elkaar even aan. Ryan wilde op de knop van de tweede verdieping drukken, maar zag dat die al brandde. Dus deze goedgeklede Engelsman – hij zag eruit als een Engelsman – zat op zijn verdieping...

... was dat niet interessant?

Enkele seconden later kwam de lift tot stilstand en ging de deur open. Het Excelsior is geen hoog hotel, maar het is wel groot, en het was een heel eind lopen. De man uit de lift liep in de juiste richting en Ryan vertraagde zijn pas om hem op grotere afstand te volgen – en inderdaad: de man liep langs Jacks kamer en liep door, een... twee... en bij de derde deur bleef hij staan en draaide zich om. Hij keek om naar Ryan en vroeg zich misschien af of hij werd gevolgd. Maar Jack bleef staan en viste zijn eigen sleutel uit zijn zak. Hij keek de andere man aan en zei met die nonchalante stem van vreemde-tegen-vreemde die alle mannen kennen: 'Goedenavond.'

'U ook goedenavond,' was het antwoord in keurig Engels.

Jack liep zijn kamer in. Hij meende dat accent al eens eerder te hebben gehoord. Misschien van de Britse diplomaten die hij in het Witte Huis had ontmoet, of op reisjes naar Londen met zijn vader. Het was de manier van spreken van iemand die in een Engels landhuis was opgegroeid, of van iemand die van plan was er een te kopen als de tijd er rijp voor was, iemand die genoeg Britse ponden had vergaard om te doen alsof hij een Engelse grootgrondbezitter was. Hij had de roomzachte perzikhuid van een Brit, en dat chique accent...

... en hij had zich ingeschreven onder de naam Nigel Hawkins.

'En ik heb een van je mailtjes, jongen,' fluisterde Jack tegen de vloerbedekking. 'Schoft die je bent.'

Ze deden er bijna een uur over om hun weg te vinden door de straten van Rome, waarvan de vroede vaderen misschien niet met de vroede moederen waren getrouwd, en waar niemand ook maar een snars van stadsplanning begreep, dacht Brian, die zijn best deed om hen naar de Via Vittorio Veneto te voeren. Uiteindelijk reden ze door een poort en besefte hij dat ze dichtbij waren. Die poort had misschien ooit deel uitgemaakt van muren die waren opgericht om Hannibal buiten de stad te houden. Toen gingen ze links- en daarna rechtsaf en ontdekten ze dat in Rome straten met dezelfde naam niet altijd rechtdoor gaan, zodat ze om het Palazzo Margherita heen moesten rijden om terug te keren naar Hotel Excelsior, waar Dominic vond dat hij genoeg had gereden voor de komende paar dagen. Binnen drie minuten was hun bagage uitgeladen en stonden ze bij de receptie.

'Ik heb een boodschap voor u. *Signor* Ryan verzoekt u hem te bellen zodra u hier bent. Uw kamers zijn naast de zijne,' zei de receptionist tegen hen, waarna hij een teken gaf aan de piccolo, die hen naar de lift bracht.

'Lange rit, man,' zei Brian, leunend tegen de gelambriseerde wanden.

'Vertel mij wat,' beaamde Dominic.

'Ik bedoel, ik weet dat je van snelle auto's en snelle vrouwen houdt, maar kunnen we de volgende keer niet beter het vliegtuig nemen? Misschien kun je dan een stewardess versieren.'

'Verrekte marinier.' En hij gaapte.

'Deze kant op, *signori*,' stelde de piccolo met een armgebaar voor.

'De boodschap van de receptie – waar is hij?'

'*Signor* Ryan? Hij is hier.' De piccolo wees het aan.

'Dat komt mooi uit,' dacht Dominic hardop, en hij herinnerde zich iets anders. Hij liet zich naar binnen leiden, de verbindingsdeur naar Brians kamer ging open, en hij gaf de piccolo een royale fooi. Toen haalde hij de boodschap uit zijn zak en toetste het nummer in.

'Hallo?'

'We zitten naast je, neefje. Hoe gaat het ermee?' vroeg Brian.

'Twee kamers?'

'Ja.'

'Raad eens wie er aan de andere kant naast jullie zit?'

'Vertel het maar.'

'Een Engelsman, een zekere Nigel Hawkins,' zei Jack tegen zijn neef, en hij wachtte tot die over de schok heen was. 'We moeten overleggen.'

'Kom hier maar heen, Junior.'
Dat kostte niet meer tijd dan Jack nodig had om zijn schoenen aan te trekken.
'Goede reis gehad?' vroeg Jack.
Dominic had wijn uit de minibar in een glas geschonken. Dat glas was al bijna leeg. 'Het was een heel eind rijden.'
'Jij hebt de hele tijd achter het stuur gezeten?'
'Hé, ik wilde hier levend aankomen, man.'
'Klojo,' snauwde Brian. 'Hij denkt dat Porsche-rijden net zoiets is als seks, maar dan beter.'
'Dat is het ook, als je de juiste techniek hebt, maar zelfs van seks kun je erg moe worden.' Dominic zette zijn glas neer. 'Zei je daarnet...?'
'Ja, daar.' Jack wees naar de muur. En hij wees naar zijn ogen: ik heb die klerelijer gezien. Het antwoord bestond uit hoofdknikjes. 'Nou, gaan jullie eerst maar wat slapen. Ik bel jullie morgen, en dan kunnen we over onze afspraak nadenken. Goed?'
'Heel goed,' beaamde Brian. 'Wil je ons om een uur of negen bellen?'
'Akkoord. Tot later.' En Jack liep naar de deur. Kort daarna zat hij weer achter zijn computer. Toen drong het tot hem door: hij was hier niet de enige met een van die dingen, hè? Dat zou erg nuttig kunnen zijn...

Het was eerder acht uur dan hij had verwacht. Mohammed stond op, energiek en met een helder hoofd, en keek of er mailtjes waren binnengekomen. Mahmoud was ook in Rome. Hij was de vorige avond aangekomen en bijna bovenaan in 56MoHa's mailbox zat een brief van Gadfly097, waarin om een ontmoetingsplaats werd gevraagd. Mohammed dacht daarover na en besloot gebruik te maken van zijn gevoel voor humor.
Ristorante Giovanni, Piazza di Spagna, antwoordde hij. 13:30. *Wees zorgvuldig met maatregelen*. Met dat laatste bedoelde hij dat Mahmoud moest nagaan of hij gevolgd werd. Er was geen duidelijke reden om aan te nemen dat het verlies van drie van hun mensen aan boze opzet te wijten was, maar hij was niet 31 jaar geworden in het inlichtingenvak door zich dom te gedragen. Hij kon het verschil zien tussen de onschuldigen en de gevaarlijken, dacht hij. Zes weken eerder had hij David Greengold te pakken gekregen, want die jood zag de valse vlag nog niet eens toen ze hem ermee om de oren sloegen – nou ja, in zijn nek staken, dacht Mohammed met een glimlachje bij de herinnering. Misschien moest hij dat mes weer bij zich dragen, want het kon hem geluk brengen. Veel mensen in zijn vak geloofden in geluk, zoals sporters daar vaak ook in geloofden. Misschien had de emir gelijk gehad: het doden van die Mossad-agent was een onnodig risico geweest, want zoiets trok vijanden aan. De orga-

nisatie had al vijanden genoeg, al wisten die niet wie en wat de organisatie was. Het was beter dat ze voor de ongelovigen een schaduw bleven... een schaduw in een verduisterde kamer, ongezien en onbekend. De Mossad werd gehaat door zijn medestanders, maar die haat was gebaseerd op angst. De joden waren ontzagwekkend. Ze waren keihard, en ze waren verschrikkelijk intelligent. En wie kon zeggen hoeveel kennis ze bezaten, welke Arabische verraders ze met Amerikaans geld hadden gekocht? Er waren geen tekenen van verraad in de organisatie, maar hij herinnerde zich de woorden van de Russische KGB-agent Joeri: je kunt alleen verraden worden door mensen die je vertrouwt. Waarschijnlijk was het een fout geweest om de Rus zo snel te doden. Joeri was een ervaren agent geweest die het grootste deel van zijn loopbaan in Europa en Amerika had geopereerd, en waarschijnlijk zou er nooit een eind zijn gekomen aan de verhalen die hij kon vertellen, verhalen die stuk voor stuk een les hadden bevat. Mohammed herinnerde zich dat hij met hem had gesproken en onder de indruk was geweest van die enorme ervaring, die enorme kennis. Een goed instinct kwam altijd van pas, maar een instinct ging vaak gepaard met paranoia en dan kon het een vorm van waanzin worden. Joeri had tot in details uitgelegd hoe je mensen moest beoordelen en hoe je een professional van een onschuldige burger kon onderscheiden. Hij had nog veel meer verhalen kunnen vertellen, als hij die 9-mm kogel niet in zijn achterhoofd had gekregen. Dat was ook in strijd geweest met de strenge, bewonderenswaardige regels over gastvrijheid die de Profeet hun had gegeven: als iemand je zout eet, al is het een ongelovige, zal hij veilig zijn in je huis. Nou, de emir had die regel zelf geschonden, met het zwakke excuus dat de man een atheïst was en dus buiten de wet stond.

Maar hij had toch een paar lessen geleerd. Al zijn e-mailberichten waren versleuteld met het beste programma dat er bestond, en dat programma was speciaal op zijn computer geïnstalleerd. Daarom konden zijn berichten door niemand anders worden gelezen dan hijzelf. Zijn berichtenverkeer was dus veilig. Hij zag er nauwelijks Arabisch uit. Hij klonk niet Arabisch. Hij kleedde zich niet Arabisch. In elk hotel waar hij kwam, wisten ze dat hij alcohol dronk, en in zulke hotels wisten ze dat moslims niet dronken. Daarom zou hij volkomen veilig moeten zijn. Nou, ja, de Mossad wist dat iemand als hij dat zwijn van een Greengold had gedood, maar hij geloofde niet dat ze ooit een foto van hem hadden gemaakt, en tenzij hij was verraden door de man die hij had ingehuurd om de jood te misleiden, wisten ze niet wie of wat hij was. Joeri had hem gewaarschuwd dat je nooit alles kon weten, maar ook dat je met overdreven paranoia de aandacht kon vestigen op wat je was, want pro-

fessionele inlichtingenagenten kenden trucs die niemand anders ooit zou gebruiken – en die trucs konden opvallen. Het was allemaal te vergelijken met een groot wiel dat draaide en draaide en telkens naar dezelfde plaats terugkeerde en op dezelfde manier bewoog, nooit stilstond, maar ook nooit van zijn primaire beweging afweek. Een groot wiel... en hij was maar een radertje, en hij wist eigenlijk niet of het zijn taak was om het wiel te helpen draaien of het te vertragen.
'Ah.' Hij schudde die gedachte van zich af. Hij was meer dan een radertje. Hij was een van de motoren. Misschien geen grote motor, maar wel een belangrijke, want terwijl het grote wiel misschien ook wel zonder hem kon draaien, zou het nooit zo snel en zo onstuitbaar draaien als nu. En met Gods wil zou hij het laten draaien tot het zijn vijanden verpletterde, de vijanden van de emir, de vijanden van Allah zelf.
Hij verstuurde zijn bericht naar Gadfly097 en liet koffie naar zijn kamer brengen.

Rick Bell had ervoor gezorgd dat de computers dag en nacht werden bemand. Het was vreemd dat ze dat op de Campus niet van het begin af aan hadden gedaan, maar nu deden ze het wel. De Campus leerde al doende, zoals iedereen aan beide kanten van de scheidslijn. Op dat moment was het Tony Wills, die zich er altijd erg goed van bewust was dat er zes uur tijdsverschil zat tussen Midden-Europa en de Amerikaanse Oostkust. Als een echte computerbespeler downloadde hij het bericht van 56 aan 097 binnen vijf minuten nadat het verzonden was, en stuurde hij het meteen door naar Jack.
Dat kostte minder seconden dan je nodig had om het in gedachten te doen. Goed, ze kenden hun doelwit en ze wisten waar hij zou zijn, en dat was mooi. Jack nam zijn telefoon op.
'Ben je op?' hoorde Brian.
'Nu wel,' gromde hij terug. 'Wat is er?'
'Kom koffiedrinken. Neem Dom mee.'
'Tot uw orders, commandant.' Gevolgd door een klikgeluid.

'Ik hoop dat dit belangrijk is,' zei Dominic. Zijn ogen leken net pisgaatjes in de sneeuw.
'Als je 's morgens met de adelaren door de hemel wilt zeilen, jongen, moet je 's nachts niet met de varkens door de modder rollen. Rustig maar. Ik heb koffie besteld.'
'Dank je. Nou, wat is er?'
Jack liep naar zijn computer en wees naar het scherm. Ze bogen zich er allebei naartoe.

'Wie is dat?' vroeg Dominic. Hij dacht: Gadfly097...?
'Hij is gisteren ook uit Wenen aangekomen.'
Misschien ergens aan de overkant van de straat, vroeg Brian zich af, gevolgd door: heeft hij mijn gezicht gezien?
'Nou, ik denk dat we het kunnen doen,' zei Brian. Hij keek Dom aan en die stak zijn duimen op.
De koffie kwam na een paar minuten. Jack schonk in, maar het bleek nogal korrelig spul te zijn, Turks van karakter, al was het veel erger dan wat de Turken serveerden. Evengoed was het beter dan helemaal geen koffie. Ze spraken niet over zaken. Ze hadden geleerd dat je niet over zaken sprak in een kamer die niet elektronisch op afluisterapparatuur was doorzocht – en ze wisten niet hoe je dat moest doen – en trouwens, ze hadden die apparatuur ook niet bij zich.
Jack dronk zijn koffie en ging onder de douche. Daar hing een rode ketting, waarschijnlijk om eraan te trekken als je een hartaanval kreeg, maar hij voelde zich redelijk fit en maakte er geen gebruik van. Hij was niet zo zeker van Dominic, die eruitzag als iets wat de kat op het vloerkleed had gekotst. In zijn geval deed de douche wonderen, en hij kwam geschoren en schoongeboend terug, klaar om in actie te komen.
'Het eten is hier wel goed, maar over die koffie ben ik minder te spreken,' zei hij.
'Zeg dat wel. Jezus, ik wed dat ze in Cuba nog betere koffie hebben,' zei Brian. 'Zelfs de koffie uit de noodrantsoenen is nog beter.'
'Niemand is volmaakt, Aldo,' merkte Dominic op. Maar hij vond de koffie ook niet lekker.
'Nou, over een halfuur?' vroeg Jack. Hij had maar zo'n drie minuten nodig om er klaar voor te zijn.
'Zo niet, dan kun je een ambulance sturen,' zei Enzo. Hij liep naar de deur en hoopte dat de douchegoden hem die ochtend welgezind waren. Het was niet eerlijk, vond hij. Het was de bedoeling dat je een kater kreeg van drinken, niet van autorijden.
Maar een halfuur later waren ze alle drie in de hal, netjes aangekleed en met zonnebrillen tegen de felle Italiaanse zon. Dominic vroeg de portier de weg en de man vertelde hoe ze in de Via Sistina konden komen, die recht naar de Trinità dei Monti-kerk leidde, en de trappen waren daar aan de overkant en gingen zo'n 25 meter omlaag – er was een lift naar het metrostation, dat zich nog lager bevond, maar het was niet zo moeilijk om naar beneden te lopen. Het viel hun alle drie op dat Rome net zoveel kerken had als New York snoepwinkels. De wandeling naar beneden was plezierig. De omgeving zou erg romantisch zijn als je het juiste meisje aan je arm had. De trappen waren door de architect Fran-

cesco De Sanctis zo ontworpen dat ze de helling van de heuvel volgden; de jaarlijkse Donna sotto le Stelle-modeshow werd daar ook gehouden. Beneden was een fontein waarin een marmeren boot lag, ter nagedachtenis aan een grote overstroming, al zou je dan niet veel aan een stenen boot hebben. De piazza was het kruispunt van maar twee straten en dankte zijn naam aan de daar gevestigde Spaanse ambassade bij de Heilige Stoel. Het speelveld, als je het zo kon noemen, was niet erg groot – kleiner dan bijvoorbeeld Times Square – maar er heerste een drukte van belang, met veel verkeer en genoeg voetgangers om de doorgang riskant te maken voor alle betrokkenen.

Ristorante Giovanni bevond zich aan de westelijke kant, een onopvallend gebouw van geel en roomwit geverfd baksteen, met een groot overdekt terras. Binnen was een bar waar iedereen een brandende sigaret in de hand had, ook een politieagent die een kop koffie dronk. Dominic en Brian liepen naar binnen en keken om zich heen. Ze verkenden het terrein, waarna ze weer naar buiten gingen.

'We hebben drie uur de tijd, mensen,' merkte Brian op. 'Wat nu?'

'Wanneer moeten we hier terug zijn?' vroeg Jack.

Dominic keek op zijn horloge. 'Onze vriend moet hier om ongeveer halftwee verschijnen. Als we nu eens om kwart voor een gaan lunchen en de ontwikkelingen afwachten? Jack, zou je de man herkennen?'

'Geen probleem,' verzekerde Jack hem.

'Dan hebben we zo'n twee uur de tijd om rond te lopen. Ik ben hier een paar jaar geleden geweest. Je kunt hier goed winkelen.'

'Is dat daar een Brioni-winkel?' Jack wees.

'Daar lijkt het wel op,' antwoordde Brian. 'We vallen ook minder op als we aan het winkelen zijn.'

'Laten we dat dan doen.' Hij had nog nooit een Italiaans pak bezeten. Hij had wel een paar Engelse pakken, gekocht op Savile Row in Londen. Waarom zou hij het niet hier proberen? Het was raar gesteld met dat inlichtingenvak, dacht hij. Ze waren hier om een terrorist te doden, maar eerst gingen ze wat kleren kopen. Zelfs vrouwen zouden dat niet doen... behalve misschien als het om schoenen ging.

Er waren allerlei winkels in de Via del Babuino – de 'Baviaanstraat', hoe kwamen ze erbij? – en Jack nam de tijd om in de meeste een kijkje te nemen. Italië was inderdaad de wereldhoofdstad van de stijl, en hij paste een lichtgrijs zijden jasje aan dat zat alsof het door een meester-kleermaker met de hand voor hem was gemaakt, en kocht het ter plekke, voor achthonderd euro. Hij had nu een plastic draagtas over zijn schouder hangen, maar daardoor viel hij toch minder op? Welke geheim agent ging met zo'n onwaarschijnlijke last rondsjouwen?

Mohammed Hassan verliet het hotel om kwart over twaalf. Hij volgde dezelfde route als de tweeling twee uur eerder. Hij was hier goed bekend. Dezelfde route had hij afgelegd toen hij op weg was naar de moord op Greengold, en die gedachte stelde hem gerust. Het was een mooie, zonnige dag met een temperatuur van rond de dertig graden, warm maar niet echt heet. Een goede dag voor Amerikaanse toeristen. Christelijke toeristen. Amerikaanse joden gingen naar Israël om op Arabieren te spuwen. Hier waren het alleen maar christelijke ongelovigen die foto's maakten en kleren kochten. Nou, hij had zijn pakken hier ook gekocht. Er was een Brioni-winkel dicht bij de Piazza di Spagna. De verkoper daar, Antonio, was altijd erg attent voor hem, natuurlijk vooral om zijn geld in ontvangst te kunnen nemen. Maar Mohammed kwam ook uit een handelscultuur, en je kon iemand niet minachten om zo'n houding.
Het was tijd voor het middageten, en het Ristorante Giovanni was net zo goed als veel andere restaurants in Rome, en beter dan de meeste. Zijn favoriete ober herkende hem en leidde hem naar zijn vaste tafel aan de rechterkant, onder de luifel.

'Daar heb je hem,' zei Jack, en hij bewoog zijn glas even. De drie Amerikanen keken naar zijn ober, die een fles Pellegrino-water naar de tafel bracht, samen met een glas ijs. Je zag niet veel ijs in Europa, waar mensen dachten dat het iets was op om te schaatsen, maar blijkbaar had 56 zijn water graag koud. Jack zat er beter voor om in die richting te kijken. 'Ik vraag me af wat hij graag eet.'
'De veroordeelde schijnt recht te hebben op een fatsoenlijke laatste maaltijd,' zei Dominic. Die klootzak in Alabama natuurlijk niet. Die had waarschijnlijk toch een slechte smaak. Toen vroeg hij zich af wat er in de hel op het lunchmenu stond. 'Zijn gast wordt om halftwee verwacht, hè?'
'Ja. 56 heeft tegen hem gezegd dat hij zorgvuldig moet zijn met maatregelen. Dat kan betekenen dat hij naar een volger moet uitkijken.'
'Zou hij zich zorgen over ons maken?' vroeg Brian zich af.
'Nou,' merkte Jack op. 'Ze hebben de laatste tijd nogal pech gehad.'
'Ik zou wel eens willen weten wat hij denkt,' zei Dominic. Hij leunde in zijn stoel achterover en rekte zich uit om een blik op hun doelwit te kunnen werpen. Het was een beetje warm om een jasje en een das te dragen, maar ze moesten eruitzien als zakenlieden, niet als toeristen. Hij vroeg zich nu af of het wel zo'n goede dekmantel was. Je moest rekening houden met de temperatuur. Zweette hij vanwege de missie of omdat het zo warm was? Hij was in Londen, München en Wenen toch niet zo erg nerveus geweest? Nee, toen niet. Maar dit was een drukkere

omgeving... Nee, in Londen was het nog drukker geweest, nietwaar? Het toeval was je soms welgezind, en soms niet. Ditmaal zat het tegen. Een ober met een dienblad vol glazen Chianti struikelde over de grote voeten van een vrouw uit Chicago die in Rome was om het land van haar voorouders te zien. Het dienblad vloog langs de tafel, maar de glazen kwamen in de schoot van beide tweelingbroers terecht. Omdat het zo warm was, droegen ze allebei een lichtgekleurd pak, en...

'O, shit!' riep Dominic uit. Zijn beige Brooks Brothers-broek zag eruit alsof er met een jachtgeweer in zijn kruis was geschoten. Brian was er nog erger aan toe.

De ober was hevig geschrokken. '*Scusi, scusi, signori!*' riep hij uit. Maar er was niets meer aan te doen. Hij zei dat hij hun kleren naar de wasserij zou brengen. Dom en Brian keken elkaar aan. Ze hadden net zo goed het Kaïnsteken kunnen krijgen.

'Laat maar,' zei Dominic in het Engels. Hij was al zijn Italiaanse vloeken vergeten. 'Er is niemand doodgegaan.' Met servetten zouden ze niet ver komen. Misschien een goede stomerij, en waarschijnlijk hadden ze die wel in het Excelsior, of op zijn minst daar in de buurt. Een paar mensen keken verschrikt of geamuseerd in hun richting; zijn gezicht was nu dus net zo bekend als zijn kleding. Terwijl de ober zich beschaamd terugtrok, vroeg de FBI-agent: 'Wat nu?'

'Geen flauw idee,' antwoordde Brian. 'Het toeval werkte niet in ons voordeel, Captain Kirk.'

'Hartelijk dank, Mr. Spock,' snauwde Dom terug.

'Hé, ik ben er ook nog,' zei Jack tegen hen beiden.

'Junior, je kunt niet...' Maar Jack liet Brian niet uitspreken.

'Waarom niet?' vroeg hij rustig. 'Hoe moeilijk is het helemaal?'

'Je bent niet getraind,' zei Dominic.

'Het is niet het wereldkampioenschap golf, hè?'

'Nou...' Dat was Brian weer.

'Nee toch?' zei Jack.

Dominic haalde zijn pen uit zijn jaszak en gaf hem aan Jack.

'Je draait aan de huls en steekt hem in zijn reet.'

'Hij is geladen,' bevestigde Enzo. 'Maar wees alsjeblieft voorzichtig.'

Het was nu 21 minuten over een. Mohammed Hassan had zijn glas water leeggedronken en schonk zich nog een glas in. Mahmoud zou zo wel komen. Waarom zou hij het risico nemen dat hij een belangrijk gesprek moest onderbreken? Hij haalde zijn schouders op en kwam van zijn stoel om naar binnen te gaan, naar de herentoiletten, waaraan hij aangename herinneringen had.

‘Weet je zeker dat je dit wilt doen?’ vroeg Brian.
‘Hij is toch een terrorist? Hoe lang duurt het voor dit spul werkt?’
‘Ongeveer dertig seconden, Jack. Gebruik je verstand. Als het niet goed aanvoelt, trek je je terug en laat je hem gaan,’ zei Dominic tegen hem. ‘Dit is geen spelletje.’
‘Akkoord.’ Ach wat, pa heeft dit ook een paar keer gedaan, zei hij tegen zichzelf. Toen hij een ober tegenkwam, vroeg hij voor alle zekerheid waar de herentoiletten waren. De ober wees, en Jack ging die kant op. Het was een gewone houten deur met een symbool in plaats van woorden, want Giovanni had een internationale clientèle. Als er daar nu eens meer mannen zijn, vroeg hij zich af.
Dan doe je het niet, dombo.
Goed...
Hij liep naar binnen, en er was daar inderdaad iemand anders, die zijn handen aan het afdrogen was. Maar toen ging hij weg en was Ryan alleen met 56MoHa, die net zijn rits dichttrok en zich wilde omdraaien. Jack haalde de pen uit zijn binnenzak en draaide aan de punt om de iridiumpunt tevoorschijn te halen. Hij weerstond de instinctieve aandrang om met zijn vinger aan de punt te voelen; dat zou niet erg slim zijn. Toen glipte hij langs de goedgeklede vreemdeling en liet, zoals hem gezegd was, zijn hand zakken en trof hem recht in zijn linkerbil. Hij verwachtte dat hij de ontlading van het gas zou horen, maar hij hoorde niets.
Mohammed Hassan al-Din schrok van de plotselinge scherpe pijn, en toen hij zich omdraaide, zag hij iemand die er als een gewone jonge man uitzag... Wacht eens, dat gezicht had hij in het hotel gezien...
‘O, sorry, kerel, ik keek even niet uit.’
Toen Mohammed dat hoorde, gingen er alarmbellen af. Het was een Amerikaan, en hij was tegen hem op gebotst, en hij had een prik in zijn billen gevoeld, en...
En hij had hier die jood gedood, en...
‘Wie ben jij?’
Jack had vijftien seconden geteld, en hij wilde van dit moment genieten...
‘Ik ben de man die jou heeft gedood, 56MoHa,’ antwoordde hij rustig. Het gezicht van de man veranderde in iets wat er woest en gevaarlijk uitzag. Zijn rechterhand verdween in zijn zak en kwam tevoorschijn met een mes, en plotseling was het niet grappig meer.
Jack deinsde instinctief terug. Het gezicht van de terrorist drukte niets uit dan dood. Hij opende zijn knipmes en keek strak naar Jacks keel. Hij bracht het mes omhoog, kwam een halve stap naar voren en...

Het mes viel uit zijn hand – hij keek verbaasd naar zijn hand, keek toen weer op...
... probeerde dat althans. Zijn hoofd kwam niet in beweging. Zijn benen hadden geen kracht meer. Hij viel recht omlaag. Zijn knieën stuiterden pijnlijk op de tegelvloer. En hij viel naar voren en draaide daarbij naar links. Zijn ogen bleven open, en toen lag hij op zijn rug en keek hij naar het metalen plaatje dat op de bodem van het urinoir zat vastgeplakt, waar Greengold het pakje van de vorige keer had willen pakken, en...
'De groeten uit Amerika, 56MoHa. Je hebt de verkeerde vijanden gekozen. Veel plezier in de hel.' Vanuit zijn ooghoek zag Mohammed de man naar de deur lopen, en hij zag dat het licht toenam en afnam toen de deur open- en dichtging.
Op dat moment bleef Ryan staan en besloot hij terug te gaan. De man had een mes in zijn hand. Hij nam zijn zakdoek en haalde het mes weg, waarna hij het gewoon onder het lichaam schoof. Hij kon het maar beter niet meenemen, dacht hij. Het was beter om... Nee, er kwam nog iets bij hem op. Hij greep in de broekzak van 56 en vond wat hij zocht. Toen ging hij weg. Het was krankzinnig, maar op dat moment voelde hij een sterke aandrang om te urineren. Hij liep vlug door om die aandrang te laten afnemen. Binnen enkele seconden was hij bij de tafel terug.
'Dat is goed gegaan,' zei hij tegen de tweelingbroers. 'Dan moeten we jullie nu maar naar het hotel terugbrengen, hè? Ik moet nog iets doen. Kom mee,' beval hij.
Dominic liet genoeg euro's achter voor de maaltijd, met een fooi. De onhandige ober draafde achter hen aan, bood aan om voor het schoonmaken van hun kleren te betalen, maar Brian stuurde hem met een glimlach weg, en ze staken de Piazza di Spagna over. Ze namen de lift naar de kerk en liepen door de straat naar hun hotel. Na ongeveer acht minuten waren ze in het Excelsior terug. De twee broers voelden zich nogal mal, met die rode vlekken op hun kleren.
De receptionist zag het en vroeg of ze hun kleren schoongemaakt wilden hebben.
'Ja, kunt u iemand naar boven sturen?' vroeg Brian.
'Natuurlijk, *signore*. Over vijf minuten.'
De lift werd niet afgeluisterd, namen ze aan. 'Nou?' vroeg Dominic.
'Ik kreeg hem te pakken, en ik heb dit,' zei Jack. Hij hield een kamersleutel omhoog.
'Waar is dat voor?'
'Hij heeft toch een computer?'
'O ja.'

Toen ze in MoHa's kamer kwamen, bleek die al te zijn schoongemaakt. Jack ging even naar zijn eigen kamer en haalde zijn eigen laptop en de externe FireWire-drive die hij gebruikte. Die had tien gigabyte vrije geheugenruimte. In de kamer van zijn slachtoffer zette hij de Dell-laptop van Mohammed Hassan aan en sloot hij de kabel aan.
Er was geen tijd voor finesses; zijn computer en die van de Arabier gebruikten hetzelfde besturingssysteem, en hij zette zo ongeveer de hele inhoud van Mohammeds computer op de FireWire-drive over. Dat kostte zes minuten, en toen veegde hij alles met zijn zakdoek af en liep de kamer uit, waarbij hij ook de deurknop afveegde. Hij kwam net op tijd de gang op om de hotelbediende met Dominics gevlekte pak te zien weglopen.
'Nou?' vroeg Dominic.
'Klaar. Dit willen ze thuis vast wel graag hebben.' Hij hield de FireWire omhoog.
'Goed werk, man. Wat nu?'
'Nu vlieg ik naar huis, jongen. Wil je een mailtje naar het hoofdkantoor sturen?'
'Akkoord, Junior.'
Jack pakte zijn spullen weer in en belde de conciërge, die hem vertelde dat er een British Airways-vlucht op het vliegveld Da Vinci stond met als bestemming Londen, met een aansluitende vlucht naar Washington, maar dan moest hij wel opschieten. Dat deed hij, en anderhalf uur later zag hij, op stoel 2A, de startbaan onder zich wegglijden.

Mahmoud was er al toen de politie kwam. Hij herkende het gezicht van zijn collega toen de brancard uit de herentoiletten werd gereden, en was met stomheid geslagen. Hij wist niet dat de politie het mes had meegenomen en de bloedvlekken had gezien. Dat mes zou naar hun laboratorium gaan, dat over een DNA-lab beschikte waarvan het personeel was opgeleid door de Londense politie, die erg goed was in DNA-onderzoek. Omdat hij niemand had aan wie hij verslag kon uitbrengen, ging Mahmoud naar zijn hotel terug en boekte hij een Emirate Airways-vlucht op de volgende dag naar Dubai. Hij moest de tegenslag van vandaag aan iemand melden, misschien aan de emir zelf, die hij nooit had ontmoet en van wie hij alleen de genadeloze reputatie kende. Hij had een collega zien sterven en het lichaam van een andere collega weggedragen zien worden. Wat gebeurden er voor verschrikkelijke dingen? Hij zou wat wijn moeten drinken en daarover moeten nadenken. Allah de Genadige zou hem die kleine zonde wel vergeven. Hij had in te weinig tijd te veel gezien.

Jack junior merkte in het vliegtuig naar Londen dat hij enigszins beefde. Hij had behoefte aan iemand om mee te praten, maar het zou nog wel even duren voor dat kon, en dus sloeg hij twee glazen whisky achterover voordat hij op Heathrow landde. Hij nam er ook nog twee in de eerste klas van de 777 naar Washington, maar de slaap wilde niet komen. Hij had niet alleen iemand gedood, maar ook nog de spot met hem gedreven. Dat was niet goed, maar het was ook niet iets om over tot God te bidden, nietwaar? De FireWire-drive had drie gigabytes uit de Dell-laptop gehaald. Wat stond daar precies op? Dat kon hij nu niet nagaan. Hij had de drive met zijn eigen laptop kunnen verbinden om op verkenning uit te gaan, maar nee, dat was werk voor een echte computerfreak. Ze hadden vier mensen gedood die Amerika hadden getroffen, en nu had Amerika teruggeslagen op hun eigen terrein en volgens hun eigen regels. En het mooie was dat de vijand niet kon weten wat voor roofdier er door de jungle sloop. Ze hadden nauwelijks kennisgemaakt met de tanden van dat dier.
Binnenkort zouden ze kennismaken met het brein.

Dankbetuiging

Marco, in Italië, voor navigatie-instructies
Ric en Mort voor de medische informatie
Mary en Ed voor de kaarten
Madam Jacque voor de gegevens
UVA voor het bekijken van TJ's huis
Roland, nogmaals, voor Colorado
Mike voor de inspiratie
En een heleboel anderen voor kleine, maar belangrijke stukjes kennis

Lees ook van A. W. Bruna Uitgevers B. V.

Tom Clancy

Het rode gevaar

Lang voordat hij president van de Verenigde Staten werd of hoofd van de CIA, nog voordat de *Red October* aan zijn heilloze jacht over de oceaanbodem begon, was Jack Ryan historicus. Maar toen hij door vice-admiraal James Greer werd gevraagd de gelederen van de CIA te komen versterken, twijfelde hij geen seconde. Het zou een beslissing zijn met verregaande gevolgen...

De Amerikaanse geheime dienst komt via een overgelopen KGB-medewerker te weten dat hoge sovjetambtenaren een aanslag op de paus beramen. De vraag is alleen of de man de waarheid spreekt: berust het complot op werkelijkheid, of is het een valstrik? Op zoek naar de waarheid, raakt de nog onervaren CIA-medewerker Ryan verzeild in een dodelijk kat-en-muisspel tussen de Sovjet-Unie en de Verenigde Staten. Daarbij staat niet alleen het leven van de paus op het spel, maar ook het voortbestaan van de westerse wereld.

Tom Clancy – de meester van de technothriller – keert terug naar de hoogtijdagen van de Koude Oorlog. Met *Het rode gevaar* heeft Clancy een thriller geschreven die de waarheid angstaanjagend dicht benadert.

ISBN 90 229 8640 3

Lees ook van A. W. Bruna Uitgevers B. V.

Tom Clancy

De beer en de draak

Tijdens zijn nieuwe ambtstermijn ontdekt Jack Ryan dat het presidentschap er niet bepaald gemakkelijker op wordt: in de binnenlandse politiek wemelt het van de valkuilen en uit Moskou komen verontrustende berichten over een mogelijke aanslag op de voorzitter van de SVR, de voormalige KGB.

Een moordaanslag op hoog niveau in het toch al onstabiele Rusland, daar zit niemand op te wachten. Maar nog verontrustender is de mogelijke identiteit van de vermoedelijke daders. Zijn het politieke tegenstanders? Is het de maffia? Zijn het ontevreden ex-KGB-leden? Of – zo vraagt Ryan zich af – hebben we hier te maken met een veel acutere bedreiging?

En hij heeft gelijk. Want nog voordat zijn beste spionnen, onder wie John Clark, de kans hebben gehad de ware toedracht te achterhalen, treden er in China al krachten naar buiten die er angstwekkend extreme denkbeelden op nahouden. En als deze elementen erin zullen slagen hun ideeën te realiseren, dan zal de wereld voorgoed veranderen…

ISBN 90 229 8734 5

Lees ook van A. W. Bruna Uitgevers B. V.

Tom Clancy

Uur van de waarheid

Ex-marinier John Clark, het duistere alter ego van Jack Ryan, en zijn schoonzoon Domingo 'Ding' Chavez hebben de CIA verlaten om een nieuwe organisatie met de codenaam Rainbow op te richten. Rainbow is een eliteteam van Amerikaanse, Engelse, Israëlische, Franse en Duitse agenten dat in geval van internationaal terrorisme onmiddellijk in actie komt

Rainbow bestaat nog maar net als het geweld op verschillende plaatsen losbarst: een gijzeling in een Zwitserse bank, de ontvoering van een zakenman in Duitsland en een bloedige aanslag op een pretpark in Spanje.

Gaandeweg dringt het tot Clark door dat hij oog in oog staat met het grootste gevaar uit zijn hele carrière: een groep terroristen die zijn weerga niet kent. Een groep mannen en vrouwen die zonder mededogen extreem harde operaties uitvoert…

ISBN 90 229 8663 2

Lees ook van A.W. Bruna Uitgevers B.V.

Tom Clancy

De meedogenlozen

Ex-marineman John Kelly wacht een mogelijk dodelijke, bijna onuitvoerbare opdracht. In Vietnam stond hij bekend als 'de Slang', zijn voetstappen werden nooit gehoord en zijn spoor was niet te achterhalen.
Nu hij terug is in de Verenigde Staten, weet men hem maar al te goed te vinden. Admiraal James Greer van de inlichtingendienst heeft iets zeer speciaals met hem voor. Ook Dutch Maxwell, souschef Operatiën Vliegtuigzaken, heeft zo zijn bedoelingen met Kelly. Maar pas echt sinister zijn de plannen van de drugsmaffia, die Kelly snel en pijnlijk duidelijk maakt dat mensen niet meedogenloos worden geboren, maar zo worden gemaakt. Maar Kelly vecht terug onder zijn nieuwe naam John Clark. Uit naam van alles waar hij voor staat, moet hij om zijn eigen leven te redden een grens overschrijden en de donkerste diepten van de hel betreden, vanwaaruit terugkeer zeer twijfelachtig is...

ISBN 90 229 8571 7

Lees ook van A. W. Bruna Uitgevers B. V.

Tom Clancy

Golf van ontzetting

De Verenigde Staten hebben een ingrijpend vredesplan voor het Midden-Oosten opgesteld, dat inspeelt op de veranderende machtsverhoudingen in de wereld. Jack Ryan, historicus, ex-marinier en CIA-medewerker, krijgt opdracht de partijen voor te bereiden op de uitvoering ervan.

Al snel treden echter tegenkrachten in werking. Bepaalde terroristische groeperingen voelen zich steeds meer in een isolement gedrukt door de verschuivingen in de politieke verhoudingen. Steun van de Sovjets krijgen ze al niet meer. Ze spelen hun laatste, wanhopige kaart uit. Eén schijnbaar opzichzelfstaand incident heeft grote gevolgen; één meedogenloze, gruwelijke daad betrekt de hele wereld in een crisis...

De president van de Verenigde Staten raakt in paniek en lijkt niet opgewassen tegen deze situatie.

Jack Ryan heeft een bijna onmogelijke opdracht: krijg grip op de situatie voordat de wereldleiders de controle over zichzelf – en de wereld – verliezen...

ISBN 90 229 8601 2